第三三册 大乘經 五大部（二）

正法華經

西晉三藏竺法護譯

清刻龍藏佛説法變相圖

正法華經卷第六

西晋三藏竺法護譯

藥王如來品第十

佛告諸比丘道法一等無有二乘謂無上正眞道往古來今無有兩正猶如衆流四瀆歸海合爲一味如日所照靡不周徧未曾增減若族姓子欲至正覺解無三塗去來今者當學受持正法華經分别空慧無六度想不以華香妓樂供養爲供養也當了三脱至三達智無極之慧乃爲供養所以者何乃昔久遠劫難稱限爾時有佛號藥王如來至眞等正覺明行成爲善逝世間解無上士道法御天人師爲佛衆祐世界名大淨劫曰淨除藥王如來壽二十中劫諸聲聞衆三十六億菩薩大士有千二億時轉輪王名曰寶蓋典主四

域王有千子端正勇猛有七寶聖臣降伏怨敵其王供養藥王如來具足五中劫與眷屬俱一切施安奉敬藥王過五劫已告其千子吾已供侍如來若等亦當順遵前緒於時千子聞父王教復以五劫供養藥王如來進以上妙不違所安彼一太子名曰善蓋閑居獨處靜然思念我等今者供養如來寧有殊特超彼者乎承佛威神虛空有天而語之曰今族姓子豈欲知耶有法供養最尊無極又問曰何謂法之供養天曰爾當往問藥王如來普當爲若分別說之善蓋即起詣藥王如來所稽首于地白藥王如來曰法之供養奉順典者爲何謂乎世尊告曰法之供養者順若如來所說經典深妙優奧開化一切世間人民難受難見出家捨利志求菩薩諸篋之藏

曠邈處中以總持印而印之精進力行不退轉輪現於六度無極之慧慇懃攬攝佛之道品不起法忍關入正典於諸群生設大慈哀降伏魔兵離諸法見覺了演暢十二因緣無我無人非壽非命志空無願無想之法不由衆行處于道場而轉法輪勸諸天龍揵沓和等莫不樂仰開闡法藏護諸賢聖宣揚顯布諸菩薩行究竟衆苦無我非身群生違禁立以所便衆魔異道墮顛倒見貪倚有爲常懷怖懅而爲咨嗟諸佛之德使滅生死慰除所患而見安隱無爲之事去來今佛所歎如是而剖判了微妙色像總持崖底諸法法忍開導宣布闡發諸器權便所義將養正法是爲法之供養設於諸經志在法忍敷陳典籍而順反覆演訓其要無諸邪見無所從生不起

法忍無我無人入諸因緣無瞋不諍無所訟
訴無我無壽循執句義而無識著慧無放逸
將御心識住無所住識理指趣因導非義淘
汰通流諸所倚法不造見人恃怙眞諦如法
所歸無著無入斷諸倚著滅諸無黠生老病
死悉爲除屏觀十二緣而不可盡覩諸住見
不墮顛倒是爲族姓子法之供養王子善蓋
從藥王佛聞法供養應時逮得柔順法忍即
脫身衣以覆佛上白世尊曰唯加聖恩建立
我志如來滅後願護正法與法供養降魔怨
敵將迎後法時佛知心然其末世當護法城
佛告比丘王子善蓋因佛現在以家之信出
家爲道常精進學興諸德本不久成就立五
神通總持辯才無能斷截佛滅度後神通總
持力無所畏即皆具足於十中劫藥王如來
所說經法爲轉法輪善蓋比丘護正法故於
一世中化千億人悉發無上正眞道意而不
退轉十四載人立聲聞緣覺地不可計人得
生天上比丘欲知時王寶蓋豈將異乎今現
在佛寶焰如來至眞等正覺是也其王千子
此賢劫中千佛興者是拘樓秦如來爲始最
後成者名曰欣樂太子善蓋今我身是是故
當知一切所供無過法供養去來今佛皆從
是出若族姓子族姓女欲得供養十方諸佛
即當受持正法華經諷誦讀宣示一切分別
一乘無有二乘道時佛頌曰
假使有一　欲解大法　開化一切　皆至正覺
當爭受持　斯法華經　宣示遠近　諸未聞者
譬如泉流　皆歸于海　合爲一味　無有若干
聲聞緣覺　及菩薩道　一切皆歸　無上正眞

譬如日月　照於天下　百穀藥木　及諸荆棘
斯典如是　以無極慧　照耀三界　皆入一義
曩昔如來　名曰藥王　時有聖王　名曰寶蓋
五劫供養　彼藥王佛　一切施安　無所乏少
告諸千子　使供養佛　千子受教　踊躍等心
供養如來　亦俱五劫　飲食牀卧　旛蓋妓樂
善蓋太子　閒居自惟　寧有供養　踰於此乎
空中天言　法供養勝　即自問言　何謂法供
天便告曰　當行問佛　太子即問　佛爲具説
難解之句　深妙法藏　空無想願　乃入正慧
大慈大悲　降伏衆魔　六十二見　自然爲除
無常苦空　非身之事　無我無人　無壽無命
順至將持　不起法忍　轉不退輪　法法相照
十二因縁　展轉相生　已解本無　無有終始
於是善蓋　得柔順忍　佛滅度後　守護法城
精進不懈　得五神通　總持辯才　開化一切
時千億人　皆立大道　十四載人　聲聞縁覺
無央數人　得生天上　以故歎講　法供爲最
假使有人　欲供養者　當受持此　正法華經
分別如來　善權方便　無有二乘　皆歸一道

爾時世尊告八萬菩薩因藥王開士縁諸菩薩等寧察斯四部衆無央數億天龍鬼神阿須倫迦留羅眞陀羅揵沓和摩休勒人與非人比丘比丘尼清信士清信女聲聞縁覺菩薩現在目覩聞如來説斯經典一切衆會聞一頌偈一發意頃歡喜勸助佛皆授斯四部之決當得無上正眞道意佛告藥王假使如來滅度之後聞斯經典一頌四句發意之頃代勸助者佛皆授決當得無上正眞道前以奉侍億百千佛從億百千佛發意立願是等

傳類愍傷衆人故來生耳從是經典受持一頌諷誦書寫載於竹帛銘著心懷念而不忘若聽誦音恭敬察之方如如來聖尊上句若以華香繒綵幢旛發意供養是經卷者叉手向之稽首作禮則當謂之世間所歸又告藥王若族姓子族姓女假使能持一頌勸助歡喜聞經卷名若得聞名則當學是將來世尊展轉相謂族姓子族姓女來世便爲如來至眞等正覺所以者何其受是經持讀書寫觀聽供養旛華繒綵雜香芬熏則當謂斯族姓子女成無上正眞道得滅度已若覩如來則普愍傷諸天世人從其所願而得自恣常生人間欲演斯經其人本已造微妙行因所作行則得生於嚴淨佛土常自觀緣欲講法故當知斯黨愍傷群生佛滅度故故來生此則

有反復如來所使其族姓子則謂彼人行如來事世尊所遣其有講說如來所宣斯法訓者若復不暢其身續蒙假使有人志性凶險常懷毒害發意之頃爲人所說不可之事其殃難測若一劫中誹謗如來毀斯人者罪等無異是皆悉爲如世尊種若族姓子講斯典時有小童子受是經卷白衣沙門若以一言惡事向之所不可意加於其人使聞惡言至誠虛忘宣揚惡聲則在凶罪猶如害意向於如來族姓子女受斯經典持諷誦讀而不遊行不爲人說當獲疊咎若受持經當以衣被甘饍飯食華香燈火琦珍殊妙供養奉散斯族姓子斯族姓女則爲大寶當爲作禮所以者何乃能一反聞斯經典若有聽者以所供養志願無上正眞道故時佛頌曰

若欲住佛道　志慕已功德　當供養彼人
持斯經典者　若樂諸通慧　恣意有所說
則當受斯典　并供養持者　說此經法者
愍傷於衆生　世吼之所遣　來化群生類
假使持是典　所生常清淨　强勇而自來
矜哀於衆庶　自在所欲生　最後於末世
斯經爲最上　從彼得覩遇　所當供奉養
諸天人華香　衣服諸覆蓋　常供給法師
恭敬彼人　亦當如佛　尋叉手禮　自然聖道
若最後時　逢值斯典　佛滅度已　受持經卷
常當供養　如奉最勝　飯食之屬　諸味具饍
房室牀卧　衣被億數　一反聞之　崇進如是
如來則授　其人之決　佛遣彼士　來在人間
若有最後　值遇斯典　設使聞者　書寫執持
於今佛在　現於目前　誹謗如來　具足一劫
心中懷恨　面色改常　其人即獲　無數殃釁
設有受持　是經卷者　而分別說　爲他人解
若有誹謗　此等倫者　其罪過彼　不可計數
假使有人　面現讚佛　而叉十指　具足一劫
清淨志求　斯尊佛道　億百千垓　咨嗟諸頌
稱詠法師　發心悅豫　其人獲福　不可限量
用宣譽是　明智者德　彼士獲福　復超於斯
而有人來　供養學者　若於十八　億千諸劫
其人供養　珍饌衆味　諸天香華　細輭精妙
計劫之數　十八千億　和聲悅顔　崎嶇以獻
若有一反　聞是經者　得諸利慶　無極難比

佛告藥王菩薩吾每散告前後所宣經品無量甫當說者經卷甚多比擬世間一切諸法今此典頌名祚顯綽最尊第一普天率土所不信樂如來正覺無所毀敗於內宴居審從

法師受斯典者則爲如來威力所護無能破壞乃前世時曾得聞之如來現在有聞斯典多有誹謗何況如來滅度之後難得值遇所欲志願而見覆蓋觀族姓子女爲如此也他方世界現在如來悉覩見之在所存立已身逮聞諸信力也善本功力也志願力也在如來室等頓一處斯之倫黨德如是也求如來水志存佛掌是乃前世願行所致佛滅度後若有信此正法華典者受持書寫供養奉順爲他人說德乃若斯佛告藥王菩薩若有能說斯經訓者書寫見者則於其人起佛神寺以大寶立高廣長大不當復著佛舍利也所以者何則爲全著如來舍利其有說此經法之處諷誦歌詠書寫書寫已竟竹帛經卷當供養事如佛塔寺歸命作禮一切華香雜香芬熏琴瑟箜篌幢蓋繒旛若有衆生欲得佛寺稽首作禮者當親近斯經無上道教又告藥王多有菩薩出家爲道及凡白衣行菩薩法不能得致如是像經及見讀說書寫供養其有菩薩行菩薩行曉了權宜假使得聞是佛景模菩薩所行所行法者聽者信樂來入其中解達分明即受供養於一座上應近無上正眞之道若有見者如是士夫入於斯義德不可計佛告藥王譬如男子渴極求水捨於平地穿鑿高原日日興功但見燥土積有時節其泉玄遠而不得水復於異時掘地甚多乃見泥水濁不可飲當奈之何其人不懈稍進得水於時男子覩本瑞應釋除狐疑無復猶豫吾興功夫積有日月今者乃能值得水耳如是藥王設有菩薩聞是經典而不受

持諷誦學者去於無上正真之道爲甚遠矣是景模者諸菩薩業假使聞此正法華經諷誦精修懷抱在心而奉行之爾乃疾成最正覺矣佛語藥王一切菩薩其有不肯受諷誦行者不能得至無上正真道最正覺也所以者何吾前以說班宣此言假使有人不樂斯經則爲違遠於諸如來此經典者道法之首衆慧之元成就菩薩若有菩薩聞此經典恐怖畏懅而不愛樂則當知之新學乘者若不恐怖則是久修菩薩之行若聲聞學遇是經法或恐或怖心懷畏懼爲憍慢恣佛語藥王如來滅度之後若有菩薩大士欲以是經爲四部說著如來衣坐於世尊師子之座然後爾乃爲四部衆宣傳此經何謂著於如來被服謂大忍辱柔和安雅是則名曰如來被服其族姓子當修此衣何謂世尊師子之座解一切法皆悉空寂處無想願是爲世尊師子之座又族姓子當作此住所坐若茲以此經法爲比丘比丘尼清信士清信女天龍鬼神廣分別說其心勇猛不懷怯弱志於大道開導四輩其族姓子若復處於他方世界化作化人及與眷屬比丘比丘尼清信士清信女頒宣此法設使有聞而不樂者吾起令樂必使愛憘若在閒居曠野之中有天龍神揵沓和阿須倫迦留羅真陀羅摩休勒吾遣化人爲說經法雖復向在異方刹土普當自現令衆人見若受此典不識句義失其次緒使諷學者嘗其威神令達義次爾時世尊即說偈曰

皆捐棄怯弱　而當聽此經　是法難得遇

信者亦難值　如人欲求水　穿掘於高原
數數積功夫　但覩乾燥土　彼觀自思惟
其水爲甚遠　所掘深乃爾　續見乾燥土
然後轉漸覩　濕土稍稍現　爾乃心決疑
今以得近水　其不聞是經　不數修行者
其人離道遠　去佛慧若此　斯經深巍巍
決諸聲聞事　逮聞此經王　聽之思惟義
則得近大道　智者成聖慧　猶如見濕土
爾乃知得水　當入於佛室　被服如來衣
則處吾聖坐　明者乃説此　慈心入吾室
忍柔和被服　解空師子座　所説無所畏
設乃瓦石打　爲人見罵詈　故爲宣此法
吾悉忍斯音　遊在億千土　吾身常堅固
無思議垓劫　爲衆生分別　佛滅度之後
爲衆去怨結　多遺諸化人　而説此經典
比丘比丘尼　清信士女等　當供養此輩
及諸來會者　石打杖撾罵　懷結而惡口
若有設此凶　化人悉呵教　假使獨自行
而諷誦翫習　不被無惡聲　質直遊閑居
其人在彼行　晝夜一已身　吾遣與共俱
爲伴説此經
其人辯才　無有罣礙　多能明了　隨順之法
可悦人民　億百千垓　猶如佛聖　之所建立
假使有人　不依此法　則爲名曰　諸菩薩逆
學者遊行　及有所坐　得見諸佛　如江河沙

七寶塔品第十一

爾時佛前七寶之塔從地涌出高二萬里適現繞佛超在虛空自然而立其塔殊好色若千變五種之華而雨其上紛紛如雪莊嚴校飾塔寺講堂以無數寶同共合成百千欄楯

窻牖軒戶不可稱計懸衆旛蓋垂寶瓔珞諸明月珠羅列虛空猶如衆星香鑪寶瓶滿中名香栴檀芬馨一切普熏三千大千佛之國土金銀瑠璃水精珊瑚琥珀硨磲碼碯以爲寶蓋其蓋高顯至第一天忉利諸天及四天王皆散香華供養七寶塔其塔寺中自然發聲歎言善哉善哉世尊安住審如所言道德玄妙超絶無侶慧平等一猶如虛空實無有異時四部衆見七寶塔在於虛空高大嚴妙巍巍無量光耀煒燁靡所不照頒宣善哉歡喜踊躍叉手而立瞻戴無猒時有菩薩名曰大辯見諸天人心懷猶豫乍悲乍喜欲得知此何所瑞應故前問佛唯然世尊今者何故七寶塔寺現大聖前高廣無極莫不見者而寶塔寺自然出聲讚曰善哉何所感動而有此瑞世尊則告大辯菩薩此寶塔寺有如來身完具一定而不缺滅東方去此不可計會諸佛世界有佛號名多寶如來國曰寶淨本行道時而自發願吾會當以此正法華經當自修成便諸菩薩皆得聽受然後乃坐於佛樹下逮成無上正眞之道其佛所念果如所言爲諸十方講說經法開化一切皆令得道於時其佛臨欲滅度普告諸天世間人民及諸比丘吾滅度後奉如來身全取其體一等完具興大塔寺若見塔者悉得其所功德難限于時其佛建立如是無極聖化十方世界其有講說此法華經吾七寶塔涌現諸佛所說經處其舍利身在七寶塔讚言善哉佛告大辯是七寶塔在于東方而處於下去是無量江河沙佛土在於虛空未曾出現今見能

仁如來正覺本行學道爲菩薩時用衆生故不惜身命精進不懈行權方便布施持戒忍辱精進一心智慧求頭與頭求眼與眼求鼻與鼻求耳與耳求手足肢體妻子侍從七寶車乘象馬衣裘國邑墟聚恣人所求無所愛惜自致得佛今故來現致敬能仁欲令能仁佛坐我所有師子金牀講正法華開化一切使蒙其恩能仁如來尋如所勸即昇講堂師子之座分別敷演正法華經而說頌曰

設聞多寶佛　知其名號者　未曾畏終始
不復遭苦患　多聞藥王師　假記名號者
衆病自然愈　尋則識宿命　一切所供養
奉法爲最上　分別空無慧　自致得佛道
宣揚法華經　以示諸不及　解本無三乘
順一無上眞

佛告大辯今者多寶如來至眞在斯塔寺遥聞說此正法華典是以涌出讚言善哉大辯菩薩復白佛言唯然世尊今我等類諸來會者欲得覩見多寶佛形願垂恩慈加以威神使諸來者各得其所開發大道佛告大辯菩薩多寶如來本亦自誓我之塔寺所至方面聽此經典設諸如來及四部衆欲覩吾身隨其十方之所欲願皆當得見咸共供養於此化像大辯欲知我身亦當感是十方諸佛一切世界所化如來講說法者皆令詣此爾時大辯菩薩復白佛言唯然世尊垂加大恩普現一切十方國土諸佛聖德佛默然可即時演放眉間白毛微妙光明普照十方各五百江河沙等億百千數諸佛國土一切世尊各各普現止其佛土坐於樹下奇妙莊嚴師子

之座與無央數百千菩薩在寶交露布好坐具珍琦殊異懸繒旛蓋垂於四面諸佛坐之爲諸衆生講說經法音聲柔和靡不解達百千菩薩咨受所聞東西南北四隅上下無數百千億垓難量江河沙等諸佛世界皆亦如是靡不見者時十方佛各各自告諸菩薩等諸族姓子汝輩當往詣忍世界見能仁佛如來至真并當瞻戴多寶世尊形像塔寺彼時於此忍界所有功勳善德殊雅威神自然而現七寶諸樹周帀而生其地悉變爲紺瑠璃以紫磨金而爲長繩連綿莊飾八交露道其地平正除諸郡國縣邑村落大海江河川流泉源皆不復現但見自然諸天香鑪燒衆名香普雨天華於此佛土應時移徙諸天人民在他佛國時諸衆會現在七寶諸交露帳七寶諸交露帳莊嚴殊妙不可稱量徧此佛土時彼十方一切諸佛各有侍者亦復皆來詣此忍界各各至於衆寶樹下此諸寶樹高二萬二千里枝葉華實各各茂盛斯寶樹下有師子牀高二萬里皆以琦寶衆珍爲座如來坐上如是比像於此三千大千世界但見諸佛靡不周徧非是釋迦文如來至真等正覺之所變現也各從十方諸佛刹土而來到此顯示大道無極之德爾時世尊釋迦文尼變諸如來所化形像在於八方各二萬億所有國土皆無地獄餓鬼畜生移徙諸天及阿須倫在於他方諸佛世界令二萬億諸佛國土地紺瑠璃皆以七寶變成樹木其諸寶樹高二萬二千里枝葉華實各各茂盛諸師子座高二萬里此諸佛土而皆平正無有河海衆

流泉源亦無諸山目隣大目隣山須彌山王鐵圍大鐵圍山一一佛土其地平等七寶合成各各莊嚴諸寶交露快樂難量徧布諸華燒衆名香諸寶樹下各有如來坐師子牀如是比類復更別有二萬世界能仁如來各爲諸方而持莊嚴顯現清淨皆爲諸佛作其處所此諸佛土亦無地獄餓鬼畜生諸天龍鬼神及阿須倫亦復移徙諸天人民在他佛土此諸佛土地紺瑠璃以紫磨金而爲寶繩連綿諸樹八重交道又彼諸樹高大好妙亦復如前師子之牀莊嚴校飾其地平正無有山河江海之事香華衆寶珍琦交露垂明月珠亦復如前行來進止道徑由路等無差特爾時釋迦文佛所化如來在於東方恒沙等剎班宣道教皆復來至十方世界各三千億諸佛正覺皆來詣此而悉坐於師子寶牀各取寶華授諸侍者諸族姓子汝等往詣耆闍崛山能仁佛所致吾名字敬問無量聖體康强力勢如常所遊安耶以此衆華供散彼佛及諸菩薩衆弟子上宣我所言多所開化於是釋迦文如來至眞見諸所化各各坐於師子之座及諸侍者皆來集會齎華供養即從座起住於虛空四部之衆悉亦各起叉手而立佛以手指開七寶寺講堂之戶亘然通徹晃若日出譬如開於大國城門而以管籥去其關軸內外無礙釋迦文佛以手兩指開七寶寺講堂之戶現其威德不可稱限亦復如茲如來適開七寶寺戶多寶如來至眞等正覺身即現矣坐師子牀肌色如故亦不枯燥威光端正相好如畫口重宣言善哉善哉釋迦

文佛說此經典何其快乎吾以欲聞此經法故故自出現時四部衆見多寶如來至眞等正覺聞其滅度去世已來不可稱計億百千劫聽言善哉甚大驚怪初未曾有即以天華供養散於釋迦文佛多寶如來時多寶佛則以半座與釋迦文佛七寶寺中有聲出曰釋迦文佛願坐此牀釋迦文佛輒如其言時二如來共同一處在於虛空七寶交露坐師子牀時四部衆各各念言諸佛至眞道德高遠而不可逮巍巍難量不可稱限唯願如來垂意見念加威神恩令我等輩俱處虛空佛知所念現神足力使四部衆自然超上處於虛空時釋迦文佛告四部衆諸比丘等於此忍界誰能堪任說此經典今是其時亦是大節如來現在若滅度後當受此法持諷誦讀今如來身幸欲滅度比丘當捨如來所供養供事之宜奉順恭敬於此經典於是說頌曰

無極大聖　來至於斯　導師因現　奇妙塔寺
比丘欲知　聽法故舉　何人省是　不興精進
滅度以來　無央數劫　今日乃能　欲聽經典
以故發來　因緣宣教　得度無極　法之善利
於往古世　自興此誓　導師所願　正由此道
滅度以來　久遠乃爾　於今復現　十方世界
自在去是　悠悠極迥　億百千數　如江河沙
因經典故　而發詣此　滅度聖將　而自現矣
各各遊在　於諸國土　一切志樂　聲聞之行
皆欲將護　於正法故　何緣當今　經典久存
因由依附　諸佛之道　在無央數　諸佛世界
聚合衆生　遊至於斯　修治嚴淨　神足之力
各各自說　如是廣義　何因得說　於茲法眼

諸佛住此　不可稱計　在於樹下　而處道場
其身眞諦　巍巍億垓　諸導師衆　坐師子牀
清淨常正　明顯如日　若如大光　除諸陰冥
柔輭美香　熏於十方　供養達至　愍傷世者
其有度脫　一切衆生　恩德流布　常通於此
吾滅度之後　其持此經典　速逮得受決
目見世導師　佛滅度之後　其多寶仁賢
聞見師子座　塔寺所在處　我身次在是
億千來至此　最勝子所由　堪說此經典
若聞此法　能受究竟　則爲奉事　歸命我身
并及多寶　如來之尊　順奉現在　十方諸佛
復及今來　諸導師衆　莊校聖體　殊妙難量
悉爲供養　具足無限　用導修受　此經典故
以曾見吾　聞所講說　亦復更覲　寺中世尊
并餘無數　諸導師衆　從百千億　國土至此

思念族姓子　愍傷子衆生　此處難可值
諸導師所樂　諸無數經卷　猶如江河沙
佛雖說彼經　不足爲奇特　其度須彌山
則以手舉持　跳著億千國　不足以爲難
設有分別說　章句述百千　聞億千佛國
不足以爲難　若住極上界　爲天人講說
宣暢無量經　不足以爲難　佛滅度之後
末世能堪受　須宣此經典　爾乃爲奇特
若以一手拳　捉盡於虛空　至於無所至
不足以爲難　我滅度之後　若歸如是像
來世書是經　爾乃爲奇特　設取十方地
舉著於爪上　擎行恣所遊　昇置于梵天
此者不爲難　精進無奇特　不如於來世
須臾讀此經　假使劫燒時　人踐火中行
及擔草不燒　不足以爲奇　我滅度之後

若持此經典　爲一人說者　爾乃爲殊特
假使有受持　八萬諸法藏　班宣如所說
以示億千人　比丘於彼世　開化諸聲聞
住於神通者　不足爲奇異　設持此經典
信喜而愛樂　數數咨講者　爾乃爲殊特
若無數億千　興立無著塔　六通極大聖
猶如恒邊沙　佛滅度之後　設持此經者
其人得功報　過是難限量　百千諸世界
說法不可計　今我亦宣暢　佛慧所分別
計是經典者　一切經中尊　其奉持此典
則侍諸佛身　族姓子講說　現在如來前
後世持是經　賢者乃堪任　須臾持此經
則爲奉敬佛　一切諸導師　是經難值遇
一切十方佛　爲現所咨嗟　勇猛有威神
神通爲已達　名德遠流布　諸佛所愛樂
因持此經故　逮得寂定地　導師滅度後
則爲天世人　顯示作眼目　宣布此經故
於當來之世　須臾說此典　其一切衆生
稽首禮明者

梵志品第十二

時能仁佛告諸衆會吾往無數難稱限劫求法華經未曾懈倦時作國王遵修大法六度無極布施金銀水精瑠璃琥珀珊瑚珠玉硨磲碼碯頭目肌肉手足肢體妻子男女象馬車乘不惜軀命時人壽長不可計會吾用法故棄捨國位委政太子行求大典擊鼓振鐸宣令華裔有能爲吾演大經者吾當爲僕供給走使時有梵志而報之曰我有大典正法華經若能爲僕吾當惠與佛告比丘吾聞其言歡喜從命奉侍梵志給所當得水漿飲食

掃灑應對趨走採菓儲畜資粮未曾懈廢奉侍千歲使無僥渴佛時頌曰

擊鼓振鐸　宣令遠近　欲求大典　正法華經
若見賜者　吾當爲僕　趨走役使　給所當得
甘心樂聞　不敢疲倦　所當供養　不惜身力
趣欲聞受　正法華經　願及十方　不適爲已
其王精進　未曾休息　衣食供命　不求甘綺
愍念衆生　諸未度者　尋時即獲　正法華經

佛告諸比丘時國王者則吾身是也梵志者調達是也令吾具足六度無極大慈大悲成四等心三十二相八十種好紫磨金色十種力四無所畏四事不護十八不共威神尊重度脫十方皆由調達恩德之力調達於後無央數劫當得作佛號曰天王如來至真等正覺明行成爲善逝世間解無上士道法御天人師爲佛衆祐世界名天衢時天王佛廣說經法如江河沙衆生得無著證無數不可計人志在緣覺如江河沙無量烝民皆發無上正真道意至不退轉其佛當壽二十中劫滅度之後正法當住二十中劫不散身骨合全舍利起七寶塔高六十里周八十里普天下人悉往供養華香伎樂歌頌功德繞塔作禮不可計人得無著證無央數人志緣覺乘不可思議無量天人發無上正真道意志不退轉若族姓子族姓女逮得聞是正法華經心中爠然而無狐疑杜塞三趣不墮地獄餓鬼畜生便當得生十方佛前咨受正化若在天上世間豪貴若在佛前自然化生七寶蓮華於時下方多寶世尊所從菩薩號曰智積自啓其佛當還本土時能仁佛告智積曰吾有

菩薩名溥首童眞且待斯須可與相見宜叙闊別咨講經典乃還本土於是溥首坐七寶蓮華華有千葉大如車輪與諸菩薩俱坐寶華從龍王宮涌出大海溥首童眞皆退下華禮二佛已與智積菩薩對相問訊智積菩薩問溥首曰所詣海淵化度幾何答曰其數無量不可稱限非口所宣非心所計如今不久自當有應所說未竟尋有蓮華從海湧出在虛空中無數菩薩皆坐其上此皆溥首在海之所化悉發大意其志無上正眞道者普在空中講大乘事本發聲聞意者在於虛空說弟子行解知大乘溥首前謂智積曰在海所化其現如茲智積菩薩以頌問曰

至仁慧無量　化海衆實數　唯爲露聖旨
分別說其意

溥首答曰在於海中唯但敷演正法華經智積又問其法甚深尊妙難及能有尋時成佛者乎溥首答曰龍王有女厥年八歲聰明智慧與衆超異發大道意志願弘廣性行和雅而不倉卒便可成佛智積又問我覩能仁是仁大師本求佛道爲菩薩時積功累德精進不懈歷劫難計乃得佛道不信此女便成正覺言語未竟女忽然現稽首作禮繞佛三帀却住讃曰

功祚殊妙達　現相三十二　諸天所敬侍
神龍皆戴仰　一切衆生類　莫不宗奉者
今我欲成佛　說法救群生

時舍利弗即謂女言仁雖發意有無極慧佛不可得又如女身累劫精進功積顯著尚不得佛所以者何以女人身未階五位一曰天

帝二曰梵天三曰天魔四曰轉輪聖王五曰
大士其女即以一如意珠賈當是世時孚供
上佛佛輒受之女謂舍利弗及智積曰吾以
此珠供上世尊佛受疾不答曰俱疾女曰今
我取無上正眞道成最正覺速疾於斯變成
男子菩薩尋即成佛相三十二衆好具足國
土名號衆會皆見怪未曾有無央數人天龍
鬼神皆發無上正眞道意三千世界六反震
動三萬道跡得不退轉皆當逮成無上正眞
道舍利弗智積菩薩默然無言

正法華經卷第六

音釋

篋苦協切箱屬　淘汰淘徒刀切洗濯也汰他蓋切沙汰也　曩奴朗切鄉也　釁許覲切隙也　崎嶇崎去奇切嶇豈俱切崎嶇猶艱難也　綽昌約切寛也　頒逋還切分布也　籥以灼切與鑰同關下牡也　跳他弔切越也　鐸徒落切鈴屬　衢其俱切

正法華經卷第七

西晉三藏竺法護譯

勸說品第十三

爾時有菩薩名藥王復有菩薩名曰大辯與二萬菩薩俱於世尊前面自啓白唯願大聖自安宣教勿以為慮如來至真滅度之後我等當共分布斯經講說示人假使有人儱悏自用性不循調薄德無福心懷自大著供養利不備善本離於解脫難可成就我等世尊興忍辱力在於彼世受此經典書持誦說供養奉事懷佩在身除於吾我班宣斯經報安住恩爾時會中五百比丘學不學者前白佛言唯然世尊吾等堪任宣布此經又復大聖他方世界如來聲聞諸學不學佛悉授決當成無上正真之道一切叉手而禮世尊八十比丘復白佛言大聖自安勿以為慮滅度之後當廣解說傳此經道亦當宣布他方世界所以者何此忍世界人多憍慢本德薄少心常懷亂如火毒然迷惑三界不能自安爾時大敬遠比丘尼與六千比丘尼俱瞻戴尊顏不以為厭啓白佛言道德至尊巍巍無量超絕虛空無能及者佛即告曰汝輩瞿曇彌勿懷悒悒而為愁慼悲顏觀佛恨言如來而不班宣獨不見蒙授無上至真正覺之決一切眾會等共和同爾乃演布授眾人決當至無上正真之道皆一等味味無有異從是以往汝當遭值三萬八千億諸佛之眾供養奉事當為菩薩常為法師比學不學六千比丘尼為諸眾生菩薩法師次第具足菩薩行已當成為佛號曰一切眾生咸敬如來至真等正

覺成佛已後開化人民各各展轉共相授決當成爲佛度脫無數不可計人於是羅云母比丘尼及持名聞各心念言今佛世尊而不慇念獨見遺棄於時大聖告名聞比丘尼今我班宣告語遠近當於十萬億佛修道常爲法師奉菩薩所行遵修具足當得作佛號具百千光幢旛如來至真等正覺明行成爲善逝世間解無上士道法御天人師爲佛衆祐其世界名仁賢爾時其佛光明威神無數百千壽不可限時大敬逵及羅云母比丘尼等得未曾有驚喜悅豫即說此偈而嗟歎佛

世尊所開示　爲衆之導師　開化於世界
并及於天人　天人所奉事　今者見慰撫
以爲大導師　充滿悅我意

比丘尼說此頌已白世尊曰唯然大聖我等信樂是佛法訓堪任說讀又及餘人他方世界於是世尊顧眄八十億垓百千逮諸總持開士講不退轉法輪時諸菩薩見佛照臨尋叉手啓白唯願大聖以斯經典付授我等講說宣布得此經卷專惟佛德諸族姓子欣仰世尊俯察已身前世所行平等之願則於佛前而師子吼如來滅度後若此經法在於十方我等書寫受持諷誦思惟其義分別布露顯化餘人亦令如斯承佛聖旨我之朋黨處殊異土大聖加恩將擭我等使得成立爾時諸菩薩大士同心等意佛前說頌曰

唯願世尊　默然安聖　佛滅度後　光闡景訓
然後末世　恐有患難　當普班宣　分別說之
若撾捶罵詈　以石打擲者　大聖往來世
鄙當忍此愚　語言難曉了　諛諂癡憍慢

然後處山巖　無獲謂有得　無便於智慧
當何以報答　獨行順心志　懷惡爲無忍
在居貪惡聲　當爲說經法　所講言決除
猶若比六通　凶暴秉毒心　處寂行斯想
入燕而獨住　不慕駡詈對　是我等無忍
猗著於利養　則是外道人　所說爲已施
於經自精進　猶以供養故　於衆會中說
宣吾等名譽　若至國王宮　大臣及寮屬
并梵志長者　若餘比丘所　謗毀說我惡
所行如邪道　吾當悉忍此　常奉侍大聖
爾時雖憂慼　若使能忍辱　以斯佛所說
悉當呵教人　劫亂比丘諍　凶暴大恐懼
悉駡詈我等　諸比丘如鬼　在世行恭敬
皆令忍苦患　以順柔輭性　故當說此經
吾等不貪身　亦不惜壽命　當堪奉持此
志願於佛道　世尊具知之　如凶惡比丘
然後來末世　當分別開解　顏色常不悅
數數犯不當　遊行不以時　衣服多不正
假使今世雄　滅度後末世　在衆會勇猛
分別說是經　若行求入城　儻有所慕索
所居當施與　佛智不令墮　用愛樂世源
興修仁善心　少欲行節限　逮善寂滅度
一切世光耀　十方悉來會　我當言至誠
悉見心不虛

安樂行品第十四

於是溥首大士白佛唯大聖比諸菩薩恭敬世尊所當勸悅難及難及何時應當爲一切衆說斯經典佛語溥首曰菩薩先處二法乃應講經一曰威儀二曰禮節何謂菩薩解知威儀假使持心忍辱調柔將護其意畏不自

立其志如地不見有人不見有人而行法者觀自然相諸法本無此諸法者衆行之式亦無想念是謂威儀何謂禮節設令菩薩不與王者太子大臣吏民從事不與外道異學交啓不尚世典讃叙音韶合偶習俗不貪不學不與屠殺漁獵弋射雞鶩羅網賊害從事不與歌樂遊戲衆會同處不與聲聞比丘比丘尼清信士清信女從事亦不親近行禮問訊不共止頓不與同志經行燒香散華然燈除其往至講經會時唯與講會而共從事縱有所說亦無所著是爲禮節又語溥首菩薩大士不嫪家居宗室親屬不慇懃思見内人女弱獨說經法亦不頻數詣群從幼童男女及餘異人而說輙語所不當講不爲定意疾癲說經不與住立亦不同類亦不與一比丘獨入房室除念如來精進爲行縱爲女人有說經緣不於是中汙染法味不令受取而廣義理不與沙彌比丘尼童子童女共在一處常好宴坐綢繆好習辟屛閑居是爲禮節又語溥首菩薩大士觀一切法皆爲空無如所住立已墮顛倒所立正諦常住如法專秉身心不動不搖不退不轉蠲捨滅盡不生不有無有自然無爲無數無所可有遠無所有除諸言辭不住無爲無想不想得伏諸想假使菩薩乙密觀察斯一切法款款修此所當行者常住威儀禮節二事世尊欲重解現此義而歎頌曰

若菩薩好樂　說此經典者　於後當來世
勇猛無怯劣　順威儀禮節　善明清白行
國王及太子　大臣僚屬吏　外道若異學

屠獵惡害品　抑制交啓習　不與通往返
比丘放羅漢　除立於法律　不與自大俱
復遠犯禁者　比丘比丘尼　調譺謿話談
捨離清信女　不與無益言　現在欲獲法
常當止息非　好住滅度地　是謂爲威儀
假使不肯往　諮問於道法　斯爲持法說
不怯無所著　衆生有癩疾　若親屬宗室
毋人諸細色　悉當捨離去　不與是等俱
而積植德本　當捨販賣業　諸慢不恭敬
棄捐諸住立　不爲已身害　若干種蟲豸
不習食噉肉　蠲捨諸非法　喜瞋恚恨者
所行乃如是　亦不與談語　不與强顔俱
及餘自用性　作行如是者　皆當屏除之
明者設有緣　爲女人說經　而不獨遊行
不住於調戲　設入出聚落　數數行求食
將一比丘伴　常志念於佛　佛故先示現
此威儀禮節　其奉持斯典　則當勤行之
上中下劣人　若不行法者　元元常供養
一切皆至誠　丈夫無想念　堅固行勇猛
不知一切法　亦不見滅盡　一切諸菩薩
是謂爲威儀　如常行禮節　且當聽察此
斯當講說　無爲之法　一切不與　亦無所生
建志常立　觀採空義　此爲明者　所行禮節
有所念者　悉顛倒想　以無爲有　用虛作實
雖有所起　諸法無生　因想蹉錯　而生諸有
心常專一　善修三昧　建立於行　若須彌頂
所住如此　普觀諸法　是一切法　猶如虛空
譬如虛無　等無堅固　不念取勝　無所棄捐
諸法所處　無有常名　是爲明者　所行禮節
我滅度後　若有比丘　敢能守護　如是法則

無所怯輭心不起想　爲無數人　說此經典
其明喆者　所念以時　若入屋室　所行若茲
觀察諸法　一切普淨　寘然說義　而不動搖
國主帝王　及與太子　欲聽聞法　皆供養之
并餘長者　及諸梵志　立諸眷屬　皆無所欲
又語溥首如來滅度之後欲說此經住于安
隱已立安隱不懷諛諂無眩惑心乃說經法
藏戢身懷或載竹帛爲他人說亦不多辭亦
無所生亦不輕慢諸餘比丘爲法師者亦不
歌歎亦不毀呰異心比丘爲聲聞者未曾舉
名說其瑕穢亦不誹謗亦不仇怨意想待之
未曾毀呰居家行者無所志願不違彼行亦
無所想行來安住而立義要往來周旋若詣
法會自護已身行無所失而說經法若有請
問心無所倚離聲聞乘有所發遣覺了佛慧

佛時頌曰
智者常安　住於佛道　先隱定坐　爾乃說經
若當敷座　務令柔輭　若干種具　所置綺粲
體常櫬著　淨潔被服　於七七日　而習經行
猶如黑雲　在於虛空　合集積累　弘雅功德
所處之座　具足篋藏　牀足堅固　平坦顯赫
無數坐具　氎褥綩綖　儼然正首　尊其視瞻
安詳昇處　高廣法座　而普等心　爲一切人
國主帝王　太子大臣　及諸比丘　比丘尼衆
清信高士　及清信女　應所樂聞　爲講無量
明智無限　次第剖判　爲演種種　微妙之義
追逐侍後　請求問義　斯睿喆者　復爲解說
而入神足　柔順之忍　其有聽聞　悉得佛道
斯智慧士　皆爲一切　進却棄除　懈怠疲猒
常以慈心　爲衆說經　未曾起于　勞廢之想

晝夜歌誦 詠尊法訓 分別演說 億百姟諭
普能勸悅 諸會者心 無敢生念 欲危害者
若得供養 飲食之具 牀臥所安 衣服被枕
病瘦醫藥 而無僥冀 不從衆人 有所請求
除其瞻勞 住廟精舍 欲令衆庶 悉解佛道
若一切人 來聽經法 我乃加豫 如獲大安
佛滅度後 若有比丘 宣揚經法 無所希望
無所妨廢 不遭苦患 常察精進 離於疾病
無能爲彼 造恐怖事 不被杖痛 無誹謗想
身無疲猒 不有所患 其人住忍 得力如是
其明智者 所處安隱 有所存立 如佛言教
若以咨嗟 億百功德 一切稱譽 不能究竟

又語溥首如來滅度若有菩薩於是經卷懷疑不了若說教化聞不堅固性不調和見餘菩薩求大乘者爲造虛妄而誹謗之見聲聞緣覺比丘比丘尼清信士清信女若值菩薩心爲躊躇不即往見其族姓子則遠無上正真之道而不得近佛天中天也所在行處假使究竟不蒙福力不成最正覺菩薩得三乘猶如師子在於林樹若有猶豫自然遠離不樂所樂亦不不樂若於衆生修行慈力至於如來與大父想見諸菩薩念如世尊及諸處家未離塵穢寬弘等敬禮節恭肅淨諸法義無疑無結嚴一切法謹慎安諦欽順平等不著經法極有所樂亦無所至所在晝夜敬護此典溥首是爲三法之行菩薩觀時然後乃說造安隱行不被煩惱亦不嬈害說此經法者與同學者等心道友若講若聞信樂斯典誦持書寫載之竹帛供養奉侍德不可量說巳安住則乃頌曰

若有嫉妬　懷難億數　其法師慈　當遠憎惡
有明智者　不造貪著　若欲讀斯　正典模者
未曾誹謗　説人之惡　亦不墮非　諸疑邪見
心常燿然　無有沈吟　以愍傷故　得了此定
安住之子　亦能忍辱　其人常屏　貢高自大
數數講誦　佛之典誥　未曾以此　持作懈惓
其有菩薩　在十方者　愍傷衆生　於世興行
順造恭敬　學聖慧者　皆當念之　是我世尊
思念諸佛　兩足之上　視諸菩薩　如視父母
設有求道　無有情欲　棄捐吾我　自大之想
假使聽省　如是像法　其明士等　當自愼護
所行安隱　常得調定　將御佛道　救億衆生

又語溥首如來滅度後若菩薩大士奉行斯典常以時節其是比丘當行慈愍向諸白衣出家寂志一切群生行菩薩道者常念過去世行大乘者善權方便演眞諦義若聽聞者不知不了不悦不信不省不綜反自歎説我當逮得無上正眞道成最正覺威神足力而欲得飛溥首當知吾見斯等佛滅度後菩薩有四事説法而不諍怒何等爲四爲諸比丘比丘尼清信士清信女所見奉敬帝王太子大臣群僚郡國人民所見供養長者梵志悉共承順虛空神明無數天子聽所説經天龍鬼神侍衞其後皆營護之是爲四若入縣邑還歸室宅晝夜悉來諮問經法若爲解説分別所歸莫不歡喜所以者何溥首欲知皆佛所建立加此經恩去來今佛盡從斯生亦護是典若於忍界聞正法華品服聽聞名者甚難值遇溥首譬有大力轉輪聖王威德弘茂順化所領諸餘敵國未率伏者不敢闚闟若

轉輪王興舉衆兵當有所討不賓之臣欲拒大邦雄猛將士奮武剋捷莫不稽顙王用歡喜斷功定賞封城食邑賜之土田七寶琦珍象馬車乘男女奴婢元首効勳勲殊特者王解髻中明珠賜之所以者何臣當國疆華裔乃康如來正覺亦復如是爲大法王無極道帝自伏其心以法教化以德消害以慧戰鬪降諸法王無極之衆無量經典百千要義咸施群生無所衩弊詔平等城其見身魔能與魔戰以賢聖法攻婬怒癡降魔官屬盡三界患至于滅度所作剋捷則大勇猛於後無壞亦無有實因由諸虚致此世間如處色像一切因緣普諸世界古今以來無有信此正法華經未曾暢說所以說者由諸通慧大慈所致如大聖帝髻中明珠以爲世尊第一法要緣是趣行如來使聞深妙之典往古來今諸行班宣斯經爲最消除一切緣起之患猶如聖帝珍重愛護髻中明珠久乃解出以賜有功如來如是夙夜寶護最妙無瑕從來甚久立諸法頂今日加哀乃演散耳世尊欲重顯現要義而歎頌曰

今日如來　慈心之力　常愍衆生　群萌之界
安住咨嗟　最尊經卷　故分別説　如斯典誥
最後世時　志菩薩法　若使出學　及居家者
若聞此經　慈心戰慄　一切普現　不得誹謗
吾本初始　得佛道時　如今如來　現在之時
設能逮聞　於是尊經　則便建立　億權方便
猶如勢力　轉輪聖王　戰鬪降伏　外異國王
得賜象馬　車乘篋藏　又加封邑　城郭郡土
或有得賜　手足寶鐶　微妙之色　紫磨金珍

眞珠夜光　硨磲碧玉　種種殊別　奇財妙異
若干諸物　各用賜之　使一切衆　踊躍驚喜
覩所立功　怪未曾有　最後解髻　明月寶施
佛亦如是　今爲法王　忍辱之力　無極慧音
常行慈愍　興發哀護　以法等化　一切世間
覩諸衆庶　憂惱之患　講說經法　億千之數
曉知衆生　所應方便　今日衆生　以爲盡源
於時法王　無極大聖　分別經卷　億百千垓
以知黎庶　志力猛慧　便說此經　如髻明珠
最後世時　正典所處　一切諸法　皆無及者
欽仰是經　未曾輕講　識練幽微　慧明者聞
吾以演現　如是像法　佛滅度後　當恃怙之
其有志求　斯尊道者　普當授決　如佛所言
彼人未曾　有疵瑕欲　無有疾病　衆患所難
則於末後　將來之世　便即逮成　無上眞慧

殊勝差特　普當具足　諸四部衆　亦復順遇
若有聞者　除身諸漏　怪其無爲　悉叉手歸
已身景耀　所照光光　其奉行是　所獲若此
得成正典　而轉法輪　則覩弘模　及見最勝
夢中聞見　百福德相　紫磨金色　佛所說經
設得聞已　爲衆會說　及諸親族　皆悉具足
又復所護　一切除棄　若使卧夢　所見如是
悉捨遠離　而行出家　皆得往至　於佛道場
即便處於　師子之座　是爲求道　所獲利義
所謂七寶　悉歸於斯　修此則奉　最勝如來
以得佛道　存立慧施　即轉法輪　無有諸漏
爲諸四輩　而說經法　不可思議　億千劫數
分別講說　無漏之法　教化無數　億垓衆生
夢中所見　如斯色像　滅度因緣　悉無生死
溥首當知　常志道者　多所教化　不可限量

最後末世　求斯尊法　分別廣說　安住所演

菩薩從地涌出品第十五

於時他方世界八江河沙等菩薩大士各異形服來詣佛所稽首于地長跪叉手白世尊曰鄙之徒類來造忍界欲聞斯典受持諷寫精進供養奉行如法唯願大聖垂心於我如來滅後以正法華經加哀見付世尊告曰止族姓子仁等無乃建發是計今此忍界自有八江河沙等大士一一大士各有眷屬如六十億江河沙等菩薩大士後末世時皆當受持分別班宣時此佛界周普無數億百千垓諸菩薩衆自然雲集顏貌殊妙紫磨金色三十二相莊嚴其身在於地下攝護土界人民道行倚斯忍界聞佛顯揚法華音聲從地涌出一一菩薩與六十億江河沙等諸菩薩俱營從相隨一心一行無有差別或半江河沙百千菩薩來者或四十分江河沙或五十分江河沙或百分江河沙或四百分江河沙或五百分江河沙或千分或百千分江河沙或億百千分江河沙等菩薩各各朋黨相隨來或復無數億百千菩薩眷屬而來至者或有二百千同行修菩薩道或有百千各有眷屬或有千眷屬或有五百眷屬或四百眷屬或三百眷屬或二百眷屬或百眷屬或五十眷屬或四十眷屬或三十眷屬或二十眷屬或十眷屬或五眷屬或四眷屬或三眷屬或二眷屬或一眷屬或獨而至不可稱限其數難喻從地涌出或從上下或從四方來至忍世界悉住空中見於滅度多寶世尊能仁大聖各處七寶樹下坐師子牀尋稽首禮二如來

至真等正覺右繞三帀却住一面或有菩薩以若干品奇妙之義咨嗟二尊歎詠諸佛從始以來假使具足五十中劫不能究暢能仁世尊爲勤苦行與佛別來亦復如是四部衆會等無差特亦復默然爾時世尊即如色像現其神足令四部衆悉得普見又使念知此忍世界諸菩薩衆於虛空中各各攝護百千佛土諸菩薩衆皆滿具足百千佛土又此大衆有四菩薩以爲元首其名曰種種行菩薩無量行菩薩以清淨行菩薩建立行菩薩是爲四於無限無量塵數雲集大會菩薩之上最也於是四菩薩大士各與大衆不可思議部部住立於世尊前叉手白曰大聖體尊起居康强蠲除衆病所行安耶群生各各善順律行處于清涼無衆患乎此類將無與墜嶮谷時四菩薩大士以偈讃曰

世雄闡光耀　所行康强耶　救脫現在者
衆行無患難　衆生善因室　快受諦清淨
得無起疲猒　寧受世吼命

爾時世尊告衆大會諸菩薩曰諸族姓子佛所行安無疾無患衆庶各各悉受律行善學道教不敢與猒欲至嚴淨所以者何斯之品類乃於往古諸平等覺各各作行是諸聲聞信樂吾教入于佛慧又各各與三乘學者住聲聞乘我悉立志入佛大慧時諸菩薩而歎頌曰

善哉快世尊　我等悉勸助　乃令衆生一
善化微妙律　欲得聞大聖　教命詢深要
聽之歡喜信　乃入法供養

於是世尊語大會菩薩曰善哉善哉諸族姓

子誠如所云如來所詔各隨權宜不違本旨時彌勒大士及餘八億江河沙菩薩俱舉聲而歎頌曰

從古以來　未曾見聞　乃有爾所　菩薩之衆
從地涌出　住世尊前　供養歸命　是等儔類
從何來乎

彌勒即知八億江河沙菩薩心之所念尋時叉手以偈問曰

無央數百千　於算巨億載　不可稱限量
未曾見菩薩　來詣兩足尊　曷因是何等
大通所從來　其像巨億長　一切志强勇
雄猛爲大聖　端正可欽敬　今爲所從來
世尊一一見　慧雅諸菩薩　眷屬無央數
猶如江河沙　其數超江河　具足度佛法
諸菩薩眷屬　皆逮正覺道　如是群英倫
集會禮大聖　具足滿六十　百千江河沙
其數過於彼　眷屬無思想　五百江河沙
或四或三百　或二百江河　諸營從如是
其限復殊此　或五或復十　一一諸眷屬
世尊大聖子　斯等緣何來　至于導師所
或四三或二　或一江河沙　江沙數各來
伴侶悉善學　甚多不可限　除住空中者
於億百千劫　不可卒合聚　半江或三分
或十或二十　具足衆立行　明哲衆菩薩
俱住於空中　其限不可量　現別無彼此
億劫行清淨　又無量異部　眷屬不可量
億億復超億　或有半億者　或十或二十
五四三或二　諸雄從眷屬　無能籌量者
身各自修行　寂寞樂等道　恬怕如虛空
別來者無限　猶如江河劫　莫能有計者

在精舍寂室　各從其方來　一切大神聖
皆用尊故至　諸菩薩雄猛　何從忽現此
誰爲彼說經　誰立於佛道　爲顯何佛教
建立何佛行　細微各可敬　普從四方來
因明目神足　大慧忽然現　於羸曠世界
能仁令充備　仁賢諸菩薩　倫黨自然至
從生出以來　未見如斯變　願說其國土
大聖哀盡名　十方所從發　各懷十八法
吾未曾得見　如斯等菩薩　我爲最勝子
未曾見聞此　今斯若干衆　能仁願說行
菩薩無數千　百垓難可限　諸億千無量
本爲何所處　諸菩薩勇猛　志性不可量
如是之等類　大雄願說之

爾時他方世界無央數億百千垓諸如來至真等正覺普從十方詣能仁如來勸說法者各各坐于七寶樹下師子之牀是諸如來侍者各各見諸菩薩無量大會部部變化從地涌出各各住立自問其佛比諸菩薩大士之等從何所來不可計量無有邊際時彼諸佛各各告其侍者曰諸族姓子且待須臾有菩薩名彌勒爲能仁如來所授決當逮無上正真道成最正覺自問能仁如爾所怪佛爲一一分別義歸悉靜一心而俱聽之爾時佛告彌勒大士善哉阿逸仁者所問極大微妙優奧難量且聽且聽今我說之一切菩薩及諸會者普當堅固强猛力勢於無上意當知如來慧見無底諸大聖立境界無量禪定智慧所樂自恣莫能宣暢而剖判說方便興化不可限量時佛頌曰

諸族姓子　皆聽佛道　今吾所說　慧柔和悅

若明達者　以爲美香　如來之慧　不可思議
皆當强意　普存堅固　各建立志　一心平等
大聖難值　愍哀世間　今當聽受　未曾有法
佛當建立　仁者諸黨　一切無得　生狐疑心
導師所詔　今無有異　其慧平等　安隱無特
安住所療　法甚深奥　非心所思　不可限量
今當講説　無極因緣　普共聽之　義何所趣
世尊歎已告彌勒曰班宣一切阿逸欲知此
諸菩薩大士衆會無量不可思議各各從地
而涌出者昔所不見皆集忍界吾始逮無上
正眞道成最正覺時歡悦斯等立不退轉使
成大道教授化立族姓子開士大士之衆處
于下方而於其中有所救護讀經諷誦思惟
禪定專察其歸欣然悦豫樂無爲行諸族姓
子志于恬惔不存遠近天上人間常應專修

轉於法輪無爲無會好深神通法樂爲樂志
願精進求于佛慧於時世尊而歎頌曰
今此無數　諸菩薩衆　不可思議　無能限量
造行億數　不可限劫　植積神足　博聞智慧
吾悉勸誘　於大聖道　今佛一切　皆授其決
斯諸菩薩　悉佛衆子　皆爲住此　於吾國土
悉捨棄離　諸所習地　一切皆處　閒居得度
此諸佛子　所行無爲　精進學習　奉遵上道
斯聰哲者　在於下方　今日故來　攝護國土
晝夜精進　無有逸慢　積累德行　分别佛道
常行勤修　立於慧力　一切意堅　而無限量
常志勇猛　思惟法典　普悉是吾　達清淨子
吾初逮成　爲佛道時　在於城中　若樹無著
則便講演　無上法輪　勸立其志　於尊佛道
今佛所説　至誠無漏　聞佛歎詠　皆當信之

開化發起此諸群英從久曩來立尊正道爾時彌勒大士聞佛說彼菩薩之衆億百千姟數難計會心用愕如怪未曾有白世尊曰云何大聖處迦羅衛釋氏王宮爲太子時委國重位衆女之娛出適道場坐于樹下得無上正眞道成最正覺從來邇近甫四十年而所教化所度無量乃復爰發諸佛境界多所勸益所建權慧而不可議今是菩薩大會之衆悉皆如來之所開導部黨部黨衆多無量久修梵行植衆德本供養無數百千諸佛假使欲計成就以來劫數無限彌勒又啓欲引微喻譬如士夫年二十五首髮美黒姿體鮮澤被服粲麗端嚴殊妙常懷恐懼現百歲子其父謂言族姓子來爾則我子其百歲子謂二十五歲人是我之父父則察知口自說言是我之子如是世尊世俗之人所不信者而令得信佛亦如是成佛未久今有若干億百千數久修梵行長夜遵猗在于道慧勸進現在無量之衆曉了坐定起立方便成大神通聰明智慧住于佛地集佛慧義於世希有逮大聖力世尊往古亦復教化于斯品類誘導建立於菩薩地當成無上正眞之道致諸正覺悉行方便所作巳辦今我巳受信逝誠諦探暢旣往斷誓此義其唯如來新學菩薩心懷猶豫所不及知如來滅後聞是經典終不信也已有猶豫不遵此法亦不勸樂當獲罪釁善哉世尊現說此義其有狐疑於此典者當來末世諸學大乗設使聞者令不沈吟於是彌勒大士於世尊前歎斯頌曰

譬如有人　現生老子　能仁至聖　棄國捐王

生於城中　而得佛道　導師近爾　布屬尠少
今此諸樂　不退轉子　無數億劫　行救大衆
神足之力　住不可動　學智慧彊　靡所不入
今來至此　在所開通　如水蓮華　悉無所著
威神尊重　志超於世　立住恭肅　一切义手
諸菩薩衆　如是色像　爲如之何　誰當信此
唯願大聖　加哀示現　剖判分別　如審諦義
譬如有人　而爲士夫　年既幼少　髮美且黒
其人年歲　二十有五　而乃產生　百歲之男
養育澡洗　隨時衣食　是我等父　而爲最勝
一切世間　無有信者　幼稺年少　而生此子
如是世尊　我等無央　無數菩薩　而來集會
心彊智慧　又無所畏　無數億劫　所學審諦
志懷明哲　其目通達　威神巍巍　顯現端正
而意勇猛　曉了法律　爲雄導師　所見咨嗟
而窟山巖　靜行無爲　如虛空界　悉無所著
禪定精進　爲安住子　而心志求　於此佛道
而何所人　當信此言　若於導師　滅度之後
吾等於此　而無狐疑　佛前目覩　則聞菩薩
於是之處　初學罔然　將無菩薩　歸於惡道
云何勸發　化此等倫　惟願世尊　覶縷解決

正法華經卷第七

音釋

憹悏 憹力董切悏郎計切憹悏謂多惡不調也 遾 渠嫣切 詈 力置切罵詈也 儻 他朗切或然之辭也 綢繆 綢直由切繆武彪切綢繆猶纏綿也 譺 魚紀切詒也又議也 謿 陟交切以言相調也 蟲豸 蟲直弓切豸池爾切有足曰蟲無足曰豸 戢 側立切斂也 襯 初儭切近身衣也 剖 普后切判析也

綜子宋切理也 闚⿵門俞闚缺規切⿵門俞容朱切闚⿵門俞私視也 捷疾葉切勝也

勣則力切功也 勳許云切切勳也 慄良質切恐懼也 ⿰金穿尺緣切

詢息遵切問也 覼縷覼力戈切縷力主切覼縷委曲也

正法華經卷第八

西晉三藏竺法護譯

如來現壽品第十六

爾時世尊普告菩薩大衆三舉聲語諸族姓子悉當信佛誠諦至教勿得猶豫時會菩薩彌勒大士其餘之衆咸皆叉手白世尊曰惟願大聖分別說之我等悉信如來所語諸菩薩白佛而亦至三於是世尊見諸菩薩三稱勸助欲令佛說佛告諸菩薩曰諦聽諦聽善思念之僉曰受教佛言族姓子如來建立如是色像無極之力諸天龍神阿須倫世間人各自知之各自念言能仁世尊從釋氏生棄國捐王行至江邊就于道場坐於樹下逮得無上正眞道成最正覺又吾在昔從無數億百千那術垓劫以來已成至眞等正覺矣譬有無數五百千億佛世界所有土地滿其中塵若有一士夫舉取一塵過于東方不可計會億百千垓諸佛國土乃著一塵如是次取越爾所國土復著一塵如斯之比類取無數五百千億佛界所有土地一切之塵一一取布著諸佛國悉令塵盡於諸族姓子意中云何有能計數此諸佛國思惟籌算寧知者乎彌勒大會諸菩薩衆悉白佛言無能計者天中天所以者何諸佛世界甚多無量不可思議非心所及假使一切聲聞緣覺處賢聖慧不能思惟知其數者唯有世尊大聖之慧乃能知耳餘無能及正使我等不退轉地諸菩薩黨尚不能知此諸佛世界不可限量難得邊際於時世尊告大衆曰今吾宣布語諸族姓子如彼士夫取無數五百千億佛界中塵

舉一塵過于東方不可計會億百千垓諸佛國土乃著一塵如是次取越爾所國土復著一塵如此比類取無央數五百千億佛界所有土地一切之塵一一取布著諸佛國悉令塵盡吾逮無上正真之道成最正覺已來其劫之限過於爾所塵數之劫諸族姓等見吾於此忍界講法復在他方億百千垓諸佛世界而示現皆悉稱吾爲如來至真等正覺錠光如來以諸伴黨若干之數而現滅度諸族姓子吾以善權方便演說經典現無央數種種瑞應又如來悉知一切群萌往來進止諸源根本悉觀其心而隨示現各爲名號亦不滅度而說泥洹順諸衆生瑕穢善惡則爲解演若干種法諸族姓子見無數品心性各異所行不同本德淺薄多所破壞而不信樂故爲說言告諸比丘適度終始方今出家成平等覺從來未久甫乃逮得無上正真道成最正覺又如來成佛已來甚久故佛說言得佛未久所以者何欲化衆生故諸可說經皆已度脱所可講語自現其身爲一切故建示所行皆爲天人喜造罪福以故如來諸所講演皆實至誠非是虛妄如來皆見一切三界隨其化現亦無所行亦復不生亦不周旋亦不滅度不實不有亦不本無不知不爾亦無虛實亦不三界如來所行不見三處如來普觀一切諸法在於其處不失諸法一切所說至誠不虛衆生苦惱不可稱限行若干種志性各異思想諸念各各差別欲令衆生植衆德本故爲分別說若干法又如來所當作者皆悉作之現適得佛成平等覺已來大久壽命

無量常住不滅度又如來不必如初所說前過去世時行菩薩法以爲成就壽命爲限也又如來得佛以來復倍前喻億百千垓然後乃於泥洹而般泥洹所以者何爲衆生故而教化之故而亦示現行來久遠爲無德類離於福祚爲貧窶行著於愛欲纏諸見網而自覆蓋驅馳不定如來故爲現發恍恍疾獲之想不起懈怠難得之處如來善權告諸比丘勤苦作行乃得佛道誠諦不虛以諸衆生從無量無央數億百千垓乃見如來以其忽忽所作不當故怔怔汲汲無有寧息故言法難得值如來難遇聞見是以恠之難及與難遭想悲喜孜孜知佛希有便多發意樂在閒居而行精進適不見佛而懷渴仰見如來已歡喜稽首造衆德本其不滅度者教令滅度開化黎庶緣是如來出現說經而宣斯言誠諦不虛譬如士夫而爲醫術聰明智慧工巧難及曉練方藥知病輕重藥所應療多有兒子若十至百其醫遠行諸子皆在不解義理不別醫藥不識毒草被病困篤皆服毒藥毒藥發作悶眩反覆父從遠來子在城中腦發邪想父見諸子被病起想適見父來悉皆喜悅白言父來安隱甚善我等自爲食信他言而服毒藥惟願大人救濟我命時父見子遭苦惱患宛轉在地尋勑從人持大藥來藥色甚好味美且香和合衆藥與諸兒子而告之曰速服上藥甘美芬馥假使諸子時服此藥其毒消滅病得瘳除身體安隱氣力康强諸子不隨顛倒惝怳想者見藥馥香甞知其味尋便服之病即得愈毒藥消滅子性戾者不肯

服之服藥除者皆白父母與我等藥病悉瘳愈而蒙安隱其邪想自用不肯服也惡見藥色不喜香味父醫念言今我此子愚冥不解志性顛倒不肯服藥病不除愈或恐死亡寧可以權飲諸子藥則設方便欲令速服便告諸子今我年老羸劣無力如是當死汝輩乎起若吾命盡可以此藥多所療治服藥節度汝等當學假使猒病欲得安隱宜服斯藥教諸子已捨詣他國猶如終沒諸子聞父潛逝發喪啼哭悲哀不能自勝我等之父智慧聰明慠不服藥今者薨殞兄弟孤露思慕慇懃乃自剋責存不順教甫更遵崇父之餘業諦觀衆藥形色香味當自攻療不可輕戲尋便服藥深自消息病即除愈時父見子服藥病愈便復還現佛語諸族姓子如彼醫者善權方便令子病愈寧可誹謗彼醫所處爲不當乎諸菩薩白佛言不也世尊不也安住佛言吾從無數不可計限百千劫數發無上正眞道意勤苦無量每行權便示現教化發起群生其父醫者謂如來也諸兒子者謂五道生死人也父他行而不在者謂如來未出於世諸子入城服毒藥宛轉者謂在三界三毒所縛宛轉五道不能自濟父聞來還謂佛如來行大悲哀見三界人或流五趣不能自出故現世間廣說經法開化黎庶服藥病愈謂發無上正眞道意立不退轉無所從生或得聲聞緣覺乘不至究竟視藥形色香味不肯服者謂六十二見諸墮邪者曰父年老留藥教子捨之去者謂諸黎庶疑受道教故現滅度留諸經法以教後世四輩弟子諷誦學問思

佛功德發大道意或得羅漢或得緣覺佛見如是復還出世一切衆生皆是吾子諸族姓子如來行權非徒虛妄於是世尊欲重解義顯揚其事而歎頌曰

不可思議　億百千劫　欲得限量　莫能知數
得佛以來　至尊大聖　常講說法　未曾休懈
勸助發起　無數菩薩　皆建立之　於佛道慧
無數億劫　開道衆生　億千垓數　不可思議
而爲示現　立于滅度　以教化義　導利衆生
用權方便　而現滅度　故爲衆人　演斯經典
吾以自立　一切黎庶　分別群萌　於彼之義
其心顛倒　而不覺了　欲立是等　佛宣暢說
設見於佛　滅度之後　以若干物　而用供養
又覩吾没　愁悒憂慼　若復見佛　歡喜踊躍
假使質直　說至誠言　衆生之類　將棄身體
然後如來　合集衆音　能自示現　顯大佛道
而於後世　分別此語　吾在于斯　不爲滅度
比丘欲知　佛權方便　數數堪忍　現壽於世
及與異人　眷屬圍繞　因而宣揚　於尊佛道
諸賢得聞　出世間難　又復導師　餘國滅度
觀察衆生　愁憂懊惱　倉卒不現　其身相好
望想飢虛　欲得見佛　然後乃爲　分別經典
不可思議　億百千劫　吾常建立　如此像義
佛來至於　靈鷲之山　自然牀座　無量垓數
設使衆生　見是世界　大火災變　劫燒天地
當此之時　吾此佛土　具足微妙　柔軟安雅
歌儛戲笑　無量安隱　講堂精舍　樓閣室宅
校飾莊嚴　皆以七寶　藥草樹木　華實茂好
自然雨華　心華衆色　以散於佛　及弟子上
諸人皆坐　館室雷震　或復好樂　發道意者

吾之國土　建立常然　餘人有見　劫如燒盡
覩其世界　火甚可畏　本以權便　示現斯變
如來咨嗟　無央數億　佛之法尊　其爲若茲
衆生品類　不肯聽聞　然而喜造　殃釁之罪
假使人民　柔輭中和　其時佛興　出于人間
已見世尊　經法所詔　則爲顯揚　清淨義理
佛未爲人　分別戒誨　說斯所造　往返之事
假使如來　久久而現　然後乃爲　講是經典
吾智慧力　聖達光明　如是所見　不爲薄少
前世所行　無量劫數　慈心之品　平坦無求
智慧明者　無所狐疑　棄捐猶豫　勿懷結滯
所當列露　未曾班宣　佛今散告　無復餘義
如醫所建　善權方便　開闡分別　示子方術
現衰老死　其身續存　神變音聲　不終不始
受諸等友　而自由用　世乳療治　衆生之病
開導癡騃　令離愚冥　而現泥洹　亦不滅度
何故慇懃　欲得現巳　人常閙弊　使意信樂
以放逸故　墜墮三處　其心踊躍　欲令覺了
如來所詔　常以知時　爲其衆生　而行智慧
以何方便　而說道法　何因令獲　於佛經處

世尊說是如來壽限時則無央數不可思議衆生皆獲利義解脫至道

例福事品第十七

爾時世尊告彌勒大士阿逸欲知今佛說此如來壽限經典之時六十八億那術百千江河沙等諸菩薩逮不起法忍二千江河沙菩薩大士皆得總持如一佛世界塵數菩薩大士逮得無礙辯才總持復有如千佛世界塵數億百千垓菩薩逮不退轉總持復有如千佛世界塵數菩薩大士聞是經典轉不退轉

法輪復有如中千佛世界塵數菩薩逮得無垢大聖分別而轉法輪復有如佛小千世界塵數菩薩聞是經典逮得八生住當成無上正真道復有如四天下塵數菩薩大士聞此法已得一生補處當成正覺復有如八佛世界塵數黎庶聞是經典悉發無上正真道佛適說斯諸菩薩大士尋則建立應時虚空雨諸天華意華及大意華紛紛如雪以散無數百千世界億百千垓諸佛世尊故來垂恩坐師子牀七寶樹下及能仁大聖上其無央數不可稱限諸滅度佛并多寶佛身地即大動及雨一切諸菩薩上及雨四種栴檀雜香蜜香一切諸香從虚空墮虚空之中發大雷音深柔軟音自然妙響千萬瓔珞若干奇珍明月珠寶如意之珠諸珠瓔珞皆於空中垂下如旛無數香鑪在於空中自然香出復有無數百千寶蓋自然來至一一寶蓋各各普覆一一佛上上至梵天諸菩薩衆在於空中執蓋而侍億百千垓諸如來左右於是彌勒而讚頌曰

安住今聞　未曾有法　本來未嘗　見此光明
廣大極遠　不可限量　如向所覩　無能思議
今日我已　所聞經典　而觀安住　現分別說
建立衆生　億百千數　大聖導師　於世殊特
不退轉輪　住於佛道　或有得立　執攬微密
或有得處　無限之義　億百千數　總持之要
欲有限量　及思惟者　有所建立　并越度生
或有二住　及八住者　當得佛道　所度無量
或有學者　超越于四　或有至三　或於二住
緣從導師　聞是經典　當得佛道　顯第一義

或有建立一生補處　成諸通慧　遊於諸有
聽省於斯　大聖所說　有成果證　無有諸漏
猶如八佛　國土諸塵　其欲數者　限量如此
若有黎庶　億數聽經　聞是皆發　殊勝道意
無極大仙　造得若斯　分別演說　立眞諦地
無量諸身　不得稱限　譬如虛空　無有邊際
諸天所雨　無數億華　不可計量　天子億千
帝釋梵天　如江河沙　其來至此　無數億千
雜香妙香　供養安住　蜜香上香　而以散佛
專已作行　猶如飛鳥　普來供養　安住如來
上虛空中　自然雷震　柔輭音聲　暢深妙法
億百千天　俱共歌頌　明月珠寶　自然下降
自然諸香　而爲芬薰　七寶寶瓶　億百千垓
羅列虛空　如鴈飛行　供養大聖　威神之尊
諸蓋億垓　不可限量　廣大周帀　七寶嚴飾
聰明智慧　諸菩薩執　身形高長　上至梵天
微妙殊好　威光巍巍　幢旛綺麗　供養佛上
咨嗟衆聖　億千讚頌　心懷踊躍　敬安住名
所在向方　尊未曾有　見若干種　諸異導師
普而示現　壽命之限　今此衆生　悉歡喜悅
其義廣普　至于十方　導師音聲　靡不達至
飽滿衆生　億百千數　曉了道意　具足莊嚴

爾時世尊告彌勒曰其聞如來所現壽命所說經法發意頃生快心篤信者所得功德不可稱量譬若族姓子族姓女欲得無上正眞道奉行布施持戒忍辱精進一心五度無極八億百千劫不如族姓子族姓女聞斯如來壽命之限發意之頃歡喜信樂而不狐疑若干種行歸一道者欲知功德勝于八億百千劫行五度無極百倍千倍萬倍億倍巨億萬

倍福不可譬無以爲喻佛言阿逸族姓子族姓女聞此經法一發意頃歡喜信者則爲堅住無上正眞道成最正覺佛時頌曰

若一切遵修　行五度無極　志慕求斯慧
意存佛上道　設於億千劫　具足八前劫
而布施諸佛　數數及聲聞　供養諸緣覺
菩薩億千垓　奉進諸飲食　衣服牀卧具
榻席及屋室　皆以栴檀香　園觀平等足
爲施經行處　如是布施已　若干種無數
於億百劫中　用求尊佛道　又復護禁戒
信喜稽首佛　明立無所犯　猶得佛慧故
次復順忍辱　住於調定地　志尊無所恨
忍無數罵詈　設覩卒暴者　住慢而自大
悉能忍彼等　以求佛道故　常慇懃精進
寬弘志堅固　意念餘思想　遊至億佛土
若處於閒居　欲棄于睡眠　其人億劫行
常習于經行　欲比無等倫　億千劫禪定
加復八千億　而行專一心　志願上佛道
欲得諸通慧　具足定無極　一切禪寂然
諸所造福德　合會而集聚　億百千劫中
如前所咨嗟　若男子女人　其聞佛壽限
一時歡喜信　此得爲最上　當棄捐猶豫
諸著思想事　信樂大法義　其福爲若斯
若菩薩求道　遵奉億劫載　是聞不爲聞
聽佛壽無量　當以頂稽首　如是像類人
然後將來世　度脫億數人　如能仁世尊
釋師子大仁　坐於佛樹下　而演師子吼
吾今所以來　衆生所恭敬　處於佛道場
説壽亦當然　志性悉具足　其人博聞持
所説諦化人　則無有狐疑

佛復告阿逸其有聞說如來壽經者人中受持分別曉了其得福德不可稱限即過於彼若干億劫奉五度無極上至于佛慧所當示現所當奉行復次其聞是經即持書寫已載於竹帛供養奉事散華燒香擣香雜香繒蓋幢旛麻油燈香油燈醍醐燈其福過彼甚多無數當致如來慧見之事猶如阿逸彼族姓子設得聞斯如來壽限經其心質直歡喜信者以是情性當觀此相即當知之已見如來在靈鷲山說是經時與諸菩薩眷屬圍繞聲聞之衆於斯佛土三千大千世界之中平等忍辱地爲紺瑠璃紫磨金色八重交道七寶行樹若干種億屋宅居室諸菩薩衆於其中止阿逸欲知彼其人心常能質直安悦信者以是色像知其相行曾見佛會又如來尊悉見彼人心所信樂如來滅後族姓子女聞此經卷亦不誹謗勸樂受持則爲如來所見擁護其族姓子超於興起爲佛塔廟起於建立精舍屋室超於瞻視比丘疾病而給醫藥供養之具所以者何是等族姓子以爲具足興立塔廟起七寶寺上至梵天悉爲供養一切舍利其佛塔寺周迴無限普盡地際懸衆寶鈴無上之藏諸舍利廟供養華香雜香擣香寶蓋幢旛妓樂歌頌若干種香天上世間所有珍奇天華天香及天妓樂空中雷震暢發洪音鍾磬大鼓箜篌樂器簫瑟琴箏鐃鈸若干柔輭哀聲歌儛節奏調合克諧無數億百千劫供養奉侍諸度無極皆悉充備佛滅度後其有得聞此經典者持讀書寫若分別說福勝無量修慈愍哀廣普受持講堂精舍牀

榻錦繡敷具令比丘衆頓止其中園觀華實明月珠寶經行諸坐飲食供養病給醫藥一切施安悉令具足其牀榻脚若干種寶微妙顯好上至梵天旛蓋校飾勸助福故稍稍轉具而滅除罪靡不絫麗五體精進而在閒居積功累德無數巨億百千劫中稱揚其名一切莊嚴威神巍巍皆悉弘普於是世尊而歎頌曰

若起七寶塔　上至于梵天　華香及妓樂
旛蓋悉供養　諸牀卧之具　飲食細供饌
病瘦給醫藥　寶牀若干品　入微妙莊嚴
上至于梵天　普校飾佛土　勸助兼備足
五事勤閒居　威與多億數　一切人所樂
微妙施最勝　供事悉具足　鮮淨華幢旛
以此爲衣服　數數如雷震　衆妓柔輭悲
以供養舍利　香油爲然燈　分布圍周帀
其有持此經　於亂世講說　以爲具足辯
斯若干供養　無數億屋室　皆以栴檀作
講堂三十二　極高無有極　悉敷諸坐具
隨所欲飲食　如是億百千　供養妙餚饌
園觀及經行　華布徧其地　覆蓋具無量
彩畫若干像　用供養衆僧　其持是經者
目前辦斯以　如來滅度後　若讀書寫經
歡喜而信樂　其德福無量　超餘福之上
其有人書寫　淨潔令安諦　當供養經卷
華香雜芬薰　常當然燈火　香油爲錠燎
所生輒歡喜　數上思夷華　其人奉經卷
供養當如是　得福甚衆多　其限不可量
譬如虛空界　其限不可得　十方之無量
其福比如是　何況能復加　常施於安隱

奉戒行禪思　而在宴坐行　無瞋不惡口
恭敬立思惟　比丘尼常當　謙恪不自大
智慧而晝明　問智者不恐　次第順分別
意懷慇得佛　假使如是像　持殊勝經者
其人功德品　不可得限量　設使人見此
如是像法師　當持此經卷　奉敬加供養
假使有人以天華香　用天寶蓋　而以覆陰
當以首頂　禮其人足　常想念之　如來最勝
爾時見者　作是思惟　如當求索　樹王之下
當覺成佛　所在供養　爲饒利益　諸天世間
假使住立　若處安坐　所在經行　其德如是
臥在牀榻　若著衣服　而常講演　斯如來經
於時士夫　於此經卷　興若干種　顯諦微妙
世尊導師　於說至誠　以無數珍　而供養者
如吾所歎　所有土地　則爲佛身　於彼經行
佛聖於中　而坐座上　覺了所在　遊居之處

勸助品第十八

爾時彌勒大士白佛言其有聞是所說經典得何福祐以偈頌曰

大雄若滅度　其有聞是經　省之即勸助
爲得何福祐

於是世尊告彌勒曰如來滅後其有聞是所說經者若比丘比丘尼清信士清信女男子女人大小眷屬聞已勸助於衆會中宜轉爲人說若在室宅若在露處若在閒居郡國縣邑所當作爲如所聞經如所受得任彼力勢爲人解說若爲父母宗室歎詠聞大士言亦讚代喜所可聞知展轉相傳不見法師威容色貌若轉學者代之勸助以是因緣所興方便使五道人有五蓋者通得相見各以所聞

轉相勸化聽我所說勸助之福所聞法師經法功德族姓子女無數千載四域天下六趣群生未盡羅網有色無色有想無想不有想不無想有足無足兩足四足多足諸天人民或有一人欲求功德隨此衆生所欲樂喜已所愛重極上微妙供養之具滿閻浮利爲一一人廣大布施隨其所欲屋宅金銀水精瑠璃珊瑚琥珀硨磲碼碯象馬車牛衆寶合成無央數歲恣所求索應意備足供養飲食無所乏少中自念言年朽力弊心用疲殆豈可化入如來法律以佛所詔用誨衆生尋如所念以律檢非道之典教黎庶一時俱履道跡往來不還無著德證諸漏已盡禪定具足威神巍巍得八解門一心不亂於阿逸意云何彼時士夫所建福施有能思惟限量者乎彌勒答曰甚多甚多不可訾計乃能安慰無量衆生供足所乏加復立志於無著證佛告阿逸令故語人宣布四遠如彼士夫興大布施供給無數四域群生立無著證佛言其聞是經一句一頌勸助代喜福過彼人所布施上一句一頌勸助功德不可稱限百倍千倍萬億倍巨億萬倍億百千劫不可計量無以爲喻何況自見於此經典耳聽代喜德難計會假使有人欲聞斯經若入精舍所至到處若人縣邑若住若坐一時得聞此經法者若再反聞所在專精現在生處所獲福祐常得自然無數珍寶宮殿精舍牀榻坐具象馬車乘安雅無量說經進止若住若坐息心天王就擁護之不遭罪患釋梵四天翼佐營衛轉輪聖王近師子座設族姓子唱言有經名正法

華眞可奉敬宜共聽受更相請命若辭泥雨設懈不行若得斯須暫聽聞者則解罪福善惡報應便得德本當獲總持與諸菩薩世世相隨在在所生聰明智慧億百千世體常香潔不墮惡趣不與賊害兵刃共會無有邪心面色光潤生賢善家見者歡喜無憎惡者不盲不聾鼻不偏戾亦不塞齆不瘖不瘂不禿不跛不傴不躄不愚不癡不短不長不柔不剛不白不黑面不萎黃身體完具姿顏端正色如桃華人所愛敬心性仁賢口言辯慧疾逮禪定如來法教欲覩諸佛如願即見世尊正覺當學此經佛語阿逸且觀其德若有一人一反聞名勸助代喜乃獲此福何況有人專精聽受供養思惟而復具足爲人說者爾時世尊而歎頌曰

最後若有　值是經卷　假使逮得　一頌之說
聽採其義　心喜勸助　其人功德　不可限量
設令有人　獨能施與　常給衆生　億千垓數
如佛向者　所現譬喻　令無數歲　皆得飽滿
於時士夫　覩面色變　頭白齒落　年老朽耄
斯群生類　將無終沒　我欲教化　使入道法
其人最後　以法教喻　爲分別演　無爲之地
一切五道　猶如芭蕉　速令逮及　於滅度事
一切衆庶　皆聽受經　而從士夫　親近諮請
制伏其心　悉使無漏　一時之頃　得無著證
若聞一偈　代是勸助　一偈功德　出彼無量
各各所施　一一分別　一頌之德　難計難限
倉卒得聞　講一頌者　莫能限量　勳無涯底
其人得福　無數如是　何況現在　面目啓受
假使有人　來至衆會　一反聞經　歡喜踴躍

從億百千　諸垓劫數　是法難值　亦難曉了
若令有人　逮及彼士　須臾得聞　於斯經卷
且當聽是　所獲果報　在在所由　無有大病
世世所生　舌無有患　牙齒堅固　未曾墮落
初不凶害　除諸危殆　及邪反戾　父母賢良
所立巧便　壽命常長　未曾生盲　目亦不冥
鼻耳姝好　無有缺減　脣舌雅妙　面常鮮潔
常爲衆人　所見愛敬　口氣芬馥　無有臭穢
形體常香　如青蓮華　其薰流布　無所不周
若居堂室　行至精舍　所到之處　有聽斯經
須臾之間　逮知聞者　熙怡喜踊　在邊啓受
其人儀體　獲致安隱　殊妙車馬　則用聘迎
若復乘于　賢善象車　所在遊得　若干種寶
常復獲逮　上妙瓔珞　數百千人　悉共發意
往造其所　所說法果　則爲講斯　清淨教誨
清淨法故　所建鮮明　得爲天帝　梵天牀座
速疾遠致　轉輪聖王　長處衆會　敷演經義

正法華經卷第八

音釋

窶其矩切貧無禮也　忨忨並五亂切貪也愛也　恇恇並曲切怯也怖也　孜孜並即移切孜猶汲汲也　齅許救切以鼻搵氣也　瘳丑鳩切病瘉也　薨殪薨呼肱切殪壹計切並死也　懊烏皓切懊惱痛恨也　朽許久切老朽也　弊毗祭切困也　訾即移切量也　塞齆塞蘇則切壅也齆烏貢切鼻塞病也　跛布火切足偏廢也　傴委羽切傴僂也　躄彼戟切足不能行也　萎於爲切蔫也枯也　聘匹正切訪問也

正法華經卷第九

西晉三藏竺法護譯

歎法師品第十九

爾時世尊告常應時菩薩大士若族姓子族姓女受是經典持讀書寫當得十眼功德之本八百名稱千二百耳根千二百鼻根千二百舌根千二百身行千二百意淨是爲無數百千品德則能嚴淨六根功祚彼人若令眼根清淨而以肉眼覩諸所有滿三千大千世界諸味石蜜叢樹下至無可大地獄中上至三十三天一切普見悉能攝取故曰肉眼若有衆庶生其中者皆悉見之咸曉了知罪福所趣於時世尊而歎頌曰

其持此經卷　勇猛處衆會　所說不怯弱
且聽斯名德　八百諸名稱　清淨目明朗
若已離諸垢　其眼所覺普　彼則以肉眼
而從父母生　覩諸佛世界　普見超神仙
諸山須彌山　又覩于鐵圍　并諸陵丘阜
而復察大海　默證住一處　普瞻靡不達
下至無可獄　肉眼爲若斯　尚未獲天眼
亦不覩了知　肉眼之境界　根且覺輕便

佛復告常應時菩薩若族姓子族姓女說是經典若爲異類聲聞乘說者則便逮得千二百耳名稱聞三千大千世界周帀下至無可大地獄上至三十三天超外神仙所謂聞者象聲馬聲牛聲妓樂聲車聲啼哭聲愁歎聲鼓聲鍾聲歌聲儛聲戲笑聲男聲女聲幼童聲童女聲風聲奇妙聲正法聲非法聲樂聲苦聲力聲志性聲柔聲麤聲天聲龍聲鬼神揵沓和阿須倫迦留羅眞陀羅摩休勒聲火

聲水聲地中聲比丘聲聲聞聲菩薩聲如來聲三千大千世界所有音聲內外通徹一切清淨以肉耳根悉聞衆生所說音聲尚未得天耳而悉普聞曉了萌類諸聲亦不思惟觀察黎庶本末所由又耳悉聞亦不求索一切音聲又而順聞巍巍如是常應時菩薩大士未得天耳而耳所聽乃如斯也佛說此已欲重解義從後頌曰

鮮潔總攝　若干品類　清淨之耳　千有二百
於是世界　以是聽省　聞其音聲　無有遺餘
有六情者　則而聽聞　車牛諸乘　象馬音聲
拍手擊鼓　悲好音樂　鐃鈸梢拂　亦復如是
妓樂柔和　其音殊好　雖在於彼　無所滐著
聞無數人　諸可講說　彼人等倫　所當分別
皆聞諸天　天耳所聽　常而降伏　甘美柔和
男子女人　諸啼哭聲　童男童女　所可作爲
哀鸞之音　及赤雋鵰　鳩鶺鴛鴦　及與鸚䳇
其有棲跱　於山林者　悉得聽聞　斯類音聲
地獄之中　勤苦毒痛　悲哀嚾呼　所酷苦響
思想飯食　所至求索　興作發起　所出音聲
諸阿須倫　居在于海　諸響暢逸　而各各異
於時法師　停住於此　有語言者　尋時普聞
畜生餓鬼　勞飢渴聲　各各講說　或鳴或吼
彼時法師　默如立斯　則得聽聞　若干音聲
其梵天上　所居諸天　光音天上　善究竟天
及餘奇特　各各異聲　法師普得　悉聞此響
在安住世　而出捨家　諸比丘衆　諷誦所行
分別現說　他人志性　法師悉聞　是等說經
諸菩薩衆　處斯境界　所可諷誦　爲他人說
可集結義　以爲經典　悉得普聞　若干種音

其佛世尊　爲人御法　而爲衆生　説無數經
獨在樹下　悉得聽聞　因其菩薩　能持是經
一切三千　是佛國土　無數衆生　音聲暢逸
若在室中　或復處外　所言麤細　悉普聆採
悉聞一切　群萌音響　於諸音聲　亦無所著
處處悉知　他人表裏　其耳清淨　聽徹如是
斯人尚未　得天耳光　適覩因緣　尋能即聽
於時法師　功德如是　學斯經卷　名稱若玆

佛復告常應時菩薩若族姓子族姓女有持是經卷分別説者若復諷誦書著竹帛得八百鼻功德諸根堅固鼻根清淨以是鼻根三千大千世界所有諸香皆得普聞華香柔軟香須曼香生香傅飾鬚香思夷華香青蓮紅蓮黃蓮白蓮若干樹木菓實熏陸香蘇合香華香栴檀香木櫁香青木櫁香種種衆香百千殊品處處生者諸質朴香人所齅香男子女人童男童女香皆自聞服已身之香象馬六畜飛禽走獸香諸樹木香諸樹木間含血品類香諸妖魅香至誠香天上香比陀美香晝度樹香意香大意香柔軟香大柔軟香諸天香天宮香帝釋身香知所生處於講堂上鼓樂弦歌所當修設諸天法則爲忉利天諸天説法從地涌出自然生者歌戲利義天王女香童男女香以是因緣假生梵天諸天子等諸大天人大梵身香其香各各從身流出諸天雜香無數百千其名各異聲聞緣覺菩薩大士如來遊居所開化香其法師者於此間住所去殊遠不到其前亦不近邊不往就齅悉聞彼香不愛不求亦不思念亦不笮香而齅知氣以一心住在於衆會悉分別説如

是諸香心亦不著無所慕求於時世尊而歎頌曰

其人鼻根　清淨如是　若干種香　所聞甚多
於是世界　一切所有　諸所可生　香香甚好
又有諸形　華植之香　栴檀諸香　種種異品
其諸華實　各各異類　微妙好熏　衆木櫁香
男子女人　童子女類　其心頓處　各各異品
人間所生　諸香參差　在在滋殖　青蒼雜遝
又知大國　轉輪聖王　所據柔仁　自由力强
於彼所有　羅縷字名　衆衆異香　皆分別之
財物珍寶　若干甚多　藏去著之　於何所地
有玉女寶　及餘珍異　時彼菩薩　悉曉了香
是等體著　所有瓔珞　珠環莊嚴　衣服端正
或時在座　若寢牀臥　以香塗身　菩薩悉知
歌戲娛樂　一切神足　明喆智者　鼻力悉聞
若有奉持　此經善訓　以快妙香　及麻油香
若干種類　及華實香　所在安住　又臭悉知
其於其處　有此衆香　悉能分別　若干種者
而於山巖　中間所有　無央數種　栴檀華香
又復人民　諸所有香　居止于彼　一切了知
若轉輪王　所可愛喜　或有潛處　在于海中
若於地穴　所生蟲蛾　明者皆練　此輩衆香
知阿須倫　妃后子女　并及臣民　皆分別識
阿須倫王　歌儛戲笑　其鼻悉齅　如是果報
若於曠野　四徼道中　多有師子　虎狼龍象
水牛眷屬　諸所種類　特牛犎牛　悉能知之
若有女人　隨其喜樂　假使童子　及童女衆
有若懷軀　身體疲極　以香分別　腹中男女
復自知識　身所從來　又亦曉了　義法科律
探覩其人　安隱苦樂　童男力勢　福應所獲

男女所願　衆多悉知　而覩齅別　諸所願香
已自可意　如是無盡　又復齅別　身寂然者
其自處在　地中諸藏　財物珍寶　金銀雜色
柔輭珊瑚　形如紫金　所止頓處　悉齅知之
諸貫瓔珞　明月珠寶　世間載有　人所不及
用鼻悉齅　知其好醜　行來進止　別其善惡
諸天在上　虛空之中　意華諸華　柔輭音華
衆會之中　所有諸華　以鼻勢力　住此悉聞
其諸天人　所有宮殿　上妙下極　及中間宮
種種之品　如斯色像　於此住立　鼻力齅之
又復分別　遊觀之園　諸天之法　衆明寂然
亦復曉了　尊妙宮殿　諸天子等　所遊戲處
於是建立　悉齅天香　以香分別　諸天子黨
住於何法　興何等行　所在遊居　悉聞其香
諸天玉女　所畜華菓　諸寶瓔珞　周旋娛樂
於時菩薩　悉識其香　三十三天　至第一天
諸天大梵　所遊宮殿　彼以鼻齅　悉能知之
住已不住　皆能曉了　諸所遠近　無不開達
終没若生　前世宿命　以鼻齅之　知斯本末
其有菩薩　持是經卷　若有比丘　順安住教
常修精進　靜住經行　若以至誠　諷誦解說
其彼菩薩　皆悉知之　亦別聲聞　最勝之子
常在樹下　一身獨處　其明喆者　承臭悉覩
有其比丘　處於其處　悉能分別　所在之處
其有菩薩　意堅禪定　常自娛樂　諷誦講說
復為他人　講演解法　於時菩薩　以香覺了
安住大人　遊所在方　愍哀行慈　分別說法
在其中坐　弟子圍繞　以香識了　法王所在
假使衆生　得聞經法　以得稟受　心懷踊躍
時菩薩住　於此悉見　安住衆會　一切所在

菩薩力勢　如是色像　尚未逮得　天人之鼻自然得是　本之瑞應　諸天之鼻　無有諸漏佛復告族姓子其有持是經典讀說書寫當獲奇異舌根千二百功德舌根具足分別諸味若得甘美變爲天上自然飲食設服酢澁鹹苦化成天饌滋味無量若入衆會講授法要烝庶欣戴欽仰典則若入諍怒德音柔輭談義辯慧清白知節慈愍通徹衆人歡和感味餘響其從聞經言論美妙天人往造釋梵四王清淨天身諸天玉女思僥往見天子龍神龍神妃后阿須倫阿須倫妃后迦留羅迦留羅妃后真陀羅真陀羅妃后摩休勒摩休勒妃后揵沓和揵沓和妃后閱叉鬼神婦女比耶反足鬼神婦女悉欲往覲稽首作禮聽受經戒問訊義歸比丘比丘尼清信士清信女國王太子大臣群僚大力豪勢轉輪聖帝尊重巍巍七寶具足太子眷屬玉女采女又異梵志君子居士州城郡國縣邑營從悉欲往覲思盡形壽稽首歸命供養奉侍聽受經法言誨和淑猶如世尊如來所歎面見思察逮佛明慧深妙之要曉了如此自然而聞又知世尊所向方面坐說法時於是世尊而歎頌曰

其人舌根　則悉柔輭　分別諸味　簡練好醜
自然甘美　如天飲食　若干種味　次第而至
音聲殊妙　語言和雅　聽受奇異　意歡喜悅
在衆會者　莫不欽敬　又當演出　深奥音響
其有聽聞　所說經法　覩察報應　清淨億千
即生歡喜　曉了尊上　供奉經卷　不可計量
諸天龍神　蛟阿須倫　常懷欽敬　欲得見之

謙肅恭遜　諮受經典　其人名德　獲致如是
於是世界　發意之頃　皆以音聲　能徧告之
其響柔輭　微妙殊特　深邃儒雅　而有限節
諸天豪尊　轉輪聖帝　欲得供養　普往至所
皇后玉女　悉俱叉手　而常元元　聽稟經典
諸所鬼神　善共宗重　天揵沓和　及諸營從
反足女鬼　及諸男子　普悉恭敬　皆造奉侍
自在尊豪　梵天之王　大神妙天　及諸天子
天帝梵尊　天子枝黨　無數玉女　悉詣其所
世間有佛　聖明導師　聲聞弟子　悉聆妙響
見所在處　僉然護人　察所講法　悉用欣然
佛復告族姓子菩薩大士若聞是經持讀書
寫者逮得身行八百功德肌色光澤勇猛身
體猶如瑠璃淨妙無垢所當作為人民欽效
容止可宗進退致益彼已無易三千大千世
界衆生稽首為禮普佛國土群萌好醜鮮色
惡色生趣善惡鐵圍大鐵圍小山大山人所
居處下至無可大地獄中上至三十三天自
以威德普悉見之於此世界聲聞縁覺菩薩
如來所可遊居講說經法以已威光都皆覩
之所以者何身行清淨之所致也於時世尊
而歎頌曰
彼人已身　所行清淨　譬如瑠璃　而無瑕玼
為一切人　所見愛敬　其有持此　微妙經卷
猶如明鏡　見其面像　見世形類　亦復如是
目覩本末　及見他人　其身清淨　如須彌山
於斯世界　所有衆生　諸天人民　蛟阿須倫
地獄餓鬼　及諸畜生　悉見身體　及面顏容
諸天所有　宫殿館室　土山石山　及諸鐵圍
雪山須彌　及諸太山　悉得覩見　其所在處

以大威聖　瞻見諸佛　一切聲聞　及佛弟子
若有菩薩　獨在屏處　所說經法　悉能知之
其身清淨　亦復如是　悉覩見于　一切世間
以俗之身　覺了如茲　斯人尚未　獲成聖道
佛復告族姓子菩薩大士如來滅度後若持
斯經諷誦解說得千二百意根清淨德其人
則以清淨意根靡不貫暢聞一頌者所究彌
廣多所達了以弘覺了便能一月講說經法
四月一年綜練所歷憶念不忘凡俗所為販
賣賈作語言音聲以法皆覩次第分別不失
其緒三千大千世界諸六趣生皆知其心所
念善惡如應不應中為沙門聖非聖者普見
不應意志清淨不復思惟自然分別說法義
趣言皆至誠有至講者皆亦承說如來所詔
一切割哲往古最勝經卷於時世尊而歎頌
曰
其人意根　清淨皎潔　光徹鮮明　見心所念
猶是之故　曉若干品　瑕穢卑賤　好惡中間
若聞一頌　能奉持者　解無央數　明喆義理
一月四月　若至一年　所說善惡　不違至誠
於斯世界　中間所苞　若有群萌　種種品類
諸天人民　及阿須倫　伎神異類　及諸畜生
六道之中　所有黎元　是等思想　若干種念
持是經者　各各異意　一時之間　悉覩知之
諸佛大聖　百功德相　一切悉為　世間說法
登時所講　普得聽聞　所說清淨　即能受誦
前世更歷　所學經卷　長夜所講　當綜解之
有常所演　經典之要　得衆會中　無所畏憚
其有持經　部分光揚　卒未遭值　衆想之患
根黨群從　悉為良賢　意根明達　亦復如是

菩薩所住　未曾有地　普爲衆生　分别説經
其能受持安住正法　巧便憶宜則知所應

常被輕慢品第二十

於是佛告得大勢菩薩是故當知其有比丘比丘尼清信士清信女持斯經典假使四部罵詈誹謗出麤獷辭呵制止之罪不可限設復有人聞是經卷受持諷誦爲他人説廣解其義獲上妙福如斯儔類佛所咨嗟眼耳鼻口身意清淨而無蔽礙又告得大勢乃去往古人遠世時不可稱限廣遠無量不可議劫有佛號寂趣音王如來至真等正覺明行成爲善逝世間解無上士道法御天人師爲佛衆祐劫名離大財世界曰大柱佛語得大勢寂趣音王如來普爲諸天自境界人講經化導興聲聞乘演四聖諦度老病死使近泥洹解十二緣所由從起爲諸菩薩講六度無極使至無上正真道現如來慧所行牽連佛壽四江河沙億百千垓劫佛滅度後正法住立如一閻浮提億百千垓塵數劫其像法立如四天下億百千垓塵數劫又語得大勢其佛滅度後像法没盡次復有佛續號寂趣音王展轉相承二十億千如來至真等正覺明行成爲善逝世間解無上士道法御天人師時此諸佛次第滅度正法没已像法次盡彼世比丘憍慢自大越背法詔有一比丘名曰常被輕慢爲菩薩學何故名之常被輕慢其開士見比丘比丘尼清信士清信女無謂之曰諸賢無得憍慢自高所以者何諸賢志趣當尚菩薩如來至真等正覺以是方便順所緣義爲諸比丘講菩薩行不受所誨不肯諷誦

遥見四部仍謂之曰我身終不輕慢諸賢仁普當學菩薩高行得至如來至真等正覺佛語得大勢爾時四部得聞此言咸興恚怒毁呰駡詈此一比丘不問吾等不見人心反自貢高云見人心授我等決當成無上至真等正覺人所不欲非常之事而爲人説又語得大勢若一比丘行值大雨蒙佛威神如被覆蓋身不漬溺雖見駡詈心不恚恨面色不變若聞其言增不喜者以瓦石擲續遥舉聲而教之曰勿行輕慢修忍辱心發菩薩意所以者何爾時比丘比丘尼清信士清信女貢高自大數數聞見大士教曰吾心常謙不輕諸賢雖見駡辱心無增減彼等四輩因共名之常被輕慢斯一大士臨欲壽終得聞寂趣音王如來講正法華經二十頌本深妙之義億百千事大士臨終涌在虚空唱揚大音歎斯經典而告之曰仁當受經亦當逮得如前淨眼耳鼻口身意亦清淨已獲斯淨更即增益二十億垓壽逮得定意復爲衆人講是經典前時四部聞其所説而毁呰之名此大士爲常被輕慢逮自大者見此大士微妙神力辯才慧力善權道力皆來歸伏敬崇爲友聽聞經法是輩等類餘不可計無數億人便立無上正真道意時彼大士壽没之後便值二十百千億如來正真此諸世尊皆爲講説正法華經稍稍進前以是德本復更值見二十億百千如來皆同一號號雷鳴音王皆從得聞如斯經典復更值遇二十億百千如來皆復同號名雷音王亦復從聞正法華經受持諷誦爲四輩説在所生處常自然獲眼淨耳淨

鼻淨口淨身淨意淨視聽洞徹鼻通口辯身能輕舉意覩衆生心普爲四輩演斯經典分别其義佛語得大勢常被輕慢大士供養奉事若干億百千數如來已復更值無數億百千如來已復從受正法華經以是德本自致無上正真之道成最正覺得大勢菩薩欲知大士常被輕慢於寂趣音王如來之世爲四部人説經法者不乎則我身是假使爾時設不受是正法華經不持諷誦爲人説者不能疾逮無上正真道成最正覺備從過去諸佛世尊聞此經典受持諷誦廣爲人説致最正覺爾時比丘比丘尼清信士清信女其一大士爲説經言我行恭敬不輕諸賢仁等當逮如來正覺道德之慧又諸四部輕彼大士罵詈形笑不自改者二十億千劫所生之處常不值佛不聞經聲又萬劫中墮無可大地獄考掠燒炙痛不可言罪以畢竟從地獄出以彼大士教化之故令發無上正真道意皆得神通慧無罣礙今悉現在佛語得大勢欲知爾時四部毁呰形笑恚罵大士者不今此會中颰陀和等五百菩薩師子月等五百比丘比丘尼今在佛前五百清信士五百清信女等皆不退轉當成無上正真之道佛告得大勢此正法華經其義廣大威神無量一切元慶諸菩薩大士所當欽尚如來滅後其受斯經持諷誦讀得福如是逮成無上正真道於是世尊而歎頌曰

今我識念　往古過事　佛名寂趣　音聲之王
威神無量　天人所敬　爲諸衆生　人民講法
其佛最勝　滅度之後　然其正法　最末世時

有一比丘　爲菩薩行　因時號名　常被輕慢
即時往至　於比丘衆　及比丘尼　所覩顚倒
但勸化之　志行佛道　自宣我心　不懷憍恣
罵詈輕毁　每見形笑　彼時常爲　使聞此言
假使得聞　此經法時　若復住立　設有所作
明時慧者　臨欲壽終　用分別説　此正法華
尋時報應　增益壽命　變現其身　而得自在
處在虛空　講説經典　教化一切　悉發道意
於時大士　壽終没後　逮見諸佛　億百千姟
稍稍漸漸　開化入法　爲分別説　於斯經卷
諸最勝子　得成爲佛　則我身是　能仁如來
其諸比丘　口喜誹謗　衆比丘尼　及清信士
彼時所有　諸清信女　彼蒙開化　開經解慧
常當覩見　無數億佛　則颰陀和　五百人是
諸比丘衆　及比丘尼　清信士女　今現佛前
吾爾時悉　令聞尊法　皆開化之　使得曉了
於今佛身　滅度之後　數數當受　奉斯經卷
無數億億　而當思惟　未曾得聞　如是之法
假使有佛　億百千數　常闡講説　如是比經
是故以聞　如是像典　自在聖尊　稱讚經典
我滅度後　若有説此　頻數當忍　受正法華

如來神足行品第二十一

爾時千彼三千世界塵數億百千姟諸菩薩等從地涌出者一切皆悉住世尊前僉然叉手白大聖曰如來滅後布露經典徧諸佛國及世尊土滅度之處於彼所在講説斯經多所益利若有受持此妙典要誦讀書寫爲人説者德不可量於時溥首處於忍界諸菩薩無數億百千姟受比丘比丘尼清信士清信女諸天龍神揵沓和阿須倫迦留羅眞陀羅

摩休勒及人非人如來皆爲神足變化如來至真等正覺爲現瑞應悉得柔順法忍皆令書寫正法華經化異世界億百千數諸菩薩等各各坐于諸寶樹下師子座上爾時能仁世尊及此一切如來正覺現其神足具足充滿百千歲中有所興立應時百千歲中功德自然而大光明滅除陰雲彈指之頃自然有聲靡不通達十方佛國一切世界六反震動諸天龍神阿須倫迦留羅真陀羅摩休勒承佛威神各隨所住無央數千佛世界普悉覩見斯忍佛土又諸如來十方無數億百千垓各各自坐諸寶樹下師子座上能仁如來多寶世尊於彼七寶廟寺講堂自然嚴淨師子之座威耀顯赫無數無限不可計會億百千垓菩薩大士及四部衆見斯變化心中愕然驚喜無量得未曾有則聞空中音聲而歌頌曰仁者欲知過是無限不可思議億百千垓諸佛世界有佛世界名曰忍土於彼有佛號能仁如來爲諸菩薩大士講正法華經方等典詔一切諸佛普護斯經用救菩薩大士以故諸賢心當質直清淨稽首歸命勸讚奉侍供養彼能仁正覺於時衆生聞虚空中自然之音有佛世尊號曰能仁適聞名稱應時叉手以若干種華香衣服幢旛雜香舉手各各散忍世界瓔珞珠璣諸貫真珠如意寶珠而供養之其華香幢蓋瓔珞珠璣明月寶珠自然入於忍世界尋時合會爲寶華蓋在於虚空悉覆諸佛及菩薩上彼時世尊告諸異行及佛前住諸菩薩衆如來正覺功德威神不可思議諸族姓子於無數億那術百千垓劫

說此經義不可究竟雖無央數若干種經所不能及不可限盡欲度彼岸難得邊際諸族姓子舉要言之假使有人欲了斯經要悉佛威神普諸佛法諸世尊界諸佛精進諸佛閒居諸佛妙力示現是經故族姓子佛滅度後當以慇懃求此經典受持書寫精進奉行供養承事爲他人說設使有人賫此經行講讀書寫思惟奉宣著於竹帛若在精舍齋堂室宅大林樹下若在水邊當起塔廟所以者何則爲如來所處之地觀是道場佛所坐樹則當察之一切如來正覺所遊群聖世雄轉法輪處十方諸佛在中滅度等無差特於斯世尊而歎頌曰

世愍哀法　不可思議　而常建立　神通之慧
而復示現　普等明目　衆生一切　悉得歡喜
其舌神根　暢音梵天　演奮光明　億百千垓
諸群萌類　覩見神足　怪未曾有　皆立大道
又聖導師　與一大光　彈指之頃　宣洪音聲
即時普告　一切佛土　周徧十方　諸佛世界
如此變化　及餘感動　大聖所現　瑞應如是
如來爾時　皆令歡喜　佛滅度後　奉是經卷
安住宣暢　功德之法　無央數劫　不可思議
持此經卷　福祚之限　導師咨嗟　若干無量
欲盡其限　不得邊崖　猶如虛空　不可窮極
名稱至德　無能思惟　持是經者　淨德常然
則爲見佛　大聖導師　及吾於世　滅度大通
及此一切　諸菩薩衆　并復覩此　四部之會
其有值遇　斯經典者　則爲遭見　今日衆會
佛滅度時　亦復在此　及彼十方　諸佛世界
其有能持　此經卷者　則爲覩覲　諸過去佛

及於十方　今現在佛　目自面見　供養奉侍
志當悅意　向人中上　在於道場　所可思惟
當速受持　於此經典　自然辯才　無所罣礙
設本種命　不能長者　當分別曉　於斯法義
便當受持　於此尊經　曉了諸經　次第所歸
大聖世尊　滅度之後　假使有人　至誠說者
分別此經　義理所趣　則講審諦　諸經卷義
其人光明　分別所覺　譬如日月　普照遠近
遊於天下　在所至到　勸化發起　無數菩薩
是故智慧　諸菩薩衆　聞如是像　經無等倫
我滅度後　奉此經典　其人不疑　於佛大道

藥王菩薩品第二十二

於是宿華王菩薩前白佛言藥王菩薩以何等故遊忍世界堪任無數勤苦之難善哉天尊願爲十方諸佛世界菩薩聲聞雲集於斯若有聞佛班宣藥王初發道心宿行功勳爲今衆會及後來世普聞受持追學究竟天人龍鬼諸尊神王僉皆悅豫發大道意自致正覺度脫一切於時世尊見宿華王發心至誠爲一切諸佛讚曰善哉善哉乃爲將來諸菩薩施勸進後學令入道智諦聽諦聽善思念之唯然世尊願樂欲聞佛言乃往過去江河沙劫爾時有佛號離垢日月光首如來至真等正覺出現於世其土壽命四萬二千歲教化衆生濟度危厄於時十方菩薩大會有八千億諸聲聞衆七十二江河沙等又其佛土而無女人三惡之趣阿須倫八難之患其地平正紺瑠璃色衆寶校成莊嚴清淨生衆寶樹周迴圍繞珍奇玟珞周帀覆盖豎諸幢旛寶瓶香鑪燒衆名香一切樹下設寶牀榻坐

具嚴飾不可稱載諸坐具上有百千億諸天坐之鼓諸音樂歌佛功德以爲供養於時其佛爲諸菩薩及聲聞衆分別講説正法華經時有菩薩名衆生喜見聞佛敷演散解義要即奉佛法遵習苦行夙夜精進萬二千歲經行不坐竟萬二千歲即便逮得普現三昧逮是定已輒復思惟吾以逮是普現三昧便能致此正法華經因逮定意踊躍歡喜心自念言我當供養離垢日月光首如來至真奉正法華經即如其像三昧正受處在虛空而以天華雜香栴檀用供養佛應時佛所雨衆華雜香普熏十方諸佛世界其聞香者悉得法忍衆生之類和心相向衆生喜見菩薩從定意起重自思惟雖用雜物供養於佛不能暢盡至真之德以身供養爾乃無上尋如所念斷絶五穀專食衆香衆華香汁而以飲之日使身中内外皆香如是服香竟十二年復和衆香以塗其體香油潤衣而立誓願以爲身燈爲一切故即然其身供養諸佛以精誠故其光徧照八十江河沙諸佛世界應時諸佛同聲讃曰善哉善哉族姓子精進乃爾世之希有斯眞供養如來經典乃爲衆生忍苦不勞超踰天人一切所行國財妻子施所不及供養之中爲尊爲上爲最爲長爲無儔匹以身施者乃成法施諸佛世尊歎是德已則便默然於時菩薩自然其身千二百歲火故不滅用一心故無有苦患於是之後火燄乃息勤修精進供養法故於是終没還生其世更復值見離垢日月光首如來至眞之士生離垢施國王宫内自然化生結跏趺坐而爲父

毋說此頌曰

尊王識念我本行　堅强勤修大精進
所重愛身以用施　逮立住此逮三昧

說此偈已啓其父毋離垢日月光首如來至眞今故現在吾往昔時至心供養因是逮致了一切音總持法要是正法華無上經典學中要者經卷本有八十垓百億那術垓偈當一心思何所造作立佛像模而常心中而無瞋怒此正法華菩薩所行吾本宿世習若干千億百千垓偈從彼如來而聞受之離垢施王讃其子曰善哉善哉當共俱往躬身當覲供養聖尊說此言已與父王俱涌在空中去地七仞經行虛空足不蹈地其身正坐七寶珓珞珍奇帳中往詣佛所叉手禮佛以頌讃曰

人中之尊　顏姿離垢　其光巍巍　照於十方
吾本供養　聖尊無極　今復自親　故來奉面

爾時衆生喜見菩薩大士說此偈已前白離垢日月光首如來至眞世尊垂恩愍哀十方故復現在訓誨一切度脫衆生無不蒙賴時離垢日月光首如來告衆生喜見菩薩今時已至吾欲滅度以此法教而相囑累佛因其時至所教周悉亂世欲到吾捨去矣爲佛施座今取滅度又告之曰以斯經典重相囑累普令流布等潤十方咸使一切皆蒙福慶衆生喜見則曰受教其佛夜半便取滅度於時菩薩衆生喜見見佛滅度以栴檀香奇異妙香闍維佛身取其舍利香汁洒之感慕哀泣淚下如雨修造寶瓶八萬四千立七寶塔高至梵天莊嚴幢蓋懸衆寶鈴心自念言吾已

供養世尊舍利當復更事超過於前告諸菩薩及大聲聞諸天龍神一切人民諸族姓子咸共思念世尊舍利普共供養於是佛告宿華王菩薩當爾世時衆生喜見菩薩勸率衆人供奉舍利八萬四千塔於塔寺前建立形像百福德相然無數燈燒香散華光顯道法供養奉事七萬二千歲供養訖竟在其衆會化無數千諸聲聞衆開諸菩薩皆令逮得普現三昧見衆菩薩逮立定已自現其身諸根缺漏諸菩薩衆及諸弟子天龍鬼神舉聲號咷淚下如雨是族姓子衆生喜見菩薩大士是我等師開化我黨今現缺滅諸根不具是故悲酸不能自勝於時衆生喜見謂諸菩薩及大弟子諸天龍神吾建要誓至誠之願如我所言隨順不虛我此手臂成紫金身令我手臂平復如故地當大動於虛空中雨衆華香所言適竟地即大動天雨衆華尋時手臂平復如故衆生喜見欲度一切因示現此慧力所行福德功勳勢力所致佛告宿華王菩薩欲知爾時衆生喜見菩薩大士今藥王菩薩是又族姓子菩薩勤苦不可稱計投身棄命無有限量常建大乘志無上道興發大功無極之德於如來前然一足指功德難喻況然其身以爲供養勝施國土妻子血肉設以珍寶滿佛世界布施供養諸佛聖衆福德雖多不及於彼所以者何福報有盡無益衆生若族姓子女受正法華一四句頌分别奉行爲人解說比其福施萬不如一猶如巨海萬川皆歸此經如是一切諸法最爲元首猶若須彌衆山中高如盛月滿星中最明大慧光

明照曜三界爲諸法首無上道王猶如日出普照天下消衆幽冥此經如是蠲除一切愚癡闇蔽皆入道明猶天帝釋忉利天上諸天中王此經如是一切諸法衆經典主攬持十方度脱一切猶梵天王處第七宫制御諸天莫不奉命此經如是普濟衆生學與不學教導三乘行君父業猶如四道及至緣覺皆越一切諸凡夫學正法華經亦復如斯皆超一切上中下乘處衆生之源化諸不逮猶如菩薩所行高遠過諸聲聞緣覺之業覆護三世此經如是調御諸法悉令成就無上正真猶如世尊三界法王被道服飾三十二相誘衆愚蔽此經如是從菩薩學乃至如來開導聲聞諸緣覺等皆使成就無上正眞猶族姓子斯經典者爲三界護度脱衆生危厄之難飽滿飢虚衆情之患寒者温煖熱者清凉有裸露者皆得衣服開導衆生悉令入道猶如導師將護衆賈菩薩如是養育衆生若如慈母譬如船師度人往返菩薩如是周旋王界度脱一切滅衆闇冥猶如炬火化生老死猶轉輪王制御四域此經如是以聖道明照曜三世猶如大明消天下冥此經如是致不退轉無所從生忍至成佛道佛告宿華王菩薩斯經典者度脱一切衆苦之患拔斷諸垢三毒疹疾救濟生死諸繫牢獄若聞此經尋即解了能書寫者其功德福無能稱計何況聞持懷抱誦説華香供養雜香澤香然燈幢旛若有聞持藥王菩薩往古學品受持思念之其福過彼衆物供養不可稱載若有女人聞此經法尋即受持便於此世畢女形壽後得男

子若有女人於五濁世最後末俗聞是經法能奉行者於是壽終生安養國見無量壽佛與諸菩薩眷屬圍繞生寶蓮華坐師子座無婬怒癡除去衆結亦無貪嫉未曾懷恨適生其國得五神通逮不退轉不起法忍已逮法忍輒得覩見七十二億兆載江沙諸如來衆適見諸佛眼根清淨眼根已淨所見一切十方諸佛遥讚歎之善哉善哉族姓子汝乃值是能仁佛世聞佛所説正法華經受持諷誦爲他人説此功德福火不能燒水不能漂盜賊怨家縣官不侵千佛嗟歎不能究暢所獲功祚不可限量巍巍如是緣斯功德降伏衆魔棄諸怨敵度生死難周旋諸患又族姓子以是經法伏衆惡逆爲諸千佛所見建立擁護汝身天上世間而無儔匹自捨如來未有

聲聞及諸菩薩功德福祐智慧定意無有等侣佛告宿華王菩薩若有人受是經者所逮聖明勢力盛德超越若斯是故仁者若有講説此藥王品有讚善者後生爲人口中自然優鉢華香身栴檀香若聞此經讚歎善者其人現在功德遠聞佛已豫歎其人功勳佛告宿華王吾以是經囑累汝等衆生喜見往古法品最後末俗五濁之世流布天下閻浮利内無能中壞其魔波旬不能得便及魔官屬邪神鬼魅無能害者天龍羅刹鳩洹魔鬼無敢當者又宿華王是藥王品威德所立所流布處若有疾病聞是經法病則消除無有衆患因是功德後致正真無老病死若有比丘最後末世手執青蓮滿盛雜香供散法師心自念言假使有人求菩薩乘至此道場吾授

斯華以爲草座敷佛樹下降伏衆魔具足法鼓吹大法螺縁此濟度生死之海若大乘學見諸比丘持是經卷當觀其人功德如是佛説是藥王菩薩徃古品時八萬四千菩薩即逮得曉一切音方便總持於時衆寶如來讚言善哉善哉宿華王菩薩卿能諮啓不可思議經典行業如來講説何以快哉

正法華經卷第九

音釋

鴶鵴（鴶古肴切鵴倉經切鴶鵴鳥名）笮（側伯切壓也）牸（疾置切牸牛牝牛也）餼（虛氣切）颰陀和（梵語也此云賢護颰蒲撥切）咷（徒刀切號咷大哭也）

正法華經卷第十

西晉三藏竺法護譯

妙吼菩薩品第二十三

於是世尊能仁如來即從眉頂大人之相演百千光照於東方千八萬百億江河沙諸佛國土靡不周徧過是諸佛土有世界名莊嚴照明其土有佛號離垢紫金宿華王如來至眞等正覺與無央數諸菩薩衆眷屬圍繞宣布道化能仁如來所演光明徧照彼土又其佛土有一菩薩名曰妙音從過去佛植衆德本供養無數百千兆姟諸佛正覺每見諸佛諮受經典逮成聖慧以得尊幢三昧定法華三昧施離垢三昧樂宿王三昧無著光三昧慧印三昧普曉諸音三昧等集衆德三昧喜信淨三昧神足戲樂三昧慧光三昧嚴淨王三昧離垢光三昧離垢藏三昧無緣三昧日轉三昧取要言之普悉逮得億百千姟江河沙數諸三昧定其佛光明普徧周至照妙音菩薩妙音菩薩蒙佛聖光自詣佛所白世尊曰我欲往詣至忍世界見能仁佛稽首作禮諮受經典及欲致敬文殊師利藥王菩薩妙勇菩薩宿華王菩薩尊意行菩薩淨王菩薩超藥菩薩諮講經義受諸不及令一切聞悉發道意其佛告曰往族姓子雖到彼土莫發異想而念其土懈廢下賤所以者何又族姓子彼忍世界其大陸地黑山雜糅衆垢石沙穢惡充滿谿澗山谷不與凡同其土佛身卑小丈六菩薩諸身長七八尺又卿本體高四萬二千踰旬而我現身八萬四千踰旬端正殊好色像第一威耀殊妙相好顏色難可比

喻積百千德覩莫不歡又卿往至見彼土人慎莫心念起不可想如來菩薩佛土不如所以者何佛土本空衆生罪福現有不同妙音菩薩復白佛言承佛威神如來聖力道德巍巍以自娛樂往詣忍世界如來道慧清淨之業輒當如法無所違失不敢起想於時妙音菩薩心自念言不起于座即如其像三昧正受到忍世界至靈鷲山當在如來法座中間化作八萬四千億衆寶蓮華紫金莖白銀葉嚴飾淨好光明巍巍照諸會者輒如所念即時辦矣文殊師利問能仁佛唯然世尊今化現此八萬四千衆寶蓮華紫金莖白銀葉清淨嚴好此誰瑞應而現此變佛告文殊有菩薩名妙音從紫金離垢宿華王佛土而來與八萬四千菩薩俱進至此忍界欲見吾身稽首諮問欲得聽聞正法華經故先現瑞文殊師利復問佛言其人宿本積何功德造殊妙行而今致此奇特洪勳在何三昧本造立行願欲聞之所行三昧神足變化吾等聞之當受奉行見諸菩薩顏貌色像爲何等類舉動進止何所饒益甚哉世尊唯現瑞應使諸菩薩來現於此衆會欲見佛語文殊卿當啓白衆寶如來今現瑞應使諸菩薩咸來至此各現身相一切衆會皆欲見之文殊師利即受佛教輒啓滅度衆寶如來尋現瑞應於時妙音菩薩而於本土忽然不現與八萬四千菩薩俱動諸佛土雨寶蓮華同時發作百千億妓樂諸來菩薩各自現形其眼明好猶如紺色顏貌充滿如月盛明體紫金光無央數億百千功德莊嚴其身威神巍巍智慧光光奇

相衆好文飾光顔身力無極其身處在七寶絞絡於虛空中去地四丈九尺與諸菩薩眷屬圍繞到忍世界至靈鷲山下寶絞絡手執寶瑛其價百千詣能仁佛稽首足下以持貢上能仁如來復白佛言紫金離垢宿華王如來致問無量起居輕利由步康强又問世尊說法如常乎衆生一切受者增進耶蠲除狐疑順法律不也將無多懷婬怒癡行憎嫉饕餮不能恭敬孝順父母聽受道法如法奉行不墮邪見愛惜財寶諸根不定爲降諸魔衆官屬乎又諸衆生聽受滅度衆寶如來所說法耶今諸菩薩故來詣此本土如來之所發遣欲得奉見七寶塔寺滅度衆寶如來問訊啓受聖體康寧說法如何衆生普受行如法不衆寶如來現住久如我等故來欲得覲見衆寶如來形像所類願佛現之時能仁佛語衆寶如來今妙音菩薩及諸眷屬欲見世尊聖體形像衆寶如來尋時讃曰善哉善哉族姓子卿能故來見能仁佛稽首諮受正法華經及復欲覲文殊師利啓諸不逮時蓮華首菩薩問佛妙音菩薩往宿命時積何德本乃致斯變無極神聖時能仁佛告蓮華首菩薩曰乃往過去久遠世時有佛號雲雷音王如來至眞等正覺講說經道六度無極菩薩法藏天上天下靡不蒙安時妙音菩薩聞其所說欣然意解鼓百千音樂娛樂其佛八萬四千衆寶妙器貢上至尊如是精進供養如來萬二千歲又族姓子妙音菩薩往宿命時從雲雷音王如來之世修無上法種此功德未曾懈廢傳如來旨化諸愚冥不識至眞悉令

信樂欲知爾時妙音菩薩今妙音菩薩是也用彼世時布施寶器衆妓樂音又復供養無數諸佛億千佛所植衆德本修治衆行前世值遇億百千姟江河沙等諸佛世尊今蓮華首爲見妙音菩薩所行不可限量變無數形爲諸衆生宣布講化正法華經或現梵天形色貌而誘立之或現天帝形或尊豪形或將軍形化導衆兵或息意天王轉輪聖王諸散小王尊者長者諸令長形沙門梵志形像色貌說正法華經或現比丘比丘尼清信士女形宫人婇女長者夫人諸貧賤女形男女大小而誘立之說正法華經或阿須倫形迦留羅眞陀羅摩休勒人非人形像色貌而誘立之說正法華經或入地獄餓鬼畜生及諸八難所在擁護而救濟之上中下士前後進退隨其形體男女之像而開化之說正法華經或入中宫化皇后形度衆貴人蓮華首當知妙音菩薩將護忍界一切衆生又族姓子妙音菩薩以若干變無數方便誘忍佛土演正法華經神足威德未曾損耗而復增益也聖慧道智亦復如是又族姓子妙音菩薩光明功德智慧巍巍周旋十方隨時開化輪轉無際皆使入律上中下願各令得所還遊忍界復至他方江河沙佛土現菩薩身而爲說法又現聲聞緣覺色像而開化示本行所學聞之亘然各成所志不違本誓若有衆生奉如來律以佛色像隨其道律示現形貌顯授大道無上正眞欲慕泥洹現已滅度因而示儀開化道慧妙音菩薩勢力聖智不可測度超絶巍巍功德若斯無以爲喻於是蓮華首菩

薩前白佛言妙音菩薩積功累德堂堂乃爾唯然世尊住何三昧開化衆生不可限量能仁如來告蓮華首菩薩曰族姓子聽有三昧名現入衆像妙音菩薩住斯定意利益開化無限衆生使入道義佛説是妙音菩薩章句品時其諸菩薩與妙音開士俱發來者尋時皆逮現入衆像三昧正定其行殊勝於是忍界超越菩薩所修定意諸有限數若有逮致現入衆像三昧便得總持攬持三世無不蒙濟時妙音菩薩供養能仁如來至眞具足奉事衆寶如來塔寺舍利欲還本土前稽首禮能仁如來自歸而退與衆會別動震諸國雨衆蓮華同時和鼓百千億姟雅頌妓樂與八萬四千諸菩薩衆俱歸本土前稽首禮妙紫金離垢宿華王如來以詣忍界導利衆生又覩衆寶如來寶寺舍利及文殊師利藥王菩薩所逮精進無極道力見妙勇菩薩令是八萬四千菩薩皆得正行現入衆像三昧往到彼間俱共進行四萬二千天子聞正法華經皆悉逮得無所從生法忍蓮華首菩薩逮正法華定

觀世音普門品第二十四

於是無盡意菩薩即從座起偏露右臂長跪叉手前白佛言唯然世尊所以名之觀世音乎義何所趣耶佛告無盡意曰此族姓子若有衆生遭億百千姟困厄患難苦毒無量適聞觀世音菩薩名者輒得解脱無有衆惱故名觀世音若有持名執在心懷設遇大火然其山野燒百草木叢林屋宅身墮火中得聞觀世音名火即尋滅若入大水江河駛流心

中恐怖稱觀世音菩薩一心自歸則威神護
令不見溺使出安隱若入大海百千億姟衆
生豪賤處海深淵無底之元採致金銀雜珠
明月如意寶珠水精琉璃硨磲碼碯珊瑚琥
珀載滿船寶假使風吹其船流墮黒山迴波
若經鬼界值摩竭魚衆中一人竊獨心念觀
世音菩薩功德威神而稱名號皆得解脫一
切衆患及其伴侶衆得濟渡不遇諸魔邪鬼
之厄故名觀世音也佛言族姓子若見怨賊
欲來危害即稱觀世音菩薩名號而自歸命
賊所持刀仗尋段段壞手不得舉自然慈心
設族姓子此三千大千世界滿中諸鬼神衆
邪逆魅欲來嬈人一心稱呼觀世音菩薩名
自然爲伏不能妄犯惡心不生不得邪觀若
人犯罪若無有罪若爲惡人縣官所録縛束

其身杻械在體若枷鎖之閉在牢獄拷治苦
毒一心自歸稱觀世音菩薩名號疾得解脫
開獄門出無能拘制也故名曰觀世音佛言
如是族姓子觀世音菩薩境界威神功德難
可限量觀觀若斯故號觀世音佛告無盡意
假使族姓子此三千大千世界滿中衆逆盜
賊怨害執持兵仗刀刃矛戟欲殺萬民一部
賈客獨自經過在於其路齎持重寶導師恐
怖心自念言此間多賊將無危我劫奪財寶
當設權計脫此衆難不見危害謂衆賈人不
宜恐畏等共一心俱同發聲稱觀世音菩薩
威德輒來擁護令無恐懼普心自歸便脫衆
難不遇賊害衆賈人聞悉共受教咸俱同聲
稱觀世音身命自歸願脫此畏適稱其名賊
便退却不敢觸犯衆賈解脫永無恐懼觀世

音菩薩威德境界巍巍如是故曰觀世音佛復告無盡意菩薩若有學人婬怒癡盛稽首歸命觀世音菩薩婬怒癡休觀於無常苦空非身一心得定若有女人無有子姓求男求女歸命觀世音輒得男女一心精進自歸命者世世端正顏貌無比見莫不歡喜所生子姓而有威相衆人所愛願樂欲見植衆德本不爲罪業其觀世音威神功德智慧境界巍巍如是其聞名者所至到處終不虛妄不遇邪害致得無上道德果實常遇諸佛眞人菩薩高德正士不與逆人無反復會若聞其名執持懷抱功德無量不可稱載若有供養六十二億恒河沙數諸菩薩等是諸菩薩皆使現在等行慈心若族姓子族姓女盡其形壽供養衣被飲食牀卧具病瘦醫藥一切所安

福寧多不無盡意曰多矣世尊不可限量所以者何是諸菩薩無央數億不可譬喻佛言雖供養此無限菩薩不如一歸命觀世音菩薩稽首作禮執持名號福過於彼況復供養雖復供養六十二億恒河沙數諸菩薩等執持名號計此二福德百千劫不可盡極終不相比是故名曰觀世音於是無盡意菩薩前白佛言觀世音菩薩以何因緣遊忍世界云何說法何謂志願所行至法善權方便境界云何佛言族姓子觀世音菩薩所遊世界或現佛身而班宣法或現菩薩形像色貌說經開化或現緣覺或現聲聞或梵天像或天帝像而說經道或揵沓和像欲度鬼神現鬼神像欲度豪尊現豪尊像或復示現大神妙天像或轉輪聖王化四域像或殊特像或復及

足羅刹形像或將軍像或現沙門梵志之像或金剛神隱士獨處仙人童儒像觀世音菩薩遊諸佛土而普示現若干種形在所變化開度一切是故族姓子一切衆生咸當供養觀世音其族姓子所可周旋有恐懼者令無所畏已致無畏使普安隱各自欣慶故遊忍界於是無盡意菩薩即解己身百千寶瓔以用貢上於觀世音惟願正士受此法供已身所有殊異寶瓔而不肯受時無盡意復謂觀世音惟見愍念以時納受願勿拒逆時觀世音心自計念不用是寶無盡意言惟復垂愍諸天龍神揵沓和阿須倫迦留羅眞陀羅摩睺勒人及非人受其寶瓔輒作兩分一分奉上能仁如來一分供養衆寶如來至眞等正覺貢上寶寺其族姓子普爲一切以是之故神足變化遊忍世界無所不濟於是持地菩薩即從座起前白佛言假使有人聞觀世音所行德本終不虛妄世世安隱至無極慧其觀世音神足變化普至道門所顯威神而無窮極佛說是普門道品彼時會中八萬四千人至無等倫尋發無上正眞道意

總持品第二十五

於是藥王菩薩即從座起長跪叉手前白佛言若族姓子及族姓女聞是正法華經典受持懷抱書寫經卷獲福如何佛言族姓子女受持是經諷在懷抱書寫經卷福不可量無以爲喻若族姓子供養八十億百千姟恒河沙諸如來衆若復受持懷抱書寫是正法華經講說供養何所福多於意云何寧當一心奉持經典若以衣食供養諸佛藥王菩薩白

佛言若族姓子及族姓女受正法華經典之要執持書寫一四句頌講說諷誦若復奉行具足成就其福最多勝於供養若干恒河沙諸佛世尊佛言甚哉法之供養最爲第一藥王菩薩復白佛言我當擁護如是等輩諸族姓子及族姓女受此經者斯法師等以義宿衞長使無患誦總持句又尋祝曰

奇異所思意念無意永久所行奉修寂然憺怕志默解脫濟度平等無邪安和普平滅盡無盡莫勝玄默憺然總持觀察光耀有所依倚恃怙於內究竟清淨無有坑坎亦無高下無有迴旋所周旋處其目清淨等無所等覺已越度而察於法令衆無音所說鮮明而懷止足盡除節限宣暢音響曉了衆聲而了文字無有窮盡永無力勢無所思念

藥王菩薩曰唯然世尊是總持句六十二恒河沙諸佛所說假使有犯此祝言者若復違毀此等法師爲失諸佛世尊道教佛歎藥王菩薩大士善哉善哉若族姓子說總持句爲衆生故愍念擁護多所安隱於時妙勇菩薩前白佛言唯然世尊我身亦爲衆生之故欲令永安若有奉持此經典者授總持句將護如此諸法師等令無伺求得其便者鬼神諸魅溷廁衆鬼突鬼魘鬼餓鬼反足雖欲來嬈無能得便妙勇菩薩專心思惟說此總持曰

晃耀大明錟光演暉順來富章悅喜欣然住此立制永住無合無集

是總持句恒河沙等諸佛所說咸共勸助若違如來如是比像諸法師教還自危已時毗沙門天王前白佛言我亦當演此總持句加

以慈心爲衆生故擁護法師
富有調戲無戲無量無富何富
以是擁護諸法師等百由旬内無敢犯觸宿
衞將順諸族姓子如是比像至學法師乃能
受持以是擁護常獲吉利時順怨天王在彼
會坐與諸香音億百千姟鬼眷屬圍繞往詣
佛所前白佛言唯然世尊我亦當宣此總持
句
無數有數曜黑持香殉祝大體于器順述暴
言至有
唯然世尊此總持句四千二百億諸佛所説
以此總持擁護供養諸學經者令無伺求得
其便者時有一魍名有結縛復名離結復名
施積復名施華復名施黑復名被髮復名無
著復名持華復名何所復名取一切精往詣
佛所鬼子母與諸子俱異口同音前白佛言
我等世尊常當擁護如是比像諸法師等加
施吉祥令無伺求得法師短于時諸魅同共
舉聲宣此總持將順法師
於是於斯於爾於氏極甚無我無吾無身無
所俱同已興已生已成而住而立亦住嗟歎
亦非消頭大疾無得加害
是等之類是我眷屬令無所犯擁護法師消
除鬼神諸魑魅餓鬼溷鬼突鬼蠱道符祝癡
狂顛鬼化是像來若鬼神形及非人像二日
三日若至四日若常熱病若復夜卧值惡夢
者若現男女大小諸像我等擁護令無伺求
得其便者於時諸魅共於佛前説此頌曰
犯頭破七分　猶如華菜剖　當致殺母罪
亦得害父殃　其有犯法師　皆當獲此釁

世世得不安　不與諸佛會　破壞佛寺罪
鬪亂聖衆殃　如合衆麻油　麻油聚一處
放火皆燋然　消盡無有餘　其有犯法師
當獲此罪殃　猶如稱戴峻　罪垢之所聚
其有犯法師　當獲此重疊
諸鬼神軍頭等說此偈已前白佛言我等咸護如是比像諸法師等使常安隱除去怨敵周帀宿衛令無傷害若有行毒毒爲不行時佛嗟歎諸魅所祝善哉善哉汝等乃欲護諸法師若聞此經宣持名號德不可量何況具足隨時持說書在經卷若以供養華香幢蓋雜香擣香然燈懸繒思夷合歡青蓮紅蓮黃蓮白蓮消著油蘇以用然燈供養此經勤修不懈百千億倍福不可限汝等當護如是比像精進學者佛說是總持品時六萬八千人逮得無所從生法忍

佳世淨復淨王品第二十六

佛告族姓子乃往過去無央數劫不可思議長遠難量爾時有佛號總水雷音宿華慧王如來至眞等正覺明行成爲善逝世間解無上士道法御天人師爲佛世尊世界曰照明嚴飾劫曰愛見又族姓子於其佛世有王名淨復淨爾時其王有一正后名曰離垢施其后有二子一名離垢藏二名離垢目又其二子皆得神足輕舉能飛智慧具足功德備悉聖達巍巍行菩薩業夙夜精進未曾懈廢勤心專精六度無極善權四等所濟無限悉遵通達三十有七道品之法普暢道義所旋周業進逮離垢三昧定矣度宿日光三昧離垢光三昧離垢顯耀三昧淨莊嚴三昧大威藏

三昧皆得通達此三昧定而度無極時佛集會與諸四輩釋梵四天王諸天人民班宣分別正法華經時佛愍念一切衆生哀傷國王皆欲化之使入大道又族姓子其二太子往詣母所叉手白言惟願屈意見念加慈專精身心欲往到佛所奉見如來身亦自欲稽首歸命所以者何今日如來爲天上天下一切衆生廣宣要典正法華經故當奉覲聽正法華離垢施后告二太子汝等父王志存外邪信樂梵志常懷瞋恨以是之故不可得往時二太子同心叉手自復白其母我等薄相所生邪見無義之家又我等身本是法王子當以經道化于濁俗反爲向眞爾乃佛子於是離垢施后告二太子善哉行矣汝眞孝子爲其父母修大慈愍各顯神足覲之欣然心中開解便聽子等俱詣佛所稽首受業時二太子輒受母教其身涌住在虛空中去地七仞愍念其親各現威變在於虛空二人俱時坐臥經行身上出火身下出水身上出水身下出火演大光明照耀遠近現身長大復還爲小從虛空下入于地中若人入水從地涌出處在虛空猶如履地其二太子現若干變而顯神足以用開化於其父母于時父王覩其二子神足變化威德若斯欣然踊躍善心生焉躬身叉手向二子曰汝等師主所受誰乎時二太子自啓父王大王欲知我等師主總水雷音宿華慧王如來至眞是我等師主今者現在遊於寶樹下處于法座爲四部衆諸天人民廣演宣布正法華經其佛世尊是我等師主也王告二子吾欲往詣卿等師主奉

覲親受大聖正眞無上言教時二子從虚空下行至母所自白其母而叉手言阿母威德則化父王以造立心無上正眞因成道教聖尊之業唯垂愍念聽我詣佛出家爲道得作沙門時二太子爲母説偈

唯母聽我等　出家爲沙門　如來甚難遇
曼時當精學　所云難得值　猶如靈瑞華
難遇復超彼　閑靜不可得

於時王后離垢施而頌告曰

吾以聽汝等　善哉子輒去　至聖甚難值
我亦出家俱

爾時二太子歎是法頌報父母已重復白父王及所生母唯願二親同時一心俱往詣總水雷音宿華慧王佛所屈意時發見彼世尊稽首歸命所以者何二親當知佛興難值猶靈瑞華亦如如意最上明珠佛亦復然不可再遇是故我等來生此土心念出家功德第一由是之故不宜有難便可相許報言善哉得出家學棄捐愛欲捨其俗業所以者何若覲如來福慶無量人命難得佛世難值離於八難得閑靜難猶死更生父王皇后報子言諸宜知是時佛言族姓子爾時淨復淨王宫内八萬四千宫人婇女宿命本德應得啓受是正法華經典本是道器離垢目太子宿命本修行積功累德從來無限離垢藏太子無央數億百千姟劫往昔宿命曾以奉行棄於衆生一切惡趣三昧正定何謂棄於衆生一切惡趣三昧正定其王正后二太子母離垢施者曉十方佛一切道同諸佛要集諸佛奥藏無極聖慧以權方便現于女身也佛告族

姓子時王淨復淨見二太子所現神足化入如來至眞之法以得超越展轉相教展轉相成多所度脫一切盲冥咸入道明便自發意與其眷屬四萬二千離垢施后與諸群黨隨二太子中宮婇女群臣百官一時和同往詣佛所稽首足下退各就坐從本常位時佛見淨復淨王與大眷屬自投歸命因其本行觀宿所緣而爲說法應病與藥各得開解欣然踊躍善心生焉更立國王蓟駕印綬與其正后離垢施及二太子宫人婇女一切宫屬棄國捐王行作沙門已作沙門八萬四千歲奉修道業思惟觀察是正法華經典之要諷誦奉行如佛所教無所違失於是淨復淨王遵奉勤修正法華經與其眷屬竟八萬四千歲逮衆德本嚴淨三昧正定適逮斯定其身即時涌在虛空去地四丈九尺住於虛空遥白總水雷音宿華慧王如來至眞唯然世尊其二子者則是聖師化導吾家蒙其恩德獲現神足顯揚變化而緣是現所化神變心得開解退俗入道承佛法訓度衆穢厄順從法律堅住無極得奉如來啓受經法乃爲至聖無蓋善師是二子者示現子像生我家耳皆是宿世明識本德承佛仁慈非是凡庶之可思論佛告王曰如是如是大王如大王所言是二太子宿植德故乃能示現因欲開王及諸眷屬一切衆生佛言大王若族姓子及族姓女學是經典所生之處周旋終始易得善師顯世尊教得立無上正眞之道開化導示度脫一切是爲微妙無極之業展轉相教展轉相成得至聖諦無極之處值佛道法王用遇

善師得見如來啓受經法由勸助恩王今寧見此二太子是諸族姓子前世已曾供養奉事六十五億百千兆姟恒河沙等如來至眞而復受持是正法華經愍傷衆生没在邪冥九十六種不能自濟故開化之令住正見修行精進求佛大道於是佛語族姓子曰其淨復淨王於彼世時歎衆功德從虛空下即叉十指前白其佛唯佛宣布如來至眞本宿命時行何功德聖慧巍巍眉間之相演大輝耀照無限國而目明好徹覩十方其眉間相白如珂雪柔輭細好巍巍光澤平正無邪無所不照世尊面像充滿如日安住道目猶如月初一切觀之而無猒極於時國王說此頌曰

其殊異功勳　巨億百千姟　虛空尚可喻
其慧不可限　佛以頌答曰
前世行中正　加施人平等　故使眉間相
所照無有限　和視施燈慧　目明喻日月
其眼如月初　徹覩十方國

時王嗟歎已叉手白佛至未曾有如來至眞之教弘慈無極不可思議功德具足敷演道義施設法禁令無罪釁長塗之難皆得無患唯然世尊如吾今日心不放逸由得自在不墮邪徑棄捐自大不從虛僞亦無瞋恨不興惡心無益之業我國多事欲出家學不還中宫重欲自歸所有供養佛言大佳時王即起稽首佛足其王正后離垢施者解身百千所著寶瓔以散佛上佛之威神化成七寶交露之帳化爲交露琦異妙帳自然有牀布以無數琦異坐具如來坐上於時國王心自念言

至未曾有天尊至得交露帳中所見如來甚大端正威神巍巍光色第一顏貌充滿淨好無比願令一切皆蒙此度於時世尊告四部衆汝等寧見淨復淨王一心叉手而住佛前皆曰以見佛言比丘是王於今是我學世現比丘像於將來世當得作佛名曰種帝王如來至真等正覺明行成爲善逝世間解無上士道法御天人師爲佛世尊其佛土曰廣普劫曰超王於時其佛諸菩薩衆不可稱限諸聲聞衆亦無央數其佛世界平等如掌無有傾邪無砂礫石得作佛時威神巍巍廣大無極光光如是能仁如來告族姓子欲知爾時淨復淨王發道意者豈是異人莫造此觀所以者何則是今現蓮華首菩薩是欲知爾時離垢王后者今光照嚴飾菩薩是常念諸菩薩愍傷衆生故生彼國開化度之欲知爾時二太子者則今藥王菩薩超藥菩薩身是又族姓子藥王菩薩超藥菩薩功德巍巍無限若斯在無央數億百千姟諸如來所植衆德本是二正士道德備悉不可思議若有聞此二正士名執持懷抱一切衆人皆當禮敬如是學士天上世間皆歸仰之佛說是往古宿世本所行時八萬四千人遠塵離垢諸法法眼淨

樂普賢品第二十七

於時普賢菩薩過東方恒河沙諸佛國土諸菩薩來者動諸佛國雨衆蓮華鼓億百千姟妓樂歌歎如來功勳承其開士其大神足無極變化大菩薩身威神巍巍聖旨玄妙普照十方與諸天龍揵陀羅阿須倫迦留羅真陀

羅摩休勤人及非人俱各各將諸眷屬各顯神足不可思議至靈鷲山徃詣佛所稽首足下繞佛七帀前白佛言我從寳超威王如來佛土來承令世尊演正法華經故至忍界欲得聽受與諸菩薩無數百千亦樂聽聞所宣道議善哉世尊唯加垂哀以時班宣正法華經寧有女人何所修行得奉執經卷時佛即告普賢菩薩族姓子女人有四事法得是經卷何謂爲四一曰常爲諸佛所見建護二曰積功累德不以懈廢三曰能分别化究暢衆要諸所聚處四曰普護衆生發未發者是爲四逮是經卷時普賢菩薩前白佛言最後末俗五濁之世若有比丘受是經典長擁護之令得吉祥除衆枉横毒亦不行令無伺求得其便者有受是經咸共宿衛令魔波旬不能

嬈亂及諸官屬諸鬼神龍溝邊溷鬼蠱道符祝令不得行躬身自徃常以一心擁護法師當使安隱若有比丘學此經典坐起經行精進修業上馬車乘徃到其所護此經典與諸菩薩眷屬圍繞俱當徃詣法師比丘受是經者思惟行者令不忘失正法華經一句之義乘駕徃詣此學士所目自奉見爲是經故見我歡喜普更勤學當護法師逮得三昧若復獲致迴轉總持又當逮成若干百千億周旋總持曉了一切諸音總持唯願世尊若於最後餘殘末俗五濁之世餘五十歲中比丘比丘尼清信士清信女受是經典宣示同學持書慕求爲他人説最後末俗餘五十歲若能受是正法華經心存解義精進不廢致二十一日諸行稍備已致諸行二十一日勤心存

於法自現可敬巍巍之德乘六通馳與諸眷屬大小相隨往詣法師勸助法師二十一日專修此法使心開解懷致總持若使法師不化衆生若不勸助不能開化非人得便猶是法師不得擁護不致安隱是故學者常行精進承佛威神宿衛法師若有法師持佛正法便勤精進願聽總持其辭祝曰

無我除我回我方便賓仁和除甚柔輭柔弱句見諸佛因諸總持行衆諸說蓋回轉盡集會除衆趣無央數計諸句三世數等越有爲學諸法曉衆生音師子娛樂

唯然世尊是則名曰是總持句若有菩薩耳根聽聞此總持句入耳中者即當知之普賢菩薩之所建立是正法華經若布施天下閻浮利內值是經者心當思念普賢菩薩威神所致令我等輩致是經卷普賢菩薩所行神化令此衆人致此妙典斯等衆生無數佛所積衆德本如來至真手摩其頭若有書寫執持在手則奉佛身敬愛道法敬書是經書是經已欲解中義於此壽終生忉利天適生天上八萬四千天人玉女往就供養鼓琴歌頌已作天子坐玉女中而相娛樂若族姓子但書是經功德如是何況諷誦說思惟中義是故世尊一心勤修正法華經書持經卷常當思惟一切不忘當禮此人用書是經至德所致而爲千佛所見授臂臨壽終時面見千佛遊在吉安不墮惡趣壽終之後生兜術天適生天上八萬四千諸玉女衆往詣其所鼓諸妓樂而歌頌德在諸玉女以法相樂是族姓子書是經者功德如斯何況諷誦說思惟其義是

故勤修書寫宣傳正法華經思惟奉行皆令具足專精一心志未曾亂千佛授臂臨壽終時面見千佛不墮惡趣於是壽終生兜術天在彌勒佛所成菩薩身三十二相莊嚴其體億千玉女眷屬圍繞是故智者常當勤修書是經典敷演思惟唯然世尊若有書此經卷思惟誦說功祚無量不可稱限巍巍如是是故智者書持是經當得逮致若干功德吾以是故建立是經用吾弘意勸念道法流布天下閻浮利内於是能仁如來至眞告普賢曰善哉善哉汝乃發心多所哀念精進勸護將來菩薩勸導於斯無思義法其心懷抱無極大哀發心之頃攝無量行各執經卷建立擁護若有受持普賢菩薩宣其名者則當知之見能仁佛前已曾聞如是像法供養奉事見能仁佛班宣經道讃之善哉如來摩頭則當謂之是普賢也佛之威神之所建立佛以衣服而覆護之受如來教不樂俗業不喜調戲合偶謝讌不好歌舞不遊在外不入屠殺養猪雞鶩不與女人無益從事若聞是經書寫聽受持諷誦說樂如是像自然之法思惟奉行緣内精專自興福力一切衆生若有覩見靡不愛敬若有比丘受持此經不爲婬怒癡所縛不爲貪嫉自大所繫不懷憍慢剛强自用强梁邪見已利止足若有法師普修至賢最後末世餘五十歲五濁之俗若有比丘受持是經當作是智思惟解念是等族姓必至道場降伏魔官而轉法輪擊於法鼓吹大法螺演時法雨於師子座而處法坐最後末世受持是經功德如是又是比丘不倚利養不

貪衣鉢是等法師志性質直而無諛諂不墮癡冥其人現在自然如是若有比丘受持是經世世不忘所生聰明黠慧未曾聾盲現在獲安無有衆患若毀此經訶學持者而復誹謗其人現在身致癩病見書是經非之不可而共調戲所生之處其身缺陋爲火所燒常遇諍訟鼻面生皰手足繚戾口目不正其身臭穢體生瘡痍醫藥不治困苦難言若說是經有聞見者宣之不可憎惡不喜所說不誠言不眞實用是犯惡衆罪之故得殃無量在所不安佛言是故普賢若見比丘受持是經遥起遠迎恭敬承事如奉如來今佛現在靡不歸命歸彼法師如是無異乃應佛教佛說是樂普賢品時如恒河沙億百千姟諸菩薩衆皆逮總持

囑累品第二十八

於是世尊能仁從法座起令諸菩薩如其色像示現神足都舉大會著其右掌而讚歎曰諸族姓子佛從無數不可計會億百千劫積累造行乃成無上正眞之道得度無極故取諸賢安錯右掌舉手下之以爲念識當受斯經持諷誦讀當爲衆會分別說之令諸群生普得見聞又族姓子心無所著勿得秘惜此正法華經志無所畏則施佛慧如來之慧自在之慧則爲無上無極法施當學佛行無得矜惜慳嫉愛重宣廣示現斯如來慧當使徧聞至所不至往所不往當勤聽受此要經典其不信者當令信樂當勸群生入于尊法諸族姓子能如是者則知如來之所建立時諸菩薩爲能仁世尊所見咨嗟悉踊躍加敬傾

身側體低頭叉手稽首歸命向能仁佛同聲啓白唯如世尊所勑不敢違教請奉行之具足順從如佛所宣願勿爲慮諸菩薩三啓如是所至到處周旋十方班宣聖旨爾時能仁正覺一切發遣十方世界諸來世尊各隨宜便從其所安時十方佛皆亦報曰如來亦當從宜所安諸如來正覺多寶世尊七寶講堂佛之塔廟即復故處又諸如來皆從所安

佛說是經時十方無量異佛世界諸來大聖坐佛樹下處師子座多寶如來及大士等諸餘學行現佛前者不可計會無數無量并從地中涌出菩薩諸大聲聞四部之衆諸天龍神阿須倫揵沓和世間人民聞佛所說莫不歡喜

正法華經卷第十

音釋

饕餮 饕土刀切貪財也 餮他結切貪食也 耗呼到切減也 駃踈士切疾也 杻械 杻敕九切 杻械桎梏也 械胡懈切 矛戟 矛莫浮切 戟鉤兵也 戟紀逆切 枝兵也 魅明祕切精怪也 宊陀波切 魘公琰切 凶許容切 讛魚祭切屏寱語也 皰匹皃切面皰也

添品妙法蓮華經

隋天竺闍那崛多共達摩笈多添品譯

清刻龍藏佛說法變相圖

妙法蓮華經添品序

妙法蓮華經者破二明一之指歸也降神五濁弘道三乘權智不思大悲難極先設化城之迹後示髻珠之本車雖有異雨實無差記以正覺之名許以真子之位同入法性歸之於此昔燉煌沙門竺法護於晉武之世譯正法華後秦姚興更請羅什譯妙法蓮華考詳二譯定非一本護似多羅之葉什似龜兹之文余檢經藏備見二本多羅則與正法符會龜兹則共妙法允同護葉尚有所遺什文寧無其漏而護所闕者普門品偈也什所闕者藥草喻品之半富樓那及法師等二品之初提婆達多品普門品偈也什又移囑累在藥王之前二本陀羅尼並置普門之後其間異同言不能極竊見提婆達多及普門品偈先

賢續出補闕流行余景仰遺風憲章成範大
隋仁壽元年辛酉之歲因普曜寺沙門上行
所請遂共三藏崛多笈多二法師於大興善
寺重勘天竺多羅葉本富樓那及法師等二
品之初勘本猶闕藥草喻品更益其半提婆
達多通入塔品陀羅尼次神力之後囑累還
結其終字句差殊頗亦改正儻有披尋幸勿
疑惑雖千萬億偈妙義難盡而二十七品本
文且具所願四辯梵詞徧神州之域一乘祕
教悟像運之機聊記翻譯序之云爾

妙法蓮華經卷第一

隋天竺闍那崛多共達摩笈多添品譯

序品第一

如是我聞一時佛住王舍城耆闍崛山中與大比丘衆萬二千人俱皆是阿羅漢諸漏已盡無復煩惱逮得已利盡諸有結心得自在其名曰阿若憍陳如摩訶迦葉優樓頻螺迦葉伽耶迦葉那提迦葉舍利弗大目乾連摩訶迦旃延阿㝹樓馱刧賓那憍梵波提離波多畢陵伽婆蹉薄拘羅摩訶拘絺羅難陀孫陀羅難陀富樓那彌多羅尼子須菩提阿難羅睺羅如是衆所知識大阿羅漢等復有學無學二千人摩訶波闍波提比丘尼與眷屬六千人俱羅睺羅母耶輸陀羅比丘尼亦與眷屬俱菩薩摩訶薩八萬人皆於阿耨多羅三藐三菩提不退轉皆得陀羅尼樂說辯才轉不退轉法輪供養無量百千諸佛於諸佛所植衆德本常爲諸佛之所稱歎以慈修身善入佛慧通達大智到於彼岸名稱普聞無量世界能度無數百千衆生其名曰文殊師利菩薩觀世音菩薩得大勢菩薩常精進菩薩不休息菩薩寶掌菩薩藥王菩薩勇施菩薩寶月菩薩月光菩薩滿月菩薩大力菩薩無量力菩薩越三界菩薩跋陀婆羅菩薩彌勒菩薩寶積菩薩導師菩薩如是等菩薩摩訶薩八萬人俱爾時釋提桓因與其眷屬二萬天子俱復有名月天子普香天子寶光天子四大天王與其眷屬萬天子俱自在天子大自在天子與其眷屬三萬天子俱娑婆世界主梵天王尸棄大梵光明大梵等與其眷

屬萬二千天子俱有八龍王難陀龍王跋難陀龍王娑伽羅龍王和脩吉龍王德叉迦龍王阿那婆達多龍王摩那斯龍王漚鉢羅龍王等各與若干百千眷屬俱有四緊那羅王法緊那羅王妙法緊那羅王大法緊那羅王持法緊那羅王各與若干百千眷屬俱有四乾闥婆王樂乾闥婆王樂音乾闥婆王美乾闥婆王美音乾闥婆王各與若干百千眷屬俱有四阿脩羅王婆稚阿脩羅王佉羅騫馱阿脩羅王毘摩質多羅阿脩羅王羅睺阿脩羅王各與若干百千眷屬俱有四迦樓羅王大威德迦樓羅王大身迦樓羅王大滿迦樓羅王如意迦樓羅王各與若干百千眷屬俱韋提希子阿闍世王與若干百千眷屬俱各禮佛足退坐一面爾時世尊四衆圍遶供養恭敬尊重讃歎爲諸菩薩説大乘經名無量義教菩薩法佛所護念佛説此經已結加趺坐入於無量義處三昧身心不動是時天雨曼陀羅華摩訶曼陀羅華曼殊沙華摩訶曼殊沙華而散佛上及諸大衆普佛世界六種震動爾時會中比丘比丘尼優婆塞優婆夷天龍夜叉乾闥婆阿脩羅迦樓羅緊那羅摩睺羅伽人非人等及諸小王轉輪聖王是諸大衆得未曾有歡喜合掌一心觀佛爾時佛放眉間白毫相光照東方萬八千世界靡不周徧下至阿鼻地獄上至阿迦膩吒天於此世界盡見彼土六趣衆生又見彼土現在諸佛及聞諸佛所説經法幷見彼諸比丘比丘尼優婆塞優婆夷諸修行得道者復見諸菩薩摩訶薩種種因緣種種信解種種相貌行

菩薩道復見諸佛般涅槃者復見諸佛般涅槃後以佛舍利起七寶塔爾時彌勒菩薩作是念今者世尊現神變相以何因緣而有此瑞今佛世尊入于三昧是不可思議現希有事當以問誰誰能答者復作此念是文殊師利法王之子已曾親近供養過去無量諸佛必應見此希有之相我今當問爾時比丘比丘尼優婆塞優婆夷及諸天龍鬼神等咸作此念是佛光明神通之相今當問誰爾時彌勒菩薩欲自決疑又觀四衆比丘比丘尼優婆塞優婆夷及諸天龍鬼神等衆會之心而問文殊師利言以何因緣而有此瑞神通之相放大光明照于東方萬八千土悉見彼佛國界莊嚴於是彌勒菩薩欲重宣此義以偈問曰

文殊師利　導師何故　眉間白毫　大光普照
雨曼陀羅　曼殊沙華　栴檀香風　悅可衆心
以是因緣　地皆嚴淨　而此世界　六種震動
時四部衆　咸皆歡喜　身意快然　得未曾有
眉間光明　照于東方　萬八千土　皆如金色
從阿鼻獄　上至有頂　諸世界中　六道衆生
生死所趣　善惡業緣　受報好醜　於此悉見
又覩諸佛　聖主師子　演說經典　微妙第一
其聲清淨　出柔軟音　教諸菩薩　無數億萬
梵音深妙　令人樂聞　各於世界　講說正法
種種因緣　以無量喻　照明佛法　開悟衆生
若人遭苦　猒老病死　爲說涅槃　盡諸苦際
若人有福　曾供養佛　志求勝法　爲說緣覺
若有佛子　修種種行　求無上慧　爲說淨道
文殊師利　我住於此　見聞若斯　及千億事

如是衆多　今當略說　我見彼土　恒沙菩薩
種種因緣　而求佛道　或有行施　金銀珊瑚
眞珠摩尼　硨磲碼碯　金剛諸珍　奴婢車乘
寶飾輦輿　歡喜布施　迴向佛道　願得是乘
三界第一　諸佛所歎　或有菩薩　駟馬寶車
欄楯華蓋　軒飾布施　復見菩薩　身肉手足
及妻子施　求無上道　又見菩薩　頭目身體
欣樂施與　求佛智慧　文殊師利　我見諸王
往詣佛所　問無上道　便捨樂土　宮殿臣妾
剃除鬚髮　而被法服　或見菩薩　而作比丘
獨處閑靜　樂誦經典　又見菩薩　勇猛精進
入於深山　思惟佛道　又見離欲　常處空閑
深修禪定　得五神通　又見菩薩　安禪合掌
以千萬偈　讚諸法王　復見菩薩　智深志固
能問諸佛　聞悉受持　又見佛子　定慧具足
以無量喻　爲衆講法　欣樂說法　化諸菩薩
破魔兵衆　而擊法鼓　又見菩薩　寂然宴默
天龍恭敬　不以爲喜　又見菩薩　處林放光
濟地獄苦　令入佛道　又見佛子　未嘗睡眠
經行林中　勤求佛道　又見具戒　威儀無缺
淨如寶珠　以求佛道　又見佛子　住忍辱力
增上慢人　惡罵捶打　皆悉能忍　以求佛道
又見菩薩　離諸戲笑　及癡眷屬　親近智者
一心除亂　攝念山林　億千萬歲　以求佛道
或見菩薩　餚饍飲食　百種湯藥　施佛及僧
名衣上服　價直千萬　或無價衣　施佛及僧
千萬億種　栴檀寶舍　衆妙臥具　施佛及僧
清淨園林　華果茂盛　流泉浴池　施佛及僧
如是等施　種種微妙　歡喜無猒　求無上道
或有菩薩　說寂滅法　種種教詔　無數衆生

又見菩薩　觀諸法性　無有二相　猶如虛空
又見佛子　心無所著　以此妙慧　求無上道
文殊師利　又有菩薩　佛滅度後　供養舍利
又見佛子　造諸塔廟　無數恒沙　嚴飾國界
寶塔高妙　五千由旬　縱廣正等　二千由旬
一一塔廟　各千幢旛　珠交露幔　寶鈴和鳴
諸天龍神　人及非人　香華妓樂　常以供養
文殊師利　諸佛子等　爲供舍利　嚴飾塔廟
國界自然　殊特妙好　如天樹王　其華開敷
佛放一光　我及衆會　見此國界　種種殊妙
諸佛神力　智慧希有　放一淨光　照無量國
我等見此　得未曾有　佛子文殊　願決衆疑
四衆欣仰　瞻仁及我　世尊何故　放斯光明
佛子時答　決疑令喜　何所饒益　演斯光明
佛坐道場　所得妙法　爲欲說此　爲當授記
示諸佛土　衆寶嚴淨　及見諸佛　此非小緣
文殊當知　四衆龍神　瞻察仁者　爲說何等

是時文殊師利語彌勒菩薩摩訶薩及諸大士善男子等如我惟忖今佛世尊欲說大法雨大法雨吹大法螺擊大法鼓演大法義諸善男子我於過去諸佛曾見此瑞放斯光已即說大法是故當知今佛現光亦復如是欲令衆生咸得聞知一切世間難信之法故現斯瑞諸善男子如過去無量無邊不可思議阿僧祇劫爾時有佛號日月燈明如來應供正徧知明行足善逝世間解無上士調御丈夫天人師佛世尊演說正法初善中善後善其義深遠其語巧妙純一無雜具足清白梵行之相爲求聲聞者說應四諦法度生老病死究竟涅槃爲求辟支佛者說應十二因緣

法爲諸菩薩說應六波羅蜜令得阿耨多羅三藐三菩提成一切種智次復有佛亦名日月燈明次復有佛亦名日月燈明如是二萬佛皆同一字號日月燈明又同一姓姓頗羅墮彌勒當知初佛後佛皆同一字名日月燈明十號具足所可說法初中後善其最後佛未出家時有八王子一名有意二名善意三名無量意四名寶意五名增意六名除疑意七名響意八名法意是八王子威德自在各領四天下是諸王子聞父出家得阿耨多羅三藐三菩提悉捨王位亦隨出家發大乘意常修梵行皆爲法師已於千萬佛所植諸善本是時日月燈明佛說大乘經名無量義教菩薩法佛所護念說是經已即於大衆中結加趺坐入於無量義處三昧身心不動是時

天雨曼陀羅華摩訶曼陀羅華曼殊沙華摩訶曼殊沙華而散佛上及諸大衆普佛世界六種震動爾時會中比丘比丘尼優婆塞優婆夷天龍夜叉乾闥婆阿脩羅迦樓羅緊那羅摩睺羅伽人非人等及諸小王轉輪聖王等是諸大衆得未曾有歡喜合掌一心觀佛爾時如來放眉間白毫相光照東方萬八千佛土靡不周徧如今所見是諸佛土彌勒當知爾時會中有二十億菩薩樂欲聽法是諸菩薩見此光明普照佛土得未曾有欲知此光所爲因緣時有菩薩名曰妙光有八百弟子是時日月燈明佛從三昧起因妙光菩薩說大乘經名妙法蓮華教菩薩法佛所護念六十小劫不起于座時會聽者亦坐一處六十小劫身心不動聽佛所說謂如食頃是時

衆中無有一人若身若心而生懈倦日月燈明佛於六十小劫說是經已即於梵魔沙門婆羅門及天人阿脩羅衆中而宣此言如來於今日中夜當入無餘涅槃時有菩薩名曰德藏日月燈明佛即授其記告諸比丘是德藏菩薩次當作佛號曰淨身多陁阿伽度阿羅訶三藐三佛陀佛授記已便於中夜入無餘涅槃佛滅度後妙光菩薩持妙法蓮華經滿八十小劫爲人演說日月燈明佛八子皆師妙光妙光教化令其堅固阿耨多羅三藐三菩提是諸王子供養無量百千萬億佛已皆成佛道其最後成佛者名曰然燈八百弟子中有一人號曰求名貪著利養雖復讀誦衆經而不通利多所忘失故號求名是人亦以種諸善根因緣故得值無量百千萬億諸佛供養恭敬尊重讚歎彌勒當知爾時妙光菩薩豈異人乎我身是也求名菩薩汝身是也今見此瑞與本無異是故惟忖今日如來當說大乘經名妙法蓮華教菩薩法佛所護念爾時文殊師利於大衆中欲重宣此義而說偈言

我念過去世　無量無數劫　有佛人中尊
號日月燈明　世尊演說法　度無量衆生
無數億菩薩　令入佛智慧　佛未出家時
所生八王子　見大聖出家　亦隨修梵行
時佛說大乘　經名無量義　於諸大衆中
而爲廣分別　佛說此經已　即於法座上
加趺坐三昧　名無量義處　天雨曼陁華
天鼓自然鳴　諸天龍鬼神　供養人中尊
一切諸佛土　即時大震動　佛放眉間光

現諸希有事　此光照東方　萬八千佛土
示一切衆生　生死業報處　又見諸佛土
以衆寶莊嚴　瑠璃玻瓈色　斯由佛光照
又見諸天人　龍神夜叉衆　乾闥緊那羅
各供養其佛　又見諸如來　自然成佛道
身色如金山　端嚴甚微妙　如淨瑠璃中
內現眞金像　世尊在大衆　敷演深法義
一一諸佛土　聲聞衆無數　因佛光所照
悉見彼大衆　或有諸比丘　在於山林中
精進持淨戒　猶如護明珠　又見諸菩薩
行施忍辱等　其數如恒沙　斯由佛光照
又見諸菩薩　深入諸禪定　身心寂不動
以求無上道　又見諸菩薩　知法寂滅相
各於其國土　說法求佛道　爾時四部衆
見日月燈佛　現大神通力　其心皆歡喜
各各自相問　是事何因緣　天人所奉尊
適從三昧起　讚妙光菩薩　汝爲世間眼
一切所歸信　能奉持法藏　如我所說法
唯汝能證知　世尊既讚歎　令妙光歡喜
說是法華經　滿六十小劫　不起於此座
所說上妙法　是妙光法師　悉皆能受持
佛說是法華　令衆歡喜已　尋即於是日
告於天人衆　諸法實相義　已爲汝等說
我今於中夜　當入於涅槃　汝一心精進
當離於放逸　諸佛甚難值　億劫時一遇
世尊諸子等　聞佛入涅槃　各各懷悲惱
佛滅一何速　聖主法之王　安慰無量衆
我若滅度時　汝等勿憂怖　是德藏菩薩
於無漏實相　心已得通達　其次當作佛
號曰爲淨身　亦度無量衆　佛此夜滅度

如薪盡火滅　分布諸舍利　而起無量塔
比丘比丘尼　其數如恒沙　倍復加精進
以求無上道　是妙光法師　奉持佛法藏
八十小劫中　廣宣法華經　是諸八王子
妙光所開化　堅固無上道　當見無數佛
供養諸佛已　隨順行大道　相繼得成佛
轉次而授記　最後天中天　號曰然燈佛
諸仙之導師　度脫無量衆　是妙光法師
時有一弟子　心常懷懈怠　貪著於名利
求名利無猒　多遊族姓家　棄捨所習誦
廢忘不通利　以是因緣故　號之爲求名
亦行衆善業　得見無數佛　供養於諸佛
隨順行大道　具六波羅蜜　今見釋師子
其後當作佛　號名曰彌勒　廣度諸衆生
其數無有量　彼佛滅度後　懈怠者汝是
妙光法師者　今則我身是　我見燈明佛
本光瑞如此　以是知今佛　欲說法華經
今相如本瑞　是諸佛方便　今佛放光明
助發實相義　諸人今當知　合掌一心待
佛當雨法雨　充足求道者　諸求三乘人
若有疑悔者　佛當爲除斷　令盡無有餘

方便品第二

爾時世尊從三昧安詳而起告舍利弗諸佛智慧甚深無量其智慧門難解難入一切聲聞辟支佛所不能知所以者何佛曾親近百千萬億無數諸佛盡行諸佛無量道法勇猛精進名稱普聞成就甚深未曾有法隨宜所說意趣難解舍利弗吾從成佛已來種種因緣種種譬喻廣演言教無數方便引導衆生令離諸著所以者何如來方便知見波羅蜜

皆已具足舍利弗如來知見廣大深遠無量無礙力無所畏禪定解脫三昧深入無際成就一切未曾有法舍利弗如來能種種分別巧說諸法言辭柔輭悅可衆心舍利弗取要言之無量無邊未曾有法佛悉成就止舍利弗不須復說所以者何佛所成就第一希有難解之法唯佛與佛乃能究盡諸法實相所謂諸法如是相如是性如是體如是力如是作如是因如是緣如是果如是報如是本末究竟等爾時世尊欲重宣此義而說偈言

世雄不可量　諸天及世人　一切衆生類
無能知佛者　佛力無所畏　解脫諸三昧
及佛諸餘法　無能測量者　本從無數佛
具足行諸道　甚深微妙法　難見難可了
於無量億劫　行此諸道已　道場得成果
我已悉知見　如是大果報　種種性相義
我及十方佛　乃能知是事　是法不可示
言辭相寂滅　諸餘衆生類　無有能得解
除諸菩薩衆　信力堅固者　諸佛弟子衆
曾供養諸佛　一切漏已盡　住是最後身
如是諸人等　其力所不堪　假使滿世間
皆如舍利弗　盡思共度量　不能測佛智
正使滿十方　皆如舍利弗　及餘諸弟子
亦滿十方剎　盡思共度量　亦復不能知
辟支佛利智　無漏最後身　亦滿十方界
其數如竹林　斯等共一心　於億無量劫
欲思佛實智　莫能知少分　新發意菩薩
供養無數佛　了達諸義趣　又能善說法
如稻麻竹葦　充滿十方剎　一心以妙智
於恒河沙劫　咸皆共思量　不能知佛智

不退諸菩薩　其數如恒沙　一心共思求
亦復不能知　又告舍利弗　無漏不思議
甚深微妙法　我今已具得　唯我知是相
十方佛亦然　舍利弗當知　諸佛語無異
於佛所說法　當生大信力　世尊法久後
要當說眞實　告諸聲聞衆　及求緣覺乘
我令脫苦縛　逮得涅槃者　佛以方便力
示以三乘教　衆生處處著　引之令得出

爾時大衆中有諸聲聞漏盡阿羅漢阿若憍陳如等千二百人及發聲聞辟支佛心比丘比丘尼優婆塞優婆夷各作是念今者世尊何故慇懃稱歎方便而作是言佛所得法甚深難解有所言說意趣難知一切聲聞辟支佛所不能及佛說一解脫義我等亦得此法到於涅槃而今不知是義所趣爾時舍利弗知四衆心疑自亦未了而白佛言世尊何因何緣慇懃稱歎諸佛第一方便甚深微妙難解之法我自昔來未曾從佛聞如是說今者四衆咸皆有疑惟願世尊敷演斯事世尊何故慇懃稱歎甚深微妙難解之法爾時舍利弗欲重宣此義而說偈言

慧日大聖尊　久乃說是法　自說得如是
力無畏三昧　禪定解脫等　不可思議法
道場所得法　無能發問者　我意難可測
亦無能問者　無問而自說　稱歎所行道
智慧甚微妙　諸佛之所得　無漏諸羅漢
及求涅槃者　今皆墮疑網　佛何故說是
其求緣覺者　比丘比丘尼　諸天龍鬼神
及乾闥婆等　相視懷猶豫　瞻仰兩足尊
是事爲云何　願佛爲解說　於諸聲聞衆

佛說我第一　我今自於智　疑惑不能了
爲是究竟法　爲是所行道　佛口所生子
合掌瞻仰待　願出微妙音　時爲如實說
諸天龍神等　其數如恒沙　求佛諸菩薩
大數有八萬　又諸萬億國　轉輪聖王至
合掌以敬心　欲聞具足道

爾時佛告舍利弗止止不須復說若說是事一切世間諸天及人皆當驚疑舍利弗重白佛言世尊惟願說之惟願說之所以者何是會無數百千萬億阿僧祇衆生曾見諸佛諸根猛利智慧明了聞佛所說則能敬信爾時舍利弗欲重宣此義而說偈言

法王無上尊　惟說願勿慮　是會無量衆
有能敬信者

佛復止舍利弗若說是事一切世間天人阿脩羅皆當驚疑增上慢比丘將墜於大坑爾時世尊重說偈言

止止不須說　我法妙難思　諸增上慢者
聞必不敬信

爾時舍利弗重白佛言世尊惟願說之惟願說之今此會中如我等比百千萬億世世已曾從佛受化如此人等必能敬信長夜安隱多所饒益爾時舍利弗欲重宣此義而說偈言

無上兩足尊　願說第一法　我爲佛長子
惟垂分別說　是會無量衆　能敬信此法
佛已曾世世　教化如是等　皆一心合掌
欲聽受佛語　我等千二百　及餘求佛者
願爲此衆故　惟垂分別說　是等聞此法
則生大歡喜

爾時世尊告舍利弗汝已慇懃三請豈得不說汝今諦聽善思念之吾當爲汝分別解說說此語時會中有比丘比丘尼優婆塞優婆夷五千人等即從座起禮佛而退所以者何此輩罪根深重及增上慢未得謂得未證謂證有如此失是以不住世尊默然而不制止爾時佛告舍利弗我今此衆無復枝葉純有貞實舍利弗如是增上慢人退亦佳矣汝今善聽當爲汝說舍利弗言唯然世尊願樂欲聞佛告舍利弗如是妙法諸佛如來時乃說之如優曇鉢華時一現耳舍利弗汝等當信佛之所說言不虛妄舍利弗諸佛隨宜說法意趣難解所以者何我以無數方便種種因緣譬喻言辭演說諸法是法非思量分別之所能解唯有諸佛乃能知之所以者何諸佛世尊唯以一大事因緣故出現於世舍利弗云何名諸佛世尊唯以一大事因緣故出現於世諸佛世尊欲令衆生開佛知見使得清淨故出現於世欲示衆生佛之知見故出現於世欲令衆生悟佛知見故出現於世欲令衆生入佛知見道故出現於世舍利弗是爲諸佛以一大事因緣故出現於世佛告舍利弗諸佛如來但教化菩薩諸有所作常爲一事唯以佛之知見示悟衆生舍利弗如來但以一佛乘故爲衆生說法無有餘乘若二若三舍利弗一切十方諸佛法亦如是舍利弗過去諸佛以無量無數方便種種因緣譬喻言辭而爲衆生演說諸法是法皆爲一佛乘故是諸衆生從諸佛聞法究竟皆得一切種智舍利弗未來諸佛當出於世亦以無量無

數方便種種因緣譬喻言辭而爲衆生演說諸法是法皆爲一佛乘故是諸衆生從佛聞法究竟皆得一切種智舍利弗現在十方無量百千萬億佛土中諸佛世尊多所饒益安樂衆生是諸佛亦以無量無數方便種種因緣譬喻言辭而爲衆生演說諸法是法皆爲一佛乘故是諸衆生從佛聞法究竟皆得一切種智舍利弗是諸佛但教化菩薩欲以佛之知見示衆生故欲以佛之知見悟衆生故欲令衆生入佛知見道故舍利弗我今亦復如是知諸衆生有種種欲深心所著隨其本性以種種因緣譬喻言辭方便力而爲說法舍利弗如此皆爲得一佛乘一切種智故舍利弗十方世界中尚無二乘何況有三舍利弗諸佛出於五濁惡世所謂劫濁煩惱濁衆生濁見濁命濁如是舍利弗劫濁亂時衆生垢重慳貪嫉妬成就諸不善根故諸佛以方便力於一佛乘分別說三舍利弗若我弟子自謂阿羅漢辟支佛者不聞不知諸佛如來但教化菩薩事此非佛弟子非阿羅漢非辟支佛又舍利弗是諸比丘比丘尼自謂已得阿羅漢是最後身究竟涅槃便不復志求阿耨多羅三藐三菩提當知此輩皆是增上慢人所以者何若有比丘實得阿羅漢若不信此法無有是處除佛滅度後現前無佛所以者何佛滅度後如是等經受持讀誦解其義者是人難得若遇餘佛於此法中便得決了舍利弗汝等當一心信解受持佛語諸佛如來言無虛妄無有餘乘唯一佛乘爾時世尊欲重宣此義而說偈言

比丘比丘尼 有懷增上慢 優婆塞我慢
優婆夷不信 如是四衆等 其數有五千
不自見其過 於戒有缺漏 護惜其瑕玼
是小智已出 衆中之糟糠 佛威德故去
斯人尠福德 不堪受是法 此衆無枝葉
唯有諸貞實 舍利弗善聽 諸佛所得法
無量方便力 而爲衆生說 衆生心所念
種種所行道 若干諸欲性 先世善惡業
佛悉知是已 以諸緣譬喻 言辭方便力
令一切歡喜 或說修多羅 伽陀及本事
本生未曾有 亦說於因緣 譬喻幷祇夜
優波提舍經 鈍根樂小法 貪著於生死
於諸無量佛 不行深妙道 衆苦所惱亂
爲是說涅槃 我設是方便 令得入佛慧
未曾說汝等 當得成佛道 所以未曾說
說時未至故 今正是其時 決定說大乘
我此九部法 隨順衆生說 入大乘爲本
以故說是經 有佛子心淨 柔輭亦利根
無量諸佛所 而行深妙道 爲此諸佛子
說是大乘經 我記如是人 來世成佛道
以深心念佛 修持淨戒故 此等聞得佛
大喜充徧身 佛知彼心行 故爲說大乘
聲聞若菩薩 聞我所說法 乃至於一偈
皆成佛無疑 十方佛土中 唯有一乘法
無二亦無三 除佛方便說 但以假名字
引導於衆生 說佛智慧故 諸佛出於世
唯此一事實 餘二則非眞 終不以小乘
濟度於衆生 佛自住大乘 如其所得法
定慧力莊嚴 以此度衆生 自證無上道
大乘平等法 若以小乘化 乃至於一人

我則墮慳貪 此事爲不可 若人信歸佛
如來不欺誑 亦無貪嫉意 斷諸法中惡
故佛於十方 而獨無所畏 我以相嚴身
光明照世間 無量衆所尊 爲說實相印
舍利弗當知 我本立誓願 欲令一切衆
如我等無異 如我昔所願 今者已滿足
化一切衆生 皆令入佛道 若我遇衆生
盡教以佛道 無智者錯亂 迷惑不受教
我知此衆生 未曾修善本 堅著於五欲
癡愛故生惱 以諸欲因緣 墜墮三惡道
輪迴六趣中 備受諸苦毒 受胎之微形
世世常增長 薄德少福人 衆苦所逼迫
入邪見稠林 若有若無等 依止此諸見
具足六十二 深著虛妄法 堅受不可捨
我慢自矜高 諂曲心不實 於千萬億劫
不聞佛名字 亦不聞正法 如是人難度
是故舍利弗 我爲設方便 說諸盡苦際
示之以涅槃 我雖說涅槃 是亦非眞滅
諸法從本來 常自寂滅相 佛子行道已
來世得作佛 我有方便力 開示三乘法
一切諸世尊 皆說一乘道 今此諸大衆
皆應除疑惑 諸佛語無異 唯一無二乘
過去無數劫 無量滅度佛 百千萬億種
其數不可量 如是諸世尊 種種緣譬喻
無數方便力 演說諸法相 是諸世尊等
皆說一乘法 化無量衆生 令入於佛道
又諸大聖主 知一切世間 天人羣生類
深心之所欲 更以異方便 助顯第一義
若有衆生類 值諸過去佛 若聞法布施
或持戒忍辱 精進禪智等 種種修福慧

如是諸人等 皆已成佛道 諸佛滅度後
若人善輭心 如是諸衆生 皆已成佛道
諸佛滅度已 供養舍利者 起萬億種塔
金銀及玻瓈 硨磲與碼碯 玫瑰瑠璃珠
清淨廣嚴飾 莊校於諸塔 或有起石廟
栴檀及沉水 木櫁幷餘材 甎瓦泥土等
若於曠野中 積土成佛廟 乃至童子戲
聚沙爲佛塔 如是諸人等 皆已成佛道
若人爲佛故 建立諸形像 刻雕成衆相
皆已成佛道 或以七寶成 鍮石赤白銅
白鑞及鉛錫 鐵木及與泥 或以膠漆布
嚴飾作佛像 如是諸人等 皆已成佛道
彩畫作佛像 百福莊嚴相 自作若使人
皆已成佛道 乃至童子戲 若草木及筆
或以指爪甲 而畫作佛像 如是諸人等
漸漸積功德 具足大悲心 皆已成佛道
但化諸菩薩 度脫無量衆 若人於塔廟
寶像及畫像 以華香旛蓋 敬心而供養
若使人作樂 擊鼓吹角貝 簫笛琴箜篌
琵琶鐃銅鈸 如是衆妙音 盡持以供養
或以歡喜心 歌唄頌佛德 乃至一小音
皆已成佛道 若人散亂心 乃至以一華
供養於畫像 漸見無數佛 或有人禮拜
或復但合掌 乃至舉一手 或復小低頭
以此供養像 漸見無量佛 自成無上道
廣度無數衆 入無餘涅槃 如薪盡火滅
若人散亂心 入於塔廟中 一稱南無佛
皆已成佛道 於諸過去佛 現在或滅度
若有聞是法 皆已成佛道 未來諸世尊
其數無有量 是諸如來等 亦方便說法

一切諸如來　以無量方便　廣度諸衆生
入佛無漏智　若有聞法者　無一不成佛
諸佛本誓願　我所行佛道　普欲令衆生
亦同得此道　未來世諸佛　雖說百千億
無數諸法門　其實爲一乘　諸佛兩足尊
知法常無性　佛種從緣起　是故說一乘
是法住法位　世間相常住　於道場知已
導師方便說　天人所供養　現在十方佛
其數如恒沙　出現於世間　安隱衆生故
亦說如是法　知第一寂滅　以方便力故
雖示種種道　其實爲佛乘　知衆生諸行
深心之所念　過去所集業　欲性精進力
及諸根利鈍　以種種因緣　譬喻亦言辭
隨應方便說　今我亦如是　安隱衆生故
以種種法門　宣示於佛道　我以智慧力
知衆生性欲　方便說諸法　皆令得歡喜
舍利弗當知　我以佛眼觀　見六道衆生
貧窮無福慧　入生死險道　相續苦不斷
深著於五欲　如犛牛愛尾　以貪愛自蔽
盲冥無所見　不求大勢佛　及與斷苦法
深入諸邪見　以苦欲捨苦　爲是衆生故
而起大悲心　我始坐道場　觀樹亦經行
於三七日中　思惟如是事　我所得智慧
微妙最第一　衆生諸根鈍　著樂癡所盲
如斯之等類　云何而可度　爾時諸梵王
及諸天帝釋　護世四天王　及大自在天
并餘諸天衆　眷屬百千萬　恭敬合掌禮
請我轉法輪　我即自思惟　若但讚佛乘
衆生沒在苦　不能信是法　破法不信故
墜墮三惡道　我寧不說法　疾入於涅槃

尋念過去佛　所行方便力　我今所得道
亦應說三乘　作是思惟時　十方佛皆現
梵音慰喻我　善哉釋迦文　第一之導師
得是無上法　隨諸一切佛　而用方便力
我等亦皆得　最妙第一法　爲諸衆生類
分別說三乘　少智樂小法　不自信作佛
是故以方便　分別說諸果　雖復說三乘
但爲教菩薩　舍利弗當知　我聞聖師子
深淨微妙音　稱南無諸佛　復作如是念
我出濁惡世　如諸佛所說　我亦隨順行
思惟是事已　即趣波羅柰　諸法寂滅相
不可以言宣　以方便力故　爲五比丘說
是名轉法輪　便有涅槃音　及以阿羅漢
法僧差別名　從久遠劫來　讚示涅槃法
生死苦永盡　我常如是說　舍利弗當知
我見佛子等　志求佛道者　無量千萬億
咸以恭敬心　皆來至佛所　曾從諸佛聞
方便所說法　我即作是念　如來所以出
爲說佛慧故　今正是其時　舍利弗當知
鈍根小智人　著相憍慢者　不能信是法
今我喜無畏　於諸菩薩中　正直捨方便
但說無上道　菩薩聞是法　疑網皆已除
千二百羅漢　悉亦當作佛　如三世諸佛
說法之儀式　我今亦如是　說無分別法
諸佛興出世　懸遠值遇難　正使出于世
說是法復難　無量無數劫　聞是法亦難
能聽是法者　斯人亦復難　譬如優曇華
一切皆愛樂　天人所希有　時時乃一出
聞法歡喜讚　乃至發一言　則爲已供養
一切三世佛　是人甚希有　過於優曇華

汝等勿有疑　我爲諸法王　普告諸大衆
但以一乘道　教化諸菩薩　無聲聞弟子
汝等舍利弗　聲聞及菩薩　當知是妙法
諸佛之祕要　以五濁惡世　但樂著諸欲
如是等衆生　終不求佛道　當來世惡人
聞佛說一乘　迷惑不信受　破法墮惡道
有慚愧清淨　志求佛道者　當爲如是等
廣讃一乘道　舍利弗當知　諸佛法如是
以萬億方便　隨宜而說法　其不習學者
不能曉了此　汝等既已知　諸佛世之師
隨宜方便事　無復諸疑惑　心生大歡喜
自知當作佛

妙法蓮華經卷第一

音釋

序

燉煌 燉徒孫切煌胡光切燉煌郡名 龜茲 龜音丘茲音慈龜茲國名 撿 居奄切搜校也 儻 坦朗切或然之辭也

經

阿耨樓陀 梵語也此云如意耨乃侯切 畢陵伽婆蹉 梵語也此云餘習蹉千禾切 乾闥婆 梵語也此云香陰闥他達切 阿迦膩吒 梵語也此云質礙究竟吒竹嫁切 捶打 捶之累切打都挺切捶打杖擊也 忖 倉本切度也 尠 息淺切少也 檣 彌畢切香木也 箜篌 箜苦公切篌胡鉤切箜篌樂器也 犛牛 犛謨交切犛牛牛長髦牛也

妙法蓮華經卷第二

隋天竺闍那崛多共達摩笈多添品譯

譬喻品第三

爾時舍利弗踊躍歡喜即起合掌瞻仰尊顏而白佛言今從世尊聞此法音心懷踊躍得未曾有所以者何我昔從佛聞如是法見諸菩薩受記作佛而我等不預斯事甚自感傷失於如來無量知見世尊我常獨處山林樹下若坐若行每作是念我等同入法性云何如來以小乘法而見濟度是我等咎非世尊也所以者何若我等待說所因成就阿耨多羅三藐三菩提者必以大乘而得度脫然我等不解方便隨宜所說初聞佛法遇便信受思惟取證世尊我從昔來終日竟夜每自剋責而今從佛聞所未聞未曾有法斷諸疑悔身意泰然快得安隱今日乃知眞是佛子從佛口生從法化生得佛法分爾時舍利弗欲重宣此義而說偈言

我聞是法音　得所未曾有　心懷大歡喜
疑網皆已除　昔來蒙佛教　不失於大乘
佛音甚希有　能除衆生惱　我已得漏盡
聞亦除憂惱　我處於山谷　或在林樹下
若坐若經行　常思惟是事　嗚呼深自責
云何而自欺　我等亦佛子　同入無漏法
不能於未來　演說無上道　金色三十二
十力諸解脫　同共一法中　而不得此事
八十種妙好　十八不共法　如是等功德
而我皆已失　我獨經行時　見佛在大衆
名聞滿十方　廣饒益衆生　自惟失此利
我爲自欺誑　我常於日夜　每思惟是事

欲以問世尊　爲失爲不失　我常見世尊
稱讚諸菩薩　以是於日夜　籌量如此事
今聞佛音聲　隨宜而說法　無漏難思議
令衆至道場　我本著邪見　爲諸梵志師
世尊知我心　拔邪說涅槃　我悉除邪見
於空法得證　爾時心自謂　得至於滅度
而今乃自覺　非是實滅度　若得作佛時
具三十二相　天人夜叉衆　龍神等恭敬
是時乃可謂　永盡滅無餘　佛於大衆中
說我當作佛　聞如是法音　疑悔悉已除
初聞佛所說　心中大驚疑　將非魔作佛
惱亂我心耶　佛以種種緣　譬喻巧言說
其心安如海　我聞疑網斷　佛說過去世
無量滅度佛　安住方便中　亦皆說是法
現在未來佛　其數無有量　亦以諸方便
演說如是法　如今者世尊　從生及出家
得道轉法輪　亦以方便說　世尊說實道
波旬無此事　以是我定知　非是魔作佛
我墮疑網故　謂是魔所爲　聞佛柔軟音
深遠甚微妙　演暢清淨法　我心大歡喜
疑悔永已盡　安住實智中　我定當作佛
爲天人所敬　轉無上法輪　教化諸菩薩

爾時佛告舍利弗吾今於天人沙門婆羅門等大衆中說我昔曾於二萬億佛所爲無上道故常教化汝汝亦長夜隨我受學我以方便引導汝故生我法中舍利弗我昔教汝志願佛道汝今悉忘而便自謂已得滅度我今還欲令汝憶念本願所行道故爲諸聲聞說是大乘經名妙法蓮華教菩薩法佛所護念舍利弗汝於未來世過無量無邊不可思議

劫供養若干千萬億佛奉持正法具足菩薩所行之道當得作佛號曰華光如來應供正徧知明行足善逝世間解無上士調御丈夫天人師佛世尊國名離垢其土平正清淨嚴飾安隱豐樂天人熾盛瑠璃為地有八交道黃金為繩以界其側其傍各有七寶行樹常有華果華光如來亦以三乘教化衆生舍利弗彼佛出時雖非惡世以本願故說三乘法其劫名大寶莊嚴何故名曰大寶莊嚴其國中以菩薩為大寶故彼諸菩薩無量無邊不可思議算數譬喻所不能及非佛智力無能知者若欲行時寶華承足此諸菩薩非初發意皆久植德本於無量百千萬億佛所淨修梵行恒為諸佛之所稱歎常修佛慧具大神通善知一切諸法之門質直無偽志念堅固如是菩薩充滿其國舍利弗華光佛壽十二小劫除為王子未作佛時其國人民壽八小劫華光如來過十二小劫授堅滿菩薩阿耨多羅三藐三菩提記告諸比丘是堅滿菩薩次當作佛號曰華足安行多陁阿伽度阿羅訶三藐三佛陀其佛國土亦復如是舍利弗是華光佛滅度之後正法住世三十二小劫像法住世亦三十二小劫爾時世尊欲重宣此義而說偈言

舍利弗來世　成佛普智尊　號名曰華光
當度無量衆　供養無數佛　具足菩薩行
十力等功德　證於無上道　過無量劫已
劫名大寶嚴　世界名離垢　清淨無瑕穢
以瑠璃為地　金繩界其道　七寶雜色樹
常有華果實　彼國諸菩薩　志念常堅固

神通波羅蜜　皆已悉具足　於無數佛所
善學菩薩道　如是等大士　華光佛所化
佛爲王子時　棄國捨世榮　於最末後身
出家成佛道　華光佛住世　壽十二小劫
其國人民衆　壽命八小劫　佛滅度之後
正法住於世　三十二小劫　廣度諸衆生
正法滅盡已　像法三十二　舍利廣流布
天人普供養　華光佛所爲　其事皆如是
其兩足聖尊　最勝無倫匹　彼即是汝身
宜應自欣慶

爾時四部衆比丘比丘尼優婆塞優婆夷天龍夜叉乾闥婆阿脩羅迦樓羅緊那羅摩睺羅伽等大衆見舍利弗於佛前受阿耨多羅三藐三菩提記心大歡喜踊躍無量各各脫身所著上衣以供養佛釋提桓因梵天王等與無數天子亦以天妙衣天曼陀羅華摩訶曼陀羅華等供養於佛所散天衣住虛空中而自迴轉諸天伎樂百千萬種於虛空中一時俱作雨衆天華而作是言佛昔於波羅柰初轉法輪今乃復轉無上最大法輪爾時諸天子欲重宣此義而說偈言

昔於波羅柰　轉四諦法輪　分別說諸法
五衆之生滅　今復轉最妙　無上大法輪
是法甚深奧　少有能信者　我等從昔來
數聞世尊說　未曾聞如是　深妙之上法
世尊說是法　我等皆隨喜　大智舍利弗
今得受尊記　我等亦如是　必當得作佛
於一切世間　最尊無有上　佛道叵思議
方便隨宜說　我所有福業　今世若過世
及見佛功德　盡迴向佛道

爾時舍利弗白佛言世尊我今無復疑悔親於佛前得受阿耨多羅三藐三菩提記是諸千二百心自在者昔住學地佛常教化言我法能離生老病死究竟涅槃是學無學人亦各自以離我見及有無見等謂得涅槃而今於世尊前聞所未聞皆墮疑惑善哉世尊願爲四衆說其因緣令離疑悔爾時佛告舍利弗我先不言諸佛世尊以種種因緣譬喻言詞方便說法皆爲阿耨多羅三藐三菩提耶是諸所說皆爲化菩薩故然舍利弗今當復以譬喻更明此義諸有智者以譬喻得解舍利弗若國邑聚落有大長者其年衰邁財富無量多有田宅及諸僮僕其家廣大唯有一門多諸人衆一百二百乃至五百人止住其中堂閣朽故墻壁隤落柱根腐敗梁棟傾危周匝俱時欻然火起焚燒舍宅長者諸子若十二十或至三十在此宅中長者見是大火從四面起即大驚怖而作是念我雖能於此所燒之門安隱得出而諸子等於火宅內樂著嬉戲不覺不知不驚不怖火來逼身苦痛切已心不猒患無求出意舍利弗是長者作是思惟我身手有力當以衣裓若以几案從舍出之復更思惟是舍唯有一門而復陿小諸子幼稚未有所識戀著戲處或當墮落爲火所燒我當爲說怖畏之事此舍已燒宜時疾出無令爲火之所燒害作是念已如所思惟具告諸子汝等速出父雖憐愍善言誘喻而諸子等樂著嬉戲不肯信受不驚不畏了無出心亦復不知何者是火何者爲舍云何爲失但東西走戲視父而已爾時長者即作

是念此舍已爲大火所燒我及諸子若不時出必爲所焚我今當設方便令諸子等得免斯害父知諸子先心各有所好種種珍玩奇異之物情必樂著而告之言汝等所可玩好希有難得汝若不取後必憂悔如此種種羊車鹿車牛車今在門外可以遊戲汝等於此火宅宜速出來隨汝所欲皆當與汝爾時諸子聞父所說珍玩之物適其願故心各勇銳互相推排競共馳走爭出火宅是時長者見諸子等安隱得出皆於四衢道中露地而坐無復障礙其心泰然歡喜踊躍時諸子等各白父言父先所許玩好之具羊車鹿車牛車願時賜與舍利弗爾時長者各賜諸子等一大車其車高廣衆寶莊校周匝欄楯四面懸鈴又於其上張設幰蓋亦以珍奇雜寶而嚴飾之寶繩交絡垂諸華瓔重敷綩綖安置丹枕駕以白牛膚色充潔形體姝好有大筋力行步平正其疾如風又多僕從而侍衛之所以者何是大長者財富無量種種諸藏悉皆充溢而作是念我財物無極不應以下劣小車與諸子等今此幼童皆是吾子愛無偏黨我有如是七寶大車其數無量應當等心各各與之不宜差別所以者何以我此物周給一國猶尚不匱何況諸子是時諸子各乘大車得未曾有非本所望舍利弗於汝意云何是長者等與諸子珍寶大車寧有虛妄不舍利弗言不也世尊是長者但令諸子得免火難全其軀命非爲虛妄何以故若全身命便爲已得玩好之具況復方便於彼火宅而拔濟之世尊若是長者乃至不與最小一車猶

不虛妄何以故是長者先作是意我以方便令子得出以是因緣無虛妄也何況長者自知財富無量欲饒益諸子等與大車佛告舍利弗善哉善哉如汝所言舍利弗如來亦復如是則爲一切世間之父於諸怖畏衰惱憂患無明闇蔽永盡無餘而悉成就無量知見力無所畏有大神力及智慧力具足方便智慧波羅蜜大慈大悲常無懈倦恒求善事利益一切而生三界朽故火宅爲度衆生生老病死憂悲苦惱愚癡闇蔽三毒之火教化令得阿耨多羅三藐三菩提見諸衆生爲生老病死憂悲苦惱之所燒煮亦以五欲財利故受種種苦又以貪著追求故現受衆苦後受地獄畜生餓鬼之苦若生天上及在人間貧窮困苦愛別離苦怨憎會苦如是等種種諸苦衆生沒在其中歡喜遊戲不覺不知不驚不怖亦不生猒不求解脫於此三界火宅東西馳走雖遭大苦不以爲患舍利弗佛見此已便作是念我爲衆生之父應拔其苦難與無量無邊佛智慧樂令其遊戲舍利弗如來復作是念若我但以神力及智慧力捨於方便爲諸衆生讚如來知見力無所畏者衆生不能以是得度所以者何是諸衆生未免生老病死憂悲苦惱而爲三界火宅所燒何由能解佛之智慧舍利弗如彼長者雖復身手有力而不用之但以慇懃方便免濟諸子火宅之難然後各與珍寶大車如來亦復如是雖有力無所畏而不用之但以智慧方便於三界火宅拔濟衆生爲說三乘聲聞辟支佛佛乘而作是言汝等莫得樂住三界火宅勿

貪麤弊色聲香味觸也若貪著生愛則爲所燒汝等速出三界當得三乘聲聞辟支佛佛乘我今爲汝保任此事終不虛也汝等但當勤修精進如來以是方便誘進衆生復作是言汝等當知此三乘法皆是聖所稱歎自在無繫無所依求乘是三乘以無漏根力覺道禪定解脫三昧等而自娛樂便得無量安隱快樂舍利弗若有衆生內有智性從佛世尊聞法信受慇懃精進欲速出三界自求涅槃是名聲聞乘如彼諸子爲求羊車出於火宅若有衆生從佛世尊聞法信受慇懃精進求自然慧樂獨善寂深知諸法因緣是名辟支佛乘如彼諸子爲求鹿車出於火宅若有衆生從佛世尊聞法信受勤修精進求一切智佛智自然智無師智如來知見力無所畏愍念安樂無量衆生利益天人度脫一切是名大乘菩薩求此乘故名爲摩訶薩如彼諸子爲求牛車出於火宅舍利弗如彼長者見諸子等安隱得出火宅到無畏處自惟財富無量等以大車而賜諸子如來亦復如是爲一切衆生之父若見無量億千衆生以佛教門出三界苦怖畏險道得涅槃樂如來爾時便作是念我有無量無邊智慧力無畏等諸佛法藏是諸衆生皆是我子等與大乘不令有人獨得滅度皆以如來滅度而滅度之是諸衆生脫三界者悉與諸佛禪定解脫等娛樂之具皆是一相一種聖所稱歎能生淨妙第一之樂舍利弗如彼長者初以三車誘引諸子然後但與大車寶物莊嚴安隱第一然彼長者無虛妄之咎如來亦復如是無有虛妄

初說三乘引導衆生然後但以大乘而度脫之何以故如來有無量智慧力無所畏諸法之藏能與一切衆生大乘之法但不盡能受舍利弗以是因緣當知諸佛方便力故於一佛乘分別說三佛欲重宣此義而說偈言

譬如長者　有一大宅　其宅久故　而復頓弊
堂舍高危　柱根摧朽　梁棟傾斜　基陛隤毀
墻壁圮坼　泥塗阤落　覆苫亂墜　椽梠差脫
周障屈曲　雜穢充徧　有五百人　止住其中
鵄梟鵰鷲　烏鵲鳩鴿　蚖蛇蝮蠍　蜈蚣蚰蜒
守宮百足　狖狸鼷鼠　諸惡蟲輩　交橫馳走
屎尿臭處　不淨流溢　蜣蜋諸蟲　而集其上
狐狼野干　咀嚼踐蹋　嚌齧死屍　骨肉狼藉
由是羣狗　競來搏撮　飢羸慞惶　處處求食
鬪諍齟掣　啀喍嘷吠　其舍恐怖　變狀如是
處處皆有　魑魅魍魎　夜叉惡鬼　食噉人肉
毒蟲之屬　諸惡禽獸　孚乳產生　各自藏護
夜叉競來　爭取食之　食之既飽　惡心轉熾
鬪諍之聲　甚可怖畏　鳩槃荼鬼　蹲踞土埵
或時離地　一尺二尺　往反遊行　縱逸嬉戲
捉狗兩足　撲令失聲　以脚加頸　怖狗自樂
復有諸鬼　其身長大　裸形黑瘦　常住其中
發大惡聲　叫呼求食　復有諸鬼　其咽如針
復有諸鬼　首如牛頭　或食人肉　或復噉狗
頭髮蓬亂　殘害兇險　飢渴所逼　叫喚馳走
夜叉餓鬼　諸惡鳥獸　飢急四向　窺看窻牖
如是諸難　恐畏無量　是朽故宅　屬于一人
其人近出　未久之間　於後舍宅　欻然火起
四面一時　其焰俱熾　棟梁椽柱　爆聲震裂
摧折墮落　墻壁崩倒　諸鬼神等　揚聲大叫

鵰鷲諸鳥 鳩槃茶等 周慞惶怖 不能自出
惡獸毒蟲 藏竄孔穴 毘舍闍鬼 亦住其中
薄福德故 爲火所逼 共相殘害 飲血噉肉
野干之屬 並已前死 諸大惡獸 競來食噉
臭烟熢㶿 四面充塞 蜈蚣蚰蜒 毒蛇之類
爲火所燒 爭走出穴 鳩槃茶鬼 隨取而食
又諸餓鬼 頭上火然 飢渴熱惱 周慞悶走
其宅如是 甚可怖畏 毒害火災 衆難非一
是時宅主 在門外立 聞有人言 汝諸子等
先因遊戲 來入此宅 稚小無知 歡娛樂著
長者聞已 驚入火宅 方宜救濟 令無燒害
告喻諸子 說衆患難 惡鬼毒蟲 災火蔓莚
衆苦次第 相續不絕 毒蛇蚖蝮 及諸夜叉
鳩槃茶鬼 野干狐狗 鵰鷲鵄梟 百足之屬
飢渴惱急 甚可怖畏 此苦難處 況復大火
諸子無知 雖聞父誨 猶故樂著 嬉戲不已
是時長者 而作是念 諸子如此 益我愁惱
今此舍宅 無一可樂 而諸子等 耽湎嬉戲
不受我教 將爲火害 即便思惟 設諸方便
告諸子等 我有種種 珍玩之具 妙寶好車
羊車鹿車 大牛之車 今在門外 汝等出來
吾爲汝等 造作此車 隨意所樂 可以遊戲
諸子聞說 如此諸車 即時奔競 馳走而出
到於空地 離諸苦難 長者見子 得出火宅
住於四衢 坐師子座 而自慶言 我今快樂
此諸子等 生育甚難 愚小無知 而入險宅
多諸毒蟲 魑魅可畏 大火猛焰 四面俱起
而此諸子 貪樂嬉戲 我已救之 令得脫難
是故諸人 我今快樂 爾時諸子 知父安坐
皆詣父所 而白父言 願賜我等 三種寶車

如前所許　諸子出來　當以三車　隨汝所欲
今正是時　唯垂給與　長者大富　庫藏衆多
金銀瑠璃　硨磲碼碯　以衆寶物　造諸大車
裝校嚴飾　周帀欄楯　四面懸鈴　金繩交絡
眞珠羅網　張施其上　金華諸瓔　處處垂下
衆彩雜飾　周帀圍繞　柔軟繒纊　以爲茵蓐
上妙細氎　價直千億　鮮白淨潔　以覆其上
有大白牛　肥壯多力　形體姝好　以駕寶車
多諸儐從　而侍衛之　以是妙車　等賜諸子
諸子是時　歡喜踊躍　乘是寶車　遊於四方
嬉戲快樂　自在無礙　告舍利弗　我亦如是
衆聖中尊　世間之父　一切衆生　皆是吾子
深著世樂　無有慧心　三界無安　猶如火宅
衆苦充滿　甚可怖畏　常有生老　病死憂患
如是等火　熾然不息　如來已離　三界火宅
寂然閑居　安處林野　今此三界　皆是我有
其中衆生　悉是吾子　而今此處　多諸患難
唯我一人　能爲救護　雖復教詔　而不信受
於諸欲染　貪著深故　以是方便　爲說三乘
令諸衆生　知三界苦　開示演說　出世間道
是諸子等　若心決定　具足三明　及六神通
有得緣覺　不退菩薩　汝舍利弗　我爲衆生
以此譬喻　說一佛乘　汝等若能　信受是語
一切皆當　成得佛道　是乘微妙　清淨第一
於諸世間　爲無有上　佛所悅可　一切衆生
所應稱讚　供養禮拜　無量億千　諸力解脫
禪定智慧　及佛餘法　得如是乘　令諸子等
日夜劫數　常得遊戲　與諸菩薩　及聲聞衆
乘此寶乘　直至道場　以是因緣　十方諦求
更無餘乘　除佛方便　告舍利弗　汝諸人等

皆是吾子 我則是父 汝等累劫 衆苦所燒
我皆濟拔 令出三界 我雖先說 汝等滅度
但盡生死 而實不滅 今所應作 唯佛智慧
若有菩薩 於是衆中 能一心聽 諸佛實法
諸佛世尊 雖以方便 所化衆生 皆是菩薩
若人小智 深著愛欲 爲此等故 說於苦諦
衆生心喜 得未曾有 佛說苦諦 眞實無異
若有衆生 不知苦本 深著苦因 不能暫捨
爲是等故 方便說道 諸苦所因 貪欲爲本
若滅貪欲 無所依止 滅盡諸苦 名第三諦
爲滅諦故 修行於道 離諸苦縛 名得解脫
是人於何 而得解脫 但離虛妄 名爲解脫
其實未得 一切解脫 佛說是人 未實滅度
斯人未得 無上道故 我意不欲 令至滅度
我爲法王 於法自在 安隱衆生 故現於世
汝舍利弗 我此法印 爲欲利益 世間故說
在所遊方 勿妄宣傳 若有聞者 隨喜頂受
當知是人 阿惟越致 若有信受 此經法者
是人已曾 見過去佛 恭敬供養 亦聞是法
若人有能 信汝所說 則爲見我 亦見於汝
及比丘僧 幷諸菩薩 斯法華經 爲深智說
淺識聞之 迷惑不解 一切聲聞 及辟支佛
於此經中 力所不及 汝舍利弗 尚於此經
以信得入 況餘聲聞 其餘聲聞 信佛語故
隨順此經 非已智分 又舍利弗 憍慢懈怠
計我見者 莫說此經 凡夫淺識 深著五欲
聞不能解 亦勿爲說 若人不信 毀謗此經
則斷一切 世間佛種 或復顰蹙 而懷疑惑
汝當聽說 此人罪報 若佛在世 若滅度後
其有誹謗 如斯經典 見有讀誦 書持經者

輕賤憎嫉　而懷結恨　此人罪報　汝今復聽
其人命終　入阿鼻獄　具足一劫　劫盡更生
如是展轉　至無數劫　從地獄出　當墮畜生
若狗野干　其形頷瘦　黧黮疥癩　人所觸嬈
又復爲人　之所惡賤　常困飢渴　骨肉枯竭
生受楚毒　死被瓦石　斷佛種故　受斯罪報
若作馲駝　或生驢中　身常負重　加諸杖捶
但念水草　餘無所知　謗斯經故　獲罪如是
有作野干　來入聚落　身體疥癩　又無一目
爲諸童子　之所打擲　受諸苦痛　或時致死
於此死已　更受蟒身　其形長大　五百由旬
聾騃無足　宛轉腹行　爲諸小蟲　之所唼食
晝夜受苦　無有休息　謗斯經故　獲罪如是
若得爲人　諸根闇鈍　矬陋攣躄　盲聾背傴
有所言說　人不信受　口氣常臭　鬼魅所著
貧窮下賤　爲人所使　多病痟瘦　無所依怙
雖親附人　人不在意　若有所得　尋復忘失
若修醫道　順方治病　更增他疾　或復致死
若自有病　無人救療　設服良藥　而復增劇
若他反逆　抄劫竊盜　如是等罪　橫羅其殃
如斯罪人　永不見佛　衆聖之王　說法教化
如斯罪人　常生難處　狂聾心亂　永不聞法
於無數劫　如恒河沙　生輒聾瘂　諸根不具
常處地獄　如遊園觀　在餘惡道　如己舍宅
駝驢猪狗　是其行處　謗斯經故　獲罪如是
若得爲人　聾盲瘖瘂　貧窮諸衰　以自莊嚴
水腫乾痟　疥癩癰疽　如是等病　以爲衣服
身常臭處　垢穢不淨　深著我見　增益瞋恚
婬欲熾盛　不擇禽獸　謗斯經故　獲罪如是
告舍利弗　謗斯經者　若說其罪　窮劫不盡

以是因緣　我故語汝　無智人中　莫説此經
若有利根　智慧明了　多聞强識　求佛道者
如是之人　乃可爲説　若人曾見　億百千佛
植諸善本　深心堅固　如是之人　乃可爲説
若人精進　常修慈心　不惜身命　乃可爲説
若人恭敬　無有異心　離諸凡愚　獨處山澤
如是之人　乃可爲説　又舍利弗　若見有人
捨惡知識　親近善友　如是之人　乃可爲説
若見佛子　持戒清潔　如淨明珠　求大乘經
如是之人　乃可爲説　若人無嗔　質直柔輭
常愍一切　恭敬諸佛　如是之人　乃可爲説
復有佛子　於大衆中　以清淨心　種種因緣
譬喻言詞　説法無礙　如是之人　乃可爲説
若有比丘　爲一切智　四方求法　合掌頂受
但樂受持　大乘經典　乃至不受　餘經一偈
如是之人　乃可爲説　如人至心　求佛舍利
如是求經　得已頂受　其人不復　志求餘經
亦未曾念　外道典籍　如是之人　乃可爲説
告舍利弗　我説是相　求佛道者　窮劫不盡
如是等人　則能信解　汝當爲説　妙法華經

信解品第四

爾時慧命須菩提摩訶迦旃延摩訶迦葉摩訶目揵連從佛所聞未曾有法世尊授舍利弗阿耨多羅三藐三菩提記發希有心歡喜踊躍即從座起整衣服偏袒右肩右膝著地一心合掌曲躬恭敬瞻仰尊顔而白佛言我等居僧之首年並朽邁自謂已得涅槃無所堪任不復進求阿耨多羅三藐三菩提世尊往昔説法既久我時在座身體疲懈但念空無相無作於菩薩法遊戲神通淨佛國土成

就衆生心不喜樂所以者何世尊令我等出於三界得涅槃證又今我等年已朽邁於佛教化菩薩阿耨多羅三藐三菩提不生一念好樂之心我等今於佛前聞授聲聞阿耨多羅三藐三菩提記心甚歡喜得未曾有不謂於今忽然得聞希有之法深自慶幸獲大善利無量珍寶不求自得世尊我等今者樂說譬喻以明斯義譬若有人年既幼稚捨父逃逝久住他國或十二十至五十歲年既長大加復窮困馳騁四方以求衣食漸漸遊行遇向本國其父先來求子不得中止一城其家大富財寶無量金銀瑠璃珊瑚琥珀玻瓈珠等其諸倉庫悉皆盈溢多有僮僕臣佐吏民象馬車乘牛羊無數出入息利乃徧他國商估賈客亦甚衆多時貧窮子遊諸聚落經歷國邑遂到其父所止之城父每念子與子離別五十餘年而未曾向人說如此事但自思惟心懷悔恨自念老朽多有財物金銀珍寶倉庫盈溢無有子息一旦終歿財物散失無所委付是以慇懃每憶其子復作是念我若得子委付財物坦然快樂無復憂慮世尊爾時窮子傭賃展轉遇到父舍住立門側遥見其父踞師子牀寶机承足諸婆羅門刹利居士皆恭敬圍繞以眞珠瓔珞價直千萬莊嚴其身吏民僮僕手執白拂侍立左右覆以寶帳垂諸華旛香水灑地散衆名華羅列寶物出內取與有如是等種種嚴飾威德特尊窮子見父有大力勢即懷恐怖悔來至此竊作是念此或是王或是王等非我傭力得物之處不如往至貧里肆力有地衣食易得若久

住此或見逼迫强使我作作是念已疾走而去時富長者於師子座見子便識心大歡喜即作是念我財物庫藏今有所付我常思念此子無由見之而忽自來甚適我願我雖年朽猶故貪惜即遣傍人急追將還爾時使者疾走往捉窮子驚愕稱怨大喚我不相犯何爲見捉使者執之逾急强牽將還于時窮子自念無罪而被囚執此必定死轉更惶怖悶絶躄地父遥見之而語使言不須此人勿强將來以冷水灑面令得醒悟莫復與語所以者何父知其子志意下劣自知豪貴爲子所難審知是子而以方便不語他人云是我子使者語之我今放汝隨意所趣窮子歡喜得未曾有從地而起往至貧里以求衣食爾時長者將欲誘引其子而設方便密遣二人形色憔悴無威德者汝可詣彼徐語窮子此有作處倍與汝直窮子若許將來使作若言欲何所作便可語之雇汝除糞我等二人亦共汝作時二使人即求窮子既已得之具陳上事爾時窮子先取其價尋與除糞其父見子愍而怪之又以他日於牕牖中遥見子身羸瘦憔悴糞土塵坌汙穢不淨即脱瓔珞細輭上服嚴飾之具更著麤弊垢膩之衣塵土坌身右手執持除糞之器狀有所畏語諸作人汝等勤作勿得懈息以方便故得近其子又復告言咄男子汝常此作勿復餘去當加汝價諸有所須瓮器米麪鹽醋之屬莫自疑難亦有老弊使人須者相給好自安意我如汝父勿復憂慮所以者何我年老大而汝少壯汝常作時無有欺怠瞋恨怨言都不見汝有

此諸惡如餘作人自今已後如所生子即時長者更與作字名之爲兒爾時窮子雖欣此遇猶故自謂客作賤人由是之故於二十年中常令除糞過是已後心相體信入出無難然其所止猶在本處世尊爾時長者有疾自知將死不久語窮子言我今多有金銀珍寶倉庫盈溢其中多少所應取與汝悉知之我心如是當體此意所以者何今我與汝便爲不異宜加用心無令漏失爾時窮子即受教勑領知衆物金銀珍寶及諸庫藏而無希取一餐之意然其所止故在本處下劣之心亦未能捨復經少時父知子意漸以通泰成就大志自鄙先心臨欲終時而命其子幷會親族國王大臣刹利居士皆悉已集即自宣言諸君當知此是我子我之所生於其城中捨吾逃走竛竮辛苦五十餘年其本字某我名某甲昔在本城懷憂推覓忽於此間遇會得之此實我子我實其父今我所有一切財物皆是子有先所出內是子所知世尊是時窮子聞父此言即大歡喜得未曾有而作是念我本無心有所希求今此寶藏自然而至世尊大富長者則是如來我等皆似佛子如來常說我等爲子世尊我等以三苦故於生死中受諸熱惱迷惑無知樂著小法今日世尊令我等思惟蠲除諸法戲論之糞我等於中勤加精進得至涅槃一日之價既得此已心大歡喜自以爲足而便自謂於佛法中勤精進故所得弘多然世尊先知我等心著弊欲樂於小法便見縱捨不爲分别汝等當有如來知見寶藏之分世尊以方便力說如來智

慧我等從佛得涅槃一日之價以爲大得於此大乘無有志求我等又因如來智慧爲諸菩薩開示演說而自於此無有志願所以者何佛知我等心樂小法以方便力隨我等說而我等不知眞是佛子今我等方知世尊於佛智慧無所悋惜所以者何我等昔來眞是佛子而但樂小法若我等有樂大之心佛則爲我說大乘法今此經中唯說一乘而昔於菩薩前毀呰聲聞樂小法者然佛實以大乘教化是故我等說本無心有所希求今法王大寶自然而至如佛子所應得者皆已得之

爾時摩訶迦葉欲重宣此義而說偈言

我等今日　聞佛音教　歡喜踊躍　得未曾有
佛說聲聞　當得作佛　無上寶聚　不求自得
譬如童子　幼稚無識　捨父逃逝　遠到他土
周流諸國　五十餘年　其父憂念　四方推求
求之既疲　頓止一城　造立舍宅　五欲自娯
其家巨富　多諸金銀　硨磲碼碯　眞珠瑠璃
象馬牛羊　輦輿車乘　田業僮僕　人民衆多
出入息利　乃徧他國　商估賈人　無處不有
千萬億衆　圍繞恭敬　常爲王者　之所愛念
羣臣豪族　皆共宗重　以諸縁故　往來者衆
豪富如是　有大力勢　而年朽邁　益憂念子
夙夜惟念　死時將至　癡子捨我　五十餘年
庫藏諸物　當如之何　爾時窮子　求索衣食
從邑至邑　從國至國　或有所得　或無所得
飢餓羸瘦　體生瘡癬　漸次經歷　到父住城
傭賃展轉　遂至父舍　爾時長者　於其門內
施大寶帳　處師子座　眷屬圍繞　諸人侍衞
或有計算　金銀寶物　出內財產　注記券疏

窮子見父　豪貴尊嚴　謂是國王　若是王等
驚怖自怪　何故至此　覆自念言　我若久住
或見逼迫　强驅使作　思惟是已　馳走而去
借問貧里　欲往傭作　長者是時　在師子座
遥見其子　黙而識之　即勑使者　追捉將來
窮子驚喚　迷悶躃地　是人執我　必當見殺
何用衣食　使我至此　長者知子　愚癡狹劣
不信我言　不信是父　即以方便　更遣餘人
眇目矬陋　無威德者　汝可語之　云當相雇
除諸糞穢　倍與汝價　窮子聞之　歡喜隨來
爲除糞穢　淨諸房舍　長者於牖　常見其子
念子愚劣　樂爲鄙事　於是長者　著弊垢衣
執除糞器　往到子所　方便附近　語令勤作
既益汝價　并塗足油　飲食充足　薦席厚暖
如是苦言　汝當勤作　又以軟語　若如我子
長者有智　漸令入出　經二十年　執作家事
示其金銀　眞珠玻瓈　諸物出入　皆使令知
猶處門外　止宿草庵　自念貧事　我無此物
父知子心　漸以曠大　欲與財物　即聚親族
國王大臣　刹利居士　於此大衆　說是我子
捨我他行　經五十歲　自見子來　已二十年
昔於其城　而失是子　周行求索　遂來至此
凡我所有　舍宅人民　悉以付之　恣其所用
子念昔貧　志意下劣　今於父所　大獲珍寶
并及舍宅　一切財物　甚大歡喜　得未曾有
佛亦如是　知我樂小　未曾說言　汝等作佛
而說我等　得諸無漏　成就小乘　聲聞弟子
佛勑我等　說最上道　修習此者　當得成佛
我承佛教　爲大菩薩　以諸因緣　種種譬喻
若干言詞　說無上道　諸佛子等　從我聞法

日夜思惟 精勤修習 是時諸佛 即授其記
汝於來世 當得作佛 一切諸佛 秘藏之法
但爲菩薩 演其實事 而不爲我 說斯真要
如彼窮子 得近其父 雖知諸物 心不希取
我等雖說 佛法寶藏 自無志願 亦復如是
我等內滅 自謂爲足 唯了此事 更無餘事
我等若聞 淨佛國土 教化衆生 都無欣樂
所以者何 一切諸法 皆悉空寂 無生無滅
無大無小 無漏無爲 如是思惟 不生喜樂
我等長夜 於佛智慧 無貪無著 無復志願
而自於法 謂是究竟 我等長夜 修習空法
得脱三界 苦惱之患 住最後身 有餘涅槃
佛所教化 得道不虛 則爲已得 報佛之恩
我等雖爲 諸佛子等 說菩薩法 以求佛道
而於是法 永無願樂 導師見捨 觀我心故
初不勸進 說有實利 如富長者 知子志劣
以方便力 柔伏其心 然後乃付 一切財寶
佛亦如是 現希有事 知樂小者 以方便力
調伏其心 乃教大智 我等今日 得未曾有
非先所望 而今自得 如彼窮子 得無量寶
世尊我今 得道得果 於無漏法 得清淨眼
我等長夜 持佛淨戒 始於今日 得其果報
法王法中 久修梵行 今得無漏 無上大果
我等今者 真是聲聞 以佛道聲 令一切聞
我等今者 真阿羅漢 於諸世間 天人魔梵
普於其中 應受供養 世尊大恩 以希有事
憐愍教化 利益我等 無量億劫 誰能報者
手足供給 頭頂禮敬 一切供養 皆不能報
若以頂戴 兩肩荷負 於恒沙劫 盡心恭敬
又以美膳 無量寶衣 及諸卧具 種種湯藥

牛頭栴檀　及諸珍寶　以起塔廟　寶衣布地
如斯等事　以用供養　於恒沙劫　亦不能報
諸佛希有　無量無邊　不可思議　大神通力
無漏無爲　諸法之王　能爲下劣　忍于斯事
取相凡夫　隨宜而說　諸佛於法　得最自在
知諸衆生　種種欲樂　及其志力　隨所堪任
以無量喻　而爲說法　隨諸衆生　宿世善根
又知成熟　未成熟者　種種籌量　分別知已
於一乘道　隨宜說三

妙法蓮華經卷第二

音釋

隤徒回切下墜也　欻許勿切暴起也　裓古德切衣裾也　陿轄夾切隘也　幰虛偃切車上張繒曰幰　綩綖綩於阮切綖以然切綩綖坐褥也　圮坼圮部鄙切毀也坼恥格切裂也　阤池爾切小崩也　梠力舉切楣也　差楚宜切不齊等也　鵄梟鵄赤脂切梟堅堯切鵄梟恠鳥也　蝮蠍蝮方六切蠍許竭切蝮蠍毒蟲也　狖余救切似猿獸也　鼷胡鷄切小鼠也　蜣蜋蜣去羊切蜋呂張切蜣蜋食糞蟲也　咀嚼咀慈呂切嚼在爵切　齚齧齚在詣切嘗也齧五結切齧也　齟側加切齒不正也　啀喍啀五佳切喍士皆切啀喍犬相拒齧也　埵丁果切聚土也　熢㶿熢薄紅切㶿蒲没切熢㶿烟盛貌　耽湎耽都甘切樂也湎彌典切溺也　魑魅魑丑知切魅靡寄切　茵蓐茵重席也蓐薦也　儐必刃切導也　頊苦骨切頰頊也　黧黮黧呂支切黮他敢切黧黮斑黑也　唼子合切入口也　傴於武切背僂也　痟思邀切　癰疽癰於容切疽七余切　傭賃傭餘封切雇作也賃乃禁切借也　机居矣切　瓫蒲奔切盎也　出內出尺僞切內與納同　眇弭沼切一目小也

妙法蓮華經卷第三

隋天竺闍那崛多共達摩笈多添品譯

藥草喻品第五

爾時世尊告摩訶迦葉及諸大弟子善哉善哉迦葉善說如來眞實功德誠如所言如來復有無量無邊阿僧祇功德汝等若於無量億劫說不能盡迦葉當知如來是諸法之王若有所說皆不虛也於一切法以智方便而演說之其所說法皆悉到於一切智地如來觀知一切諸法之所歸趣亦知一切衆生深心所行通達無礙又於諸法究盡明了示諸衆生一切智慧迦葉譬如三千大千世界山川谿谷土地所生卉木叢林及諸藥草種類若諸名色各異密雲彌布遍覆三千大千世界一時等澍其澤普洽卉木叢林及諸藥草小根小莖小枝小葉中根中莖中枝中葉大根大莖大枝大葉諸樹大小隨上中下各有所受一雲所雨稱其種性而得生長華果敷實雖一地所生一雨所潤而諸草木各有差別迦葉當知如來亦復如是出現於世如大雲起以大音聲普遍世界天人阿脩羅等如彼大雲遍覆三千大千國土於大衆中而唱是言我是如來應供正徧知明行足善逝世間解無上士調御丈夫天人師佛世尊未度者令度未解者令解未安者令安未涅槃者令得涅槃今世後世如實知之我是一切知者一切見者知道者開道者說道者汝等天人阿脩羅衆皆應到此爲聽法故爾時無數千萬億種衆生來至佛所而聽法如來于時觀是衆生諸根利鈍精進懈怠隨其所堪而

爲説法種種無量皆令歡喜快得善利是諸衆生聞是法已現世安隱後生善處以道受樂亦得聞法既聞法已離諸障礙於諸法中任力所能漸得入道如彼大雲雨於一切卉木叢林及諸藥草如其種性具足蒙潤各得生長如來説法一相一味所謂解脱相離相滅相究竟至於一切種智其有衆生聞如來法若持讀誦如説修行所得功德不自覺知所以者何唯有如來知此衆生種相體性念何事思何事修何事云何念云何思云何修以何法念以何法思以何法修以何法得何法衆生住於種種之地唯有如來如實見之明了無礙如彼卉木叢林諸藥草等而不自知上中下性如來知是一相一味之法所謂解脱相離相滅相究竟涅槃常寂滅相終歸於空佛知是已觀衆生心欲而將護之是故不即爲説一切種智汝等迦葉甚爲希有能知如來隨宜説法能信能受所以者何諸佛世尊隨宜説法難解難知爾時世尊欲重宣此義而説偈言

破有法王　出現世間　隨衆生欲　種種説法
如來尊重　智慧深遠　久黙斯要　不務速説
有智若聞　則能信解　無智疑悔　則爲永失
是故迦葉　隨力爲説　以種種緣　令得正見
迦葉當知　譬如大雲　起於世間　遍覆一切
慧雲含潤　電光晃曜　雷聲遠震　令衆悦豫
日光掩蔽　地上清涼　靉靆垂布　如可承攬
其雨普等　四方俱下　流澍無量　率土充洽
山川險谷　幽邃所生　卉木藥草　大小諸樹
百穀苗稼　甘蔗蒲萄　雨之所潤　無不豐足

乾地普洽　藥草並茂　其雲所出　一味之水
草木叢林　隨分受潤　一切諸樹　上中下等
稱其大小　各得生長　根莖枝葉　華果光色
一雨所及　皆得鮮澤　如其體相　性分大小
所潤是一　而各滋茂　佛亦如是　出現於世
譬如大雲　普覆一切　既出于世　爲諸衆生
分別演說　諸法之實　大聖世尊　於諸天人
一切衆中　而宣是言　我爲如來　兩足之尊
出于世間　猶如大雲　充潤一切　枯槁衆生
皆令離苦　得安隱樂　世間之樂　及涅槃樂
諸天人衆　一心善聽　皆應到此　覲無上尊
我爲世尊　無能及者　安隱衆生　故現於世
爲大衆說　甘露淨法　其法一味　解脫涅槃
以一妙音　演暢斯義　常爲大乘　而作因緣
我觀一切　普皆平等　無有彼此　愛憎之心
我無貪著　亦無限礙　恒爲一切　平等說法
如爲一人　衆多亦然　常演說法　曾無他事
去來坐立　終不疲猒　充足世間　如雨普潤
貴賤上下　持戒毀戒　威儀具足　及不具足
正見邪見　利根鈍根　等雨法雨　而不懈倦
一切衆生　聞我法者　隨力所受　住於諸地
或處人天　轉輪聖王　釋梵諸王　是小藥草
知無漏法　能得涅槃　起六神通　及得三明
獨處山林　常行禪定　得緣覺證　是中藥草
求世尊處　我當作佛　行精進定　是上藥草
又諸佛子　專心佛道　常行慈悲　自知作佛
決定無疑　是名小樹　安住神通　轉不退輪
度無量億　百千衆生　如是菩薩　名爲大樹
佛平等說　如一味雨　隨衆生性　所受不同
如彼草木　所稟各異　佛以此喻　方便開示

種種言詞 演説一法 於佛智慧 如海一渧
我雨法雨 充滿世間 一味之法 隨力修行
如彼叢林 藥草諸樹 隨其大小 漸增茂好
諸佛之法 常以一味 令諸世間 普得具足
漸次修行 皆得道果 聲聞縁覺 處於山林
住最後身 聞法得果 是名藥草 各得增長
若諸菩薩 智慧堅固 了達三界 求最上乘
是名小樹 而得增長 復有住禪 得神通力
聞諸法空 心大歡喜 放無數光 度諸衆生
是名大樹 而得增長 如是迦葉 佛所説法
譬如大雲 以一味雨 潤於人華 各得成實
迦葉當知 以諸因縁 種種譬喻 開示佛道
是我方便 諸佛亦然 今爲汝等 説最實事
諸聲聞衆 皆非滅度 汝等所行 是菩薩道
漸漸修學 悉當成佛

復次迦葉如來於諸衆生調伏平等迦葉譬如日月光明照於世間若作善若作不善若高處住若下處住若香若臭諸處平等光照無偏如是迦葉如來應正遍知一切智智心之光明於諸五趣衆生受生之中如其信解大乘縁覺乘聲聞乘中爲説正法平等而轉如來智慧亦無增減如其福智聚集而生迦葉無有三乘唯彼衆生別異行故施設三乘慧命摩訶迦葉白佛言世尊若無三乘何故現世施設聲聞縁覺菩薩佛告慧命摩訶迦葉譬如作瓦器者等和土泥而用作器彼中或有盛沙糖器或盛酥器或盛乳酪器或盛惡糞穢器泥亦無有種種別異而物著中隨所受量器則種種別異施設如是迦葉此唯一乘所謂大乘無有二乘及以三乘慧命摩

訶迦葉白佛言世尊彼諸衆生種種信解若出三界彼等爲一涅槃爲當二三佛告慧命摩訶迦葉若覺諸法體等涅槃彼亦唯一無有二三迦葉以彼義故我當爲汝作喻以此喻故有智丈夫則當解我所說之義迦葉譬如生盲丈夫作如是言無有好惡等色亦無好惡等色可見無有日月星宿等亦無星宿等可見有異丈夫於彼生盲者前說如是言有好惡等色亦有好惡等色可見有日月星宿等亦有星宿等可見生盲丈夫雖聞其說而不信受時有良醫能知諸病見彼生盲丈夫如是念言其彼丈夫先有惡業今有病生若其病生則有四種所謂風黄與癊及以等分時彼良醫爲欲滅其病故又復方便如是思惟所有藥物世所行者彼等不能療治此病唯雪山王有四種藥何等爲四所謂初名順入諸色味處二名解脱諸病三名破壞諸毒四名隨所住處施與安樂是爲四種時彼良醫於生盲所發生悲愍興起如是方便思惟以彼方便詣雪山王到已上頂或下入或傍行周徧觀察既觀察已得四種藥於中或以齒等咀嚼作已與之或以石磨或復和別藥物煑熟與之或復和生藥物作已與之或針刺身與作孔穴或有與火炙燒或以別異藥物相和乃至飲食和而與之時彼生盲以方便相應故即時得眼彼得眼已内外遠近日月光明星宿諸色皆悉得見說如是言嗚呼我甚愚癡我聞先說本不信受我今此時皆悉得見我盲已脱亦已得眼無勝我者彼時復有五通仙人天眼天耳了知他心億念

宿住善證智通語丈夫言丈夫汝唯得眼餘無一知汝今何故已生憍慢汝亦未有智慧善巧彼復作如是言丈夫汝入室坐外有別色不見不知汝亦不知衆生善心惡心五踰闍那邊住所有言說鼓貝等聲汝亦不聞不知拘盧舍邊不舉兩足不能往到及生長已母胎作業汝亦不念云何汝有巧智云何作如是言我悉得見又汝丈夫暗作明知明作暗知時彼丈夫語仙人言以何於便又作何等清淨業已當得是智及於汝等淨信力故我亦當得如此功德時彼仙人語丈夫言若欲如是汝應當住空閑山窟坐思念法及斷煩惱當得神通具足功德時彼丈夫受其義已即行出家住空閑處專守一心斷世渴愛得五神通既得五神通已思惟我先作於別業以彼因故無一功德可以證知我今此時隨所思念即能得去我於昔時少智少慧有盲而住迦葉作此譬喻欲令知義於此義中復應當見迦葉其生盲者即是六趣流轉中住所有衆生若於正法未有知覺煩惱盲暗則當增長及彼無明暗冥以無明暗冥故行業聚集以行業爲緣故名色乃至唯有大苦之聚積集當生如是無明暗冥衆生流轉中住唯有如來超出三界發生悲愍亦如慈父愛念一子發悲愍已下入三界見彼衆生於流轉輪中行不如實知出離流轉佛以佛眼而觀見之見已了知此等衆生先世作善少嗔厚欲少欲厚嗔或有少智或有巧慧或有成熟清淨或有邪見彼等衆生佛爲方便巧說三乘如彼仙人五通淨眼者即是菩薩菩

提心生得無生忍證覺無上正眞之覺如彼大醫即是如來當如是見如彼生盲即是癡闇衆生當如是見如彼風黄癊等即是欲嗔及癡六十二見當如是見如四種藥即是空無相無願涅槃門當如是見隨所服藥其病隨滅即是空無相無願解脱門正修念已無明當滅無明滅故行滅乃至唯有大苦聚滅如是思惟不住善中亦不惡中如盲得眼即是聲聞縁覺乘當知是見割斷流轉煩惱繫縛解脱煩惱解脱六趣及以三界以彼義故聲聞乘者如是念言無有別法更須證覺我今已得到於涅槃爾時如來爲彼說法若於諸法未能悉到何處彼有究竟涅槃彼等佛以菩提教化發菩提心不住流轉不到涅槃彼悟三界十方空寂皆如化夢及以焰響觀見諸法不生不滅不縛不解不暗不明如是見甚深法彼見亦無所見而亦恒見滿諸三界別異衆生心之信解爾時世尊欲重宣此義而說偈言

譬如日月光　平等照三千　於善及於惡
而光無增減　如來智慧光　平等如日月
教化諸衆生　無增亦無減　如瓦師作器
平等和土泥　於中器或盛　沙糖乳酥水
或有盛不淨　或有盛於酪　彼唯取一泥
瓦師用爲器　若物墮其中　因彼知器名
如衆生無餘　如來隨別欲　雖說乘差別
決定唯佛乘　無智故輪轉　而不知寂滅
若人能知空　遠離於法我　彼知佛世尊
所得正眞覺　安置處中智　說名縁覺者
空智教化已　顯名爲聲聞　若能覺諸法

說名正徧知　如有生盲者　不見日月星
彼便如是言　無有諸色類　大醫於生盲
爲其入慈愍　往詣雪山已　上下及傍行
求得於良藥　順入色味處　如是等四種
和合而療治　或有用齒齧　或有以石磨
或以針入身　療治生盲者　彼既得眼已
即見日月光　復作如是念　昔時無智說
是流轉衆生　生盲大無智　緣生轉所運
無智受苦道　無智癡世中　如是一切智
如來大良醫　出生悲愍體　彼以善方便
演說寂正法　無上佛覺智　演說最勝乘
廣說處中際　中智導師者　怖畏於流轉
爲讚異菩提　出離三界已　聲聞自知住
如是念我得　涅槃無垢安　當得諸法覺
涅槃甘露處　大仙於彼故　爲其入悲愍
告言如愚癡　莫念我是智　若有於倉舍
汝住彼中時　外有則不知　汝是小智者
若住彼中時　知外作未作　彼亦未是知
況汝小智者　五踰闍那量　若有音聲出
汝不能聞彼　何況別遠住　他人於汝所
若愛若惡心　汝不能知彼　如何生普慢
欲向俱盧舍　不步不能往　汝胎所有事
汝亦忘彼時　若得五神通　乃名一切智
汝癡無一知　而說是智者　汝欲一切智
出生於神通　若住空閑處　神通則可出
思惟清淨法　則當得神通　受義詣空閑
思惟入靜定　得五神通已　不久具功德
如是諸聲聞　念得涅槃想　諸佛說彼等
小息非涅槃　是諸佛方便　爲說如此道
若離一切智　無有發涅槃　三世智無邊

六度行清淨　空寂及無相　作願亦除捨
及以菩提心　別法向涅槃　及四種梵行
四攝亦讚說　爲教化衆生　勝仙而說此
若復知諸法　自性如幻夢　不實似芭蕉
亦與音響等　及知彼自性　三界無餘殘
不縛亦不解　不知於滅度　諸法平等空
無有異體者　此亦無所見　不觀於一法
彼見大智者　法身無餘殘　無有於一乘
一乘此中有　諸法皆平等　平等常等等
知如是智已　涅槃甘露安

授記品第六

爾時世尊說是偈已告諸大衆唱如是言我此弟子摩訶迦葉於未來世當得奉覲三百萬億諸佛世尊供養恭敬尊重讚歎廣宣諸佛無量大法於最後身得成爲佛名曰光明如來應供正徧知明行足善逝世間解無上士調御丈夫天人師佛世尊國名光德劫名大莊嚴佛壽十二小劫正法住世二十小劫像法亦住二十小劫國界嚴飾無諸穢惡瓦礫荊棘便利不淨其土平正無有高下坑坎堆阜瑠璃爲地寶樹行列黃金爲繩以界道側散諸寶華周遍清淨其國菩薩無量千億諸聲聞衆亦復無數無有魔事雖有魔及魔民皆護佛法爾時世尊欲重宣此義而說偈言

告諸比丘　我以佛眼　見是迦葉　於未來世
過無數劫　當得作佛　而於來世　供養奉覲
三百萬億　諸佛世尊　爲佛智慧　淨修梵行
供養最上　二足尊已　修習一切　無上之慧
於最後身　得成爲佛　其土清淨　瑠璃爲地

多諸寶樹　行列道側　金繩界道　見者歡喜
常出好香　散衆名華　種種奇妙　以爲莊嚴
其地平正　無有丘坑　諸菩薩衆　不可稱計
其心調柔　逮大神通　奉持諸佛　大乘經典
諸聲聞衆　無漏後身　法王之子　亦不可計
乃以天眼　不能數知　其佛當壽　十二小劫
正法住世　二十小劫　像法亦住　二十小劫
光明世尊　其事如是

爾時大目揵連須菩提摩訶迦旃延等皆悉悚慄一心合掌瞻仰尊顏目不暫捨即共同聲而說偈言

大雄猛世尊　諸釋之法王　哀愍我等故
而賜佛音聲　若知我深心　見爲授記者
如以甘露灑　除熱得清涼　如從饑國來
忽遇大王膳　心猶懷疑懼　未敢即便食
若復得王教　然後乃敢食　我等亦如是
每惟小乘過　不知當云何　得佛無上慧
雖聞佛音聲　言我等作佛　心尚懷憂懼
如未敢便食　若蒙佛授記　爾乃快安樂
大雄猛世尊　常欲安世間　願賜我等記
如飢須教食

爾時世尊知諸大弟子心之所念告諸比丘是須菩提於當來世奉覲三百萬億那由他佛供養恭敬尊重讚歎常修梵行具菩薩道於最後身得成爲佛號曰名相如來應供正徧知明行足善逝世間解無上士調御丈夫天人師佛世尊劫名有寶國名寶生其土平正玻瓈爲地寶樹莊嚴無諸丘坑沙礫荊棘便利之穢寶華覆地周徧清淨其土人民皆處寶臺珍妙樓閣聲聞弟子無量無邊算數

譬喻所不能知諸菩薩衆無數千萬億那由他佛壽十二小劫正法住世二十小劫像法亦住二十小劫其佛常處虚空爲衆説法度脱無量菩薩及聲聞衆爾時世尊欲重宣此義而説偈言

諸比丘衆　今告汝等　皆當一心　聽我所説
我大弟子　須菩提者　當得作佛　號曰名相
當供無數　萬億諸佛　隨佛所行　漸具大道
最後身得　三十二相　端正姝妙　猶如寶山
其佛國土　嚴淨第一　衆生見者　無不愛樂
佛於其中　度無量衆　其佛法中　多諸菩薩
皆悉利根　轉不退輪　彼國常以　菩薩莊嚴
諸聲聞衆　不可稱數　皆得三明　具六神通
住八解脱　有大威德　其佛説法　現於無量
神通變化　不可思議　諸天人民　數如恒沙
皆共合掌　聽受佛語　其佛當壽　十二小劫
正法住世　二十小劫　像法亦住　二十小劫

爾時世尊復告諸比丘衆我今語汝是大迦旃延於當來世以諸供具供養奉事八千億佛恭敬尊重諸佛滅後各起塔廟高千由旬縱廣正等五百由旬皆以金銀瑠璃硨磲碼碯真珠玫瑰七寶合成衆華瓔珞塗香粖香燒香繒蓋幢旛供養塔廟過是已後當復供養二萬億佛亦復如是供養是諸佛已具菩薩道當得作佛號曰閻浮那提金光如來應供正徧知明行足善逝世間解無上士調御丈夫天人師佛世尊其土平正玻瓈爲地寶樹莊嚴黄金爲繩以界道側妙華覆地周徧清淨見者歡喜無四惡道地獄餓鬼畜生阿脩羅道多有天人諸聲聞衆及諸菩薩無量

萬億莊嚴其國佛壽十二小劫正法住世二
十小劫像法亦住二十小劫爾時世尊欲重
宣此義而說偈言
諸比丘衆　皆一心聽　如我所說　眞實無異
是迦旃延　當以種種　妙好供具　供養諸佛
諸佛滅後　起七寶塔　亦以華香　供養舍利
其最後身　得佛智慧　成等正覺　國土清淨
度脫無量　萬億衆生　皆爲十方　之所供養
佛之光明　無能勝者　其佛號曰　閻浮金光
菩薩聲聞　斷一切有　無量無數　莊嚴其國
爾時世尊復告大衆我今語汝是大目揵連
當以種種供具供養八千諸佛恭敬尊重諸
佛滅後各起塔廟高千由旬縱廣正等五百
由旬以金銀琉璃硨磲碼碯眞珠玫瑰七寶
合成衆華瓔珞塗香抹香燒香繒蓋幢旛以
用供養過是已後當復供養二百萬億諸佛
亦復如是當得作佛號曰多摩羅跋栴檀香
如來應供正偏知明行足善逝世間解無上
士調御丈夫天人師佛世尊劫名喜滿國名
意樂其土平正玻瓈爲地寶樹莊嚴散眞珠
華周徧清淨見者歡喜多諸天人菩薩聲聞
其數無量佛壽二十四小劫正法住世四十
小劫像法亦住四十小劫爾時世尊欲重宣
此義而說偈言
我此弟子　大目揵連　捨是身已　得見八千
二百萬億　諸佛世尊　爲佛道故　供養恭敬
於諸佛所　常修梵行　於無量劫　奉持佛法
諸佛滅後　起七寶塔　長表金刹　香華妓樂
而以供養　諸佛塔廟　漸漸具足　菩薩道已
於意樂國　而得作佛　號多摩羅　栴檀之香

其佛壽命二十四劫　常爲人天　演說正法
聲聞無量　如恒河沙　三明六通　有大威德
菩薩無數　志固精進　於佛智慧　皆不退轉
佛滅度後　正法當住　四十小劫　像法亦爾
我諸弟子　威德具足　其數五百　皆當授記
於未來世　咸得成佛　我及汝等　宿世因緣
吾今當說　汝等善聽

化城喻品第七

佛告諸比丘　乃往過去無量無邊不可思議阿僧祇劫爾時有佛名大通智勝如來應供正徧知明行足善逝世間解無上士調御丈夫天人師佛世尊其國名好成劫名大相諸比丘彼佛滅度已來甚大久遠譬如三千大千世界所有地種假使有人磨以爲墨過於東方千國土乃下一點大如微塵又過千國土復下一點如是展轉盡地種墨於汝等意云何是諸國土若算師若算師弟子能得邊際知其數不不也世尊諸比丘是人所經國土若點不點盡抹爲塵一塵一劫彼佛滅度已來復過是數無量無邊百千萬億阿僧祇劫我以如來知見力故觀彼久遠猶若今日爾時世尊欲重宣此義而說偈言

我念過去世　無量無邊劫　有佛兩足尊
名大通智勝　如人以力磨　三千大千土
盡此諸地種　皆悉以爲墨　過於千國土
乃下一塵點　如是展轉點　盡此諸塵墨
如是諸國土　點與不點等　復盡抹爲塵
一塵爲一劫　此諸微塵數　其劫復過是
彼佛滅度來　如是無量劫　如來無礙智
知彼佛滅度　及聲聞菩薩　如見今滅度

諸比丘當知　佛智淨微妙　無漏無所礙
通達無量劫

佛告諸比丘大通智勝佛壽五百四十萬億那由他劫其佛本坐道場破魔軍已垂得阿耨多羅三藐三菩提而諸佛法不現在前如是一小劫乃至十小劫結加趺坐身心不動而諸佛法猶不在前爾時忉利諸天先為彼佛於菩提樹下敷師子座高一由旬佛於此坐當得阿耨多羅三藐三菩提適坐此座時諸梵天王雨衆天華面百由旬香風時來吹去萎華更雨新者如是不絕滿十小劫供養於佛乃至滅度常雨此華四王諸天為供養佛常擊天鼓其餘諸天作天伎樂滿十小劫至于滅度亦復如是諸比丘大通智勝佛過十小劫諸佛之法乃現在前成阿耨多羅三藐三菩提其佛未出家時有十六子其第一者名曰智積諸子各有種種珍異玩好之具聞父得成阿耨多羅三藐三菩提皆捨所珍往詣佛所諸母涕泣而隨送之其祖轉輪聖王與一百大臣及餘百千萬億人民皆共圍繞隨至道場咸欲親覲大通智勝如來供養恭敬尊重讚歎到已頭面禮足遶佛畢已一心合掌瞻仰世尊以偈頌曰

大威德世尊　為度衆生故　於無量億劫
爾乃得成佛　諸願已具足　善哉吉無上
世尊甚希有　一坐十小劫　身體及手足
靜然安不動　其心常憺怕　未曾有散亂
究竟永寂滅　安住無漏法　今者見世尊
安隱成佛道　我等得善利　稱慶大歡喜
衆生常苦惱　盲瞑無導師　不識苦盡道

不知求解脫　長夜增惡趣　減損諸天衆
從冥入於冥　永不聞佛名　今佛得最上
安隱無漏道　我等及天人　爲得最大利
是故咸稽首　歸命無上尊
爾時十六王子偈讚佛已勸請世尊轉於法
輪咸作是言世尊說法多所安隱憐愍饒益
諸天人民重說偈言
世雄無等倫　百福自莊嚴　得無上智慧
願爲世間說　度脫於我等　及諸衆生類
爲分別顯示　令得是智慧　若我等得佛
衆生亦復然　世尊知衆生　深心之所念
亦知所行道　又知智慧力　欲樂及修福
宿命所行業　世尊悉知已　當轉無上輪
佛告諸比丘大通智勝佛得阿耨多羅三藐
三菩提時十方各有五百萬億諸佛世界六
種震動其國中間幽冥之處日月威光所不
能照而皆大明其中衆生各得相見咸作是
言此中云何忽生衆生又其國界諸天宮殿
乃至梵宮六種震動大光普照遍滿世界勝
諸天光爾時東方五百萬億諸國土中梵天
宮殿光明照曜倍於常明諸梵天王各作是
念今者宮殿光明昔所未有以何因緣而現
此相是時諸梵天王即各相詣共議此事時
彼衆中有一大梵天王名救一切爲諸梵衆
而說偈言
我等諸宮殿　光明昔未有　此是何因緣
宜各共求之　爲大德天生　爲佛出世間
而此大光明　徧照於十方
爾時五百萬億國土諸梵天王與宮殿俱各
以衣裓盛諸天華共詣西方推尋是相見大

通智勝如來處于道場菩提樹下坐師子座諸天龍王乾闥婆緊那羅摩睺羅伽人非人等恭敬圍繞及見十六王子請佛轉法輪即時諸梵天王頭面禮佛遶百千帀即以天華而散佛上其所散華如須彌山幷以供養佛菩提樹其菩提樹高十由旬華供養已各以宮殿奉上彼佛而作是言惟見哀愍饒益我等所獻宮殿願垂納處時諸梵天王即於佛前一心同聲以偈頌曰

世尊甚希有　難可得值遇　具無量功德
能救護一切　天人之大師　哀愍於世間
十方諸衆生　普皆蒙饒益　我等所從來
五百萬億國　捨深禪定樂　爲供養佛故
我等先世福　宮殿甚嚴飾　今以奉世尊
惟願哀納受

爾時諸梵天王偈讚佛已各作是言惟願世尊轉於法輪度脫衆生開涅槃道時諸梵天王一心同聲而說偈言

世雄兩足尊　惟願演說法　以大慈悲力
度苦惱衆生

爾時大通智勝如來默然許之又諸比丘東南方五百萬億國土諸大梵天王自見宮殿光明照曜昔所未有歡喜踊躍生希有心即各相詣共議此事時彼衆中有一大梵天王名曰大悲爲諸梵衆而說偈言

是事何因緣　而現如此相　我等諸宮殿
光明昔未有　爲大德天生　爲佛出世間
未曾見此相　當共一心求　過千萬億土
尋光共推之　多是佛出世　度脫苦衆生

爾時五百萬億諸梵天王與宮殿俱各以衣

祴盛諸天華共詣西北方推尋是相見大通智勝如來處于道場菩提樹下坐師子座諸天龍王乾闥婆緊那羅摩睺羅伽人非人等恭敬圍繞及見十六王子請佛轉法輪時諸梵天王頭面禮佛足遶百千匝即以天華而散佛上所散之華如須彌山并以供養佛菩提樹華供養已各以宮殿奉上彼佛而作是言惟見哀愍饒益我等所獻宮殿願垂納處

爾時諸梵天王即於佛前一心同聲以偈頌曰

聖主天中天　迦陵頻伽聲　哀愍衆生者
我等今敬禮　世尊甚希有　久遠乃一現
一百八十劫　空過無有佛　三惡道充滿
諸天衆減少　今佛出於世　爲衆生作眼
世間所歸趣　救護於一切　爲衆生之父
哀愍饒益者　我等宿福慶　今得值世尊

爾時諸梵天王偈讚佛已各作是言惟願世尊哀愍一切轉於法輪度脫衆生時諸梵天王一心同聲而說偈言

大聖轉法輪　顯示諸法相　度苦惱衆生
令得大歡喜　衆生聞此法　得道若生天
諸惡道減少　忍善者增益

爾時大通智勝如來默然許之又諸比丘南方五百萬億國土諸大梵王各自見宮殿光明照曜昔所未有歡喜踊躍生希有心即各相詣共議其事以何因緣我等宮殿有此光曜而彼衆中有一大梵天王名曰妙法爲諸梵衆而說偈言

我等諸宮殿　光明甚威曜　此非無因緣
是相宜求之　過於百千劫　未曾見是相

爲大德天生　爲佛出世間

爾時五百萬億諸梵天王與宮殿俱各以衣裓盛諸天華共詣北方推尋是相見大通智勝如來處于道場菩提樹下坐師子座諸天龍王乾闥婆緊那羅摩睺羅伽人非人等恭敬圍繞及見十六王子請佛轉法輪時諸梵天王頭面禮佛足遶百千帀即以天華而散佛上所散之華如須彌山并以供養佛菩提樹華供養已各以宮殿奉上彼佛而作是言惟見哀愍饒益我等所獻宮殿願垂納處爾時諸梵天王即於佛前一心同聲以偈頌曰

世尊甚難見　破諸煩惱者　過百三十劫
今乃得一見　諸飢渴衆生　以法雨充滿
昔所未曾覩　無量智慧者　如優曇鉢華
今日乃值遇　我等諸宮殿　蒙光故嚴飾
世尊大慈愍　惟願垂納受

爾時諸梵天王偈讚佛已各作是言惟願世尊轉於法輪令一切世間諸天魔梵沙門婆羅門皆獲安隱而得度脫時諸梵天王一心同聲以偈頌曰

惟願天人尊　轉無上法輪　擊于大法鼓
而吹大法螺　普雨大法雨　度無量衆生
我等咸歸請　當演深遠音

爾時大通智勝如來默然許之西南方乃至下方亦復如是爾時上方五百萬億國土諸大梵王皆悉自覩所止宮殿光明威曜昔所未有歡喜踊躍生希有心即各相詣共議此事以何因緣我等宮殿有斯光明時彼衆中有一大梵天王名曰尸棄爲諸梵衆而說偈言

今以何因緣　我等諸宮殿　威德光明曜
嚴飾未曾有　如是之妙相　昔所未聞見
爲大德天生　爲佛出世間
爾時五百萬億諸梵天王與宮殿俱各以衣裓盛諸天華共詣下方推尋是相見大通智勝如來處于道場菩提樹下坐師子座諸天龍王乾闥婆緊那羅摩睺羅伽人非人等恭敬圍繞及見十六王子請佛轉法輪時諸梵天王頭面禮佛足遶百千匝即以天華而散佛上所散之華如須彌山并以供養佛菩提樹華供養已各以宮殿奉上彼佛而作是言惟見哀愍饒益我等所獻宮殿願垂納處時諸梵天王即於佛前一心同聲以偈頌曰
善哉見諸佛　救世之聖尊　能於三界獄
勉出諸衆生　普智天人尊　哀愍羣萌類
能開甘露門　廣度於一切　於昔無量劫
空過無有佛　世尊未出時　十方常暗冥
三惡道增長　阿脩羅亦盛　諸天衆轉減
死多墮惡道　不從佛聞法　常行不善事
色力及智慧　斯等皆減少　罪業因緣故
失樂及樂想　住於邪見法　不識善儀則
不蒙佛所化　常墮於惡道　佛爲世間眼
久遠時乃出　哀愍諸衆生　故現於世間
超出成正覺　我等甚欣慶　及餘一切衆
喜歎未曾有　我等諸宮殿　蒙光故嚴飾
今以奉世尊　惟垂哀納受　願以此功德
普及於一切　我等與衆生　皆共成佛道
爾時五百萬億諸梵天王偈讚佛已各白佛言惟願世尊轉於法輪多所安隱多所度脫時諸梵天王一心同聲而説偈言

世尊轉法輪　擊甘露法鼓　度苦惱衆生
開示涅槃道　惟願受我請　以大微妙音
哀愍而敷演　無量劫習法
爾時大通智勝如來受十方諸梵天王及十
六王子請即時三轉十二行法輪若沙門婆
羅門若天魔梵及餘世間所不能轉謂是苦
是苦集是苦滅是苦滅道及廣說十二因緣
法無明緣行行緣識識緣名色名色緣六入
六入緣觸觸緣受受緣愛愛緣取取緣有有
緣生生緣老死憂悲苦惱無明滅則行滅行
滅則識滅識滅則名色滅名色滅則六入滅
六入滅則觸滅觸滅則受滅受滅則愛滅愛
滅則取滅取滅則有滅有滅則生滅生滅則
老死憂悲苦惱滅佛於天人大衆之中說是
法時六百萬億那由他人以不受一切法故
而於諸漏心得解脫皆得深妙禪定三明六
通具八解脫第二第三第四說法時千萬億
恒河沙那由他等衆生亦以不受一切法故
而於諸漏心得解脫從是已後諸聲聞衆無
量無邊不可稱數爾時十六王子皆以童子
出家而爲沙彌諸根通利智慧明了已曾供
養百千萬億諸佛淨修梵行求阿耨多羅三
藐三菩提俱白佛言世尊是諸無量千萬億
大德聲聞皆已成就世尊亦當爲我等說阿
耨多羅三藐三菩提法我等聞已皆共修學
世尊我等志願如來知見深心所念佛自證
知爾時轉輪聖王所將衆中八萬億人見十
六王子出家亦求出家王即聽許爾時彼佛
受沙彌請過二萬劫已乃於四衆之中說是
大乘經名妙法蓮華教菩薩法佛所護念說

是經已十六沙彌爲阿耨多羅三藐三菩提故皆共受持諷誦通利說是經時十六菩薩沙彌皆悉信受聲聞衆中亦有信解其餘衆生千萬億種皆生疑惑佛說是經於八千劫未曾休廢說此經已即入靜室住於禪定八萬四千劫是時十六菩薩沙彌知佛入室寂然禪定各昇法座亦於八萬四千劫爲四部衆廣說分別妙法華經一一皆度六百萬億那由他恒河沙等衆生示教利喜令發阿耨多羅三藐三菩提心大通智勝佛過八萬四千劫已從三昧起往詣法座安庠而坐普告大衆是十六菩薩沙彌甚爲希有諸根通利智慧明了已曾供養無量千萬億數諸佛於諸佛所常修梵行受持佛智開示衆生令入其中汝等皆當數數親覲而供養之所以者何若聲聞辟支佛及諸菩薩能信是十六菩薩所說經法受持不毀者是人皆當得阿耨多羅三藐三菩提如來之慧佛告諸比丘是十六菩薩常樂說是妙法蓮華經一一菩薩所化六百萬億那由他恒河沙等衆生世世所生與菩薩俱從其聞法悉皆信解以此因緣得值四萬億諸佛世尊于今不盡諸比丘我今語汝彼佛弟子十六沙彌今皆得阿耨多羅三藐三菩提於十方國土現在說法有無量百千萬億菩薩聲聞以爲眷屬其二沙彌東方作佛一名阿閦在歡喜國二名須彌頂東南方二佛一名師子音二名師子相南方二佛一名虛空住二名常滅西南方二佛一名帝相二名梵相西方二佛一名阿彌陀二名度一切世間苦惱西北方二佛一名多

摩羅跋栴檀香神通二名須彌相北方二佛一名雲自在二名雲自在王東北方佛名壞一切世間怖畏第十六我釋迦牟尼佛於娑婆國土成阿耨多羅三藐三菩提諸比丘我等爲沙彌時各各教化無量百千萬億恒河沙等衆生從我聞法爲阿耨多羅三藐三菩提此諸衆生于今有住聲聞地者我常教化阿耨多羅三藐三菩提是諸人等應以是法漸入佛道所以者何如來智慧難信難解爾時所化無量恒河沙等衆生者汝等諸比丘及我滅度後未來世中聲聞弟子是也我滅度後復有弟子不聞是經不知不覺菩薩所行自於所得功德生滅度想當入涅槃我於餘國作佛更有異名是人雖生滅度之想入於涅槃而於彼土求佛智慧得聞是經唯以佛乘而得滅度更無餘乘除諸如來方便說法諸比丘若如來自知涅槃時到衆又清淨信解堅固了達空法深入禪定便集諸菩薩及聲聞衆爲說是經世間無有二乘而得滅度唯一佛乘得滅度耳比丘當知如來方便深入衆生之性知其志樂小法深著五欲爲是等故說於涅槃是人若聞則便信受譬如五百由旬險難惡道曠絕無人怖畏之處若有多衆欲過此道至珍寶處有一導師聰慧明達善知險道通塞之相將導衆人欲過此難所將人衆中路懈退白導師言我等疲極而復怖畏不能復進前路猶遠今欲退還導師多諸方便而作是念此等可愍云何捨大珍寶而欲退還作是念已以方便力於險道中過三百由旬化作一城告衆人言汝等勿

怖莫得退還今此大城可於中止隨意所作若入是城快得安隱若能前至寶所亦可得去是時疲極之衆心大歡喜歎未曾有我等今者免斯惡道快得安隱於是衆人前入化城生已度想生安隱想爾時導師知此人衆既得止息無復疲倦即滅化城語衆人言汝等去來寶處在近向者大城我所化作爲止息耳諸比丘如來亦復如是今爲汝等作大導師知諸生死煩惱惡道險難長遠應去應度若衆生但聞說一佛乘者則不欲見佛不欲親覲便作是念佛道長遠久受勤苦乃可得成佛知是心怯弱下劣以方便力而於中道爲止息故說二涅槃若衆生住於二地如來爾時即便爲說汝等所作未辦汝所住地近於佛慧當觀察籌量所得涅槃非眞實也

但是如來方便之力於一佛乘分別說三如彼導師爲止息故化作大城既知息已而告之言寶處在近此城非實我化作耳爾時世尊欲重宣此義而說偈言

大通智勝佛　十劫坐道場　佛法不現前
不得成佛道　諸天神龍王　阿脩羅衆等
常雨於天華　以供養彼佛　諸天擊天鼓
并作衆妓樂　香風吹萎華　更雨新好者
過十小劫已　乃得成佛道　諸天及世人
心皆懷踊躍　彼佛十六子　皆與其眷屬
千萬億圍繞　俱行至佛所　頭面禮佛足
而請轉法輪　聖師子法雨　充我及一切
世尊甚難值　久遠時一現　爲覺悟羣生
震動於一切　東方諸世界　五百萬億國
梵宮殿光曜　昔所未曾有　諸梵見此相

尋來至佛所　散華以供養　并奉上宮殿
請佛轉法輪　以偈而讚歎　佛知時未至
受請默然坐　三方及四維　上下亦復爾
散華奉宮殿　請佛轉法輪　世尊甚難值
願以本慈悲　廣開甘露門　轉無上法輪
無量慧世尊　受彼衆人請　爲宣種種法
四諦十二緣　無明至老死　皆從生緣有
如是衆過患　汝等應當知　宣暢是法時
六百萬億垓　得盡諸苦際　皆成阿羅漢
第二說法時　千萬恒沙衆　於諸法不受
亦得阿羅漢　從是後得道　其數無有量
萬億劫算數　不能得其邊　時十六王子
出家作沙彌　皆共請彼佛　演說大乘法
我等及營從　皆當成佛道　願得如世尊
慧眼第一淨　佛知童子心　宿世之所行
以無量因緣　種種諸譬喻　說六波羅蜜
及諸神通事　分別眞實法　菩薩所行道
說是法華經　如恒河沙偈　彼佛說經已
靜室入禪定　一心一處坐　八萬四千劫
是諸沙彌等　知佛禪未出　爲無量億衆
說佛無上慧　各各坐法座　說是大乘經
於佛宴寂後　宣揚助法化　一一沙彌等
所度諸衆生　有六百萬億　恒河沙等衆
彼佛滅度後　是諸聞法者　在在諸佛土
常與師俱生　是十六沙彌　具足行佛道
今現在十方　各得成正覺　爾時聞法者
各在諸佛所　其有住聲聞　漸教以佛道
我在十六數　曾亦爲汝說　是故以方便
引汝趣佛慧　以是本因緣　今說法華經
令汝入佛道　愼勿懷驚懼　譬如險惡道

迴絶多毒獸　又復無水草　人所怖畏處
無數千萬衆　欲過此險道　其路甚曠遠
經五百由旬　時有一導師　强識有智慧
明了心決定　在險濟衆難　衆人皆疲惓
而白導師言　我等今頓乏　於此欲退還
導師作是念　此輩甚可愍　如何欲退還
而失大珍寶　尋時思方便　當設神通力
化作大城郭　莊嚴諸舍宅　周帀有園林
渠流及浴池　重門高樓閣　男女皆充滿
即作是化已　慰衆言勿懼　汝等入此城
各可隨所樂　諸人既入城　心皆大歡喜
皆生安隱想　自謂已得度　導師知息已
集衆而告言　汝等當進前　此是化城耳
我見汝疲極　中路欲退還　故以方便力
權化作此城　汝今勤精進　當共至寶所
我亦復如是　爲一切導師　見諸求道者
中路而懈廢　不能度生死　煩惱諸險道
故以方便力　爲息說涅槃　言汝等苦滅
所作皆已辦　既知到涅槃　皆得阿羅漢
爾乃集大衆　爲說眞實法　諸佛方便力
分別說三乘　唯有一佛乘　息處故說二
今爲汝說實　汝所得非滅　爲佛一切智
當發大精進　汝證一切智　十力等佛法
具三十二相　乃是眞實滅　諸佛之導師
爲息說涅槃　既知是息已　引入於佛慧

妙法蓮華經卷第三

音釋

澍 朱戍切時澍雨也　洽 胡夾切霑也　鈍 徒困切　靉靆 靉烏代切靆徒耐切靉靆雲盛貌　攬 盧敢切撮持也　癊 於禁切心中病也　礫 郎擊切小石也　荊棘 荊舉卿切木名棘紀力切小棗也　坑坎 坑口莖切塹溝也坎苦感切險也　悚慄 悚息拱切敬謹也慄力質切懼也　玫瑰 玫莫杯切瑰古回切玫瑰火齊珠也　萎 於為切枯也　憺怕 憺徒覽切怕白各切憺怕恬靜無為也　數數 並色角切頻也

妙法蓮華經卷第四

隋天竺闍那崛多共達摩笈多添品譯

五百弟子受記品第八

爾時富樓那彌多羅尼子從佛聞是智慧方便隨宜說法又聞授諸大弟子阿耨多羅三藐三菩提記復聞宿世因緣之事復聞諸佛有大自在神通之力得未曾有心淨踊躍即從座起到於佛前頭面禮足却住一面瞻仰尊顔目不暫捨而作是念世尊甚奇特所爲希有隨順世間若干種性以方便知見而爲說法拔出衆生處處貪著我等於佛功德言不能宣唯佛世尊能知我等深心本願爾時佛告諸比丘汝等見是富樓那彌多羅尼子不我常稱其於說法人中最爲第一亦常歎其種種功德精勤護持助宣我法能於四衆示教利喜具足解釋佛之正法而大饒益同梵行者自捨如來無能盡其言論之辯汝等勿謂富樓那但能護持助宣我法亦於過去九十億諸佛所護持助宣佛之正法於彼說法人中亦最第一又於諸佛所說空法明了通達得四無礙智常能審諦清淨說法無有疑惑具足菩薩神通之力隨其壽命常修梵行彼佛世人咸皆謂之實是聲聞而富樓那以斯方便饒益無量百千衆生又化無量阿僧祇人令立阿耨多羅三藐三菩提爲淨佛土故常作佛事教化衆生諸比丘富樓那亦於七佛說法人中而得第一今於我所說法人中亦爲第一於賢劫中當來諸佛說法人中亦復第一而皆護持助宣佛法亦於未來護持助宣無量無邊諸佛之法教化饒益無

量衆生令立阿耨多羅三藐三菩提爲淨佛土故常勤精進教化衆生漸漸具足菩薩之道過無量阿僧祇劫當於此土得阿耨多羅三藐三菩提號曰法明如來應供正遍知明行足善逝世間解無上士調御丈夫天人師佛世尊其佛以恒河沙等三千大千世界爲一佛土七寶爲地地平如掌無有山陵谿澗溝壑七寶臺觀充滿其中諸天宮殿近處虛空人天交接兩得相見無諸惡道亦無女人一切衆生皆以化生無有婬欲得大神通身出光明飛行自在志念堅固精進智慧普皆金色三十二相而自莊嚴其國衆生常以二食一者法喜食二者禪悅食有無量阿僧祇千萬億那由他諸菩薩衆得大神通四無礙智善能教化衆生之類其聲聞衆算數校計所不能知皆得具足六通三明及八解脫其佛國土有如是等無量功德莊嚴成就劫名寶明國名善淨其佛壽命無量阿僧祇劫法住甚久佛滅度後起七寶塔遍滿其國爾時世尊欲重宣此義而說偈言

諸比丘諦聽　佛子所行道　善學方便故
不可得思議　知衆樂小法　而畏於大智
是故諸菩薩　作聲聞緣覺　以無數方便
化諸衆生類　自說是聲聞　去佛道甚遠
度脫無量衆　皆悉得成就　雖小欲懈怠
漸當令作佛　內祕菩薩行　外現是聲聞
少欲猒生死　實自淨佛土　示衆有三毒
又現邪見相　我弟子如是　方便度衆生
若我具足說　種種現化事　衆生聞是者
心則懷疑惑　今此富樓那　於昔千億佛

勤修所行道　宣護諸佛法　爲求無上慧
而於諸佛所　現居弟子上　多聞有智慧
所說無所畏　能令衆歡喜　未曾有疲倦
而以助佛事　已度大神通　具四無礙智
知諸根利鈍　常說清淨法　演暢如是義
教諸千億衆　令住大乘法　而自淨佛土
未來亦供養　無量無數佛　護助宣正法
亦自淨佛土　常以諸方便　說法無所畏
度不可計衆　成就一切智　供養諸如來
護持法寶藏　其後得成佛　號名曰法明
其國名善淨　七寶所合成　劫名爲寶明
菩薩衆甚多　其數無量億　皆度大神通
威德力具足　充滿其國土　聲聞亦無數
三明八解脫　得四無礙智　以是等爲僧
其國諸衆生　婬欲皆已斷　純一變化生
具相莊嚴身　法喜禪悅食　更無餘食想
無有諸女人　亦無諸惡道　富樓那比丘
功德悉成滿　當得斯淨土　賢聖甚衆多
如是無量事　我今但略說

爾時千二百阿羅漢心自在者作是念我等歡喜得未曾有若世尊各見授記如餘大弟子者不亦快乎佛知此等心之所念告摩訶迦葉是千二百阿羅漢我今當現前次第與授阿耨多羅三藐三菩提記於此衆中我大弟子憍陳如比丘當供養六萬二千億佛然後得成爲佛號曰普明如來應供正徧知明行足善逝世間解無上士調御丈夫天人師佛世尊其五百阿羅漢優樓頻螺迦葉伽耶迦葉那提迦葉迦留陀夷優陀夷阿㝹樓馱離婆多劫賓那薄拘羅周陀莎伽陀等皆當

得阿耨多羅三藐三菩提盡同一號名曰普明爾時世尊欲重宣此義而說偈言

憍陳如比丘　當見無量佛　過阿僧祇劫
乃成等正覺　常放大光明　具足諸神通
名聞徧十方　一切之所敬　常說無上道
故號爲普明　其國土清淨　菩薩皆勇猛
咸昇妙樓閣　遊諸十方國　以無上供具
奉獻於諸佛　於是供養已　心懷大歡喜
須臾還本國　有如是神力　佛壽六萬劫
正法住倍壽　像法復倍是　法滅天人憂
其五百比丘　次第當作佛　同號曰普明
轉次而授記　我滅度之後　某甲當作佛
其所化世間　亦如我今日　國土之嚴淨
及諸神通力　菩薩聲聞衆　正法及像法
壽命劫多少　皆如上所說　迦葉汝已知
五百自在者　餘諸聲聞衆　亦當復如是
其不在此會　汝當爲宣說

爾時五百阿羅漢於佛前得授記已歡喜踊躍即從座起到於佛前頭面禮足悔過自責世尊我等常作是念自謂已得究竟滅度今乃知之如無智者所以者何我等應得如來智慧而便自以小智爲足世尊譬如有人至親友家醉酒而卧是時親友官事當行以無價寶珠繫其衣裏與之而去其人醉卧都不覺知起已遊行到於他國爲衣食故勤力求索甚大艱難若少有所得便以爲足於後親友會遇見之而作是言咄哉丈夫何爲衣食乃至如是我昔欲令汝得安樂五欲自恣於某年日月以無價寶珠繫汝衣裏今故現在而汝不知勤苦憂惱以求自活甚爲癡也汝

今可以此寶貿易所須常可如意無所乏短佛亦如是為菩薩時教化我等令發一切智心而尋廢忘不知不覺既得阿羅漢道自謂滅度資生艱難得少為足一切智願猶在不失今者世尊覺悟我等作如是言諸比丘汝等所得非究竟滅我久令汝等種佛善根以方便故示涅槃相而汝謂為實得滅度世尊我今乃知實是菩薩得受阿耨多羅三藐三菩提記以是因緣甚大歡喜得未曾有爾時阿若憍陳如等欲重宣此義而說偈言

我等聞無上　安隱授記聲　歡喜未曾有
禮無量智佛　今於世尊前　自悔諸過咎
於無量佛寶　得少涅槃分　如無智愚人
便自以為足　譬如貧窮人　往至親友家
其家甚大富　具設諸餚饍　以無價寶珠
繫著內衣裏　默與而捨去　時臥不覺知
是人既已起　遊行詣他國　求衣食自濟
資生甚艱難　得少便為足　更不願好者
不覺內衣裏　有無價寶珠　與珠之親友
後見此貧人　苦切責之已　示以所繫珠
貧人見此珠　其心大歡喜　富有諸財物
五欲而自恣　我等亦如是　世尊於長夜
常愍見教化　令種無上願　我等無智故
不覺亦不知　得少涅槃分　自足不求餘
今佛覺悟我　言非實滅度　得佛無上慧
爾乃為真滅　我今從佛聞　授記莊嚴事
及轉次受決　身心徧歡喜

授學無學人記品第九

爾時阿難羅睺羅而作是念我等每自思惟設得受記不亦快乎即從座起到於佛前頭

面禮足俱白佛言世尊我等於此亦應有分唯有如來我等所歸又我等爲一切世間天人阿脩羅所見知識阿難常爲侍者護持法藏羅睺羅是佛之子若佛見授阿耨多羅三藐三菩提記者我願既滿衆望亦足爾時學無學聲聞弟子二千人皆從座起偏袒右肩到於佛前一心合掌瞻仰世尊如阿難羅睺羅所願住立一面爾時佛告阿難汝於來世當得作佛號山海慧自在通王如來應供正遍知明行足善逝世間解無上士調御丈夫天人師佛世尊當供養六十二億諸佛護持法藏然後得阿耨多羅三藐三菩提教化二十千萬億恒河沙諸菩薩等令成阿耨多羅三藐三菩提國名常立勝旛其土清淨瑠璃爲地劫名妙音遍滿其佛壽命無量千萬億阿僧祇劫若人於千萬億無量阿僧祇劫中算數校計不能得知正法住世倍於壽命像法住世復倍正法阿難是山海慧自在通王佛爲十方無量千萬億恒河沙等諸佛如來所共讚歎稱其功德爾時世尊欲重宣此義而說偈言

我今僧中說　阿難持法者　當供養諸佛
然後成正覺　號曰山海慧　自在通王佛
其國土清淨　名常立勝旛　教化諸菩薩
其數如恒沙　佛有大威德　名聞滿十方
壽命無有量　以愍衆生故　正法倍壽命
像法復倍是　如恒河沙等　無數諸衆生
於此佛法中　種佛道因緣

爾時會中新發意菩薩八千人咸作是念我等尚不聞諸大菩薩得如是記有何因緣而

諸聲聞得如是決爾時世尊知諸菩薩心之所念而告之曰諸善男子我與阿難等於空王佛所同時發阿耨多羅三藐三菩提心阿難常樂多聞我常勤精進是故我已得成阿耨多羅三藐三菩提而阿難護持我法亦護將來諸佛法藏教化成就諸菩薩衆其本願如是故獲斯記阿難面於佛前自聞受記及國土莊嚴所願具足心大歡喜得未曾有即時憶念過去無量千萬億諸佛法藏通達無礙如今所聞亦識本願爾時阿難而說偈言

世尊甚希有　令我念過去　無量諸佛法
如今日所聞　我今無復疑　安住於佛道
方便爲侍者　護持諸佛法

爾時佛告羅睺羅汝於來世當得作佛號蹈七寶華如來應供正遍知明行足善逝世間解無上士調御丈夫天人師佛世尊當供養十世界微塵等數諸佛如來常爲諸佛而作長子猶如今也是蹈七寶華佛國土莊嚴壽命劫數所化弟子正法像法亦如山海慧自在通王如來無異亦爲此佛而作長子過是已後當得阿耨多羅三藐三菩提爾時世尊欲重宣此義而說偈言

我爲太子時　羅睺爲長子　我今成佛道
受法爲法子　於未來世中　見無量億佛
皆爲其長子　一心求佛道　羅睺羅密行
唯我能知之　現爲我長子　以示諸衆生
無量億千萬　功德不可數　安住於佛法
以求無上道

爾時世尊見學無學二千人其意柔輭寂然清淨一心觀佛佛告阿難汝見是學無學二

千人不唯然已見阿難是諸人等當供養五十世界微塵數諸佛如來恭敬尊重護持法藏末後同時於十方國各得成佛皆同一號名曰寶相如來應供正遍知明行足善逝世間解無上士調御丈夫天人師佛世尊壽命一劫國土莊嚴聲聞菩薩正法像法皆悉同等爾時世尊欲重宣此義而說偈言

是二千聲聞　今於我前住　悉皆與授記
未來當成佛　所供養諸佛　如上說塵數
護持其法藏　後當成正覺　各於十方國
悉同一名號　俱時坐道場　以證無上慧
皆名為寶相　國土及弟子　正法與像法
悉等無有異　咸以諸神通　度十方衆生
名聞普周遍　漸入於涅槃

爾時學無學二千人聞佛授記歡喜踊躍而說偈言

世尊慧燈明　我聞授記音　心歡喜充滿
如甘露見灌

法師品第十

爾時世尊因藥王菩薩告八萬大士藥王汝見是大衆中無量諸天龍王夜叉乾闥婆阿脩羅迦樓羅緊那羅摩睺羅伽人非人等及比丘比丘尼優婆塞優婆夷求聲聞者求辟支佛者求佛道者如是等類咸於佛前聞妙法華經一偈一句乃至一念隨喜者我皆與授記當得阿耨多羅三藐三菩提佛告藥王又如來滅度之後若有人聞妙法華經乃至一偈一句一念隨喜者我亦與授阿耨多羅三藐三菩提記若復有人受持讀誦解說書寫妙法華經乃至一偈於此經卷敬視如佛

種種供養華香瓔珞末香塗香燒香繒蓋幢旛衣服妓樂乃至合掌恭敬藥王當知是諸人等已曾供養十萬億佛於諸佛所成就大願愍衆生故生此人間藥王若有人問何等衆生於未來世當得作佛應示是諸人等於未來世必得作佛何以故若善男子善女人於法華經乃至一句受持讀誦解說書寫種種供養經卷華香瓔珞末香塗香燒香繒蓋幢旛衣服妓樂合掌恭敬是人一切世間所應瞻奉應以如來供養而供養之當知此人是大菩薩成就阿耨多羅三藐三菩提哀愍衆生願生此間廣演分別妙法華經何況盡能受持種種供養者藥王當知是人自捨清淨業報於我滅度後愍衆生故生於惡世廣演此經若是善男子善女人我滅度後能竊爲一人說法華經乃至一句當知是人則如來使如來所遣行如來事何況於大衆中廣爲人說藥王若有惡人以不善心於一劫中現於佛前常毀罵佛其罪尚輕若人以一惡言毀呰在家出家讀誦法華經者其罪甚重藥王其有讀誦法華經者當知是人以佛莊嚴而自莊嚴則爲如來肩所荷擔其所至方應隨向禮一心合掌恭敬供養尊重讚歎華香瓔珞末香塗香燒香繒蓋幢旛衣服餚饌作諸妓樂人中上供而供養之應持天寶而以散之天上寶聚應以奉獻所以者何是人歡喜說法須臾聞之即得究竟阿耨多羅三藐三菩提故爾時世尊欲重宣此義而說偈言

若欲住佛道　成就自然智　常當勤供養

受持法華者　其有欲疾得　一切種智慧
當受持是經　并供養持者　若有能受持
妙法華經者　當知佛所使　愍念諸衆生
諸有能受持　妙法華經者　捨於清淨土
愍衆故生此　當知如是人　自在所欲生
能於此惡世　廣說無上法　應以天華香
及天寶衣服　天上妙寶聚　供養說法者
吾滅後惡世　能持是經者　當合掌禮敬
如供養世尊　上饌衆甘美　及種種衣服
供養是佛子　冀得須臾聞　若能於後世
受持是經者　我遣在人中　行於如來事
若於一劫中　常懷不善心　作色而罵佛
獲無量重罪　其有讀誦持　是法華經者
須臾加惡言　其罪復過彼　有人求佛道
而於一劫中　合掌在我前　以無數偈讚
由是讚佛故　得無量功德　歎美持經者
其福復過彼　於八十億劫　以最妙色聲
及與香味觸　供養持經者　如是供養已
若得須臾聞　則應自欣慶　我今獲大利
藥王今告汝　我所說諸經　而於此經中
法華最第一

爾時佛復告藥王菩薩摩訶薩我所說經典無量千萬億已說今說當說而於其中此法華經最爲難信難解藥王此經是諸佛祕要之藏不可分布妄授與人諸佛世尊之所守護從昔已來未曾顯說而此經者如來現在猶多怨嫉況滅度後藥王當知如來滅後其能書持讀誦供養爲他人說者如來則爲以衣覆之又爲他方現在諸佛之所護念是人有大信力及志願力諸善根力當知是人與

如來共宿則爲如來手摩其頭藥王在在處處若說若讀若誦若書若經卷所住處皆應起七寶塔極令高廣嚴飾不須復安舍利所以者何此中已有如來全身此塔應以一切華香瓔珞繒蓋幢旛妓樂歌頌供養恭敬尊重讚歎若有人得見此塔禮拜供養當知是等皆近阿耨多羅三藐三菩提藥王多有人在家出家行菩薩道若不能得見聞讀誦書持供養是法華經者當知是人未善行菩薩道若有得聞是經典者乃能善行菩薩之道其有衆生求佛道者若見若聞是法華經聞已信解受持者當知是人得近阿耨多羅三藐三菩提藥王譬如有人渴乏須水於彼高原穿鑿求之猶見乾土知水尚遠施功不已轉見濕土遂漸至泥其心決定知水必近菩薩亦復如是若未聞未解未能修習是法華經當知是人去阿耨多羅三藐三菩提尚遠若得聞解思惟修習必知得近阿耨多羅三藐三菩提所以者何一切菩薩阿耨多羅三藐三菩提皆屬此經此經開方便門示眞實相是法華經藏深固幽遠無人能到今佛教化成就菩薩而爲開示藥王若有菩薩聞是法華經驚疑怖畏當知是爲新發意菩薩若聲聞人聞是經驚疑怖畏當知是爲增上慢者藥王若有善男子善女人如來滅後欲爲四衆說是法華經者云何應說是善男子善女人入如來室著如來衣坐如來座爾乃應爲四衆廣說斯經如來室者一切衆生中大慈悲心是如來衣者柔和忍辱心是如來座者一切法空是安住是中然後以不懈怠心

爲諸菩薩及四部衆廣説是法華經藥王我於餘國遣化人爲其集聽法衆亦遣化比丘比丘尼優婆塞優婆夷聽其説法是諸化人聞法信受隨順不逆若説法者在空閑處我時廣遣天龍鬼神乾闥婆阿脩羅等聽其説法我雖在異國時時令説法者得見我身若於此經忘失句逗我還爲説令得具足爾時世尊欲重宣此義而説偈言

欲捨諸懈怠　應當聽此經　是經難得聞
信受者亦難　如人渴須水　穿鑿於高原
猶見乾燥土　知去水尚遠　漸見濕土泥
決定知近水　藥王汝當知　如是諸人等
不聞法華經　去佛智甚遠　若聞是深經
決了聲聞法　是諸經之王　聞已諦思惟
當知此人等　近於佛智慧　若人説此經
應入如來室　著於如來衣　而坐如來座
處衆無所畏　廣爲分別説　大慈悲爲室
柔和忍辱衣　諸法空爲座　處此爲説法
若説此經時　有人惡口罵　加刀杖瓦石
念佛故應忍　我千萬億土　現淨堅固身
於無量億劫　爲衆生説法　若我滅度後
能説此經者　我遣化四衆　比丘比丘尼
及清信士女　供養於法師　引導諸衆生
集之令聽法　若人欲加惡　刀杖及瓦石
則遣變化人　爲之作衛護　若説法之人
獨在空閑處　寂寞無人聲　讀誦此經典
我爾時爲現　清淨光明身　若忘失章句
爲説令通利　若人具是德　或爲四衆説
空處讀誦經　皆得見我身　若人在空閑
我遣天龍王　夜叉鬼神等　爲作聽法衆

是人樂說法　分別無罣礙　諸佛護念故
能令大衆喜　若親近法師　速得菩薩道
隨順是師學　得見恒沙佛

見寶塔品第十一

爾時佛前有七寶塔高五百田旬縱廣二百五十由旬從地踊出住在空中種種寶物而莊校之五千欄楯龕室千萬無數幢旛以爲嚴飾垂寶瓔珞寶鈴萬億而懸其上四面皆出多摩羅跋栴檀之香充徧世界其諸旛蓋以金銀瑠璃硨磲碼碯眞珠玫瑰七寶合成高至四天王宮三十三天雨天曼陀羅華供養寶塔餘諸天龍夜叉乾闥婆阿脩羅迦樓羅緊那羅摩睺羅伽人非人等千萬億衆以一切華香瓔珞旛蓋妓樂供養寶塔恭敬尊重讚歎爾時寶塔中出大音聲歎言善哉善哉釋迦牟尼世尊能以平等大慧教菩薩法佛所護念妙法華經爲大衆說如是如是釋迦牟尼世尊如所說者皆是眞實爾時四衆見大寶塔住在空中又聞塔中所出音聲皆得法喜怪未曾有從座而起恭敬合掌却住一面爾時有菩薩摩訶薩名大樂說知一切世間天人阿脩羅等心之所疑而白佛言世尊以何因緣有此寶塔從地踊出又於其中發是音聲爾時佛告大樂說菩薩此寶塔中有如來全身乃往過去東方無量千萬億阿僧祇世界國名寶淨彼中有佛號曰多寶其佛本行菩薩道時作大誓願若我成佛滅度之後於十方國土有說法華經處我之塔廟爲聽是經故踊現其前爲作證明讚言善哉彼佛成道已臨滅度時於天人大衆中告諸

比丘我滅度後欲供養我全身者應起一大塔其佛以神通願力十方世界在在處處若有說法華經者彼之寶塔皆踊出其前全身在於塔中讚言善哉善哉大樂說今多寶如來塔聞說法華經故從地踊出讚言善哉善哉是時大樂說菩薩以如來神力故白佛言世尊我等願欲見此佛身佛告大樂說菩薩摩訶薩是多寶佛有深重願若我寶塔爲聽法華經故出於諸佛前時其有欲以我身示四衆者彼佛分身諸佛在於十方世界說法盡還集一處然後我身乃出現耳大樂說我分身諸佛在於十方世界說法者今應當集大樂說白佛言世尊我等亦願欲見世尊分身諸佛禮拜供養爾時佛放白毫一光即見東方五百萬億那由他恒河沙等國土諸佛彼諸國土皆以玻瓈爲地寶樹寶衣以爲莊嚴無數千萬億菩薩充滿其中徧張寶幔寶網羅上彼國諸佛以大妙音而說諸法及見無量千萬億菩薩徧滿諸國爲衆說法南西北方四維上下白毫相光所照之處亦復如是爾時十方諸佛各告衆菩薩言善男子我今應往娑婆世界釋迦牟尼佛所幷供養多寶如來寶塔時娑婆世界即變清淨瑠璃爲地寶樹莊嚴黃金爲繩以界八道無諸聚落村營城邑大海江河山川林藪燒大寶香曼陀羅華徧布其地以寶網幔羅覆其上懸諸寶鈴唯留此會衆移諸天人置於他土是時諸佛各將一大菩薩以爲侍者至娑婆世界各到寶樹下一一寶樹高五百由旬枝葉華果次第莊嚴諸寶樹下皆有師子之座高五

由旬亦以大寶而校飾之爾時諸佛各於此座結加趺坐如是展轉遍滿三千大千世界而於釋迦牟尼佛一方所分之身猶故未盡時釋迦牟尼佛欲容受所分身諸佛故八方各更變二百萬億那由他國皆令清淨無有地獄餓鬼畜生及阿脩羅又移諸天人置於他土所化之國亦以瑠璃爲地寶樹莊嚴樹高五百由旬枝葉華果次第嚴飾樹下皆有寶師子座高五由旬種種諸寶以爲莊校亦無大海江河及目真隣陀山摩訶目真隣陀山鐵圍山大鐵圍山須彌山等諸山王通爲一佛國土寶地平正寶交露幔遍覆其上懸諸旛蓋燒大寶香諸天寶華遍布其地釋迦牟尼佛爲諸佛當來坐故復於八方各更變二百萬億那由他國皆令清淨無有地獄餓鬼畜生及阿脩羅又移諸天人置於他土所化之國亦以瑠璃爲地寶樹莊嚴樹高五百由旬枝葉華果次第莊嚴樹下皆有寶師子座高五由旬亦以大寶而校飾之亦無大海江河及目真隣陀山摩訶目真隣陀山鐵圍大鐵圍山須彌山等諸山王通爲一佛國土寶地平正寶交露幔遍覆其上懸諸旛蓋燒大寶香諸天寶華遍布其地爾時東方釋迦牟尼所分之身百千萬億那由他恒河沙等國土中諸佛各各說法來集於此如是次第十方諸佛皆悉來集坐於八方爾時一一方四百萬億那由他國土諸佛如來遍滿其中是時諸佛各在寶樹下坐師子座皆遣侍者問訊釋迦牟尼佛各齎寶華滿掬而告之言善男子汝往詣耆闍崛山釋迦牟尼佛所如

我詞曰少病少惱氣力安樂及菩薩聲聞衆悉安隱不以此寶華散佛供養而作是言彼某甲佛與欲開此寶塔諸佛遣使亦復如是爾時釋迦牟尼佛見所分身佛悉已來集各各坐於師子之座皆聞諸佛與欲同開寶塔即從座起住虛空中一切四衆起立合掌一心觀佛於是釋迦牟尼佛以右指開七寶塔戶出大音聲如却關鑰開大城門即時一切衆會皆見多寶如來於寶塔中坐師子座全身不散如入禪定又聞其言善哉善哉釋迦牟尼佛快說是法華經我爲聽是經故而來至此爾時四衆等見過去無量千萬億劫滅度佛說如是言歎未曾有以天寶華聚散多寶佛及釋迦牟尼佛上爾時多寶佛於寶塔中分半座與釋迦牟尼佛而作是言釋迦牟尼佛可就此坐即時釋迦牟尼佛入其塔中坐其半座結加趺坐爾時大衆見二如來在七寶塔中師子座上結加趺坐各作是念佛坐高遠唯願如來以神通力令我等輩俱處虛空即時釋迦牟尼佛以神通力接諸大衆皆在虛空以大音聲普告四衆誰能於此娑婆國土廣說妙法華經今正是時如來不久當入涅槃佛欲以此妙法華經付囑有在爾時世尊欲重宣此義而說偈言

聖主世尊　雖久滅度　在寶塔中　尚爲法來
諸人云何　不勤爲法　此佛滅後　無央數劫
處處聽法　以難遇故　彼佛本願　我滅度後
在在所往　常爲聽法　又我分身　無量諸佛
如恒沙等　來欲聽法　及見滅度　多寶如來
各捨妙土　及弟子衆　天人龍神　諸供養事

令法久住　故來至此　爲坐諸佛　以神通力
移無量衆　令國清淨　諸佛各各　詣寶樹下
如清淨池　蓮華莊嚴　其寶樹下　諸師子座
佛坐其上　光明嚴飾　如夜暗中　然大炬火
身出妙香　遍十方國　衆生蒙熏　喜不自勝
譬如大風　吹小樹枝　以是方便　令法久住
告諸大衆　我滅度後　誰能護持　讀說斯經
今於佛前　自說誓言　其多寶佛　雖久滅度
以大誓願　而師子吼　多寶如來　及與我身
所集化佛　當知此意　諸佛子等　誰能護法
當發大願　令得久住　其有能護　此經法者
則爲供養　我及多寶　此多寶佛　處於寶塔
常遊十方　爲是經故　亦復供養　諸來化佛
莊嚴光飾　諸世界者　若說此經　則爲見我
多寶如來　及諸化佛　諸善男子　各諦思惟
此爲難事　宜發大願　諸餘經典　數如恒沙
雖說此等　未足爲難　若接須彌　擲置他方
無數佛土　亦未爲難　若以足指　動大千界
遠擲他國　亦未爲難　若立有頂　爲衆演說
無量餘經　亦未爲難　若佛滅後　於惡世中
能說此經　是則爲難　假使有人　手把虛空
而以遊行　亦未爲難　於我滅後　若自書持
若使人書　是則爲難　若以大地　置足甲上
昇於梵天　亦未爲難　佛滅度後　於惡世中
暫讀此經　是則爲難　假使劫燒　擔負乾草
入中不燒　亦未爲難　我滅度後　若持此經
爲一人說　是則爲難　若持八萬　四千法藏
十二部經　爲人演說　令諸聽者　得六神通
雖能如是　亦未爲難　於我滅後　聽受此經
問其義趣　是則爲難　若人說法　令千萬億

無量無數　恒沙衆生　得阿羅漢　具六神通
雖有是益　亦未爲難　於我滅後　若能奉持
如斯經典　是則爲難　我爲佛道　於無量土
從始至今　廣說諸經　而於其中　此經第一
若有能持　則持佛身　諸善男子　於我滅後
誰能受持　讀誦此經　今於佛前　自說誓言
此經難持　若暫持者　我則歡喜　諸佛亦然
如是之人　諸佛所歎　是則勇猛　是則精進
是名持戒　行頭陀者　則爲疾得　無上佛道
能於來世　讀持此經　是眞佛子　住淳善地
佛滅度後　能解其義　是諸天人　世間之眼
於恐畏世　能須臾說　一切天人　皆應供養
爾時佛告諸菩薩及天人四衆吾於過去無
量劫中求法華經無有懈倦於多劫中常作
國王發願求於無上菩提心不退轉爲欲滿
足六波羅蜜勤行布施心無悋惜象馬七珍
國城妻子奴婢僕從頭目髓腦身肉手足不
惜軀命時世人民壽命無量爲於法故捐捨
國位委政太子擊鼓宣令四方求法誰能爲
我說大乘者吾當終身供給走使時有仙人
來白王言我有大乘名妙法蓮華經若不違
我當爲宣說王聞仙言歡喜踊躍即隨仙人
供給所須採果汲水拾薪設食乃至以身而
爲牀座身心無倦于時奉事經於千歲爲於
法故精勤給事令無所乏爾時世尊欲重宣
此義而說偈言
我念過去劫　爲求大法故　雖作世國王
不貪五欲樂　搥鐘告四方　誰有大法者
若爲我解說　身當爲奴僕　時有阿私仙
來白於大王　我有微妙法　世間所希有

若能修行者　吾當爲汝說　時王聞仙言
心生大喜悅　即便隨仙人　供給於所須
採薪及果蓏　隨時恭敬與　情存妙法故
身心無懈倦　普爲諸衆生　勤求於大法
亦不爲己身　及以五欲樂　故爲大國王
勤求獲此法　遂至得成佛　今故爲汝說

佛告諸比丘爾時王者則我身是時仙人者今提婆達多是由提婆達多善知識故令我具足六波羅蜜慈悲喜捨三十二相八十種好紫磨金色十力四無所畏四攝法十八不共神通道力成等正覺廣度衆生皆因提婆達多善知識故告諸四衆提婆達多却後過無量劫當得成佛號曰天王如來應供正遍知明行足善逝世間解無上士調御丈夫天人師佛世尊世界名天道時天王佛住世二十中劫廣爲衆生說於妙法恒河沙衆生得阿羅漢果無量衆生發緣覺心恒河沙衆生發無上道心得無生忍至不退轉時天王佛般涅槃後正法住世二十中劫全身舍利起七寶塔高六十由旬縱廣四十由旬諸天人民悉以雜華末香燒香塗香衣服瓔珞幢旛寶蓋妓樂歌頌禮拜供養七寶妙塔無量衆生得阿羅漢果無量衆生悟辟支佛不可思議衆生發菩提心至不退轉佛告諸比丘未來世中若有善男子善女人聞此妙法華經淨心信敬不生疑惑者不墮地獄餓鬼畜生生十方佛前所生之處常聞此經若生天人中受勝妙樂若在佛前蓮華化生於時下方多寶世尊所從菩薩名曰智積白多寶佛當還本土釋迦牟尼佛告智積曰善男子且待

須臾此有菩薩名文殊師利可與相見論說妙義可還本土爾時文殊師利坐千葉蓮華大如車輪俱來菩薩亦坐寶蓮華從於大海娑竭羅龍宮自然踊出住虛空中詣靈鷲山從蓮華下至於佛所頭面敬禮二世尊足修敬已畢往智積所共相慰問却坐一面智積菩薩問文殊師利仁往龍宮所化衆生其數幾何文殊師利言其數無量不可稱計非口所宣非心所測且待須臾自當有證所言未竟無數菩薩坐寶蓮華從海踊出詣靈鷲山住在虛空此諸菩薩皆是文殊師利之所化度具菩薩行皆共論說六波羅蜜本聲聞人在虛空中說聲聞行今皆修行大乘空義文殊師利謂智積曰於海教化其事如是爾時智積菩薩以偈讚曰

大智德勇健　化度無量衆　今此諸大會
及我皆已見　演暢實相義　開闡一乘法
廣度諸衆生　令速成菩提

文殊師利言我於海中唯常宣說妙法華經智積菩薩問文殊師利言此經甚深微妙諸經中寶世所希有頗有衆生勤加精進修行此經速得佛不文殊師利言有娑竭羅龍王女年始八歲智慧利根善知衆生諸根行業得陀羅尼諸佛所說甚深祕藏悉能受持深入禪定了達諸法於剎那頃發菩提心得不退轉辯才無礙慈念衆生猶如赤子功德具足心念口演微妙廣大慈悲仁讓志意和雅能至菩提智積菩薩言我見釋迦如來於無量劫難行苦行積功累德求菩薩道未曾止息觀三千大千世界乃至無有如芥子許非

是菩薩捨身命處爲衆生故然後乃得成菩提道不信此女於須臾頃便成正覺言論未訖時龍王女忽現於前頭面禮敬却住一面以偈讚曰

深達罪福相　遍照於十方　微妙淨法身
具相三十二　以八十種好　用莊嚴法身
天人所戴仰　龍神咸恭敬　一切衆生類
無不宗奉者　又聞成菩提　唯佛當證知
我闡大乘教　度脱苦衆生

時舍利弗語龍女言汝謂不久得無上道是事難信所以者何女身垢穢非是法器云何能得無上菩提佛道懸曠經無量劫勤苦積行具修諸度然後乃成又女人身猶有五障一者不得作梵天王二者帝釋三者魔王四者轉輪聖王五者佛身云何女身速得成佛爾時龍女有一寶珠價直三千大千世界持以上佛佛即受之龍女謂智積菩薩尊者舍利弗言我獻寶珠世尊納受是事疾不答言甚疾女言以汝神力觀我成佛復速於此當時衆會皆見龍女忽然之間變成男子具菩薩行即往南方無垢世界坐寶蓮華成等正覺三十二相八十種好普爲十方一切衆生演説妙法爾時娑婆世界菩薩聲聞天龍八部人與非人皆遥見彼龍女成佛普爲時會人天説法心大歡喜悉遥敬禮無量衆生聞法解悟得不退轉無量衆生得受道記無垢世界六反震動娑婆世界三千衆生住不退地三千衆生發菩提心而得受記智積菩薩及舍利弗一切衆會默然信受

妙法蓮華經卷第四

音釋

富樓那梵語也此云滿願　貿莫候切交易也　餚饍餚胡交切非穀而食曰餚饍時戰切具食也　羅睺羅梵語也此云覆障　蹈徒到切踐也　繒疾陵切帛也　妓渠綺切女樂也　燥蘇到切乾也　掬居六切兩手所奉也　恪力刃切慳也　蓏郎果切蔓生曰蓏　提婆達多梵語也此云天熱

妙法蓮華經卷第五

隋天竺闍那崛多共達摩笈多添品譯

勸持品第十二

爾時藥王菩薩摩訶薩及大樂說菩薩摩訶薩與二萬菩薩眷屬俱皆於佛前作是誓言惟願世尊不以為慮我等於佛滅後當奉持讀誦說此經典後惡世衆生善根轉少多增上慢貪利供養增不善根遠離解脱雖難可教化我等當起大忍力讀誦此經持說書寫種種供養不惜身命爾時衆中五百阿羅漢得受記者白佛言世尊我等亦自誓願於異國土廣說此經復有學無學八千人得受記者從座而起合掌向佛作是誓言世尊我等亦當於他國土廣說此經所以者何是娑婆國中人多弊惡懷增上慢功德淺薄瞋濁諂曲心不實故爾時佛姨母摩訶波闍波提比丘尼與學無學比丘尼六千人俱從座而起一心合掌瞻仰尊顏目不暫捨於時世尊告憍曇彌何故憂色而視如來汝心將無謂我不說汝名授阿耨多羅三藐三菩提記耶憍曇彌我先總說一切聲聞皆已授記今汝欲知記者將來之世當於六萬八千億諸佛法中為大法師及六千學無學比丘尼俱為法師汝如是漸漸具菩薩道當得作佛號一切衆生喜見如來應供正遍知明行足善逝世間解無上士調御丈夫天人師佛世尊憍曇彌是一切衆生喜見佛及六千菩薩轉次授記得阿耨多羅三藐三菩提爾時羅睺羅母耶輸陀羅比丘尼作是念世尊於授記中獨不說我名佛告耶輸陀羅汝於來世百千萬

億諸佛法中修菩薩行爲大法師漸具佛道於善國中當得作佛號具足千萬光相如來應供正徧知明行足善逝世間解無上士調御丈夫天人師佛世尊佛壽無量阿僧祇劫爾時摩訶波闍波提比丘尼及耶輸陀羅比丘尼并其眷屬皆大歡喜得未曾有即於佛前而說偈言

世尊導師　安隱天人　我等聞記　心安具足

諸比丘尼說是偈已白佛言世尊我等亦能於他方國土廣宣此經爾時世尊視八十萬億那由他諸菩薩摩訶薩是諸菩薩皆是阿惟越致轉不退法輪得諸陀羅尼即從座起至於佛前一心合掌而作是念若世尊告勑我等持說此經者當如佛教廣宣斯法復作是念佛今默然不見告勑我當云何時諸菩薩敬順佛意并欲自滿本願便於佛前作師子吼而發誓言世尊我等於如來滅後周旋往反十方世界能令衆生書寫此經受持讀誦解說其義如法修行正憶念皆是佛之威力惟願世尊在於他方遥見守護即時諸菩薩俱同發聲而說偈言

惟願不爲慮　於佛滅度後　恐怖惡世中
我等當廣說　有諸無智人　惡口罵詈等
及加刀杖者　我等皆當忍　惡世中比丘
邪智心諂曲　未得謂爲得　我慢心充滿
或有阿練若　納衣在空閑　自謂行真道
輕賤人間者　貪著利養故　與白衣說法
爲世所恭敬　如六通羅漢　是人懷惡心
常念世俗事　假名阿練若　好出我等過
而作如是言　此諸比丘等　爲貪利養故

說外道論議　自作此經典　誑惑世間人
爲求名聞故　分別說是經　常在大衆中
欲毀我等故　向國王大臣　婆羅門居士
及餘比丘衆　誹謗說我惡　謂是邪見人
說外道論議　我等敬佛故　悉忍是諸惡
爲斯所輕言　汝等皆是佛　如此輕慢言
皆當忍受之　濁劫惡世中　多有諸恐怖
惡鬼入其身　罵詈毀辱我　我等敬信佛
當著忍辱鎧　爲說是經故　忍此諸難事
我不愛身命　但惜無上道　我等於來世
護持佛所囑　世尊自當知　濁世惡比丘
不知佛方便　隨宜而說法　惡口而顰蹙
數數見擯出　遠離於塔寺　如是等衆惡
念佛告勑故　皆當忍是事　諸聚落城邑
其有求法者　我皆到其所　說佛所囑法
我是世尊使　處衆無所畏　我當善說法
願佛安隱住　我於世尊前　諸來十方佛
發如是誓言　佛自知我心

安樂行品第十三

爾時文殊師利法王子菩薩摩訶薩白佛言世尊是諸菩薩甚爲難有敬順佛故發大誓願於後惡世護持讀誦說是法華經世尊菩薩摩訶薩於後惡世云何能說是經佛告文殊師利若菩薩摩訶薩於後惡世欲說是經當安住四法一者安住菩薩行處親近處能爲衆生演說是經文殊師利云何名菩薩摩訶薩行處若菩薩摩訶薩住忍辱地柔和善順而不卒暴心亦不驚又復於法無所行而觀諸法如實相亦不行不分別是名菩薩摩訶薩行處云何名菩薩摩訶薩親近處菩薩

摩訶薩不親近國王王子大臣官長不親近諸外道梵志尼揵子等及造世俗文筆讃詠外書及路伽耶陀逆路伽耶陀者亦不親近諸有兇戲相扠相撲及那羅等種種變現之戲又不親近旃陀羅及畜猪羊鷄狗畋獵漁捕諸惡律儀如是人等或時來者則爲說法無所希望又不親近求聲聞比丘比丘尼優婆塞優婆夷亦不問訊若於房中若經行處若在講堂中不共住止或時來者隨宜說法無所希求文殊師利又菩薩摩訶薩不應於女人身取能生欲想相而爲說法亦不樂見若入他家不與小女處女寡女等共語亦復不近五種不男之人以爲親友不獨入他家若有因緣須獨入時但一心念佛若爲女人說法不露齒笑不現胷臆乃至爲法猶不親厚況復餘事不樂畜年少弟子沙彌小兒亦不樂與同師常好坐禪在於閑處修攝其心文殊師利是名初親近處復次菩薩摩訶薩觀一切法空如實相不顛倒不動不退不轉如虛空無所有性一切語言道斷不生不出不起無名無相實無所有無量無邊無礙無障但以因緣有從顛倒生故說常樂觀如是法相是名菩薩摩訶薩第二親近處爾時世尊欲重宣此義而說偈言

若有菩薩　於後惡世　無怖畏心　欲說是經
應入行處　及親近處　常離國王　及國王子
大臣官長　兇險戲者　及旃陀羅　外道梵志
亦不親近　增上慢人　貪著小乘　三藏學者
破戒比丘　名字羅漢　及比丘尼　好戲笑者
深著五欲　求現滅度　諸優婆夷　皆勿親近

若是人等　以好心來　到菩薩所　爲聞佛道
菩薩則以　無所畏心　不懷悕望　而爲說法
寡女處女　及諸不男　皆勿親近　以爲親友
亦莫親近　屠兒魁膾　畋獵漁捕　爲利殺害
販肉自活　衒賣女色　如是之人　皆勿親近
兇險相撲　種種嬉戲　諸婬女等　盡勿親近
莫獨屏處　爲女說法　若說法時　無得戲笑
入里乞食　將一比丘　若無比丘　一心念佛
是則名爲　行處近處　以此二處　能安樂說
又復不行　上中下法　有爲無爲　實不實法
亦不分別　是男是女　不得諸法　不知不見
是則名爲　菩薩行處　一切諸法　空無所有
無有常住　亦無起滅　是名智者　所親近處
顛倒分別　諸法有無　是實非實　是生非生
在於閑處　修攝其心　安住不動　如須彌山
觀一切法　皆無所有　猶如虛空　無有堅固
不生不出　不動不退　常住一相　是名近處
若有比丘　於我滅後　入是行處　及親近處
說斯經時　無有怯弱　菩薩有時　入於靜室
以正憶念　隨義觀法　從禪定起　爲諸國王
王子臣民　婆羅門等　開化演暢　說斯經典
其心安隱　無有怯弱　文殊師利　是名菩薩
安住初法　能於後世　說法華經

又文殊師利如來滅後於末法中欲說是經應住安樂行若口宣說若讀經時不樂說人及經典過亦不輕慢諸餘法師不說他人好惡長短於聲聞人亦不稱名說其過惡亦不稱名讚歎其美又亦不生怨嫌之心善修如是安樂心故諸有聽者不逆其意有所難問不以小乘法答但以大乘而爲解說令得一

切種智爾時世尊欲重宣此義而說偈言

菩薩常樂 安隱說法 於清淨地 而施牀座
以油塗身 澡浴塵穢 著新淨衣 內外俱淨
安處法座 隨問爲說 若有比丘 及比丘尼
諸優婆塞 及優婆夷 國王王子 羣臣士民
以微妙義 和顏爲說 若有難問 隨義爲答
因緣譬喻 敷演分別 以是方便 皆使發心
漸漸增益 入於佛道 除懶惰意 及懈怠想
離諸憂惱 慈心說法 晝夜常說 無上道教
以諸因緣 無量譬喻 開示衆生 咸令歡喜
衣服卧具 飲食醫藥 而於其中 無所希望
但一心念 說法因緣 願成佛道 令衆亦爾
是則大利 安樂供養 我滅度後 若有比丘
能演說斯 妙法華經 心無嫉恚 諸惱障礙
亦無憂愁 及罵詈者 又無怖畏 加刀杖等
亦無擯出 安住忍故 智者如是 善修其心
能住安樂 如我上說 其人功德 千萬億劫
算數譬喻 說不能盡

又文殊師利菩薩摩訶薩於後末世法欲滅時受持讀誦斯經典者無懷嫉妬諂誑之心亦勿輕罵學佛道者求其長短若比丘比丘尼優婆塞優婆夷求聲聞者求辟支佛者求菩薩道者無得惱之令其疑悔語其人言汝等去道甚遠終不能得一切種智所以者何汝是放逸之人於道懈怠故又亦不應戲論諸法有所諍競當於一切衆生起大悲想於諸如來起慈父想於諸菩薩起大師想於十方諸大菩薩常應深心恭敬禮拜於一切衆生平等說法以順法故不多不少乃至深愛法者亦不爲多說文殊師利是菩薩摩訶薩

於後末世法欲滅時有成就是第三安樂行者說是法時無能惱亂得好同學共讀誦是經亦得大衆而來聽受聽已能持持已能誦誦已能說說已能書若使人書供養經卷恭敬尊重讚歎爾時世尊欲重宣此義而說偈言

若欲說是經　當捨嫉恚慢　諂誑邪僞心
常修質直行　不輕懱於人　亦不戲論法
不令他疑悔　云汝不得佛　是佛子說法
常柔和能忍　慈悲於一切　不生懈怠心
十方大菩薩　愍衆故行道　應生恭敬心
是則我大師　於諸佛世尊　生無上父想
破於憍慢心　說法無障礙　第三法如是
智者應守護　一心安樂行　無量衆所敬

又文殊師利菩薩摩訶薩於後末世法欲滅時有持是法華經者於在家出家人中生大慈心於非菩薩人中生大悲心應作是念如是之人則爲大失如來方便隨宜說法不聞不知不覺不問不信不解其人雖不問不信不解是經我得阿耨多羅三藐三菩提時隨在何地以神通力智慧力引之令得住是法中文殊師利是菩薩摩訶薩於如來滅後有成就此第四法者說是法時無有過失常爲比丘比丘尼優婆塞優婆夷國王王子大臣人民婆羅門居士等供養恭敬尊重讚歎虚空諸天爲聽法故亦常隨侍若在聚落城邑空閑林中有人來欲難問者諸天晝夜常爲法故而衛護之能令聽者皆得歡喜所以者何此經是一切過去未來現在諸佛神力所護故文殊師利是法華經於無量國中乃至

名字不可得聞何況得見受持讀誦文殊師利譬如强力轉輪聖王欲以威勢降伏諸國而諸小王不順其命時轉輪王起種種兵而往討伐王見兵衆戰有功者即大歡喜隨功賞賜或與田宅聚落城邑或與衣服嚴身之具或與種種珍寶金銀瑠璃硨磲碼碯珊瑚琥珀象馬車乘奴婢人民唯髻中明珠不以與之所以者何獨王頂上有此一珠若以與之王諸眷屬必大驚怪文殊師利如來亦復如是以禪定智慧力得法國土土於三界而諸魔王不肯順伏如來賢聖諸將與之共戰其有功者心亦歡喜於四衆中爲說諸經令其心悅賜以禪定解脫無漏根力諸法之財又復賜與涅槃之城言得滅度引導其心令皆歡喜而不爲說是法華經文殊師利如轉輪王見諸兵衆有大功者心甚歡喜以此難信之珠久在髻中不妄與人而今與之如來亦復如是於三界中爲大法王以法教化一切衆生見賢聖軍與五陰魔煩惱魔死魔共戰有大功勲滅三毒出三界破魔網爾時如來亦大歡喜此法華經能令衆生至一切智一切世間多怨難信先所未說而今說之文殊師利此法華經是諸如來第一之說於諸說中最爲甚深末後賜與如彼强力之王久護明珠今乃與之文殊師利此法華經諸佛如來祕密之藏於諸經中最在其上長夜守護不妄宣說始於今日乃與汝等而敷演之爾時世尊欲重宣此義而說偈言

常行忍辱　哀愍一切　乃能演說　佛所讚經
後末世時　持此經者　於家出家　及非菩薩

應生慈悲　斯等不聞　不信是經　則爲大失
我得佛道　以諸方便　爲說此法　令住其中
譬如强力　轉輪聖王　兵戰有功　賞賜諸物
象馬車乘　嚴身之具　及諸田宅　聚落城邑
或與衣服　種種珍寶　奴婢財物　歡喜賜與
如有勇健　能爲難事　王解髻中　明珠賜之
如來亦爾　爲諸法王　忍辱大力　智慧寶藏
以大慈悲　如法化世　見一切人　受諸苦惱
欲求解脫　與諸魔戰　爲是衆生　說種種法
以大方便　說此諸經　既知衆生　得其力已
末後乃爲　說是法華　如王解髻　明珠與之
此經爲尊　衆經之上　我常守護　不妄開示
今正是時　爲汝等說　我滅度後　求佛道者
欲得安隱　演說斯經　應當親近　如是四法
讀是經者　常無憂惱　又無病痛　顏色鮮白
不生貧窮　卑賤醜陋　衆生樂見　如慕賢聖
天諸童子　以爲給使　刀杖不加　毒不能害
若人惡罵　口則閉塞　遊行無畏　如師子王
智慧光明　如日之照　若於夢中　但見妙事
見諸如來　坐師子座　諸比丘衆　圍繞說法
又見龍神　阿修羅等　數如恒沙　恭敬合掌
自見其身　而爲說法　又見諸佛　身相金色
放無量光　照於一切　以梵音聲　演說諸法
佛爲四衆　說無上法　見身處中　合掌讚佛
聞法歡喜　而爲供養　得陀羅尼　證不退智
佛知其心　深入佛道　即爲授記　成最正覺
汝善男子　當於來世　得無量智　佛之大道
國土嚴淨　廣大無比　亦有四衆　合掌聽法
又見自身　在山林中　修習善法　證諸實相
深入禪定　見十方佛

諸佛身金色　百福相莊嚴　聞法爲人說
常有是好夢　又夢作國王　捨宮殿眷屬
及上妙五欲　行詣於道場　在菩提樹下
而處師子座　求道過七日　得諸佛之智
成無上道已　起而轉法輪　爲四衆說法
經千萬億劫　說無漏妙法　度無量衆生
後當入涅槃　如煙盡燈滅　若後惡世中
說是第一法　是人得大利　如上諸功德

從地踊出品第十四

爾時他方國土諸來菩薩摩訶薩過八恒河沙數於大衆中起立合掌作禮而白佛言世尊若聽我等於佛滅後在此娑婆世界勤加精進護持讀誦書寫供養是經典者當於此土而廣說之爾時佛告諸菩薩摩訶薩衆止善男子不須汝等護持此經所以者何我娑婆世界自有六萬恒河沙等菩薩摩訶薩一一菩薩各有六萬恒河沙眷屬是諸人等能於我滅後護持讀誦廣說此經佛說是時娑婆世界三千大千國土地皆震裂而於其中有無量千萬億菩薩摩訶薩同時踊出是諸菩薩身皆金色三十二相無量光明先盡在此娑婆世界之下此界虛空中住是諸菩薩聞釋迦牟尼佛所說音聲從下發來一一菩薩皆是大衆唱導之首名將六萬恒河沙眷屬況將五萬四萬三萬二萬一萬恒河沙等眷屬者況復乃至一恒河沙半恒河沙四分之一乃至千萬億那由他分之一況復千萬億那由他眷屬況復億萬眷屬況復千萬百萬乃至一萬況復一千一百乃至一十況復將五四三二一弟子者況復單已樂遠離行

如是等比無量無邊算數譬喻所不能知是諸菩薩從地出已各詣虛空七寶妙塔多寶如來釋迦牟尼佛所到已向二世尊頭面禮足及至諸寶樹下師子座上佛所亦皆作禮右繞三匝合掌恭敬以諸菩薩種種讃法而以讃歎住在一面欣樂瞻仰於二世尊是諸菩薩摩訶薩從初踊出以諸菩薩種種讃法而讃於佛如是時間經五十小劫是時釋迦牟尼佛黙然而坐及諸四衆亦皆黙然五十小劫佛神力故令諸大衆謂如半日爾時四衆亦以佛神力故見諸菩薩徧滿無量百千萬億國土虛空是菩薩衆中有四導師一名上行二名無邊行三名淨行四名安立行是四菩薩於其衆中最爲上首唱導之師在大衆前各共合掌觀釋迦牟尼佛而問訊言世尊少病少惱安樂行不所應度者受教易不不令世尊生疲勞耶爾時四大菩薩而說偈言

世尊安樂　少病少惱　教化衆生　得無疲倦
又諸衆生　受化易不　不令世尊　生疲勞耶

爾時世尊於諸菩薩大衆中而作是言如是如是諸善男子如來安樂少病少惱諸衆生等易可化度無有疲勞所以者何是諸衆生世世已來常受我化亦於過去諸佛供養尊重種諸善根此諸衆生始見我身聞我所說即皆信受入如來慧除先修習學小乘者如是之人我今亦令得聞是經入於佛慧爾時諸大菩薩而說偈言

善哉善哉　大雄世尊　諸衆生等　易可化度
能問諸佛　甚深智慧　聞已信行　我等隨喜

於時世尊讚歎上首諸大菩薩善哉善哉善男子汝等能於如來發隨喜心爾時彌勒菩薩及八千恒河沙諸菩薩衆皆作是念我等從昔已來不見不聞如是大菩薩摩訶薩衆從地踊出住世尊前合掌供養問訊如來時彌勒菩薩摩訶薩知八千恒河沙諸菩薩等心之所念并欲自決所疑合掌向佛以偈問曰

無量千萬億 大衆諸菩薩 昔所未曾見
願兩足尊說 是從何所來 以何因緣集
巨身大神通 智慧叵思議 其志念堅固
有大忍辱力 衆生所樂見 爲從何所來
一一諸菩薩 所將諸眷屬 其數無有量
如恒河沙等 或有大菩薩 將六萬恒沙
如是諸大衆 一心求佛道 是諸大師等
六萬恒河沙 俱來供養佛 及護持是經
將五萬恒沙 其數過於是 四萬及三萬
二萬至一萬 一千一百等 乃至一恒沙
半及三四分 億萬分之一 千萬那由他
萬億諸弟子 乃至於半億 其數復過上
百萬至一萬 一千及一百 五十與一十
乃至三二一 單已無眷屬 樂於獨處者
俱來至佛所 其數轉過上 如是諸大衆
若人行籌數 過於恒沙劫 猶不能盡知
是諸大威德 精進菩薩衆 誰爲其說法
教化而成就 從誰初發心 稱揚何佛法
受持行誰經 修習何佛道 如是諸菩薩
神通大智力 四方地震裂 皆從中踊出
世尊我昔來 未曾見是事 願說其所從
國土之名號 我常遊諸國 未曾見是衆

我於此衆中　乃不識一人　忽然從地出
願說其因緣　今此之大會　無量百千億
是諸菩薩等　皆欲知此事　是諸菩薩衆
本末之因緣　無量德世尊　惟願決衆疑

爾時釋迦牟尼分身諸佛從無量千萬億他方國土來者在於八方諸寶樹下師子座上結加趺坐其佛侍者各各見是菩薩大衆於三千大千世界四方從地踊出住於虛空各白其佛言世尊此諸無量無邊阿僧祇菩薩大衆從何所來爾時諸佛各告侍者諸善男子且待須臾有菩薩摩訶薩名曰彌勒釋迦牟尼佛之所授記次後作佛已問斯事佛今答之汝等自當因是得聞爾時釋迦牟尼佛告彌勒菩薩善哉善哉阿逸多乃能問佛如是大事汝等當共一心被精進鎧發堅固意如來今欲顯發宣示諸佛智慧諸佛自在神通之力諸佛師子奮迅之力諸佛威猛大勢之力爾時世尊欲重宣此義而說偈言

當精進一心　我欲說此事　勿得有疑悔
佛智叵思議　汝今出信力　住於忍善中
昔所未聞法　今皆當得聞　我今安慰汝
勿得懷疑懼　佛無不實語　智慧不可量
所得第一法　甚深叵分別　如是今當說
汝等一心聽

爾時世尊說是偈已告彌勒菩薩我今於此大衆宣告汝等阿逸多是諸大菩薩摩訶薩無量無數阿僧祇從地踊出汝等昔所未見者我於是娑婆世界得阿耨多羅三藐三菩提已教化示導是諸菩薩調伏其心令發道意此諸菩薩皆於是娑婆世界之下此界虛

空中住於諸經典讀誦通利思惟分別正憶念阿逸多是諸善男子等不樂在衆多有所説常樂靜處勤行精進未曾休息亦不依止人天而住常樂深智無有障礙亦常樂於諸佛之法一心精進求無上慧爾時世尊欲重宣此義而説偈言

阿逸汝當知　是諸大菩薩　從無數劫來
修習佛智慧　悉是我所化　令發大道心
此等是我子　依止是世界　常行頭陀事
志樂於靜處　捨大衆憒閙　不樂多所説
如是諸子等　學習我道法　晝夜常精進
爲求佛道故　在娑婆世界　下方空中住
志念力堅固　常勤求智慧　説種種妙法
其心無所畏　我於伽耶城　菩提樹下坐
得成最正覺　轉無上法輪　爾乃教化之
令初發道心　今皆住不退　悉當得成佛
我今説實語　汝等一心信　我從久遠來
教化是等衆

爾時彌勒菩薩摩訶薩及無數諸菩薩等心生疑惑怪未曾有而作是念云何世尊於少時間教化如是無量無邊阿僧祇諸大菩薩令住阿耨多羅三藐三菩提即白佛言世尊如來爲太子時出於釋宮去伽耶城不遠坐於道場得成阿耨多羅三藐三菩提從是已來始過四十餘年世尊云何於此少時大作佛事以佛勢力以佛功德教化如是無量大菩薩衆當成阿耨多羅三藐三菩提世尊此大菩薩衆假使有人於千萬億劫數不能盡不得其邊斯等久遠已來於無量無邊諸佛所植諸善根成就菩薩道常修梵行世尊如

此之事世所難信譬如有人色美髮黑年二十五指百歲人言是我子其百歲人亦指年少言是我父生育我等是事難信佛亦如是得道已來其實未久而此大衆諸菩薩等已於無量千萬億劫爲佛道故勤行精進善入出住無量百千萬億三昧得大神通久修梵行善能次第習諸善法巧於問答人中之寶一切世間甚爲希有今日世尊方云得佛道時初令發心教化示導令向阿耨多羅三藐三菩提世尊得佛未久乃能作此大功德事我等雖復信佛隨宜所說佛所出言未曾虛妄佛所知者皆悉通達然諸新發意菩薩於佛滅後若聞是語或不信受而起破法罪業因緣唯然世尊願爲解說除我等疑及未來世諸善男子聞此事已亦不生疑爾時彌勒菩薩欲重宣此義而說偈言

佛昔從釋種　出家近伽耶　坐於菩提樹
爾來尚未久　此諸佛子等　其數不可量
久已行佛道　住於神通力　善學菩薩道
不染世間法　如蓮華在水　從地而踊出
皆起恭敬心　住於世尊前　是事難思議
云何而可信　佛得道甚近　所成就甚多
願爲除衆疑　如實分別說　譬如少壯人
年始二十五　示人百歲子　髮白而面皺
是等我所生　子亦說是父　父少而子老
舉世所不信　世尊亦如是　得道來甚近
是諸菩薩等　志固無怯弱　從無量劫來
而行菩薩道　巧於難問答　其心無所畏
忍辱心決定　端正有威德　十方佛所讚
善能分別說　不樂在人衆　常好在禪定

爲求佛道故　於下空中住　我等從佛聞
於此事無疑　願佛爲未來　演說令開解
若有於此經　生疑不信者　即當墮惡道
願今爲解說　是無量菩薩　云何於少時
教化令發心　而住不退地

妙法蓮華經卷第五

音釋

阿惟越致梵語也此云不退轉　鎧苦亥切甲也　擯必刃切斥也
路伽耶梵語也此云善論亦云師破弟子　逆路伽耶陀梵語也此云惡論亦云弟子破師
扠初加切挾也　撲蒲角切踣也　懱莫結切輕易也　伽耶梵語也此云山城

妙法蓮華經卷第六

隋天竺闍那崛多共達摩笈多添品譯

如來壽量品第十五

爾時佛告諸菩薩及一切大衆諸善男子汝等當信解如來誠諦之語復告大衆汝等當信解如來誠諦之語又復告諸大衆汝等當信解如來誠諦之語是時菩薩大衆彌勒爲首合掌白佛言世尊惟願說之我等當信受佛語如是三白已復言惟願說之我等當信受佛語爾時世尊知諸菩薩三請不止而告之言汝等諦聽如來祕密神通之力一切世間天人及阿脩羅皆謂今釋迦牟尼佛出釋氏宮去伽耶城不遠坐於道場得阿耨多羅三藐三菩提然善男子我實成佛已來無量無邊百千萬億那由他劫譬如五百千萬億那由他阿僧祇三千大千世界假使有人抹爲微塵過於東方五百千萬億那由他阿僧祇國乃下一塵如是東行盡是微塵諸善男子於意云何是諸世界可得思惟校計知其數不彌勒菩薩等俱白佛言世尊是諸世界無量無邊非算數所知亦非心力所及一切聲聞辟支佛以無漏智不能思惟知其限數我等住阿惟越致地於是事中亦所不達世尊如是諸世界無量無邊爾時佛告大菩薩衆諸善男子今當分明宣語汝等是諸世界若著微塵及不著者盡以爲塵一塵一劫我成佛已來復過於此百千萬億那由他阿僧祇劫自從是來我常在此娑婆世界說法教化亦於餘處百千萬億那由他阿僧祇國導利衆生諸善男子於是中間我說然燈佛等

又復言其入於涅槃如是皆以方便分別諸善男子若有衆生來至我所我以佛眼觀其信等諸根利鈍隨所應度處處自說名字不同年紀大小亦復現言當入涅槃又以種種方便說微妙法能令衆生發歡喜心諸善男子如來見諸衆生樂於小法德薄垢重者爲是人說我少出家得阿耨多羅三藐三菩提然我實成佛已來久遠若斯但以方便教化衆生令入佛道作如是說諸善男子如來所演經典皆爲度脫衆生或說己身或說他身或示己身或示他身或示己事或示他事諸所言說皆實不虛所以者何如來如實知見三界之相無有生死若退若出亦無在世及滅度者非實非虛非如非異不如三界見於三界如斯之事如來明見無有錯謬以諸衆生有種種性種種欲種種行種種憶想分別故欲令生諸善根以若干因緣譬喻言詞種種說法所作佛事未曾暫廢如是我成佛已來甚大久遠壽命無量阿僧祇劫常住不滅諸善男子我本行菩薩道所成壽命今猶未盡復倍上數然今非實滅度而便唱言當取滅度如來以是方便教化衆生所以者何若佛久住於世薄德之人不種善根貧窮下賤貪著五欲入於憶想妄見網中若見如來常住不滅便起憍恣而懷猒怠不能生難遭之想恭敬之心是故如來以方便說比丘當知諸佛出世難可值遇所以者何諸薄德人過無量百千萬億劫或有見佛或不見者以此事故我作是言諸比丘如來難可得見斯衆生等聞如是語必當生於難遭之想心懷戀

慕渴仰於佛便種善根是故如來雖不實滅而言滅度又善男子諸佛如來法皆如是爲度衆生皆實不虚譬如良醫智慧聰達明練方藥善治衆病其人多諸子息若十二十乃至百數以有事緣遠至餘國諸子於後飲他毒藥藥發悶亂宛轉于地是時其父還來歸家諸子飲毒或失本心或不失者遥見其父皆大歡喜拜跪問訊善安隱歸我等愚癡誤服毒藥願見救療更賜壽命父見子等苦惱如是依諸經方求好藥草色香美味皆悉具足擣篩和合與子令服而作是言此大良藥色香美味皆悉具足汝等可服速除苦惱無復衆患其諸子中不失心者見此良藥色香俱好即便服之病盡除愈餘失心者見其父來雖亦歡喜問訊求索治病然與其藥而不肯服所以者何毒氣深入失本心故於此好色香藥而謂不美父作是念此子可愍爲毒所中心皆顛倒雖見我喜求索救療如是好藥而不肯服我今當設方便令服此藥即作是言汝等當知我今衰老死時已至是好良藥今留在此汝可取服勿憂不差作是教已復至他國遣使還告汝父已死是時諸子聞父背喪心大憂惱而作是念若父在者慈愍我等能見救護今者捨我遠喪他國自惟孤露無復恃怙常懷悲感心遂醒悟乃知其藥色味香美即取服之毒病皆愈其父聞子悉已得差尋便來歸咸使見之諸善男子於意云何頗有人能説此良醫虚妄罪不不也世尊佛言我亦如是成佛已來無量無邊百千萬億那由他阿僧祇劫爲衆生故以方便力

言當滅度亦無有能如法說我虛妄過者爾時世尊欲重宣此義而說偈言

自我得佛來　所經諸劫數　無量百千萬
億載阿僧祇　常說法教化　無數億衆生
令入於佛道　爾來無量劫　爲度衆生故
方便現涅槃　而實不滅度　常住此說法
我常住於此　以諸神通力　令顛倒衆生
雖近而不見　衆見我滅度　廣供養舍利
咸皆懷戀慕　而生渴仰心　衆生既信伏
質直意柔輭　一心欲見佛　不自惜身命
時我及衆僧　俱出靈鷲山　我時語衆生
常在此不滅　以方便力故　現有滅不滅
餘國有衆生　恭敬信樂者　我復於彼中
爲說無上法　汝等不聞此　但謂我滅度
我見諸衆生　沒在於苦惱　故不爲現身
令其生渴仰　因其心戀慕　乃出爲說法
神通力如是　於阿僧祇劫　常在靈鷲山
及餘諸住處　衆生見劫盡　大火所燒時
我此土安隱　天人常充滿　園林諸堂閣
種種寶莊嚴　寶樹多華果　衆生所遊樂
諸天擊天鼓　常作衆伎樂　雨曼陀羅華
散佛及大衆　我淨土不毀　而衆見燒盡
憂怖諸苦惱　如是悉充滿　是諸罪衆生
以惡業因緣　過阿僧祇劫　不聞三寶名
諸有修功德　柔和質直者　則皆見我身
在此而說法　或時爲此衆　說佛壽無量
久乃見佛者　爲說佛難值　我智力如是
慧光照無量　壽命無數劫　久修業所得
汝等有智者　勿於此生疑　當斷令永盡
佛語實不虛　如醫善方便　爲治狂子故

實在而言死　無能說虚妄　我亦爲世父
救諸苦患者　爲凡夫顛倒　實在而言滅
以常見我故　而生憍恣心　放逸著五欲
墮於惡道中　我常知衆生　行道不行道
隨所應可度　爲說種種法　每自作是意
以何令衆生　得入無上道　速成就佛身

分別功德品第十六

爾時大會聞佛說壽命刼數長遠如是無量無邊阿僧祇衆生得大饒益於時世尊告彌勒菩薩摩訶薩阿逸多我說是如來壽命長遠時六百八十萬億那由他恒河沙衆生得無生法忍復有千倍菩薩摩訶薩得聞持陀羅尼門復有一世界微塵數菩薩摩訶薩得樂說無礙辯才復有一世界微塵數菩薩摩訶薩得百千萬億無量旋陀羅尼復有三千大千世界微塵數菩薩摩訶薩能轉不退法輪復有二千中國土微塵數菩薩摩訶薩能轉清淨法輪復有小千國土微塵數菩薩摩訶薩八生當得阿耨多羅三藐三菩提復有四四天下微塵數菩薩摩訶薩四生當得阿耨多羅三藐三菩提復有三四天下微塵數菩薩摩訶薩三生當得阿耨多羅三藐三菩提復有二四天下微塵數菩薩摩訶薩二生當得阿耨多羅三藐三菩提復有一四天下微塵數菩薩摩訶薩一生當得阿耨多羅三藐三菩提復有八世界微塵數衆生皆發阿耨多羅三藐三菩提心佛說是諸菩薩摩訶薩得大法利時於虚空中雨曼陀羅華摩訶曼陀羅華以散無量百千萬億寶樹下師子座上諸佛幷散七寶塔中師子座上釋迦牟

尼佛及久滅度多寶如來亦散一切諸大菩薩及四部衆又雨細末栴檀沉水香等於虛空中天鼓自鳴妙聲深遠又雨千種天衣垂諸瓔珞眞珠瓔珞摩尼珠瓔珞如意珠瓔珞遍於九方衆寶香鑪燒無價香自然周至供養大會一一佛上有諸菩薩執持旛蓋次第而上至于梵天是諸菩薩以妙音聲歌無量頌讚歎諸佛爾時彌勒菩薩從座而起偏袒右肩合掌向佛而說偈言

佛說希有法　昔所未曾聞　世尊有大力
壽命不可量　無數諸佛子　聞世尊分別
說得法利者　歡喜充徧身　或住不退地
或得陁羅尼　或無礙樂說　萬億旋總持
或有大千界　微塵數菩薩　各各皆能轉
不退之法輪　復有中千界　微塵數菩薩
各各皆能轉　清淨之法輪　復有小千界
微塵數菩薩　餘各八生在　當得成佛道
復有四三二　如此四天下　微塵數菩薩
隨數生成佛　或一四天下　微塵數菩薩
餘有一生在　當成一切智　如是等衆生
聞佛壽長遠　得無量無漏　清淨之果報
復有八世界　微塵數衆生　聞佛說壽命
皆發無上心　世尊說無量　不可思議法
多有所饒益　如虛空無邊　雨天曼陁羅
摩訶曼陁羅　釋梵如恒沙　無數佛土來
雨栴檀沉水　繽紛而亂墜　如鳥飛空下
供散於諸佛　天鼓虛空中　自然出妙聲
天衣千萬種　旋轉而來下　衆寶妙香爐
燒無價之香　自然悉周遍　供養諸世尊
其大菩薩衆　執七寶旛蓋　高妙萬億種

次第至梵天　一一諸佛前　寶幢懸勝旛
亦以千萬偈　歌詠諸如來　如是種種事
昔所未曾有　聞佛壽無量　一切皆歡喜
佛名聞十方　廣饒益衆生　一切具善根
以助無上心
爾時佛告彌勒菩薩摩訶薩阿逸多其有衆生聞佛壽命長遠如是乃至能生一念信解所得功德無有限量若有善男子善女人爲阿耨多羅三藐三菩提故於八十萬億那由他劫行五波羅蜜檀波羅蜜尸羅波羅蜜羼提波羅蜜毘梨耶波羅蜜禪波羅蜜除般若波羅蜜以是功德比前功德百分千分百千萬億分不及其一乃至算數譬喻所不能知若善男子善女人有如是功德於阿耨多羅三藐三菩提退者無有是處爾時世尊欲重宣此義而說偈言

若人求佛慧　於八十萬億　那由他劫數
行五波羅蜜　於是諸劫中　布施供養佛
及緣覺弟子　幷諸菩薩衆　珍異之飲食
上服與卧具　栴檀立精舍　以園林莊嚴
如是等布施　種種皆微妙　盡此諸劫數
以迴向佛道　若復持禁戒　清淨無缺漏
求於無上道　諸佛之所歎　若復行忍辱
住於調柔地　設衆惡來加　其心不傾動
諸有得法者　懷於增上慢　爲此所輕惱
如是亦能忍　若復勤精進　志念常堅固
於無量億劫　一心不懈息　又於無數劫
住於空閑處　若坐若經行　除睡常攝心
以是因緣故　能生諸禪定　八十億萬劫
安住心不亂　持此一心福　願求無上道

我得一切智　盡諸禪定際　是人於百千
萬億劫數中　行此諸功德　如上之所說
有善男女等　聞我說壽命　乃至一念信
其福過於彼　若人悉無有　一切諸疑悔
深心須臾信　其福爲如此　其有諸菩薩
無量劫行道　聞我說壽命　是則能信受
如是諸人等　頂受此經典　願我於未來
長壽度衆生　如今日世尊　諸釋中之王
道場師子吼　說法無所畏　我等未來世
一切所尊敬　坐於道場時　說壽亦如是
若有深心者　清淨而質直　多聞能總持
隨義解佛語　如是諸人等　於此無有疑

又阿逸多若有聞佛壽命長遠解其言趣是人所得功德無有限量能起如來無上之慧何況廣聞是經若教人聞若自持若教人持若自書若教人書若以華香瓔珞幢旛繒蓋香油酥燈供養經卷是人功德無量無邊能生一切種智阿逸多若善男子善女人聞我說壽命長遠深心信解則爲見佛常在耆闍崛山共大菩薩諸聲聞衆圍繞說法又見此娑婆世界其地瑠璃坦然平正閻浮檀金以界八道寶樹行列諸臺樓觀皆悉寶成其菩薩衆咸處其中若有能如是觀者當知是爲深信解相又復如來滅後若聞是經而不毀呰起隨喜心當知已爲深信解相何況讀誦受持之者斯人則爲頂戴如來阿逸多是善男子善女人不須爲我復起塔寺及作僧坊以四事供養衆僧所以者何是善男子善女人受持讀誦是經典者爲已起塔造立僧坊供養衆僧則爲以佛舍利起七寶塔高廣漸

小至于梵天懸諸旛蓋及衆寶鈴華香瓔珞
抹香塗香燒香衆鼓伎樂簫笛箜篌種種舞
戲以妙音聲歌唄讚頌則爲已於無量千萬
億劫作是供養已阿逸多若我滅後聞是經
典有能受持若自書若教人書則爲起立僧
坊以赤栴檀作諸殿堂三十有二高八多羅
樹高廣嚴好百千比丘於其中止園林浴池
經行禪窟衣服飲食牀褥湯藥一切樂具充
滿其中如是僧坊堂閣若干百千萬億其數
無量以此現前供養於我及比丘僧是故我
說如來滅後若有受持讀誦爲他人說若自
書若教人書供養經卷不須復起塔寺及造
僧坊供養衆僧況復有人能持是經兼行布
施持戒忍辱精進一心智慧其德最勝無量
無邊譬如虛空東西南北四維上下無量無
邊是人功德亦復如是無量無邊疾至一切
種智若人讀誦受持是經爲他人說若自書
若教人書復能起塔及造僧坊供養讚歎聲
聞衆僧亦以百千萬億讚歎之法讚歎菩薩
功德又爲他人種種因緣隨義解說此法華
經復能清淨持戒與柔和者而共同止忍辱
無瞋志念堅固常貴坐禪得諸深定精進勇
猛攝諸善法利根智慧善答問難阿逸多若
我滅後諸善男子善女人受持讀誦是經典
者復有如是諸善功德當知是人已趣道場
近阿耨多羅三藐三菩提坐道樹下阿逸多
是善男子善女人若坐若立若經行處是中
便應起塔一切天人皆應供養如佛之塔爾
時世尊欲重宣此義而說偈言

若我滅度後　能奉持此經　斯人福無量

如上之所說　是則爲具足　一切諸供養
以舍利起塔　七寶而莊嚴　表刹甚高廣
漸小至梵天　寶鈴千萬億　風動出妙音
又於無量劫　而供養此塔　華香諸瓔珞
天衣衆妓樂　然香油酥燈　周匝常照明
惡世法末時　能持是經者　則爲已如上
具足諸供養　若能持此經　則如佛現在
以牛頭栴檀　起僧坊供養　堂有三十二
高八多羅樹　上饌妙衣服　牀臥皆具足
百千衆住處　園林諸浴池　經行及禪窟
種種皆嚴好　若有信解心　受持讀誦書
若復教人書　及供養經卷　散華香末香
以須曼薝蔔　阿提目多伽　薰油常然之
如是供養者　得無量功德　如虛空無邊
其福亦如是　況復持此經　兼布施持戒
忍辱樂禪定　不瞋不惡口　恭敬於塔廟
謙下諸比丘　遠離自高心　常思惟智慧
有問難不瞋　隨順爲解說　若能行是行
功德不可量　若見此法師　成就如是德
應以天華散　天衣覆其身　頭面接足禮
生心如佛想　又應作是念　不久詣道樹
得無漏無爲　廣利諸人天　其所住止處
經行若坐臥　乃至說一偈　是中應起塔
莊嚴令妙好　種種以供養　佛子住此地
則是佛受用　常在於其中　經行及坐臥

隨喜功德品第十七

爾時彌勒菩薩摩訶薩白佛言世尊若有善男子善女人聞是法華經隨喜者得幾所福而說偈言

世尊滅度後　其有聞是經　若能隨喜者

爲得幾所福

爾時佛告彌勒菩薩摩訶薩阿逸多如來滅後若比丘比丘尼優婆塞優婆夷及餘智者若長若幼聞是經隨喜已從法會出至於餘處若在僧坊若空閑地若城邑巷陌聚落田里如其所聞爲父母宗親善友知識隨力演說是諸人等聞已隨喜復行轉教餘人聞已亦隨喜轉教如是展轉至第五十阿逸多其第五十善男子善女人隨喜功德我今說之汝當善聽若四百萬億阿僧祇世界六趣四生衆生卵生胎生濕生化生若有形無形有想無想非有想非無想無足二足四足多足如是等在衆生數者有人求福隨其所欲娛樂之具皆給與之一一衆生與滿閻浮提金銀瑠璃硨磲碼碯珊瑚琥珀諸妙珍寶及象馬車乘七寶所成宮殿樓閣等是大施主如是布施滿八十年已而作是念我已施衆生娛樂之具隨意所欲然此衆生皆已衰老年過八十髮白面皺將死不久我當以佛法而訓導之即集此衆生宣布法化示教利喜一時皆得須陀洹道斯陀含道阿那含道阿羅漢道盡諸有漏於深禪定皆得自在具八解脫於汝意云何是大施主所得功德寧爲多不彌勒白佛言世尊是人功德甚多無量無邊若是施主但施衆生一切樂具功德無量何況令得阿羅漢果佛告彌勒我今分明語汝是人以一切樂具施於四百萬億阿僧祇世界六趣衆生又令得阿羅漢果所得功德不如是第五十人聞法華經一句一偈隨喜功德百分千分百千萬億分不及其一乃至

算數譬喻所不能知阿逸多如是第五十人展轉聞法華經隨喜功德尚無量無邊阿僧祇何況最初於會中聞而隨喜者其福復勝無量無邊阿僧祇不可得比又阿逸多若人爲是經故往詣僧坊若坐若立須臾聽受緣是功德轉身所生得好上妙象馬車乘珍寶輦轝及乘天宫若復有人於講法處坐更有人來勸令坐聽若分座令坐是人功德轉身得帝釋坐處若梵王坐處若轉輪聖王所坐之處阿逸多若復有人語餘人言有經名法華可共往聽即受其教乃至須臾間聞是人功德轉身得與陀羅尼菩薩共生一處利根智慧百千萬世終不瘖瘂口氣不臭舌常無病口亦無病齒不垢黑不黄不疎亦不缺落不差不曲脣不下垂亦不褰縮不麤澀不瘡胗亦不缺壞亦不喎斜不厚不大亦不黧黑無諸可惡鼻不匾㔸亦不曲戾面色不黑亦不狹長亦不窊曲無有一切不可喜相脣舌牙齒悉皆嚴好鼻脩高直面貌圓滿眉高而長額廣平正人相具足世世所生見佛聞法信受教誨阿逸多汝且觀是勸於一人令往聽法功德如此何況一心聽說讀誦而於大衆爲人分別如說修行爾時世尊欲重宣此義而說偈言

若人於法會　得聞是經典　乃至於一偈
隨喜爲他說　如是展轉教　至于第五十
最後人獲福　今當分別之　如有大施主
供給無量衆　具滿八十歲　隨意之所欲
見彼衰老相　髮白而面皺　齒疎形枯竭
念其死不久　我今應當教　令得於道果

即爲方便說　涅槃眞實法　世皆不牢固
如水沫泡燄　汝等咸應當　疾生猒離心
諸人聞是法　皆得阿羅漢　具足六神通
三明八解脫　最後第五十　聞一偈隨喜
是人福勝彼　不可爲譬喻　如是展轉聞
其福尚無量　何況於法會　初聞隨喜者
若有勸一人　將引聽法華　言此經深妙
千萬刦難遇　即受教往聽　乃至須臾聞
斯人之福報　今當分別說　世世無口患
齒不踈黃黑　脣不厚褰缺　無有可惡相
舌不乾黑短　鼻高脩且直　額廣而平正
面目悉端嚴　爲人所喜見　口氣無臭穢
優鉢華之香　常從其口出　若故詣僧坊
欲聽法華經　須臾聞歡喜　今當說其福
後生天人中　得妙象馬車　珍寶之輦轝
及乘天宮殿　若於講法處　勸人坐聽經
是福因緣得　釋梵轉輪座　何況一心聽
解說其義趣　如說而修行　其福不可限

法師功德品第十八

爾時佛告常精進菩薩摩訶薩若善男子善女人受持是法華經若讀若誦若解說若書寫是人當得八百眼功德千二百耳功德八百鼻功德千二百舌功德八百身功德千二百意功德以是功德莊嚴六根皆令清淨是善男子善女人父母所生清淨肉眼見於三千大千世界內外所有山林河海下至阿鼻地獄上至有頂亦見其中一切衆生及業因緣果報生處悉見悉知爾時世尊欲重宣此義而說偈言

若於大衆中　以無所畏心　說是法華經

汝聽其功德　是人得八百　功德殊勝眼
以是莊嚴故　其目甚清淨　父母所生眼
悉見三千界　内外彌樓山　須彌及鐵圍
并諸餘山林　大海江河水　下至阿鼻獄
上至有頂處　其中諸衆生　一切皆悉見
雖未得天眼　肉眼力如是

復次常精進若善男子善女人受持此經若讀若誦若解說若書寫得千二百耳功德以是清淨耳根聞三千大千世界下至阿鼻地獄上至有頂其中内外種種所有語言音聲象聲馬聲牛聲車聲啼哭聲愁歎聲螺聲鼓聲鐘聲鈴聲笑聲語聲男聲女聲童子聲童女聲法聲非法聲苦聲樂聲凡夫聲聖人聲喜聲不喜聲天聲龍聲夜叉聲乾闥婆聲阿脩羅聲迦樓羅聲緊那羅聲摩睺羅伽聲火聲水聲風聲地獄聲畜生聲餓鬼聲比丘聲比丘尼聲聲聞聲辟支佛聲菩薩聲佛聲以要言之三千大千世界中一切内外所有諸聲雖未得天耳以父母所生清淨常耳皆悉聞知如是分別種種音聲而不壞耳根爾時世尊欲重宣此義而說偈言

父母所生耳　清淨無濁穢　以此常耳聞
三千世界聲　象馬車牛聲　鐘鈴螺鼓聲
琴瑟箜篌聲　簫笛之音聲　清淨好歌聲
聽之而不著　無數種人聲　聞悉能解了
又聞諸天聲　微妙之歌音　及聞男女聲
童子童女聲　山川嶮谷中　迦陵頻伽聲
命命等諸鳥　悉聞其音聲　地獄衆苦痛
種種楚毒聲　餓鬼飢渴逼　求索飲食聲
諸阿脩羅等　居在大海邊　自共言語時

出于大音聲　如是說法者　安住於此間
遥聞是衆聲　而不壞耳根　十方世界中
禽獸鳴相呼　其說法之人　於此悉聞之
其諸梵天上　光音及遍淨　乃至有頂天
言語之音聲　法師住於此　悉皆得聞之
一切比丘衆　及諸比丘尼　若讀誦經典
若爲他人說　法師住於此　悉皆得聞之
復有諸菩薩　讀誦於經法　若爲他人說
撰集解其義　如是諸音聲　悉皆得聞之
諸佛大聖尊　教化衆生者　於諸大會中
演說微妙法　持此法華者　悉皆得聞之
三千大千界　内外諸音聲　下至阿鼻獄
上至有頂天　皆聞其音聲　而不壞耳根
其耳聰利故　悉能分别知　持是法華者
雖未得天耳　但用所生耳　功德已如是

復次常精進若善男子善女人受持是經若讀若誦若解說若書寫成就八百鼻功德以是清淨鼻根聞於三千大千世界上下内外種種諸香須曼那華香闍提華香末利華香薝蔔華香波羅羅華香赤蓮華香青蓮華香白蓮華香華樹香果樹香栴檀香沉水香多摩羅跋香多伽羅香及千萬種和香若末若丸若塗香持是經者於此間住悉能分别又復别知衆生之香象香馬香牛羊等香男香女香童子香童女香及草木叢林香若近若遠所有諸香悉皆得聞分别不錯持是經者雖住於此亦聞天上諸天之香波利質多羅拘鞞陀羅樹香及曼陀羅華香摩訶曼陀羅華香曼殊沙華香摩訶曼殊沙華香栴檀沉水種種末香諸雜華香如是等天香和合所

出之香無不聞知又聞諸天身香釋提桓因在勝殿上五欲娛樂嬉戲時香若在妙法堂上爲忉利諸天說法時香若於諸園遊戲時香及餘天等男女身香皆悉遥聞如是展轉乃至梵世上至有頂諸天身香亦皆聞之并聞諸天所燒之香及聲聞香辟支佛香菩薩香諸佛身香亦皆遥聞知其所在雖聞此香然於鼻根不壞不錯若欲分别爲他人說憶念不謬爾時世尊欲重宣此義而說偈言

是人鼻清淨　於此世界中　若香若臭物
種種悉聞知　須曼那闍提　多摩羅栴檀
沉水及桂香　種種華果香　及知衆生香
男子女人香　說法者遠住　聞香知所在
大勢轉輪王　小轉輪及子　羣臣諸宫人
聞香知所在　身所著珍寶　及地中寶藏
轉輪王寶女　聞香知所在　諸人嚴身具
衣服及瓔珞　種種所塗香　聞則知其身
諸天若行坐　遊戲及神變　持是法華者
聞香悉能知　諸樹華果實　及蘇油香氣
持經者住此　悉知其所在　諸山深嶮處
栴檀樹華敷　衆生在中者　聞香皆能知
鐵圍山大海　地中諸衆生　持經者聞香
悉知其所在　阿脩羅男女　及其諸眷屬
鬬諍遊戲時　聞香皆能知　曠野嶮隘處
師子象虎狼　野牛水牛等　聞香知所在
若有懷妊者　未辨其男女　無根及非人
聞香悉能知　以聞香力故　知其初懷妊
成就不成就　安樂產福子　以聞香力故
知男女所念　染欲癡恚心　亦知修善者
地中衆伏藏　金銀諸珍寶　銅器之所盛

聞香悉能知　種種諸瓔珞　無能識其價
聞香知貴賤　出處及所在　天上諸華等
曼陀曼殊沙　波利質多樹　聞香悉能知
天上諸宮殿　上中下差別　衆寶華莊嚴
聞香悉能知　天園林勝殿　諸觀妙法堂
在中而娛樂　聞香悉能知　諸天若聽法
或受五欲時　來往行坐臥　聞香悉能知
天女所著衣　好華香莊嚴　周旋遊戲時
聞香悉能知　如是展轉上　乃至於梵世
入禪出禪者　聞香悉能知　光音遍淨天
乃至于有頂　初生及退沒　聞香悉能知
諸比丘衆等　於法常精進　若坐若經行
及讀誦經法　或在林樹下　專精而坐禪
持經者聞香　悉知其所在　菩薩志堅固
坐禪及讀誦　或爲人說法　聞香悉能知
在在方世尊　一切所恭敬　愍衆而說法
聞香悉能知　衆生在佛前　聞經皆歡喜
如法而修行　聞香悉能知　雖未得菩薩
無漏法生鼻　而是持經者　先得此鼻相

復次常精進若善男子善女人受持是經若讀若誦若解說若書寫得千二百舌功德若好若醜若美不美及諸苦澀物在其舌根皆變成上味如天甘露無不美者若以舌根於大衆中有所演說出深妙聲能入其心皆令歡喜快樂又諸天子天女釋梵諸天聞是深妙音聲有所演說言論次第皆悉來聽及諸龍龍女夜叉夜叉女乾闥婆乾闥婆女阿脩羅阿脩羅女迦樓羅迦樓羅女緊那羅緊那羅女摩睺羅伽摩睺羅伽女爲聽法故皆來親近恭敬供養及比丘比丘尼優婆塞優婆

夷國王王子羣臣眷屬小轉輪王大轉輪王七寶千子内外眷屬乘其宮殿俱來聽法以是菩薩善說法故婆羅門居士國内人民盡其形壽隨侍供養又諸聲聞辟支佛菩薩諸佛常樂見之是人所在方面諸佛皆向其處說法悉能受持一切佛法又能出於深妙法音爾時世尊欲重宣此義而說偈言

是人舌根淨　終不受惡味　其有所食噉
悉皆成甘露　以深淨妙聲　於大衆說法
以諸因緣喻　引導衆生心　聞者皆歡喜
設諸上供養　諸天龍夜叉　及阿脩羅等
皆以恭敬心　而共來聽法　是說法之人
若欲以妙音　遍滿三千界　隨意即能至
大小轉輪王　及千子眷屬　合掌恭敬心
常來聽受法　諸天龍夜叉　羅刹毘舍闍
亦以歡喜心　常樂來供養　梵天王魔王
自在大自在　如是諸天衆　常來至其所
諸佛及弟子　聞其說法音　常念而守護
或時爲現身

復次常精進若善男子善女人受持是經若讀若誦若解說若書寫得八百身功德得清淨身如淨瑠璃衆生喜見其身淨故三千大千世界衆生生時死時上下好醜生善處惡處悉於中現及鐵圍山大鐵圍山彌樓山摩訶彌樓山等諸山及其中衆生悉於中現下至阿鼻地獄上至有頂所有及衆生悉於中現若聲聞辟支佛菩薩諸佛說法皆於身中現其色像爾時世尊欲重宣此義而說偈言

若持法華者　其身甚清淨　如彼淨瑠璃
衆生皆喜見　又如淨明鏡　悉見諸色像

菩薩於淨身　皆見世所有　唯獨自明了
餘人所不見　三千世界中　一切諸羣萌
天人阿脩羅　地獄鬼畜生　如是諸色像
皆於身中現　諸天等宮殿　乃至於有頂
鐵圍及彌樓　摩訶彌樓山　諸大海水等
皆於身中現　諸佛及聲聞　佛子菩薩等
若獨若在衆　說法悉皆見　雖未得無漏
法性之妙身　以清淨常體　一切於中現

復次常精進若善男子善女人如來滅後受持是經若讀若誦若解說若書寫得千二百意功德以是清淨意根乃至聞一偈一句通達無量無邊之義解是義已能演說一句一偈至於一月四月乃至一歲諸所說法隨其義趣皆與實相不相違背若說俗間經書治世語言資生業等皆順正法三千大千世界六趣衆生心之所行心所動作心所戲論皆悉知之雖未得無漏智慧而其意根清淨如此是人有所思惟籌量言說皆是佛法無不眞實亦是先佛經中所說爾時世尊欲重宣此義而說偈言

是人意清淨　明利無穢濁　以此妙意根
知上中下法　乃至聞一偈　通達無量義
次第如法說　月四月至歲　是世界內外
一切諸衆生　若天龍及人　夜叉鬼神等
其在六趣中　所念若干種　持法華之報
一時皆悉知　十方無數佛　百福莊嚴相
爲衆生說法　悉聞能受持　思惟無量義
說法亦無量　終始不忘錯　以持法華故
悉知諸法相　隨義識次第　達名字語言
如所知演說　此人有所說　皆是先佛法

以演此法故　於衆無所畏　持法華經者
意根淨若斯　雖未得無漏　先有如是相
是人持此經　安住希有地　爲一切衆生
歡喜而愛敬　能以千萬種　善巧之語言
分別而說法　持法華經故

妙法蓮華經卷第六

音釋

阿僧祇梵語也此云無央數　錯謬錯倉各切相間廁也謬靡幼切誤也　擣篩擣都晧切篩疏夷切　恃怙恃士止切依賴也怙音户恃也　羼提梵語也此云忍辱羼初限切　薝蔔薝陟廉切薝蔔梔子花也　皺側救切面皺也　瘖瘂瘖於金切瘂烏下切瘖瘂口不能言也　褰縮褰去乾切縮所六切　瘡胗瘡初良切胗章忍切　匾㔸匾必典切㔸土雞切匾㔸廣薄也　狹胡夾切　窊烏瓜切不滿也　沫泡沫莫割切聚沫也泡匹交切水漚也　阿鼻梵語也此云無間鼻音毘

妙法蓮華經卷第七

隋天竺闍那崛多共達摩笈多添品譯

常不輕菩薩品第十九

爾時佛告得大勢菩薩摩訶薩汝今當知若比丘比丘尼優婆塞優婆夷持法華經者若有惡口罵詈誹謗獲大罪報如前所說其所得功德如向所說眼耳鼻舌身意清淨得大勢乃往古昔過無量無邊不可思議阿僧祇劫有佛名威音王如來應供正徧知明行足善逝世間解無上士調御丈夫天人師佛世尊劫名離衰國名大成其威音王佛於彼世中爲天人阿脩羅說法爲求聲聞者說應四諦法度生老病死究竟涅槃爲求辟支佛者說應十二因緣法爲諸菩薩因阿耨多羅三藐三菩提說應六波羅蜜法究竟佛慧得大勢是威音王佛壽四十萬億那由他恒河沙劫正法住世劫數如一閻浮提微塵像法住世劫數如四天下微塵其佛饒益衆生已然後滅度正法像法滅盡之後於此國土復有佛出亦號威音王如來應供正徧知明行足善逝世間解無上士調御丈夫天人師佛世尊如是次第有二萬億佛皆同一號最初威音王如來既已滅度正法滅後於像法中增上慢比丘有大勢力爾時有一菩薩比丘名常不輕得大勢以何因緣名常不輕是比丘凡有所見若比丘比丘尼優婆塞優婆夷皆悉禮拜讚歎而作是言我深敬汝等不敢輕慢所以者何汝等皆行菩薩道當得作佛而是比丘不專讀誦經典但行禮拜乃至遠見四衆亦復故往禮拜讚歎而作是言我不敢

輕於汝等汝等皆當作佛四衆之中有生瞋恚心不淨者惡口罵詈言是無智比丘從何所來自言我不輕汝而與我等授記當得作佛我等不用如是虛妄授記如此經歷多年常被罵詈不生瞋恚常作是言汝當作佛說是語時衆人或以杖木瓦石而打擲之避走遠住猶高聲唱言我不敢輕汝汝等皆當作佛以其常作是語故增上慢比丘比丘尼優婆塞優婆夷皆號之爲常不輕是比丘臨欲終時於虛空中具聞威音王佛先所說法華經二十千萬億偈悉能受持即得如上眼根清淨耳鼻舌身意根清淨得是六根清淨已更增壽命二百萬億那由他歲廣爲人說是法華經於時增上慢四衆比丘比丘尼優婆塞優婆夷輕賤是人爲作不輕名者見其得

大神通力樂說辯力大善寂力聞其所說皆信伏隨從是菩薩復化千萬億衆生令住阿耨多羅三藐三菩提命終之後得值二千億佛皆號日月燈明於其法中說是法華經以是因緣復值二千億佛同號雲自在燈王於此諸佛法中受持讀誦爲諸四衆說此經典故得是常眼清淨耳鼻舌身意諸根清淨於四衆中說法心無所畏得大勢是常不輕菩薩摩訶薩供養如是若干諸佛恭敬尊重讚歎種諸善根於後復值千萬億佛亦於諸佛法中說是經典功德成就當得作佛得大勢於意云何爾時常不輕菩薩豈異人乎則我身是也若我於宿世不受持讀誦此經爲他人說者不能疾得阿耨多羅三藐三菩提我於先佛所受持讀誦此經爲人說故疾得阿

耨多羅三藐三菩提得大勢彼時四衆比丘比丘尼優婆塞優婆夷以瞋恚意輕賤我故二百億劫常不值佛不聞法不見僧千劫於阿鼻地獄受大苦惱畢是罪已復遇常不輕菩薩教化阿耨多羅三藐三菩提得大勢於汝意云何爾時四衆常輕是菩薩者豈異人乎今此會中跋陀婆羅等五百菩薩師子月等五百比丘尼思佛等五百優婆塞皆於阿耨多羅三藐三菩提不退轉者是得大勢當知是法華經大饒益諸菩薩摩訶薩能令至於阿耨多羅三藐三菩提是故諸菩薩摩訶薩於如來滅後常應受持讀誦解說書寫是經爾時世尊欲重宣此義而說偈言

過去有佛　號威音王　神智無量　將導一切
天人龍神　所共供養　是佛滅後　法欲盡時
有一菩薩　名常不輕　時諸四衆　計著於法
不輕菩薩　往到其所　而語之言　我不輕汝
汝等行道　皆當作佛　諸人聞已　輕毀罵詈
不輕菩薩　能忍受之　其罪畢已　臨命終時
得聞此經　六根清淨　神通力故　增益壽命
復爲諸人　廣說是經　諸著法衆　皆蒙菩薩
教化成就　令住佛道　不輕命終　值無數佛
說是經故　得無量福　漸具功德　疾成佛道
彼時不輕　則我身是　時四部衆　著法之者
聞不輕言　汝當作佛　以是因緣　值無數佛
此會菩薩　五百之衆　并及四部　清信士女
今於我前　聽法者是　我於前世　勸是諸人
聽受斯經　第一之法　開示教人　令住涅槃
世世受持　如是經典　億億萬劫　至不可議
時乃得聞　是法華經　億億萬劫　至不可議

諸佛世尊　時說是經　是故行者　於佛滅後
聞如是經　勿生疑惑　應當一心　廣說此經
世世值佛　疾成佛道

如來神力品第二十

爾時千世界微塵等菩薩摩訶薩從地踊出者皆於佛前一心合掌瞻仰尊顏而白佛言世尊我等於佛滅後世尊分身所在國土滅度之處當廣說此經所以者何我等亦自欲得是真淨大法受持讀誦解說書寫而供養之爾時世尊於文殊師利等無量百千萬億舊住娑婆世界菩薩摩訶薩及諸比丘比丘尼優婆塞優婆夷天龍夜叉乾闥婆阿脩羅迦樓羅緊那羅摩睺羅伽人非人等一切衆前現大神力出廣長舌上至梵世一切毛孔放於無量無數色光皆悉徧照十方世界衆寶樹下師子座上諸佛亦復如是出廣長舌放無量光釋迦牟尼佛及寶樹下諸佛現神力時滿百千歲然後還攝舌相一時謦欬俱共彈指是二音聲遍至十方諸佛世界地皆六種震動其中衆生天龍夜叉乾闥婆阿脩羅迦樓羅緊那羅摩睺羅伽人非人等以佛神力故皆見此娑婆世界無量無邊百千萬億衆寶樹下師子座上諸佛及見釋迦牟尼佛共多寶如來在寶塔中坐師子座又見無量無邊百千萬億菩薩摩訶薩及諸四衆恭敬圍繞釋迦牟尼佛既見是已皆大歡喜得未曾有即時諸天於虛空中高聲唱言過此無量無邊百千萬億阿僧祇世界有國名娑婆是中有佛名釋迦牟尼今爲諸菩薩摩訶薩說大乘經名妙法蓮華教菩薩法佛所護

念汝等當深心隨喜亦當禮拜供養釋迦牟尼佛彼諸衆生聞虛空中聲已合掌向娑婆世界作如是言南無釋迦牟尼佛南無釋迦牟尼佛以種種華香瓔珞旛蓋及諸嚴身之具珍寶妙物皆共遥散娑婆世界所散諸物從十方來譬如雲集變成寶帳遍覆此間諸佛之上于時十方世界通達無礙如一佛土

爾時佛告上行等菩薩大衆諸佛神力如是無量無邊不可思議若我以是神力於無量無邊百千萬億阿僧祇劫爲囑累故說此經功德猶不能盡以要言之如來一切所有之法如來一切自在神力如來一切祕要之藏如來一切甚深之事皆於此經宣示顯說是故汝等於如來滅後應當一心受持讀誦解說書寫如說修行所在國土若有受持讀誦解說書寫如說修行若經卷所住之處若於園中若於林中若於樹下若於僧坊若白衣舍若在殿堂若山谷曠野是中皆應起塔供養所以者何當知是處即是道場諸佛於此得阿耨多羅三藐三菩提諸佛於此轉于法輪諸佛於此而般涅槃爾時世尊欲重宣此義而說偈言

諸佛救世者　住於大神通　爲悅衆生故
現無量神力　舌相至梵天　身放無數光
爲求佛道者　現此希有事　諸佛謦欬聲
及彈指之聲　周聞十方國　地皆六震動
以佛滅度後　能持是經者　諸佛皆歡喜
現無量神力　囑累是經故　讚美受持者
於無量劫中　猶故不能盡　是人之功德
無邊無有窮　如十方虛空　不可得邊際

能持是經者　則爲已見我　亦見多寶佛
及諸分身者　又見我今日　教化諸菩薩
能持是經者　令我及分身　滅度多寶佛
一切皆歡喜　十方現在佛　并過去未來
亦見亦供養　亦令得歡喜　諸佛坐道場
所得祕要法　能持是經者　不久亦當得
能持是經者　於諸法之義　名字及言辭
樂說無窮盡　如風於空中　一切無障礙
於如來滅後　知佛所說經　因緣及次第
隨義如實說　如日月光明　能除諸幽瞑
斯人行世間　能滅衆生闇　教無量菩薩
畢竟住一乘　是故有智者　聞此功德利
於我滅度後　應受持斯經　是人於佛道
決定無有疑

陀羅尼品第二十一

爾時藥王菩薩即從座起偏袒右肩合掌向佛而白佛言世尊若善男子善女人有能受持法華經者若讀誦通利若書寫經卷得幾所福佛告藥王若有善男子善女人供養八百萬億那由他恒河沙等諸佛於汝意云何其所得福寧爲多不甚多世尊佛言若善男子善女人能於是經乃至受持一四句偈讀誦解義如說修行功德甚多爾時藥王菩薩白佛言世尊我今當與說法者陀羅尼呪以守護之即說呪曰

安爾一曼爾二摩禰三摩摩禰四旨隸五遮梨第六賒咩羊鳴音賒履罔雉切多瑋七羶輸千切帝八目帝九目多履十娑履十一阿瑋娑履十二桑履十三娑履十四叉裔十五阿叉裔十六阿耆膩十七羶帝十八賒履十九陀羅尼二十阿盧伽婆娑蘇奈切

皺蔗毘叉膩二十一禰毘剃二十二阿便哆都餓切
邏禰履剃二十三阿亶哆波隸輸地二十四途置切漚
究隸二十五年究隸二十六阿羅隸二十七波羅隸
二十八首迦差初几切二十九阿三磨三履三十佛陀毗
吉利袠帝三十一達磨波利差初離切三十二僧
伽涅瞿沙禰三十三婆舍婆舍輸地三十四曼哆
邏三十五曼哆邏叉夜多三十六郵樓哆三十七郵
樓哆憍舍略來加切三十八惡叉邏三十九惡叉治多
治四十阿婆盧四十一阿摩若荏蔗切那多夜四十二
世尊是陀羅尼神呪六十二億恒河沙等諸
佛所說若有侵毀此法師者則為侵毀是諸
佛已時釋迦牟尼佛讚藥王菩薩言善哉善
哉藥王汝愍念擁護此法師故說是陀羅尼
於諸衆生多所饒益爾時勇施菩薩白佛言
世尊我亦為擁護讀誦受持法華經者說陀
羅尼若此法師得是陀羅尼若夜叉若羅剎
若富單那若吉蔗若鳩槃茶若餓鬼等伺求
其短無能得便即於佛前而說呪曰
痤誓螺切隸一摩訶痤隸二郁枳三目枳四阿
隸五阿羅婆第六涅隸第七涅隸多婆第八
伊緻猪履切柅九韋緻柅十旨緻柅十一涅隸墀
柅十二涅犁墀婆底十三
世尊是陀羅尼神呪恒河沙等諸佛所說亦
皆隨喜若有侵毀此法師者則為侵毀是諸
佛已爾時毗沙門天王護世者白佛言世尊
我亦為愍念衆生擁護此法師故說是陀羅
尼即說呪曰
阿梨一那梨二㝹那梨三阿那盧四那履五
拘那履六
世尊以是神呪擁護法師我亦自當擁護持

是經者令百由旬內無諸衰患爾時持國天王在此會中與千萬億那由他乾闥婆衆恭敬圍繞前詣佛所合掌白佛言世尊我亦以陁羅尼神呪擁護持法華經者即說呪曰

阿伽禰一伽禰二瞿利三乾陁利四旃陁利五摩蹬耆六常求利七浮樓莎抳八頞底九

世尊是陁羅尼神呪四十二億諸佛所說若有侵毁此法師者則爲侵毁是諸佛已爾時有羅剎女等一名藍婆二名毗藍婆三名曲齒四名華齒五名黑齒六名多髮七名無猒足八名持瓔珞九名皐帝十名奪一切衆生精氣是十羅剎女與鬼子毋幷其子及眷屬俱詣佛所同聲白佛言世尊我等亦欲擁護讀誦受持法華經者除其衰患若有伺求法師短者令不得便即於佛前而說呪曰

伊提履一伊提泯二伊提履三阿提履四伊提履五泥履六泥履七泥履八泥履九泥履十樓醯十一樓醯十二樓醯十三樓醯十四多醯十五多醯十六多醯十七兜醯十八㝹醯十九

寧上我頭上莫惱於法師若夜叉若羅剎若餓鬼若富單那若吉蔗若毗陁羅若揵馱若烏摩勒伽若阿跋摩羅若夜叉吉蔗若人吉蔗若熱病若一日若二日若三日若四日乃至七日若常熱病若男形若女形若童男形若童女形乃至夢中亦復莫惱即於佛前而說偈言

若不順我呪　惱亂說法者　頭破作七分
如阿梨樹枝　如殺父毋罪　亦如壓油殃
斗秤欺誑人　調達破僧罪　犯此法師者
當獲如是殃

諸羅刹女說此偈已白佛言世尊我等亦當身自擁護受持讀誦修行是經者令得安隱離諸衰患消衆毒藥佛告諸羅刹女善哉善哉汝等但能擁護受持法華名者福不可量何況擁護具足受持供養經卷華香瓔珞粖香塗香燒香旛蓋妓樂然種種燈酥燈油燈諸香油燈蘇摩那華油燈薝蔔華油燈婆師迦華油燈優鉢羅華油燈如是等百千種供養者皐帝汝等及眷屬應當擁護如是法師說此陀羅尼品時六萬八千人得無生法忍

藥王菩薩本事品第二十二

爾時宿王華菩薩白佛言世尊藥王菩薩云何遊於娑婆世界世尊是藥王菩薩有若干百千萬億那由他難行苦行善哉世尊願少解說諸天龍神夜叉乾闥婆阿脩羅迦樓羅緊那羅摩睺羅伽人非人等又他方國土諸來菩薩及此聲聞衆聞皆歡喜爾時佛告宿王華菩薩乃往過去無量恒河沙劫有佛號日月淨明德如來應供正遍知明行足善逝世間解無上士調御丈夫天人師佛世尊其佛有八十億大菩薩摩訶薩七十二恒河沙大聲聞衆佛壽四萬二千劫菩薩壽命亦等彼國無有女人地獄餓鬼畜生阿脩羅等及以諸難地平如掌瑠璃所成寶樹莊嚴寶帳覆上垂寶華旛寶瓶香鑪周遍國界七寶爲臺一樹一臺其樹去臺盡一箭道此諸寶樹皆有菩薩聲聞而坐其下諸寶臺上各有百億諸天作天妓樂歌歎於佛以爲供養爾時彼佛爲一切衆生喜見菩薩及衆菩薩諸聲聞衆說法華經是一切衆生喜見菩薩樂習

苦行於日月淨明德佛法中精進經行一心求佛滿萬二千歲已得現一切色身三昧得此三昧已心大歡喜即作念言我得現一切色身三昧皆是得聞法華經力我今當供養日月淨明德佛及法華經即時入是三昧於虛空中雨曼陀羅華摩訶曼陀羅華細抹堅黑栴檀滿虛空中如雲而下又雨海此岸栴檀之香此香六銖價直娑婆世界以供養佛作是供養已從三昧起而自念言我雖以神力供養於佛不如以身供養即服諸香栴檀薰陸兜樓婆畢力迦沉水膠香又飲薝蔔諸華香油滿千二百歲已香油塗身於日月淨明德佛前以天寶衣而自纏身灌諸香油以神通力願而自然身光明徧照八十億恒河沙世界其中諸佛同時讚言善哉善哉善男子是眞精進是名眞法供養如來若以華香瓔珞燒香抹香塗香天繒旛蓋及海此岸栴檀之香如是等種種諸物供養所不能及假使國城妻子布施亦所不及善男子是名第一之施於諸施中最尊最上以法供養諸如來故作是語已而各默然其身火然千二百歲過是已後其身乃盡一切衆生喜見菩薩作如是法供養已命終之後復生日月淨明德佛國中於淨德王家結加趺坐忽然化生即爲其父而說偈言

大王今當知　我經行彼處　即時得一切
現諸身三昧　勤行大精進　捨所愛之身

說是偈已而白父言日月淨明德佛今故現在我先供養佛已得解一切衆生語言陀羅尼復聞是法華經八百千萬億那由他甄迦

羅頻婆羅阿閦婆等偈大王我今當還供養
此佛白已即坐七寶之臺上昇虛空高七多
羅樹往到佛所頭面禮足合十指爪以偈讚
佛
容顏甚奇妙　光明照十方　我適曾供養
今復還親覲
爾時一切衆生喜見菩薩說是偈已而白佛
言世尊世尊猶故在世爾時日月淨明德佛
告一切衆生喜見菩薩善男子我涅槃時到
滅盡時至汝可安施牀座我於今夜當般涅
槃又勑一切衆生喜見菩薩善男子我以佛
法囑累於汝及諸菩薩大弟子并阿耨多羅
三藐三菩提法亦以三千大千七寶世界諸
寶樹寶臺及給侍諸天悉付於汝我滅度後
所有舍利亦付囑汝當令流布廣設供養應
起若干千塔如是日月淨明德佛勑一切衆
生喜見菩薩已於夜後分入於涅槃爾時一
切衆生喜見菩薩見佛滅度悲感懊惱戀慕
於佛即以海此岸栴檀爲𧂐供養佛身而以
燒之火滅已後收取舍利作八萬四千寶甁
以起八萬四千塔高三世界表剎莊嚴垂諸
旛蓋懸衆寶鈴爾時一切衆生喜見菩薩復
自念言我雖作是供養心猶未足我今當更
供養舍利便語諸菩薩大弟子及天龍夜叉
等一切大衆汝等當一心念我今供養日月
淨明德佛舍利作是語已即於八萬四千塔
前然百福莊嚴臂七萬二千歲而以供養令
無數求聲聞衆無量阿僧祇人發阿耨多羅
三藐三菩提心皆使得住現一切色身三昧
爾時諸菩薩大弟子天人阿脩羅等見其無

臂憂惱悲哀而作是言此一切衆生喜見菩薩是我等師教化我者而今燒臂身不具足于時一切衆生喜見菩薩於大衆中立此誓言我捨兩臂必當得佛金色之身若實不虛令我兩臂還復如故作是誓已自然還復由斯菩薩福德智慧淳厚所致當爾之時三千大千世界六種震動天雨寶華一切人天得未曾有佛告宿王華菩薩於汝意云何一切衆生喜見菩薩豈異人乎今藥王菩薩是也其所捨身布施如是無量百千萬億那由他數宿王華若有發心欲得阿耨多羅三藐三菩提者能然手指乃至足一指供養佛塔勝以國城妻子及三千大千國土山林河池諸珍寶物而供養者若復有人以七寶滿三千大千世界供養於佛及大菩薩辟支佛阿羅漢是人所得功德不如受持此法華經乃至一四句偈其福最多宿王華譬如一切川流江河諸水之中海爲第一此法華經亦復如是於諸如來所說經中最爲深大又如土山黒山小鐵圍山大鐵圍山及十寶山衆山之中須彌山爲第一此法華經亦復如是於諸經中最爲其上又如衆星之中月天子最爲第一此法華經亦復如是於千萬億種諸經法中最爲照明又如日天子能除諸闇此經亦復如是能破一切不善之闇又如諸小王中轉輪聖王最爲第一此經亦復如是於衆經中最爲其尊又如帝釋於三十三天中王此經亦復如是諸經中王又如大梵天王一切衆生之父此經亦復如是一切賢聖學無學及發菩薩心者之父又如一切凡夫人中

須陀洹斯陀含阿那含阿羅漢辟支佛爲第一此經亦復如是一切如來所説若菩薩所説若聲聞所説諸經法中最爲第一有能受持是經典者亦復如是於一切衆生中亦爲第一一切聲聞辟支佛中菩薩爲第一此經亦復如是於一切諸經法中最爲第一如佛爲諸法王此經亦復如是諸經中王宿王華此經能救一切衆生者此經能令一切衆生離諸苦惱此經能大饒益一切衆生充滿其願如清凉池能滿一切諸渴乏者如寒者得火如裸者得衣如商人得主如子得毋如渡得船如病得醫如暗得燈如貧得寶如民得王如賈客得海如炬除暗此法華經亦復如是能令衆生離一切苦一切病痛能解一切生死之縛若人得聞此法華經若自書若使人書所得功德以佛智慧籌量多少不得其邊若書是經卷華香瓔珞焼香粖香塗香旛蓋衣服種種之燈酥燈油燈諸香油燈薝蔔油燈須曼那油燈波羅羅油燈婆利師迦油燈那婆摩利油燈供養所得功德亦復無量宿王華若有人聞是藥王菩薩本事品者亦得無量無邊功德若有女人聞是藥王菩薩本事品能受持者盡是女身後不復受若如來滅後五百歲中若有女人聞是經典如説修行於此命終即往安樂世界阿彌陀佛大菩薩衆圍繞住處生蓮華中寶座之上不復爲貪欲所惱亦復不爲瞋恚愚癡所惱亦復不爲憍慢嫉妬諸垢所惱得菩薩神通無生法忍得是忍已眼根清淨以是清淨眼根見七百萬二千億那由他恒河沙等諸佛如來

是時諸佛遥共讃言善哉善哉善男子汝能於釋迦牟尼佛法中受持讀誦思惟是經爲他人説所得福德無量無邊火不能燒水不能漂汝之功德千佛共説不能令盡汝今已能破諸魔賊壞生死軍諸餘怨敵皆悉摧滅善男子百千諸佛以神通力共守護汝於一切世間天人之中無如汝者唯除如來其諸聲聞辟支佛乃至菩薩智慧禪定無有與汝等者宿王華此菩薩成就如是功德智慧之力若有人聞是藥王菩薩本事品能隨喜讚善者是人現世口中常出青蓮華香身毛孔中常出牛頭栴檀之香所得功德如上所説是故宿王華以此藥王菩薩本事品囑累於汝我滅度後後五百歲中廣宣流布於閻浮提無令斷絶惡魔魔民諸天龍夜叉鳩槃荼等得其便也宿王華汝當以神通之力守護是經所以者何此經則爲閻浮提人病之良藥若人有病得聞是經病即消滅不老不死宿王華汝若見有受持是經者應以青蓮華盛滿抹香供散其上散已作是念言此人不久必當取草坐於道場破諸魔軍當吹法螺擊大法鼓度脱一切衆生老病死海是故求佛道者見有受持是經典人應當如是生恭敬心説是藥王菩薩本事品時八萬四千菩薩得解一切衆生語言陀羅尼多寶如來於寶塔中讚宿王華菩薩言善哉善哉宿王華汝成就不可思議功德乃能問釋迦牟尼佛如此之事利益無量一切衆生

妙音菩薩品第二十三

爾時釋迦牟尼佛放大人相肉髻光明及放

眉間白毫相光遍照東方百八萬億那由他恒河沙等諸佛世界過是數已有世界名淨光莊嚴其國有佛號淨華宿王智如來應供正徧知明行足善逝世間解無上士調御丈夫天人師佛世尊爲無量無邊菩薩大衆恭敬圍繞而爲說法釋迦牟尼佛白毫光明遍照其國爾時一切淨光莊嚴國中有一菩薩名曰妙音久已植衆德本供養親近無量百千萬億諸佛而悉成就甚深智慧得妙幢相三昧法華三昧淨德三昧宿王戲三昧無緣三昧智印三昧解一切衆生語言三昧集一切功德三昧清淨三昧神通遊戲三昧慧炬三昧莊嚴王三昧淨光明三昧淨藏三昧不共三昧日旋三昧得如是等百千萬億恒河沙等諸大三昧釋迦牟尼佛光照其身即白淨華宿王智佛言世尊我當往詣娑婆世界禮拜親近供養釋迦牟尼佛及見文殊師利法王子菩薩藥王菩薩勇施菩薩宿王華菩薩上行意菩薩莊嚴王菩薩藥上菩薩爾時淨華宿王智佛告妙音菩薩汝往莫輕彼國生下劣想善男子彼娑婆世界高下不平土石諸山穢惡充滿佛身卑小諸菩薩衆其形亦小而汝身四萬二千由旬我身六百八十萬由旬汝身第一端正百千萬福光明殊妙是故汝往莫輕彼國若佛菩薩及國土生下劣想妙音菩薩白其佛言世尊我今詣娑婆世界皆是如來之力如來神通遊戲如來功德智慧莊嚴於是妙音菩薩不起于座身不動搖而入三昧以三昧力於耆闍崛山去法座不遠化作八萬四千衆寶蓮華閻浮檀金

爲莖白銀爲葉金剛爲鬚甄叔迦寶以爲其臺爾時文殊師利法王子見是蓮華而白佛言世尊是何因緣先現此瑞有若干千萬蓮華閻浮檀金爲莖白銀爲葉金剛爲鬚甄叔迦寶以爲其臺爾時釋迦牟尼佛告文殊師利是妙音菩薩摩訶薩欲從淨華宿王智佛國與八萬四千菩薩圍繞而來至此娑婆世界供養親近禮拜於我亦欲供養聽法華經文殊師利白佛言世尊是菩薩種何善本修何功德而能有是大神通力行何三昧願爲我等說是三昧名字我等亦欲勤修行之行此三昧乃能見是菩薩色相大小威儀進止惟願世尊以神通力彼菩薩來令我得見爾時釋迦牟尼佛告文殊師利此久滅度多寶如來當爲汝等而現其相時多寶佛告彼菩薩善男子來文殊師利法王子欲見汝身于時妙音菩薩於彼國沒與八萬四千菩薩俱共發來所經諸國六種震動皆悉雨於七寶蓮華百千天樂不鼓自鳴是菩薩目如廣大青蓮華葉正使和合百千萬月其面貌端正復過於此身眞金色無量百千功德莊嚴威德熾盛光明照曜諸相具足如那羅延堅固之身入七寶臺上昇虛空去地七多羅樹諸菩薩衆恭敬圍繞而來詣此娑婆世界耆闍崛山到已下七寶臺以價直百千瓔珞持至釋迦牟尼佛所頭面禮足奉上瓔珞而白佛言世尊淨華宿王智佛問訊世尊少病少惱起居輕利安樂行不四大調和不世事可忍不衆生易度不無多貪欲瞋恚愚癡嫉妬慳慢不不無不孝父母不敬沙門邪見不善心不

攝五情不世尊衆生能降伏諸魔怨不久滅度多寶如來在七寶塔中來聽法不又問訊多寶如來安隱少惱堪忍久住不世尊我今欲見多寶佛身惟願世尊示我令見爾時釋迦牟尼佛語多寶佛是妙音菩薩欲得相見時多寶佛告妙音言善哉善哉汝能爲供養釋迦牟尼佛及聽法華經并見文殊師利等故來至此爾時華德菩薩白佛言世尊是妙音菩薩種何善根修何功德有是神力佛告華德菩薩過去有佛名雲雷音王多陀阿伽度阿羅訶三藐三佛陀國名現一切世間刧名喜見妙音菩薩於萬二千歲以十萬種妓樂供養雲雷音王佛并奉上八萬四千七寶鉢以是因緣果報今生淨華宿王智佛國有是神力華德於汝意云何爾時雲雷音王佛所妙音菩薩妓樂供養奉上寶器者豈異人乎今此妙音菩薩摩訶薩是華德是妙音菩薩已曾供養親近無量諸佛久植德本又值恒河沙等百千萬億那由他佛華德汝但見妙音菩薩其身在此而是菩薩現種種身處處爲諸衆生說是經典或現梵王身或現帝釋身或現自在天身或現大自在天身或現天大將軍身或現毗沙門天王身或現轉輪聖王身或現諸小王身或現長者身或現居士身或現宰官身或現婆羅門身或現比丘比丘尼優婆塞優婆夷身或現長者居士婦女身或現宰官婦女身或現婆羅門婦女身或現童男童女身或現天龍夜叉乾闥婆阿脩羅迦樓羅緊那羅摩睺羅伽人非人等身而說是經諸有地獄餓鬼畜生及衆難處皆

能救濟乃至於王後宮變爲女身而說是經華德是妙音菩薩能救護娑婆世界諸衆生者是妙音菩薩如是種種變化現身在此娑婆國土爲諸衆生說是經典於神通變化智慧無所損減是菩薩以若干智慧明照娑婆世界令一切衆生各得所知於十方恒沙世界中亦復如是若應以聲聞形得度者現聲聞形而爲說法應以辟支佛形得度者現辟支佛形而爲說法應以菩薩形得度者現菩薩形而爲說法應以佛形得度者即現佛形而爲說法如是種種隨所應度者而爲現形乃至應以滅度而得度者示現滅度華德妙音菩薩摩訶薩成就大神通智慧之力其事如是爾時華德菩薩白佛言世尊是妙音菩薩深種善根世尊是菩薩住何三昧而能如是在所變現度脫衆生佛告華德菩薩善男子其三昧名現一切色身妙音菩薩住是三昧中能如是饒益無量衆生說是妙音菩薩品時與妙音菩薩俱來者八萬四千人皆得現一切色身三昧此娑婆世界無量菩薩亦得是三昧及陀羅尼爾時妙音菩薩摩訶薩供養釋迦牟尼佛及多寶佛塔已還歸本土所經諸國六種震動雨寶蓮華作百千萬億種種妓樂既到本國與八萬四千菩薩圍繞至淨華宿王智佛所白佛言世尊我到娑婆世界饒益衆生見釋迦牟尼佛及見多寶佛塔禮拜供養又見文殊師利法王子菩薩及見藥王菩薩得勤精進力菩薩勇施菩薩等亦令是八萬四千菩薩得現一切色身三昧說是妙音菩薩來往品時四萬二千天子得

無生法忍華徳菩薩得法華三昧

妙法蓮華經卷第七

音釋

詈力置切罵也謦欬謦苦定切欬苦蓋切吉蔗梵語也此云所作卽起尸鬼也蔗之夜切鳩槃茶梵語也此云甕形兜樓婆梵語也或翻香草畢力迦梵語也此云丁香甄居延切懊烏皓切恨也積子智切積也裸郎果切赤體也賈公戶切坐販曰賈甄叔迦梵語也此云赤色寶甄巳仙切

妙法蓮華經卷第八

隋天竺闍那崛多共達摩笈多添品譯

觀世音菩薩普門品第二十四

爾時無盡意菩薩即從座起偏袒右肩合掌向佛而作是言世尊觀世音菩薩以何因緣名觀世音佛告無盡意菩薩善男子若有無量百千萬億衆生受諸苦惱聞是觀世音菩薩一心稱名觀世音菩薩即時觀其音聲皆得解脱若有持是觀世音菩薩名者設入大火火不能燒由是菩薩威神力故若爲大水所漂稱其名號即得淺處若有百千萬億衆生爲求金銀瑠璃硨磲碼碯珊瑚琥珀眞珠等寶入於大海假使黒風吹其船舫漂墮羅刹鬼國其中若有乃至一人稱觀世音菩薩名者是諸人等皆得解脱羅刹之難以是因緣名觀世音若復有人臨當被害稱觀世音菩薩名者彼所執刀杖尋段段壞而得解脱若三千大千國土滿中夜叉羅刹欲來惱人聞其稱觀世音菩薩名者是諸惡鬼尚不能以惡眼視之況復加害設復有人若有罪若無罪杻械枷鎖檢繫其身稱觀世音菩薩名者皆悉斷壞即得解脱若三千大千國土滿中怨賊有一商主將諸商人賫持重寶經過嶮路其中一人作是唱言諸善男子勿得恐怖汝等應當一心稱觀世音菩薩名號是菩薩能以無畏施於衆生汝等若稱名者於此怨賊當得解脱衆商人聞俱發聲言南無觀世音菩薩稱其名故即得解脱無盡意觀世音菩薩摩訶薩威神之力巍巍如是若有衆生多於婬欲常念恭敬觀世音菩薩便得離

欲若多瞋恚常念恭敬觀世音菩薩便得離瞋若多愚癡常念恭敬觀世音菩薩便得離癡無盡意觀世音菩薩有如是等大威神力多所饒益是故衆生常應心念若有女人設欲求男禮拜供養觀世音菩薩便生福德智慧之男設欲求女便生端正有相之女宿植德本衆人愛敬無盡意觀世音菩薩有如是力若有衆生恭敬禮拜觀世音菩薩福不唐捐是故衆生皆應受持觀世音菩薩名號無盡意若有人受持六十二億恒河沙菩薩名字復盡形供養飲食衣服卧具醫藥於汝意云何是善男子善女人功德多不無盡意言甚多世尊佛言若復有人受持觀世音菩薩名號乃至一時禮拜供養是二人福正等無異於百千萬億劫不可窮盡無盡意受持觀世音菩薩名號得如是無量無邊福德之利無盡意菩薩白佛言世尊觀世音菩薩云何遊此娑婆世界云何而爲衆生說法方便之力其事云何佛告無盡意菩薩善男子若有國土衆生應以佛身得度者觀世音菩薩即現佛身而爲說法應以辟支佛身得度者即現辟支佛身而爲說法應以聲聞身得度者即現聲聞身而爲說法應以梵王身得度者即現梵王身而爲說法應以帝釋身得度者即現帝釋身而爲說法應以自在天身得度者即現自在天身而爲說法應以大自在天身得度者即現大自在天身而爲說法應以天大將軍身得度者即現天大將軍身而爲說法應以毗沙門身得度者即現毗沙門身而爲說法應以小王身得度者即現小王身

而爲說法應以長者身得度者即現長者身而爲說法應以居士身得度者即現居士身而爲說法應以宰官身得度者即現宰官身而爲說法應以婆羅門身得度者即現婆羅門身而爲說法應以比丘比丘尼優婆塞優婆夷身得度者即現比丘比丘尼優婆塞優婆夷身而爲說法應以長者居士宰官婆羅門婦女身得度者即現婦女身而爲說法應以童男童女身得度者即現童男童女身而爲說法應以天龍夜叉乾闥婆阿脩羅迦樓羅緊那羅摩睺羅伽人非人等身得度者即皆現之而爲說法應以執金剛神得度者即現執金剛神而爲說法無盡意是觀世音菩薩成就如是功德以種種形遊諸國土度脫衆生是故汝等應當一心供養觀世音菩薩是觀世音菩薩摩訶薩於怖畏急難之中能施無畏是故此娑婆世界皆號之爲施無畏者無盡意菩薩白佛言世尊我今當供養觀世音菩薩即解頸衆寶珠瓔珞價直百千兩金而以與之作是言仁者受此法施珍寶瓔珞時觀世音菩薩不肯受之無盡意復白觀世音菩薩言仁者愍我等故受此瓔珞爾時佛告觀世音菩薩當愍此無盡意菩薩及諸四衆天龍夜叉乾闥婆阿脩羅迦樓羅緊那羅摩睺羅伽人非人等故受是瓔珞即時觀世音菩薩愍諸四衆及於天龍人非人等受其瓔珞分作二分一分奉釋迦牟尼佛一分奉多寶佛塔無盡意觀世音菩薩有如是自在神力遊於娑婆世界爾時無盡意菩薩以偈問曰

世尊妙相具　我今重問彼　佛子何因緣
名爲觀世音　具足妙相尊　偈答無盡意
汝聽觀音行　善應諸方所　弘誓深如海
歷劫不思議　侍多千億佛　發大清淨願
我爲汝略說　聞名及見身　心念不空過
能滅諸有苦　假使興害意　推落大火坑
念彼觀音力　火坑變成池　或漂流巨海
龍魚諸鬼難　念彼觀音力　波浪不能沒
或在須彌峯　爲人所推墮　念彼觀音力
如日虛空住　或被惡人逐　墮落金剛山
念彼觀音力　不能損一毛　或值怨賊遶
各執刀加害　念彼觀音力　咸即起慈心
或遭王難苦　臨刑欲壽終　念彼觀音力
刀尋段段壞　或囚禁枷鎖　手足被杻械
念彼觀音力　釋然得解脫　呪詛諸毒藥
所欲害身者　念彼觀音力　還著於本人
或遇惡羅剎　毒龍諸鬼等　念彼觀音力
時悉不敢害　若惡獸圍繞　利牙爪可怖
念彼觀音力　疾走無邊方　蚖蛇及蝮蠍
氣毒煙火然　念彼觀音力　尋聲自迴去
雲雷鼓掣電　降雹澍大雨　念彼觀音力
應時得消散　衆生被困厄　無量苦逼身
觀音妙智力　能救世間苦　具足神通力
廣修智方便　十方諸國土　無剎不現身
種種諸惡趣　地獄鬼畜生　生老病死苦
以漸悉令滅　眞觀清淨觀　廣大智慧觀
悲觀及慈觀　常願常瞻仰　無垢清淨光
慧日破諸暗　能伏災風火　普明照世間
悲體戒雷震　慈意妙大雲　澍甘露法雨
滅除煩惱焰　諍訟經官處　怖畏軍陣中

念彼觀音力　衆怨悉退散　妙音觀世音
梵音海潮音　勝彼世間音　是故須常念
念念勿生疑　觀世音淨聖　於苦惱死厄
能爲作依怙　具一切功德　慈眼視衆生
福聚海無量　是故應頂禮

爾時持地菩薩即從座起前白佛言世尊若有衆生聞是觀世音菩薩品自在之業普門示現神通力者當知是人功德不少佛說是普門品時衆中八萬四千衆生皆發無等等阿耨多羅三藐三菩提心

妙莊嚴王本事品第二十五

爾時佛告諸大衆乃往古世過無量無邊不可思議阿僧祇劫有佛名雲雷音宿王華智多陀阿伽度阿羅訶三藐三佛陀國名光明莊嚴劫名喜見彼佛法中有王名妙莊嚴其王夫人名曰淨德有二子一名淨藏二名淨眼是二子有大神力福德智慧久修菩薩所行之道所謂檀波羅蜜尸羅波羅蜜羼提波羅蜜毗梨耶波羅蜜禪波羅蜜般若波羅蜜方便波羅蜜慈悲喜捨乃至三十七品助道法皆悉明了通達又得菩薩淨三昧日星宿三昧淨光三昧淨色三昧淨照明三昧長莊嚴三昧大威德藏三昧於此三昧亦悉通達爾時彼佛欲引導妙莊嚴王及愍念衆生故說是法華經時淨藏淨眼二子到其母所合十指爪掌白言願母往詣雲雷音宿王華智佛所我等亦當侍從親近供養禮拜所以者何此佛於一切天人衆中說法華經宜應聽受母告子言汝父信受外道深著婆羅門法汝等應往白父與共俱去淨藏淨眼合十指

爪掌白母言我等是法王子而生此邪見家母告子言汝等當憂念汝父爲現神變若得見者心必清淨或聽我等往至佛所於是二子念其父故踊在虛空高七多羅樹現種種神變於虛空中行住坐卧身上出水身下出火身下出水身上出火或現大身滿虛空中而復現小小復現大於空中滅忽然在地入地如水履水如地現如是等種種神變令其父王心淨信解時父見子神力如是心大歡喜得未曾有合掌向子言汝等師爲是誰誰之弟子二子白言大王彼雲雷音宿王華智佛今在七寶菩提樹下法座上坐於一切世間天人衆中廣說法華經是我等師我是弟子父語子言我今亦欲見汝等師可共俱往於是二子從空中下到其母所合掌白母父王今已信解堪任發阿耨多羅三藐三菩提心我等爲父已作佛事願母見聽於彼佛所出家修道爾時二子欲重宣其意以偈白母

願母放我等　出家作沙門　諸佛甚難值
我等隨佛學　如優曇鉢華　值佛復難是
脫諸難亦難　願聽我出家

母即告言聽汝出家所以者何佛難值故於是二子白父母言善哉父母願時往詣雲雷音宿王華智佛所親近供養所以者何佛難得值如優曇鉢羅華又如一眼之龜值浮木孔而我等宿福深厚生值佛法是故父母當聽我等令得出家所以者何諸佛難值時亦難遇彼時妙莊嚴王後宮八萬四千人皆悉堪任受持是法華經淨眼菩薩於法華三昧久已通達淨藏菩薩已於無量百千萬億劫

通達離諸惡趣三昧欲令一切衆生離諸惡趣故其王夫人得諸佛習三昧能知諸佛祕密之藏二子如是以方便力善化其父令心信解好樂佛法於是妙莊嚴王與羣臣眷屬俱其淨德夫人與後宮婇女眷屬俱其王二子與四萬二千人俱一時共詣佛所到已頭面禮足遶佛三匝却住一面爾時彼佛爲王說法示教利喜王大歡悅爾時妙莊嚴王及其夫人即解頸眞珠瓔珞價直百千以散佛上於虛空中化成四柱寶臺臺中有大寶牀敷百千萬天衣其上有佛結加趺坐放大光明爾時妙莊嚴王作是念佛身希有端嚴殊特成就第一微妙之色時雲雷音宿王華智佛告四衆言汝等見是妙莊嚴王於我前合掌立不此王於我法中作比丘精勤修習助佛道法當得作佛號娑羅樹王國名大光劫名大高王其娑羅樹王佛有無量菩薩衆及無量聲聞其國平正功德如是其王即時以國付弟王與夫人二子幷諸眷屬於佛法中出家修道王出家已於八萬四千歲常勤精進修行妙法華經過是已後得一切淨功德莊嚴三昧即昇虛空高七多羅樹而白佛言世尊此我二子已作佛事以神通變化轉我邪心令得安住於佛法中得見世尊此二子者是我善知識爲欲發起宿世善根饒益我故來生我家爾時雲雷音宿王華智佛告妙莊嚴王言如是如是如汝所言若善男子善女人種善根故世世得値善知識其善知識能作佛事示教利喜令入阿耨多羅三藐三菩提大王當知善知識者是大因緣所謂化

導令得見佛發阿耨多羅三藐三菩提心大王汝見此二子不此二子已曾供養六十五百千萬億那由他恒河沙諸佛親近恭敬於諸佛所受持法華經愍念邪見衆生令住正見妙莊嚴王即從虛空中下而白佛言世尊如來甚希有以功德智慧故頂上肉髻光明顯照其眼長廣而紺青色眉間毫相白如珂月齒白齊密常有光明脣色赤好如頻婆果爾時妙莊嚴王讚歎佛如是等無量百千萬億功德已於如來前一心合掌復白佛言世尊未曾有也如來之法具足成就不可思議微妙功德教戒所行安隱快善我從今日不復自隨心行不生邪見憍慢瞋恚諸惡之心說是語已禮佛而出佛告大衆於意云何妙莊嚴王豈異人乎今華德菩薩是其淨德夫人今佛前光照莊嚴相菩薩是哀愍妙莊嚴王及諸眷屬故於彼中生其二子者今藥王菩薩藥上菩薩是是藥王藥上菩薩成就如此諸大功德已於無量百千萬億諸佛所植衆德本成就不可思議諸善功德若有人識是二菩薩名字者一切世間諸天人民亦應禮拜佛說是妙莊嚴王本事品時八萬四千人遠塵離垢於諸法中得法眼淨

普賢菩薩勸發品第二十六

爾時普賢菩薩以自在神通威德名聞與大菩薩無量無邊不可稱數從東方來所經諸國普皆震動雨寶蓮華作無量百千萬億種種伎樂又與無數諸天龍夜叉乾闥婆阿脩羅迦樓羅緊那羅摩睺羅伽人非人等大衆圍繞各現威德神通之力到娑婆世界耆闍

崛山中頭面禮釋迦牟尼佛右遶七匝白佛言世尊我於寶威德上王佛國遥聞此娑婆世界說法華經與無量無邊百千萬億諸菩薩衆共來聽受惟願世尊當爲說之若善男子善女人於如來滅後云何能得是法華經佛告普賢菩薩若有善男子善女人能成就四法於如來滅後當得是法華經一者爲諸佛護念二者植衆德本三者入正定聚四者發救一切衆生之心善男子善女人如是成就四法於如來滅後必得是經爾時普賢菩薩白佛言世尊於後五百歲濁惡世中其有受持是經典者我當守護除其衰患令得安隱使無伺求得其便者若魔若魔子若魔女若魔民若爲魔所著者若夜叉若羅刹若鳩槃茶若毗舍闍若吉蔗若富單那若韋陀羅等諸惱人者皆不得便是人若行若立讀誦此經我爾時乘六牙白象王與大菩薩衆俱詣其所而自現身供養守護安慰其心亦爲供養法華經故是人若坐思惟此經爾時我復乘白象王現其人前其人若於法華經有所忘失一句一偈我當教之與共讀誦還令通利爾時受持讀誦法華經者得見我身甚大歡喜轉復精進以見我故即得三昧及陀羅尼名爲旋陀羅尼百千萬億旋陀羅尼法音方便陀羅尼得如是等陀羅尼世尊若後世後五百歲濁惡世中比丘比丘尼優婆塞優婆夷求索者受持者讀誦者書寫者欲修習是法華經於三七日中應一心精進滿三七日已我當乘六牙白象與無量菩薩而自圍繞以一切衆生所喜見身現其人前而爲

說法示教利喜亦復與其陀羅尼呪得是陀羅尼故無有非人能破壞者亦不爲女人之所惑亂我身亦自常護是人惟願世尊聽我說此陀羅尼呪即於佛前而說呪曰

阿檀地（途置切）一 檀陀婆地 二 檀陀婆帝 三 檀陀鳩舍隸 四 檀陀脩陀隸 五 脩陀隸 六 脩陀羅婆底 七 佛馱波羶禰 八 薩婆陀羅尼阿婆多尼 九 薩婆婆沙阿婆多尼 十 脩阿婆多尼 十一 僧伽婆履叉尼 十二 僧伽涅伽陀尼 十三 阿僧祇 十四 僧伽婆伽地 十五 帝隸阿惰僧伽兜略（盧遮切）十六 阿羅帝波羅帝 十六 薩婆僧伽三摩地伽蘭地 十七 薩婆達磨脩波利刹帝 十八 薩婆薩埵樓馱憍舍略阿㝹伽地 十九 辛阿毗吉利地帝 二十

世尊若有菩薩得聞是陀羅尼者當知普賢神通之力若法華經行閻浮提有受持者應作此念皆是普賢威神之力若有受持讀誦正憶念解其義趣如說修行當知是人行普賢行於無量無邊諸佛所深種善根爲諸如來手摩其頭若但書寫是人命終當生忉利天上是時八萬四千天女作衆妓樂而來迎之其人即著七寶冠於婇女中娛樂快樂何況受持讀誦正憶念解其義趣如說修行若有人受持讀誦解其義趣是人命終爲千佛授手令不恐怖不墮惡趣即往兜率天上彌勒菩薩所彌勒菩薩有三十二相大菩薩衆所共圍繞有百千萬億天女眷屬而於中生有如是等功德利益是故智者應當一心自書若使人書受持讀誦正憶念如說修行世尊我今以神通力故守護是經於如來滅後閻浮提內廣令流布使不斷絕爾時釋迦牟

尼佛讚言善哉善哉普賢汝能護助是經令多所衆生安樂利益汝已成就不可思議功德深大慈悲從久遠來發阿耨多羅三藐三菩提意而能作是神通之願守護是經我當以神通力守護能受持普賢菩薩名者普賢若有受持讀誦正憶念修習書寫是法華經者當知是人則見釋迦牟尼佛如從佛口聞此經典當知是人供養釋迦牟尼佛當知是人佛讚善哉當知是人爲釋迦牟尼佛手摩其頭當知是人爲釋迦牟尼佛衣之所覆如是之人不復貪著世樂不好外道經書手筆亦復不喜親近其人及諸惡者若屠兒若畜猪羊鷄狗若獵師若衒賣女色是人心意質直有正憶念有福德力是人不爲三毒所惱亦復不爲嫉妬我慢邪慢增上慢所惱是人少欲知足能修普賢之行普賢若如來滅後後五百歲若有人見受持讀誦法華經者應作是念此人不久當詣道場破諸魔衆得阿耨多羅三藐三菩提轉法輪擊法鼓吹法螺雨法雨當坐天人大衆中師子法座上普賢若於後世受持讀誦是經典者是人不復貪著衣服卧具飲食資生之物所願不虛亦於現世得其福報若有人輕毀之言汝狂人耳空作是行終無所獲如是罪報當世世無眼若有供養讚歎之者當於今世得現果報若復見受持是經者出其過惡若實若不實此人現世得白癩病若有輕笑之者當世世牙齒踈缺醜脣平鼻手脚繚戾眼目角睞身體臭穢惡瘡膿血水腹短氣諸惡重病是故普賢若見受持是經典者當起遠迎當如敬佛

說是普賢勸發品時恒河沙等無量無邊菩薩得百千萬億旋陀羅尼三千大千世界微塵等諸菩薩得具普賢道

囑累品第二十七

爾時釋迦牟尼佛從法座起現大神力以右手摩無量菩薩摩訶薩頂而作是言我於無量百千萬億阿僧祇劫修習是難得阿耨多羅三藐三菩提法今以付囑汝等汝等應當一心流布此法廣令增益如是三摩諸菩薩摩訶薩頂而作是言我於無量百千萬億阿僧祇劫修習是難得阿耨多羅三藐三菩提法今以付囑汝等汝等當受持讀誦廣宣此法令一切衆生普得聞知所以者何如來有大慈悲無諸慳悋亦無所畏能與衆生佛之智慧如來智慧自然智慧如來是一切衆生之大施主汝等亦應隨學如來之法勿生慳悋於未來世若有善男子善女人信如來智慧者當爲演說此法華經使得聞知爲令其人得佛慧故若有衆生不信受者當於如來餘深妙法中示教利喜汝等若能如是則爲已報諸佛之恩時諸菩薩摩訶薩聞佛作是說已皆大歡喜遍滿其身益加恭敬曲躬低頭合掌向佛俱發聲言如世尊勑當具奉行唯然世尊願不有慮諸菩薩摩訶薩衆如是三反俱發聲言如世尊勑當具奉行唯然世尊願不有慮爾時釋迦牟尼佛令十方諸來分身佛各還本土而作是言諸佛各隨所安多寶佛塔還可如故佛說是經時普賢等諸菩薩舍利弗等諸聲聞及諸天龍人非人等一切大會皆大歡喜受持佛語作禮而去

妙法蓮華經卷第八

音釋

嶮虛儉切危也　蚖五官切毒蛇也　雹蒲角切雨冰也　伺息利切偵候也　繚戾繚力昭切戾郎計切　睞落代切目童子不正也　瘡初良切　膿奴冬切

分別緣起初勝法門經 上下合卷

唐三藏法師玄奘奉　詔譯

清刻龍藏佛說法變相圖

分別緣起初勝法門經卷上上下合卷

唐三藏法師玄奘奉　詔譯

如是我聞一時薄伽梵在室羅筏住誓多林給孤獨園時有衆多大苾芻衆在安適堂同集會坐作如是類往復談論言諸大德世尊曾以無量異門說十二分甚深緣起於彼最初宣說無明以爲緣性何因緣故一切煩惱諸行緣中唯說無明以爲緣性於此無明見何殊勝由是因緣便興諍論于時世尊遊於天住以超過人清淨天耳聞如是事於日晚時從宴坐起詣安適堂在大衆前敷如常座結跏趺坐以清美音告諸大衆汝等何故集此堂中而興諍論汝等今者爲何所論於此集會時諸大衆白言世尊我等集此作如是類往復談論言諸大德世尊曾以無量異門

諸十二分甚深緣起於彼最初宣說無明以爲緣性何因緣故一切煩惱諸行緣中唯說無明以爲緣性於此無明見何殊勝世尊我等由是因緣便興諍論我等今者爲論是事於此集會作是語已爾時世尊告彼大衆我有如是分別緣起初勝法門汝應諦聽極善作意當爲汝說云何名爲分別緣起初勝法門謂十一種殊勝事故於緣起初宣說無明以爲緣性何等十一謂所緣殊勝行相殊勝因緣殊勝等起殊勝轉異殊勝邪行殊勝相狀殊勝作業殊勝障礙殊勝隨縛殊勝對治殊勝爾時衆中有一苾芻從座而起偏袒右肩合掌禮佛白言世尊云何無明所緣殊勝世尊告曰無明所緣即是一切若因若果有衆衆過患諸雜染品及以一切若因若果有衆功德諸清淨品是名無明所緣殊勝復言世尊云何無明行相殊勝世尊告曰如是無明隱覆眞實顯現虛妄以爲行相是名無明行相殊勝復言世尊云何無明因緣殊勝世尊告曰如是無明普於一切煩惱雜染諸業雜染諸生雜染能作因緣根本依處云何一切煩惱雜染謂略有三煩惱品類普攝一切煩惱雜染謂無知煩惱猶豫煩惱顛倒煩惱云何一切諸業雜染謂略有三自相差別身語意業及三障礙對治差別謂福非福及不動業普攝一切諸業雜染云何一切諸生雜染謂略有三依止三受謂樂及苦不苦不樂所起三苦壞苦苦苦及以行苦普攝一切諸生雜染云何無明普於一切煩惱雜染諸業雜染諸生雜染能作因緣根本依處謂於諸諦

有二種愚能令一切煩惱雜染未生而生生已增廣及令一切諸業雜染未生而生生已積集亦令一切諸生雜染未生而生生已不轉是故我說如是無明普於一切煩惱雜染諸業雜染諸生雜染能作因緣根本依處是名無明因緣殊勝復言世尊云何無明等起殊勝世尊告曰謂此無明或愚當來苦諦所攝後有自體或愚現法苦諦所攝已得自體如是愚者或有能引所引緣起或有能生所生緣起此二緣起即以愚於當來現法自體無明作等起緣復言世尊云何能引所引緣起世尊告曰第一無明緣行行緣識識緣名色名色緣六處六處緣觸觸緣受是名能引所引緣起復言世尊云何能生所生緣起世尊告曰第二無明緣受受緣愛愛緣取取緣有有緣生生緣老死是名能生所生緣起復言世尊云何名爲第一無明與其能引所引緣起作等起緣世尊告曰謂有一類愚於當來後有自體即便發起後有希求由愚所生後有希求便於後有見勝功德若於現法執著可愛不可愛境邪分别故造非福行彼於資具生貪著故或於怨憎生瞋恚故及彼相應不能決了功德過患放逸愚故造斯惡行即於後世所有過失不能思惟不能解了行相無明能作如是非福行緣若於後有見勝功德或見出離便造福行或不動行彼依教法或依論法發起思擇及修習故能造斯行應知如是思擇修習雖在善心然不如理作意思惟故是後有愚癡所引謂於後有見勝功德癡覆藏故及見出離癡覆藏故如是非

福福不動行障礙對治與六識身俱生俱滅能於現在已得生滅異熟識中安置諸行三種習氣由此方便攝受後有新生種子攝受後有新種子故於當生中所起後有所攝名色六處觸受次第而生此名色等於現已得異熟識中但起因性未有果性是故但名所引緣起如是名爲第一無明與其能引所引緣起作等起緣復言世尊云何名爲第二無明與其能生所生緣起作等起緣世尊告曰謂有一類愚於現在已得自體於六觸處爲緣生受便起味著由味著故希求當來如是類受由希求故於追求時便起於取樂受所起愛爲緣故發生欲取言欲取者謂於諸欲妄分別貪此爲上首此爲前行便有欲界一切煩惱若復以其苦受爲緣生無有愛猒離

俱行非理所引猒離相應依止此愛不正方便求無有時即便發起出離惡見定期惡見及此二種所依惡見由此義故名愛緣取若即以此取爲所依不離欲貪而命終者由此諸見及與欲界一切煩惱名有欲界愛爲緣取若離欲貪或離色貪彼色界愛或無色愛便得生處彼於色界或無色界煩惱轉時發起色界無色界取由此諸色無色煩惱及彼諸見名有色界愛爲緣取及無色界愛爲緣取彼由如是愛爲緣取先得種種行所熏習異熟果識名爲有取彼由如是取所攝受先所積集行等種子若彼彼處諸愛未斷即彼彼處功能現前能生後有由彼行等能有當生能令生有將入現在故說名有由彼取力行等成有以是爲緣從此命終先所引發漸

次生起由此義故名有緣生生既生已先起時分變異名老於最後邊命盡名死由是故名生緣老死如是名爲第二無明與其能生所生緣起爲等起緣復言世尊何緣不說愛取二種能生緣起與行爲緣世尊告曰愛取二種自界所行有分齊故所以者何欲界愛取與彼色界或無色界諸不動行爲等起緣不應道理非境界故如說欲界愛取二種於不動行如是色界愛取二種於無色界諸不動行若無色界愛取二種於欲界行或色界行及以色界愛取二種於欲界行當知亦爾復言世尊何緣欲界愛取二種不與非福福行爲緣世尊告曰諸有現前愛非愛境增上力故發生欲愛起不善根造非福行一切皆由於因於果非福行中不知過患彼由意樂有過失故或由加行有過失故起非福行如是意樂加行過失唯用無明以爲勝緣非境界愛及不善根若由欲愛造諸福行彼信爲依乃造斯行於死於生起定信故此愛及取由信攝伏我施設爲有覆無記若法欲界有覆無記於發諸行無勝功能以於因果及福行中不知出離求可愛生造斯福行故此福行亦唯無明以爲勝緣復言世尊何緣色界愛取二種不作色界不動行緣世尊告曰諸有未離欲界貪者色界愛等未得生處若無生處則無堪能故非色界不動行緣如說色界愛取二種於其色界諸不動行如是無色愛取二種於無色界諸不動行應知亦爾彼於色界或無色界有過患身起有功德作意想見或依教法或依誨法發起如是非理作

意能爲彼界不動行緣如是所起非理作意無明所引如是無明由此所起非理作意及果爲伴能爲彼界不動行緣是故應知彼不動行亦唯無明以爲勝緣復有一類依無有愛造諸福行或不動行彼由如是無有愛故旣於諸有見多過患豈更希求當來諸有然於無有不如實知由無知故不得諸有眞對治道又無知故於非對治起對治想造諸福行或不動行由是道理如是諸行應知唯用無明爲緣非愛及取爲諸行緣復言世尊諸所有行與六識身相應俱有同生同滅何緣故說行是識緣世尊告曰以六識身與福非福及不動行相應俱有同生同滅異熟識中安置諸行熏習種子引發餘生新異熟識由此道理是故宣說行是識緣復言世尊何緣名色六處觸受諸分種子異熟識中同時引發而復說有先後次第世尊告曰彼於當來先後次第而生起故如是而說復言世尊何緣名色六處觸受說爲當來生身之相世尊告曰由彼是因受用依止及是其因受用體故復言世尊若唯名生都無其色斯有何過世尊告曰若一生中唯有其名不依色住相續生起不應道理復言世尊若唯色生都無其名斯有何過世尊告曰若唯有色無名執受卽應散壞不得增長復言世尊若但說言識緣六處斯有何過世尊告曰初受生時六處未滿唯有身根及意根轉應不可得由此兩根爲體名色最初有故次第增長與後圓滿六處爲緣故說名色是六處緣復言世尊若六處滿生身究竟何緣復說觸受二種世

尊告曰若於生身六處已滿雖是受用所依究竟而未得名受用究竟由因及受方得說名受用究竟是故應知要須受用所依究竟及與受用因體究竟方得說名生身究竟復言世尊如說無明爲緣生愛又復說言愛是愛緣若唯無明是其愛緣不緣於受斯有何過世尊告曰愛有三種應於一時三種俱起由愛觀待受爲緣故非一時起由此道理非唯無明與愛爲緣復言世尊若爾此愛唯受爲緣斯有何過世尊告曰應一切受皆是愛緣然復有受非是愛緣彼能爲緣斷滅諸愛是故非唯受爲愛緣復言世尊若唯說愛與有作緣不緣於取斯有何過世尊告曰希求名愛於險惡趣無有希求然由所作非福行故雖求善趣相違果生彼果生時豈緣於愛唯應用彼取爲其緣又如所說無有愛者希求無有求無有時由造福行不動行故相違果生此果生時豈緣於愛唯應說彼取爲其緣由此道理非唯用愛與有爲緣復言世尊若取緣有有緣生者何緣不說取之與有以爲集諦世尊告曰愛能造作四種業故一者此愛於其自體境界受中能作貪味繫縛業故二者此愛能作發起諸取業故三者此愛能作令先所引行等成有業故四者此愛能作死後續生業故由是因緣唯說此愛以爲集諦復言世尊若生老死名色六處觸受爲相於此生身何緣顯示生老死名世尊告曰爲顯如是生身之相有三種苦成苦性故復言世尊生顯何苦世尊告曰生顯行苦復言世尊老顯何苦世尊告曰老顯壞苦復言世

尊死顯何苦世尊告曰死顯苦苦復言世尊如是四種生身之相由生老死有何差別世尊告曰即此四種生身之相若次第生若屬彼生若如是生應知是名生身生相復言世尊云何次第生身生相世尊告曰於其最初有下種生從此無間有漸增生從此無間有出胎生從此無間有漸生長既成長已受用言說能得等生如是品類各次第生復言世尊此屬誰生世尊告曰蘊界處生都無有我所以者何以諸蘊等漸增長故其性無常即無常法有此生相復言世尊云何而生世尊告曰由命根力有暫時住分限法故其性無常即無常法如是而生即此四種生身之相時分變異應知能作五種衰損說名爲老復言世尊云何名爲五種衰損世尊告曰一者鬚髮衰損以彼鬚髮色變壞故二者身相衰損形色膚力皆衰損故三者作業衰損發言氣上喘息逾急身戰掉故住便傴曲以其腰脊皆無力故坐即低屈身羸弱故行必按杖身虛劣故凡所思惟智識愚鈍念惛亂故四者受用衰損於現資具受用劣故於戲樂具一切不能現受用故於諸色根所行境界不能速疾明利而行或不行故五者命根衰損壽量將盡鄰近死故遇少死緣不堪忍故即於此四生身相中復有六種死差別相一者究竟死二者不究竟死三者自相死四者不究竟死分差別相五者究竟死分差別相六者時非時死應知此中自相死者謂識離身色根滅沒差別之相如是名爲生身相中名色等相由生老死而有差別復言世尊於緣

起中說三種愛一切皆是生身之緣何緣處處多分唯說欲界生身世尊告曰欲界生身相最麤故易顯了故非求解脫退還道故復言世尊如先所說諸引緣起諸生緣起有十二分於諸分中幾是能引幾是所引幾是能生幾是所生世尊告曰應知於此十二分中無明與行及識一分名爲能引復有一分識及名色六處觸受名爲所引復有一分受愛取有名爲能生生及老死名爲所生應知一分名色六處及與觸受亦名所生復言世尊如是諸分若引若生爲一時起爲次第起世尊告曰一時而起次第宣說復言世尊如是諸分若一時起何因緣故先說其引後說其生世尊告曰要由有引後有方生非無引故復言世尊無明亦緣非理作意何故唯說無明爲緣世尊告曰無明亦引非理作意與行爲緣又從無明所生觸受爲緣生愛是故偏說復言世尊略由幾相應知緣起世尊告曰略由三相應知緣起一者由無動作知緣起相二者由性無常知緣起相三者由有堪能知緣起相

分別緣起初勝法門經卷上

分別緣起初勝法門經卷下

唐三藏法師玄奘奉　詔譯

復言世尊如餘處說緣有四種所謂因緣等無間緣及所緣緣并增上緣世尊今者依何緣說無明緣行依何緣說次第乃至生緣老死世尊告曰我依諸行總相宣說有四種緣今此義中我唯依一增上緣說無明緣行次第乃至生緣老死此增上緣復有二種一遠二近復言世尊此增上緣云何爲遠云何爲近世尊告曰非理作意若未生時無明隨眠能爲諸行遠增上緣生已便作近增上緣非理作意所引諸行與六識身相應俱有同生同滅若未生時彼能爲識遠增上緣彼若生已便能爲識近增上緣未死沒時識爲名色遠增上緣既死沒已識爲名色近增上緣如以其識望彼名色如是以其所引名色望彼所生名色亦爾如以名色望彼名色如是六處望彼六處觸望於觸受望於受亦復如是如以無明望彼諸行無明望愛愛望於取取望於有亦復如是如以其識望彼名色以名色等望名色等如是以有望生亦爾若在胎藏嬰孩童子少年時生能爲老死遠增上緣諸根成熟命將盡時應知能作近增上緣復言世尊如彼有因有緣有由法門經說愛是業因有何密意世尊告曰有所攝業用愛爲因是爲此中所說密意復言世尊此因緣由三種別義云何應知世尊告曰諸能引發後生種子是其因義若與此生作依作持令得生起是其緣義既命終已導引近生令得生起是其由義如是應知三義差別復言世尊

言緣起者是何句義世尊告曰如是諸分各由自緣和合無闕相續而起如是名爲緣起句義復言世尊唯有此生相續緣起爲更別有所餘緣起世尊告曰我說緣起略有八門一者說有受用世俗境界緣起謂緣眼色生於眼識三事和合便有其觸觸爲緣受如是廣說二者說有任持緣起謂緣四食諸根大種安住增長三者說有食因緣起謂求諸穀因種水緣發生芽等四者說有一切生身相續緣起謂由能引能生諸分引生一切所引所生五者說有一切生身依持緣起謂諸世界由諸因緣施設成壞六者說有一切生身差別緣起謂由不善善有漏業施設三惡人天趣別七者說有清淨緣起謂依他音及依自內如理作意發生正見能滅無明無明滅故諸行隨滅廣說乃至由生滅故老死隨滅復言世尊如無明等次第爲緣能生行等爲即如是次第滅耶佛言不爾復言世尊何緣次第而說彼滅世尊告曰爲欲顯示由先諸分不生功能令後諸分得不生法故次第說然非不爲生相滅法有次第轉八者說有自在緣起謂善修治靜慮爲緣諸修定者隨所願樂如是皆成終無別異如是名爲我所略說八門緣起復言世尊如佛所說因業故生因愛故轉依何密意作如是說世尊告曰無明爲緣先於諸有造作增長種種福行或非福行或不動行引發攝受種種生身種子差別於此有中若愛未斷由此愛故能令行等轉成其有有起後有自體功能如是功能不離於愛依此密意故說是言因業故生因愛

故轉復言世尊若世尊說愛是轉因何緣但說取爲有緣非愛緣有世尊告曰若離於取有愛不能爲緣轉變非福行等令成有支生諸惡趣又若離取諸無有愛不能爲緣轉變福行不動行等令成有支於不定地及於定地生諸善趣是故非唯愛爲有緣然彼有支定緣於取復言世尊如大因緣法門經說汝阿難陀若於彼彼有情類中無有生者應無如是如是類生若一切生都無有者應不施設生緣老死依何容意作如是說世尊告曰依所引生及所生生二種容意作如是說又依老死遠增上緣及依老死近增上緣二種容意作如是說復言世尊先爲略說緣起句義其緣起義猶未爲說云何應知世尊告曰諸緣起義略有十一如是應知謂無作者義是緣起義有因生義是緣起義離有情義是緣起義依他起義是緣起義無動作義是緣起義性無常義是緣起義刹那滅義是緣起義因果相續無間絕義是緣起義種種因果品類別義是緣起義因果更互相符順義是緣起義因果決定無雜亂義是緣起義如是應知緣起略義復言世尊如餘經說緣起甚深云何應知如是緣起甚深之相世尊告曰即依十一緣起略義應知緣起五甚深相何等爲五一因甚深二相甚深三生甚深四差別甚深五流轉甚深應知緣起甚深之相復有五種何等爲五謂相甚深引發因果諸分甚深生起因果諸分甚深差別甚深對治甚深應知緣起復有五種甚深之相何等爲五謂攝甚深順次甚深逆次甚深執取甚深所

行甚深是名無明等起殊勝復言世尊云何無明轉異殊勝世尊告曰略有四種轉異無明何等爲四一者隨眠轉異無明二者纏縛轉異無明三者相應轉異無明四者不共轉異無明復言世尊誰有何等轉異無明而説無明爲緣生行世尊告曰外法異生非理作意所引四種轉異無明由此爲緣生福非福及不動行如是所説外法異生所有福行及不動行相應善心一切皆是非理作意所引等流内法異生若放逸者彼除一種不共無明所餘無明引發放逸爲緣生行内法異生若不放逸勤修學者及聖有學三種無明引發妄念爲非福緣然此非福不能爲緣招三惡趣故此非福我不説爲無明緣行如是所説不共無明内法異生雖不放逸而修學者

亦未能斷諸聖有學應知永斷又不放逸内法異生若造福行及不動行彼是正法如理作意相應善心之所引發解脫爲依迴向解脫而引發故雖於善趣感殊勝生而非無明起增上緣然能作彼四種無明斷增上緣諸聖有學不共無明已永斷故不造新業所有故業由隨眠力未永斷滅暫觸還吐如是所有無明緣行生生漸滅不復增長由此道種應知内法諸有學者不緣無明更造諸行是故唯依外法異生我説順次雜染緣起最極圓滿非住内法是名無明轉異殊勝復言世尊云何無明邪行殊勝世尊告曰彼四無明於諸諦中皆能發起增益損減二種邪行復言世尊如何名爲增益損減二種邪行世尊告曰由四顛倒謂於非法見爲是法或於是

法見爲非法或於生天解脱道中非方便者見是方便是方便者見非方便如是名爲增益邪行諸有誹謗一切邪見如是名爲損減邪行是名無明邪行殊勝復言世尊云何無明相狀殊勝世尊告曰應知無明有二種相一者微細自相殊勝二者徧於可愛非愛俱非境界共相殊勝所以者何纏縛無明尚爲微細難知難了況彼所有隨眠無明相應無明尚爲微細難知難了況彼所有不共無明徧於一切可愛非愛俱非境界覆真實相顯虚妄相共相而轉非餘煩惱有如是相是故殊勝餘身見等共相煩惱亦用無明爲依而轉是名無明相狀殊勝復言世尊云何無明作業殊勝世尊告曰應知無明略有二種所作事業一者無明普能造作一切流轉所依

事業二者無明普能造作一切寂止能障事業復言世尊何等名爲一切流轉世尊告曰若是處轉若是事轉若如是轉我總説爲一切流轉復言世尊是何處轉世尊告曰於三世處由我分别復言世尊是何事轉世尊告曰内外六處由我取執復言世尊云何而轉世尊告曰諸業異熟相續流轉由我分别由邪分别復言世尊云何名爲一切寂止世尊告曰一切寂止略有四種一者寂止所依二者寂止所緣三者寂止作意四者寂止果成是名無明作業殊勝復言世尊云何無明障礙殊勝世尊告曰應知無明障礙勝法障礙廣法復言世尊如何無明障礙勝法世尊告曰言勝法者能攝五根令其和合所謂慧根障礙此者即是無明是故説名障礙勝法復

言世尊如何無明障礙廣法世尊告曰言廣法者聞所成智思所成智修所成智障礙此者即是無明是故說名障礙廣法復言世尊如說無智名爲無明此唯智無名無明耶世尊告曰非唯智無名爲無明復言世尊若唯智無名爲無明斯有何過世尊告曰若爾無明應不可立決定體相所以者何聞所成智體上無有思所成智思所成智體上無有修所成智一切世間修所成智體上無有一切出世修所成智出世有學智上無有諸無學智無學聲聞智上無有如來等智若如是者應即是智即是無智如是無明應不可立決定體相又我於彼三善根中說有無癡應但癡無說名無癡然非癡無說名無癡故非明無說名無明而別有一心所有法不知真實說名無明如別有一心所有法了知真實說名爲智又唯明無名無明者應無如是一切無明十一殊勝是故應知非唯明無說名無明是名無明障礙殊勝復言世尊云何無明隨縛殊勝世尊告曰乃至有頂三界有情於諸諦中所有無智隨眠隨縛未缺未滅由彼有情說名具縛又此無智善趣惡趣因果差別無色有情有其下品色界有情有其中品欲界有情有其上品如是成就三品無明諸有情類當來可生一一法爾三品隨縛此說異生若諸聖者漸次永斷若具上中定有中下或有中下而無上中又阿羅漢雖盡諸漏脫煩惱障應知尚有所知障攝無明隨縛如是無明應知極遠隨逐有情唯除諸佛餘皆隨縛是名無明隨縛殊勝復言世尊云何無

明對治殊勝世尊告曰有二妙智對治無明何等爲二一依他音或不依止少分有量法界妙智二依他音全分無量法界妙智復言世尊少分有量法界妙智爲何所緣有何行相作何事業世尊告曰少分有量法界妙智緣四聖諦十六行相作無明等煩惱業生一切雜染離繫事業復言世尊云何應知生苦之相世尊告曰是内緣苦所依性故是外緣苦所依性故是俱緣苦所依性故復言世尊内緣苦者其相云何世尊告曰所謂病苦老苦死苦復言世尊外緣苦者其相云何世尊告曰非愛和合所愛别離求不得苦復言世尊俱緣苦者其相云何世尊告曰所謂略說五取蘊苦復言世尊云何名愛世尊告曰謂於現在自體貪著復言世尊後有愛者其相

云何世尊告曰謂於未來自體希求復言世尊云何喜貪俱行愛耶世尊告曰謂於已得攝受資財現前境界深生味著復言世尊云何名爲彼彼喜愛世尊告曰謂於未得攝受資財非現境界種種追求復言世尊云何此愛永斷無餘世尊告曰見修所斷煩惱斷故下分上分諸結斷故畢竟斷故未來苦果諸愛斷故現在苦果諸愛斷故是名此愛無餘永斷復言世尊云何棄捨世尊告曰諸見所斷煩惱斷故復言世尊云何變吐世尊告曰諸修所斷煩惱斷故復言世尊云何永盡世尊告曰諸下分結已永斷故復言世尊云何遠離世尊告曰諸上分結已永斷故復言世尊云何永滅世尊告曰畢竟斷故復言世尊云何寂靜世尊告曰未來苦果愛永斷故復

言世尊云何隱没世尊告曰現在苦果愛求斷故復言世尊云何正見世尊告曰所謂現觀前方便慧正現觀慧及與現觀後所得慧超越所知方便聖教諸邪解行復言世尊云何正思世尊告曰謂於三寶已得證淨爲所依止於彼功德隨念思惟超越歸依外道師等復言世尊云何正語世尊告曰謂聖所愛無漏戒攝無漏作意同時而轉於四語業能正遠離超越一切諸險惡趣復言世尊云何正業世尊告曰謂聖所愛無漏戒攝無漏作意同時而轉於三身業能正遠離超越一切諸險惡趣復言世尊云何正命世尊告曰謂聖所愛無漏戒攝無漏作意同時而轉於邪命起身語二業能正遠離超越一切諸險惡趣復言世尊云何正勤世尊告曰於上解脱

欲樂爲依發勤精進遠離障礙圓滿對治復言世尊云何正念世尊告曰勤修正觀諸瑜伽師依止三相時時於彼三種相中及不放逸俱行境界心現明記超越遠離修道加行復言世尊云何正定世尊告曰謂由如是七種定具資助瑩飾心一境性乃至能作如是七支勝進依止及與引發殊勝功德作所依止復言世尊所有一切四念住等菩提分法皆聖道攝何緣唯説八聖道支以爲道諦世尊告曰如是所説八聖道支普攝一切菩提分法復言世尊於苦諦中有四行相云何初名無常行相謂於苦諦生滅法性正觀行相云何第二名苦行相謂於苦諦即以生滅法性爲依於三種苦隨逐法性正觀行相云何第三名空行相謂於苦諦離實我性正觀行

相云何第四無我行相謂於苦諦非我相性正觀行相復言世尊於集諦中有四行相云何第一名因行相謂於能植衆苦種子因緣愛中正觀行相云何第二名集行相謂於續起因緣愛中正觀行相云何第三名生行相謂於五趣差別生起因緣愛中正觀行相云何第四名緣行相謂於能作餘緣引發因緣愛中正觀行相復言世尊於滅諦中有四行相云何第一名滅行相謂於永斷煩惱滅中正觀行相云何第二名靜行相謂於永斷衆苦靜中正觀行相云何第三名妙行相謂於永斷無罪清淨安樂性中正觀行相云何第四名離行相謂於永斷常住性中正觀行相復言世尊於道諦中有四行相云何第一名道行相謂於聖道與境相應無顛倒性正觀行相云何第二名如行相謂於聖道永出世間離諸漏性正觀行相云何第三名行行相謂於聖道先聖後聖同所遊履正觀行相云何第四名出行相謂於聖道無上性中正觀行相復言世尊何緣聖諦唯有四種世尊告曰如是四諦普攝一切染淨因果差別性故復言世尊何緣四諦如是先後次第說耶世尊告曰由是世間諸病病因病滅良藥相似法故復言世尊入見道時於此四諦爲頓現觀爲漸現觀世尊告曰有別道理名頓現觀有別道理名漸現觀何別道理名頓現觀謂自内證眞諦聖智於眞智境非安立義總相緣故名頓現觀何別道理名漸現觀謂初業智及後得智觀察自相及因果相由作行相別相緣故名漸現觀復言世尊若有如是四

聖諦者何緣世尊復説二諦謂世俗諦及勝義諦世尊告曰即於如是四聖諦中若法住智所行境界是世俗諦若自内證最勝義智所行境界非安立智所行境界名勝義諦復言世尊如是四諦於聖非聖皆悉是諦何緣如來唯説聖諦世尊告曰如是四諦於非聖者唯由法爾説名爲諦不由正智決定信故説名爲諦於諸聖者亦由法爾説名爲諦亦由正智決定信故説名爲諦是故如來唯説四種名爲聖諦復言世尊全分無量法界妙智爲何所緣有何行相作何事業世尊告曰此智亦以如是四諦爲其所緣除諦相想清淨行相入一切種諸諦行相於作有情一切義利趣向行相少分有量法界妙智若諸聲聞於作有情一切義利無有棄背趣向行相若諸獨覺於作有情一切義利棄背行相全分無量法界妙智能作一切煩惱所知二障離繫所依事業又作證得一切種智極淨法界所依事業又作救濟一切有情一切災患所依事業是名無明對治殊勝時薄伽梵説是經已諸苾芻衆默然領悟深心隨喜歎未曾有聞佛所説皆大歡喜信受奉行

分別緣起初勝法門經卷下

音釋

苾芻梵語草名也具含五義以比丘之德似之故名比丘爲苾芻苾毘必切芻窻隅切　瞋恚瞋丑人切怒而張目也恚於避切恨怒也　喘息喘昌兗切疾息也　掉徒弔切搖也　僂力主切傴僂也　羸力追切瘦也　惛呼昆切心不明了也　嬰孩嬰於盈切孩戶來切嬰孩初生小兒也

緣生初勝分法本經
隋天竺三藏法師達磨笈多譯

清刻龍藏佛說法變相圖

緣生經并論序

原是一心積爲三界癡流漫遠苦樹鬱高欲討其際難測其本理極實相之門筌窮假名之域五因七果十有二分緣生之法總備於此凡則迷而起妄聖則悟以通眞下似兎浮上如象度大哉妙覺淵乎洞盡十地與雙林俱暢聞域共稻芉咸敷至若此經獨包彼例彼所未說此乃具演攀緣爲首對治爲末總則一十一門別則百二十門其旨微而容其辭約而隱經之綱目攝在茲焉并有

聖者鬱楞伽附此經旨作論顯發其論也偏取三乘之意不執一部之筌先立偈章後與論釋偈有三十故亦名三十論也大業二年十月南賢豆國舊名天竺者訛也三藏法師達磨笈多與故翻經法師彥琮在東都上林園依林

邑所獲賢豆梵本譯爲隋言三年九月其功乃竟經二卷論一卷三藏師字論開明義解沉容琮法師博通經論兼善梵文共對葉本更相扣擊一言靡違三覆逾審辭頗簡質意存允正比之昔人差無尤失眞曰法燈足稱智藏願窮後際常益世間云爾

佛說緣生初勝分法本經卷上

隋天竺三藏法師達磨笈多譯

如是我聞一時婆伽婆在舍囉婆悉帝城勝林給孤獨園爾時衆多比丘集坐住堂作是議論言諸命者等世尊曾以無量諸門說十二分緣生於彼最初演說無明以爲緣體有何因緣一切煩惱諸行緣中惟說無明以爲緣體於此無明見何勝異是諸比丘集坐住堂議論未竟世尊晝日遊於定行以天耳清淨過人聞其議論於日後分從定行起詣彼住堂到已在比丘衆前於常所設座上坐坐訖世尊告諸比丘言比丘何故集坐住堂議論未竟有何議論於此集坐諸比丘言大德此衆多比丘集坐在堂作是議論言諸命者等世尊曾以無量諸門說十二分緣生於彼最初演說無明以爲緣體有何因緣一切煩惱諸行緣中惟說無明以爲緣體於此無明見何勝異大德我等衆多比丘集坐住堂議論未竟有如是議於此集坐如是語已世尊告諸比丘有法門名緣生初勝分善聽善思當爲汝說何者緣生初勝分法門諸比丘有十一種勝異中勝異故安立無明爲緣生初緣何者十一所謂攀緣勝異種類勝異由緒勝異等起勝異轉生勝異顛倒勝異相勝異業勝異障礙勝異順縛勝異對治勝異爾時有異比丘即從座起整衣一髆向世尊所合掌曲躬白言大德何者無明攀緣勝異佛言比丘因果俱過惡一切染分因果俱功德一切淨分並爲無明之所攀緣比丘此是無明攀緣勝異比丘白佛大德何者無明種類勝

異佛言比丘覆於眞實顯不眞實比丘此是無明種類勝異比丘白佛大德何者無明由緒勝異佛言比丘於一切煩惱染業染生染而作由緒根本住處故比丘白佛大德何者一切煩惱染佛言比丘略説三種煩惱一切煩惱染所謂無慧煩惱疑慧煩惱邪慧煩惱比丘白佛大德何者一切業染佛言比丘略説自相三種差別（謂身口意也）及障礙對治相三種差別（障礙者非福也對治者福及不動也）總攝業染比丘白佛大德何者一切種生染佛言比丘略説三受依止所謂苦受樂受不苦不樂受三種苦故所謂苦苦壞苦行苦總攝生染比丘白佛大德云何此一切種煩惱染業染生染皆以無明而作由緒根本住處佛言比丘於實諦中二種愚故未生煩惱染而令其生若已生者漸大增多未生業染而令其生若已生者復隨積集未生生染而令其生若已生者不可移轉是故説言一切種煩惱染業染生染皆以無明而作由緒根本住處比丘此是無明由緒勝異比丘白佛大德何者無明等起勝異佛言比丘此無明於來世苦諦所攝更生之身愚惑不了於現在苦諦所攝已得之身亦愚惑不了由此愚惑故攝聚緣生及轉出緣生和合攝聚和合轉出此二種緣生及來世現在二身愚惑皆以無明爲等起之緣比丘白佛大德何者攝聚緣生和合攝聚佛言比丘初無明緣行行緣識如是名色六入觸緣受是名攝聚緣生和合攝聚比丘白佛大德何者轉出緣生和合轉出佛言比丘第二無明緣中受緣愛愛緣取如是有緣生乃

至生緣老死是名轉出緣生和合轉出比丘白佛大德云何初無明於彼攝聚緣生和合攝聚而作起緣佛言比丘此一於更生身愚惑不了求於更生以此愚惑求更生故於更生中見其好事然於現在愛不愛境由執著分別故作非福行所謂於衆具生貪於損惱生瞋相應故則於好惡不持思量便作放逸迷惑之行他世惡事思念而不覺知是故彼非福行無明作緣若復於更生中或見好事或見出道乃作福行及不動行或因說法覺知或自修習靜念彼覺念中雖有善心而非正思彼以此故則爲更生迷惑之所牽引所謂於更生中見其好事不怯弱故見其出道不怯弱故彼福非福不動行惡對對治相等六識身中共生共滅則於現在報識生滅之中安置彼等諸行熏習彼新出生所有種子攝取相應故所有種子既皆攝取後若出生則有次第謂攝名色六入觸等漸當出生彼名色等於此現在報識之中且生因相未是果相是故說名攝聚緣生比丘此是第一無明於攝聚緣生和合攝聚而作起緣比丘白佛大德云何後無明於彼轉出緣生和合轉出而作起緣佛言比丘此一於現在身所起迷惑以六入觸作緣生受即得其味以得味故當來還求此類之受有所求時便起於取於樂受中渴愛作緣則生欲取言欲取者分別欲故彼爲先首方有欲界煩惱若復新受爲緣則生無有渴愛共猒離行此與猒離相應未爲道理彼依渴愛以非方便求無有時則有出離邪見決定邪見及彼二依止邪見

依亦有二合爲四種由彼令此渴愛緣取若復彼取爲依未得離欲如是死時然此四見及欲界煩惱以欲渴愛作緣生取若復離欲離色彼色界渴愛無色界渴愛生得常有若色界無色界中煩惱生時色界無色界便起於取彼色無色界煩惱及此諸見或以色界渴愛作緣生取或以無色界渴愛作緣生取如是渴愛緣取故已得諸行熏習報識共取而生彼取攝已先所集行所有所有渴愛不滅彼處彼處則當現前爲令自身轉出故以是因緣有於出生故說彼行爲有彼取力故行旣爲有於此死已先所攝聚當出生者作緣轉出是故說名有緣生於轉出中出生時相壞異於昔復至後邊則有死退壽命終盡是故說名生緣老死比丘此是第二無明於轉出緣生和合轉出而作起緣比丘白佛大德何故轉出緣生中渴取二種而不說爲諸行緣也佛言比丘渴取自界分齊斷故如欲渴及取不應作色界無色界不動行緣非境界故如欲渴於不動行中如是色渴於無色界中無色渴於欲界色界中色渴於欲界中亦爾比丘白佛大德何故欲渴及取不與福非福行爲緣佛言比丘於此現前所有境界愛與不愛而爲增上以有欲渴起不善根作非福行由於共因果非福行中不知其惡故所謂心惡及所作惡以不知故起非福行而彼心及所作惡等惟以無明爲緣非渴爲緣與不善根不共境界故若以欲渴作於福行依信乃作謂信死必生生必藉緣以信攝故所有渴取我但施設爲障覆無記若法障覆無記則不

能起行由於共因果福行中不知出離故求可愛生便作福行是故雖云福行亦以無明爲緣比丘白佛大德何故色界渴取不與色界不動行爲緣佛言比丘未離欲者色渴未生未得住處彼未有時未得住處故不能爲色界不動行緣令其得起如色渴於色界不動行中如是無色界渴於無色界不動行中亦爾由於色界身無色界身有過惡中見其好事想而思惟或因說法或因教授法故有此不正思惟與彼行爲緣然此不正思惟爲無明所引不正思惟果共無明和合與不動行爲緣故是故彼不動行亦以無明爲緣應知比丘又一無有渴爲依故作諸福行及不動行由無有渴故則見諸有過惡何肯更求當有然復於無有中不如實知以不如實知

又未得對治道故迷非對治爲對治想便作福行及不動行比丘以此因緣應知惟以無明緣行非渴取爲緣比丘白佛大德若行於六識身中和合共生者何故說言行緣於識佛言比丘此六識身中福非福不動等行和合共生共滅即於果報識中安置諸行熏習於後新異出生報識作引方便是故說言行緣於識比丘白佛大德名色六入觸受諸分於識中同時攝聚種子何故說時隨次第說佛言比丘未來次第生轉故比丘白佛大德何故說名色六入觸受等爲禪磨（義翻爲生）謂一報未死已前總名非初受生佛言比丘共因受用依止及共因受用故比丘白佛大德若惟名生無色當有何過佛言比丘若名不住色中者禪磨續轉則不相應比丘白佛大德

若惟色生無名當有何過佛言比丘色若不與名合不被攝持則當壞失不得增長比丘白佛大德若惟識緣六入當有何過佛言比丘於其始時未滿六入惟有身根及以意根其所轉生未可得有此兩根體其惟名色在於初時以爲次第與彼六入滿足爲緣是故説言名色緣六入比丘白佛大德若惟六入滿足則是禪磨究竟何故復説觸及受也佛言比丘此六入禪磨究竟者是受用依止究竟而未受用必受用究竟者乃是共因領受是故受用依止究竟及受用究竟得名禪磨究竟應知比丘白佛大德此以無明緣渴亦説受緣若惟無明緣渴不以受緣當有何過佛言比丘三種渴三種有一時轉生故然以受緣渴故相待爲力則不轉生是故不惟無明緣渴比丘白佛大德若惟受緣於渴當有何過佛言比丘一切諸渴皆以受爲緣然復有受非是渴緣乃與諸渴而作滅緣是故不惟受緣於渴比丘白佛大德若惟渴緣於有不以取緣當有何過佛言比丘渴名爲求於彼惡趣必無求者然作非福之行雖求善趣恒與相違果轉生時非渴爲緣自以取緣令其轉生比丘所云無有渴者名無有求此無有求雖是相違然作福不動行果亦轉生比丘以此因緣不惟渴緣於有比丘白佛大德若取緣有有緣生者何故不説彼取及有以爲集諦佛言比丘以渴能作四種業故一者於自身境界受中作貪美縛業二者於渴取中作等起業三者於行有中作牽引業四者於死已後作相續縛業是故惟説渴爲集諦

比丘白佛大德有生有老有死何故名色六入觸受等禪磨之相乃皆顯為老死之名佛言比丘彼所有出生相者以三苦順縛示現故比丘白佛大德生以何苦示現佛言比丘行苦示現比丘白佛大德老以何苦示現佛言比丘壞苦示現比丘白佛大德死以何苦示現佛言比丘苦苦示現比丘白佛大德所有四種出生之相與生老死有何差別佛言比丘彼四種出生之相隨次第生若生隨相似生彼出生中生相如是應知比丘白佛大德出生之相次第而生當何所似佛言比丘彼初下種即當有生彼次第增長生彼次第出胎生彼次第增長生彼增長已能得受用世俗生此次第生復誰所生衆界入生而無有我何以故五衆等增長遷流以無常故及命根力限量時住亦為無常所生故比丘彼四種出生之相時分破壞即作五種衰惡說名為老比丘白佛大德何者是五種衰惡佛言比丘一者髮衰惡髮壞離色故二者依衰惡依謂身也肉處色力衰惡故三者業衰惡語時上氣喘息故住時曲如牛脊曲故坐時向前重身故行時拄杖故意智繫縛及念弱少故四者受用衰惡於現在衆具中受用下劣故於諸遊戲所可喜中皆不受用故於色根自境界中不速疾行及不行故五者命根衰惡壽盡死近及少緣死不堪忍故比丘於彼四種出生相中亦有六種死差別應知一者盡竟死二者不盡竟死三者自相死四者不盡竟死分五者盡竟死分六者非時時死比丘於中自相死者識於身中移出別分及色根

滅没如是應知比丘名色等出生之相與生老死有此差别比丘白佛大德三種渴愛皆說緣生與生作因何故惟說欲界生佛言比丘以欲界生麤故不可讚歎亦不可教知以迴還非解脱法體故比丘白佛大德若此攝聚緣生及以轉出說十二分於中幾是能攝聚分幾是所攝聚分幾是能轉出分幾是所轉出分佛言比丘無明與行及一分識是能攝聚分彼一分識及名色六入觸受是所攝聚分比丘彼一分受及渴愛取有是能轉出分生老死是所轉出分及彼一分名色六入觸受亦是所轉出分應知比丘白佛大德此能攝聚分及此能轉出分爲一時生可見爲當次第佛言比丘一時生次第說比丘白佛大德能攝聚分能轉出分既一時生何故初說能攝聚分後說能轉出分佛言比丘由所攝聚有更轉出是故無不由所攝聚比丘白佛大德無明緣不正思何故說與無明作緣佛言比丘以其無明由不正思韋巳與行作緣從無明生觸受及與渴愛作緣比丘白佛大德幾相略說緣生可知佛言比丘略說三相緣生可知一者不動緣生相二者無常緣生相三者堪能緣生相比丘白佛大德有四種緣世尊所說謂因緣無間緣（舊名次第緣）攀緣增上緣（亦名生緣）大德於中以何等緣無明與行作緣乃至以何等緣生與老死作緣佛言比丘諸行轉生同相故我說四種緣於此義中惟增上緣我意說爲無明緣行乃至生緣老死彼增上緣復有不相著及相著比丘白佛大德何者是不相著增上緣何者是相著增

上緣佛言比丘未生不正思中無明順眠與諸行不相著而作緣若生已即相著比丘其不正思與行和合於六識身和合共生生而未滅與識不相著而作緣若生滅已即相著比丘所有未到死時之識與名色不相著而作緣（識與名色相著作緣梵本亦無）如識於名色如是攝聚名色於轉出名色亦如是如名色於名色如是六入於六入觸於觸受於受亦如是如無明於行如是無明於渴愛渴愛於取取於有亦如是如識於名色名色等於名色等如是有於生亦如是又比丘生中胎藏童子少年時與老死不相著而作緣若到根熟壽盡時中相著作緣應知比丘白佛大德若世尊曾於共因共緣共由法門之中因渴愛故說業於中是何密意佛言比丘有之所攝業者因渴愛故說此是密意比丘白佛大德因以何義可見緣以何義可見由以何義可見佛言比丘安置後生處種子故因義可見決定住持彼生轉出故緣義可見死已出向生處與生故由義可見比丘白佛大德緣生者是何句義佛言比丘各自有緣同聚相續故此諸分生

佛說緣生初勝分法本經卷上

佛說緣生初勝分法本經卷下

隋天竺三藏法師達磨笈多譯

比丘白佛大德惟此出生相續緣生爲更別有緣生佛言比丘我說八門緣生一謂受用世俗者如眼緣色生眼識三和有觸觸緣受如是等二謂說助持者緣生如四食作緣根大得住當有增益三謂說助持因者緣生如諸穀中種子田水緣故便有芽等四謂說出生續繫者緣生如能攝聚分及能轉出分於出生攝聚及所轉出五謂說於出生所續繫緣生如世界若因若緣轉成轉壞可知六謂說出生入者緣生如不善及善有漏業故三惡趣及天人趣等差別可知七謂說清淨者緣生如以他音及自正思爲因正見生故無明滅無明滅故行滅如是乃至生滅故老死滅比丘白佛大德如次第無明緣等行等生亦還次第如是滅不佛言比丘不也比丘白佛大德彼何故次第說滅佛言比丘前分無生能故後分則無生法示現比丘無有不生之相即有滅轉八謂說自在者緣生如比丘善治思惟修定作緣若欲如是隨所信解即如是有彼無別異比丘此是我說八門緣生比丘白佛大德若世尊曾說因業故受生因渴愛故轉出有何密意作如是說佛言比丘以無明緣故種種福非福不動行往昔有中已作已集種種身受生種子聚而攝之於中渴愛猶未除滅以渴愛故還於有中彼身轉出彼行有能非無渴愛是故說名因業故受生因渴愛故轉出比丘白佛大德若因渴愛故轉出彼何故取緣有非渴愛緣佛言比丘

此有渴愛如其無取不能緣非福行於惡趣中出生及無有渴愛如其無取不能緣福不動行於非定地身及定地身二種善趣中出生是故非惟渴愛緣有取亦緣有比丘白佛大德若世尊曾於大由法門中說云阿難陀彼諸衆生於中衆生種類或無有生然亦有生若其一切諸種皆無生緣老死亦是可知世尊有何密意作如是說佛言比丘密意所說攝聚之生及轉出之生於老死增上緣不相著及相著此是密意比丘白佛大德世尊已說緣生句義未說緣生義彼云何可見佛言比丘略說有十一種緣生義可見所謂無作者義是緣生義共因者義無衆生義他生義不動義無常義念念空義因果相續不斷義種種因果義相似因果義決定因果義是緣生義如是可見比丘白佛大德若世尊曾說甚深即此緣生是也然此緣生甚深云何可見佛言比丘如是以十一種義故五種甚深可見所謂因甚深相甚深生甚深轉住甚深發轉甚深比丘復有五種緣生甚深可見所謂相甚深攝種甚深因甚深果甚深轉出因果差別對治甚深比丘復有五種緣生甚深可見所謂攝甚深順甚深逆甚深取甚深境界甚深比丘此是無明等起殊勝比丘白佛大德何者是無明轉住殊勝佛言比丘略說無明有四種轉住所謂順眠轉住(舊名使)起處轉住(舊名纏亦名上心)相應轉住獨不共轉住比丘白佛大德誰所轉住無明作緣佛言比丘此外凡夫以不正思牽引四種無明與福非福不動行作緣比丘此外凡夫若與福不動

相應善業之心猶是不正思之津氣比丘此內法放逸凡夫且置不共無明彼餘無明放逸牽引與行作緣比丘此內法不放逸凡夫學者及聖學者妄念牽引三種無明與非福作緣然彼非福不能作惡趣有是故彼非福不是無明緣行我曾說不共無明此內法不放逸凡夫學者未斷而聖學者已斷彼不放逸凡夫若發生福不動行於正法中發生正思相應心時解脫因及解脫向皆亦發生彼增上故二善趣生則當轉出而未斷四種無明增上故比丘然聖學者由斷不共無明不作新業所有故業由順眠力若未除斷彼頻觸已亦可盡邊如是彼無明緣行生生漸滅不復增長以此因緣故應知此內法學者不作無明緣行比丘為此外凡夫故發起我說隨順滿足染汙緣生非為此內法者也比丘此是無明轉住殊勝比丘白佛大德何者是無明顛倒殊勝佛言比丘此四種無明於諦中無而增有及有而謗無二種顛倒比丘白佛大德云何無而增有及有而謗無二種顛倒佛言比丘以四種因緣故所謂非法見法法見非法天趣及解脫中非方便見方便是為無而增有顛倒以邪見故皆謗言無是為有而謗無顛倒比丘此是無明顛倒殊勝比丘白佛大德何者是無明相貌殊勝佛言比丘彼有二種可見一者微細自相差別二者愛不愛及俱二顛倒境界同相差別比丘如是所有起處無明微細難知及難見故何況復順眠者所有相應無明微細難知及難見故何況復不共者諸愛不愛及俱二顛倒境

界之中覆真實相及見顛倒相同等轉行其餘煩惱則不如此若餘身見等同相煩惱亦復以彼無明而作依止乃得轉生比丘此是無明相貌殊勝比丘白佛大德何者是無明作業殊勝佛言比丘略說無明有二種業應知一者一切諸種發轉與作依止業者無明二者一切諸種背轉與作障礙業者無明比丘白佛大德何者是一切諸種發轉佛言比丘若處轉生若轉生如轉生是為一切諸種發轉比丘白佛大德何處轉生佛言比丘流轉道中以自我分別故比丘白佛大德何法轉生佛言比丘內外諸入以自我攝取故比丘白佛大德云何轉生佛言比丘業之與報相續發轉以自我分別及邪分別故比丘白佛大德何者是一切諸種背轉佛言比丘略說四種背轉所謂一者背轉依止二者背轉攀緣三者背轉思念四者背轉果成比丘此是無明作業殊勝比丘白佛大德何者是無明惡對殊勝佛言比丘勝法惡對無明及廣法惡對無明此二應見比丘白佛大德云何勝法惡對無明佛言比丘其五根中以此攝取以此和合所謂慧根彼之惡對則是無明是故說名勝法惡對比丘白佛大德云何廣法惡對無明佛言比丘所有聞體智思體智修體智彼之惡對則是無明是故說名廣法惡對比丘白佛大德若言無智是無明者彼豈無有是無明耶佛言比丘不爾比丘白佛大德若智無有是無明者當有何過佛言比丘若爾無明之相不可安立何以故比丘聞體智無有思體智思體智無有修體智世間

修體智無有出世修體智出世學智無有無學智無學聲聞智無有如來智彼如是者彼亦是有智彼亦是無智如是有無明故得立其相又比丘三善根中我說無癡彼中癡無而有無癡非以癡無是其無癡今亦非以明無是其無明又心數法不知眞實故名無明亦如心數法知眞實故名智又比丘若當無有是無明者此中諸十一種無明殊勝此則無有是故非明無有是其無明比丘此是無明惡對殊勝比丘白佛大德何者是無明順縛殊勝佛言比丘乃至有頂趣等三界衆生於此諦中若未有智彼無空鈌順眠恒縛亦以彼故謂彼衆生爲具足縛若復善趣惡趣因果分中亦未有智彼微細者無色界衆生次中者色界增上者欲界然彼微細次中增上當來有生法爾順縛又比丘若阿羅漢盡諸漏者應知之障彼亦是無明順縛如此無明遠行順縛亦應可見比丘此是無明順縛殊勝比丘白佛大德何者是無明對治殊勝佛言比丘有二種智以爲無明對治一者因他音聲或有不因是少分法界智二者因他音聲而非少分是無量法界智比丘白佛大德所有少分法界智何攀緣何種相何作業云何可見佛言比丘其少分法界智四念攀緣十六種相與無明共而於煩惱業生諸染作遠離業應如是見比丘白佛大德生苦云何可見佛言比丘內因苦依止故外因苦依止故及彼二苦依止故比丘白佛大德何者是內因苦佛言比丘病苦老苦死苦比丘白佛大德何者是外因苦佛言比丘不愛和合

苦愛別離苦若欲求時不得苦比丘白佛大德何者是彼二依止苦佛言比丘略說五受衆比丘白佛大德何者是渴愛佛言比丘若於現在身中而有貪愛比丘白佛大德何者是更有渴愛佛言比丘若於未來身中而有願求比丘白佛大德何者是喜欲共行渴愛佛言比丘若於已得攝取受用現在境界之中而有味著比丘白佛大德何者是處處喜欲渴愛佛言比丘若於未得境界之中種種追求比丘白佛大德此之渴愛何者是無餘斷佛言比丘見道應斷煩惱斷故下分上分結斷故未來苦果者渴愛斷故現在苦果者渴愛斷故斷比丘白佛大德何者是捨佛言比丘若見道應斷煩惱斷故斷比丘白佛大德何者是究竟邊佛言比丘若修道應斷煩惱斷故斷比丘白佛大德何者是盡佛言比丘若下分結斷故斷比丘白佛大德何者是離佛言比丘若上分結斷故斷比丘白佛大德何者是滅佛言比丘若畢竟斷故斷比丘白佛大德何者是寂佛言比丘若未來苦果者渴愛斷故斷比丘白佛大德何者是沒佛言比丘若現在苦果者渴愛斷故斷比丘白佛大德何者是正見佛言比丘若證見時前行智若證見時智若證見時後得智超越所知方便教行故比丘白佛大德何者是正分別佛言比丘於三寶中若正知已依正信故於彼功德順念分別超越異論等教故比丘白佛大德何者是正語佛言比丘若聖所愛戒無漏所攝無漏思惟共轉者遠離四種口業超越惡趣故比丘白佛大德何者是正業

佛言比丘若聖所愛戒無漏所攝無漏思惟共轉者遠離三種身業超越惡趣故比丘白佛大德何者是正命佛言比丘若聖所愛戒無漏所攝無漏思惟共轉者遠離邪命所起身口業超越惡趣故比丘白佛大德何者是正發佛言比丘若於上解脱中依止樂欲發起精進遠離惡對滿足對治故比丘白佛大德何者是正念佛言比丘若於止觀合相應時三種之相作依止已時時於此三種相中以不放逸共入正住於緣境中心數不忘於修道中超越不相應故比丘白佛大德何者是正定佛言比丘若其此等七種定具修治作已一心專向乃至此等七種與差別行作依止故與殊勝功德出生作依止故比丘白佛大德若如是念處等諸覺助法皆攝爲道何故惟説聖八分道以爲道相佛言比丘以聖八分道故彼餘所有諸覺助法皆此攝故比丘白佛大德若此苦中有四種相於中何者是無常相佛言比丘若中若見生滅之法此是其相比丘白佛大德何者是苦相佛言比丘仍彼生滅之法作依止已若見三苦順縛此是其相比丘白佛大德何者是空相佛言比丘若中若見離於我物此是其相比丘白佛大德何者是無我相佛言比丘若中若見我自離相此是其相比丘白佛大德若此四種以爲集相於中何者是因相佛言比丘於渴愛中若見種苦種子因體此是其相比丘白佛大德何者是集相佛言比丘於渴愛中若見相續生因體此是其相比丘白佛大德何者是生相佛言比丘於渴愛中若見五

趣差別生因體此是其相比丘白佛大德何者是緣相佛言比丘於渴愛中若見彼餘別緣執持因體此是其相比丘白佛大德若此滅諦有四種相於中何者是滅相佛言比丘於解脫中若見滅煩惱此是其相比丘白佛大德何者是止相佛言比丘於解脫中若見止苦此是其相比丘白佛大德何者是妙相佛言比丘於解脫中若見無罪淨樂此是其相比丘白佛大德何者是出相佛言比丘於解脫中若見出無常此是其相比丘白佛大德若此四種以爲道相於中何者是道相佛言比丘於此道中若見所知相應及無顛倒此是其相比丘白佛大德何者是如相佛言比丘於此道中若見出世無漏此是其相比丘白佛大德何者是跡相佛言比丘於聖道

中若見行於順行此是其相比丘白佛大德何者是乘相佛言比丘於此道中若見無上此是其相比丘白佛大德何故惟四聖諦佛言比丘共因果染淨皆此攝故(共因果者染則因果共染淨則因果共淨故名共也)比丘白佛大德此苦等諦何故漸次說諦佛言比丘病由脫藥相似法故(病謂苦由謂集脫謂滅藥謂道)比丘白佛大德此四聖諦爲一時證見爲漸次證見佛言比丘有道理故一時證見有道理故漸次證見(道理亦名因緣亦名方便)比丘白佛大德若一時證見有何道理佛言比丘自内知諦眞智境界攀緣非安立義以總攀緣故一時證見比丘白佛大德若漸次證見有何道理佛言比丘已修治智及後得者自相因果觀察其相以非總攀緣故漸次證見比丘白佛大德若世尊說四聖諦何故復

說二諦世諦及最勝義諦佛言比丘於此四聖諦中若法住智境界彼是世諦若復自內最勝義智境界非安立智境界彼是最勝義諦應如是見比丘白佛大德若四聖諦非聖亦諦聖亦諦何故以聖而名此諦以聖諦故世尊所諦佛言比丘雖非聖者亦於此諦法體之中無智而信故聖者於此法體之中有智而信故以是義故此爲聖諦應如是見比丘白佛大德皆少分無量法界智何攀緣何種相何作業佛言比丘亦四聖諦以爲攀緣清淨想諦爲相一切種入諦爲相與一切衆生作一切義利爲相又少分法界智者聲聞不背衆生義利不現前爲相緣覺背衆生義利爲相又無量法界智者遠離爲業謂離一切種煩惱及所應知障故與依止爲業謂與得至一切種徧智善淨法界作依止故覆護爲業謂覆護諸衆生等諸處逼惱故比丘此是無明對治殊勝諸比丘言善哉大德彼等比丘於世尊說歡喜默然而住彼諸比丘於世尊說其心悅樂皆大歡喜

佛說緣生初勝分法本經卷下

音釋

序

筌（此緣切取魚竹筌也）欝（於勿切）楞（盧登切）笈多（梵語具云達摩笈多此云法密）笈（其立切）琮（徂宗切）

經

髆（伯各切肩髆也）緒（象吕切端緒也）怯（苦頰切畏懦也）

悲華經

北涼天竺三藏法師曇無讖譯

清刻龍藏佛説法變相圖

悲華經卷第一

北涼天竺三藏法師曇無讖譯

轉法輪品第一

如是我聞一時佛在王舍城耆闍崛山與大比丘僧六萬二千人俱皆阿羅漢諸漏已盡無復煩惱一切自在心得解脱慧得解脱譬如善調摩訶那伽所作已辦捨於重擔逮得已利盡諸有結正智得解心得自在於一切心得度彼岸唯除阿難菩薩摩訶薩四百四十萬人彌勒菩薩最爲上首皆得陀羅尼忍辱禪定深解諸法空無定相如是大士皆不退轉是時復有大梵天王與無量百千諸梵天子俱他化自在天王與其眷屬四百萬人俱化樂天王亦與眷屬三百五十萬人俱兜率天王亦與眷屬三百萬人俱夜摩天王亦

與眷屬三百五十萬人俱忉利天王釋提桓因亦與眷屬四百萬人俱毗沙門天王亦與鬼神眷屬十萬俱毗樓勒天王亦與拘辨荼眷屬一千俱毗樓羅叉天王亦與諸龍眷屬一千俱提頭頼吒天王與乾闥婆眷屬一千俱難陀龍王婆難陀龍王亦各與一千眷屬俱如是等衆皆已發心趣於大乘已行六波羅蜜爾時世尊眷屬圍繞爲諸大衆説微妙法除四顛倒生善法明得智慧光了四聖諦欲令來世諸菩薩等得入三昧入三昧已過於聲聞辟支佛地於阿耨多羅三藐三菩提無有退轉爾時彌勒菩薩無癡見菩薩水天菩薩師子意菩薩日光菩薩如是等上首菩薩摩訶薩十千人俱即從座起偏袒右肩右膝著地叉手合掌向東南方一心歡喜恭敬

瞻仰而作是言南無蓮華尊多陀阿伽度阿羅訶三藐三佛陀南無蓮華尊多陀阿伽度阿羅訶三藐三佛陀希有世尊成阿耨多羅三藐三菩提未久而能示現種種無量神足變化令無量無邊百千億那由他衆生得種善根不退轉於阿耨多羅三藐三菩提爾時會中有菩薩摩訶薩名寶日光明即從座起偏袒右肩右膝著地合掌向佛而白佛言彌勒菩薩無癡見菩薩水天菩薩師子意菩薩日光菩薩如是等上首菩薩摩訶薩十千人等以何緣故捨於聽法而從座起偏袒右肩右膝著地叉手合掌向東南方一心歡喜而作是言南無蓮華尊多陀阿伽度阿羅訶三藐三佛陀南無蓮華尊多陀阿伽度阿羅訶三藐三佛陀希有世尊成阿耨多羅三藐三

菩提未久而能示現種種無量神足變化令無量無邊百千億那由他衆生得種善根世尊是蓮華尊佛去此遠近彼佛成道已來幾時國土何名以何莊嚴蓮華尊佛何故示現種種變化於十方世界所有諸佛示現種種無量變化或有菩薩而得瞻見我獨不覩爾時佛告寶日光明菩薩善男子善哉善哉汝所問者即是珍寶即是賢善即是善辯即是善問汝善男子能問如來如是妙義欲得教化無量萬億那由他衆生令種善根欲得顯現蓮華尊界種種莊嚴善男子我今當說諦聽諦聽善思念之善受攝持寶日光明菩薩一心歡喜受教而聽爾時世尊告寶日光明善男子東南方去此一億百千佛土有佛世界名曰蓮華以種種莊嚴而校飾之散諸名華香氣徧熏寶樹莊嚴種種寶山紺瑠璃地無量菩薩充滿其國善法妙音周徧而聞其地柔輭譬如天衣行時足下蹈入四寸舉足還復自然而生種種蓮華其七寶樹高七由旬其枝自然懸天袈裟其佛世界常聞諸天妓樂音聲彼諸衆鳥聲中常出根力覺意妙法之音其樹枝葉相振作聲過諸天人五樂之音一一樹根所出香氣過諸天香香氣徧滿過千由旬其樹中間懸天瓔珞有七寶樓觀高五百由旬縱廣正等一百由旬周帀欄楯七寶所成其樓四邊有大池水長八十由旬廣五十由旬其池四方有妙階陛純以七寶其池水中有優鉢羅華拘物頭華波頭摩華芬陀利華一一蓮華縱廣正等滿一由旬於夜初分有諸菩薩於華臺中生結跏趺坐

受於解脱喜悦之樂過夜分已四方有風柔輭香潔觸菩薩身其風能令合華開敷吹散布地是時菩薩從三昧起復受解脱喜悦之樂下蓮華臺昇於高樓於七寶座處結跏趺坐聽受妙法其園觀外周帀四邊有閻浮檀紫磨金山高二十由旬縱廣正等滿三由旬山有無量百千珍寶紺瑠璃珠大紺瑠璃珠火珠之明間錯其間爾時蓮華尊佛以大光明并諸寶明和合顯照其佛世界其土光明微妙第一更無日月亦無晝夜以華合鳥棲而知時節其寶山上有紺瑠璃妙好之臺高六十由旬縱廣二十由旬其臺四邊周帀欄楯七寶所成其臺中央有七寶牀其牀各有一生菩薩坐聽受法善男子其佛世界有菩提樹名因陀羅高三千由旬樹莖縱廣五百由旬枝葉縱廣一千由旬下有蓮華瑠璃爲莖高五百由旬一一諸華各有一億百千金葉高五由旬碼碯爲葉七寶爲鬚高十由旬縱廣正等滿七由旬爾時蓮華尊佛坐此華上即於昨夜成阿耨多羅三藐三菩提其菩提華座周帀復有種種蓮華有諸菩薩各坐其上見蓮華尊佛種種變化爾時世尊釋迦牟尼説是事已寶日光明菩薩摩訶薩白佛言世尊蓮華尊佛以何相貌作諸變化唯願説之佛告寶日光明善男子蓮華尊佛於昨夜後分成阿耨多羅三藐三菩提其佛過夜分已示現種種神足變化其身變現乃至梵天頂肉髻相放六十億那由他百千光明照於上方微塵數等諸佛世界爾時上方菩薩不觀下方眼所縁色所謂大小鐵圍及諸小

山但觀佛光所及世界於諸世界有諸菩薩得受記莂若得陀羅尼忍辱三昧或得上位一生補處是菩薩等所有光明以佛光故悉不復現如是等衆叉手向於蓮華尊佛瞻仰尊顏爾時唯見三十二相瓔珞其身八十種好次第莊嚴見蓮華尊佛及其世界種種莊嚴如是見已心得歡喜爾時如微塵數等諸佛世界中諸菩薩摩訶薩見蓮華尊佛光明變化及其世界已各捨本土以神足力悉共發來詣彼佛所禮拜圍繞供養恭敬尊重讚歎善男子爾時彼佛見諸菩薩出其舌相悉皆徧覆諸四天下行住坐等一切衆生或有菩薩入於禪定從禪定起在大衆中禮拜圍繞供養恭敬尊重讚歎蓮華尊佛善男子彼佛爾時示現如是廣長舌相作變化已即還攝之善男子蓮華尊佛復放身毛孔光一一毛孔出六十億那由他百千光明其光微妙普徧十方一一方面各各過於微塵數等諸佛世界彼世界中在在處處所有菩薩得受記已得陀羅尼三昧忍辱或得上位一生補處見是光已各各自捨其佛世界乘神通力皆共發來至彼佛所禮拜圍繞供養恭敬尊重讚歎善男子爾時彼佛作此變化即復還攝爲諸菩薩及諸大衆講說正法轉不退輪欲令無量無邊衆生得大利益得大快樂憐愍世間爲人天故欲令具足無上大乘

陀羅尼品第二

爾時寶日光明菩薩白佛言世尊彼佛世界云何得知晝夜差別所聞音聲爲何相貌彼諸菩薩云何而得成就一心行何異行佛告

寶日光明菩薩善男子彼佛世界常有佛光以爲照明以華合鳥棲如來菩薩入諸禪定師子遊戲其心歡喜受解脱樂爾時便知即是夜分若有風吹諸華散地諸鳥相和作微妙聲雨種種華四方風起香氣微妙柔輭細滑佛及菩薩從禪定起是時彼佛爲諸大衆説菩薩法藏欲令出過聲聞緣覺是故得知即是晝分善男子彼佛世界諸菩薩衆常聞佛音法音僧音寂滅之音無所有音六波羅蜜音力無畏音六神通音無所作音無生滅音微妙寂靜音因寂靜音緣寂靜音大慈大悲無生法忍受記之音純諸菩薩清淨妙音常不遠離聞如是音善男子所聞音聲相貌如是善男子彼界菩薩若已生若當生皆悉成就三十二相常身光明照一由旬乃至成

阿耨多羅三藐三菩提終不墮於三惡道中彼諸菩薩皆悉成就大慈心大悲心柔輭心無愛濁心調伏心寂靜心忍辱心禪定心清淨心無障礙心無垢心無汙心眞實心喜法心欲令衆生斷煩惱心如地心離一切世俗言語心愛樂聖法心求善法心離我心離生老病死寂滅心燒諸煩惱心解一切縛寂滅心於一切法得不動心善男子彼諸菩薩得專心力得發起力得緣力得願力得無諍力得觀一切法力得諸善根力得諸三昧力得多聞力得持戒力得大捨力得忍辱力得精進力得禪定力得智慧力得寂靜力得思惟力得諸通力得念力得菩提力得壞一切魔力得摧伏一切外道力得壞一切諸煩惱力如是菩薩於彼佛土已生當生者即是眞實

菩薩已得供養無量百千諸佛世尊於諸佛所種諸善根彼諸菩薩以禪味爲食法食香食猶如梵天無有摶食亦無名字無有不善亦無女人苦受愛憎諸餘煩惱及我我所身心苦惱三惡道等皆悉無有是諸名字亦無黑暗臭處不淨荆棘穢惡山陵堆阜土沙礫石及日月星宿然火之明須彌大海大小鐵圍二山中間幽瞑之處亦無有雨濁亂惡風及八難處悉亦無有此諸名字善男子彼佛世界常以佛光菩薩寶光而爲照明其光微妙清淨第一徧滿其國其國有鳥名曰善果聲中常出根力覺道微妙之音爾時寶日光明菩薩復白佛言世尊彼佛世界縱廣幾何住世壽命說法幾時昨夜始成阿耨多羅三藐三菩提滅度之後法住久近諸菩薩衆在世幾時生彼世界諸菩薩等頗有於遠見佛聞法供養衆僧不蓮華世界佛未出時名字何等彼界先昔佛日世尊滅度已來爲經幾時滅度之後中間幾時蓮華尊佛而得成道以何因緣於十方世界在在處處所有諸佛入於師子遊戲三昧示現種種神足變化諸菩薩等或有見者或不見者爾時佛告寶日光明菩薩善男子如須彌山王高十六萬八千由旬縱廣八萬四千由旬或時有人勤行精進或幻化力或禪定力碎破須彌猶如芥子過諸算數除佛世尊一切智者餘無能知如一芥子爲一四天下是蓮華世界所有四天下數盡此芥子有諸菩薩充滿其中猶如西方安樂世界諸菩薩等善男子彼蓮華尊佛壽命說法三十中劫滅度已後正法住世

滿十中劫善男子彼諸菩薩已生當生者壽命四十中劫善男子彼佛世界本名栴檀清淨巧妙不如今也爾時世界亦無如是清淨菩薩善男子栴檀世界過去先佛出於世間號日月尊如來應供正徧知明行足善逝世間解無上士調御丈夫天人師佛世尊壽命說法三十中劫臨滅度時或有菩薩以願力故至餘佛土其餘在者作如是念今夜中分日月尊如來當取涅槃是佛滅度已我等當於十中劫中護持正法誰能於此正法滅已次第得成阿耨多羅三藐三菩提時有菩薩名虛空印以本願故日月尊如來即與授記善男子我滅度已正法住世滿十中劫過十中劫於夜初分正法滅盡汝於是時即當成阿耨多羅三藐三菩提號曰蓮華尊如來應供正徧知明行足善逝世間解無上士調御丈夫天人師佛世尊爾時諸菩薩摩訶薩至日月尊佛所至佛所已諸菩薩等以禪定力種種自在師子遊戲供養日月尊如來作供養已右繞三帀作如是言世尊我等願欲於此十中劫中入滅盡定善男子爾時日月尊如來告虛空印菩薩摩訶薩善男子受持此解了一切陀羅尼門過去諸多陀阿伽度阿羅訶三藐三佛陀已爲受佛職位諸菩薩說如今現在十方諸佛亦爲受佛職位諸菩薩說未來諸佛世尊亦當爲受佛職位諸菩薩說所謂解了一切陀羅尼門即說章句

闍利闍連尼摩訶闍連尼　休翅　休翅

三鉢提　摩訶三鉢提　提陀阿吒(彖隘切)醯

多遮吒迦吒陀羅卓迦　阿斯摩摩迦斯醯

隸彌隸帝隸　流流翅　摩訶流流翅闍移
頭闍移闍移　未坻羶坻　舍多禰伽陀
禰　阿茂隸茂羅波隸闍尼　摩訶斯禰毗
囉　婆禰目帝目　帝波隸輸題　阿毗坻
波夜郅禰　波羅烏訶羅禰檀陀毗闍比闍
婆留鬱躭禰
如是章句破壞外道一切論議攝正法輪復
能擁護説正法者開示分別四念處解脱法
門爾時世尊復説章句
佛陀波迦舍移　阿摩摩禰摩摩訶遮紙
頞緹頞緹涅帝羅禰　路迦提目帝　那提
陀波隸婆末尼
如是章句開示分別四聖種解脱法門爾時
世尊復説章句
波沙緹　婆沙禰　陀隸　陀隸羅波坻
毱坻　守毗守婆波坻　禰坻　須摩跋坻
羼提　翅坻迦留那鬱提叉移　比坻憂比
叉　三鉢禰　阿羅翅婆羅地　佉歧　佉
歧竭移　阿茂　隸收　羅輸檀尼
如是章句開示分別四無所畏解脱法門爾
時世尊復説章句
咀頗羅　阿伽頗羅　阿涅頗羅　涅羅頗
羅　三目多　阿目多　涅目多　阿婆毗
那　比目帝婆尼　比臈頗羅　阿延陀
伊毗持　坻毗持　烏頭　都羅兜藍　阿
興三耒　伊提多婆　阿埵多埵　薩婆路
伽阿荼伽　隸頻陀　阿浮薩隸　陀陀曼
坻毗舍伽跋提　阿頗羅迦頗藍
如是章句開示分別守護三乘法門爾時世
尊復説章句

闍陀多　安禰醯羅　婆婆多繲　伊曇頗
隸　尼炎頗隸　三茂檀那延　毗浮舍
波施　蘇摩兜　阿㲋摩都阿鳩摩都施跋
帝　末羅吔　達舍婆羅毗波施他　夅舍
涕多　阿尼飲摩　底拏摩坻　阿路俱阿
提闞拏　薩坻末坻
如是章句現在諸佛本所修習開示分別四
正勤法門爾時世尊復說章句
安禰　摩禰　摩禰　摩摩禰　遮隸至利
帝　賒履賒履多毗　羶帝同帝　郁多履
三履　尼三履　三摩三履　叉裔　阿叉
裔　阿闍地羶帝　賒蜜致　陀羅尼　阿
路伽　婆婆斯　賴那婆提　賴魔　婆提
闍那婆提　彌留婆提　叉裔尼陀舍尼
路伽婆提　波禰陀舍尼

如是章句開示分別四無礙辯解脫法門爾
時世尊復說是章句
斫閦阿婆娑禰陀舍尼　禪那路伽陀兜波
娑散尼　薩婆因提浮摩坻千坻　薩婆薩
婆　婆摩薩婆婆吔婆　叉夜迦隸　懼迦
隸婆闍尼路伽㲋達舍那比婆
如是章句開示分別四如意足解脫法門爾
時世尊復說章句
阿遮隸　佛提　陀陀波遮隸　那尼　乾
拏斯提　首頻提　尼屑提三筆知　波隸
伽薩隸　蘇彌戰提　戰提阿遮隸　阿遮
遮隸　阿波隸　頻枝婆離　禰婆離　波
遮遮離　波波離　阿那夜　阿那夜　阿
俾斯鉤鉤彌波婆毗禰　迦禰　禰闍斯伽
伽彌　那由禘

如是章句開示分別一切根力解脱法門爾時世尊復説章句

富熙　肅富熙　度摩波　隷訶隷　阿婆移　鬱支隷　支迦勤差　阿夜末兜帝帝隷　摩摩隷半遮尸尸隷　路伽寫尼闍那夜　叉岐醯帝那遮　夜帝沙　旃提那

如是章句開示分別七菩提分解脱法門爾時世尊復説章句

遮迦婆闍隷　婆帝遮加隷　遮迦陁隷陁羅遮加隷　陁隷　茂隷醯醯　隷隷陁離阿樓婆跋提　休休隷　夜他甚婆餓頻婆隷　夜他祈尼　夜他波蘭遮　離提奢夜他婆耶　離離絁薩遮尼隷訶羅　闍留遮毗離　毗梨尼離訶羅　末離末伽尼隷訶羅　尼羅尼隷訶羅　三摩提尼隷訶羅

般若尼隷訶羅　比目帝尼隷　訶羅比目帝闍那陁隷舍那尼隷訶羅那叉帝　尼隷訶羅旃陁尼隷訶羅修利尼隷訶羅波陁舍夜六躭多陁阿伽度阿浮陁尼羅浮曇　三佛陁　阿佛陁伊訶浮陁呾哆浮陁尼訶我摩茂隷阿羅頗　陁羅頗　半荼隷曼陁隷呾哆隷多留摩伽伽憐尼茂祖拏　三半茂祖拏恒伽　崩伽摩㝹尼　留婆　那舍尼那舍槃檀尼　叱叱帝叱叱覩摩由婆醯澄伽摩波隷摩隷訶呾尼　婆隷摩隷　頻提毗離毗離憂沙離　舍羅尼陁羅尼　波婆抵　波藍那羅易毗頭頭摩婆羅𪐴摩梵摩遮隷那因提婆尼提提耶羅尼摩醯首羅羅羅尼三摩宿彌　阿藍念彌　伊迦勒叉利師遮尼遮羅阿支旃陁羅修利　薩婆修羅

阿婆藍富那　伽綖躭半持多阿夜那　虔
推闍婆斯迦伽陀隷　阿羅陀訶尼摩伽羅
毗路訶尼悉曇曼蹄　毗路迦曼蹄
是陀羅尼門諸佛世尊之所受持開示分別如來十力解脫法門爾時世尊釋迦牟尼說是解了一切陀羅尼法門時三千大千世界六種震動岠峨踊沒爾時有大微妙光明徧於十方過如恒河沙等世界其中所有須彌山王大小鐵圍不與眼對但見世界地平如掌十方世界所在之處有諸菩薩其數無量得諸禪定總持忍辱如是等衆以佛神力於已刹沒忽然來至娑婆世界耆闍崛山到如來所頭面禮足以諸菩薩所得種種自在神足供養於佛作供養已各各次第於一面坐欲聽解了一切陀羅尼門不可稱計欲色界諸天來至佛所頭面禮足亦各次第坐於一面聽受解了一切陀羅尼門如是大衆悉皆得見蓮華佛刹亦見彼佛與大菩薩圍繞集會爾時世尊釋迦牟尼說此解了一切陀羅尼門有七十二恒河沙等諸菩薩摩訶薩得此陀羅尼門即時得見不可稱計十方世界諸佛世尊及見諸佛淨妙世界諸菩薩等怪未曾有是諸菩薩以禪定力師子遊戲得自在故作種種供具以供養佛爾時佛告諸菩薩等善男子若菩薩修是解了一切陀羅尼門者即得八萬四千陀羅尼門七萬二千三昧門六萬法聚門即得大慈大悲解三十七助道之法得一切智無有障礙是陀羅尼門攝一切佛法諸佛了此陀羅尼已爲諸衆生說無上法久久在世不入涅槃善男子汝今

所見當知即是解了一切陀羅尼門威神力故令此大地六種震動及有微妙清淨光明徧照十方過恒河沙等諸佛世界光所及處無量世界諸菩薩等來至此會聽受解了一切陀羅尼門幷及此界所有無量欲色界天和合聚集復有諸龍夜叉阿脩羅人非人等皆來欲聽解了一切陀羅尼門若菩薩聞解了一切陀羅尼門已即於阿耨多羅三藐三菩提而不退轉若有書寫其人乃至無上涅槃常得不離見佛聞法供養衆僧若能讀誦諸重惡業永盡無餘轉身受生即過初地得第二住菩薩摩訶薩若能修行解了一切陀羅尼門所作五逆重惡之罪悉得除滅第二轉生即過初地得第二住若無五逆即於此身所有重業永盡無餘轉身即得過於初地得第二住若其不能讀誦修行於聽法時以諸繒綵奉上法師者爾時如恒河沙等現在諸佛各於世界稱揚讚歎善哉善哉即與授其阿耨多羅三藐三菩提記是菩薩以供養因緣故不久當得受佛職位一生成就阿耨多羅三藐三菩提若香供養不久當得無上定香若華供養不久當得無上智華若以珍寶供養法師不久當得三十七助道法之寶善男子若有菩薩能解了是陀羅尼門者得大利益何以故此陀羅尼門能開示分別一切菩薩諸法寶藏以是持故令諸菩薩得無礙辯四適意法善男子日月尊如來爲虛空印菩薩說陀羅尼門已爾時大地亦六種震動亦有無量微妙光明徧照十方無量無邊諸佛世界見諸佛刹地平如掌爾時會中亦

有無量菩薩摩訶薩悉見十方不可稱計諸佛世尊是時十方無量無邊諸菩薩等各各自於已世界没忽然來至栴檀世界見日月尊佛禮拜圍繞供養恭敬尊重讚歎皆欲聽受是陀羅尼門善男子爾時彼佛告諸菩薩善男子我今已聽汝等若是一生補處於十中劫聽入滅盡定其餘菩薩應十中劫從虚空印菩薩摩訶薩受此陀羅尼門菩薩法藏隨受持法得見十方無量世界所有諸佛因見佛故心生歡喜得種善根爾時會中有諸菩薩得種種自在師子遊戲者以種種供具供養彼佛作供養已白佛言世尊是虚空印菩薩摩訶薩過十中劫成阿耨多羅三藐三菩提當得轉於無上法輪時佛告曰諸善男子如汝所説是虚空印菩薩摩訶薩過十中劫得成阿耨多羅三藐三菩提即過其夜便轉法輪爾時虚空印菩薩摩訶薩成阿耨多羅三藐三菩提已即過其夜轉正法輪不退法輪無上法輪爾時會中無量無邊百千億那由他菩薩先從虚空印菩薩於十中劫受是陀羅尼門者得不退轉復有一生補處當得阿耨多羅三藐三菩提善男子若有菩薩不多修學是陀羅尼者於當來世得過初地上二住位不退轉於阿耨多羅三藐三菩提决定得是陀羅尼門如是説已日月尊如來爲諸菩薩示現種種神足變化示現是已爲虚空印菩薩摩訶薩示現那羅延三昧汝得是定便當得受金剛之身復爲示現一切莊嚴三昧光明善男子汝雖未轉是正法輪夢爲諸菩薩説此陀羅尼門汝於爾時便爲已

得如來身分三十二相八十種好亦當放此一切莊嚴三昧光明徧照無量一切世界復於光中得見無量無邊諸佛復爲示現金剛場三昧以三昧力故雖未坐道場菩提樹下未轉法輪已能爲諸菩薩說微妙法復爲示現法輪䰻三昧以三昧力故尋轉法輪轉法輪時有無量無邊百千億那由他菩薩當得畢定爾時虛空印菩薩摩訶薩聞說是已尋即自知當轉法輪歡喜踊躍與無量菩薩共供養佛作供養已各各自入諸樓觀中爾時彼佛即於其夜入無餘涅槃時諸菩薩過其夜已供養舍利既供養已各各還入寶樓觀中他方菩薩各各自還本佛世界一生菩薩於十中劫入滅盡定其餘菩薩因虛空印說妙法故滿十中劫得種善根是虛空印菩薩

摩訶薩始於昨夜成阿耨多羅三藐三菩提即於今日轉正法輪示現種種神足變化令百千億那由他無量衆生於阿耨多羅三藐三菩提不退轉我今於此說是陀羅尼門時亦有八十那由他百千菩薩得無生法忍七十二億衆生於阿耨多羅三藐三菩提不退轉七十二那由他百千菩薩得是解了一切陀羅尼門無量無邊天與人發阿耨多羅三藐三菩提心爾時會中有菩薩名解脫怨憎白佛言世尊菩薩摩訶薩成就幾法能修習是解了一切陀羅尼門佛告解脫怨憎菩薩言善男子菩薩成就四法則能修是陀羅尼門何等爲四菩薩住是四聖種中於麤衣食卧具醫藥常得知足菩薩成就如是四法則能修是陀羅尼門復次善男子菩薩摩訶薩

成就五法則能修是陀羅尼門何等爲五自持禁戒所謂愛護解脱戒成就威儀行防護戒法心生怖畏如小金剛受持修學一切諸戒見破戒者勸令持戒見邪見者勸令正見破威儀者勸住威儀見散心者勸令一心見有好樂於二乘者勸令安住阿耨多羅三藐三菩提菩薩成就如是五法則能修是陀羅尼門復次善男子菩薩成就六法則能修是陀羅尼門何等爲六自修多聞通達無礙見寡聞者勸令多聞自不慳恪見慳恪者勸令安住不慳恪法自不嫉妬見嫉妬者勸令安住不嫉妬法自不怖他施以無畏見怖畏者爲作擁護善言誘喻使得安隱心不諛諂無有姦詐行空三昧菩薩成就如是六法則能修是陀羅尼門菩薩摩訶薩成就如是相貌法已於七歲中總略一切陀毗黎章句晝夜六時頭面恭敬一心思惟緣身念處行空三昧讀誦如是陀毗黎章句即於起時偏念十方一切世界無量諸佛是菩薩摩訶薩過七歲已即便得是解了一切陀羅尼門菩薩得是陀羅尼門已便得如是聖清淨眼得是眼已見於十方如恒河沙等世界中在在處處諸佛世尊不取涅槃亦見示現種種無量神足變化是菩薩爾時悉見一切無量諸佛無有遺餘以見佛故即得八萬四千陀羅尼門七萬二千三昧門六萬法聚門菩薩摩訶薩得是解了一切陀羅尼門已復於衆生得大慈悲復有菩薩摩訶薩得是法門已所有五逆重惡罪等轉身便得求盡無餘第三生已盡一切業得第十住若無五逆其餘諸業即

於此身永盡無餘過一生已得第十住不久便得三十七品及一切智善男子是解了一切陀羅尼門能大利益諸菩薩摩訶薩若菩薩常念諸佛法身故得見種種神足變化見是化已即得如是無漏歡喜因歡喜故便成如是神足變化以神足力則能供養如恒河沙等世界諸佛得供養已於諸佛所亦聽受妙法聽受妙法故即得陀羅尼三昧忍辱便還來至此佛世界善男子是陀羅尼門能作如是大利益事損減惡業增諸善根爾時有諸菩薩白佛言世尊我等於過去如一恒河沙等諸佛所聞是陀羅尼門聞已即得復有菩薩作如是言我等已於二恒河沙等諸佛所聞是陀羅尼門聞已即得復有菩薩作如是言我等已於三恒河沙等諸佛所聞是陀羅尼門聞已即得復有菩薩作如是言我等已於四恒河沙等諸佛所聞是陀羅尼門聞已即得復有菩薩作如是言我等已於五恒河沙等諸佛所聞是陀羅尼門聞已即得復有菩薩作如是言我等已於六恒河沙等諸佛所聞是陀羅尼門聞已即得復有菩薩作如是言我等已於七恒河沙等諸佛所聞是陀羅尼門聞已即得復有菩薩作如是言我等已於八恒河沙等諸佛所聞是陀羅尼門聞已即得復有菩薩作如是言我等已於九恒河沙等諸佛所聞是陀羅尼門聞已即得

爾時彌勒菩薩摩訶薩白佛言世尊我於往世過十恒河沙等劫時有大劫名善普徧於此劫中是娑婆世界微妙清淨一切莊嚴爾時有佛出現於世號娑羅王如來應供正徧

知明行足善逝世間解無上士調御丈夫天人師佛世尊有無量百億那由他比丘僧復有不可計諸菩薩摩訶薩恭敬圍繞爾時娑羅王佛爲諸大衆說是解了一切陀羅尼門我於爾時從彼佛所得聞是法聞已修學學已即得增廣具足如是無量無邊劫中有不可計阿僧祇佛我於爾時隨其壽命以諸菩薩所得種種師子遊戲自在三昧供養如是無量諸佛我於爾時便得於此一一佛所種無量無邊不可稱計阿僧祇善根種善根已即得無量大功德聚以是善根故無量諸佛與我授記以本願故久在生死以待時故不成阿耨多羅三藐三菩提世尊唯願如來於今與我授佛職位令得阿耨多羅三藐三菩提爾時佛告彌勒菩薩摩訶薩如是如是如汝所說娑羅王佛現在世時汝已得是解了一切陀羅尼法門彌勒汝於過去十大劫中若欲願成阿耨多羅三藐三菩提者汝於爾時尋應具足速疾成就阿耨多羅三藐三菩提入無餘涅槃彌勒汝久住生死以本願故所以不成以待時故彌勒我今爲汝授佛職位爾時世尊觀諸大衆及諸菩薩比丘比丘尼優婆塞優婆夷天龍夜叉阿脩羅羅刹乾闥婆人非人等作是觀已說是章句

帶哆浮彌　檀陀浮彌　曇摩陀浮彌　伽帝浮彌　蜜帝浮彌　般若浮彌　毗舍羅闍浮彌　鉢帝三毗多浮彌　阿耨差婆浮彌　阿波差浮彌　三摩多愽差摩愽差浮彌　闍帝叉裔浮彌　三杈闍毗收闍　波羅　收闍毗舍伽達舍婆帝　毗舍陀　帝

羅那伽伽羅伽　三杈舍婆多　毗摩帝榆
波醯羅羅伽摩阿吒杈羅　婆舍僧伽摩伊
帝朱羅跋帝彌　文陀羅　陀訶羅跋帝般
若浮多　訶陀伽彌多　娑啚沙槃多伊羅
耶　尼羅耶　訶呼薩吒　阿牧陀牧阿
他婆帝　伽樓婆帝　帝醯那提婆阿迦那
摩帝　婆迦那摩帝三彌帝毗娑婆地禕陀
娑羅　禕陀婆羅　訶羅多羅拘留沙兜
樓沙賴摩羅留他　多留他　薩婆他　薩
婆他遮　尼留他　提訶多　多醯頗羅
婆睺頗羅　薩婆頗羅　世吒婆提
說是雜十二因緣解脫章句時有六十那由
他諸天見四聖諦爾時世尊復說章句
帶頗嵐　阿伽頗嵐　羅羅頗嵐　阿羅頗
嵐　尼羅呼羅　婆婆多綝　伊曇頗嵐
尼𥁞頗嵐　南無陀𥁞　毗浮蛾　般若遮
迦　阿㝵毗地遮迦　闍尼遮迦
說是解脫章句時有十億諸天發阿耨多羅
三藐三菩提心皆得不退轉爾時世尊復說
章句
波施　蘇摩都　阿㝵摩都　阿拘摩都
鵄陀婆拘摩哆他　陀舍羅　毗歎跋他
伊訶世鐵多　蘇禰摩　蘇帝廁拏帝利意阿
路拘眺光明阿提鬬拏大默然
說是解脫章句時六萬四千諸龍發阿耨多
羅三藐三菩提心皆得不退轉爾時世尊復
說章句
阿叉修跋叉　修婆娑曼陀那　阿羅佳婆
婆伽羅厨　迦羅荼叉　悉曇摩帝　三摩
多爹　阿叉婆隸　醯吒迦路　摩訶婆隸

烏闍陀路　陀羅尼　醯伽羅叉　拘陀叉
拘婆叉　鞞路布　毗留波目佉　勢帝嗐
哆勢帝婆隸　阿修路比那　修路波摩提
說是解脫章句時十二億夜叉發阿耨多羅
三藐三菩提心皆得不退轉爾時世尊復說
章句
阿梯　卑梨離　尼帝梯　珊帝梯　伽帝
抳那迦彌　阿藍彌　娑嵐彌　阿陀彌
摩陀彌　摩帝彌　珊尼訶　守隸陀　羅
尼阿弗舍多薩陀　薩提婆薩那伽　薩夜
叉薩阿脩羅　提婆那伽　尼六帝隸婆羅
尼六帝羅毗　蜜帝般若般梨跋多　末帝
波利羅毗　伽帝提帝波利婆羅　伽帝提
帝羅毗　弗婆翅毗闍禰毗薩遮利眸多
阿毗他那眸多　首羅眸陀　郅羅毗梨耶
眸陀　毗多眸抵　毗娑婆禰　末伽文陀
毗舍鉢利劒摩　禰叉波羅呼　烏訶羅路
提羅婆都　阿脩羅文陀那伽文陀　夜叉
文陀　羅利文陀　鞞提　鞞提彌　多卑
多多卑　烏拏郎咩　婆伽提　陀羅尼阿
毗舍多提舍首陀尼　婆翅輸提　耆婆輸
陀尼　波翅波利羯摩帝摩帝加帝跌帝伽
那那波帝　波羅那佛提闍耶遮加輸若陀
遮加卑夜
說是解脫章句已五萬六千阿脩羅發阿耨
多羅三藐三菩提心皆得不退轉爾時世尊
告無所畏平等地菩薩摩訶薩言善男子諸
佛世尊出世甚難演布是法乃復倍難是法
乃是戒定慧解脫解脫知見之所熏修善男
子如是章句能令菩薩威德成就善男子如

來本行菩薩道時以布施持戒忍辱精進禪定智慧攝是章句供養恭敬無量無邊百千萬億諸佛世尊於諸佛所或行布施或修梵行清淨持戒或勤精進或修忍辱或入三昧或修智慧種種修集純善淨業是故我今得無上智善男子我昔於無量阿僧祇億那由他劫修菩薩道時身常遠離妄語兩舌惡口綺語是故我今得是舌相善男子以是因緣故諸佛世尊所說眞實無有虛妄爾時世尊示現種種神足變化作變化已入徧一切功德三昧入是三昧已出廣長舌徧覆面門從其舌根放六十億光明其光微妙徧照三千大千世界地獄餓鬼畜生天人皆蒙其光地獄衆生身燃然者以蒙光故於須臾間得清涼樂是諸衆生即於其前各有化佛三十二相八十種好莊嚴其身爾時衆生以見佛故皆得快樂各作是念蒙是人恩令我得樂於化佛所心得歡喜叉手恭敬爾時佛告彼諸衆生汝今稱南無佛南無法南無僧以是緣故常得快樂諸衆生長跪叉手前受佛教而作是言南無佛南無法南無僧是諸衆生以是善根因緣故於此命終或生天上或生人中若有衆生在寒凍地獄是時尋有柔輭煖風來觸其身乃至生天人中亦復如是餓鬼衆生爲饑渴所逼蒙佛光故除饑渴惱受於快樂亦各於前有一化佛三十二相八十種好莊嚴其身以見佛故皆得快樂各作是念蒙是人恩令我得樂於化佛所心得歡喜叉手恭敬爾時世尊令彼衆生得見宿命罪業因緣尋自悔責以是善根於中命終生天人

中畜生衆生亦復如是爾時世尊爲諸天人示宿世因緣故有無量無邊衆生來至佛所頭面作禮却坐一面聽受妙法爾時有不可計諸天及人發阿耨多羅三藐三菩提心無數菩薩摩訶薩得陀羅尼三昧忍辱

悲華經卷第一

音釋

羶式連切　頞緹頞阿葛切緹杜兮切　毱居六切　[illegible]足小切　拲居勇切　苷古南切　齲驅雨切　緻直利切　岠峨岠普禾切峨五何切岠峨傾側摇動貌　杈丑皆切　夛得何切　嗐胡戛切

悲華經卷第二

北涼天竺三藏法師曇無讖譯

大施品第三之一

爾時會中有菩薩摩訶薩名曰寂意瞻覩如來種種神化已白佛言世尊何因緣故其餘諸佛所有世界清淨微妙種種莊嚴離於五濁無諸穢惡其中純有諸大菩薩成就種種無量功德受諸快樂其土乃至無有聲聞辟支佛名何況當有二乘之實今我世尊何因何緣處斯穢惡不淨世界命濁劫濁衆生濁見濁煩惱濁於是五濁惡世之中成阿耨多羅三藐三菩提在四衆中說三乘法以何緣故不取如是清淨世界而不遠離五濁惡世佛告寂意菩薩摩訶薩善男子菩薩摩訶薩以本願故取淨妙國亦本願故取不淨土何以故善男子菩薩摩訶薩成就大悲故取斯弊惡不淨土耳是故吾以本願處此不淨穢惡世界成阿耨多羅三藐三菩提善男子汝今諦聽善思念之善受善持吾今當說時諸菩薩受教而聽佛告寂意菩薩善男子我於往昔過恒河沙等阿僧祇劫此佛世界名刪提嵐是時大劫名曰善持於彼劫中有轉輪聖王名無諍念主四天下有一大臣名曰寶海是梵志種善知占相時生一子有三十二相瓔珞其身八十種好次第莊嚴以百福德成就一相常光一尋其身圓足如尼拘盧樹諦觀一相無有猒足當其生時有百千諸天來共供養因爲作字號曰寶藏其後長大剃除鬚髮法服出家成阿耨多羅三藐三菩提還號寶藏如來應正徧知明行足善逝世間

解無上士調御丈夫天人師佛世尊即轉法輪令百千無量億那由他諸衆生等得生人天或得解脱如是利益諸天人已與百千億那由他聲聞大衆恭敬圍繞次第遊行城邑聚落漸到一城名安周羅即是聖王所治之處去城不遠有一園林名曰閻浮爾時如來與百千無量億那由他聲聞大衆止頓此林時轉輪王聞寶藏佛與百千無量億那由他大聲聞衆次第遊行至閻浮林爾時聖王便作是念我今當往至於佛所禮拜圍繞供養恭敬尊重讃歎作是念已即便自以聖王神力與無量大衆前後圍繞出安周羅城向閻浮林既至林外如法下車歩至佛所到已頭面禮足右繞三帀却坐一面善男子爾時寶藏多陁阿伽度阿羅訶三藐三佛陁即爲聖王説於正法以種種方便示教利喜説是法已默然而止時轉輪王便從座起長跪叉手前白佛言唯願如來及諸聖衆於三月中受我供養衣被飲食卧具湯藥善男子彼時如來默然許之時王即知佛已許可頭面作禮繞佛三帀歡喜而去時轉輪王告諸小王大臣人民及其眷屬作如是言汝等知不我今已請寶藏如來及其大衆終竟三月奉諸所安自我所用愛重之物諸供養具僮使僕從我今悉捨以奉施佛及諸聖衆汝等今者亦當如是捨所重物諸供養具僮使僕從以奉施佛及諸聖衆諸人聞已即便受教歡喜奉行時主寶臣於閻浮林中以純金爲地於其地上作七寶樓其樓四門七寶所成七寶行樹其樹皆懸寶衣瓔珞種種眞珠妙好寶蓋

及諸寶器以用莊嚴復有諸香妙寶華果以莊校樹散種種華綩綖繒纊以爲敷具懸諸繒旛聖王金輪於樓觀前懸處虛空去地七尺令白象寶在如來後持七寶樹其樹復有真珠繒帛種種瓔珞以用莊校其上復有七寶妙蓋使玉女寶於如來前磨牛頭栴檀及黒沉水用散佛上以摩尼珠寶置於佛前寶珠金輪王光微妙常明徧滿閻浮檀林晝夜無異寶藏如來常身光明微妙清淨徧滿三千大千世界以牛頭栴檀爲一一聲聞作諸牀榻一一牀邊牛頭栴檀以爲几凳一一座後有白象寶持七寶樹種種莊嚴亦如如來一一座前有玉女寶磨牛頭栴檀及黒沉水散以供養於此一一聲聞座前各各安置摩尼寶珠其園林中作種種妓樂其園外邊有四兵寶周帀圍繞善男子時轉輪王清旦出城向於佛所既至林外如法下車步至佛所至佛所已頭面禮足右繞三帀自行澡水手自斟酌上妙餚饍佛及大衆飲食已訖捨鉢漱口時轉輪王手執寶扇以扇如來及一一聲聞時王千子及八萬四千諸小王等悉皆供養一一聲聞如轉輪王供養世尊尋於食後有百千無量億那由他衆生入閻浮林於如來所聽受正法爾時虛空中有百千無量億那由他諸天散諸天華作天妓樂以供養佛是時虛空中有天衣瓔珞種種寶蓋而自迴轉復有四萬青衣夜叉於栴檀林取牛頭栴檀爲佛大衆然火熟食時轉輪王其夜於佛及大衆前然百千無量億那由他燈善男子時轉輪王頂戴一燈肩荷二燈左右手中

執持四燈其二膝上各置一燈兩足趺上亦各一燈如是竟夜供養如來佛神力故身心快樂無有疲極譬如比丘入第三禪轉輪聖王所受快樂亦復如是如是供養終竟三月時王千子及八萬四千諸小王等百千無量億那由他衆亦以妙食供養一一諸聲聞等亦如聖王所食餚饍亦滿三月其玉女寶亦以種種華香供養如轉輪王供養於佛等無差别其餘衆生華香供養亦如玉女供養聲聞無有異也善男子時轉輪王過三月已以主藏寶臣貢上如來閻浮檀金作龍頭瓔八萬四千上金輪寶白象紺馬摩尼珠寶妙好火珠主藏臣寶主四兵寶諸小王等安周羅城諸小城邑七寶衣樹妙寶華聚種種寶蓋轉輪聖王所著妙衣種種華鬘上妙瓔珞七寶妙車種種寶牀七寶頭目交絡寶網閻浮金鎖寶真珠貫上妙履屣綩綖茵褥微妙几凳七寶器物鐘鼓妓樂寶鈴珂貝園林幢旛寶罐燈燭七寶鳥獸雜廁妙扇種種諸藥如是等物各八萬四千以用奉施佛及聖衆作是施已白佛言世尊我國多事有諸不及今我悔過唯願如來久住此國復當令我數得往來禮拜圍繞恭敬供養尊重讃歎彼王諸子在佛前坐一一王子復各請佛及比丘僧終竟三月奉諸所安唯願許可爾時如來默然許之時轉輪王已知如來受諸子請頭面禮佛及比丘僧右繞三帀歡喜而去善男子時王千子第一太子名曰不眴終竟三月供養如來及比丘僧奉諸所安一如聖王時轉輪王日至佛所瞻覲尊顔及比丘僧聽受妙

法善男子爾時大臣寶海梵志周徧到於閻浮提内男子女人童男童女一切人所乞求所須爾時梵志先要施主汝今若能歸依三寶發阿耨多羅三藐三菩提心者然後乃當受汝所施時閻浮提一切衆生其中乃至無有一人不從梵志受三歸依發阿耨多羅三藐三菩提心者既令諸人受教戒已即便受其所施之物爾時梵志令百千億無量衆生住三福處及發阿耨多羅三藐三菩提心太子不眴供養如來及比丘僧竟三月已所奉達嚫八萬四千金龍頭瓔唯無聖王金輪白象紺馬玉女藏臣主兵摩尼寶珠其餘所有金輪象馬妙好火珠童男童女七寶衣樹七寶華聚種種寶蓋微妙衣服種種華鬘上妙瓔珞七寶妙車種種寶牀七寶頭目交絡寶網閻浮金鎖寶真珠貫上妙履屣綩綖茵褥微妙几凳七寶器物鐘鼓妓樂寶鈴珂貝園林幢旛寶鑵燈燭七寶鳥獸雜廁妙扇種種諸藥如是等物各八萬四千以奉獻佛及比丘僧作是施已白佛言世尊所有不及今日悔過時第二王子名曰尼摩終竟三月供養如來及比丘僧如不眴太子所奉達嚫如上所說第三王子名曰王衆第四王子名能伽羅第五王子名曰無所畏第六王子名曰虚空第七王子名曰善臂第八王子名曰泯圖第九王子名曰蜜蘇第十王子名曰濡心十一王子名曹伽奴十二王子名摩樗滿十三王子名摩奴摸十四王子名摩磋鹿滿十五王子名摩闍奴十六王子名曰無垢十七王子名阿闍滿十八王子名曰無缺十九王子

名曰義雲二十王子名因陀羅二十一名尼婆盧二十二名尼伽殊二十三名曰月念二十四名曰日念二十五名曰王念二十六名金剛念二十七名忍辱念二十八名曰住念二十九名曰遠念三十名曰寶念三十一名羅睺三十二名羅睺力三十三名羅睺質多羅三十四名羅摩質多羅三十五名曰國財三十六名曰欲轉三十七名蘭陀滿三十八名羅刹盧蘇三十九名羅耶輸四十名炎磨四十一名夜婆滿四十二名夜闍盧四十三名夜磨滬四十四名夜墮殊四十五名夜頗奴四十六名夜娑奴四十七名南摩殊帝四十八名阿藍遮奴如是等聖王千子各各三月供養如來及比丘僧一切所須衣服飲食卧具醫藥亦復皆如第一太子所奉達嚫種種之物亦復各各八萬四千因其所施各各發心或願忉利天王或求梵王或求魔王或求轉輪聖王或願大富或求聲聞是諸王子其中乃至尚無一人求於緣覺況求大乘時轉輪王因布施故而復還求轉輪王位是時聖王及其千子如是供養滿二百五十歲各各向佛及比丘僧悔諸不及善男子時寶海梵志尋往佛所而白佛言唯願如來及比丘僧滿七歲中受我供養衣服飲食卧具醫藥爾時如來默然許可受梵志請善男子爾時梵志供養如來及比丘僧所須之物亦如聖王之所供養善男子寶海梵志復於後時作如是念我今已令百千億那由他衆生發阿耨多羅三藐三菩提心然我不知轉輪聖王所願何等爲願人王天王聲聞緣覺爲求阿

耨多羅三藐三菩提若我來世必成阿耨多羅三藐三菩提度未度者解未解者未離生老病死憂悲苦惱悉令得離未滅度者令得滅度定如是者我於夜卧當有諸天魔梵諸龍及夜叉等諸佛世尊聲聞沙門婆羅門等爲我現夢說此聖王之所志求爲求人王爲求天王爲求聲聞辟支佛乘阿耨多羅三藐三菩提耶善男子時寶海梵志於睡眠中見有光明因此光故即見十方如恒河沙等諸世界中在在處處諸佛世尊彼諸世尊各各遥以妙好蓮華與此梵志其華微妙銀莖金葉瑠璃爲鬚碼碯爲茸各於華臺見日輪像於日輪上各各悉有七寶妙蓋一一日輪各各皆出六十億光是諸光明皆悉來入梵志口中自見其身滿千由旬淨無垢穢譬如明鏡見其腹內有六十億那由他百千菩薩在蓮華上結跏趺坐三昧正受復見日鬘圍繞其身於諸華中出諸妓樂踰於天樂善男子爾時梵志又見其王血汙其身四方馳走面首似豬噉種種蟲既噉蟲已坐伊蘭樹下有無量衆生來食其身唯有骨鎖捨骨鎖已數數受身亦復如是於是復見諸王子等或作豬面或作象面或水牛面或師子面或狐狼豹面或獼猴面以血汙身亦各皆噉無量衆生坐伊蘭樹下復有無量衆生來食其身乃至骨鎖離骨鎖已數數受身亦復如是或見王子須曼那華以作瓔珞載小弊車駕以水牛從不正道南向馳走復見四天大王釋提桓因大梵天王來至其所告梵志言汝今四邊所有蓮華應先取一華與轉輪王一一王

子各與一華其餘諸華與諸小王次與汝子并及餘人梵志得聞如是語已即如其言悉取賦之如是夢已忽然而寤從卧起坐憶念夢中所見諸事尋時得知轉輪聖王所願卑下愛樂生死貪著世樂我今復知諸王子中或有所願卑小下劣以諸王子有發心求聲聞乘者故我夢見須曼那華以作瓔珞載水牛車於不正道南向馳走我何緣故昨夜夢中見大光明及見十方無量世界在在處處諸佛世尊以我先教勸閻浮提内無量衆生悉令安住三福處故是故於夢得見光明及見十方無量世界在在處處諸佛世尊以我教勸閻浮提内一切衆生發阿耨多羅三藐三菩提心請寶藏佛及比丘僧足滿七歲奉諸所安是以夢中見十方諸佛與我蓮華以我發阿耨多羅三藐三菩提心故是以夢中見十方諸佛與我寶蓋如我所見蓮華臺中見日輪像有無量光明入我口中及見大身滿千由旬七寶蓋上以日爲飾及見腹内有六十億百千菩薩在蓮華上結跏趺坐三昧正受時梵天王所可教勑賦諸蓮華如是等夢非我所解唯有如來乃能解之我今當往至世尊所問其所以何因緣故見是諸事善男子爾時寶海梵志過夜清旦即至佛所飲食已辦自行澡水手自斟酌上妙餚饍食已行水收舉鉢訖即於一面坐卑小牀欲聽妙法爾時聖王及其千子無量無邊百千大衆出安周羅城恭敬圍繞向閻浮園到園外已如法下車步至佛所頭面禮佛及比丘僧在佛前坐爲欲聽法爾時梵志如夢中所見具

向佛說佛告梵志汝夢所見有大光明十方無量如恒河沙等諸世界中在在處處諸佛世尊與汝蓮華於華臺中有日輪像大光入口以汝先於二百五十年中教閻浮提內無量衆生令住三福處復令無量衆生發阿耨多羅三藐三菩提心於今復作如是大施供養如來及比丘僧以是故十方諸佛授汝阿耨多羅三藐三菩提記十方如恒河沙等諸佛世尊現在說法與汝蓮華銀莖金葉瑠璃爲鬚碼碯爲萁蓮華臺中有日輪像如是等事皆是汝之受記相貌梵志汝夢所見十方如恒河沙等諸世界中在在處處諸佛世尊現在說法彼諸世尊所可與汝七寶妙蓋蓋上莊飾至梵天者汝於來世當於夜分成阿耨多羅三藐三菩提即於其夜有大名稱徧滿十方如恒河沙等諸世界中上至梵天當得無見頂相無能過者即是汝之成道初相汝夢見大身又見日鬘而自圍繞者汝於來世成阿耨多羅三藐三菩提已汝先所可於閻浮提內教無量衆生令發阿耨多羅三藐三菩提心者亦當同時於十方如微塵等世界之中成阿耨多羅三藐三菩提亦皆各各發此讚言我於往昔爲寶海梵志之所勸化發阿耨多羅三藐三菩提心是故我等今日悉成阿耨多羅三藐三菩提其甲世尊即是我之眞善知識爾時諸佛各各自遣諸大菩薩爲供養汝故諸菩薩等以先所得已佛世界種種自在師子遊戲神足變化而以供養爾時諸菩薩種種供養已於彼聽法得陀羅尼三昧忍辱是諸菩薩聽受法已各還本土

向佛世尊稱説汝國所有諸事梵志如是夢事皆是汝之成道相貌梵志汝所夢見於其腹内有無量億諸大菩薩在蓮華上結跏趺坐三昧正受者汝於來世成阿耨多羅三藐三菩提已復當勸化無量億百千衆生令不退於阿耨多羅三藐三菩提汝入無上涅槃已其後未來之世當有十方世界無量諸佛法王世尊亦當稱汝名字作如是言過去微塵數等大劫有某甲佛是佛世尊勸化我等安住於阿耨多羅三藐三菩提令不退轉是故我等今成阿耨多羅三藐三菩提作正法王梵志如是等夢皆是汝之成道相貌梵志汝夢所見人形豬面乃至獼猴面以血汙身噉種種蟲已坐伊蘭樹下無量衆生唼食其身乃至骨鎖離骨鎖已數數受身者有諸癡人住三福處所謂布施調伏善攝身口如是人等當生魔天有退没苦若生人中受生老病死憂悲惱苦愛别離苦怨憎會苦所求不得苦生餓鬼中受飢渴苦生畜生中無明黑暗有斷頭苦生地獄中受種種苦欲得遠離如是諸苦是故安住修三福處願求天王轉輪聖王或欲主領一四天下乃至主領四四天下如是癡人食一切衆生是衆生等復當還食如是癡人如是展轉行於生死不可得量梵志如是夢者即是久受生死之相貌也梵志汝夢所見有諸人等須曼那華以作瓔珞載小弊車駕以水牛於不正道南向馳走梵志即是安住於善福事能自調伏令得寂靜向聲聞乘者之相貌也善男子爾時寶海梵志白轉輪王言大王當知人身難得王今

已得成就無難諸佛世尊出世甚難過優曇華發善欲心及作善願乃復甚難大王今者若願天人即是苦本若欲得主一四天下及二三四亦是苦本輪轉生死大王若生人天皆是無常無決定相猶如疾風其人貪樂於五欲中心不猒足猶如小兒見水中月若有願求在天人中受放逸樂其人數數墮於地獄受無量苦若生人中受愛别離苦怨憎會苦若生天上有退没苦當復數數有受胎苦復有種種互相食噉奪命之苦癡如嬰兒心不知猒何以故離善知識故不作正善願故不行精進故應得者不得故應解者不解故應證者不證故癡如嬰兒無所識别唯菩提心能離苦惱無有遺餘而反生猒世間生死數數受苦而更甘樂遂令諸苦轉復增長大王今當思惟生死有如是等種種諸苦大王今者已供養佛已種善根是故於三寶中應生深信大王當知先所供養佛世尊者即是來世大富之因愛護禁戒即是來世人天中因今者聽法即是來世智慧因也大王今者已得成就如是等事便應發阿耨多羅三藐三菩提心時王答言梵志我今不用如是菩提我心今者愛樂生死以是緣故布施持戒聽受妙法梵志無上菩提甚深難得是時梵志復白大王是道清淨應當一心具足願求是道無濁心清淨故是道正直無諂曲故是道鮮白離煩惱故是道廣大無障礙故是道含受多思惟故是道無畏不行諸惡故是道大富行檀波羅蜜故是道清淨行尸波羅蜜故是道無我行羼提波羅蜜故是道不住行

毗梨耶波羅蜜故是道不亂行禪波羅蜜故是道善擇行般若波羅蜜故是道乃是真實智慧之所至處行大慈故是道不退行大悲故是道歡喜行大喜故是道堅牢行大捨故是道無刺棘常遠離欲恚惱覺故是道安隱心無障礙故是道無賊善分別色聲香味觸故是道壞魔善分别陰入界故是道離魔斷諸結故是道妙勝離聲聞緣覺所思惟故是道徧滿一切諸佛所受持故是道珍寶一切智慧故是道明淨智慧光明無障礙故是道善說爲善知識之所護故是道平等斷愛憎故是道無塵離恚穢忿怒故是道善趣離一切不善故大王是道如是能到安樂之處乃至涅槃是故應發阿耨多羅三藐三菩提心爾時轉輪聖王答大臣言梵志今者如來出

現於世壽八萬歲其命有限不能悉爲一切衆生斷諸惡業令種善根種善根已安置聖果或得陀羅尼三昧忍辱或得菩薩勝妙善根諸佛授記得阿耨多羅三藐三菩提或少善根於天人中受諸快樂是諸衆生各各自受善不善報梵志於衆生中乃至一切人無善根者如來不能說斷苦法如來世尊雖爲福田無善根者不能令斷諸苦惱法梵志我今發阿耨多羅三藐三菩提心我行菩薩道時修集大乘入於不可思議法門教化衆生而作佛事終不願於五濁之世穢惡國土發菩提心我今行菩薩道願成阿耨多羅三藐三菩提時世界衆生無諸苦惱若我得如是佛刹者爾乃當成阿耨多羅三藐三菩提善男子爾時寶藏多陀阿伽度阿羅訶三藐三

佛陀即入三昧其三昧名見種種莊嚴入三昧已作神足變化放大光明以三昧力故現十方世界一一方面各千佛剎微塵數等諸佛世界種種莊嚴或有世界佛已涅槃或有世界佛始涅槃或有世界其中菩薩始坐道場菩提樹下降伏魔怨或有世界佛始成道便轉法輪或有世界佛久成道方轉法輪或有世界純諸菩薩摩訶薩等徧滿其國無有聲聞緣覺之名或有世界佛說聲聞辟支佛乘或有世界無佛菩薩聲聞緣覺或有世界五濁弊惡或有世界清淨微妙無諸濁惡或有世界卑陋不淨或有世界嚴淨妙好或有世界壽命無量或有世界壽命短促或有世界有大火災或有世界有大水災或有世界有大風災或有世界劫始欲成或有世界成就已竟有如是等無量世界微妙光明悉皆徧照令得顯現爾時大衆悉見如是等無量清淨諸佛世界種種莊嚴時寶海梵志白轉輪王大王今者已得見此諸佛世界種種莊嚴是故今應發阿耨多羅三藐三菩提心隨意欲求何等佛土善男子時轉輪王向佛叉手而白佛言世尊諸菩薩等以何業故取清淨世界以何業故取不淨世界以何業故壽命無量以何業故壽命短促佛告聖王大王當知諸菩薩等以願力故取清淨土離五濁惡復有菩薩以願力故求五濁惡爾時聖王前白佛言世尊我今還城於閑靜處專心思惟當作誓願如我所見佛土相貌離五濁惡願求清淨莊嚴世界佛告聖王宜知是時善男子時轉輪王頭面禮佛及比丘僧右繞三

帀即退而去便還入城到所住處自宮殿中在一屏處一心端坐思惟修習種種莊嚴已佛世界善男子時寶海梵志次白太子不眴善男子汝今亦當發於阿耨多羅三藐三菩提心如汝所行三福處者所謂布施調伏善攝身口及所修行清淨善業盡應和合迴向阿耨多羅三藐三菩提爾時太子作如是言我今先應還至宮殿在一屏處端坐思惟若我必能發阿耨多羅三藐三菩提心者我當還來至於佛所當於佛前畢定發心願取種種淨妙佛土爾時太子頭面禮佛及比丘僧右繞三帀即退而去至本宮殿在一屏處一心端坐思惟修習種種莊嚴已佛世界善男子爾時梵志復白第二王子作如是言善男子汝今當發阿耨多羅三藐三菩提心如是

聖王千子皆悉教化令發阿耨多羅三藐三菩提心爾時梵志復教化八萬四千諸小王等及餘九萬二千億衆生令發阿耨多羅三藐三菩提心一切大衆皆作是言梵志我等今當各各還至所住之處在一靜處一心端坐思惟修習種種莊嚴已佛世界如是大衆一心寂靜於七歲中各各於已本所住處一心端坐思惟修習種種莊嚴已佛世界善男子寶海梵志復於後時作如是念今我教化無量百千億那由他衆生令發阿耨多羅三藐三菩提心我今已請佛及大衆於七歲中奉諸所安若我當來必成阿耨多羅三藐三菩提所願成就者我當勸喻天龍鬼神阿脩羅乾闥婆緊那羅摩睺羅伽夜叉羅刹拘辦茶等令其供養如是大衆善男子爾時梵志

即念毗沙門天王善男子爾時天王即知梵志心之所念與百千億無量夜叉恭敬圍繞至梵志所尋於其夜在梵志前作如是言梵志有何教勑梵志問言汝是誰耶毗沙門言梵志汝頗曾聞毗沙門王不即我身是欲何所勑時梵志言善來大王我今供養如是大衆汝可助我共供養之毗沙門王言敬如所勑隨意所須梵志復言大王若能隨我意者令諸夜叉發阿耨多羅三藐三菩提心復當宣告諸夜叉等欲得福者欲得阿耨多羅三藐三菩提者可渡大海日日往取牛頭栴檀及以沉水并諸餘香種種諸香種種諸華持來至此亦當如我日日供養佛及衆僧爾時天王聞是語已還至住處擊鼓集會夜叉羅刹唱如是言卿等知不此閻浮提有轉輪聖王名無諍念有梵志名曰寶海即是聖王之大臣也終竟七歲請佛及僧奉諸所安卿等於此福德應生隨喜生隨喜已以是善根發心迴向阿耨多羅三藐三菩提善男子爾時有百千無量億那由他夜叉等叉手合掌作如是言若寶海梵志於七歲中供養如來及比丘僧奉諸所安所得善根福報我等隨喜以是隨喜善根故令我等成阿耨多羅三藐三菩提爾時天王復作是言卿等諦聽欲得福德及善根者便可日日渡於大海爲彼梵志取牛頭栴檀及以沉水熟食飯佛及比丘僧時有九萬二千夜叉同時發言天王我等今者於七歲中常當取是牛頭栴檀及以沉水與彼梵志熟食飯佛及比丘僧復有四萬六千夜叉亦同聲言我等當取微妙諸香與

彼梵志供養如來及比丘僧復有五萬二千諸夜叉等亦各同聲作如是言我等當取種種妙華與彼梵志供養如來及比丘僧復有二萬諸夜叉等亦同聲言我等當取諸味之精與彼梵志調和飲食以供養佛及比丘僧爾時復有七萬夜叉亦同聲言我等當往與作飲食供養如來及比丘僧善男子爾時梵志復作是念次當勸喻毗樓勒叉天王毗留羅叉天王提頭頼吒天王作是念已爾時三王即知其念往梵志所乃至還所住處毗樓勒叉與百千億那由他拘辦茶等毗留羅叉天王與百千無量億那由他諸龍提頭頼吒與百千無量億那由他諸乾闥婆乃至發阿耨多羅三藐三菩提心亦如是善男子爾時梵志即復念於第二天下四天大王彼四天王以佛力故至梵志所作如是言梵志今者欲何所勑梵志答言我今勸汝與諸眷屬發阿耨多羅三藐三菩提心四天王言敬如所勑即各還至所住之處與諸眷屬悉共發於阿耨多羅三藐三菩提心如是乃至三千大千世界百億毗沙門王發阿耨多羅三藐三菩提心百億毗樓勒叉天王百億毗樓羅叉百億提頭頼吒各各自與所有眷屬亦復如是發阿耨多羅三藐三菩提心善男子爾時梵志復作是念若我未來必成阿耨多羅三藐三菩提所願成就得已利者當令一切諸天皆使得此福德之分亦勸使發阿耨多羅三藐三菩提心若我來世以是善根必成阿耨多羅三藐三菩提者忉利天王當來至此與我相見夜摩天子兜術天子化樂天子他

化自在天子亦當來此與我相見善男子爾時梵志作是念已忉利天王夜摩天王兜術天王化樂天王他化自在天王悉皆來此與梵志相見作如是言梵志今者欲何所勑梵志答曰汝是誰也時五天王各稱姓名復言梵志欲何所勑不須在此大會使耶梵志答言天王當知汝等天上所有妙寶臺殿樓閣有諸寶樹及諸衣樹香樹華樹果蓏之樹天衣天座綩綖茵褥上妙寶器及以瓔珞天幢天蓋諸繒旛等種種莊嚴諸天所有種種妓樂汝等可以如此之物種種莊嚴此閻浮園供養於佛及比丘僧時五天王作如是言敬如所勑時諸天王各各還至所住之處忉利天王告毗樓勒天子夜摩天王告阿荼滿天子兜術天王告路醯天子化樂天王告拘陀羅天子他化自在天王告難陀天子各作是言卿今當下閻浮提界以此所有種種莊嚴彼閻浮園懸諸瓔珞敷種種座如諸天王種種莊嚴爲如來故作寶高樓當使如此忉利天上所有寶樓是諸天子聞是教已即下來至閻浮提中尋於其夜種種莊嚴是閻浮園以諸寶樹乃至天旛而莊校之爲如來故作七寶樓如忉利天所有寶樓是五天子以諸寶物種種莊嚴閻浮提園已尋還天上各白其王大王當知我等已往莊校彼園所有之物如此無異爲如來故作七寶樓如忉利天所有寶樓等無差別善男子時忉利天王夜摩天王兜術天王化樂天王他化自在天王即便來至閻浮提中到梵志所作如是言梵志我今已爲佛及衆僧莊校此園更何所勑

願便説之梵志答言汝等各各自於境界有自在力可集諸天汝持我言閻浮提内有大梵志名曰寶海於七歲中請佛世尊及無量僧奉諸所安卿等今者於此福德應生隨喜生隨喜已發心迴向阿耨多羅三藐三菩提是故應往佛所見佛世尊及比丘僧供養所須聽受妙法時五天王從梵志所聞是言已各各自還至所住處爾時忉利天王釋提桓因即集諸天而告之曰卿等當知閻浮提内有轉輪聖王名無諍念有大梵志名曰寶海即其聖王之大臣也請佛世尊及無量億僧終竟七歲奉諸所安我已先爲佛比丘僧取諸寶物種種莊嚴彼閻浮園卿等以是善根因緣應生隨喜生隨喜已發心迴向阿耨多羅三藐三菩提亦令梵志得如所願善男子爾時百千無量億那由他忉利天子恭敬叉手作如是言我等今者於是善根生隨喜心以是隨喜故令我等一切得成阿耨多羅三藐三菩提夜摩天王兜術天王化樂天王他化自在天王如是等各集諸天而告之曰卿等當知閻浮提内有轉輪聖王名無諍念有大梵志名曰寶海即其聖王之大臣也請佛世尊及無量億僧終竟七歲奉諸所安我已先爲佛比丘僧取諸寶物種種莊校彼閻浮園卿等以是善根因緣故應生隨喜生隨喜已發心迴向阿耨多羅三藐三菩提當令梵志得如所願善男子爾時四天王各有百千無量億那由他天子恭敬叉手作如是言我等今者於是善根生隨喜心以是隨喜故令我等一切皆得成阿耨多羅三藐三菩提爾

時五王各各告言卿等今當至閻浮提見寶藏佛及比丘僧禮拜圍繞恭敬供養尊重讃歎善男子時五天王各各於夜一一將諸天子天女童男童女及餘眷屬百千億那由他衆前後圍繞來至佛所頂禮佛足及比丘僧從佛聽法至明清旦還住虛空以種種天華優鉢羅華鉢頭摩華拘物頭華芬陀利華須曼那華婆尸師華阿提目多伽占婆伽華曼陀羅華摩訶曼陀羅華以散大會如雨而下并鼓天樂而以供養善男子爾時寶海梵志復作是念若我當來必成阿耨多羅三藐三菩提所願成就得已利者復當教化諸阿脩羅悉令發阿耨多羅三藐三菩提心善男子爾時梵志作是念已有五阿脩羅王到梵志所乃至百千無量億那由他阿脩羅男子女人童男童女如梵志教發阿耨多羅三藐三菩提心至於佛所聽受妙法善男子爾時寶海梵志復作是念若我當來必成阿耨多羅三藐三菩提所願成就得已利者復當教化天魔波旬令發阿耨多羅三藐三菩提心善男子時魔波旬即知梵志心之所念尋與百千無量億那由他男子女人童男童女至梵志所敬如教勅發阿耨多羅三藐三菩提心乃至聽法亦復如是

悲華經卷第二

音釋

綩綖（綩於阮切綖以然切綩綖坐褥也）㲪（都鄧切）鑵（古玩切瓶屬）
廁（初吏切）眴（舒閏切）達嚫（梵語也此云檀施嚫初覲切）瞢（武亘切）
樗（丑居切）摸（莫胡切）茸（如容切）蓏（郎果切無核曰蓏）

悲華經卷第三

北涼天竺三藏法師曇無讖譯

大施品第三之二

佛復告寂意善男子爾時梵志復作是念若我當來成阿耨多羅三藐三菩提所願成就得已利者次當教化大梵天王發阿耨多羅三藐三菩提心時梵天王即知梵志心之所念到梵志所作如是言欲何所勑梵志問言汝是誰也梵王報言我是大梵天王梵志答言善來王可還天上集會諸天汝持我言閻浮提內有大梵志名曰寶海於七歲中請佛世尊及無量僧奉諸所安卿等今者於此福德應生隨喜生隨喜已發心迴向阿耨多羅三藐三菩提爾時梵王聞是教已尋還天上聚集諸梵而告之言卿等當知閻浮提內有轉輪聖王名無諍念有大梵志名曰寶海即其聖王之大臣也請佛世尊及無量僧終竟七歲奉施所安卿等以是善根應生隨喜生隨喜已發心迴向阿耨多羅三藐三菩提當令寶海得如所願善男子爾時百千無量億那由他諸梵天子恭敬叉手作如是言我等今者於是善根生隨喜心以是隨喜故悉令我等一切皆得阿耨多羅三藐三菩提復更告言卿等今當至閻浮提見寶藏佛及比丘僧禮拜圍繞恭敬供養尊重讚歎善男子時梵天王與百千無量億那由他諸梵天子前後圍繞來至佛所頭面禮佛足及比丘僧聽受妙法善男子爾時梵志復作是念復當教化第二天下忉利天王夜摩天王兜術天王化樂天王他化自在天王以佛力故即各來

至是梵志所各作是言欲何所勑梵志問言汝是誰也各各答言我是其餘忉利天王乃至他化自在天王梵志報言汝等各還至所住處汝持我言閻浮提内有轉輪王名無諍念有大梵志名曰寶海即其聖王之大臣也終竟七歲供養如來及比丘僧卿等以是善根應生隨喜生隨喜已發心迴向阿耨多羅三藐三菩提忉利天王乃至他化自在天王聞是語已各各還至所住之處即集會諸天而告之言卿等當知閻浮提内有轉輪聖王名無諍念有大梵志名曰寶海即其聖王之大臣也終竟七歲供養如來及比丘僧卿等以是善根因緣故應生隨喜生隨喜已發心迴向阿耨多羅三藐三菩提善男子時諸天衆恭敬叉手作如是言我等今者於是善根生隨喜心以隨喜故悉令我等一切皆得成阿耨多羅三藐三菩提復更告言卿等今者當至佛所見佛世尊及比丘僧禮拜圍繞恭敬供養尊重讚歎善男子爾時忉利天王乃至他化自在天王各各悉與百千無量億那由他天子天女童男童女及餘眷屬前後圍繞來至佛所頂禮佛足及比丘僧聽受妙法第二天下五阿脩羅王天魔波旬大梵天王亦復如是第三第四第五乃至三千大千佛之世界百億忉利天百億夜魔天百億兜率天百億化樂天百億他化自在天百億五阿脩羅王百億魔波旬百億大梵天王及無量億百千那由他眷屬悉發阿耨多羅三藐三菩提心以佛力故皆共來到此四天下至於佛所頭面禮佛及比丘僧聽受妙法爾時大

衆悉皆徧滿此間三千大千世界無空缺處善男子爾時寶海梵志復作是念我今已得教化百億毗沙門天王乃至百億大梵天王而我今者所有誓願已得自在復作是念若我來世必成阿耨多羅三藐三菩提逮得已利所願成就者願佛世尊爲諸大衆示現種種神足變化以神力故令此三千大千世界所有畜生餓鬼地獄及世人等悉皆得離一切苦惱純受諸樂各於一一衆生之前有一化佛勸彼衆生令發阿耨多羅三藐三菩提心善男子爾時寶藏如來尋知寶海心之所念即時入於無熱三昧爾時世尊入是三昧已示現如是神足變化一一毛孔放於無量無邊光明其光微妙徧照三千大千世界及照地獄氷凍衆生遇之則温熱惱衆生遇之則涼飢渴衆生遇之則飽受最妙樂一一衆生各於其前有一化佛三十二相瓔珞其身八十種好次第莊嚴彼諸衆生受快樂已作如是思惟我等何縁得離苦惱受是妙樂爾時衆生見於化佛三十二相而自瓔珞八十種好次第莊嚴見如是已各作是言蒙是成就大悲恩者令我得離一切苦惱受於妙樂爾時衆生以歡喜心瞻戴尊顔爾時化佛告諸衆生汝等皆應稱南無佛發阿耨多羅三藐三菩提心從是已後更不受苦常受第一最妙快樂彼諸衆生尋作是言南無世尊發阿耨多羅三藐三菩提心以此善根斷一切惡而於其中尋得命終轉生人中熱惱衆生以蒙光故尋得清涼離飢渴苦受諸妙樂乃至生於人中如地獄畜生餓鬼人亦如是其

光徧照諸世界已還繞佛身滿三帀已從頂上入是時即有無量無邊人天夜叉阿脩羅乾闥婆諸龍羅刹得不退轉於阿耨多羅三藐三菩提復有不可計衆生得陁羅尼三昧忍辱爾時閻浮人聞無量諸天爲佛世尊及比丘僧自以天上種種所有莊校嚴飾安周城外閻浮之園如天莊嚴等無差別是人復作是念我等今者當往觀之并見如來及比丘僧因聽受法善男子爾時日日常有百千無量億那由他男子女人童男童女來至佛所頭面禮佛及比丘僧右繞三帀恭敬供養尊重讚歎并欲見此閻浮之園其園門戶具足二萬純七寶成一一門前復敷五百七寶之牀有五百梵志各坐其上若有衆生欲入是園此諸梵志輙便勸化令其畢定歸依三寶發阿耨多羅三藐三菩提心然後乃聽入此園中見於世尊及比丘僧禮拜圍繞恭敬供養尊重讚歎善男子爾時梵志於七歲中教化不可計天令其畢定住於阿耨多羅三藐三菩提復令不可計龍阿脩羅乾闥婆羅刹拘辦茶毗舍遮餓鬼畜生地獄及人畢定住於阿耨多羅三藐三菩提善男子爾時梵志過七歲已以八萬四千金輪唯除天輪八萬四千白象七寶莊嚴唯除象寶乃至八萬四千種種諸藥如是等物欲以奉獻佛及衆僧爾時轉輪聖王於七歲中心無欲欲無瞋恚欲無愚癡欲無憍慢欲無國土欲無兒息欲無玉女欲無食飲欲無衣服欲無華香欲無車乘欲無睡眠欲無想樂欲無有我欲無有他欲如是七歲乃至無有一欲之心常坐

不卧無晝夜想無疲極想亦復無聲香味觸想而於其中常見十方一一方面如萬佛土微塵數等諸佛世界清淨莊嚴不見須彌及諸小山大小鐵圍二山中間幽冥之處日月星辰諸天宫殿其所見者唯見清淨莊嚴佛土見是事已隨願取之如轉輪聖王於七歲中得受快樂見於清淨種種莊嚴諸佛世界願取上妙清淨佛土轉輪聖王太子無眴乃至千子八萬四千諸小王等及九萬二千億衆生等各七歲中心無欲欲乃至無有香味觸想各於靜處入定思惟亦得見於十方世界一一方面如萬佛土微塵數等諸佛世界所有莊嚴不見須彌及諸小山大小鐵圍二山中間幽冥之處日月星辰諸天宫殿其所見者唯見清淨莊嚴佛土如其所見隨而取之如是一切諸大衆等於七歲中各得修行種種法門或願清淨佛土或願不淨佛土善男子爾時梵志過七歲已持諸七寶奉獻於佛及比丘僧向佛合掌前白佛言世尊我已勸化轉輪聖王發阿耨多羅三藐三菩提心還至住處靜坐思惟乃至不聽一人令入我復勸化其王千子發阿耨多羅三藐三菩提心是諸王子亦各還至所住之處靜坐思惟乃至不聽一人令入八萬四千小王九萬二千億衆生等亦發阿耨多羅三藐三菩提心各在靜處端坐思惟乃至不聽一人令入世尊今當令是轉輪王等從三昧起來至佛所及我先所教化令發阿耨多羅三藐三菩提心者悉令集此佛世尊所一心端坐受於清淨佛之世界不退轉於阿耨多羅三藐三菩

提從佛受記已當取國土及名姓字善男子爾時寶藏如來即入三昧王三昧入是三昧已於其口中出種種色光青黄赤白紫如轉輪王在定中者各於其前有化梵王作如是言汝等今者可從定起至於佛所見佛世尊及比丘僧禮拜圍繞恭敬供養尊重讚歎汝等當知寶海梵志於七歲中作法會竟今佛世尊復當遊行諸餘國土時轉輪王等聞是言已尋從定起爾時諸天在虚空中作諸妓樂是時聖王即便嚴駕與其千子八萬四千諸小王等九萬二千億人前後導從出安周羅城向閻浮園既到園外如法下車步至佛所頭面禮佛及比丘僧却坐一面善男子爾時梵志白聖王言惟願大王持此寶物并及大王先於三月供養如來及比丘僧種種珍寶八萬四千安周羅城如是福德今應迴向阿耨多羅三藐三菩提其王千子八萬四千諸小王等九萬二千億人皆悉教令迴向阿耨多羅三藐三菩提復作是言大王當知以此布施不應求於忉利天王大梵天王何以故王今福報所有珍寶皆是無常無决定相猶如疾風是故應當以此布施所得果報令心自在速成阿耨多羅三藐三菩提度脱無量無邊衆生令入涅槃

諸菩薩本受記品第四之一

爾時寶藏如來復作是念如是等無量衆生已不退轉於阿耨多羅三藐三菩提我今當與各各授記并爲示現種種佛土爾時世尊即入三昧其三昧名不失菩提心以三昧力故放大光明徧照無量無邊世界皆悉令是

轉輪聖王及無量衆生等見無邊諸佛世界
爾時十方無量無邊諸餘世界其中各各有
大菩薩蒙佛光故以佛力故各各悉來至於
佛所以已所得神足變化供養於佛及比丘
僧頭面禮足右繞三帀坐於佛前欲聽如來
爲諸菩薩受佛記莂善男子爾時寶海梵志
復白聖王大王今可先發誓願取妙佛土善
男子爾時聖王聞是語已即起合掌長跪向
佛前白佛言世尊我今眞實欲得菩提如我
先於三月之中以諸所須供養於佛及比丘
僧如是善根我今迴向阿耨多羅三藐三菩
提終不願取不淨佛土世尊我先已於七歲
之中端坐思惟種種莊嚴清淨佛土世尊我
今發願令我成阿耨多羅三藐三菩提時世
界之中無有地獄畜生餓鬼一切衆生命終
之後令不墮於三惡道中世界衆生皆作金
色人天無别皆得六通以宿命通力乃至得
知百千萬億那由他劫宿世之事以清淨天
眼悉見百千億那由他十方世界亦見其中
在在處處現在諸佛說微妙法以清淨天耳
悉聞百千億那由他十方世界現在諸佛說
法之聲以他心智故知無量無邊億那由他
十方世界衆生之心以如意通故於一念中
徧於百千億那由他諸佛世界周旋往反令
是衆生悉解無我及無我所皆得不退於阿
耨多羅三藐三菩提願我世界無有女人及
其名字一切衆生等一化生壽命無量除其
誓願無有一切不善之名世界清淨無有臭
穢常有諸天微妙之香悉皆充滿一切衆生
皆悉成就三十二相而自瓔珞所有菩薩皆

是一生除其誓願願我世界所有衆生於一食頃以佛力故徧至無量無邊世界見現在佛禮拜圍繞以其所得神足變化供養於佛即於食頃還至本土而常讃說佛之法藏身得大力如那羅延世界所有莊嚴之事乃至得天眼者不能盡說所有衆生皆得四辯一一菩薩所坐之樹枝葉徧滿一萬由旬世界常有淨妙光明悉令他方世界無量佛土種種莊嚴而於中現所有衆生乃至成阿耨多羅三藐三菩提不行不淨常爲其餘一切諸天人及非人之所恭敬供養尊重乃至成阿耨多羅三藐三菩提而於其中常得六根清淨即於生時得無漏喜受於快樂自然成就一切善根尋於生時著新袈裟便得三昧其三昧名善分別以三昧力徧至無量諸佛世界見現在佛禮拜圍繞恭敬供養尊重讃歎乃至成阿耨多羅三藐三菩提於此三昧無有退失所有菩薩如其所願各自莊嚴修淨妙土於七寶樹中悉皆遥見諸佛世界一切衆生尋於生時得徧至三昧以三昧力故常見十方無量無邊諸世界中現在諸佛乃至成阿耨多羅三藐三菩提終不退失願令我界所有衆生皆得宫殿衣服瓔珞種種莊嚴猶如第六他化自在天世界無有山陵堆阜大小鐵圍須彌大海亦無陰蓋及諸障礙煩惱之聲無三惡道八難之名無有受苦之名及不苦不樂名世尊我今所願如是欲得如是嚴淨佛土世尊我於來世便當久久行菩薩道要得成就如是清淨佛土世尊我於來世作是希有事已然後乃成阿耨多羅三藐

三菩提世尊我成阿耨多羅三藐三菩提菩提之樹縱廣正等一萬由旬於此樹下坐道場時於一念中成阿耨多羅三藐三菩提已常光照於無量無邊百千億那由他諸佛世界令我壽命無量無邊百千億那由他劫無能知者除一切智令我世界無有聲聞辟支佛乘所有大衆純諸菩薩無量無邊無能數者除一切智願我成阿耨多羅三藐三菩提已令十方諸佛稱揚讃歎我之名字願我成阿耨多羅三藐三菩提已無量無邊阿僧祇餘佛世界所有衆生聞我名者修諸善本欲生我界願其捨命之後必定得生唯除五逆誹謗聖人破壞正法願我成阿耨多羅三藐三菩提已其餘無量無邊阿僧祇諸佛世界所有衆生若發阿耨多羅三藐三菩提修諸善根欲生我界者臨終之時我時當與大衆圍繞現其人前其人見我即於我所得心歡喜以見我故離諸障礙即便捨身來生我界願我成阿耨多羅三藐三菩提已諸菩薩摩訶薩所未聞法欲從我聞者如其所願悉令得聞願我成阿耨多羅三藐三菩提已其餘無量無邊阿僧祇世界在在處處諸菩薩等聞我名者即得不退轉於阿耨多羅三藐三菩提得第一忍第二第三有願欲得陀羅尼及諸三昧者如其所願必定得之乃至成阿耨多羅三藐三菩提無有退失我滅度後過諸算數劫已有無量無邊阿僧祇世界其中菩薩聞我名字心得淨信第一歡喜悉禮拜我歎未曾有是佛世尊爲菩薩時已作佛事久久乃成阿耨多羅三藐三菩提彼諸菩薩

得最第一信心歡喜已必定當得第一初忍第二第三有願欲得陀羅尼門及諸三昧者如其所願悉皆得之乃至成阿耨多羅三藐三菩提無有退失我成阿耨多羅三藐三菩提已其餘無量無邊阿僧祇世界有諸女人聞我名者即得第一信心歡喜發阿耨多羅三藐三菩提心乃至成佛終不復受女人之身願我滅度已雖經無量無邊阿僧祇劫有無量無邊阿僧祇佛剎其中女人聞我名者即得第一信心歡喜發阿耨多羅三藐三菩提心乃至成佛終不復受女人之身世尊我之所願如是佛土如是衆生世尊若世界清淨衆生如是者然後乃成阿耨多羅三藐三菩提善男子爾時寶藏如來讚轉輪王言善哉善哉大王今者所願甚深已取淨土是中衆生其心亦淨大王汝見西方過百千萬億佛土有世界名尊善無垢彼世界有佛名尊音王如來應供正徧知明行足善逝世間解無上士調御丈夫天人師佛世尊今現在爲諸菩薩說於正法彼界無有聲聞辟支佛名亦無有說小乘法者純一大乘清淨無雜其中衆生等一化生亦無女人及其名字彼佛世界所有功德清淨莊嚴悉如大王所願無量種種莊嚴佛之世界等無差別悉以攝取無量無邊調伏衆生今改汝字爲無量清淨爾時世尊便告無量清淨彼尊音王佛過一中劫當般涅槃般涅槃已正法住世滿十中劫正法滅已過六十中劫彼土轉名彌樓光明當有如來出現於世號不可思議功德王如來應供正徧知明行足善逝世間解無上

士調御丈夫天人師佛世尊是佛猶如尊音王如來世界莊嚴如尊善無垢等無有異其佛壽命六十中劫佛滅度已正法住世六十中劫正法滅已過千中劫是時世界故名尊善無垢復有佛出號寶光明如來應供正徧知明行足善逝世間解無上士調御丈夫天人師佛世尊世界所有壽命多少正法住世亦如不可思議功德王佛等無有異正法滅已是時世界轉名善堅復有佛出號寶尊音王如來應供正徧知明行足善逝世間解無上士調御丈夫天人師佛世尊世界莊嚴如前無異佛壽三十五中劫佛滅度後正法住世滿七中劫正法滅已復有無量無邊諸佛次第出世所有世界壽命正法悉亦如是我今皆見如是諸佛始初成道及其滅度是時世界常住不異無有成敗大王如是諸佛滅度已後過一恒河沙等阿僧祇劫入第二恒河沙等阿僧祇劫是時世界轉名安樂汝於是時當得作佛號無量壽如來應供正徧知明行足善逝世間解無上士調御丈夫天人師佛世尊是時聖王聞是語已前白佛言世尊如是等當成佛者爲在何處佛告大王如是菩薩今在此會其數無量不可稱計悉從十方餘佛世界而來集此供養於我聽受妙法是諸菩薩已從過去諸佛受阿耨多羅三藐三菩提記復從現在十方諸佛受阿耨多羅三藐三菩提記是故先成阿耨多羅三藐三菩提大王是諸菩薩已曾供養無量無邊百千萬億那由他佛種諸善根修集智慧大王以是之故是諸菩薩在於汝前成阿耨多

羅三藐三菩提時轉輪王復白佛言世尊是寶海梵志乃能勸我及諸眷屬發阿耨多羅三藐三菩提心是梵志於未來世爲經幾時當成阿耨多羅三藐三菩提佛告大王是梵志成就大悲故於未來世師子吼時汝自知之時轉輪王復白佛言世尊若我所願成就如佛所記者我今頭面禮佛當令十方如恒河沙等世界六種震動其中諸佛亦當爲我授阿耨多羅三藐三菩提記善男子爾時無量淨王作是語已尋於佛前頭面著地爾時十方如恒河沙等諸佛世界六種震動是中諸佛即與授記作如是言删提嵐界善持劫中人壽八萬歲有佛出世號曰寶藏有轉輪聖王名無量淨主四天下三月供養寶藏如來及比丘僧以是善根故過一恒河沙等阿僧祇劫已始入第二恒河沙阿僧祇劫當得作佛號無量壽世界名安樂常身光照縱廣周帀十方各如恒河沙等諸佛世界爾時寶藏如來即爲大王說此偈言

十方世尊　震動大地　及諸山林　如恒沙等
汝今可起　已得授記　爲天人尊　勝法調御

善男子爾時轉輪聖王聞是偈已心生歡喜即起合掌前禮佛足去佛不遠復坐聽法善男子爾時寶海梵志復白聖王第一太子言善男子持此寶物并及先所於三月中供養如來及比丘僧種種珍寶如是福德和合集聚迴向阿耨多羅三藐三菩提復作是言善男子以此所施不應求於忉利天王大梵天王何以故今者所有福報之物皆是無常無決定相猶如疾風是故應當以是布施所得

果報令心自在速成阿耨多羅三藐三菩提度脫無量無邊衆生令入涅槃是時太子聞是語已答梵志言我今觀於地獄衆生多諸苦惱人天之中或有垢心以垢心故數數墮於三惡道中復作是念是諸衆生以坐親近惡知識故退失正法墮大暗處盡諸善根攝取種種諸邪見等以覆其心行於邪道世尊今我以大音聲告諸衆生我之所有一切善根盡迴向阿耨多羅三藐三菩提願我行菩薩道時若有衆生受諸苦惱恐怖等事退失正法墮大暗處憂愁孤窮無有救護無依無舍若能念我稱我名字若其爲我天耳所聞天眼所見是衆生等若不得免斯苦惱者我終不成阿耨多羅三藐三菩提復白佛言世尊我今復當爲衆生故發上勝願世尊我今若能逮得己利者願令轉輪聖王過第一恒河沙等阿僧祇劫已始入第二恒河沙等阿僧祇劫是時世界名曰安樂大王成佛號無量壽世界莊嚴衆生清淨作正法王是佛世尊於無量劫作佛事已所作已辦入無餘涅槃乃至正法住時我於其中修菩薩道即於是時能作佛事是佛正法於初夜滅即其後夜成阿耨多羅三藐三菩提復白佛言唯願世尊爲我授記今我一心請於十方如恒河沙等現在諸佛唯願各各爲我授記善男子爾時寶藏佛尋爲授記善男子汝觀天人及三惡道一切衆生生大悲心欲斷衆生諸苦惱故欲斷衆生諸煩惱故欲令衆生住安樂故善男子今當字汝爲觀世音善男子汝行菩薩道時已有百千無量億那由他衆生得

離苦惱汝爲菩薩時已能大作佛事善男子無量壽佛般涅槃已第二恒河沙等阿僧祇劫後分初夜分中正法滅盡夜後分中彼土轉名一切珍寶所成就世界所有種種莊嚴無量無邊安樂世界所不及也善男子汝於後夜種種莊嚴在菩提樹下坐金剛座於一念中間成阿耨多羅三藐三菩提號徧出一切光明功德山王如來應供正徧知明行足善逝世間解無上士調御丈夫天人師佛世尊其佛壽命九十六億那由他百千劫般涅槃已正法住世六十三億劫爾時觀世音前白佛言若我所願得成就者我今頭面敬禮佛時當令十方如恒河沙等諸世界中現在諸佛亦復各各爲我授記亦令十方如恒河沙等世界大地及諸山河六種震動出種種音樂一切衆生心得離欲善男子爾時觀世音菩薩尋禮寶藏如來頭面著地爾時十方如恒河沙等世界六種震動一切山林悉出種種無量音樂衆生聞已即得離欲其中諸佛皆與授記作如是言散提嵐界善持劫中人壽八萬歲時有佛出世號曰寶藏有轉輪聖王名無量淨主四天下其王太子名觀世音三月供養寶藏如來及比丘僧以是善根故於第二恒河沙等阿僧祇劫後分之中當得作佛號徧出一切光明功德山王如來世界名曰一切珍寶所成就爾時寶藏如來爲觀世音而說偈曰

大悲功德　今應還起　地六種動　及諸佛界
十方諸佛　已授汝記　當成爲佛　故應歡喜

善男子爾時太子觀世音聞是偈已心生歡

喜即起合掌前禮佛足去佛不遠復坐聽法善男子爾時寶海梵志復白第二王子尼摩言善男子汝今所作福德清淨之業爲一切衆生得一切智故應迴向阿耨多羅三藐三菩提善男子爾時王子在佛前坐叉手白佛言世尊如我先於三月之中供養如來及比丘僧并我所有身口意業清淨之行如此福德我今盡以迴向阿耨多羅三藐三菩提不願不淨穢惡世界令我國土及菩提樹如觀世音所有世界種種莊嚴寶菩提樹及成阿耨多羅三藐三菩提復願徧出功德光明佛始初成道我當先請轉於法輪隨其說法所經時節於其中間行菩薩道是佛涅槃後正法滅已我於其後次第成於阿耨多羅三藐三菩提我作佛時所作佛事世界所有種種莊嚴般涅槃後正法住世如是等事悉如彼佛等無有異爾時佛告第二王子善男子汝今所願取大世界汝於來世當得如是大世界處如汝所願善男子汝於來世當於如是最大世界成阿耨多羅三藐三菩提號曰善住珍寶山王如來應供正徧知明行足善逝世間解無上士調御丈夫天人師佛世尊善男子由汝願取大世界故因是字汝爲得大勢爾時得大勢前白佛言世尊若我所願成就得已利者我今敬禮於佛當令十方如恒河沙等諸佛世界六種震動雨須曼那華其中諸佛各授我記善男子爾時得大勢在佛前頭面著地尋時十方如恒河沙等世界六種震動天雨須曼那華其中現在諸佛世尊各與授記爾時寶藏如來爲得大勢而說偈

言
堅力功德　今可還起　大地震動　雨須曼華
十方諸佛　已授汝記　當來得成　人天梵尊
善男子爾時得大勢聞是偈已心生歡喜即
起合掌前禮佛足去佛不遠復坐聽法善男
子爾時寶海梵志復白第三王子王衆言善
男子今汝所作福德之聚清淨之業應爲一
切衆生得一切智故迴向阿耨多羅三藐三
菩提善男子爾時第三王子在佛前坐叉手
白佛言世尊如我先於三月之中供養如來
及比丘僧并我所有身口意業清淨之行如
是福德今我盡以迴向阿耨多羅三藐三菩
提我今所願不能於是不淨世界成阿耨多
羅三藐三菩提亦復不願速成阿耨多羅三
藐三菩提我行菩薩道時願令我所化十方
無量無邊諸佛世界所有衆生發阿耨多羅
三藐三菩提心安止於阿耨多羅三藐三菩
提心勸化安止於六波羅蜜者願令先我悉
於十方一一方面如恒河沙佛剎微塵數等
諸佛世界成佛說法令我爾時以清淨天眼
悉徧見之願我爲菩薩時能作如是無量佛
事我於來世行菩薩道無有齊限我所教化
諸衆生等令其心淨猶如梵天如是衆生生
我界者爾乃當成阿耨多羅三藐三菩提以
是等清淨莊嚴佛剎願令三千大千世界恒
河沙等十方佛土爲一佛剎周帀世界有大
寶墻七寶填厠其墻高大至無色界真紺瑠
璃以爲其地無諸塵土石沙穢惡荊棘之屬
又無惡觸亦無女人及其名字一切衆生皆
悉化生不食摶食等以法喜三昧爲食無有

聲聞辟支佛乘純諸菩薩離於貪欲瞋恚愚癡修淨梵行悉滿其國當其生已鬚髮自落服三法衣即於生已便欲得食尋有寶器在右手中自然而有上妙百味具足在鉢時諸菩薩作是思惟我等不應噉是摶食我今當持至於十方供養諸佛及聲聞衆幷貧窮者有諸餓鬼受饑渴苦其身熾然當至其所而給足之我等自應修行法喜三昧之食作是念已得菩薩三昧其三昧名不可思議行得是三昧已即得無礙神力到於無量無邊世界現在佛所供養諸佛及比丘僧給施貧窮下至餓鬼作是施已因爲說法尋於食時周旋往反還歸本土衣服珍寶及所須物供養諸佛下至餓鬼亦復如是然後自用願令我世界無有八難不善苦惱亦不受戒毀犯懺悔及其名字願我世界常有無量種種珍寶以爲塡廁珍寶衣樹十方世界所未曾有未曾見聞乃至億歲說其名字猶不能盡願我世界諸菩薩等欲見金色隨意得見欲見銀色亦隨意見當見銀時不失金相當見金時不失銀相玻瓈瑠璃硨磲碼碯及赤眞珠種種珍寶隨意得見亦復如是欲見阿竭流香多伽流香多摩羅跋栴檀沉水及赤栴檀牛頭栴檀欲見純栴檀者隨意得見欲見沉水者亦隨意見當見沉水不失栴檀當見栴檀不失沉水餘亦如是種種所願皆得成就願我世界無有日月諸菩薩等有大光明如本所求自然而出乃至能照百千萬億那由他世界以光明故無有晝夜衆華開敷即知晝分衆華合時便知夜分世界調適無有寒熱

及老病死若有一生菩薩當於餘方成阿耨多羅三藐三菩提者即以此身處於他方兜術天宫命終作佛若我成阿耨多羅三藐三菩提已不於其界取般涅槃若般涅槃時處在虚空諸菩薩等所欲得者自然而有其世界邊周帀常有百千億那由他自然音樂此音樂中不出欲想之聲常出六波羅蜜聲佛聲法聲比丘僧聲菩薩藏聲甚深義聲而諸菩薩於諸音聲隨其所解世尊我行菩薩道時如我所見百千億那由他阿僧祇諸佛世界種種莊嚴種種瓔珞種種相貌種種住處種種所願令我世界悉皆成就如是等事所有莊嚴唯無聲聞辟支佛等亦復無有五濁之世三惡道等須彌諸山大小鐵圍土沙礫石大海林木純有寶樹過天所有更無餘華唯有天上曼陀羅華摩訶曼陀羅華無諸臭穢純有妙香徧滿其國諸菩薩等皆是一生無有一人生於餘處唯除他方當成佛者處兜術天命終成阿耨多羅三藐三菩提世尊我行菩薩道時無有齊限要當成是微妙果報清淨佛土一生菩薩充滿其中是諸菩薩無有一人非我所教初發阿耨多羅三藐三菩提心安止六波羅蜜者如是菩薩皆是我初教發心安止六波羅蜜此散提嵐界若入我界一切苦惱皆悉休息世尊我行菩薩道時要當成就如是等輩希有之事然後於未來世乃成阿耨多羅三藐三菩提願菩提樹名曰選擇見善珍寶縱廣正等萬四天下香氣光明徧於一十三千大千世界菩提樹下以種種珍寶爲金剛座縱廣正等五四天下

於座名曰善擇寂滅智香等近高萬四千由旬我於此座結跏趺坐於一念中成阿耨多羅三藐三菩提乃至般涅槃常於道場菩提樹下坐金剛座不解不壞復當化作無量諸佛及菩薩衆遣在其餘諸佛世界教化衆生一一化佛於一食頃爲諸衆生說微妙法即於食頃令無量無邊衆生悉發阿耨多羅三藐三菩提心尋發心已即不退轉阿耨多羅三藐三菩提如是化佛及菩薩衆常作如是希有之事我成阿耨多羅三藐三菩提已願諸餘世界其中衆生悉見我身若有衆生眼見我身三十二相八十種好悉令必定於阿耨多羅三藐三菩提乃至涅槃不離見佛願令我界所有衆生六情完具無所缺少若諸菩薩欲見我者隨其所住行來坐卧悉得見之是諸菩薩尋發心已即時見我坐於道場菩提樹下當見我時先來所有於諸法相疑滯之處我未爲說便得除斷亦得深解法相之義願我當來壽命無量無能數者除一切智菩薩壽命亦復如是我一念中成阿耨多羅三藐三菩提已即一念中有無量菩薩鬚髮自落服三法衣乃至涅槃於其中間無有一人長其鬚髮著俗衣裳一切皆著沙門之服爾時佛告第三王子善男子善哉善哉汝是純善大丈夫也聰叡善解能作如是甚難大願所作功德甚深甚深難可思議微妙智慧之所爲也汝善男子爲衆生故自發如是尊重之願取妙國土以是故今號汝爲文殊師利於未來世過二恒河沙等無量無邊阿僧祇劫入第三無量無邊阿僧祇劫於此南

方有佛世界名曰清淨無垢寶寘此散提嵐界亦入其中彼世界中有種種莊嚴汝於此中當成阿耨多羅三藐三菩提號普現如來應供正徧知明行足善逝世間解無上士調御丈夫天人師佛世尊諸菩薩衆皆悉清淨汝之所願具足成就如說而得善男子汝行菩薩道時於無量億諸如來所種諸善根是故一切衆生以汝爲藥汝心清淨能破煩惱增諸善根爾時文殊師利前白佛言世尊若我所願成就得已利者唯願十方無量無邊阿僧祇世界六種震動其中諸佛現在說法與我授記亦願一切衆生受歡喜樂譬如菩薩入第二禪自在遊戲天雨曼陀羅華徧滿世界華中當出佛聲法聲比丘僧聲六波羅蜜力無所畏如是等聲願我敬禮寶藏佛時

即出如是諸相貌等作是語已尋時禮佛頭面著地即於是時十方無量無邊阿僧祇世界六種震動天於空中雨曼陀羅華一切衆生受於喜樂譬如菩薩入第二禪自在遊戲諸菩薩等是時唯聞佛聲法聲比丘僧聲六波羅蜜十力四無畏如是等聲是時他方諸菩薩等見聞是事怪未曾有各白其佛言何因緣故有是瑞應諸佛各告諸菩薩言十方諸佛各各廣爲文殊師利授阿耨多羅三藐三菩提記故是其瑞應爾時寶藏如來爲文殊師利而說偈言

勝意曠大　今可還起　十方諸佛　已授汝記
當於來世　成尊勝道　世界大地　六種震動
衆生滿足　受於快樂

善男子爾時文殊師利聞是偈已心生歡喜

即起合掌前禮佛足去佛不遠復坐聽法

悲華經卷第三

音釋

刪所閒切　摶度官切捉聚也　敵以芮切深明達也　寘徒年切

悲華經卷第四

北涼天竺三藏法師曇無讖譯

諸菩薩本受記品第四之二

善男子爾時寶海梵志白第四王子能伽奴言乃至發願亦復如是爾時佛告阿伽那言善哉善哉善男子汝行菩薩道時以金剛慧破無量無邊衆生諸煩惱山大作佛事然後乃成阿耨多羅三藐三菩提善男子是故號汝爲金剛智慧光明功德爾時佛告金剛智慧光明功德菩薩善男子汝於來世過一恒河沙等阿僧祇劫入第二恒河沙等阿僧祇劫於此東方過十恒河沙等世界中微塵數等世界有世界名曰不眴善男子汝於是中當得作佛號曰普賢如來應供正徧知明行足善逝世間解無上士調御丈夫天人師佛世尊其佛世界所有莊嚴如汝所願悉皆具足善男子寶藏如來授金剛智慧光明功德菩薩摩訶薩阿耨多羅三藐三菩提記時虚空中有無量無邊百千億那由他天而讚歎言善哉善哉雨牛頭栴檀阿伽流香多伽流香多摩羅跋并及末香而以供養爾時金剛智慧光明功德菩薩白佛言世尊若我所願成就得已利者我今敬禮諸佛世尊唯願十方如恒河沙等世界滿中諸天微妙好香衆生之類或在地獄畜生餓鬼天上人中若聞是香所有身心苦惱之疾悉得遠離如是頭面到地善男子爾時金剛智慧光明功德菩薩作是言已即頭面禮佛爾時十方如恒河沙等世界周徧悉有微妙之香衆生聞者皆得遠離身心苦惱爾時寶藏如來即爲金剛

智慧光明功德菩薩而說偈言
金剛慧能破　汝今可還起　十方佛世界
周徧有妙香　與無量衆生　安樂及歡喜
當來得成佛　無上世間解
善男子爾時金剛智慧光明功德菩薩聞是
偈已其心歡喜即起合掌前禮佛足去佛不
遠復坐聽法善男子爾時寶海梵志復白第
五王子無所畏言乃至發心亦復如是爾時
王子答梵志言我今所願不欲於此不淨世
界成阿耨多羅三藐三菩提願成佛時世界
之中無有地獄畜生餓鬼其地純以紺瑠璃
寶廣說皆如蓮華世界所有莊嚴爾時無畏
王子手持蓮華上寶藏佛作如是言世尊若
我所願成就得已利者以佛神力故今在佛
前願我當得悉見種種莊嚴三昧復願天雨
種種蓮華大如車輪徧滿十方如恒河沙世
界微塵數等諸佛國土亦令我等皆遥見之
善男子無畏王子說是言已以佛力故尋時
即得悉見種種莊嚴三昧天雨種種無量蓮
華大如車輪徧滿十方如恒河沙等世界微
塵等諸佛國土一切大衆皆得遥見見是事
已得歡喜樂爾時佛告無畏王子善男子乃
能作是甚深微妙之大願也取嚴淨佛土復
能疾得悉見種種莊嚴三昧願不虚故天雨
如是無量蓮華世尊若我所願成就得已利
者願此諸華悉住於空不復墮落時寶藏佛
告無畏王子言善男子汝今速疾以諸蓮華
印於虚空是故號汝爲虚空印爾時佛告虚
空印菩薩善男子汝於來世過一恒河沙等
阿僧祇劫入第二恒河沙等阿僧祇劫於東

南方去此佛土百千萬億恒河沙等世界彼有世界名曰蓮華汝於是中當成阿耨多羅三藐三菩提號蓮華尊如來應供正徧知明行足善逝世間解無上士調御丈夫天人師佛世尊所有大衆純諸菩薩摩訶薩等其數無量不可稱計其佛壽命無量無邊所願具足悉皆成就爾時虛空印菩薩摩訶薩頭面禮於寶藏如來即起合掌去佛不遠復坐聽法爾時世尊爲虛空印而說偈言

善男子當知　有人作已利　能斷煩惱結
常令得寂靜　所受持功德　數如恒河沙
世界微塵等　成就而不失　汝於當來世
成就無上道　亦如過去佛　等無有差別

善男子虛空印菩薩聞是偈已心生歡喜善男子爾時寶海梵志白第六王子虛空言乃至發心亦復如是爾時王子菴婆羅白佛言世尊我今所願不欲於此不淨世界成阿耨多羅三藐三菩提略說如虛空印所願世尊若我所願成就得已利者願令十方如恒河沙等世界之中自然而有七寶妙蓋在上虛空羅列而住純金爲網以覆其上七寶爲鈴垂以莊嚴其蓋寶鈴常出佛聲法聲比丘僧聲六波羅蜜及六神通十力無畏如是等聲世界衆生聞者尋發阿耨多羅三藐三菩提心已發心者得不退轉寶鈴所生佛法僧聲乃至無所畏聲悉聞十方諸佛世界時虛空印以佛力故乃得自聞世尊若我所願成就得已利者願我今者得知日三昧以三昧力故增益一切諸善根本得三昧已唯願諸佛與我授阿耨多羅三藐三菩提記是時王子

說是語已以佛力故即得知日三昧爾時世尊讚王子言善哉善哉善男子汝所願者甚深甚深以甚深功德因緣故尋時十方如恒河沙等世界中自然而有七寶妙蓋於上虚空羅列而住純金爲網以覆其上七寶爲鈴垂以莊嚴其鈴常出佛法僧聲乃至無所畏聲爾時有百千億那由他衆生聞是聲已尋發阿耨多羅三藐三菩提心是故號汝爲虚空日光明爾時佛告虚空日光明菩薩摩訶薩汝於來世當成阿耨多羅三藐三菩提過一恒河沙阿僧祇劫入第二恒河沙等阿僧祇劫東方去此二恒河沙等佛刹有世界名曰日月汝於是中當成阿耨多羅三藐三菩提號法自在豐王如來應供正徧知明行足善逝世間解無上士調御丈夫天人師佛世尊爾時虚空日光明菩薩聞是記已即禮佛足爾時世尊爲虚空日光明而說偈言

善男子今起　善戒自調御　以淳淑大悲
於一切衆生　度脱令斷苦　畢竟住彼岸
智慧善分別　令到無上道

善男子爾時虚空日光明菩薩聞是偈已其心歡喜即起合掌前禮佛足去佛不遠復坐聽法爾時寶海梵志復白第七王子善臂言乃至發心亦復如是爾時王子白佛言我今所願不欲於此不淨世界成阿耨多羅三藐三菩提願我來世所有世界無有地獄畜生餓鬼女人名字及以胎生須彌諸山大小鐵圍山陵堆阜石沙穢惡荆棘惡風木樹叢林大海江河日月晝夜暗冥臭處衆生等類無有便利涕唾垢汗身心不受諸不樂事礙礙

爲地無諸塵土純有百千無量珍寶而莊嚴之無有諸草唯有好妙曼陀羅華種種寶樹以爲校飾其寶樹上有妙寶蓋復有種種寶衣華鬘諸寶瓔珞香華妓樂諸寶器物諸寶妙華以如是等校飾其樹世界之中無有晝夜以華開合而知時節諸菩薩等在合華中自然出生旣得生已皆得悉見種種莊嚴三昧以三昧力故得見十方如微塵等諸世界中現在諸佛於此三昧一念之頃具足六神通以天耳故悉聞十方如微塵等世界現在諸佛說法音聲以宿命智知過去世如一佛土微塵等劫宿世之事以天眼故悉見十方諸佛世界種種莊嚴以他心智故於一念中得知如一佛世界微塵數等世界衆生心之所念乃至成阿耨多羅三藐三菩提終不失

是三昧清旦之時四方有風柔輭清淨吹微妙香及散諸華以風力故諸菩薩等從三昧起三昧起已即得如是如意通力以是力故於一念頃能到十方一一方面如一佛土微塵數等諸佛世界供養現在諸佛世尊諮受妙法即一念中還至本土無有罣礙諸菩薩等在曼陀羅華摩訶曼陀羅華臺之中結跏趺坐思惟法門所謂欲得見我所在方面隨身所向悉令得見若於深法有疑滯者以見我故尋得除滅若有問義欲聽法者以見我故即得深解無有狐疑所有菩薩深解無我及無我所是故能捨身根命根一切必定不退於阿耨多羅三藐三菩提世界無有一切不善之名亦無受戒受戒之名毀戒悔過一切衆生其身皆有三十二相得那羅延力乃

至成阿耨多羅三藐三菩提無有一人六根毀缺不完具者所有衆生即於生已鬚髮自落服三法衣得善分别三昧乃至阿耨多羅三藐三菩提終不中失諸衆生等悉得和合一切善根無有一人爲老病所苦若諸菩薩命終之時結跏趺坐入於火定自燒其身燒其身已四方清風來吹其身舍利散在諸方無佛世界尋時變作摩尼寶珠如轉輪聖王所有寶珠若有衆生見觸之者悉令不墮三惡道中乃至涅槃不受諸苦即得捨身生於他方現在佛所諮受妙法發阿耨多羅三藐三菩提心便不退轉所有衆生若命終時其心在定無有散亂不受諸苦愛别離等命終之後不墮八難無佛之世乃至成阿耨多羅三藐三菩提常得見佛諮受妙法供養衆僧

一切衆生離於貪欲瞋恚愚癡恩愛嫉妬無明憍慢世界無有聲聞緣覺所有大衆純諸菩薩摩訶薩等充滿其國其心柔輭無有愛濁堅固不退於阿耨多羅三藐三菩提得諸三昧世界純有清淨光明十方如微塵等諸佛世界悉得見聞我之世界我界所有微妙之香悉徧十方如微塵等諸佛世界我界衆生常得快樂未曾聞有受苦之聲世尊我行菩薩道時不作齊限我今要當莊嚴如是清淨佛土衆生之類皆使清淨徧滿其國然後乃成阿耨多羅三藐三菩提世尊我成阿耨多羅三藐三菩提當出無量無邊光明照於十方如千佛剎微塵數等諸佛世界令彼衆生悉遥見我三十二相即時得斷貪欲瞋恚愚癡嫉妬無明憍慢一切煩惱發阿耨多羅

三藐三菩提心如其所求得陀羅尼三昧忍辱以見我故寒氷地獄所有衆生悉得溫樂譬如菩薩入第二禪以見我故身心受於第一妙樂發阿耨多羅三藐三菩提心若其命終要當生我佛之世界生已即得不退轉於阿耨多羅三藐三菩提熱地獄等畜生餓鬼亦復如是諸天所見光明一倍令我壽命無量無邊無能數者除一切智世尊我成阿耨多羅三藐三菩提已令十方無量無邊阿僧祇世界現在諸佛稱讚於我其餘衆生若得聞是稱讚我聲願作善根速生我國命終之後必生我國唯除五逆毀壞正法誹謗聖人世尊我成阿耨多羅三藐三菩提已十方無量無邊阿僧祇世界中所有衆生若聞我聲發願欲生我世界者是諸衆生臨命終時悉令見我與諸大衆前後圍繞我於爾時入無翳三昧以三昧力故在於其前而爲說法以聞法故尋得斷除一切苦惱心大歡喜其心喜故得寶寘三昧以三昧力故令心得念及無生忍命終之後必生我界若餘世界諸衆生等無有七財不欲修習行於三乘不欲生於人天中者亦不修行一切善根及三福處非法行汙愛著惡欲專行邪見如是衆生願我入於無煩惱三昧以三昧力故彼諸衆生若命終時我與大衆而住其前爲說妙法復爲示現佛土所有又勸令發阿耨多羅三藐三菩提心衆生聞已即於我所心生深信歡喜安樂尋發阿耨多羅三藐三菩提心令彼衆生得斷苦惱斷苦惱已便得日燈光明三昧斷於癡暗命終之後尋生我界爾時寶藏

如來讚言善哉善哉汝今乃能作微妙之大願也世尊若我所願成就得已利者願令十方如微塵等諸佛世界悉雨優陀羅婆羅香并栴檀香牛頭栴檀香種種末香若有衆生在在處處聞是香者悉發阿耨多羅三藐三菩提心令我今者得金剛願三昧以三昧力故悉得遥見諸世界中所雨諸香善男子爾時王子說是言已尋得三昧自見十方如微塵數等諸佛世界所有諸香優陀羅婆羅香栴檀之香牛頭栴檀種種末香及見一一方面有不可計諸衆生等恭敬叉手發阿耨多羅三藐三菩提心寶藏如來告王子言善男子汝之所願已得成就天雨種種諸微妙香已有不可計衆生恭敬叉手發阿耨多羅三藐三菩提心是故號汝爲師子香汝於來世過一恒河沙等阿僧祇劫入第二恒河沙等阿僧祇劫上方去此四十二恒河沙世界微塵數等諸佛世界有世界名青香光明無垢汝於彼土當得成阿耨多羅三藐三菩提號光明無垢堅香豐王如來應供正徧知明行足善逝世間解無上士調御丈夫天人師佛世尊善男子爾時師子香菩薩禮寶藏如來頭面著地爾時如來爲師子香菩薩而說偈言

天人師起　受諸供養　度脱生死　令離苦惱
斷有結縛　及諸煩惱　來世當作　天人之尊

善男子爾時師子香菩薩聞是偈已心大歡喜即起合掌去佛不遠復坐聽法善男子爾時寶海梵志復白第八王子泯圖言乃至發心亦復如是爾時王子前白佛言世尊我今

所願要當於是不淨世界修菩薩道復當修治莊嚴十千不淨世界令其嚴淨如青香光明無垢世界亦當教化無量菩薩令心清淨無有垢穢皆趣大乘悉使充滿我之世界然後我當成阿耨多羅三藐三菩提世尊願我修行菩薩道時要當勝於餘諸菩薩世尊我已於七歲之中端坐思惟諸佛菩薩清淨功德及種種莊嚴佛土功德是時即得悉見種種莊嚴三昧等萬一千菩薩三昧增進修行世尊若未來世諸菩薩等行菩薩道時亦願悉得如是三昧世尊願我得出離三世勝幢三昧以三昧力故悉見十方無量無邊諸佛世界在在處處現在諸佛出離三世為諸衆生說於正法世尊願我得不退三昧以三昧力故於一念中悉見如微塵等諸佛菩薩及諸聲聞恭敬圍繞願我於此一一佛所得無依止三昧以三昧力故作變化身一時徧至如一佛世界微塵數等諸如來所供養禮拜願我一一身以種種無上珍寶華香塗香末香妙勝妓樂種種莊嚴供養一一諸佛世尊願我一一身於一一佛所如大海水滴等劫行菩薩道願我得一切身變化三昧以三昧力故於一念中在一一佛前知如一佛土微塵數等諸佛世界世尊願我得功德力三昧以三昧力故於一一佛前徧到如一佛土微塵數等諸佛世尊所以微妙讚歎讚歎諸佛世尊願我得不眴三昧以三昧力故於一念中悉見諸佛徧滿十方無量無邊世界之中世尊願我得無諍三昧以三昧力故於一念中悉見過去未來現在諸佛所有淨妙世界

世尊願我得首楞嚴三昧以三昧力故化作地獄之身入地獄中與地獄衆生說微妙法勸令發阿耨多羅三藐三菩提心彼諸衆生聞是法已尋發無上菩提之心即便命終生於人中隨所生處常得值佛隨所值佛而得聽法聽受法已即得住於不退轉地乾闥婆阿脩羅迦樓羅緊那羅摩睺羅伽人非人等天龍鬼神夜叉羅刹毗舍遮富單那伽吒富單那屠殺魁膾商賈婬女畜生餓鬼如是等衆亦復如是皆令發阿耨多羅三藐三菩提心有諸衆生隨所生處得諸色像我分之身如業所作隨受苦樂及諸工巧願我變化作如是身隨其所作而教化之世尊若有衆生各各異音願我隨其種種音聲而爲說法各令歡喜因其歡喜勸發安止令其不退於阿耨多羅三藐三菩提世尊我要當教十千佛土所有衆生令心清淨無有行業煩惱諸毒乃至不令一人屬於四魔何況多也若我莊嚴十千佛土如是清淨如光明無垢尊香王佛青香光明無垢世界所有種種微妙莊嚴然後我身及諸眷屬乃當如彼師子香菩薩之所願也世尊若我所願成就得已利者當令十千諸佛世界所有衆生斷諸苦惱得柔輭心得調伏心各各自於四天下界見佛世尊現在說法一切衆生自然而得種種珍寶華香末香及以塗香種種衣服種種幢旛各各以用供養於佛供養佛已悉發無上菩提之心世尊願我今者以悉得見種種莊嚴三昧力故皆得遥見如是諸事作是語已尋如所願悉得見之爾時世尊讚阿彌具言善哉

善哉善男子汝今世界周帀四面一萬佛土清淨莊嚴於未來世復當教化無量衆生令心清淨復當供養無量無邊諸佛世尊善男子以是因緣故今改汝字號爲普賢於未來世過一恒河沙等阿僧祇劫入第二恒河沙等阿僧祇劫末後分中於北方界去此世界過六十恒河沙等佛土有世界名知水善淨功德汝當於中成阿耨多羅三藐三菩提號智剛吼自在相王如來應供正徧知明行足善逝世間解無上士調御丈夫天人師佛世尊善男子爾時普賢菩薩摩訶薩頭面著地禮寶藏佛爾時如來即爲普賢菩薩而說偈言

汝起善導師　巳得如所願　善能調衆生
皆令得一心　度於煩惱河　及脫諸惡法
來世作燈明　諸天世人師

善男子爾時會中有十千人心生懈怠異口同音作如是言世尊我等來世即於如是嚴淨佛土成阿耨多羅三藐三菩提所謂普賢菩薩所修清淨諸世界也世尊我等要當具足修六波羅蜜以具足波羅蜜故各各於諸佛土成阿耨多羅三藐三菩提善男子爾時寶藏如來即便爲是十千人等授阿耨多羅三藐三菩提記善男子普賢菩薩成阿耨多羅三藐三菩提時汝等當於普賢菩薩所修清淨萬佛土中一時成阿耨多羅三藐三菩提有一千佛同號智熾尊音王如來應供正徧知明行足善逝世間解無上士調御丈夫天人師佛世尊復有千佛同號增相尊音王復有千佛同號善無垢尊音王復有千佛同

號離怖畏尊音王復有千佛同號善無垢光尊音王復有五百佛同號日音王復有五百佛同號日藏尊王復有五佛同號樂音尊王復有二佛同號日光明復有四佛同號龍自在復有八佛同號離恐怖稱王光明復有十佛同號離音光明復有八佛同號音聲稱復有十一佛同號顯露法音復有九佛同號功德法稱王復有二十佛同號不可思議王復有四十佛同號寶幢光明尊王復有一佛號覺知尊想王復有七佛同號不可思議意復有三佛同號智藏復有十五佛同號智山幢復有五十佛同號智海王復有三十佛同號大力尊音王復有二佛同號山功德劫復有八十佛同號清淨智勤復有九十佛同號尊相種王復有百佛同號善智無垢雷音尊王

復有八十佛同號勝尊大海功德智山力王復有四十佛同號無上菩提尊王復有二佛同號知覺山華王復有二佛同號功德山知覺復有三佛同號金剛師子復有二佛同號持戒光明復有二佛同號示現增益復有一佛號無量光明復有三佛同號師子遊戲復有二佛同號無盡智山復有二佛同號寶光明復有二佛同號無垢智慧復有九佛同號智慧光明復有二佛同號師子稱復有二佛同號功德徧王復有二佛同號雨法華復有一佛號造光明復有一佛號增益山王復有一佛號出法無垢王復有一佛號香尊王復有一佛號無垢目復有一佛號大寶藏復有一佛號力無障礙王復有一佛號自知功德力復有一佛號衣服知足復有一佛號德自

在復有一佛號無障礙利益復有一佛號智慧藏復有一佛號大山王復有一佛號曰力藏復有一佛號求功德復有一佛號華幢枝復有一佛號衆光明復有一佛號無礙功德王復有一佛號金剛上復有一佛號曰法相復有一佛號尊音王復有一佛號堅持金剛復有一佛號珍寶自在王復有一佛號堅自然幢復有一佛號山劫復有一佛號兩娛樂復有一佛號增益善法復有一佛號娑羅王復有二佛同號功德徧滿大海功德王復有一佛號智慧和合復有一佛號智熾復有一佛號華衆復有一佛號世間尊復有一佛號優曇鉢華幢復有一佛號法幢自在王復有一佛號栴檀王復有一佛號善住復有一佛號精進力復有一佛號幢等光明復有一佛號曰智步復有一佛號曰海幢復有一佛號滅法稱復有一佛號壞魔王復有一佛號衆光明復有一佛號出智光明復有一佛號曰慧燈復有一佛號安隱王復有一佛號曰智音復有一佛號幢攝取復有一佛號天金剛復有一佛號種種莊嚴王復有一佛號無勝智復有一佛號善住意復有一佛號月王復有一佛號無勝步自在王復有一佛號娑憐陀王復有八十佛同號師子步王復有五十佛同號那羅延無勝藏復有七十佛同號聚集珍寶功德復有三十佛同號光明藏復有二十佛同號分別星宿稱王復有二佛同號功德力娑羅王復有九十佛同號微妙音復有一佛號曰梵增復有一佛號提頭賴吒王復有千佛同號蓮華香擇稱尊王復有六十

佛同號光明熾燈王復有三十佛同號蓮華香力增復有二佛同號無量功德大海智增復有一佛號閻浮陰復有一百三佛同號功德山幢復有一佛號師子相復有一百一佛同號龍雷尊華光明王復有一佛號善趣種無我甘露功德劫王復有千佛同號離法智龍王解脫覺世界海眼山王皆有十號如來應供正徧知明行足善逝世間解無上士調御丈夫天人師佛世尊如是等佛同共一日一時各各於諸世界成阿耨多羅三藐三菩提壽命各十中劫卿等涅槃亦同一日般涅槃已所有正法七日即滅善男子爾時千千人向寶藏佛頭面作禮爾時世尊為千千人而說偈言

龍王汝起　堅固自在　無上善願　清淨和合
卿等用意　疾如猛風　精勤修學　六波羅蜜
來世必成　天人之尊

善男子爾時千千人聞說是偈已心生歡喜即起合掌前禮佛足去佛不遠復坐聽法善男子爾時寶海梵志復白第九王子蜜蘇言乃至發心亦復如是爾時王子前白佛言世尊我行菩薩道時願十方如恒河沙等世界所有現在諸佛為我作證今於佛前發阿耨多羅三藐三菩提心世尊願我行菩薩道時乃至成佛於其中間不生悔心乃至成佛常作一心無有退轉如說而行如行而說乃至無有一人來惱我心更不求於聲聞緣覺不起婬欲惡相之心其心不與睡眠憍慢疑悔等共亦復不生貪婬殺盜妄語兩舌惡口綺語貪恚邪見嫉妬慢法欺誑之心我修菩薩

道乃至成阿耨多羅三藐三菩提中間不生如是等法乃至成阿耨多羅三藐三菩提行時步步心心數法常念諸佛得見諸佛諮受妙法供養衆僧於諸生處常願出家當出家時即得成就糞掃三衣常在樹下獨坐思惟作阿蘭若常行乞食不求利養行於知足常講說法成就無量無障礙辯不犯大罪不以我相爲女人說法若說法時恒以空相其心常念空無之法拱手端坐亦不露齒若有學習大乘之人而於其所起世尊想恭敬供養所聞法處亦起佛想於諸沙門婆羅門中故生恭敬供養尊重除佛世尊於諸衆中不生分別此是福田此非福田而行布施願我不於法施人所生嫉妬心若有衆生應被刑戮願我捨命以救護之若有衆生犯於諸罪願我以力言說錢財而拔濟之令得解脫若有在家出家之人有諸罪過願不發露顯現於人於諸利養名譽等中而常遠離如避火坑刀劒毒樹世尊若我此願乃至成阿耨多羅三藐三菩提已悉得成就如今佛前之所願者令我兩手自然而有千輻天輪所得光明如火猛炎善男子是時王子說是語已其兩手中即尋各有一千輻輪如說而得世尊若我所願成就逮得已利成阿耨多羅三藐三菩提者我今遣此千輻天輪至於無佛五濁世界是輪當作如是大聲徧滿佛土如難陀龍王優波難陀龍王作大音聲徧滿世界其輪音聲亦復如是所謂菩薩受記音聲不失專念智慧之聲修學空法諸佛所有法藏之聲若有衆生在在處處聞是法聲即時得斷

貪欲瞋恚愚癡憍慢慳恪嫉妬而得寂靜思惟諸佛甚深智慧發阿耨多羅三藐三菩提心善男子爾時王子即遣二輪譬如諸佛神足捷疾其輪去疾亦復如是徧至十方無佛惡世爲諸衆生出諸菩薩受記音聲不失專念智慧之聲修學空法諸佛所有法藏之聲在在處處諸衆生等聞是法音即便得斷貪欲瞋恚愚癡憍慢慳恪嫉妬而得寂靜思惟諸佛甚深智慧發阿耨多羅三藐三菩提心其輪須臾還來在此王子前住善男子爾時寶藏如來讚王子言善哉善哉善男子汝行菩薩道所發善願無上最妙遣此天輪至於無佛五濁之世令無量無邊阿僧祇億百千衆生安止住於無穢濁心心無惱害勸化發阿耨多羅三藐三菩提心以是故今改汝名爲阿閦於未來世當爲世尊汝今當於佛前如心所喜願取種種莊嚴佛土爾時阿閦白佛言世尊我今所願如是種種莊嚴佛土令我世界純金爲地地平如掌多有種種諸天妙寶徧滿其國無有山陵堆阜土沙礫石荊棘之屬其地柔輭譬如天衣行時足下陷入四寸舉足還復無有地獄畜生餓鬼不淨臭穢純有諸天微妙上香及曼陀羅摩訶曼陀羅華徧滿其國所有衆生無有老病各各自在不相畏怖常不惱他命不中夭臨捨命時心不悔恨其心決定無有錯亂繫念思惟諸佛如來若命終已不墮惡道不生無佛五濁惡世乃至成阿耨多羅三藐三菩提常得見佛諮受妙法供養衆僧所有衆生薄婬怒癡皆行十善世界無有種種工巧無有犯罪及

犯罪名亦無天魔諸留難事衆生受形無有惡色亦不分別尊卑高下一切衆生深解無我及無我所聲聞菩薩乃至夢中不失不淨衆生常樂求法聽法無有一人生於倒見亦無外道衆生無有身心疲極皆得五通無有飢渴諸苦惱事隨所喜樂種種食飲即有寶器自然在手有種種食猶如欲界所有諸天無有洟唾便利之患痰癃汗淚亦無寒熱常有柔輭香風觸身此風香氣微妙具足熏諸天人不須餘香如是香風隨諸天人所求冷暖皆使滿足又復有求優鉢羅華香風又復有求優陀娑羅香風有求沉水香風有求多伽羅香風有求阿伽羅香風有求種種香風如所希望於發心時皆得成就除五濁世願我國土有七寶樓其寶樓中敷七寶牀茵褥丹枕細滑柔輭猶如天衣衆生處此寶樓牀榻皆悉歡樂其樓四邊有好池水其水具足有八功德衆生隨意而取用之其國多有金多羅樹種種華果妙香具足上妙寶衣種種寶蓋眞珠瓔珞而以莊嚴諸衆生等隨意所喜妙寶衣服即於樹上自恣取著華果香等亦復如是世尊願我菩提之樹純是七寶高千由旬樹莖周帀滿一由旬枝葉縱廣滿千由旬常有微風吹菩提樹其樹則出六波羅蜜根力覺道微妙之聲若有衆生聞此妙聲一切皆得離於欲心所有女人成就一切諸妙功德猶如兜率天上天女無有婦人諸不淨事兩舌慳悋嫉妬覆心不與男子漏心交通若諸男子發婬欲心至女人所以愛心視須臾之間便得離欲心自猒離即便還去尋

得清淨無垢三昧以三昧力故於諸魔縛而得解脱更不復生惡欲之心如是女人若見男子有愛欲心便得妊身亦得離於婬欲之想當妊身時若懷男女身心無有諸苦惱事常受快樂如忉利天人身心所受上妙快樂女人懷妊七日七夜所受快樂亦復如是亦如比丘入第二禪處胎男女不爲一切不淨所汙滿足七日即便出生當其生時受諸快樂有微妙香女人產時亦無諸苦如是母子俱共入水洗浴其身是時女人得如是念以念力故尋得離欲清淨三昧以三昧力故其心常定於諸魔縛而得解脱若有衆生宿業成就應無量億世作女人身以定力故得離女身乃至涅槃一切女業永滅無餘更不復受或有衆生宿業成就於無量億劫應處胞胎受苦惱者願我成阿耨多羅三藐三菩提已聞我名字即生歡喜生歡喜已尋便命終處胎即生我之世界尋於生已所受胎分永盡無餘乃至成阿耨多羅三藐三菩提更不受胎或有衆生多善根者尋便得來至我世界蓮華中生或有衆生少善根者要當處胎或受女人而生我界然後乃得永盡胎分所有衆生一向純受微妙快樂微風吹此金多羅樹出微妙聲所謂苦空無我無常等聲聞是聲者皆得光明三昧以三昧力故得諸空定甚深三昧世界無有婬欲想聲世尊我坐菩提樹下於一念中成阿耨多羅三藐三菩提已願我世界無有日月光明晝夜差别除華開合我成阿耨多羅三藐三菩提已當以光明徧照三千大千世界以光明力故令諸

衆生悉得天眼以天眼故得見十方無量無邊諸佛世界在在處處諸佛世尊現在說法世尊我成阿耨多羅三藐三菩提已說於正法令此音聲徧滿三千大千世界衆生聞者得念佛三昧衆生或有行住迴轉隨所方面常得見我若於諸法有疑滯處以見我故即得斷疑世尊我成阿耨多羅三藐三菩提已十方無量無邊阿僧祇諸佛世界在在處處所有衆生若學聲聞若學緣覺若學大乘聞我名者命終要來生我世界學聲聞人聞我法者得八解脫阿羅漢果學大乘人聞我法者得深法忍陀羅尼門及諸三昧不退轉於阿耨多羅三藐三菩提得無量聲聞以爲眷屬其數無邊無能數者唯除諸佛世尊我得阿耨多羅三藐三菩提隨所至方舉下足處即有千葉金蓮華生其華微妙有大光明我當遣至無佛之處稱讃我名若有衆生於此華中得聞稱讃我名字者尋生歡喜種諸善根欲生我國願命終時悉皆來生我諸大衆出家之人遠離諂曲嫉妬姦欺沙門之垢尊重於法於諸所須名稱利養心不貴重常樂苦空無常無我常勤精進尊法依僧若諸菩薩得不退者皆悉令得龍雨三昧以三昧力故爲衆生說般若波羅蜜令離生死乃至成佛於其中間所可說法不忘不失世尊我成佛已壽命住世十千大劫般涅槃後正法住世滿一千劫爾時如來讃阿閦言善哉善哉善男子汝今已取清淨世界汝於來世過一恒河沙等阿僧祇劫入第二恒河沙等阿僧祇劫東方去此千佛世界彼有世界名曰妙

樂所有莊嚴如汝所願皆悉具足汝於是中當成阿耨多羅三藐三菩提猶號阿閦如來應供正徧知明行足善逝世間解無上士調御丈夫天人師佛世尊爾時阿閦菩薩白佛言世尊若我所願成就得已利者一切世間陰界諸入所攝衆生皆得慈心無怨賊想及諸穢濁身心快樂猶如十住諸菩薩等處蓮華上結跏趺坐三昧正受以三昧力令心無垢是諸衆生身心快樂亦復如是我今頭面敬禮於佛唯願此地有金色光善男子爾時阿閦菩薩尋以頭面敬禮佛足是時一切無量衆生身心即得受大快樂其地亦有金色光明爾時寶藏如來爲阿閦菩薩而説偈言

尊意且起　汝今已令　一切衆生　心無忿怒
復於衆生　生大悲心　兩手各得　天千輻輪
淨意當來　爲天人尊

善男子爾時阿閦菩薩聞是偈已心大歡喜即起合掌前禮佛足去佛不遠復坐聽法

悲華經卷第四

音釋

輻方六切車輻也　捷疾葉切　閦樞玉切

悲華經卷第五

北涼天竺三藏法師曇無讖譯

諸菩薩本受記品第四之三

佛告寂意菩薩善男子爾時寶海梵志復白第十王子濡心言乃至發心亦復如是王子所願皆如阿閦菩薩所願白佛言世尊若我所願成就得己利者令一切衆生悉得思惟諸佛境界手中自然生栴檀香優陀婆羅香以此諸香供養諸佛爾時寶藏如來讚王子言善哉善哉善男子汝所願者甚奇甚特汝願衆生手中自然有栴檀香優陀婆羅香悉得思惟諸佛境界繫念清淨以是故今改汝字號爲香手佛告香手善男子未來之世過一恒河沙等阿僧祇劫入第二恒河沙等阿僧祇劫後分之中阿閦如來般涅槃後正法滅盡過七日已汝於是時當成阿耨多羅三藐三菩提其佛世界故名妙樂佛號金華如來應供正徧知明行足善逝世間解無上士調御丈夫天人師佛世尊爾時香手菩薩復作是言世尊若我所願成就得已利者今我禮佛此閻浮園周帀當雨諸瞻蔔華善男子爾時香手菩薩於寶藏佛前頭面著地是時閻浮園中如其所言周帀徧雨諸瞻蔔華爾時寶藏如來爲香手菩薩而說偈言

尊妙功德　善趣汝起　如心所願　雨瞻蔔華

度脫無量　一切衆生　示諸善道　令至無畏

善男子爾時香手菩薩聞是偈已心大歡喜即起合掌前禮佛足去佛不遠復坐聽法善男子爾時寶海梵志復白第十一王子曹伽奴言乃至發心亦復如是王子所願亦如香

手菩薩所願爾時師子王子以珍寶幢供養寶藏如來時佛即讚師子王子言善哉善哉善男子汝今以此寶幢供養是故號汝名爲寶相佛告寶相未來之世過一恒河沙等阿僧祇劫入第二恒河沙等阿僧祇劫後分之中妙樂世界金華如來般涅槃後正法滅已過三中劫妙樂世界轉名月勝汝於是中當成阿耨多羅三藐三菩提號龍自在尊音王如來應供正徧知明行足善逝世間解無上士調御丈夫天人師佛世尊彼佛世界所有莊嚴如妙樂世界等無差別爾時寶相菩薩前白佛言世尊若我所願成就得已利者我今頭面禮於佛足令一切衆生得如是念猶如菩薩住無謟三昧一切衆生得大利益生於大悲發菩提心善男子爾時寶相菩薩在寶藏佛前頭面著地一切衆生悉得如是無謟三昧得大利益生於大悲發菩提心爾時寶藏如來爲寶相菩薩而説偈言

善意勤起　已於我前　爲諸衆生　善作大誓
能大利益　無量衆生　令心無垢　是故來世
得成爲佛　天人之尊

善男子爾時寶相菩薩聞是偈已心大歡喜即起合掌前禮佛足去佛不遠復坐聽法爾時摩闍婆王子等五百王子作如是願願得如是種種莊嚴功德佛土皆如虛空印菩薩摩訶薩所修淨土爾時寶藏如來皆爲一一授阿耨多羅三藐三菩提記同共一時各於餘國成無上道如虛空印菩薩摩訶薩復次四百王子作是誓願願取莊嚴淨妙佛土皆如金剛智慧光明菩薩摩訶薩爾時寶藏如

來亦爲一一授阿耨多羅三藐三菩提記同共一時各於異國成無上道如金剛智慧光明菩薩摩訶薩復次八十九王子又作是言願取如是莊嚴佛土如普賢菩薩摩訶薩所修佛土等無差别爾時八萬四千小王各各别異作殊勝願人人自取種種莊嚴上妙佛土爾時寶藏如來各各與授阿耨多羅三藐三菩提記當來之世各在餘國同共一時成無上道爾時九十二億衆生亦各發願取種種莊嚴勝妙佛土時寶藏如來一切皆與授阿耨多羅三藐三菩提記汝等來世於餘國土同共一時成無上道善男子爾時寶海梵志有八十子即是寶藏如來之兄弟也其最長子名海地尊善男子爾時寶海梵志告其長子言汝今可取妙清淨莊嚴佛土其子答言唯願尊者先師子吼其父告言我之所願當最後説其子復言我今所願當取清淨不清淨耶父復答言若有菩薩成就大悲爾乃取於不淨世界何以故欲善調伏衆生垢故如是之事汝自知之善男子爾時海地尊至寶藏如來所在於佛前白佛言世尊我願阿耨多羅三藐三菩提若人有壽八萬歲時如今佛世爾乃成阿耨多羅三藐三菩提我今又願令我國土所有衆生薄婬恚癡猒離身心怖畏生死見其過患來至我所出家學道我於爾時爲諸衆生説三乘法世尊若我所願成就得已利者唯願世尊授我阿耨多羅三藐三菩提記爾時寶藏如來告海地尊言善男子未來之世過一恒河沙等阿僧祇劫入第二恒河沙等阿僧祇劫是時有劫名曰

徧敷優鉢羅華此佛世界當名願愛是時人民壽八萬歲汝於是中成阿耨多羅三藐三菩提號曰寶山如來應供正徧知明行足善逝世間解無上士調御丈夫天人師佛世尊爾時海地尊復作是言世尊若我所願成就得己利者此閻浮園周帀當雨赤色眞珠一切樹木自然皆出微妙妓樂善男子時海地尊在寶藏佛前頭面作禮當爾之時其園周帀雨赤眞珠一切樹木皆出種種微妙妓樂爾時寶藏如來即爲摩納而說偈言

大力汝起　無量智藏　慈悲衆生　作大利益
所願清淨　今得成就　當爲衆生　作天人師

善男子爾時海地尊聞是偈已心大歡喜即起合掌前禮佛足去佛不遠復坐聽法梵志第二子名曰三婆婆白佛言世尊我今所願如海地尊之所願也爾時寶藏如來便告三婆婆言未來之世優鉢羅華劫中願愛世界人壽轉多八十億歲汝當於中得成阿耨多羅三藐三菩提號曰日華如來應供正徧知明行足善逝世間解無上士調御丈夫天人師佛世尊第三子所得世界亦復如是人壽二千歲時成阿耨多羅三藐三菩提號火香王如來乃至天人師佛世尊第四成佛號須曼那第五成佛號持戒王第六成佛號善持目第七成佛號梵增益第八成佛號閻浮影第九成佛號富樓那第十成佛號曰勝妙十一成佛號曰寶山十二成佛號曰海藏十三成佛號那羅延十四成佛號曰尸棄十五成佛號南無尼十六成佛號曰覺尊十七成佛號憍陳如十八成佛號師子力十九成佛號

曰智幢二十成佛號佛音聲二十一成佛號尊勝佛二十二成佛號離世尊佛二十三佛號利益佛二十四號智光明佛二十五號師子尊佛二十六號寂靜智佛二十七號難陁佛二十八號尼拘羅王佛二十九號金色目佛三十號得自在佛三十一號日樂佛三十二號寶勝佛三十三號善目佛三十四號梵善樂佛三十五號梵仙佛三十六號梵音佛三十七號法月佛三十八號示現義佛三十九號稱樂佛四十號稱增益佛四十一號端嚴佛四十二號善香佛四十三號眼勝佛四十四號善觀佛四十五號攝取義佛四十六號善意願佛四十七號勝慧佛四十八號金幢佛四十九號善目佛五十號天泓佛五十一號淨飯佛五十二號善見佛五十三號毗瑠璃幢佛五十四號毗樓博叉佛五十五號梵音佛五十六號功德成就佛五十七號有功德淨佛五十八號寶光明佛五十九號摩尼珠佛六十號釋迦文手佛六十一號音尊王佛六十二號智和合佛六十三號勝尊佛六十四號成華佛六十五號善華佛六十六號無怒佛六十七號日藏佛六十八號尊樂佛六十九號日明佛七十號龍得佛七十一號金剛光明佛七十二號稱王佛七十三號虎光明佛七十四號相光明佛七十五號刪尼輪佛七十六號智成就佛七十七號香王佛七十八號娑羅王那羅延藏佛七十九號火藏佛善男子爾時梵志其最小子名離怖惱在佛前住白佛言世尊是七十九人佛今已爲現前授記於徧敷優鉢羅華劫願受世

界人壽轉多時成阿耨多羅三藐三菩提世尊我今佛前發阿耨多羅三藐三菩提心優鉢羅劫後分之中成阿耨多羅三藐三菩提時如七十九佛所得壽命願我壽命亦復如是如七十九佛所度衆生我所度衆生亦復如是如七十九佛三乘說法我亦如是說三乘法如七十九佛聲聞弟子衆數多少我之所得衆數多少亦復如是是七十九佛於優鉢羅劫所可教化無量衆生使受人身未得度者我於來劫成阿耨多羅三藐三菩提已悉當教化令住三乘世尊若我所願成就得已利者唯願世尊授我阿耨多羅三藐三菩提記善男子爾時寶藏佛即讚離怖惱言善哉善哉善男子汝今乃爲無量衆生生大悲心善男子未來之世過一恒河沙等阿僧祇劫入第二恒河沙等阿僧祇劫是中有劫名優鉢羅華後分之中汝當成阿耨多羅三藐三菩提號無垢燈山王如來應供正偏知明行足善逝世間解無上士調御丈夫天人師佛世尊七十九佛所得壽命都合半劫汝之壽命亦得半劫如前所願悉得成就爾時離怖惱菩薩復作是言世尊若我所願成就得已利者我今頭面敬禮於佛令此世界周帀徧雨優鉢羅華微妙之香若有衆生聞此香者身諸四大清淨無穢調適和順一切病苦悉得除愈善男子爾時離怖惱菩薩說是言已尋以頭面敬禮佛足爾時此佛世界尋時徧雨優鉢羅華微妙之香衆生聞者身諸四大清淨無穢調適和順一切病苦悉得除愈寶藏如來爲是菩薩而說偈言

善心慈悲　導師可起　諸佛世尊　咸稱讃汝能斷堅牢　諸煩惱結　當來成善　淨智慧藏善男子爾時離怖惱菩薩聞是偈已心大歡喜即起合掌前禮佛足去佛不遠復坐聽法善男子爾時寶海梵志有三億弟子在園門外一處而坐教餘衆生受三歸依令發阿耨多羅三藐三菩提心者善男子爾時梵志勸諸弟子作如是言汝等今者應發阿耨多羅三藐三菩提心取佛世界今於佛前如心所求便可說之是三億人中有一人名曰樹提作如是言尊者云何菩提云何助菩提法云何菩薩修行菩提云何繫念得於菩提爾時其師報言摩納如汝所問菩提者即是菩薩之所修集四無盡藏何等為四所謂無盡福德藏無盡智藏無盡慧藏無盡佛法和合藏

善男子是名菩提摩納如佛所說助菩提法所謂攝取助清淨度生死法門善男子捨財即是助菩提法以調伏衆生故持戒即是助菩提法隨其所願得成就故忍辱即是助菩提法三十二相八十種隨形好具足故精進即是助菩提法具足一切諸事故禪定即是助菩提法其心當得善調伏故智慧即是助菩提法以知一切諸煩惱故多聞即是助菩提法得無礙辯故福德即是助菩提法一切衆生之所須故智即是助菩提法成就無礙智故寂滅即是助菩提法柔輭善心得成就故思惟即是助菩提法成就斷疑故慈心即是助菩提法成就無礙心故悲心即是助善提法教化衆生無猒足故喜心即是助菩提法於正法中生愛樂故捨心即是助菩提法

成就斷於愛憎法故聽法即是助菩提法成就滅五蓋故出世即是助菩提法成就捨除一切世間故阿蘭若即是助菩提法所作不善滅使不生所有善根多增長故念是助菩提法成就護持故意是助菩提法成就分別諸法故持是助菩提法成就思議覺悟故念處即是助菩提法分別身受心法成就故正勤即是助菩提法以離一切不善法修行一切善法增廣故如意足是助菩提法成就身心輕利故諸根即是助菩提法攝取諸根成就故諸力即是助菩提法摧滅一切煩惱故覺是助菩提法覺如實法故六和敬即是助菩提法調伏衆生令清淨故摩納是名攝取助清淨度生死法門樹提復言尊者如佛所說布施報即是大富得大眷屬護持禁戒得生天上廣博多聞得大智慧又如佛說思惟之法得度生死師復報言摩納若樂生死故行布施是故大富摩納若善男子善女人心向菩提爲心調伏故行布施爲心寂靜故持禁戒爲心清淨無有愛濁故求多聞爲大悲故思惟修道其餘諸法智慧方便成就助求摩納是名助菩提法如是修行即是繫念得菩提也摩納如是菩提今應生欲是道清淨應專心作願是道無濁心清淨故是道正直無有諂曲斷煩惱故是道安隱乃至能到涅槃城故汝等今應作大善願取莊嚴佛土隨意所求淨及不淨善男子爾時樹提摩納在寶藏佛前右膝著地長跪叉手前白佛言世尊我今發阿耨多羅三藐三菩提此不淨世界所有衆生少於貪婬瞋恚愚癡不犯非法

心無愛濁無怨賊想捨離慳悋嫉妬之心離邪見心安住正見離不善心求諸善法離三惡心求三善道於三福處成就善根於三乘法精勤修習爾時我當成無上道世尊若我所願成就得已利者令我兩手自然而出白色龍象作是言已佛神力故其兩手中即出龍象其色純白七處到地見是事已告言龍象汝等今者可至虛空去此不遠徧兩此界八德香水覺悟此界一切衆生若有衆生得遇一滴聞其香氣悉斷五蓋所謂婬欲瞋恚睡眠掉戲疑蓋作是語已爾時龍象在虛空中周旋速疾猶如力士善射放箭是二龍象所作諸事悉成就已復還來至摩納前住爾時樹提見是事已心大歡喜善男子爾時寶藏如來即告摩納善男子未來之世過一恒河沙等阿僧祇劫入第二恒河沙等阿僧祇劫是時有劫名音光明此佛世界轉名和合音光明汝於是中成阿耨多羅三藐三菩提號寶蓋增光明如來應供正徧知明行足善逝世間解無上士調御丈夫天人師佛世尊善男子爾時樹提頭面著地禮於佛足寶藏如來即爲樹提而說偈言

其心離垢　清淨且起　今已受記　能令無量
億數衆生　淨第一道　於當來世　調御天人

善男子爾時樹提聞是偈已生大歡喜即起合掌前禮佛足去佛不遠復坐聽法三億弟子除一千人其餘咸共同聲發願於此世界成阿耨多羅三藐三菩提爾時寶藏如來皆爲一一授其阿耨多羅三藐三菩提記乃至毗婆尸尸棄毗尸沙婆最後成阿耨多羅三

藐三菩提其餘千人悉皆讀誦毗陀外典其中最大所宗仰者名婆由毗紐白佛言世尊我今所願當於五濁惡世成阿耨多羅三藐三菩提爲此厚重貪欲瞋恚愚癡多惱衆生說於正法時千人中復有一人字曰火鬘作如是言尊者婆由毗紐向見何義願於五濁惡世之中成阿耨多羅三藐三菩提其師報言是善薩大悲成就故於五濁惡世成阿耨多羅三藐三菩提爾時衆生無有救護無諸善念其心常爲煩惱所亂諸見所侵於中成阿耨多羅三藐三菩提乃能大益無量衆生善能爲作救護依止舍宅燈明兼復度脫於生死大海教令安住於正見中使處涅槃服甘露水是菩薩摩訶薩欲示現大悲故願取如是五濁惡世善男子爾時寶藏如來告婆由毗紐言善男子當來之世過一恒河沙等阿僧祇劫入第二恒河沙等阿僧祇劫後分之中東方去此一佛世界微塵數等佛土有世界名袈裟幢汝於是中當成阿耨多羅三藐三菩提號金山王如來應供正徧知明行足善逝世間解無上士調御丈夫天人師佛世尊爾時婆由毗紐復白佛言世尊若我所願成就得已利者我今頭面敬禮佛足唯願如來以百福莊嚴佛之兩足置我頂上善男子爾時婆由毗紐說是語已尋時敬禮寶藏佛足即時如來百福之足在其頭上復以此偈而讚歎言

大悲心者　今可還起　智慧明利　行菩薩道

爲菩提故　斷除堅牢　諸煩惱縛　當來成佛

能大利益　無量衆生

善男子爾時婆由毗紐聞是偈已心大歡喜即起合掌前禮佛足去佛不遠復坐聽法善男子爾時火鬘摩納在寶藏佛前右膝著地長跪叉手前白佛言我今所願於此世界發阿耨多羅三藐三菩提心若有衆生三毒等分不能專心住於善法其心不善壽四萬歲爾時我當成阿耨多羅三藐三菩提爾時寶藏如來告火鬘言善男子未來之世過一恒河沙等阿僧祇劫入第二恒河沙等阿僧祇劫後分之中此佛世界當名娑婆何因緣故名曰娑婆是諸衆生忍受三毒及諸煩惱是故彼界名曰忍土時有大劫名曰善賢何因緣故劫名善賢是大劫中多有貪欲瞋恚愚癡憍慢衆生有千世尊成就大悲出現於世善男子賢劫之初人壽四萬歲於千佛中最初成阿耨多羅三藐三菩提號拘留孫如來應供正偏知明行足善逝世間解無上士調御丈夫天人師佛世尊爲諸衆生說三乘法令無量衆生在生死者悉得解脫住於涅槃善男子爾時火鬘摩納前禮佛足却在一面復坐聽法善男子爾時摩納字虛空在佛前坐白佛言世尊我於來世次拘留孫如來之後人壽三萬歲我當成阿耨多羅三藐三菩提爾時世尊告虛空摩納言善男子當來之世過一恒河沙等阿僧祇劫入第二恒河沙等阿僧祇劫後分入賢劫中娑婆世界次拘留孫佛後人壽三萬歲汝當於中成阿耨多羅三藐三菩提號伽那迦牟尼如來應供正偏知明行足善逝世間解無上士調御丈夫天人師佛世尊有大名稱偏聞世間爾時虛

空聞授記已頭面禮佛右繞三帀在佛前住以種種華散佛身上叉手恭敬以偈讃佛

攝護身心　善入禪定　以微妙音　善能教誡
其心清淨　無有濁亂　雖化衆生　不壞正法
名稱光明　及念總持　百福功德　無不增廣
爲諸衆生　示現善道　竪仙勝幢　諸功德山
持以利益　無量衆生　悉令一切　功德滿足
又與衆生　善寂滅道　所燒煩惱　如須彌山
於三有中　生大悲心　而與無量　衆生授記

善男子爾時第三摩納字毗舍毱多在於佛前以七寶牀牀上所敷綩綖茵褥價直十萬兩金於其牀上置眞金器盛滿七寶純金澡鑵七寶妙杖供養世尊及比丘僧作是施已白佛言世尊我未來世過一恒河沙等阿僧祇劫入第二恒河沙等阿僧祇劫後分入賢劫中願我成阿耨多羅三藐三菩提爾時人民壽命損減初入五濁所有衆生厚重貪婬瞋恚愚癡慳悋嫉妬行於邪見隨惡知識諸不善根以覆其心於諸善根心沒退失遠離正見邪命自活伽那迦牟尼般涅槃後正法滅已一切衆生盲無慧眼無所師宗人壽二萬歲爾時我當成阿耨多羅三藐三菩提善男子爾時寶藏如來讃毗舍毱多言善哉善哉善男子汝今成就無上智慧汝當初入五濁惡世時人壽命滿二萬歲盲無慧眼無所師宗汝於是中成阿耨多羅三藐三菩提今當號汝爲大悲智慧佛告大悲智慧菩薩善男子汝於來世過一恒河沙等阿僧祇劫入第二恒河沙等阿僧祇劫後分入賢劫中人壽二萬歲汝於爾時得成阿耨多羅三藐三

菩提號迦葉如來應供正徧知明行足善逝世間解無上士調御丈夫天人師佛世尊善男子爾時大悲智慧菩薩尋以頭面禮於佛足却住一面以種種華香末香塗香供養世尊以偈讚佛

人中之尊　利益衆生　悉能令彼　生愛樂心
念定法門　心得專一　我聞妙音　心大歡喜
智慧方便　無不具足　是故能行　世間教化
又與無量　無邊衆生　授於無上　菩提道記
緣是得見　十方諸佛　智慧神足　皆悉平等
諸佛所有　微妙功德　并及示現　修善提道
授諸衆生　無上道記　若欲稱讚　不可得盡
是故我今　稽首敬禮

爾時寶海梵志復告第四摩納毗舍耶無垢言善男子汝今可發阿耨多羅三藐三菩提心善男子爾時毗舍耶無垢在佛前住白佛言世尊我願於此世界賢劫中求阿耨多羅三藐三菩提非於五濁惡世之中如迦葉佛所有國土迦葉如來般涅槃後正法滅已人壽轉少至千歲所有布施調伏持戒悉皆滅盡是諸衆生善心轉滅遠離七財於惡知識起世尊想於三福事求無學心離三善行勤行三惡以諸煩惱覆智慧心令無所見於三乘法不欲修學是衆生中若我欲成阿耨多羅三藐三菩提尚無有人能作遮礙何況人壽一千歲也乃至人壽百歲是時衆生乃至無有善法名字何況有行善根之者五濁惡世人民壽命稍稍減少乃至十歲刀劫後起我於爾時當從天來擁護衆生爲現善法令離不善法乃至安住十善法中離於十惡

煩惱諸結悉令清淨滅五濁世衆生乃至壽
八萬歲爾時我當成阿耨多羅三藐三菩提
是時衆生少於貪婬瞋恚愚癡無明慳悋嫉
妬我於爾時爲諸衆生說三乘法令得安住
世尊若我所願成就得己利者唯願如來授
我阿耨多羅三藐三菩提記世尊若我不得
如是受記我於今者當求聲聞或求緣覺如
其乘力疾得解脱度於生死時寶藏佛告毗
舍耶無垢言善男子菩薩有四懈怠若菩薩
成就如是四法者貪著生死於生死獄受諸
苦惱不能疾成阿耨多羅三藐三菩提何等
四下行下伴下施下願云何菩薩下行或有
菩薩破身口戒不善護業是名下行云何下
伴親近聲聞及辟支佛與共從事是名菩薩
下伴云何下施不能一切捨諸所有於受者
中心生分别爲得天上受快樂故而行布施
是名菩薩下施云何下願不能一心願取諸
佛淨妙世界所作誓願不爲調伏一切衆生
是名菩薩之下願也菩薩成是四懈怠法久
處生死受諸苦惱不能疾成阿耨多羅三藐
三菩提善男子復有四法菩薩成就則能疾
成阿耨多羅三藐三菩提何等四一能持禁
戒淨身口意護持法行二親近修學大乘之
人與共同事三所有之物能一切捨以大悲
心施於一切四一心願取種種莊嚴諸佛世
界亦爲調伏一切衆生是名四法菩薩成就
則能疾成阿耨多羅三藐三菩提復有四法
菩薩成就能持無上菩提之道何等四精勤
行於諸波羅蜜攝取一切無量衆生心常不
離四無量行遊戲諸通是名四法菩薩成就

能持無上菩提之道復有四法令心無猒何等四一行施二聽法三修行四攝取衆生如是四法令心無猒菩薩應學復有四無盡藏是諸菩薩所應成就何等四一者信根二者說法三善根願四者攝取貧窮衆生是爲菩薩四無盡藏具足修滿復有四清淨法菩薩成就何等四持戒清淨以無我故三昧清淨無衆生故智慧清淨無壽命故解脫知見清淨以無人故是爲四淨法菩薩成就以是故疾成阿耨多羅三藐三菩提轉虛空法輪轉不可思議法輪轉不可量法輪轉無我法輪轉無言說法輪轉出世法輪轉通達法輪轉諸天人所不能轉微妙之輪善男子未來之世過一恒河沙等阿僧祇劫入第二恒河沙等阿僧祇劫後分初入賢劫五濁減已壽命

增益至八萬歲汝於是中成阿耨多羅三藐三菩提號曰彌勒如來應供正徧知明行足善逝世間解無上士調御丈夫天人師佛世尊爾時毗舍耶摩納在於佛前頭面禮足却住一面以種種華香末香塗香供養於佛及比丘僧以偈讚佛

世尊無垢　如真金山　眉間毫相　白如珂雪
應時爲我　說微妙法　記我來世　作天人師
誰有見聞　而當不取　仙聖大覺　世燈功德

善男子爾時寶海梵志一千摩納唯除一人悉共讀誦毗陀外典皆已勸化於阿耨多羅三藐三菩提如拘留孫迦那伽牟尼迦葉彌勒其第五者名師子光明亦如是其千人中唯除二人其餘皆願於賢劫中成阿耨多羅三藐三菩提於其衆中最下小者名持力捷

疾寶海梵志復教令發阿耨多羅三藐三菩提心善男子汝今莫觀久遠當離心覺爲諸衆生起大悲心爾時梵志即爲持力捷疾而說偈言

陰界諸入　所攝衆生　畏老病死　墮於愛海
閉在三有　可畏獄中　飲煩惱毒　互相侵害
長夜墮在　苦惱海中　癡盲無目　失於正道
久處生死　機關所覆　三有衆生　諸苦熾然
以離正見　安住邪見　周迴生死　五道之中
不得休息　譬如車輪　有諸衆生　失於法眼
盲無所覩　又無救護　汝應修習　無量智慧
令離癡惑　使發菩提　應與衆生　作善知識
爲燒愛結　解煩惱縛　應爲是等　發菩提心
失法眼者　爲癡所覆　爲離癡故　應與勝道
生死有獄　大火熾然　與法甘露　令其充足
汝今速往　至於佛所　頭頂禮足　作大利益
當於佛所　發妙勝願　所願勝妙　善持念之
汝當來世　調御天人　常當願施　衆生無畏
拔濟一切　悉令解脫　亦令具足　根力覺道
雨大法雨　投智慧水　滅諸衆生　苦惱之火

善男子爾時持力捷疾作如是言尊者我今所願不求生天果報不求聲聞辟支佛乘我今唯求無上大乘待時待處待調伏衆生待發善願我今思惟如是等事尊者且待須臾聽我師子吼時善男子爾時寶海梵志漸漸却行有侍者五人一名龍手二名陸龍三名水龍四名虛空龍五名妙音龍而告之曰汝等今者可發阿耨多羅三藐三菩提心五人報曰尊者我等空無所有無以供養佛及衆僧未種善根云何得發阿耨多羅三藐三菩

提心善男子爾時梵志以左耳中所著寶環持與龍手右耳寶環持與陸龍所坐寶牀持與水龍所用寶杖與虛空龍純金澡鑵與妙音龍如是與已作是言童子汝今可持此物供養佛及衆僧發阿耨多羅三藐三菩提心

悲華經卷第五

音釋

濡人諸切 泓乙肱切 紐女久切

悲華經卷第六

北涼天竺三藏法師曇無讖譯

諸菩薩本受記品第四之四

爾時五人即至佛所以所得物供養世尊及比丘僧供養已復白佛言世尊唯願如來授我阿耨多羅三藐三菩提記令於賢劫成阿耨多羅三藐三菩提善男子爾時寶藏如來即與五人授阿耨多羅三藐三菩提記龍手汝於來世賢劫之中當得成佛號堅音如來十號具足堅音如來般涅槃後陸龍次當成佛號快樂尊如來十號具足快樂尊佛般涅槃後水龍次當成佛號導師如來十號具足導師佛般涅槃後虛空龍次當成佛號愛清淨如來十號具足愛清淨佛般涅槃後妙音龍次當作佛號那羅延勝葉如來十號具足善男子寶藏如來記是五人賢劫成佛已寶海梵志復告持力捷疾善男子汝今可取種種莊嚴淨妙世界如心所喜便可發願與一切衆生甘露法味專心精勤行菩薩道愼莫思惟劫數長遠善男子爾時梵志捉持力捷疾臂將至佛所至佛所已坐於佛前白佛言世尊未來之世於賢劫中有幾佛日如來出世爾時佛告持力捷疾言善男子半賢劫中有千四佛出現於世持力捷疾言世尊彼賢劫中諸佛世尊般涅槃已最後妙音龍成阿耨多羅三藐三菩提號那羅延勝葉世尊我願於爾所時修菩薩道修諸苦行持戒布施多聞精進忍辱愛語福德智慧種種助道悉令具足賢劫諸佛垂成佛時願我在初奉施飲食般涅槃後收取舍利起塔供養護持正

法見毀戒者勸化安止令住持戒遠離正見墮諸見者勸化安止令住正見散亂心者勸化安止令住定心無威儀者勸化安止住聖威儀若有衆生欲行善根我當爲其開示善根彼諸世尊般涅槃後正法垂滅我於爾時當護持之令不斷絕於世界中然正法燈刀兵劫時我當教化一切衆生持不殺戒乃至正見於十惡中拔出衆生安止令住十善道中滅諸盲冥開示善法我當滅此劫濁命濁衆生濁煩惱濁見濁令無有餘於饑饉劫我當勸化一切衆生安止住於檀波羅蜜乃至般若波羅蜜亦如是我勸衆生住六波羅蜜時衆生所有一切饑餓黑暗穢濁忿賊鬬諍及諸煩惱悉令寂靜於疾疫劫我當教化一切衆生悉令住於六和法中亦令安止住四攝法衆生所有疾疫黑暗當令滅盡於半賢劫斷滅衆生如是苦惱一千四佛於半劫中出世涅槃正法滅已然後我當成阿耨多羅三藐三菩提如千四佛所得壽命聲聞弟子我之壽命聲聞弟子亦復如是等無差別如千四佛於半劫中調伏衆生願我亦於半劫之中調伏衆生是半劫中諸佛所有聲聞弟子毀於禁戒墮在諸見於諸佛所無有恭敬生於瞋恚惱害之心破法壞僧誹謗賢聖毀壞正法作惡逆罪世尊我成阿耨多羅三藐三菩提時悉當拔出於生死淤泥令入無畏涅槃城中我般涅槃後正法賢劫一時滅盡若我涅槃正法賢劫俱滅盡已我之齒骨并及舍利悉當變化作佛形像三十二相瓔珞其身一一相中有八十種好次第莊嚴徧至

十方無量無邊無佛世界一一化佛以三乘法教化無量無邊衆生悉令不退若彼世界災劫起時無有佛法是化佛像亦當至中教化衆生如前所說若諸世界無珍寶者願作如意摩尼寶珠雨諸珍寶自然發出純金之藏若諸世界所有衆生離諸善根諸苦纏身我當於中雨優陀娑香栴檀沉水種種諸香令諸衆生斷煩惱病諸邪見病身四大病於三福處勤心修行令命終時生天人中世尊我行菩薩道時當作如是利益衆生我成阿耨多羅三藐三菩提已當作如是佛事般涅槃後舍利復至無量世界如是利益衆生世尊若我所願不成不得已利不能與諸衆生作大醫王不能利益者我今便爲欺誑十方無量世界在在處處現在諸佛如來今者亦復不應與我授阿耨多羅三藐三菩提記世尊所與無量無邊億阿僧祇衆生授阿耨多羅三藐三菩提記者我亦不得見如是人亦不聞是佛音聲法僧之聲行善法聲常墮阿鼻大地獄中世尊若我所願成就得已利者如來今者當稱讚我時佛即讚持力捷疾言善哉善哉善男子汝於來世作大醫王令諸衆生離諸苦惱是故字汝爲火淨藥王佛告火淨藥王汝於來世過一恒河沙等阿僧祇劫入第二恒河沙阿僧祇劫後分賢劫中一千四佛垂成阿耨多羅三藐三菩提汝當悉得奉施飲食乃至如上汝之所願那羅延勝葉般涅槃後正法滅已汝當成於阿耨多羅三藐三菩提號樓至如來應供正徧知明行足善逝世間解無上士調御丈夫天人師佛

世尊壽命半劫汝之所得聲聞弟子如千四佛所有弟子等無差別所化衆生般涅槃後正法滅已賢劫俱盡齒骨舍利悉化作佛乃至生天人中亦復如是爾時火淨藥王菩薩復白佛言世尊若我所願成就得已利者唯願如來以百福莊嚴金色之手摩我頂上善男子爾時寶藏如來即以百福莊嚴之手摩火淨藥王頂上善男子爾時火淨藥王菩薩見是事已心生歡喜即以頭面禮於佛足却住一面爾時寶海梵志以妙天衣與火淨藥王菩薩而讃之曰善哉善哉善男子汝之所願甚奇甚特從今已往更不須汝與我策使常得自在修安樂行爾時佛告寂意菩薩善男子時寶海梵志作是思惟我今已勸無量無邊百千億那由他衆生令住阿耨多羅三藐三菩提我今見是諸大菩薩各各發願取淨佛土唯除一人婆由毗紐此賢劫中餘菩薩亦離五濁我今當於是末世中以眞法味與諸衆生我今當自堅牢莊嚴作諸善願如師子吼悉令一切菩薩聞已心生疑怪歎未曾有復令一切大衆天龍鬼神乾闥婆阿脩羅迦樓羅緊那羅摩睺羅伽人及非人叉手恭敬供養於我令佛世尊稱讃於我并授記莂令十方無量無邊在在處處現在諸佛爲諸衆生講說正法彼諸如來聞我師子吼者悉讃歎我授我阿耨多羅三藐三菩提記亦遣使來令諸大衆悉得見之我今最後發大誓願成就菩薩所有大悲乃至成阿耨多羅三藐三菩提已若有衆生聞我大悲名者悉令生於希有之心若於後時有諸菩薩成就

大悲者亦當願取如是世界是世界中所有衆生饑虚於法盲無慧眼具足四流是諸菩薩當作救護而爲説法我乃至般涅槃已十方無量無邊百千億諸世界中在在處處現在諸佛於諸菩薩大衆之中稱讃我名亦復宣説我之善願令彼菩薩以大悲熏心皆專心聽聞是事已心大驚怪歎未曾有先所得悲皆更增廣如我所願取不淨土是諸菩薩皆如我於不淨世界成阿耨多羅三藐三菩提拔出四流衆生安止令住於三乘中乃至涅槃善男子爾時寶海梵志思惟如是大悲願已偏袒右肩至於佛所爾時復有無量百千萬億諸天在虚空中作天妓樂雨種種華各各同聲而讃歎言善哉善哉善大丈夫今至佛所發奇特願欲以智水滅於世間衆生

煩惱爾時一切大衆合掌恭敬在梵志前同聲禮敬而讃歎言善哉善哉尊大智慧我等今者得大利益能作牢堅諸善願也我等今者願聞尊意所發善願爾時梵志在於佛前右膝著地爾時三千大千世界六種震動種種妓樂不鼓自鳴飛鳥走獸相和作聲一切諸樹生非時華三千大千世界之中因地衆生於阿耨多羅三藐三菩提若已發心若未發心唯除地獄餓鬼下劣畜生其餘衆生皆悉生於大利益心純善之心無怨賊心無濁穢心慈心希有心飛行衆生尋住於空心生歡喜散種種華末香塗香種種妓樂幢旛衣服而以供養柔輭妙音讃詠梵志皆悉一心欲聞梵志所發善願乃至阿迦膩吒天天上諸天亦下閻浮提在虚空中散種種華末香

塗香種種妓樂幢旛衣服而以供養柔軟妙音讚詠梵志精勤一心欲聞梵志所發善願

爾時寶海梵志叉手恭敬以偈讚佛

遊戲禪定　如大梵王　光明端嚴　如天帝釋
捨財布施　如轉輪王　持妙珍寶　如主藏臣
功德自在　如師子王　不可傾動　如須彌山
心不波蕩　如大海水　於罪不罪　其心如地
除諸煩惱　如清淨水　燒諸結使　如猛火炎
無諸障礙　猶如大風　示現實法　如四天王
所雨法雨　如大龍王　充足一切　猶如時雨
破諸外道　如大論師　功德妙香　如須曼華
說法妙音　猶如梵天　除諸苦惱　如大醫王
等心一切　如母愛子　攝取衆生　猶如慈父
身不可壞　如金剛山　能斷愛枝　猶如利刀
廣度生死　猶如船師　以智濟人　猶如舟船
光明清涼　如月盛滿　開衆生華　如日初出
能與衆生　沙門四果　猶如秋樹　生諸果實
仙聖圍繞　猶如鳳凰　其意深廣　猶如大海
等心衆生　猶如草木　知諸法相　如觀空拳
等心行世　平如水相　成就妙相　善於大悲
能與無量　衆生授記　我今調伏　無量衆生
唯願如來　與我授記　於未來世　成就勝道
微妙智慧　大仙世尊　願以妙音　眞實說之
我於惡世　要修諸忍　與諸結使　煩惱賊鬬
拔出無量　一切衆生　安止住於　寂滅道中

善男子寶海梵志說此偈讚佛已是時一切大衆皆讚歎言善哉善哉善大丈夫善能讚歎如來法王爾時梵志復白佛言世尊我已教化無量億衆發阿耨多羅三藐三菩提心是諸衆生已各願取淨妙世界離不淨土以

清淨心種諸善根善攝衆生而調伏之火鬘摩納等一千四人皆悉讀誦毗陀外典如來已爲是諸人等授其記莂於賢劫中當成爲佛有諸衆生多行貪婬瞋癡憍慢悉當調伏於三乘中是一千四佛所放捨者所謂衆生厚重煩惱五濁惡世能作五逆毀壞正法誹謗聖人行於邪見離聖七財不孝父母於諸沙門婆羅門所心無恭敬作不應作應作不作不行福事不畏後世於三福處無心欲行不求天上人中果報勤行十惡趣三不善離善知識不知親近眞實智慧入於三有生死獄中隨四瀑流没在灰河爲癡所盲離諸善業專行惡業如是衆生諸佛世界所不容受是故擯來集此世界以離善業行不善業行於邪道重惡之罪猶如大山爾時娑婆世界賢劫中人壽命千歲是一千四佛大悲不成不取如是弊惡之世令諸衆生流轉生死猶如機關無有救護無所依止無舍無燈受諸苦惱而反捨放各各願取淨妙世界淨土衆生已自善調伏其心清淨已種善根勤行精進已得供養無量諸佛而更攝取世尊是諸人等爲實爾不爾時世尊即告梵志實如所言善男子是諸人等如其所喜各取種種嚴淨世界我隨其心已與授記爾時梵志復白佛言世尊我今心動如緊手樹葉心大憂愁身皆燋悴此諸菩薩雖生大悲不能取此五濁惡世令彼諸衆生墮癡黑暗世尊乃至來世過一恒河沙等阿僧祇劫入第二恒河沙等阿僧祇劫後分賢劫中人壽千歲我當待時行菩薩道久在生死忍受諸苦以諸菩薩

三昧力故要當不捨如是衆生世尊我今自行六波羅蜜調伏衆生如佛言曰以財物施名檀波羅蜜世尊我行檀波羅蜜時若有衆生世世從我乞求所須隨其所求要當給足飲食醫藥衣服卧具舍宅聚落華香瓔珞塗身之香供給病者醫藥侍使幢旛寶蓋錢財穀帛象馬車乘金銀錢貨真珠瑠璃玻瓈珂貝璧玉珊瑚眞寶爲寶天冠拂飾如是等物我於衆生乃至貧窮生大悲心悉以施與雖作是施不求天上人中果報但爲調伏攝衆生故以是因緣捨諸所有若有衆生乞求過量所謂奴婢聚落城邑妻子男女手脚鼻舌頭目皮血骨肉身命乞求如是過量之物爾時我當生大悲心以此諸物持用布施不求果報但爲調伏攝衆生故世尊我行檀波羅蜜時過去菩薩行檀波羅蜜者所不能及未來菩薩當發阿耨多羅三藐三菩提心行檀波羅蜜者亦不能及世尊我於來世爲行菩薩道故於百千億劫常行如是檀波羅蜜世尊未來之世若有欲行菩薩道者我當爲是行檀波羅蜜令不斷絶我初入尸羅波羅蜜時爲阿耨多羅三藐三菩提故持種種戒修諸苦行如檀中說觀我無我故五情不爲五塵所傷此羼提波羅蜜我如是行羼提波羅蜜亦如上說觀有爲法離諸過惡見無爲法微妙寂滅精勤修習於無上道不生退轉此毗梨耶波羅蜜我亦如是行毗梨耶波羅蜜若一切處修行空相得寂滅法是名禪波羅蜜若解諸法本無生性今則無滅是名般若波羅蜜我於無量百千億阿僧祇劫堅固精

勤修集般若波羅蜜何以故或有菩薩於過去世不爲阿耨多羅三藐三菩提行菩薩道堅固精勤修習般若波羅蜜未來之世或有菩薩未爲阿耨多羅三藐三菩提行菩薩道堅固精勤修習般若波羅蜜是故我今當於來世發阿耨多羅三藐三菩提心修菩提道令諸善法無有斷絶世尊我初發心已爲未來諸菩薩等開示大悲乃至涅槃有得聞我大悲名者心生驚怪歎未曾有是故我於布施不自稱讃不依持戒不念忍辱不倚精進不味諸禪所有智慧不著三世雖行如是六波羅蜜不求果報有諸衆生離聖七財無佛世界之所擯棄作五逆罪毀壞正法誹謗賢聖行於邪見重惡之罪猶如大山常爲邪道之所覆蔽是故我今爲是衆生專心莊嚴精勤修習六波羅蜜我爲一一衆生種善根故於十劫中入阿鼻地獄受無量苦畜生餓鬼及貧窮鬼神卑賤人中亦復如是若有衆生空無善根失念燋心我悉攝取而調伏之令種善根乃至賢劫於其中間終不願在天上人中受諸快樂唯除一生處兜術天待時成佛世尊我應如是久處生死如一佛世界微塵等劫以諸所須供養諸佛爲一衆生種善根故以一佛世界微塵數等諸供養具供養十方無量無邊一一諸佛亦於十方無量無邊一一佛所得如一佛世界微塵數等諸善功德於一一佛前復得教化如一佛世界微塵數等衆生令住無上菩提之道緣覺聲聞亦復如是隨諸衆生所願而教若有世界佛未出世願作仙人教諸衆生令住十善五神

通中遠離諸見若有衆生事摩醯首羅天我願化身如摩醯首羅而教化之令住善法事八臂者亦願化爲八臂天身而教化之令住善法事日月梵天亦願化爲日月梵身而教化之令住善法有事金翅鳥乃至事兎願化爲兎身隨而教化令住善法若見饑餓衆生我當以身血肉與之令其飽滿若有衆生犯於諸罪當以身命代其受罪爲作救護世尊未來世中有諸衆生離諸善根燒滅善心我於爾時爲是衆生當勤精進行菩薩道墮在生死受諸苦惱乃至過一恒河沙等阿僧祇劫第二恒河沙等阿僧祇劫後分初入賢劫火鬘摩納成阿耨多羅三藐三菩提字拘留孫如來時我所教化離諸善業行不善業燒燋善心離聖七財作五逆罪毀壞正法誹謗聖人行於邪見重惡之罪猶如大山常爲邪道之所覆蔽無佛世界所棄捐者令發阿耨多羅三藐三菩提心行檀波羅蜜乃至行般若波羅蜜安止住於不退轉地皆令成佛在於十方如一佛土微塵數等諸佛世界轉正法輪令諸衆生於阿耨多羅三藐三菩提種諸善根出離惡道安止得住功德智慧助菩提法者願我爾時悉得見之世尊若有諸佛在在處處遣諸衆生至諸佛所受阿耨多羅三藐三菩提記令得陀羅尼三昧忍辱即得次第上菩薩位得於種種莊嚴世界各各悉得隨意所求取淨佛土如是衆生悉是我之所勸化者入賢劫中拘留孫佛出世之時如是等衆亦於十方如微塵等諸佛世界成阿耨多羅三藐三菩提在在處處住世說法亦

令我見世尊拘留孫佛成佛之時我至其所以諸供具而供養之種種諮問出家之法持清淨戒廣學多聞專修三昧勤行精進說微妙法唯除如來餘無能勝是時或有鈍根衆生無諸善根墮在邪見行不正道作五逆罪毀壞正法誹謗賢聖重惡之罪猶如大山我時當爲如是衆生說於正法攝取調伏佛日没已我於其後自然當作無量佛事伽那迦牟尼迦葉佛等住世說法乃至自然作於佛事亦復如是乃至人壽千歲我於爾時勸諸衆生於三福處過千歲已上生天上爲諸天人講說正法令得調伏乃至人壽百二十歲爾時衆生愚癡自在自恃端正種姓豪族有諸放逸慳恪嫉妬墮在黑暗五濁惡世厚重貪欲瞋恚愚癡憍慢慳恪嫉妬非法行欲非法求財行邪倒見離聖七財不孝父母於諸沙門婆羅門所不生恭敬應作不作作不應作不行福事不畏後世不勤修習於三福處不樂三乘於三善根不能修行專爲三惡不修十善勤行十惡其心常爲四倒所覆安止住於四破戒中令四魔王常得自在漂在四流五蓋蓋心當來世中如是衆生六根放逸行八邪法入大罪山起諸結縛不求天上人中果報邪倒諸見趣於邪道行於五逆毀壞正法誹謗聖人離諸善根貧窮下賤無所畏忌不識恩義失於正念輕懱善法無有智慧不能學問破戒諛諂以嫉妬心於所得物不與他分互相輕慢無有恭敬懶惰懈怠諸根缺漏身體羸劣乏於衣服親近惡友處胎失念以受種種諸苦惱故惡色憔悴其眼互視

無慚無愧互相怖畏於一食頃身口意業所作諸惡無量無邊以能爲惡故得稱歎爾時衆生專共修習斷常二見堅著五陰危脆之身於五欲中深生貪著常起忿恚怨賊之心欲害衆生心常瞋惱穢濁麤朴未得調伏慳悋貪著不捨非法無有決定互相畏怖起於諍競以穢濁心共相殺害遠離善法起無善心作諸惡業於善不善不信果報於諸善法起違背心於滅善法生歡喜心於不善法起專作心於寂滅涅槃起不求心於持戒沙門婆羅門所生不敬心於諸結縛起希求心於老病死起深信心於諸煩惱起受持心於五蓋法起攝取心於正法幢起遠離心於諸見幢起竪立心常起相違輕毀之心共起鬭諍相食噉心各各相違共相侵陵攝取怨恨惱亂之心於諸欲惡起無猒心於他財物起嫉妬心於受恩中起不報心於諸衆生起賊盜心於他婦女起侵惱心是時衆生一切心中無有善願是故常聞地獄聲畜生聲餓鬼聲疾病聲老死聲惱害聲八難聲閉繫聲杻械枷鎖縛束聲奪他財物侵惱聲瞋恚輕毀訶責聲破壞衆人和合聲他方國賊兵甲聲饑餓聲穀貴偷盜聲邪婬妄語狂癡聲兩舌惡言綺語聲慳貪嫉妬攝取聲著我我所鬭諍聲憎愛適意不適意聲恩愛别離憂悲聲怨憎集聚苦惱聲各各相畏僮僕聲處胎臭穢不淨聲寒熱饑渴疲極聲耕犁種植怱務聲種種工巧疲猒聲疹病患苦羸損聲是時衆生各各常聞如是等聲如是衆生斷諸善根離善知識常懷瞋恚皆悉充滿娑婆世界悉

是他方諸佛世界之所擯棄以重業故於賢劫中壽百四十歲如是衆生業因緣故於娑婆世界受其卑陋成就一切諸善根者之所遠離娑婆世界其地多有鹹苦鹽鹵土沙礫石山陵堆阜谿谷溝壑蚊宜毒蛇諸惡鳥獸充滿其中麤澀惡風非時而起常於非時惡雹雨水其雨水味毒酢鹹苦以是雨故生諸藥草樹木莖節枝葉華果百穀諸味皆悉雜毒如是非時麤澀惡濁雜毒之物衆生食已增益瞋恚顔色憔悴無有潤澤於諸衆生心無慈愍誹謗聖人各各無有恭敬之心常懷恐怖共相殘害生惱亂心噉肉飲血剥皮而衣執持刀杖勤作殺害自恃豪族色貌端正讀誦外典便習鞍馬善用刀槊弓箭射御於自眷屬生嫉妬心若諸衆生修習邪法受種種苦世尊願我爾時從兜術天下生最勝轉輪王家若自在王家處在第一大夫人胎爲諸衆生調伏其心修善根故尋入胎時放大光明其光微妙徧照娑婆世界從金剛際上至阿迦尼吒天令彼所有諸衆生等若在地獄若在畜生若在餓鬼若在天上若在人中若有色若無色若有想若無想若非有想若非無想悉願見我微妙光明若光觸身亦願得知以見知光故悉得分別生死過患勤求無上寂滅涅槃乃至一念斷諸煩惱是名令諸衆生初種涅槃之根栽也願我處胎於十月中得選擇一切法入一切法門所謂無生空三昧門於未來世無量劫中說此三昧善決定心不可得盡若我出胎成阿耨多羅三藐三菩提已彼諸衆生我當拔出令離生死

如是等衆悉令見我雖處母胎滿足十月然其實是住珍寶三昧結跏趺坐正受思惟十月滿已從右脇出以一切功德成就三昧力故令娑婆世界從金剛際上至阿迦尼吒天六種震動其中衆生或處地獄畜生餓鬼天上人中悉得覺悟爾時復以微妙光明徧照娑婆世界亦得覺悟無量衆生若有衆生未種善根我當安止令種善根於涅槃中種善根已令諸衆生生三昧芽我出右脇足蹈地時復願娑婆世界從金剛際上至阿迦尼吒天六種震動所有衆生依水依地依於虛空胎生卵生濕生化生在五道者悉得覺悟若有衆生未得三昧願皆得之得三昧已安止令住三乘法中不退轉地我既生已於娑婆世界所有諸天梵王魔天忉利諸天及日月天四天王天諸大龍王乾闥婆阿脩羅迦樓羅緊那羅摩睺羅伽化生神仙夜叉羅刹悉令盡來共供養我令我生已尋行七步行七步已以選擇功德三昧力故說於正法令諸大衆心生歡喜住於三乘於此衆中若有衆生學聲聞者願盡此生便得調伏若有習學緣覺乘者一切皆得日華忍辱有學大乘者皆得執持金剛愛護大海三昧以三昧力故超過三地我於爾時希求洗浴願有最勝大龍王來洗浴我身衆生見者即住三乘所得功德如上所說我爲童子乘羊車時所可示現種種技術爲覺一切諸衆生故處在宮殿妻子婇女五欲之中共相娛樂見其過患夜半出城除諸瓔珞嚴身之具爲欲破壞尼揵子等諸外道師恭敬衣服故我著袈裟至菩

提樹下衆生見我處於菩提樹下皆悉發願欲令我速以一切功德成就三昧力説三乘法聞是法已於三乘中生深重欲勤行精進若有已發聲聞乘者令脱煩惱要一生在當於我所而得調伏若有已發緣覺乘者皆悉令得日華忍辱若有已發大乘之者皆得執持金剛愛護大海三昧以三昧力故超過三地我自受草於菩提樹下敷金剛座處結跏趺坐身心正直繫念在於阿頗三昧以三昧力故令出入息停住寂靜於此定中一日一夜日食半麻半米以其餘半持施他人我如是久遠修習苦行娑婆世界上至阿迦尼吒天聞我名者皆到我所供養於我我如是苦行如是等衆悉當爲我而作證明若有衆生於聲聞乘種善根者世尊願令是等於諸煩惱心得寂靜若餘一生要至我所我當調伏緣覺大乘亦復如是若有諸龍鬼神乾闥婆阿脩羅迦樓羅緊那羅摩睺羅伽餓鬼毗舍遮五通神仙來至我所供養於我我如是苦行是等衆生皆爲證明若有已學聲聞緣覺及大乘者亦復如是若有四天下衆生修於外道麤食苦行有諸非人往至其所説如是言卿等不能悉行諸苦亦復不得大果報也非是希有如我地分有一生菩薩行於苦行復入如是微妙禪定身口意業皆悉寂靜滅出入息一日一夜日食半麻半米如是苦行大得果報得大利益多所開化是苦行人不久當成阿耨多羅三藐三菩提卿若不信我所言者自可往至其所觀其所作世尊願是諸人捨其所修悉來我所觀我苦行或有衆

生已學聲聞乃至大乘亦復如是若有諸王大臣人民在家出家一切見我行是苦行來至我所供養於我或有已學聲聞緣覺大乘亦復如是若有女人見我苦行來至我所供養於我是諸女人所受身分即是後邊若有已學聲聞緣覺大乘亦復如是若有諸禽獸見我苦行亦至我所是諸禽獸於此命終更不復受畜生之身若有已發聲聞乘者餘一生在要至我所而得調伏若有已發緣覺心者亦復如是乃至微細小蟲餓鬼亦如是我如是久遠苦行一結跏趺坐時有百千億那由他等無量衆生爲我證明如是衆生已於無量無邊阿僧祇劫種解脱子世尊我如是苦行過去衆生未曾有能作如是行及餘外道聲聞緣覺大乘之人亦無有能作如是苦行世尊我如是苦行未來衆生亦無能作及餘外道聲聞緣覺大乘之人亦無能作如是苦行我未成阿耨多羅三藐三菩提時已能作大事所謂破壞魔王及其眷屬我願破煩惱魔成阿耨多羅三藐三菩提已爲一衆生安住阿羅漢勝妙果中隨爾所時現受殘業報身如是等二衆生安住阿羅漢第三第四亦如是我爲一一衆生故示現百千無量神足欲令安住正見之中爲一衆生故說百千無量法門義隨其所堪令住聖果以金剛智慧破一切衆生諸煩惱山爲諸衆生說三乘法爲一一衆生故過百千由旬不乘神力往至其所而爲說法令得安住無所畏中或有諸人於我法中欲出家者願無障礙所謂羸劣失念狂亂憍慢無有畏懼癡無智慧多諸

結使其心散亂若有女人欲於我法出家學道愛受大戒者願令成就願我四衆比丘比丘尼優婆塞優婆夷悉得供養願諸天人及諸鬼神得四聖諦諸龍阿脩羅及餘畜生受持八戒修淨梵行世尊我成阿耨多羅三藐三菩提已若有衆生於我生瞋或以刀杖火坑及餘種種欲殘害我或以惡言誹謗駡詈徧十方界而作輕毀若持毒食以用飯我如是殘業我悉受之成阿耨多羅三藐三菩提往昔所有怨賊衆生起於害心種種惡言以雜毒食出我身血如是等人悉以惡心來至我所我當以戒多聞三昧大悲熏心梵音妙聲而爲說法令彼聞已心生清淨住於善法所作惡業尋便懺悔更不復作悉令得生天上人中無有障礙生天人中得妙解脱安住勝果離諸欲惡永斷諸流障礙業盡若諸衆生有殘業者皆悉得盡無有遺餘世尊我成阿耨多羅三藐三菩提已一切所有身諸毛孔日日常有諸化佛出三十二相瓔珞其身八十種好次第莊嚴我當遣至無佛世界有佛世界及五濁界若彼世界有五逆人毀壞正法誹謗聖人乃至斷諸善根有學聲聞緣覺大乘毀破諸戒墮於大罪燒滅善心滅失善道墮在生死空曠澤中行諸邪道登涉罪山如是衆生百千萬億一一化佛一日之中偏爲說法或有奉事摩醯首羅隨作其形而爲說法亦於爾時稱我名字而讚歎之願是衆生聞讚歎我心生歡喜種諸善根生我世界世尊是諸衆生若臨終時我不在其前爲演說法令心淨者我於未來終不成阿耨多

羅三藐三菩提若彼衆生命終之後墮三惡道不生我國受人身者我之所知無量正法悉當滅失所有佛事皆不成就事那羅延者亦復如是世尊我成阿耨多羅三藐三菩提已願令他方世界所有五逆之人乃至行諸邪道登涉罪山如是衆生臨命終時悉來集聚生我世界隨其本相所受身色艾白無潤面目醜陋如毗舍遮失念破戒臭穢短命以此諸惡損滅其身資生所須常不供足爲是衆生故於娑婆世界諸四天下一時之中從兜術下現處母胎乃至童子學諸技藝出家苦行破壞諸魔成無上道轉正法輪般涅槃後流布舍利如是示現種種佛事悉皆徧滿如是百億諸四天下

悲華經卷第六

音釋

記莂 莂必劣切記莂謂授將來成佛之記劫國名號之莂也 懱 莫結切輕易也 詉諂 詉羊朱切諂丑琰切詉諂面從曰詉佞言曰諂也 脆 此芮切物易斷也 杻械 杻敕久切械胡懈切杻械桎梏也 疹 止忍切病也 谿壑 谿苦奚切澗也壑呵各切谷也 槊 所角切矛屬 詈 力置切罵也

悲華經卷第七

北涼天竺三藏法師曇無讖譯

諸菩薩本受記品第四之五

世尊我成阿耨多羅三藐三菩提已一音説法或有衆生學聲聞乘聞佛説法即得知聲聞法藏或有修學辟支佛乘聞佛説法便得解於辟支佛法或有修學無上大乘聞佛説法便得解了大乘之法純一無雜若有修習助菩提法欲得菩提聞佛説法即得捨財行於布施若有衆生離諸功德希求天上人中快樂聞佛説法即得持戒若有衆生互相怖畏有愛瞋心聞佛説法即得相於生親厚心者若有衆生喜爲殺業聞佛説法即得悲心若有衆生常爲慳悋嫉妬覆心聞佛説法即修喜心若有衆生端正無病貪著於色心生放逸聞佛説法即得捨心若有衆生婬欲熾盛其心放逸聞佛説法即觀不淨若有衆生學大乘者爲掉蓋所覆聞佛説法即得身念處法若有衆生常自稱讚能大論議其智慧明猶如掣電聞佛説法即解甚深十二因緣若有衆生寡聞少見自稱能論聞佛説法即得不奪不失諸陀羅尼若有衆生入邪見山聞佛説法即解諸法甚深空門若有衆生諸覺覆心聞佛説法即得深解無相法門若有衆生諸不淨願覆蔽其心聞佛説法即得深解無作法門若有衆生心不清淨聞佛説法心得清淨若有衆生以多緣覆心聞佛説法得解不失菩提心法若有衆生瞋恚覆心聞佛説法解眞實相得受記莂若有衆生依倚覆心聞佛説法深解諸法無所依倚若有衆

生愛染覆心聞佛說法疾解諸法無垢清淨若有衆生忘失善心聞佛說法深解日光三昧若有衆生行諸魔業聞佛說法速得解了清淨之法若有衆生邪論覆心聞佛說法即得深解增益正法若有衆生煩惱覆心聞佛說法速得解了離煩惱法若有衆生行諸惡道聞佛說法即得迴反若有衆生於大乘法讃說邪法以爲吉妙聞佛說法即於邪法生退轉心而得正解若有菩薩猒於生死聞佛說法即於生死心生愛樂若有衆生不知善地聞佛說法即得覺了善地之法若有衆生見他爲善不生好樂生於妒嫉聞佛說法即得心喜若有衆生其心各各共相違反聞佛說法即得無礙光明若有衆生行諸惡業聞佛說法深解惡業所得果報若有衆生怖畏大衆聞佛說法深得解了師子相三昧若有衆生四魔覆心聞佛說法疾得首楞嚴三昧若有衆生不見諸佛國土光明聞佛說法即得深解種種莊嚴光明三昧若有衆生有憎愛心聞佛說法即得捨心若有衆生未得佛法光明聞佛說法即得法幢相三昧若有衆生離大智慧聞佛說法即得法炬三昧若有衆生癡闇覆心聞佛說法即得日燈光明三昧若有衆生口無辯才聞佛說法即得種種功德應辯若有衆生觀色和合無有堅固猶如水沫聞佛說法即得那羅延三昧若有衆生心亂不定聞佛說法即得堅牢決定三昧若有衆生欲觀佛頂聞佛說法即得須彌幢三昧若有衆生放捨本願聞佛說法即得堅牢三昧若有衆生退失諸通聞佛說法即得

金剛三昧若有衆生於菩提場而生疑惑聞佛說法即得了達金剛道場若有衆生一切佛法中無猒離心聞佛說法即得金剛三昧若有衆生不知他心聞佛說法即知他心若有衆生於諸根中不知利鈍聞佛說法即知利鈍若有衆生各各種類不相解語聞佛說法即得解了音聲三昧若有衆生未得法身聞佛說法即得解了分別諸身若有衆生不見佛身聞佛說法即得不眴三昧若有衆生分別諸縁聞佛說法即得無諍三昧若有衆生於轉法輪心生疑惑聞佛說法於轉法輪得心清淨若有衆生起無因邪行聞佛說法即得法明隨順因縁若有衆生於一佛世界起於常見聞佛說法即得善別無量佛土若有衆生未種諸相善根聞佛說法即得種種莊嚴三昧若有衆生不能善別一切言語聞佛說法即得解了分別種種言音三昧若有衆生專心求於一切智慧聞佛說法即得無所分別法界三昧若有衆生退轉於法聞佛說法即得堅固三昧若有衆生不知法界聞佛說法即得大智慧若有衆生離本誓願聞佛說法即得不失三昧若有衆生分別諸道聞佛說法即得一道無所分別若有衆生推求智慧欲同虛空聞佛說法即得無所有三昧若有衆生未得具足諸波羅蜜聞佛說法即得住於淨波羅蜜若有衆生未得具足四攝之法聞佛說法即得妙善攝取三昧若有衆生分別四無量心聞佛說法即得平等勤心精進若有衆生未得具足三十七助菩提法聞佛說法即得住出世三昧若有衆生其

心失念及善智慧聞佛說法即得大海智印三昧若有衆生其心疑惑未生法忍聞佛說法即得諸法決定三昧以一法相故若有衆生忘所聞法聞佛說法即得不失念三昧若有衆生各各說法不相喜樂聞佛說法即得清淨慧眼無有疑網若有衆生於三寶中不生信心聞佛說法即得功德增長三昧若有衆生渴之法雨聞佛說法即得法雨三昧若有衆生於三寶中起斷滅見聞佛說法即得諸寶莊嚴三昧若有衆生不作智業不勤精進聞佛說法即得金剛智慧三昧若有衆生爲諸煩惱之所繫縛聞佛說法即得虛空印三昧若有衆生計我我所聞佛說法即得智印三昧若有衆生不知如來具足功德聞佛說法即得世間解脫三昧若有衆生於過去世未供養佛聞佛說法即得種種神足變化若有衆生一法界門於未來世無量劫中未得說之聞佛說法即得解說一切諸法同一法界若有衆生於諸一切修多羅中未得選擇聞佛說法即得諸法平等實相三昧若有衆生離六和法聞佛說法即得解了諸法三昧若有衆生於不可思議解脫法門不勤精進聞佛說法於諸通中即得師子遊戲三昧若有衆生欲分別入於如來藏聞佛說法更不從他聞即得分別入如來藏若有衆生於菩薩道不勤精進聞佛說法即得智慧勤行精進若有衆生未曾得見本生經聞佛說法即得一切在在處處三昧若有衆生行道未竟聞佛說法即得受記三昧若有衆生未得具足如來十力聞佛說法即得無壞三昧若

有衆生未得具足四無所畏聞佛説法即得無盡意三昧若有衆生未得具足佛不共法聞佛説法即得不共法三昧若有衆生未得具足無愚癡見聞佛説法即得願句三昧若有衆生未覺一切佛法之門聞佛説法即得鮮白無垢淨印三昧若有衆生未具足一切智聞佛説法即得善了三昧若有衆生未得成就一切佛事聞佛説法即得無量不盡意三昧如是等衆生於聞法中各得信解有諸菩薩其心質直無有諂曲聞佛説法即得八萬四千諸法門八萬四千諸三昧門七萬五千陀羅尼門有無量無邊阿僧祇菩薩摩訶薩修習大乘者聞是説法亦得如是無量功德安止住於不退轉地是故諸菩薩摩訶薩欲得種種莊嚴堅牢故發不可思議願增益不可思議知見以自莊嚴以三十二相莊嚴故得八十隨形好以妙音莊嚴故隨諸衆生所喜説法令聞法者滿足知見以心莊嚴故得諸三昧不生退轉以念莊嚴故不失一切諸陀羅尼以心莊嚴故得分別諸法以念莊嚴故得解微塵等義以善心莊嚴故得堅固誓願牢堅精進如其所願到於彼岸以專心莊嚴故次第過住以布施莊嚴故於諸所須悉能放捨以持戒莊嚴故令心善白清淨無垢以忍辱莊嚴故於諸衆生心無障礙以精進莊嚴故一切佐助悉得成就以禪定莊嚴故於一切三昧中得師子遊戲以智慧莊嚴故知諸煩惱習以慈莊嚴故專心念於一切衆生以悲莊嚴故悉能拔出衆生之苦以喜莊嚴故於一切法心無疑惑以捨莊嚴故得

離憍慢心無高下以諸通莊嚴故於一切法得師子遊戲以功德莊嚴故得不可盡藏寶手以智莊嚴故知諸衆生所有諸心以意莊嚴故方便醒悟一切衆生以光明莊嚴故得智慧眼明以諸辯莊嚴故令衆生得法義應辭以無畏莊嚴故一切諸魔不能留難以功德莊嚴故得諸佛世尊所有功德以法莊嚴故得無礙辯常爲衆生演說妙法以光明莊嚴故得一切佛法光明以照明莊嚴故能徧照於諸佛世界以他心莊嚴故得正智無亂以教誡莊嚴故得如所說護持禁戒以神足莊嚴故得如意足到於彼岸以受持一切諸如來莊嚴故得入如來無量法藏以尊法莊嚴故得不隨他智慧以隨行一切善法莊嚴故得如說而行欲令如是衆生悉得如是等功德利益若有無量無邊阿僧祇菩薩摩訶薩修習大乘以我說一句法故悉具如是白淨善法皆使充足以是故諸菩薩摩訶薩於諸法中所得智慧不從他聞得成就大法光明成阿耨多羅三藐三菩提世尊若有衆生於他方世界作五逆罪乃至犯四重禁燒滅善心若學聲聞緣覺大乘以願力故欲來生我世界既來生已復聚一切諸不善業麤朴弊惡其心喜求强梁難調專心四倒貪著慳悋如是等衆生八萬四千異性亂心我當爲其各各異性廣說八萬四千法聚世尊若有衆生學無上大乘我當爲其具足廣說六波羅蜜所謂檀波羅蜜乃至般若波羅蜜若有衆生學聲聞乘未種善根願求諸佛以爲其師我當安止於三歸依然後勸令住六波羅

蜜若有衆生喜爲殺害我當安止於不殺中若有衆生專行貪惡我當安止於不盜中若有衆生非法邪婬我當安止不邪婬中若有衆生各各故作誹謗妄語我當安止不妄語中若有衆生樂爲狂癡我當安止不飲酒中若有衆生犯此五事我當令受優婆塞五戒若有衆生於諸善法不生喜樂我當令其一日一夜受持八戒若有衆生少於善根於善根中心生愛樂我當令其於未來世在佛法中出家學道安止令住梵淨十戒若有衆生希望求於諸善根法我當安止善根法中令得成就梵行具足大戒如是等衆生作五逆罪乃至慳悋爲是衆生以種種門示現神足說諸句義開示陰界諸入苦空無常無我令住善妙安隱寂滅無畏涅槃爲如是四衆比丘比丘尼優婆塞優婆夷說法若有衆生求聞論議我當爲說正法諸論乃至有求解脫之者我當爲說空無之論若有衆生其心不樂於正善法我當爲說營佐衆事若有衆生於正善法其心愛樂我當爲說空三昧定示正解脫世尊我爲如是一一衆生要當過於百千由旬不以神足而以開示無量無邊種種方便爲解句義示現神足乃至涅槃心不生猒世尊我以三昧力故捨第五分所得壽命而般涅槃我於是時自分其身如半葶藶子爲憐愍衆生故求般涅槃般涅槃後所有正法住世千歲像法住世滿五百歲我涅槃後若有衆生以珍寶妓樂供養舍利乃至禮拜右繞一帀合掌稱歎一莖華散以是因緣隨其志願於三乘中各不退轉世尊我般涅

槃後若有衆生於我法中乃至一戒如我所說能堅持之乃至讀誦一四句偈爲他人說令彼聽者心生歡喜供養法師乃至一華一禮以是因緣隨其志願於三乘中各不退轉乃至法炬滅法幢倒正法滅已我之舍利尋没於地至金剛際爾時娑婆世界空無珍寶我之舍利變爲意相瑠璃寶珠其明炎盛從金剛際出於世間上至阿迦尼吒天雨種種華曼陀羅華摩訶曼陀羅華波利質多華曼殊沙華摩訶曼殊沙華有淨光明大如車輪百葉千葉或百千葉其光徧照亦有好香微妙常敷觀者無猒其明炎盛不可稱計微妙之香無量無邊純雨如是無量諸華當其雨時復出種種微妙音聲佛聲法聲比丘僧聲三歸依聲優婆塞戒聲成就八戒聲出家十戒聲布施聲持戒聲清淨梵行具大戒聲佐助衆事聲讀經聲禪思惟聲觀不淨聲念出入息聲非想非非想聲有想無想聲識處聲空處聲八勝處聲十一切入聲定慧聲空聲無相聲無作聲十二緣聲具足聲聞藏聲學緣覺聲具足大乘六波羅蜜聲於其華中出如是等聲色界諸天皆悉聞之本昔所作諸善根本各自憶念所有不善尋自悔責即便來下娑婆世界教化世間無量衆生悉令得住於十善中欲界諸天亦得聞受所有愛結貪喜五欲諸心數法悉得寂靜本昔所作諸善根本各自憶念所有不善尋自悔責即便來下娑婆世界教化世間無量衆生悉令得住於十善中世尊如是諸華於虚空中復當化作種種珍寶金銀摩尼眞珠瑠璃珂貝璧

王眞寶僞寶碼碯珊瑚天冠寶飾如雨而下一切徧滿娑婆世界爾時人民其心和悅無諸鬭諍饑餓疾病他方怨賊惡口諸毒一切消滅皆得寂靜爾時世界有如是樂若有衆生見諸珍寶若觸若用於三乘中無有退轉是諸珍寶作是利益作利益已還没於地至本住處金剛地際世尊娑婆世界兵劫起時我身舍利復當化作紺瑠璃珠從地而出上至阿迦尼吒天雨種種華曼陀羅華摩訶曼陀羅華波利質多華乃至還没於地至本住處金剛地際亦復如是世尊如刀兵劫饑餓疾疫亦復如是世尊如是大賢劫中我般涅槃後是諸舍利作如是佛事調伏無量無邊衆生於三乘中得不退轉如是當於如五佛世界微塵數等大劫之中調伏無量無邊衆生令於三乘得不退轉世尊若後滿千恒河沙等阿僧祇劫於十方無量無邊阿僧祇餘世界成佛出世者悉是我修阿耨多羅三藐三菩提時所可教化初發阿耨多羅三藐三菩提心安止令住六波羅蜜者世尊我成阿耨多羅三藐三菩提已所可勸化令發阿耨多羅三藐三菩提心安止令住六波羅蜜及涅槃後舍利變化所化衆生令發阿耨多羅三藐三菩提心者是諸衆生過千恒河沙等阿僧祇劫於十方無量無邊阿僧祇世界成佛出世皆當稱我名字而説讃歎過去久遠有劫名賢初入劫時第四世尊名曰某甲彼佛世尊勸化我等初發阿耨多羅三藐三菩提心我等爾時燒滅善心集不善根作五逆罪乃至邪見彼佛爾時勸化我等令得安住

六波羅蜜因是即得解了一切陀羅尼門轉正法輪離生死縛令無量無邊百千衆生安住勝果復令無量百千衆生安止天人乃至解脱果若有衆生求菩提道聞讃歎我已各問於佛彼佛世尊見何義利於重五濁惡世之中成阿耨多羅三藐三菩提是諸世尊即便向是求菩提道善男子善女人説我往昔所成大悲初發阿耨多羅三藐三菩提心莊嚴世界及妙善願本起因緣是人聞已其心驚愕歎未曾有尋發妙願於諸衆生生大悲心如我無異作是願言其有如是重五濁世其中衆生作五逆罪乃至成就諸不善根我當於中而調伏之彼諸世尊以是諸人成就大悲於五濁世發諸善願隨其所求而與授記世尊彼佛世尊復爲修學大乘諸人説我舍利所作變化本起因緣過去久遠有佛世尊號字某甲般涅槃後刀兵疾病饑餓劫起我等爾時於其劫中受諸苦惱是佛舍利爲我等故作種種神足師子遊戲是故我等即得發阿耨多羅三藐三菩提心種諸善根精勤修習於六波羅蜜如上廣説佛告寂意菩薩善男子爾時寶海梵志在寶藏佛所諸天大衆人非人前尋得成就大悲之心廣大無量作五百誓願已復白佛言世尊若我所願不成不得已利者我則不於未來賢劫重五濁惡互相鬬諍末世盲癡無所師諮無有教誡墮於諸見大黑暗中作五逆惡如上説中成就所願作於佛事我今則捨菩提之心亦不願於他方佛土植諸善根世尊我今如是專心不以是善根成阿耨多羅三藐三菩提

亦不願求辟支佛乘亦復不願作聲聞乘天王人王貪樂五欲生天人中不求乾闥婆阿脩羅迦樓羅緊那羅摩睺羅伽夜叉羅刹諸龍王等以是善根不求如是諸處世尊若得大富以施爲因若得生天以戒爲因若得大智以廣學爲因若斷煩惱以思惟爲因如佛言曰如是等事皆是已利功德之人則能隨其所求皆悉得之世尊若我善根成就得已利者我之所有布施持戒多聞思惟悉當成就以是果報皆爲地獄一切衆生若有衆生墮阿鼻地獄以是善根當拔濟之令生人中聞佛說法即得開解成阿羅漢速入涅槃是諸衆生若業報未盡我當捨壽入阿鼻獄代受苦惱願令我身數如一佛世界微塵一一身如須彌山等是一一身覺諸苦樂如我今身所覺苦樂一一身受如一佛世界微塵數等種種重惡苦惱之報如今一佛世界微塵數等十方諸佛世界所有衆生作五逆惡起不善業乃至當墮阿鼻地獄若後過如一佛世界微塵等大劫十方諸佛世界微塵數等所有衆生作五逆惡起不善業當墮阿鼻地獄者我當爲是一切衆生於阿鼻地獄代受諸苦令不墮地獄值遇諸佛諮受妙法出於生死入涅槃城我今要當代是衆生久久處阿鼻地獄復次如一佛世界微塵數等十方世界所有衆生惡業成就當必定受果墮火炙地獄如阿鼻地獄所說炙地獄摩訶獹𤝞地獄獹𤝞地獄逼迫地獄黑繩地獄想地獄及種種畜生餓鬼貧窮夜叉拘槃荼毗舍遮阿脩羅迦樓羅等皆亦如是世尊若有如一

佛世界微塵數等十方世界所有衆生成就惡業必當受報生於人中聾盲瘖瘂無手無脚心亂失念食噉不淨我亦當代如是衆生受於諸罪如上所說復次若有衆生墮阿鼻地獄受諸苦惱我當久久代是衆生受於苦惱如生死衆生所受陰界諸入畜生餓鬼貧窮夜义拘辦茶毗舍遮阿脩羅迦樓羅等皆亦如是世尊若我所願成就逮得己利成阿耨多羅三藐三菩提如上所願者十方無量無邊阿僧祇世界在在處處現在諸佛爲衆生說法悉當爲我作證亦是諸佛之所知見世尊唯願今者與我阿耨多羅三藐三菩提記於賢劫中人壽百二十歲時成佛出世如來應供正徧知乃至天人師佛世尊世尊若我必能成就如是佛事如我之所願者今此大衆及諸天龍阿脩羅等若處地上虛空唯除如來其餘一切皆當涕泣悉於我前頭面作禮讚言善哉善哉大悲成就無能及也得念甚深爲諸衆生生是深悲發堅固誓願汝今所作不由他教以專心大悲覆護一切攝取五逆諸不善人汝之善願我今悉知汝初發阿耨多羅三藐三菩提心時已爲衆生作大良藥爲作歸依擁護舍宅爲令衆生得解脫故作是誓願汝今所願得己利者如來當爲汝授阿耨多羅三藐三菩提記說是語已時轉輪聖王無量清淨尋從座起悲泣淚出义手合掌向是梵志頭面敬禮而說偈言

汝今所願　堅固甚深　放捨已樂　爲諸衆生
起大悲心　爲我等現　諸法眞實　勝妙之相

爾時觀世音菩薩說偈讚言

衆生多所著　汝今無所著　於上下諸根
久已得自在　故能隨衆生　根願具足與
未來世當得　陀羅尼智藏
爾時得大勢菩薩說偈讚言
無量億衆生　爲善故集聚　見知汝大悲
一切皆啼泣　所作諸苦行　昔來未曾有
爾時文殊師利菩薩復說偈讚言
精進三昧　甚堅牢固　勝妙智慧　善能分別
若以香華　供養汝者　汝於今日　則能堪受
爾時虛空印菩薩復說偈讚言
汝爲衆生　成就大悲　捨財布施　於濁惡世
嚴持諸相　微妙第一　爲諸天人　作調御師
爾時金剛智慧光明菩薩復說偈讚言
汝今大悲心　廣大如虛空　欲爲衆生親
故現行菩提

爾時虛空日菩薩復說偈讚言
汝所成就　大悲功德　勝妙智慧　善別法相
除佛世尊　餘無能及
爾時師子香菩薩復說偈讚言
汝於來世　於賢劫中　多煩惱處　得大名稱
復令無量　諸衆生等　斷除苦惱　得妙解脫
爾時普賢菩薩復說偈讚言
一切衆生　勤心修習　生死饑餓　涉邪見山
互相食噉　無有善心　汝以大悲　故能攝取
爾時阿閦菩薩復說偈讚言
燒滅善心　專作逆惡　墮大無明　黑暗之中
無由得出　煩惱淤泥　汝已攝取　如是衆生
爾時香手菩薩復說偈讚言
汝今審見　未來之世　多諸恐怖　如觀鏡像
其中衆生　毀壞正法　皆悉燒滅　一切善心

爾時寶相菩薩復説偈讚言
汝今純以　智慧持戒　三昧慈悲　莊嚴其心
故能攝取　燒滅善法　誹謗聖人　如是衆生
爾時離恐怖莊嚴菩薩復説偈讚言
汝今所修　無量苦行　皆爲攝取　當來衆生
燒滅善心　依邪見者
爾時華手菩薩復説偈讚言
汝今大悲　智慧精進　於此大衆　無能及者
是故攝取　邪見諸心　爲老病死　之所逼者
爾時智稱菩薩復説偈讚言
無量衆生　多諸病苦　常爲煩惱　惡風所吹
汝今能以　大智慧水　消滅諸魔　破其力勢
爾時地印菩薩復説偈讚言
汝今已有　堅固精進　能盡煩惱　而得解脱
我等志薄　不能及是

爾時月華菩薩復説偈讚言
堅固修習　精進用意　依止功德　生憐愍心
是故來世　能爲衆生　斷於三世　三有結縛
爾時無垢月菩薩復説偈讚言
菩薩所行道　大悲爲最上　所説悲相立
是故我稽首
爾時持力菩薩復説偈讚言
五濁惡世　多煩惱病　汝依菩提　發堅固願
爲諸衆生　斷煩惱根
爾時大鬘菩薩復説偈讚言
汝之智慧　猶如寶藏　所發誓願　清淨無垢
所可修行　無上菩提　但爲衆生　作大醫王
爾時現力菩薩悲泣涕淚在梵志前頭面作
禮合掌叉手説偈讚曰
汝今以此　大智慧炬　爲諸衆生　斷煩惱病

亦爲貧窮空乏衆生斷除一切無量諸苦善男子爾時一切大衆天龍鬼神乾闥婆人及非人在梵志前頭面作禮禮已起立合掌恭敬以種種讃法而讃歎之佛告寂意菩薩善男子爾時寶海梵志於如來前右膝着地是時大地六種震動一切十方如一佛世界微塵數等諸佛世界亦六種震動有大光明徧照世間雨種種華曼陀羅華摩訶曼陀羅華波利質多華曼殊沙華摩訶曼殊沙華乃至有無量光明徧照十方如一佛世界微塵等若淨不淨諸世界中在在處處現在諸佛爲諸衆生說於正法是諸佛所各有菩薩坐而聽法是諸菩薩見此大地六種震動放大光明雨種種華見是事已前白佛言世尊何因緣故而此大地六種震動有大光明雨種種華爾時東方去此一恒河沙等有佛世界名選擇珍寶是中有佛號寶月如來應供正徧知明行足善逝世間解無上士調御丈夫天人師佛世尊今現在與無量無邊阿僧祇等諸大菩薩恭敬圍繞說大乘法有二菩薩一名寶相二名月相向寶月佛合掌恭敬而白佛言世尊何因緣故地六種動有大光明雨種種華爾時彼佛告二菩薩善男子西方去此如一恒河沙等彼有世界名删提嵐有佛世尊號曰寶藏如來乃至佛世尊今現在與無量無邊諸菩薩等授阿耨多羅三藐三菩提記說諸國土開示諸佛所有世界莊嚴善願三昧境界陀羅尼門如是等經彼大會中有一大悲菩薩摩訶薩作如是願我今當以大悲熏心受阿耨多羅三藐三菩提記爲

諸菩薩摩訶薩故示現善願是以先令無量無邊諸菩薩等發大誓願取於種種莊嚴世界調伏衆生是菩薩所成大悲於諸大衆無能及者於五濁世調伏弊惡多煩惱者攝取一切五逆之人乃至集聚諸不善根燒滅善心彼諸大衆天龍鬼神人及非人不供養佛悉共供養最後成就大悲菩薩頭面禮已起立恭敬合掌說偈讚歎是時大悲菩薩在於佛前右膝著地聽佛受記彼佛世尊即便微笑以是因緣令此十方如一佛刹微塵數等諸世界地六種震動放大光明雨種種華醒悟一切諸菩薩等亦復示現諸菩薩道彼佛世尊悉令十方如一佛刹微塵數等諸菩薩皆共集會爲如是等諸大菩薩說諸三昧陀羅尼門無畏法門是故彼佛示現如是種種變化善男子時二菩薩聞是事已即白佛言世尊是大悲菩薩發心以來爲經幾時行菩薩道復齊幾時何時當於五濁惡世調伏攝取厚重煩惱互共鬭諍多作五逆成就一切諸不善根燒滅善心如是衆生爾時彼佛告二菩薩善男子是大悲菩薩今日初發阿耨多羅三藐三菩提心善男子汝今可往見寶藏佛恭敬供養禮拜圍繞聽說三昧陀羅尼門無畏法門如是等經并見大悲菩薩摩訶薩汝以我聲作如是言寶月如來致意問訊以此月光淨華作信與汝又讚汝言善哉善哉善男子汝初發心已能成就如是大悲汝今已有無量名稱徧滿十方如一佛刹微塵數等諸佛世界皆言大悲菩薩始初發心已能成就如是大悲是故善男子我今讚汝善

哉善哉復次善男子汝爲當來諸菩薩等成就大悲故說是大悲不斷善願竪立法幢是故復讃善哉善哉復次善男子汝之名稱未來世住當如一佛刹微塵數等阿僧祇劫教百千億無量無邊阿僧祇衆生安止令住阿耨多羅三藐三菩提至於佛所得不退轉或發善願或取淨土攝取衆生隨而調伏復令未來得受阿耨多羅三藐三菩提記如是衆生於未來世過如一佛刹微塵數劫當於十方如一佛刹微塵數等諸佛世界成阿耨多羅三藐三菩提轉正法輪復當讃歎大悲菩薩是故以此三讃歎法讃歎於汝善哉善哉善男子爾時彼土有九十二億諸菩薩摩訶薩異口同聲作如是言世尊我等欲往删提嵐界見寶藏佛禮拜供養恭敬圍繞聽諸三

昧陁羅尼門無畏法門如是等經并欲見於大悲菩薩爾時彼佛以此三讃歎法及月光淨華與二菩薩而告之曰宜知是時爾時寶相菩薩月相菩薩於彼佛所取月光淨華并與九十二億菩薩摩訶薩發彼世界如電光發没彼即到删提嵐刹閻浮園中寶藏佛所到佛所已頭面禮足以諸菩薩所得種種師子遊戲供養佛已見寶海梵志爲此大衆所共恭敬合掌讃歎見是事已即便思惟今此大士或當即是大悲菩薩是故能令寶月如來送此寶華是二菩薩尋於佛前旋向梵志即以華與作如是言寶月如來以此妙華與汝爲信并三讃法如上所說如是東方無量無邊阿僧祇諸佛世界亦遣無量菩薩摩訶薩至删提嵐界皆以月光淨華三讃歎法餘

如上說善男子爾時南方去此七萬七千百千億佛世界有佛世界名寶樓師子吼有佛號師子吼相尊王如來應供正徧知明行足善逝世間解無上士調御丈夫天人師佛世尊今現在爲諸菩薩說大乘法有二菩薩摩訶薩一名金剛智相二名師子金剛相是二菩薩白佛言世尊何因緣故地六種動有大光明雨種種華皆如東方諸菩薩比復次南方無量無邊諸佛遣無量菩薩至删提嵐界亦如是爾時西方去此八萬九千百千億世界有世界名安樂有佛號攝諸根淨目如來今現在爲四部衆說三乘法有二菩薩一名賢日光明二名師子吼身是二菩薩白佛言世尊何因緣故地六種動有大光明雨種種華餘如上說如是西方無量世界亦復如是爾時北方過九萬百千億世界彼有世界名勝眞實有佛號世間尊王如來今現在爲諸菩薩說大乘法有二菩薩一名不動住二名得智慧世間尊王是二菩薩白佛言世尊何因緣故地六種動餘如上說北方無量世界亦如是爾時下方過九萬八千百千億那由他有世界名離暗霧有佛號離恐怖圍繞音今現在爲四部衆說三乘法有二菩薩一名日尊二名虛空日是二菩薩白佛言世尊何因緣故地六種動餘如上說下方世界亦復如是

悲華經卷第七

音釋

掣昌列切　沫莫割切水沫也　葶藶葶特丁切藶郎擊切葶藶藥草名　愕五各切驚遌也　獹獿獹落胡切犬也獿莫半切狼屬　淤依倨切濁泥也

悲華經卷第八

北凉天竺三藏法師曇無讖譯

諸菩薩本受記品第四之六

爾時上方過二十萬百千世界有世界名妙華是中有佛號華敷日王如來今現在爲四部衆說三乘法有二菩薩一名選擇自法攝取國土二名陀羅尼妙音是二菩薩俱白佛言世尊何因緣故而此大地六種震動有大光明雨種種華爾時彼佛告二菩薩善男子下方過二十萬百千世界有世界名刪提嵐有佛世尊號曰寶藏如來乃至佛世尊今現在與無量無邊諸菩薩等授阿耨多羅三藐三菩提記說諸國土開示諸佛所有世界莊嚴善願三昧境界陀羅尼門如是等經彼大會中有一大悲菩薩摩訶薩作如是願我今當以大悲熏心受阿耨多羅三藐三菩提記爲諸菩薩摩訶薩故示現善願是以先令無量無邊諸菩薩等發大誓願取於種種莊嚴世界調伏衆生是菩薩所成大悲於諸大衆無能及者於五濁世調伏弊惡多煩惱者攝取一切五逆之人乃至集聚諸不善根燒滅善心彼諸大衆天龍鬼神人及非人不供養佛悉共供養最後成就大悲菩薩頭面作禮禮已起立恭敬合掌說偈讚歎是大悲菩薩在於佛前右膝著地聽佛受記彼佛世尊即便微笑以是因緣令此十方如一佛刹微塵等世界地六種動放大光明雨種種華醒悟一切諸菩薩等亦復示現諸菩薩道彼佛世尊悉令十方如一佛刹微塵數等諸菩薩衆皆共集會爲如是等諸大菩薩說諸三昧陀

羅尼門無畏法門是故彼佛示現如是種種變化善男子時二菩薩聞是事已即白佛言世尊是大悲菩薩發心已來爲經幾時行菩薩道復齊幾時何時當於五濁惡世調伏攝取厚重煩惱互共鬬諍多作五逆成就一切諸不善根燒滅善心如是衆生爾時彼佛告二菩薩善男子是大悲菩薩今日初發阿耨多羅三藐三菩提心善男子汝今可往見寶藏佛供養恭敬禮拜圍繞聽說三昧陀羅尼門無畏法門如是等經并見大悲菩薩摩訶薩汝以我聲作如是言華敷日王佛致意問訊以此月光淨華作信與汝又讚汝言善哉善哉善男子汝初發心已能成就如是大悲汝今已有無量名稱徧滿十方如一佛刹微塵數等諸佛世界皆言大悲菩薩始初發心已能成就如是大悲是故善男子我今讚汝善哉善哉復次善男子汝爲當來諸菩薩等成就大悲故說是大悲不斷善願竪立法幢是故復讚言善哉善哉復次善男子汝之名稱未來世住當如一佛刹微塵數等阿僧祇劫教百千億無量無邊阿僧祇衆生安止令住阿耨多羅三藐三菩提至於佛所得不退轉或發善願或取淨土攝取衆生隨而調伏復令未來得受阿耨多羅三藐三菩提記如是衆生於未來世過如一佛刹微塵數等劫當於十方如一佛刹微塵數等諸世界中得成阿耨多羅三藐三菩提轉正法輪復當讚汝是故以此三讚歎法讚歎於汝善哉善哉善男子爾時彼土有無量億菩薩異口同聲作如是言世尊我等欲往删提嵐界見寶藏

佛禮拜供養恭敬圍繞聽諸三昧陀羅尼門無畏法門并欲見於大悲菩薩爾時彼佛以此三讚歎法及月光淨華與二菩薩而告之曰宜知是時時二菩薩於彼佛所取此寶華并與無量億菩薩衆如一念頃没彼世界忽然來到删提嵐界閻浮園中見寶藏佛頭面作禮爾時世界諸大菩薩修習大乘及學緣覺聲聞乘者天龍鬼神摩睺羅伽如是等類其數無量不可稱計譬如甘蔗竹葦稻麻叢林徧滿其國以諸菩薩所得種種師子遊戲供養於佛供養佛已見寶海梵志爲此大衆所共恭敬合掌讚歎見是事已即便思惟今此大士或當即是大悲菩薩是故能令華敷日王如來送此寶華是二菩薩復於佛前旋向梵志即以華與作如是言華敷日王如來

以此妙華與汝爲信并三讚法如上所說善男子爾時所雨種種諸華亦到無佛世界復出種種妙善音聲其聲徧滿所謂佛聲法聲比丘僧聲滅盡聲無所有聲諸波羅蜜聲力無所畏聲六神通聲無所作聲無生滅聲寂靜聲大慈聲大悲聲無生忍聲受記聲說大乘聲彼有菩薩以本願故有大神力修習深法而得自在爲衆生故住彼世界聞是聲已以佛力故以願力故以三昧力於彼世界乘神通力如大力士屈伸臂頃至删提嵐界閻浮園中寶藏佛所頭面禮足以諸菩薩所得種種師子遊戲供養於佛及諸大衆次第而坐聽受妙法善男子爾時寶海梵志取此月光淨華供養寶藏如來已白佛言世尊唯願如來與我授阿耨多羅三藐三菩提記善男

子爾時寶藏如來即入三昧其三昧名電燈以三昧力故令删提嵐界一切山樹草木土地變爲七寶令諸大衆悉得自見皆於佛前聽受妙法隨所思惟或自見身青色黄色白色紫色赤色黑色或見似風或見似火或見似空復見似熱時之炎或見似水或似水沫或似大山或似梵天或似帝釋或見似華或似迦樓羅或見似龍或似師子或似日月或似星宿或見似象或似野狐在佛前坐聽受妙法時隨所思惟各自見身如是相貌善男子如是衆生隨所思惟復見自身同寶藏佛身等無差别是諸大衆在於佛前尋見梵志坐於千葉七寶蓮華一切大衆處地虚空若坐若立一一衆生各各自見寶藏如來獨坐其前獨爲説法唯我獨見善男子爾時寶藏

如來讃寶海梵志言善哉善哉大悲淨行汝爲無量無邊衆生起此大悲能大利益於世間中作大光明梵志譬如成就華田有種種色種種香種種觸種種葉種種莖種種根種種功德諸藥所須皆悉成就或有蓮華滿百千由旬光明妙香亦與華等或有縱廣一百或有縱廣二百或有縱廣三百由旬光明妙香亦與華等有華乃至如一天下光明妙香亦等無差别衆生之類或有盲者聞此華香即得見色聾者聞聲乃至一切諸根不具即得具足若有衆生四百四病或動發時聞此華香病即除愈若有顛狂放逸狂癡睡眠心亂失念聞此華香皆得一心是華田中亦生芬陀利華其華堅牢猶如金剛瑠璃爲莖臺有百子純金爲葉碼碯爲茸赤真珠爲鬚華

高八十四億由旬周帀縱廣十萬由旬是華所有色香觸等徧滿十方如一佛刹微塵數諸佛世界其中衆生或有四大不調適者疾病困篤諸根羸損顛狂放逸狂癡睡眠心亂失念見華光明及聞其香一切所患各各除愈皆得一心若彼衆生適命終已及身未壞光明來觸香氣來熏尋得命根還起如本與諸親屬共遊園觀以五所欲共相娛樂若必命終不生餘處生於梵天在彼久住壽命無量梵志是蓮華田者即是此會之大衆也譬如日出衆華開敷如佛日出增益長養妙香光明爲諸衆生斷除諸苦善男子我今如日出現於世令諸衆生善根華敷有微妙香光明徧照能除衆生種種諸病即是如來出現於世以大悲光明徧覆一切令諸衆生善根開敷增益安住於三福處汝善男子所化無量無邊阿僧祇衆生令住阿耨多羅三藐三菩提至我所者是諸衆生各各自發種種善願取佛世界或淨不淨我已隨其所願授記善男子若有菩薩在於我前願取淨土以清淨心善自調伏種諸善根攝取衆生者雖謂菩薩猶非猛健大丈夫也非是菩薩深重大悲爲衆生故求阿耨多羅三藐三菩提若有取於淨佛土者即是菩薩捨離大悲久復不願離二乘者如是菩薩無巧便慧善平等心若有菩薩作是誓願令我世界遠離聲聞辟支佛乘滅不善根無諸女人及三惡道成阿耨多羅三藐三菩提已純以菩薩摩訶薩等爲大眷屬純說無上大乘之法壽命無量久住於世經無數劫純爲善心調伏白淨成善

根者說微妙法如是之人雖謂菩薩非大士也何以故以無巧便平等智故善男子爾時寶藏如來伸金色臂其五指頭放大光明其光明有種種無量百千諸色徧照西方過無量無邊阿僧祇世界有世界名曰大指彼土人民壽三十歲面色醜陋形貌可惡成就一切諸不善根身長六尺彼中有佛號大光明如來應供正徧知明行足善逝世間解無上士調御丈夫天人師佛世尊今現在爲四部衆說三乘法善男子爾時大衆悉得遥見彼佛世尊及諸大衆時寶藏佛告諸大衆彼大光明佛於過去無量無邊阿僧祇刼寶蓋光明佛所初發阿耨多羅三藐三菩提心爾時亦勸無量無邊億那由他衆生安止住於無上道中隨心所願取於種種莊嚴世界或淨

不淨取五濁惡世是大光明佛亦勸我發心安止住於阿耨多羅三藐三菩提爾時我於寶蓋光明佛所勸發莊嚴願於此五濁惡世成阿耨多羅三藐三菩提爾時彼佛讃我善哉善哉即便授阿耨多羅三藐三菩提記我於爾時有是善知識故勸我阿耨多羅三藐三菩提彼善知識勝妙丈夫取此重惡五濁之世多諸煩惱不淨國土所有衆生行於惡逆乃至成就諸不善根燒滅善心䆒轉生死空曠澤中所願調伏如是衆生爾時是善丈夫十方無量無邊諸佛世界所有諸佛各各遣使至是人所稱揚讃歎即爲作號名爲大悲日月光明彼大悲日月光明即是我之善知識也作大利益於大指世界成佛未久爲此短命諸惡人等轉正法輪彼佛初成阿耨

多羅三藐三菩提時十方無量無邊諸佛各各遣使至彼佛所爲供養恭敬尊重讚歎故是諸世尊皆是往昔大光明佛之所勸化初令安住檀波羅蜜乃至般若波羅蜜是諸世尊以知恩故遣諸菩薩致是供養梵志汝今見不是諸世尊各各處於清淨世界壽命無量純爲善心調伏白淨成善根者作於佛事是大光明佛處斯穢惡不淨世界五濁惡世成阿耨多羅三藐三菩提所有衆生多作逆罪乃至成就諸不善根壽命短促能於是中增益長養無量佛事不捨聲聞辟支佛乘爲諸衆生說三乘法汝是善丈夫一切大衆所不及也所作勝妙甚難誓願取不淨土五濁惡世人多作逆乃至成就諸不善根調伏攝取如是衆生善男子若有菩薩取清淨佛世界離三惡道及聲聞緣覺攝取調伏善心白淨成就善根如是衆生是名菩薩譬如餘華也非謂大菩薩如芬陀利華以於善心調伏衆中種諸善根作佛事故梵志今聽菩薩四法懈怠何等四一者願取清淨世界二者願於善心調伏白淨衆中施作佛事三者願成佛已不說聲聞辟支佛法四者願成佛已壽命無量是名菩薩四法懈怠是謂菩薩譬喻如華非謂菩薩如芬陀利梵志於此大衆唯除一人婆由毗紐取不淨世界調伏攝護多煩惱者於賢劫中或有菩薩取不淨土梵志菩薩有四法精進何等四一者願取不淨世界二者於不淨人中施作佛事三者成佛已三乘說法四者成佛已得中壽命不長不短是名菩薩四法精進是謂菩薩如芬陀利非

如餘華是名菩薩摩訶薩梵志汝今於此無量無邊阿僧祇菩薩大衆華田之中發願受記汝於佛前已生大悲芬陀利故攝取多逆成就一切諸不善根五濁惡世而於是中隨調伏之汝以大悲音聲故能令十方如一佛刹微塵等諸佛世尊遣信稱讚稱讚已號汝爲成就大悲復令此大衆供養於汝又汝大悲於未來世過一恒河沙等阿僧祇劫入第二恒河沙等阿僧祇劫後分娑婆世界賢劫中人壽百二十歲爲老病死之所纏縛黑暗世中無所師諮聚集一切諸不善根行於邪道入煩惱河專作五逆毀壞正法誹謗聖人犯四重禁餘如上說於如是等煩惱亂世當成爲佛如來應供正徧知明行足善逝世間解無上士調御丈夫天人師佛世尊離生死輪轉正法輪破壞四魔爾時有大名聲十方徧滿無量無邊諸佛世界有聲聞大衆千二百五十次第於四十五歲中成就如是無量佛事如汝所願具足無缺是無量淨王成佛時壽命無量雖於無量無邊劫中亦能成就如是佛事等無差別汝善丈夫般涅槃後正法住世滿一千歲正法滅已汝諸舍利如汝所願作於佛事久久在世利益衆生如上所說善男子爾時會中有一梵志名相具足作是言善大丈夫若於來世無量無邊阿僧祇劫爲菩薩時在在生處我當爲汝常作侍使恒以慈心奉給所須至一生時復當作父汝成佛已作大檀越亦當授我無上道記時有海神名曰調意復作是言善大丈夫從今已往在在之處乃至一生願我常當爲汝作母

汝成佛已亦當授我無上道記時有水神復作是言從今已往所在之處乃至一生願我常當作汝乳母汝成佛已亦當授我無上道記有二帝釋一名善念二名寶念復作是言善大丈夫汝成佛已我等當作智慧神足聲聞弟子復有帝釋名善見足作如是言大悲從今已往在在之處乃至一生常爲汝子有須彌山神名善樂華復作是言大悲汝乃至一生常爲汝婦成佛道已亦當授我無上道記復有阿脩羅王名胷臆行復作是言大悲於無量無邊阿僧祇劫爲菩薩時乃至一生於其中間我當爲汝僮僕給使奉諸所安汝成阿耨多羅三藐三菩提已轉正法輪我初解法得於實果服甘露味乃至得斷一切煩惱成阿羅漢爾時復有一恒河沙等天龍鬼神阿脩羅迦樓羅人非人等向大悲菩薩作是誓願善大丈夫要當調伏教化我等爾時有一裸形梵志名亂想可畏復作是言善大丈夫汝於無量無邊阿僧祇劫行菩薩道時我當從汝求索所須常至汝所乞求衣服牀榻臥具房舍屋宅象馬車乘國城妻子頭目髓腦皮肉手脚耳鼻舌身善大丈夫我當爲汝作佐助因令汝滿足檀波羅蜜乃至般若波羅蜜大悲梵志如是等行菩薩道時我當勸汝令得具足六波羅蜜汝成佛已願作弟子當從汝聞八萬法聚聞已即能辯說法相說法相已汝當授我無上道記善男子爾時梵志聞是事已即禮佛足便告裸形梵志言善哉善哉汝眞是我無上道伴汝於無量無邊百千萬億阿僧祇劫常至我所乞索所須

所謂衣服乃至舌身我於爾時以清淨心捨諸所有布施於汝汝於是時亦無罪分善男子爾時大悲菩薩摩訶薩復作是言世尊我於無量無邊百千萬億阿僧祇劫在在生處爲菩薩時有諸乞士在我前住若求飲食或以輭語或以惡言或輕毀呰或眞實言世尊我於爾時乃至不生一念惡心若生瞋恚如彈指頃以施因緣求將來報者我即欺誑十方世界無量無邊阿僧祇現在諸佛於未來世亦當必定不成阿耨多羅三藐三菩提世尊我今當以歡喜之心施於乞者願令受者無諸損益於諸善根亦無留難乃至一毫若我令彼受者有一毫損益善根留難者則爲欺誑十方世界無量無邊阿僧祇等現在諸佛若誑諸佛者則當必墮阿鼻地獄不能歡喜施與衣服飲食若彼乞者或以輭語或麤惡言或輕毀呰或眞實言求索如是頭目髓腦世尊若我是時心不歡喜乃至生於一念瞋恚以此施緣求果報者則爲欺誑十方世界無量無邊現在諸佛以是因緣必定墮於阿鼻地獄如檀波羅蜜說乃至般若波羅蜜亦如是善男子爾時寶藏如來即便讚歎寶海梵志善哉善哉善能安止大悲心故作是誓願善男子爾時一切大衆諸天龍鬼神人及非人合掌讚言善哉善哉善能安止大悲心故作是誓願得大名稱堅固行於六和之法充足利益一切衆生善男子如裸形梵志作誓願時復有八萬四千人亦同梵志所發誓願善男子爾時大悲菩薩摩訶薩復共如是八萬四千人同作誓願心生歡喜合掌四

顧徧觀大衆作如是言未曾有也未來之世正法滅時多諸煩惱五濁惡世我於是中放大光明作調御師於黑暗世然正法燈若諸衆生無有救護無有勢力無佛示導我令初發菩提心時已得如是等無上道伴是等諸人願令世世從我受此頭目髓腦皮肉骨血手足耳鼻舌身乃至衣服飲食善男子爾時寶海梵志白佛言世尊若未來之世無量無邊百千萬億阿僧祇劫如是衆生來至我所受我所施頭目髓腦乃至飲食如一毛分已我成阿耨多羅三藐三菩提已若不脫生死不得受記於三乘者我則欺誑十方世界無量無邊現在諸佛必定不成阿耨多羅三藐三菩提善男子爾時寶藏如來復重讚歎大悲菩薩善哉善哉善大丈夫汝能如是行菩

薩道譬如往昔須彌山寶菩薩在世間光明佛前初發如是菩提之心作是誓願亦行如是菩薩之道過一恒河沙等阿僧祇劫東方去此百千億佛世界彼有世界名光明智熾人壽百歲於中成佛號智華無垢堅菩提尊王如來應供正徧知明行足善逝世間解無上士調御丈夫天人師佛世尊住世說法四十五年作於佛事爾時佛告大悲菩薩彼佛般涅槃後正法住世滿一千歲正法滅已像法住世亦一千歲大悲彼佛世尊若在世若涅槃正法像法於此中間有諸比丘及比丘尼非法毀戒行於邪道斷法供養無慚無愧或斷招提僧物斷現前僧衣服飲食卧具醫藥取衆僧物以爲已有自用與人及與在家者善男子如是等人彼佛世尊皆與授記於

三乘中大悲彼如來所若有出家著袈裟者皆得受記不退三乘若有比丘比丘尼優婆塞優婆夷犯四重禁彼佛於此起世尊想種諸善根亦與授記不退三乘善男子爾時大悲菩薩摩訶薩復作是言世尊我今所願行菩薩道時若有衆生我要勸化令安止住檀波羅蜜乃至般若波羅蜜乃至勸化令住如一毛端善根乃至成阿耨多羅三藐三菩提若不安止乃至一衆生於三乘中令退轉者則爲欺誑十方世界無量無邊阿僧祇等現在諸佛必定不成阿耨多羅三藐三菩提世尊我成佛已若有衆生入我法中出家著袈裟者或犯重戒行邪見若於三寶輕毀不信集諸重罪比丘比丘尼優婆塞優婆夷若於一念中生恭敬心尊重世尊或於法僧世尊

如是衆生乃至一人不於三乘得受記莂而退轉者則爲欺誑十方世界無量無邊阿僧祇等現在諸佛必定不成阿耨多羅三藐三菩提世尊我成佛已諸天龍鬼神人及非人若能於此著袈裟者恭敬供養尊重讚歎其人若得見此袈裟少分即得不退於三乘中若有衆生爲饑渴所逼若貧窮鬼神下賤諸人乃至餓鬼衆中若得袈裟少分乃至四寸其人即得飲食充足隨其所願疾得成就若有衆生共相違反起怨賊想展轉鬭諍若諸天龍鬼神乾闥婆阿脩羅迦樓羅緊那羅摩睺羅伽拘辮茶毗舍遮人及非人及共鬭諍時念此袈裟尋生悲心柔輭之心無怨賊心寂滅之心調伏善心有人若在兵甲鬭訟斷事之中持此袈裟少分至此輩中爲自護故

供養恭敬尊重是諸人等無能侵毀觸嬈輕弄常得勝他過此諸難世尊若我袈裟不能成就如是五事聖功德者則爲欺誑十方世界無量無邊阿僧祇等現在諸佛未來不應成阿耨多羅三藐三菩提作佛事也没失善法必定不能破壞外道善男子爾時寶藏如來伸金色右臂摩大悲菩薩頂讚言善哉善哉善大丈夫汝所言者是大珍寶是大賢善汝成阿耨多羅三藐三菩提已是袈裟衣能成就此五聖功德作大利益善男子爾時大悲菩薩摩訶薩聞佛稱讚已心生歡喜踊躍無量因佛伸此金色之臂長指合縵其手柔輭猶如天衣摩其頭已其身即變狀如童子二十歲人善男子彼會大衆諸天龍神乾闥婆人及非人叉手恭敬向大悲菩薩供養散種種華乃至妓樂而供養之復種種讚歎種種讚歎已默然而住

檀波羅蜜品第五之一

善男子爾時大悲菩薩頭面敬禮寶藏如來禮佛足已在於佛前白言世尊所言諸三昧門助菩提法清淨門經齊幾名爲諸三昧門助菩提法清淨門經云何菩薩無畏莊嚴具足於忍善男子爾時彼佛讚大悲菩薩言善哉善哉大悲汝今所問甚奇甚特即是珍寶能大利益無量無邊諸菩薩等何以故大悲汝能問佛如是大事大悲汝今諦聽諦聽若有善男子善女人修行大乘有首楞嚴三昧入是三昧能入一切諸三昧中有寶印三昧入是三昧能印諸三昧有師子遊戲三昧入是三昧於諸三昧能師子遊戲有善月三昧

入是三昧能照諸三昧有月幢相三昧入是三昧能持諸三昧幢有出一切法性三昧入是三昧能出一切三昧有觀印三昧入是三昧能觀一切三昧頂有離法界三昧入是三昧能分別諸三昧有離幢相三昧入是三昧能持一切諸三昧幢有金剛三昧入是三昧能令一切三昧不可破壞有諸法印三昧入是三昧能印一切法有三昧王善住三昧入是三昧於諸三昧安住如王有放光三昧入是三昧能放光明照諸三昧有力進三昧入是三昧於諸三昧增進自在有正出三昧入是三昧能正出諸三昧有辯辭三昧入是三昧悉解一切無量音聲有語言三昧入是三昧能入一切諸語言中有觀方三昧入是三昧悉能徧觀諸三昧方有一切法三昧入是三昧能破一切法有持印三昧入是三昧持諸三昧印有入一切法寂靜三昧入是三昧令一切三昧入於寂滅有不失三昧入是三昧不忘一切三昧有一切法不動三昧入是三昧令一切三昧不動有親近一切法海印三昧入是三昧攝取親近一切三昧有一切無我三昧入是三昧令諸三昧無有生滅有徧覆虛空三昧入是三昧徧覆一切三昧有不斷一切法三昧入是三昧持諸三昧令不斷絕有金剛場三昧入是三昧能治一切諸三昧場有一切法一味三昧入是三昧能持一切法一味有離樂愛三昧入是三昧能離一切煩惱及助煩惱有一切法無生三昧入是三昧能示一切三昧無生無滅有光明三昧入是三昧能照一切三昧令其熾明有不

滅一切法三昧入是三昧不分別一切三昧有不求三昧入是三昧不求一切諸法有不住三昧入是三昧於諸法中不住法界有虛空憶想三昧入是三昧令諸三昧皆是虛空見其眞實有無心三昧入是三昧能於一切諸三昧中滅心心數法有色無邊三昧入是三昧於一切三昧中色無邊光明有淨燈三昧入是三昧於一切三昧中能作燈明有一切法無邊三昧入是三昧於諸三昧悉能示現無量智慧有電無邊三昧入是三昧於諸三昧示現智慧有一切光明三昧入是三昧於諸三昧示現三昧門光明有諸界無邊三昧入是三昧於諸三昧示現無量無邊智慧有白淨堅固三昧入是三昧於諸三昧得空定有須彌山空三昧入是三昧於諸三昧示現虛空有無垢光明三昧入是三昧於諸三昧除諸垢穢有一切法中無畏三昧入是三昧於諸三昧示現無畏有樂樂三昧入是三昧於諸三昧悉得樂樂有一切法正遊戲三昧入是三昧於諸三昧示現無有一切諸色有放電光三昧入是三昧於諸三昧示現放光有一切法安止無垢三昧入是三昧於諸三昧示現無垢智慧有無盡三昧入是三昧於諸三昧示現非盡非不盡有一切法不可思議清淨三昧入是三昧於諸三昧示現如鏡中像等不可思議有火光三昧入是三昧於諸三昧令智慧熾然有離盡三昧入是三昧於諸三昧示現不盡有不動三昧入是三昧於諸法中不動不受無有輕戲有增益三昧入是三昧於諸三昧悉見增益有日燈三

昧入是三昧於諸三昧放光明門有月無垢三昧入是三昧於諸三昧作月光明有白淨光明三昧入是三昧於諸三昧得四種辯有作不作三昧入是三昧於諸三昧作與不作示現智相有金剛三昧入是三昧悉得通達一切諸法乃至不見如微塵等障礙有住心三昧入是三昧其心不動不受苦樂不見光明無有瞋恚於此心中亦復不見此是心想有徧照三昧入是三昧於諸三昧見一切明有善住三昧入是三昧於諸三昧善能得住有寶山三昧入是三昧見諸三昧猶如寶山有勝法印三昧入是三昧能印諸三昧有順法性三昧入是三昧見一切法悉皆隨順有離樂三昧入是三昧於一切得離樂著有法炬三昧入是三昧除諸法暗有法雨三昧入是三昧於諸三昧能雨法雨破壞著相有等言語三昧入是三昧於諸法中悉得眼目有離語言三昧入是三昧於諸法中乃至無有一言有斷緣三昧入是三昧斷諸法緣有不作三昧入是三昧於諸法中不見作者有淨性三昧入是三昧見一切法自性清淨有無障礙三昧入是三昧於諸法中無有障礙有離網三昧入是三昧見諸三昧足離於高下有集聚一切功德三昧入是三昧離一切法集有正住三昧入是三昧於諸法中不見有心及心數法有覺三昧入是三昧即能覺悟一切諸法有念分別三昧入是三昧於諸法中得無量辯有淨智覺三昧入是三昧於一切法得等非等有智相三昧入是三昧能出三界有智斷三昧入是三昧見諸法斷有智

雨三昧入是三昧得一切法雨有無依三昧入是三昧於諸法中不見依止有一莊嚴三昧入是三昧於諸法中不見法幢有行三昧入是三昧能見諸法悉寂靜行有一切行離一切有三昧入是三昧於諸法中通達解了有俗言三昧入是三昧能解俗言有離語言無字三昧入是三昧於諸法中悉得解了無有語言有智炬三昧入是三昧於諸法中能作照明有智勝相吼三昧入是三昧於諸法中示現淨相有通智相三昧入是三昧於諸法中悉見智相有成就一切行三昧入是三昧於諸法中成就一切行有離苦樂三昧入是三昧於諸法中無所依止有無盡行三昧入是三昧見諸法無盡有陀羅尼三昧入是三昧於諸三昧能持法相不見邪正有無憎愛三昧入是三昧於諸法中不見憎愛有淨光三昧入是三昧於有爲法不見是垢有堅牢三昧入是三昧不見諸法有不堅牢有滿月淨光三昧入是三昧悉能具足成就功德有大莊嚴三昧入是三昧於諸三昧悉見成就無量莊嚴有一切世光明三昧入是三昧於諸三昧以智照明有一切等照三昧入是三昧於諸三昧悉得一心有淨無淨三昧入是三昧於諸三昧不見淨不淨有無宅三昧入是三昧不見諸三昧舍宅有如爾三昧入是三昧於諸法中不見作與不作有無身三昧入是三昧於諸法中不見有身諸菩薩得如是等諸三昧門口業清淨如虛空於諸法中不見口業猶如虛空無有障礙大悲是名修學大乘菩薩摩訶薩諸三昧門

悲華經卷第八

音釋

裸郎果切赤體也毀呰毀虎委切謗也呰將几切譏也合縵縵莫班切謂佛手指間皮相連也

悲華經卷第九

北涼天竺三藏法師曇無讖譯

檀波羅蜜品第五之二

善男子云何菩薩摩訶薩助菩提法清淨之門善男子布施即是助菩提法化衆生故持戒即是助菩提法具足善願故忍辱即是助菩提法具足三十二相八十隨形好故精進即是助菩提法於諸衆生勤教化故禪定即是助菩提法令心具足得調伏故智慧即是助菩提法具足能知諸煩惱故多聞即是助菩提法於諸法中具無礙故一切功德即是助菩提法一切衆生得具足故智業即是助菩提法得具足無礙智故修定即是助菩提法悉得成就柔輭心故慧業即是助菩提法遠離一切諸疑惑故慈心即是助菩提法於諸衆生心無礙故悲心即是助菩提法拔出衆生諸苦故喜心即是助菩提法愛樂法故捨心即是助菩提法斷憎愛故聽法即是助菩提法斷五蓋故出世即是助菩提法捨諸所有故阿蘭若即是助菩提法離諸怱務故專念即是助菩提法得陀羅尼故正憶即是助菩提法分別意識故思惟即是助菩提法於諸法中得成就義故念處即是助菩提法斷身受心法覺分別故正勤即是助菩提法斷不善法修善法故如意足即是助菩提法身心輕利故諸根即是助菩提法得一切衆生根具足故諸力即是助菩提法具足能壞諸煩惱故諸覺即是助菩提法於諸法中具足覺知實法相故正道即是助菩提法遠離一切諸邪見道故聖諦即是助菩提法斷滅一

切諸煩惱故四辯即是助菩提法得斷衆生諸疑惑故緣念即是助菩提法不從他聞得智慧故善友即是助菩提法一切功德持成就故發心即是助菩提法成就不誑諸衆生故用意即是助菩提法出一切法故專心即是助菩提法增益善法故思惟善法即是助菩提法隨所聞法得成就故攝取即是助菩提法成就教化諸衆生故護持正法即是助菩提法令三寶種不斷絶故善願即是助菩提法成就嚴淨佛世界故方便即是助菩提法速得成就一切智故善男子是名菩薩摩訶薩助菩提法清淨門經善男子爾時寶藏如來四顧徧觀菩薩大衆告大悲言大悲云何菩薩以無所畏莊嚴瓔珞具足於忍善男子若菩薩見第一義得無癡精進不著三界若不著三界是謂三昧無畏沙門之法如空中動手悉無所著又觀諸法不見相貌大悲是名菩薩摩訶薩以無所畏莊嚴瓔珞善男子云何菩薩具足於忍如是菩薩住於法時不見諸法如微塵相貌逆順觀行於諸法中解無果報於所習慈了無有我於所習悲了無衆生於所習喜了無有命於所習捨了無有人雖行布施不見施物雖行持戒不見淨心雖行忍辱不見衆生雖行精進無離欲心雖行禪定無除惡心雖行智慧心無所行雖行念處不見思惟雖行正勤不見心之生滅雖行如意足不見無量心雖行於信不見無障礙心雖行於念不見心得自在雖行於定不見入定心雖行於慧不見慧根雖行諸力無所破壞雖行諸覺心無分別雖行正道不

見諸法雖行定業不見心之寂靜雖行慧業不見心之所行雖行聖諦不見通達法相雖修念佛不見無量行心雖修念法心等法界雖修念僧心無所住教化衆生心得清淨雖持正法於諸法界心不分别雖修淨土其心平等猶如虚空雖修相好心無諸相雖行忍辱心無所有雖住不退常自不見退與不退雖行道場解了三界無有異相雖壞諸魔乃是利益無量衆生雖行菩提觀諸法空無菩提心雖轉法輪於一切法無轉無還雖復示現大般涅槃於生死中心等無異是名菩薩具足於忍說是法時有六十四億菩薩摩訶薩從十方來至耆闍崛山釋迦牟尼佛所聽此本緣三昧助菩提法清淨門經聞是法已得無生忍爾時釋迦牟尼佛告諸大衆汝今當知寶藏如來於往古世說是法時有四十八恒河沙等菩薩摩訶薩得無生忍四天下微塵數等菩薩摩訶薩住不退轉地一恒河沙等菩薩摩訶薩得此本緣三昧助菩提法清淨門經善男子爾時大悲菩薩聞是法已心生歡喜即得變身其狀猶如年二十人追隨如來猶影隨形善男子爾時轉輪聖王及其千子八萬四千小王九十二億人悉共出家奉持禁戒修學多聞忍辱三昧勤行精進善男子爾時大悲菩薩摩訶薩漸漸從佛諮受聲聞所有八萬四千法聚緣覺所有九萬法聚受持諷誦悉令通利大乘法藏身念處中十萬法聚受念處中十萬法聚心念處中十萬法聚法念處中十萬法聚悉皆受持讀誦通利十八界中十萬法聚十二入中十萬

法聚斷除貪欲十萬法聚斷除瞋恚十萬法聚斷除愚癡十萬法聚三昧解脱十萬法聚諸力無畏不共之法十萬法聚如是等十億法聚皆悉受持讀誦通利善男子其後彼佛入般涅槃爾時大悲菩薩摩訶薩以無量無邊種種諸華末香塗香寶幢旛蓋珍寶妓樂而以供養以種種香積以爲積闍維其身收取舍利起七寶塔高五由旬縱廣正等滿一由旬於七日中復以種種無量無邊華香妓樂寶幢旛蓋而供養之爾時復令無量無邊衆生安止住於三乘法中善男子大悲菩薩過七日已與八萬四千人俱共出家剃除鬚髮著染袈裟於寶藏佛般涅槃後隨順等心熾然正法滿十千歲復令無量無邊阿僧祇衆生安止住於三乘法中及三歸依五戒八齋沙彌十戒次第具足大僧淨行復更勸化無量百千萬億衆生安止住於神通方便四無量行令觀五陰猶如怨賊觀於諸入如空聚落觀有爲法從因緣生勸化衆生令得知見觀一切法如鏡中像如熱時炎如水中月於諸法中皆知無我無生無滅第一寂靜微妙涅槃復令無量無邊衆生安止住於八聖道中作如是等大利益已即便命終尋時復有無量無邊百千諸人以種種供養供養大悲比丘舍利其所供養悉如轉輪聖王之法如是大衆種種供養大悲舍利亦復如是大悲比丘命終之日寶藏如來所有正法即於其日滅盡無餘彼時菩薩以本願故生於佛土或生兜術人中龍中或夜叉中或阿脩羅生於種種畜生之中善男子大悲比丘命終

之後以本願故南方去此十千佛土有佛世界名曰歡樂彼中人民壽八十歲集聚一切諸不善根喜爲殺害安住諸惡於諸衆生無慈悲心不孝父母乃至不畏未來之世大悲比丘以本願故生彼世界旃陀羅家所受身體長大端正力勢剛强威猛勇健專念問答辯才捷疾如是諸事悉勝於人以强力勢逼捉諸人作如是言汝今若能受不盜戒乃至遠離種種邪見行正見者當施汝命給汝所須資産之物令無所乏若不受者我今要當斷汝命根然後乃去爾時諸人長跪叉手作如是言仁者今已爲我調御如仁所勑我今受持盡其壽命不復偷盜乃至正見亦復如是爾時强力旃陀羅往至王所或大臣所作如是言我今困乏資産之具所謂飲食醫藥衣服卧具香華金銀錢貨眞珠瑠璃珂貝璧玉珊瑚琥珀眞寶僞寶若我得此種種物已持施衆生爾時國王大臣即與種種所須之物令其充足時旃陀羅因其施故安止此王及其大臣住十善中爾時人民增益壽命滿五百歲其王命終諸大臣等以旃陀羅紹繼王位因爲作字號功德力善男子爾時功德力王不久王一國土復以力故王二國土如是不久乃至得作轉輪聖王王閻浮提然後教化一切衆生安止令住不殺生戒乃至正見亦復如是隨諸衆生心所志樂勸化令住於三乘中爾時功德力王教化閻浮提内無量衆生於十善道及三乘中已於閻浮提内大聲唱言若有乞求欲須食飲乃至欲得種種珍寶悉來至此我當給施是時閻浮提内

一切乞士聞是唱已悉來集會時功德力王種種隨意給施所須皆令滿足爾時有一尼乾子名曰灰音往至王所而作是言王今所作種種大施以求無上正真之道我今所須王當與我令得滿足王於來世當熾然法燈時王問言卿何所須彼人答言我誦持呪術欲得與彼阿脩羅鬬怖其破壞自得勝利是故白王如是事耳所可須者未死之人皮之與眼爾時大王聞是語已如是思惟我今得是無量力勢轉輪聖王已得安止無量衆生住於十善及三乘中復作無量無邊大施此善知識欲令我以不堅牢身貿堅牢身爾時大王便作是言汝今可生歡喜之心我今以此凡夫肉眼布施於汝以是緣故令我來世得清淨慧眼以歡喜心剥皮施汝復以是緣令我成阿耨多羅三藐三菩提已得金色身善男子爾時功德力王以其右手挑取二目施尼乾子血流汙面而作是言諸天龍神乾闥婆阿脩羅迦樓羅緊那羅摩睺羅伽人非人等若在虚空若因地者悉聽我言我今所施皆爲無上菩提之道白淨涅槃度諸衆生於四流水令得安止住於涅槃復作是言若我必定成阿耨多羅三藐三菩提者雖作是事所有命根不應斷壞不失正念不應生悔令尼乾子所作呪術便得成就復作是言汝今可來剥取我皮善男子時尼乾子即持利刀剥取王皮却後七日所作呪術悉得成就爾時大王於七日中其命未終不失正念雖受是苦乃至一念不生悔心善男子汝今當知爾時大悲菩薩者豈異人乎莫作是觀則

我身是於過去世寶藏佛所初發阿耨多羅三藐三菩提心初發心已勸化無量無邊衆生於阿耨多羅三藐三菩提善男子是我最初勇健精進爾時我以本願力故命終生於歡樂世界旃陀羅家是我第二勇健精進我生旃陀羅家教化衆生於善法中以自力勢乃至得作轉輪聖王滅閻浮提鬬諍穢濁令得寂靜增長壽命是我初始捨於身皮及以眼目善男子我以願故於彼命終復還來生歡樂世界旃陀羅家乃至得作轉輪聖王以大勢力安止衆生於善法中於彼世界復得除滅怨賊鬬諍穢濁之事令諸衆生增益壽命我於爾時始捨舌耳於彼三千大千世界一一天下作如是等大利益已以願力故精進堅牢如是次第復於如一恒河沙等五濁惡世作大利益安止衆生住於善法及三乘中滅除怨賊鬬諍穢濁善男子其餘他方清淨世界所有諸佛本行阿耨多羅三藐三菩提時不說他過不爲他人說麤惡言不以力勢示現恐怖不勸衆生於聲聞乘辟支佛乘是故諸佛具滿成就阿耨多羅三藐三菩提已得此清淨妙好世界無諸罪名無有受戒耳終不聞麤惡之言無不善聲常聞法聲離於一切不適意聲於諸衆生而得自在無有聲聞辟支佛名善男子我於恒河沙等大劫如恒河沙等無佛國土五濁之世以麤惡言斷命因緣恐怖衆生然後勸令安住善法及三乘中是餘業故今得如是弊惡世界以不善音唱滿世界是故今得不善衆生充滿世界說三乘法如我本願取佛世界調伏衆生

其事如是我已如說精勤修習行菩提道是故今得種子相似佛之世界如我本願今得如是善男子今我略說往昔所行檀波羅蜜我行檀波羅蜜時過去諸菩薩行菩薩道時亦無有能作如是行未來之世行菩薩道者亦無有能作如是行我爲菩薩行檀波羅蜜時離除過去八善丈夫第一菩薩名曰一地得在此南方一切過患國成阿耨多羅三藐三菩提號破煩惱光明如來應供正徧知明行足善逝世間解無上士調御丈夫天人師佛世尊人壽百歲於中說法七日之後入般涅槃第二菩薩名精進淨在此東方炎熾國土成阿耨多羅三藐三菩提號百功德如來應供正徧知明行足善逝世間解無上士調御丈夫天人師佛世尊人壽百歲於中說法作佛事已彼佛過一恒河沙等大劫已入無上涅槃其佛舍利乃至今日在無佛國作於佛事如我無異第三菩薩名堅固華於諸三昧勤行精進以大力勢行於布施於當來世過十恒河沙等大劫在此北方歡樂世界成阿耨多羅三藐三菩提號斷愛王如來應供正徧知明行足善逝世間解無上士調御丈夫天人師佛世尊第四菩薩名曰慧熾攝取歡喜過一大劫在此西方可畏世界人壽百歲於中成阿耨多羅三藐三菩提號曰藏光明無垢尊王如來應供正徧知明行足善逝世間解無上士調御丈夫天人師佛世尊於今我前有二菩薩一名日光二名喜臂未來之世過於無量無邊大劫在此上方灰霧國土劫名大亂五濁惡世多諸煩惱人壽五十

歲日光菩薩以本願故於中成阿耨多羅三藐三菩提號不思議日光明如來應供正徧知明行足善逝世間解無上士調御丈夫天人師佛世尊滿十歲中具足佛事而般涅槃即涅槃日正法亦滅其後十歲空過無佛人壽轉減至三十歲喜臂菩薩以本願故於中得成阿耨多羅三藐三菩提號勝日光明如來應供正徧知明行足善逝世間解無上士調御丈夫天人師佛世尊彼佛世尊亦十歲中具足佛事而般涅槃般涅槃已以本願故正法住世滿七十歲時二菩薩在於我前始得受阿耨多羅三藐三菩提記以聞記故心生歡喜頭面敬禮以歡喜故上昇虛空高七多羅樹叉手向佛異口同音而說偈言

如來光炎　殊於日月　能於惡世　演大智慧

調御目淨　無有垢穢　以妙論議　摧伏外道

我無量劫　修無相定　以求無上　勝妙菩提

供養諸佛　數如恒沙　而過去佛　不授我記

世尊離欲　心得解脫　於黒暗世　善爲佛事

爲諸失道　衆生說法　悉令得出　生死漂流

我今所願　於此自在　清淨佛法　出家修道

解脫淨戒　如說而行　定心隨佛　如影隨形

不爲利養　但求正法　得聞法已　服甘露味

是故世尊　與我授記　於未來世　得無上道

善男子其餘二人故未發心已發心者一名日光二名喜臂先有四人一名地得二名精進淨三名堅固華四名慧熾攝取歡喜合有八人是六菩薩我初勸其令發阿耨多羅三藐三菩提心善男子汝今諦聽往昔因緣過去無量阿僧祇劫爾時此界名無垢須彌人

壽百歲有佛出世號香蓮華般涅槃後像法之中我於爾時作大强力轉輪聖王號難沮壞王閻浮提千子具足我悉勸化令發阿耨多羅三藐三菩提心其後尋於香蓮華佛像法之中出家修道熾然增益佛之道法唯除六子不肯出家發菩提心我於爾時數數告言卿等今者欲何所求何以不發無上道心出家修道是時六子作如是言不應出家所以者何若於末世像法出家不能成就護持戒聚離聖七財以不護戒没於生死汙泥之中墮三惡道不能得生天上人中以是因緣我等不能出家修道善男子我復重問卿等何以不發無上道心六子答言若能與我閻浮提者然後我當發阿耨多羅三藐三菩提心善男子我聞是已心生歡喜作是思惟我

今已化閻浮提人安置三歸受八戒齋住於三乘我今當分此閻浮提以爲六分與此六子令其得發無上道心然後我當出家修道思惟是已如其所念分閻浮提即爲六分賜與諸子尋便出家爾時六王各相違戾不相承順互相抄掠攻伐鬬諍縛束枷鎖爾時一切閻浮提内苗稼不登人民饑餓水雨不時諸樹枯悴不生華實藥草不生人民禽獸及諸飛鳥悉皆饑餓其身熾然猶如火聚我於爾時復自思惟我今應當自捨已身肌體血肉以施衆生令其飽滿作是念已從其所住阿蘭若處至於人間中路有山名水愛護住是山上復作是願而說偈言

如我自捨　所有身命　爲大悲心　不求果報
但爲利益　諸天及人　願作肉山　給施衆生

我今所捨　妙色端嚴　不求帝釋　天魔梵王
但爲利益　未來人天　以此血肉　施諸衆生
諸天龍神　人及非人　住山林者　今聽我言
爲諸衆生　我起大悲　自以血肉　而給施之

善男子我於爾時作是願已諸天擾擾大地諸山須彌大海皆六種動人天大衆發聲悲號爾時我於水愛護山自投其身以願力故即成肉山高一由旬縱廣正等亦一由旬是時人民飛鳥禽獸始於是時噉肉飲血以本願故於中夜分增益廣大其身乃至高千由旬縱廣正等亦千由旬其邊自然而生人頭髮毛眼耳鼻口脣舌具足而有彼諸頭中各各有聲而唱是言諸衆生等各各自恣隨意取用飲血噉肉取頭目耳鼻脣舌齒等皆令滿足然後悉發阿耨多羅三藐三菩提心或發聲聞辟支佛心卿等當知如是之物悉不可盡食之易消不夭壽命有明智者食肉飲血取其頭目耳鼻舌者或發聲聞辟支佛乘或發阿耨多羅三藐三菩提心或求天上人中富樂以本願故身無損減乃至萬歲閻浮提內人及鬼神飛鳥禽獸皆悉充足於萬歲中所施目如一恒河沙所施血如四大海水所捨肉如千須彌山所捨舌如大鐵圍山所捨耳如純陀羅山所捨鼻如毗富羅山所捨齒如耆闍崛山所捨身皮猶如三千大千世界所有地等善男子汝今當知我於往昔萬歲之中所捨無量無邊阿僧祇身一壽命中自以血肉給施如是無量無邊阿僧祇衆生悉令飽足乃至一念不生悔心我於爾時復作是言若我必定成阿耨多羅三藐三菩提

所願成就得已利者我今於此一閻浮提萬歲之中自以血肉給施一切無量衆生如是一恒河沙等萬歲徧滿於此無垢須彌三千大千世界作血肉山一一天下於萬歲中自以血肉頭目耳等給施衆生所謂天龍鬼神人及非人一切畜生若在虛空及因地者乃至餓鬼悉令滿足然後勸化安置住於三乘法中若徧於此一佛世界滿足衆生已復至十方如一恒河沙等五濁惡世復捨血肉頭目耳等給施衆生悉令充足如是如一恒沙等大劫之中爲衆生故自捨身命以施衆生若我所願不成不得已利者即便欺誑十方世界無量無邊諸佛世尊爲諸衆生轉法輪者必定不成阿耨多羅三藐三菩提住於生死畢竟不聞佛聲法聲比丘僧聲波羅蜜聲力無畏聲乃至一切諸善根聲若我不能成就捨身布施充足諸衆生者常墮阿鼻地獄善男子我於往昔如是所願皆悉成就於一一天下捨身血肉給施衆生悉令飽滿如是次第徧滿十方如恒河沙等諸佛世界捨身血肉給施衆生悉令滿足善男子汝今當知我於爾時爲檀波羅蜜捨身布施如是次第施於眼目其聚滿此閻浮提內高至忉利天善男子是名如來略說捨身檀波羅蜜復次善男子如是復過無量無邊阿僧祇劫爾時此界轉名月雷亦五濁世我於是時作轉輪聖王王閻浮提號燈光明亦教無量無邊阿僧祇人安止住於諸善法中亦如上說作是事已遊在園林觀看土地見有一人身被縛束我即問言此何所犯大臣白言諸有田作

所得穀麥應爲六分一分入官是人不順王法不肯輸送是故被縛我於爾時即勑令放從今已後不須强取大臣答言是人民中乃至無有一人生歡喜心以義送之今諸王子後宮眷屬貴人婇女諸所資用飲食之具一切皆從他邊强取無有一人清淨心與我聞是已心大憂愁即自思惟此閻浮提當持與誰爾時我有五百諸子先已令發無上道心當分此地爲五百分等與諸子我當出家至阿蘭若處修諸仙法學淨梵行思惟是已尋分此地爲五百分等與諸子即便出家至南海邊鬱頭摩樹大林之中食諸果子漸漸修學得五神通善男子時閻浮提有五百商人入於大海欲採珍寶有一商主名曰滿月此人先世福德緣故得如所願至於寶渚多取種種諸珍寶已即欲發引還閻浮提爾時海神高聲啼哭多有諸龍心懷瞋恚欲害商人有一龍王名曰馬堅是大菩薩以本願故生於龍中起慈悲心救護諸商令得安隱過於大海至彼岸邊龍王然後還本住處爾時復有大惡羅刹隨逐商人如影隨形欲爲虐害是惡羅刹即於其日放大惡風時諸商人迷悶失道生大怖畏失聲號哭稱喚諸天摩醯首羅水神地神火神風神復稱父母妻子眷屬願救濟我善男子我於爾時以淨天耳聞其音聲尋往其所以柔軟音而慰撫之莫生怖畏當示汝道令汝安隱還閻浮提善男子我於爾時白氎纏臂以油灌之然以爲炬發眞實言我先以於鬱頭摩林三十年中專精修行四無量心爲諸衆生食噉果子勸化八

萬四千諸龍夜叉神等不退轉於阿耨多羅三藐三菩提以是善根因緣今然此臂爲示道故令是諸商安隱得還閻浮提中然臂乃至七日七夜此諸商人尋便安隱還閻浮提善男子我於爾時復作善願若閻浮提無諸珍寶若我必成阿耨多羅三藐三菩提得已利者當作商主於一一天下七反雨寶復入大海取如意珠於一一天下復雨種種雜廁寶物如是次第徧此世界乃至十方無量無邊阿僧祇諸世界中亦復如是善男子我於往昔諸所發願皆悉成就如恒河沙等大劫中常作無上薩薄之主於恒河沙等五濁惡世雨種種珍寶一日之中七反雨之如是利益無量衆生悉令珍寶得滿足已然後勸化安止令住於三乘中善男子汝今當知即是如來捨諸珍寶爲得諸相善根因緣復次善男子如是復過無量無邊阿僧祇劫此佛世界轉名爲網劫名知具足其世五濁人民壽命滿五萬歲以本願故生閻浮提婆羅門家字曰須香讀誦外典圍陀章句爾時衆生多著常見互共鬬諍起怨賊想我於爾時以强力勢爲諸衆生説五受陰猶如怨家説十二入如空聚落説十二緣其性生滅開示分別阿那波那令其修學復作是言仁等今者可發無上菩提之心所作善根應生迴向我於是時自然而得五通神仙爾時復有無量無邊阿僧祇人受我教故悉得五通復有無量無邊衆生遠離鬬諍滅除怨憎出家入山食果蓏子晝夜修習四無量心是劫欲盡是諸人等各各分散遊閻浮提教化衆生令離鬬

諍除滅怨憎悉使寂靜或有水旱暴風惡雨皆令除滅其地柔軟五穀成熟食飲滋味以劫欲盡衆生復爲種種病苦之所纏惱善男子我於爾時尋復思惟若我不能除衆生病我則不成阿耨多羅三藐三菩提爲諸衆生斷除煩惱我今當以何等方便除衆生病唯有聚集一切大衆釋天梵天四天王等及諸天仙龍仙人仙問諸醫方合集諸草種種呪術以療衆病思惟是已即以神力至釋天梵天四天王天及諸神天龍人仙所作如是言有毗陀山願諸仁等皆共來集爾時大衆聞是言已皆悉集聚既集聚已皆共誦持毗陀呪術以是力故能却一切諸惡鬼神擁護衆生復修醫方能治痰癊風寒冷熱以是因縁令無量無邊阿僧祇人離諸苦惱善男子我於爾時復更作願若我已爲此一天下無量衆生作智慧光安止住於三乘法中閉三惡門通天人路除諸病苦令得歡樂復當次第爲無量無邊阿僧祇人作智慧光乃至歡樂以是善根因縁果報故令我所願皆得成就逮得已利如我已爲此一天下無量無邊阿僧祇人閉三惡道通天人路爲諸病者請諸天龍神仙之人集毗陀山修毗陀呪令無量無邊阿僧祇人悉得離病受於快樂如是徧滿此網世界利益一切在在處處無量衆生安住三乘閉三惡道通天人路復爲如是世界病者請諸天龍神仙之人集毗陀山修毗陀呪令此世界無量無邊阿僧祇人悉得離病受於快樂如此世界乃至十方如恒河沙等五濁惡世亦復如是善男子我於爾時在

網世界乃至十方恒河沙五濁惡世諸所作願皆得成就善男子汝今當知即是如來爲菩薩時增益智慧修菩薩道是名如來愛護三業善根種子

悲華經卷第九

音釋

積子智切聚也　剥北角切裂也　抄掠抄楚教切掠力灼切抄掠劫奪也　搔擾搔蘇遭切擾而沼切搔擾煩亂也　慰撫慰於胃切撫芳武切安也　療力嶠切治也

悲華經卷第十

北涼天竺三藏法師曇無讖譯

檀波羅蜜品第五之三

佛告寂意菩薩善男子其後復過無量無邊阿僧祇劫此界轉名選擇諸惡爾時大劫名善等益世亦五濁東方去此五十四天下彼閻浮提名盧婆羅以願力故生於彼中作轉輪聖王主四天下號虛空淨教諸衆生安住十善及三乘中我於爾時布施一切無所分別是時多有無量乞兒來從我乞種種珍寶金銀瑠璃玻瓈錢貨青瑠璃珠大青瑠璃火珠摩尼所有珍寶少不足言乞者無量我於是時即問大臣如是珍寶從何處生大臣答言是諸龍王之所示現雖有此寶唯供聖王不能廣及如是乞者我於爾時作大誓願若我未來於五濁中厚重煩惱人壽百歲必定成阿耨多羅三藐三菩提所願成就得己利者作大龍王示現種種珍寶之藏於此選擇諸惡世界在在處處四天下中於一一天下七反受身一一身中示現無量百千萬億那由他等珍寶之藏一一寶藏縱廣正等一千由旬各各充滿種種珍寶如上所說給施衆生如我在此一世界中精勤用意如是次第徧十方如恒河沙等五濁惡世無佛國土於一一佛土一一天下七反受身乃至如上所說善男子我作如是善願爾時天人有百千億在虛空中雨種種華而讚我言善哉善哉一切布施汝今已得如心所願善男子爾時大衆聞虛空淨王諸天作字號一切施聞是事已各各相謂我等今者應往乞求難捨之

物若能捨者可得名爲一切布施如其不能何得稱爲一切施也是時諸人各各從王乞索後宫夫人婇女及兒息等時轉輪王聞是事已心大歡喜隨其所索悉皆與之是時諸人復更相謂言如是妻子皆是易捨非難事也今當從王乞身支節若能捨者眞可得名能捨一切爾時諸人往大王所於是衆中有一乞兒字青光明受持狗戒向轉輪王作如是言大王若是一切施者唯願施我此閻浮提我時聞已心大歡喜尋以香水洗浴其人令著柔輭上妙衣服以水灌頂紹聖王位持閻浮提即以施之復作是願如我以此閻浮提施是因緣故成阿耨多羅三藐三菩提所願成就得已利者是閻浮提所有人民皆當承順奉敬此人以爲王者復令此人壽命無量作轉輪王我成阿耨多羅三藐三菩提已當與授記一生當得補佛之處有婆羅門名曰盧志復來從我乞索兩足我聞是已心生歡喜即持利刀自斷二足持以施之施已發願願我來世具足當得無上戒足有婆羅門名曰互復來從我乞索二目我聞是已心生歡喜即挑二目持以與之施已發願願我來世當得具足無上五眼未久之間有婆羅門名淨堅牢復來從我乞索二耳我聞是已心生歡喜尋自割耳持以施之施已發願願我來世當得具足無上智耳未久之間有尼乾子名想復來從我乞索男根我聞是已心生歡喜尋自割取持以施之施已發願願我來世成阿耨多羅三藐三菩提得馬王藏相未久之間復有人來從我乞索身之血肉我聞

是已心生歡喜即便施之施已發願願我來世具足無上金色之相未久之間有婆羅門名曰蜜味復來從我求索二手我聞是已心生歡喜右手持刀尋斷左手作如是言今此右手不能自割卿自取之作是施已復發願言願我來世具足當得無上信手善男子我截如是諸支節已其身血流復作願言因此施故必定成阿耨多羅三藐三菩提所願成就得已利者其餘身分更得受者爾時非聖不知恩義諸小王等及諸大臣皆作是言咄哉愚人如何自割身體支節令諸自在一旦喪滅其餘肉摶復何所直是時大臣即持我身送著城外曠野塚間各還所止時有無量蚊虻蠅等唼食我血狐狼野干鵰鷲之屬悉來噉肉我於爾時命未斷間心生歡喜復作願言如我捨於一切自在及諸支節乃至一念不生瞋恚及悔恨心若我所願成就得已利者當令此身作大肉山有諸飲血噉肉衆生悉來至此隨意飲噉作是願已尋有衆生悉來食噉本願力故其身轉大高千由旬縱廣正等五百由旬滿千歲中以此血肉給施衆生我於爾時所捨舌根令諸虎狼鵄梟鵰鷲食之飽足以願力故復生如本假當聚集如耆闍崛山作是施已復作是願願我來世具足得成廣長舌相善男子我時命終在閻浮提以本願故生於龍中作大龍王名示現寶藏即於生夜示現百千億那由他種種寶藏自宣令言是地分中多有寶藏其中具足諸珍異物金銀乃至摩尼寶珠是諸衆生聞是唱已各各自恣取諸寶物隨意所用用已

具足行十善道發阿耨多羅三藐三菩提心或發聲聞辟支佛心我於爾時在龍王中七反受身壽命七萬七千億那由他百千歲示現無量無邊阿僧祇寶藏與諸衆生爾時安止無量無邊阿僧祇人於三乘中勸令具足行十善道以種種無量珍寶滿衆生已復發願言願我來世具足當得三十二相如是第二天下亦復七生作大龍王乃至徧滿選擇世界在在處處諸四天下悉作如是無量利益乃至十方無量無邊無佛世界一一世界一一天下亦復七生作大龍王壽命七萬七千億那由他百千歲示現如是無量無邊阿僧祇寶藏亦復如是善男子汝今當知是謂如來爲菩薩時深重精進求三十二相之因緣也善男子如來爲菩薩時所行精進除上八人過去世中更無能及若過去無者當知未來諸菩薩等亦復不能如是勤行深重精進如我所行善男子復過無量無邊阿僧祇劫此界轉名珊瑚池劫名華手是時無佛其世五濁我於是中作釋提桓因名善日光明觀閻浮提見諸衆生轉行惡法我時即化爲夜叉像其形可畏下閻浮提住諸人前諸人見我皆生怖畏而問我言欲何所須願速說之我時答言唯須飲食更無所須其人復問欲食何等我復答言唯欲殺人噉其血肉汝等若能盡其形壽持不殺戒乃至正見發阿耨多羅三藐三菩提心若發聲聞緣覺心者我則不復食噉汝等善男子我於爾時常作化人以供食飲爾時衆生見我如是倍生怖畏悉皆盡形受不殺戒乃至正見或發阿耨

多羅三藐三菩提心或發聲聞辟支佛心我勸如是閻浮提內一切衆生修行十善住三乘已復作誓願若我必成阿耨多羅三藐三菩提所願成就得已利者復當勸此四天下人令行十善道乃至徧滿此之世界在在處處四天下中以如是相貌令諸衆生行十善道勸化發於三乘之心如是徧滿一世界已乃至十方無量無邊阿僧祇等五濁惡世無佛國土亦復如是善男子我於爾時發是願已一切成就於珊瑚池世界化作可畏夜叉之像調伏衆生令住十善及三乘中如是徧於十方無量無邊阿僧祇等五濁惡世無佛國土作夜叉像調伏衆生令行十善住三乘中我於往昔恐怖衆生令行十善住三乘中以是業因緣故令得坐於菩提樹下欲成阿耨多羅三藐三菩提時天魔波旬與諸大衆來至我所欲得壞亂我菩提道善男子略說我爲菩薩之時檀波羅蜜善男子諸大菩薩甚深法忍微妙總持解脫三昧我於爾時悉未得之唯除二身有漏五通我於爾時作此大事令無量無邊阿僧祇人安止住於阿耨多羅三藐三菩提無量無邊阿僧祇人安止住於辟支佛乘無量無邊阿僧祇人安止住於聲聞乘中況復兼得供養諸佛如一佛世界微塵數等一一佛邊所得功德數如大海諸水滴等供養無量聲聞緣覺師長父母五通神仙亦復如是如我昔者爲菩薩時自以血肉供給衆生如是大悲今諸羅漢悉無是心

入定三昧門品第六

爾時佛告寂意菩薩摩訶薩言善男子如我今者以佛眼見十方世界如一佛土微塵等諸佛世尊般涅槃者悉是我昔之所勸化初發阿耨多羅三藐三菩提心行檀波羅蜜乃至般若波羅蜜者未來之世亦復如是善男子我今見此東方世界無量無邊阿僧祇等諸佛世尊今現在世轉正法輪亦是我昔初勸令發阿耨多羅三藐三菩提心行六波羅蜜者南西北方四維上下亦復如是善男子東方去此八十九億諸佛世界彼有世界名曰善華是中有佛號無垢功德光明王如來應正徧知明行足善逝世間解無上士調御丈夫天人師佛世尊今現在爲衆生說法彼佛亦是我昔所勸初發阿耨多羅三藐三菩提心令行檀波羅蜜乃至般若波羅蜜東方復有妙樂世界是中有佛號阿閦如來復有閻浮世界是中有佛號日藏如來復有世界名樂自在是中有佛號樂自在音光明如來復有世界名曰安樂是中有佛號智日如來復有世界名勝功德是中有佛號龍自在如來復有世界名善相是中有佛號金剛稱如來復有世界名江海王是中有佛號光明如來復有世界名不愛樂是中有佛號日藏如來復有世界名離垢光明是中有佛號自在稱如來復有世界名山光明是中有佛號不可思議王如來復有世界名聚集是中有佛號大功德藏如來復有世界名華光明是中有佛號光明音相如來復有世界名安和熾盛是中有佛號安和自在見山王如來復有世界名善地是中有佛號知像如來復有世

界名曰華蓋是中有佛號眼淨無垢如來善男子如是東方無量無邊阿僧祇等現在諸佛爲諸衆生轉正法輪者未發無上菩提心時我初勸其令發阿耨多羅三藐三菩提心又復引導將至十方在在處處佛世尊所隨所至處修行安止檀波羅蜜乃至般若波羅蜜便得受阿耨多羅三藐三菩提記爾時東方善華世界無垢功德光明王佛師子之座及其大地六種震動有大光明雨於種種妙寶蓮華彼諸菩薩見是事已心生驚疑怪未曾有即白佛言世尊何因緣故如來之座如是震動我等昔來未曾見是其佛即告諸菩薩言善男子西方去此八十九億諸佛世界彼有國土名曰娑婆是中有佛號釋迦牟尼如來今現在爲四部衆說本緣法彼佛世尊爲菩薩時初勸化我發阿耨多羅三藐三菩提心復引導我至諸佛所初令我行檀波羅蜜乃至般若波羅蜜我於爾時隨所至處即得初受阿耨多羅三藐三菩提記彼佛世尊釋迦牟尼即是我之眞善知識今在西方處在大衆爲諸四部說本緣經是彼如來神足力故令我所坐師子座動善男子汝等今者誰能至彼娑婆世界問訊彼佛起居輕利時諸菩薩各白佛言世尊此善華世界諸菩薩等皆得神通於諸菩薩功德自在今日清旦見是大光其光悉從諸佛世界來至於此大地即時六種震動雨種種華見是事已有無量百千萬億諸菩薩等欲以神力往娑婆世界見釋迦牟尼佛供養恭敬尊重讚歎并欲諮受解了一切陀羅尼門然各不知娑婆世

界釋迦牟尼所在方面彼佛尋伸金色右臂於五指頭放於種種微妙光明其光即照八十九億諸佛國土至娑婆世界時諸菩薩因光得見娑婆世界有諸菩薩摩訶薩等充滿𡖖塞復有諸天龍神乾闥婆阿脩羅迦樓羅緊那羅摩睺羅伽等滿虛空中見是事已白佛言世尊我今已得見彼世界知其方面并見菩薩諸天人大衆彌滿其土間無空處釋迦如來復觀我等說微妙法彼佛告諸菩薩大士善男子釋迦如來恒以清淨無上佛眼徧觀一切無不見者善男子娑婆世界所有衆生在地處空一切皆言釋迦如來獨觀我心爲我說法善男子彼釋迦如來以一音聲爲諸種種異類說法衆生各各隨類得解不以異音爲多人說彼土衆生或事梵天見如來身爲梵天像而得聞法若事魔天釋天日月毗沙門天毗樓勒叉毗樓博叉提頭賴吒摩醯首羅如是種類八萬四千隨其所事各見其像而得聞法生獨爲想是時會中有二菩薩一名羅睺電二名火光明爾時無垢功德光明王佛告二菩薩善男子汝今可往娑婆世界汝持我聲問訊釋迦牟尼世尊起居輕利氣力安不時二菩薩即白佛言世尊我見彼佛一切世界大衆雲集在地處空充滿𡖖塞其間無有空缺之處若我等往當住何處時佛告言諸善男子莫作是語言彼世界無止住處所以者何彼所住處寬博無邊彼佛所有無量功德不可思議以本願故悲心廣大乃令無量諸衆生類入於佛法受三歸依然後爲說三乘之法復說三戒示三脫門

復援無量無邊衆生於三惡道安止令住三善道中善男子又一時中釋迦如來成無上道未久之間爲欲調伏諸衆生故在毗陀山因臺婆羅窟七日七夜結跏趺坐三昧正受入解脱樂佛身爾時徧滿是窟間無空處乃至四寸過七日已十方世界有十二那由他菩薩摩訶薩至娑婆世界住其山邊欲見釋迦牟尼如來供養恭敬尊重讃歎啓受妙法善男子爾時如來於所住處以大神足令其窟舍寬博無量悉得容受十二那由他菩薩摩訶薩諸菩薩等既得入已見其窟舍廣博嚴事有諸菩薩以師子遊戲自在神足供養於佛一一菩薩於化寶座而坐聽法善男子彼佛神力其事如是諸菩薩得聞法已尋從座起頭面禮佛右繞三帀各各還歸本佛世界其去未久窟還如故彼四天下第二天主釋提桓因名憍尸迦其命將終必定當墮畜生道中以是事故心生恐懼與八萬四千諸忉利天俱共來下詣因婆羅窟欲見如來時有夜叉名曰王眼即其窟神在外而住爾時帝釋以佛力故作是思惟今我當使乾闥婆子般遮旬先至佛所以妙音聲讃詠如來當令世尊從三昧起善男子釋提桓因思惟是已即令乾闥婆子般遮旬彈瑠璃琴以微妙音其音別異有五百種以讃如來善男子是般遮旬當讃佛時爾時如來即復轉入相三昧中以三昧力故於此世界作大神力令諸夜叉羅刹乾闥婆阿脩羅迦樓羅緊那羅摩睺羅伽欲色界天悉來聚集其中若有喜聞妙音隨意得聞心大歡喜或有喜聞讃歎

佛者聞讚歎已心生歡喜於如來所轉生尊重恭敬之心或有衆生喜聞樂音即得聞之聞已歡喜爾時釋迦牟尼如來尋從定起示諸大衆娑羅窟門釋提桓因尋至佛所頭面禮足却住一面白佛言世尊我於今者當坐何處時佛報曰憍尸迦汝之眷屬但入聚集我今當拓此娑羅窟令極寬博悉使容受此十二恒河沙等大衆眷屬皆令得坐爾時釋迦牟尼如來於大衆中以一妙音敷演正法令八萬四千諸根衆生隨所樂聞衆中或有學聲聞者聞聲聞法即有九十九億衆生得須陀洹果若有修學緣覺乘者即便得聞緣覺之法若有修學大乘法者純聞大乘乾闥婆子般遮旬等上首之衆十八那由他得不退轉於阿耨多羅三藐三菩提未發心者或發無上菩提之心或發緣覺或發聲聞爾時釋提桓因恐怖即除增壽千歲得須陀洹果善男子釋迦如來以神力故能作如是廣博無邊說法音聲亦復如是亦無一人能尋彼佛音聲齊限彼佛方便無量無邊所化衆生無有能知如是方便善男子彼佛色身亦無量無邊無有人能得其身量見其頂者善男子如是大衆若欲得入彼佛腹中悉亦容受既入腹已復有欲得其腹邊者無有是處然如來腹亦不增減若衆生類皆共和合欲往來者於一毛中悉無罣礙乃至天眼亦無能得一毛孔邊然其毛孔亦不增不減彼佛世尊其身如是無量無邊善男子彼佛世界亦無量無邊善男子假使十方如一恒河沙等世界所有衆生入彼世界亦得容受何以故

彼佛初發菩提心時所作誓願無量無邊善男子置是一恒河沙等世界衆生乃至十方千恒沙等世界衆生入彼世界亦得容受如其本相不增不減善男子釋迦如來初發無上菩提心時欲得具足一切智故發大誓願是故今者所得世界無量無邊善男子釋迦牟尼以是四法諸佛世尊所不能及善男子汝今持此月光明無垢淨華往於西方如目所見娑婆世界并持我聲問訊彼佛起居輕利氣力安不爾時無垢功德光明王佛取月光無垢淨華與二菩薩而告之曰汝今乘我大神通力往彼世界爾時會中有二萬菩薩白佛言世尊如是如是我等今當乘佛神力往彼世界見釋迦如來供養恭敬尊重讚歎彼佛告曰善男子汝等宜知是時時二菩薩

與二萬大士乘佛神力發善華界一念之頃忽然來到娑婆世界耆闍崛山在如來前長跪叉手前白佛言世尊東方去此八十九億佛之世界彼有世界名曰善華是中有佛號無垢功德光明王佛今現在與諸菩薩摩訶薩等大衆圍繞讚歎世尊無量功德作如是言娑婆世界有釋迦牟尼如來今現在爲諸大衆轉正法輪彼佛世尊爲菩薩時初勸化我發菩提心以是因緣我於爾時尋得發於無上道心我發心已復勸修習六波羅蜜乃至如來以是四法諸佛世尊所不能及是故彼佛以此月光明無垢淨華供養世尊問訊如來起居輕利氣力安不善男子東方妙樂世界阿閦如來所坐之處師子之座亦六種動亦有無量諸大菩薩見是事已白佛言世

尊何因緣故如來所坐師子座處如是震動如上所説一切東方亦復如是爾時東方無量無邊阿僧祇等諸大菩薩皆來到此娑婆世界悉持月光明無垢淨華見佛供養恭敬尊重讚歎善男子如是東方無量諸佛皆遣諸菩薩稱讚於我善男子我今見此南方去此世界過一恒河沙等諸佛國土彼有世界名離諸憂是中有佛號無憂功德如來今現在説法復有世界名閻浮光明是中有佛號法自在師子遊戲如來復有世界名安須彌是中有佛號道自在娑羅王如來復有世界名功德樓王是中有佛號師子吼王如來復有世界名珍寶莊嚴是中有佛號八臂勝雷如來復有世界名眞珠光明徧照是中有佛號珍寶藏功德吼如來復有世界名天月是中有佛號火藏如來復有世界名栴檀根是中有佛號星宿稱如來復有世界名曰稱香是中有佛號功德力娑羅王如來復有世界名曰善釋是中有佛號妙音自在如來復有世界名頭蘭若是中有佛號娑羅勝毗婆王如來復有世界名月自在是中有佛號光明自在如來復有世界名善雷音是中有佛號妙音自在如來復有世界名寶和合是中有佛號寶掌龍王如來復有世界名垂寶樹是中有佛號雷音自在法月光明如來如是南方無量無邊阿僧祇等現在諸佛悉是我昔爲菩薩時初可勸發菩提心者是諸世尊師子座處亦皆震動彼諸佛等亦各讚歎我之功德亦遣無量無邊阿僧祇等諸大菩薩持月光明無垢淨華悉來至此娑婆世界耆闍

崛山見佛禮拜供養恭敬尊重讚歎却坐一面次第聽法善男子我今復見西方去此七萬七千百千由旬佛之世界彼有世界名寂靜是中有佛號曰寶山今現在爲諸四衆說微妙法復有勝光無憂佛音智藏佛稱廣佛徧藏佛梵華佛勢進佛法燈勇佛勝音山佛稱音王佛梵音王佛如是西方無量無邊阿僧祇等諸佛世尊亦是我昔爲菩薩時初可勸發菩提心者是諸世尊師子之座亦皆震動彼諸佛等亦各讚歎我之功德亦遣無量無邊阿僧祇等諸大菩薩持月光明無垢寶華悉來至此娑婆世界耆闍崛山見佛禮拜供養恭敬尊重讚歎却坐一面次第聽法西北方去此百千那由他佛世界彼有世界名無垢是中有佛號離熱惱增毗沙門娑羅王

如來有二菩薩一名寶山二名光明觀復有壞諸魔佛娑羅王佛大力光明佛蓮華增佛栴檀佛彌樓王佛堅沉水佛大智大力佛如是無量諸佛如來乃至北方四維上下皆亦如是爾時釋迦牟尼如來以大神力爲欲容受如是衆故即一一變來會者身極令微細如葶藶子娑婆世界虛空及地彌滿叆塞間無空處乃至一毛時諸衆生各不相見亦復不見大小諸山須彌山王大小鐵圍二圍之中間幽冥之處及上諸天所有宮殿下至不見金剛地際唯除一人佛世尊也爾時釋迦牟尼如來復入徧虛空斷除諸法定意三昧令此無量月光淨華悉入一切身諸毛孔一切大衆皆悉自見爾時衆生都不憶念佛色身相唯見毛孔有妙園觀其園觀中有諸寶

樹其樹復有種種莖葉華果茂盛種種寶衣天旛幢蓋天冠寶飾眞珠瓔珞所有莊嚴譬如西方安樂世界是諸大衆見是事已復作思惟今我當往遊觀彼園爾時唯除三惡衆生及無色天其餘所有一切大衆皆從毛孔入如來身處園而坐爾時如來還捨神足時諸大衆各各還得如本相見各相謂言如來今者爲在何處爾時彌勒菩薩告諸大衆汝等當知我今與汝等悉在如來身分之中爾時大衆即見如來身之內外尋自覺知與無量大衆集聚共處如來身中復相謂言我等爲從何處得入誰將導我令入是中彌勒菩薩復告之曰諦聽諦聽如來今者現大神通變化之力復爲利益我等大衆將欲說法仁等今當一心專念爾時大衆聞是語已長跪合掌受教而聽爾時世尊以一切行門而演說法何等名爲一切行門出生死淤泥入入聖道具足成就得一切智善男子有十專心發於菩提能入是門何等十一者欲令衆生悉得解脫迴向隨喜故二者發大悲心攝衆生故三者欲度未度精勤修治無上法船故四者欲解未解者莊嚴觀脫於虛妄顛倒故五者欲師子吼無所畏怖莊嚴觀於諸法性無我故六者欲隨所到一切世界心無分別善學諸法同十喻故七者欲得光明莊嚴世界修治戒聚令清淨故八者成就莊嚴如來十力具足一切波羅蜜故九者成就莊嚴四無所畏如說而作故十者莊嚴十八不共之法隨所聞法悉得無餘不放逸故是名十法專心發於無上菩提則能入是一切行門即

得不退無上菩提無相行門智道行門一切法無我心無思惟不生不滅是名菩薩不退轉地以是故非退非不退非斷非常非定非亂說是法時如來腹内八十億恒河沙等菩薩摩訶薩得不退轉於阿耨多羅三藐三菩提不可數菩薩摩訶薩得諸三昧甚深法忍悉從如來身毛孔出心大驚怪歎未曾有即於佛前頭面著地爲佛作禮起已忽然各還十方本佛世界復聞釋迦牟尼如來所演音聲過十方無量無邊阿僧祇等諸佛世界無諸障礙是諸菩薩雖還彼界續聞如來所演音教章句義味無所減少如在佛前近聽無異身亦如是徧諸十方無量世界亦有無量無邊阿僧祇菩薩聲聞亦見毛孔出入無礙如是第二乃至一切一一毛孔出入無礙十方世界亦如是爾時大衆從釋迦牟尼如來毛孔中出頭面禮佛右繞三帀住於佛前以種種音義而讚歎佛爾時欲界色界諸天雨種種華塗香末香幢旛瓔珞微妙妓樂供養如來爾時會中有一菩薩名無畏等地長跪叉手前白佛言世尊如是大經當名何等云何奉持佛告無畏等地菩薩是經當名解了一切陀羅尼門亦名無量佛亦名大衆亦名授菩薩記亦名四無所畏出現於世亦名一切諸三昧門亦名示現諸佛世界亦名猶如大海亦名無量亦名大悲蓮華無畏等地菩薩摩訶薩復白佛言世尊若有善男子善女人受持是經讀誦通利爲他人說乃至一偈得幾所福佛告無畏等地菩薩我已先說所得福德今當爲汝更略說之善男子善女人

若有受持是經讀誦通利爲他人説乃至一偈於後五十歲中乃至有能書寫一偈所得功德勝諸菩薩十大劫中行六波羅蜜何以故諸天魔梵沙門婆羅門夜叉羅刹龍乾闥婆阿脩羅迦樓羅緊那羅摩睺羅伽拘辦茶餓鬼毗舍遮人及非人有瞋恚心者聞是經已即得清淨柔輭歡喜亦離諸病忿怒怨賊種種鬬諍消滅一切暴風惡雨病者得愈飢渴者得飽滿受諸快樂和合相順瞋恚之者能令忍辱怖畏者無所怖畏受諸歡樂有煩惱者令離煩惱能令善根一切增長能拔惡道所有衆生能示三乘出要之路能得甚深法忍三昧陀羅尼門能與衆生作大利益能坐道場金剛之座能破四魔能示一切助菩提法能轉法輪無聖財者能令具足能令無量無邊衆生入無畏城以是因緣能持此經讀誦通利爲他人説乃至一偈若後末世五十歲中乃至有能書寫一偈得如是等無量無邊福德之聚是故我今説如是經如是大經當付囑誰誰能於後五十歲中護持是法誰能與諸在在處處不退菩薩宣説令聞誰復能爲行非法欲惡貪邪見不信善惡有果報者演布是教爾時大衆皆知佛心於時有一大仙夜叉名無怨沸宿坐於衆中爾時彌勒菩薩摩訶薩即從座起將是夜叉至於佛所是時如來告是夜叉大仙汝今當受是經乃至末後五十歲中爲不退菩薩乃至不信善惡報者演布是教爾時夜叉即白佛言我於過去八十四大劫中以本願故作仙夜叉修行阿耨多羅三藐三菩提爾時教化無量

無邊阿僧祇人安止於四無量心復令無量無邊衆生不退轉於阿耨多羅三藐三菩提世尊我今當爲未來之世一切衆生作擁護故於後末世五十歲中受持是經乃至從他聞四句偈要當讀誦悉令通利流布與人令不斷絶佛說是經已寂意菩薩諸天大衆乾闥婆等人及非人皆大歡喜頭面作禮退坐而去

悲華經卷第十

音釋

咄當没切咨嗟語也　唼子合切齧也　鵄梟鵄赤脂切梟呼堯切鵄梟怪鳥也

六度集經

吴天竺三藏法師康僧會譯

清刻龍藏佛説法變相圖

六度集經卷第一

吳天竺三藏法師康僧會譯

布施度無極第一上十章凡

佛在王舍國鷂山中時與五百應儀菩薩千人共坐座中有菩薩名阿泥察佛説經道常靜心側聽寂然無念意定在經衆祐知之爲説菩薩六度無極難逮高行疾得爲佛何謂爲六一曰布施二曰持戒三曰忍辱四曰精進五曰禪定六曰明度無極高行布施度無極者厥則云何慈育人物悲愍羣邪喜賢成度護濟衆生跨天踰地潤弘河海布施衆生飢者食之渴者飲之寒衣熱涼疾濟以藥車馬舟輿衆寶名珍妻子國土索即惠之由太子須大拏布施貧乏若親育子父母屏逐愍而不怨

昔者菩薩其心通真觀世無常榮命難保盡財布施天帝釋覩菩薩慈育羣生布施濟衆功勳巍巍德動十方懼奪已位因化爲地獄現于其前曰布施濟衆命終魂靈入于太山地獄燒煮萬毒爲施受害也爾惠爲乎菩薩報曰豈有施德而入太山地獄者乎釋曰爾其不信可問辜者菩薩問曰爾以何緣處地獄乎罪人曰吾昔處世空家濟窮拯拔衆厄今受重辜處太山獄菩薩問釋仁惠獲殃受施者如之乎釋曰受惠者命終昇天菩薩報曰吾之拯濟惟爲衆生假如子云誠吾願矣慈惠受罪吾必爲之危已濟衆菩薩上志也釋曰爾何志願尚斯高行答曰吾欲求佛擢濟衆生令得泥洹不復生死釋聞聖趣因却叩頭曰實無布施慈濟衆生遠福受禍入太山獄者也子德動乾坤懼奪吾位故示地獄以惑子志耳愚欺聖人原其重尤既悔過畢稽首而退菩薩慈惠度無極行布施如是

昔者菩薩爲大國王號薩婆達布施衆生恣其所索愍濟厄難常有悲愴天帝釋覩王慈惠德被十方天神鬼龍僉然而曰天帝尊位初無常人戒具行高慈惠福隆命盡神遷則爲天帝釋懼奪已位欲往試之以照真僞帝命邊王曰今彼人王慈潤雱霈福德巍巍恐子志求奪吾帝位爾化爲鴿疾之王所佯恐怖求哀彼王仁惠必受爾歸吾當尋後從王索爾王終不還必當市肉以當其處吾詭不止王意清真許終不違會自割身肉以當其重也若其秤肉隨而自重肉盡身痛其必悔矣意有悔者所志不成釋即化爲鷹邊王化

爲鴿鴿疾飛趣于王足下恐怖而云大王哀哉吾命窮矣王曰莫恐莫恐吾今活汝鷹尋後至向王說曰吾鴿爾來鴿是吾食願王相還王曰鴿來以命相歸已受其歸吾言守信終始不違爾苟得肉吾自足爾令重百倍鷹曰惟欲得鴿不以餘肉王豈當相惠而奪吾食乎王曰受彼自歸信重天地何心違之乎當以何物令爾置鴿歡喜去矣鷹曰若王慈惠必哀衆生者割王肌肉令與鴿等吾欣而受王曰大善即自割髀肉秤之令與鴿重等鴿踰自重自割如斯身肉都盡未與重等身瘡之痛其爲無量王以慈忍心願鴿活又命近臣曰爾疾殺我秤髓令與鴿重等吾奉諸佛受正真之重戒濟衆生之危厄雖有衆邪之惱猶若微風焉能動太山乎鷹照王懷守

道不移慈惠難齊各復本身帝釋邊王稽首于地曰大王欲何志尚惱苦若茲人王曰吾不志天帝釋及飛行皇帝之位吾覩衆生没于盲冥不覩三尊不聞佛教恣心于凶禍之行投身于無擇之獄覩斯愚惑爲之惻愴誓願求佛拔濟衆生之困厄令得泥洹天帝驚曰愚謂大王欲奪吾位是以相擾耳將何勑誨王曰使吾身瘡瘳復如舊令吾志尚布施濟衆行高踰今天帝即使天醫神藥傅身瘡愈色力踰前身瘡斯須霍然都愈釋却稽首遶王三帀歡喜而去自是之後布施踰前菩薩慈惠度無極行布施如是

昔者菩薩貧窶尤困與諸賫人俱之他國其衆皆有信佛之志布施窮乏濟度衆生等人僉曰衆皆慈惠爾將何施答曰夫身假借之

類靡不棄捐吾覩海魚巨細相吞心爲惻愴吾當以身代其小者令得須臾之命也即自投海大魚飽小者得活魂靈化爲鱣魚之王身長數里海邊有國其國枯旱黎庶饑饉更相吞噉魚爲流淚曰衆生擾擾其苦痛哉吾身有數里之肉可供黎民旬月之乏即自蕩身上于國渚舉國噉之以存生命輩肉數月而魚猶生天神下曰爾爲忍苦其可堪乎何不放壽可離斯痛也魚曰吾自絕命神逝身腐民後饑饉將復相噉吾不忍覩心爲其慼矣天曰菩薩懷慈難齊天爲傷心曰爾必得佛度苦衆生矣有人以斧斫取其首魚時死矣魂靈即感爲王太子生有上聖之明四恩弘慈潤齊二儀愍民困窮言之哽噎然國尚旱靜心齋肅退食絕獻頓首悔過曰民之不善咎在我身願喪吾命惠民雨澤日月哀慟猶至孝之子遭聖父之喪矣精誠達遠即各有佛五百人來之其國界王聞心喜悅若無身奉迎稽首請歸正殿皇后太子靡不肅虔最味法服供足所乏五體投地稽首叩頭涕泣而曰吾心穢行濁不合三尊四恩之教苦酷人民罪當伐已流被下劣枯旱累載黎庶饑饉怨痛傷情願除民災以禍罪我諸咎佛曰爾爲仁君慈惻仁惠德齊帝釋諸佛普知今授汝福慎無慼也便疾敕民皆令種穀王即如命男女就業家無不修稻化爲蓏農臣以聞王曰須熟蓏實覆國皆含稻積中容數斛其米苾芬香聞一國舉國欣懌歎詠王德四境讎國皆稱臣妾黎民雲集國界日長率土持戒歸命三尊王及臣民壽終之後皆生

天上佛言是時王者吾身是也累劫仁惠拯濟衆生功不徒朽今果得佛號天中天爲三界雄菩薩慈惠度無極行布施如是

昔者菩薩時爲逝心恒處山澤專精念道不犯諸惡食果飲水不畜微餘慈念衆生愚癡自褁每覩危戹没命濟之行索果蓏道逢乳虎虎乳之後疲困乏食飢餓心荒欲還食子菩薩覩之愴然心悲哀念衆生處世憂苦其爲無量母子相吞其痛難言哽噎流淚迴身四顧索可以食虎以濟子命覩無所見內自惟曰夫虎肉食之類也深重思惟吾建志學道但爲衆生没在重苦欲以濟之令得吉福身命不安耳吾後老死身會棄捐不如慈惠濟衆成德即自以首投虎口中以頭與者欲令疾死不覺其痛耳虎母子俱全諸佛歎德上聖齊功天龍善神有道志者靡不愴然進行或得溝港頻來不還應真緣一覺有發無上正真道意者以斯猛志跨諸菩薩九劫之前誓於五濁爲天人師度諸逆惡令僞順道菩薩慈惠度無極行布施如是

昔者菩薩爲大國王國名乾夷王號偏悅內明外仁顏和正平民從其化獄無繫囚黎民貧乏恣所求索慈惠和潤恩如帝釋他國逝心服王仁施從衆所欲羣邪嫉正以僞毀真詣宮門曰吾聞明王濟黎民之困乏猶天潤之普覆告衛士曰爾可聞乎近臣以聞王即現矣逝心歎曰明王仁澤被于四國有識之類靡不咨嗟敢執所願欲以上聞王曰大善逝心曰天王尚施求即無違時宜應用人首爲事願乞王首以副望矣王曰吾首何好而

欲得之乎吾有衆寶益以惠子逝心不受又使工匠作七寶首各數百枚以與逝心逝心曰惟欲王首耳王未嘗逆人即自下殿以髮纏樹曰吾以首惠子逝心拔刀疾步而進樹神覩之忿其無道以手搏其頰身即繚戾面爲反向手垂刀隕王得平康臣民稱壽悲喜交集諸天歎德可謂内施乎四王擁護衆毒消歇境界無病五穀豐熟牢獄裂毀君民欣欣佛告諸沙門時乾夷國王者即吾身也逝心者調達是菩薩慈惠度無極行布施如是

昔者菩薩爲大國王理民以慈恕己度彼月日巡行貧乏拔濟鰥寡疾藥糜粥每出巡狩命使後車具載衆寶衣被醫藥死者葬之每覩貧民輒自咎責君貧德民窮矣君富德民家足今民貧則吾貧矣王慈若斯名被十方第二帝釋坐爲其熱釋心即懼曰彼德巍巍必奪吾位吾壞其志行即畢乎便自變化爲老梵志從王乞銀錢一千王即惠之曰吾年西老恐人盜之願以寄王王曰吾國無盜重曰寄王王即受之又化爲梵志詣宮門近臣以聞王即現之梵志歎曰大王功名流布八極德行希有今故遠來欲有所乞王曰甚善曰吾宿薄祐生在凡庶欣慕尊榮欲乞斯國王曰大善即與妻子輕乘而去天帝復化爲梵志從王乞車以車馬惠之與妻子進路依山止宿有五通道士與王爲友悅憶王德即視其宿覩之失國靜心禪息覩天帝釋貪嫉奪國委頓瘦疵道士以神足忽然之王所曰將欲何求勞志若茲曰吾志所存子具知之道士即化爲一轅之車以送王還晨各離矣

天化爲梵志復乞其車即復以惠之轉進未至彼國數十里天復化爲前梵志來索銀錢王曰吾以國惠人脫忘子錢梵志三曰必還吾錢王即以妻子各質一家得銀錢一千以還梵志妻侍質家女女浴脫身珠璣衆寶以懸著架天化爲鷹攫衣寶去女云婦盜録之繫獄其兒與質家兒俱卧天夜往殺質家兒矣死家取兒付獄母子拘獄飢餓毀形呼嗟無救街泣終日罪成棄市王賃得銀錢一千行贖妻子歷市覩之即存念十方諸佛自悔過曰吾宿命惡乃致兹乎靜心入禪神通之明覩天所爲空中有聲曰何不急殺之乎王曰吾聞帝釋普濟衆生赤心惻愴育過慈母含血之類莫不蒙祐爾爲無惡緣獲帝位乎釋懷重毒惡熟罪成生入太山天人龍鬼莫不稱善地主之王即釋妻子之罪二王相見尋問其源具陳所由國無巨細靡不墮淚地主之王分國而治故國臣民尋王所在率土奉迎二國君民一哀一喜時王者吾身是妻者俱夷是子者羅雲是天帝調達是山中梵志舍利弗是彼國王者彌勒是菩薩慈惠度無極行布施如是

昔者菩薩爲大國王理民以正心無偏頗然不遊觀國相啓曰願一出遊王曰大善明日即出民情悅豫普得其所覩國富姓居舍妙雅瓦以銀瓦被服光道曰吾國豐哉心甚欣豫還宫憶之曰斯諸理家何益於國乎勑録其財爲軍儲矣有一理家其私財有三千萬以疏現王王怒曰何敢面欺乎對曰少來治生凡有私財宅中之寶五家之分非吾有也

曰何謂私財對曰心念佛業口宣佛教身行佛事捐五家分與佛宗廟敬事賢衆供其衣食慈養蜎飛蠕動蚑行之類心所不安不以加之斯之福德隨我所之猶影隨形所謂私財也五家分者一水二火三賊四官五爲命盡身逺家寶捐之於世已當獨逝殃禍之門未知所之覩世如幻故不敢有之也計五家分可有十億斯爲禍之巢藪常恐危已也豈敢有之願士衆輩之以除吾憂王曰誠哉斯言即遣之去退入齋房靜心精思即醒悟曰身尚不保豈況國土妻子衆諸可得久長乎即撰録佛經誦文釋義心垢嬰除進貞臣納忠諫大赦其國還民寶厚羣僚議寛正謂羣臣曰夫不覩佛經妙義重戒者其爲聾盲矣彼理家富惟我貧矣即勑國界散出財寶賑給貧困恣民所欲立佛廟寺懸繒燈香飯諸沙門身自六齋如斯三年四境寧靜盜賊都息五穀熟成民無飢寒王後壽終即上生第二天佛告諸沙門時王者吾身是理家者鶖鷺子是勸王觀國者阿難是菩薩慈惠度無極行布施如是

昔者菩薩爲大理家名曰仙歎財富無數覩佛明典覺世無常榮命難保財非已有惟有布施功德不朽令告黎民若有貧乏恣願取之如斯數月時政寛民富足無取財者仙歎念曰惟當市藥供護衆疾耳即市良藥濟衆生命慈育普至恩無不周累年之惠德香逺熏四方病者馳來首尾歎其弘潤以德配天財賄都盡身行採寶去家百餘里於一水上逢數乘車載重病者曰爾所之乎答曰之仙

歎所庶全餘命仙歎即還從王貸金五百兩市藥以療彼病病者悉瘳自與賨人入海採寶所獲弘多還國置舟步行道乏無水仙歎得一井水呼人汲之却自取飲賨人覩其所得白珠光耀絶衆貪爲元惡毀聖殘仁共排仙歎投之于井菩薩仁德感神動祇天神接承令不毀傷賨人還國王曰仙歎何之對曰去國即别不知所之曰爾乃殺之乎曰不也七日而行得其本國王曰何緣空還乎對曰仙歎于井覩空傍穴尋之而進出彼家井唯不遇王靜思曰其必有以召賨人問爾誠首之即活欺者死矣即皆首之執獄定罪仙歎涕泣馳詣宫門叩頭請罪王曰違政也又重請曰愚者倒見未足明責原其無知也王嘉仙歎之仁覆原賨人之凶罪勑令還物賨人僉曰仙歎不奉佛者豈有斯仁乎各擇名寶以還之矣仙歎各受其半賨人叩頭曰蒙祐命全願盡納焉於斯受之以還王金又大布施王逮臣民相率受戒子孝臣忠天神營衛國豐民康四境服德靡不稱善佛言時仙歎者是我身也菩薩慈惠度無極行布施如是

昔者菩薩從四姓生墮地即曰衆生萬禍吾當濟焉不覩佛儀不聞明法吾開其目除其盲聾令之覩聞無上正真衆聖之王明範之源也布施誘進靡不服從矣九親驚曰古世之來未聞幼孩而爲斯云將是天龍鬼神之靈乎當卜之焉即答親曰吾爲上聖之所化懷普明之自然非彼衆妖愼無疑矣言畢即默親曰兒有乾坤弘潤之志將非凡夫乎名兒曰普施年有十歲佛諸典籍流俗衆術靡

不貫綜辭親濟衆布施貧乏親曰吾有最富之上名也爾可恣意布施衆貧矣對曰不足乞作沙門賜吾法服應器錫杖以斯濟衆即吾生願矣親憶兒始生之誓無辭抑焉即從其願聽爲沙門周遊教化經一大國國有豪姓亦明衆書覩普施儀容堂堂光華暐曄厥性惔怕淨若天金有上聖之表將爲世雄也謂普施曰有欲相告願足聖人吾有陋女願給箕箒之使答曰大善須吾還也即進路之海邊附載度海上岸入山到無人處遙覩銀城宮殿明好時有毒蛇繞城七帀體大百圍見普施來仰然舉首普施念曰斯含毒類必有害心吾當興無蓋之慈以消彼毒也夫凶即火也慈即水也以水滅火何嘗不滅即坐興慈定願令衆生早離八難心去惡念逢佛見法與沙門會得聞無上正真明道心開垢滅如吾所見也興斯慈定蛇毒即滅垂首而眠普施登其首入城城中有天神覩普施來欣豫而曰久服聖德今來翔茲誠吾本心也願留一時九十日普施然許天王即以政事委付近臣身自供饌朝夕肅懷禀受諸佛非常苦空非身之高行濟衆之明法時日養畢普施進路天王以明月真珠一枚送之以珠自隨明四十里志願發云衆寶滿足若後得佛願爲弟子親侍聖側普施曰可即復前行覩黄金城嚴飾踰銀又有毒蛇圍城十四帀巨體倍前舉首數丈普施復思弘慈之定蛇毒即消垂首而眠登之入城中有天人覩普施歡喜曰久服靈耀翔茲甚善願留二時百八十日吾願盡養惟留威神即然許之留爲

說法無上明行訖即辭退天人復以神珠一枚送之明耀八十里志之所願衆寶滿其里數若子得道願爲弟子神足無上受其神珠即復進路覩瑠璃城光耀踰前又有毒蛇巨軀甚大遶城二十一帀仰首瞋目當彼城門復坐深思普慈之定誓濟衆生毒歇垂首登之而入城中天人喜辭猶前請留三時願供所志期竟辭退又送神珠一枚明耀百六十里珠之所在衆寶尋從滿其明內在志所欲無求不獲子若得無上正真覺道者吾願爲弟子有最明之智曰必獲爾願普施得珠曰斯足以濟衆生之困乏反其舊居海諸龍神僉會議曰吾等巨海惟斯三珠爲吾榮華道士悉得吾等何榮寧都亡諸寶不失斯珠海神化爲凡人當普施前立曰吾聞仁者獲世上寶可得覩乎即以示之神搏其首即取其珠普施惟曰吾歷險阻經跨巨海乃獲斯寶欲以拯濟衆生困乏反爲斯神所見奪乎曰爾還吾珠不者吾竭爾海海神答曰爾言何虛斯之巨海深廣難測孰能盡之天日可隕巨風可却海之難竭猶空難毀也普施曰昔吾定光佛前願得道力反覆衆海指擢須彌震搖天地又移諸剎佛從吾志與吾願吾今得之今爾鬼物絲髮之邪力焉能遏吾正真之勢乎即說經曰吾自無數劫來飲母乳湩啼哭之淚身死血流海所不受恩愛難絕生死難止吾尚欲絕恩愛之本止生死之神今世抒之不盡世世抒之即止住併兩足瓢抒海水投鐵圍外有天名遍淨遥聞之深自惟曰昔吾於定光佛前聞斯人獲其志願必爲

世尊度吾我衆生天即時下助其抒水十分去八海神悔怖曰斯何人哉而有無極之靈乎斯水盡矣吾居壞也即出衆寶空其諸藏以與普施普施不受曰惟欲得吾珠耳諸神即還其珠普施返其水旋其本土尋路布施所過之國國無貧民處處諸王無不改操以五戒十善爲國之政開獄大赦潤逮衆生遂至得佛佛告諸沙門普施者是我身時父者即白淨王是母者即吾母舍妙是時道士女者今俱夷是時銀城中天者現今阿難是金城中天者目揵連是瑠璃城中天者舍利弗是菩薩累劫勤行四恩誓願求佛拯濟衆生

菩薩慈惠度無極行布施如是

昔者菩薩爲人國王名曰長壽太子名曰長生其王仁惻恒懷悲心愍傷衆生誓願濟度精進不倦刀杖不行臣民無怨風雨時節寶穀豐沃鄰國小王執操暴虐貪殘爲法國荒民貧謂羣臣曰吾聞長壽其國豐富去斯不遠懷仁不殺無兵革之備吾欲奪之其可獲乎羣臣曰可則興戰士到大國界藩屏之臣馳表具狀惟願備豫長壽則會羣臣議曰彼王來者惟貪吾國民衆實多若與之戰必傷民命利已殘民貪而不仁吾不爲也羣臣僉曰臣等舊習軍謀兵法請自滅之無勞聖思王曰勝即彼死弱則吾喪彼兵我衆皆天生育重身惜命誰不然哉全已害民賢者不爲也羣臣出曰斯天仁之君不可失矣自相檢率以兵拒賊長壽覺之謂太子曰彼貪吾國懷毒而來羣臣以吾一人之身欲殘民命今欲委國庶全天民其義可乎太子曰諾父子

踰城即改名族隱處山草於是貪王遂入其國羣臣黎庶失其舊君猶孝子喪其親哀慟躃踊無門不然貪王募之黃金千斤錢千萬長壽出於道側樹下坐精思悲愍衆生生死勤苦不覩非常苦空非身爲欲所惑其苦無數遠國梵志聞王好施濟衆生命遠來歸窮於樹下息俱相問訊各陳本末梵志驚曰天王何緣若茲乎流淚自陳吾餘年無幾故來乞匃庶全餘命大王亡國吾命窮矣即爲哀慟王曰子來歸窮而正值吾失國無以濟子不亦痛乎抆淚而曰吾聞新王募吾甚重子取吾首可獲重賞答曰不然遙服天王仁濟衆生潤等天地故委本土庶蒙自活令勑斬首不敢承命矣王曰身爲朽器豈足寶哉夫生有死孰有常存若子不取會爲灰土矣梵志曰天王率天仁之惠必欲殞命以濟下劣者惟願散手相尋耳王即尋從之故城門令縛以聞國人覩王哀號慟國梵志獲賞貪王令於四衢生燒殺之羣臣啓曰臣等舊君當就終没乞爲微饌以贈死靈貪王曰可百官黎民哀慟塞路躃踊宛轉靡不呼天太子長生亦佯賣樵當父前立父覩之仰天曰違父遺誨含凶懷毒愠於重怨遭禍萬載非孝子矣諸佛四等弘恩之潤德韜天地吾尋斯道殺身濟衆猶懼不獲孝道微行而況爲虐報仇者乎不替吾言可謂孝矣子不忍視父死還入深山王命終矣太子哀號血流于口曰吾君雖有臨終盡仁之誡吾必違之當誅毒鴆遂出傭賃爲臣種菜臣偶行園覩菜曰好問其意狀園監對曰市賃一人妙于園種臣

現問曰悉所能乎曰百工之巧吾爲其首臣請其王令爲上饌有踰太官王曰斯食誰爲之乎臣以狀對王即取之令爲廚監每事可焉擢爲近臣告之曰長壽王子吾之重讎今以汝爲藩屏耶曰唯然王曰好獵乎對曰臣好之王即出獵馳馬逐獸與衆相失惟與長生俱處山三日遂至飢困解劍授長生枕其膝眠長生曰今得汝不乎拔劍欲斬之忽憶父命曰違父之教爲不孝矣復劍而止王寤曰屬夢長生欲斬吾首將何以也對曰山有强鬼喜爲灼熱臣自侍衛將何懼矣王復還卧如斯者三也遂投劍曰吾爲仁父原赦爾命王寤曰夢見長生原吾命矣太子曰長生者吾身是也念父追讎之于今矣吾父臨歿口遺仁誡令吾導諸佛忍辱惡來善往之道而吾含極愚之性欲以兩毒相害三思父誡三釋劍矣願大王疾相誅除重患也身死神還惡意不生王悔過曰吾爲暴虐不別臧否子之先君高行純備亡國不毀行可謂上聖乎子存親全行可謂孝乎吾爲豺狼殘生苟飽今命在子赦而不戮後豈違之乎今欲返國由何道也對曰斯惑路者吾之爲也將王出林與羣僚會王曰諸君識長生乎僉曰不識王曰斯即長生矣今還其國吾返本居自今爲伯仲禍福同之立太子之日率土悲喜交幷莫不稱壽貪王還其國更相貢獻遂致隆平佛告諸沙門時長壽王者吾身是太子者阿難是貪王者調達是調達世世毒意向我我輒濟之阿難與調達本自無怨故不相害也吾世世忍不可忍者制意立行故今得

佛爲三界尊菩薩慈惠度無極行布施如是

六度集經卷第一

音釋

髀步米切股也　瘳音抽愈也　窶其矩切貧無禮也　鱣堂演切魚名

蓏郎果切草實曰蓏　穬古猛切穀芒也　懌羊益切悅也　鰥古頑切無妻曰鰥

蚑去智切蟲行也　賑之刃切賙也　韡曄暐于鬼切曄筠輒切

湩多貢切乳汁也　抒丈呂切挹也　抆武粉切拭也　鞄土刀切包藏也

六度集經卷第二

吳天竺三藏法師康僧會譯

布施度無極中 凡四章

波耶王經昔者波羅柰國王名波耶治國以仁干戈廢杖楚滅囹圄毀路無呼嗟羣生得所國豐民熾諸天歎仁王城廣長四百里圍千六百里王日飯此中人皆從其願鄰國聞其國豐熟災害消滅與臣謀曰彼國豐熟兆民富樂吾欲得之往必尅矣臣佞僉曰善從王願興師之仁國仁國羣臣以聞欲拒之矣仁王慘然而曰以吾一人之身戮兆民身愛吾一人命杌兆民之命一口再食一身數衣與時何諍而去春天之德取犲狼之殘乎吾寧去一世之命不去大志恕己安羣生蓋天之仁也權謂臣曰各退明日更詳夜則踰城遁邁入山坐一樹下有梵志來其年六十問王曰彼仁國王萬福無恙乎答曰彼王已喪命矣梵志聞之頓地哀慟王問之曰汝哀何其重乎答曰吾聞彼王仁逮羣生潤如帝釋故馳歸命而彼凋喪吾老窮矣王曰彼仁王者我則是也有鄰王聞吾國豐熟民熾實多命其武士曰得吾首者賞男女之使各千人馬千疋牛千頭金銀各千斤今子取吾首金冠逮劒爲明證之詣彼王所彼賞重多可爲傳世之資吾心欣然也答曰不仁逆道寧死不爲也王曰斯翁恃吾以活而令窮哉吾令以首惠汝令汝無罪也起稽首十方流涕誓曰羣生危者吾當安之背真向邪者吾當令歸命三尊今以首拔子之窮令子無罪矣引劒自毀以濟彼難梵志以首冠劒詣彼王所

王問舊臣仁王力當千人而爲此子所獲乎舊臣頓躃哀慟痛莫能對更問梵志梵志本末陳之兆民路踊巷哭或吐血者或息絶而屍視者彼王逮臣武士巨細靡不嗚咿王仰天長歎曰吾無道哉殘天仁子矣取仁王屍及首連之以金薄其身坐著殿上三十二年爲天子後乃立其子爲主鄰國靡不子愛之也仁王壽終即生天上佛告諸比丘仁王者我身是也鄰國王者目揵連是其國羣臣者今諸比丘是菩薩慈惠度無極行布施如是

波羅桼國王經昔者波羅桼國王太子名迦蘭兄弟二人父王喪身以國相讓無適立者兄將妻遁邁入山學道止臨江水時他國有犯罪者國政刖其手足截其鼻耳敗船流之罪人呼天相屬道士聞之愴然悲楚曰彼何人哉厥困尤甚夫弘慈恕己危命濟羣生之厄者斯大士之業矣投身于水蕩波截流引舟著岸負之還居勤心養護瘡愈命全積年有四慈育無倦妻婬無避與罪人通謀殺其壻曰子殺之吾與子居罪人曰彼賢者矣桼何殺之乎妻躃如前罪人曰吾無手足不能殺也妻曰子坐吾自有計矣詐爲首疾告其壻曰斯必山神所爲也吾欲解之明日從君以求祈福壻曰大善明日遂行上高山四十里四面壁立覩者皆懼妻曰術法子當向日立吾自祭之壻即向日妻陽遶之數周推落山下山半有樹樹葉緻厚而柔輭也道士攀枝得其樹果甘美食之以自全樹側有鼉亦日食果覩樹有人懼不敢往其飢五日冒昧趣果兩俱無害遂相摩近道士超踊騎鼉鼉

驚跳下地天神祐之兩俱無損因還故國弟以國讓兄兄以恕已弘慈拯濟羣生王治其國日出布施四百里內人車馬衆寶飯食自由東西南北惠育如之王功名周著十方歎德妻以壻爲死國人無識已者負刖壻入國自陳結髮室家遭世衰亂身更凋殘服天王慈惠故來乞匃國人嘉其如斯教之曰天王普慈育逮羣生明日當出東門布施汝其逆之貴汝善行賜汝必多明日從王乞匃王黙識之具爲羣僚説妻本末一臣曰當燒之一臣曰斬之執法大臣曰夫罪莫大于去正入邪爲悖逆之行者矣當釘兇人著蠱女之背長使負焉羣臣僉曰善哉從其所好執治之明矣王以十善化民民靡不欣戴王逮臣民終生天上罪人夫妻死入地獄佛告諸比丘時王者我身是罪人者調達是妻者懷桙女子是菩薩慈惠度無極行布施如是

薩和檀王經昔有國王號薩和檀解曰一切施也有所求索不逆人意布施如是其王名字流聞八方莫不聞知時文殊師利欲往試之化作年少婆羅門從異國來詣王宮門語守門者我從遠來欲見大王時守門者即白如是王甚歡喜即出奉迎如子見父前爲作禮便請令坐問訊道人所從來耶冒涉塗路得無疲倦逝心言我在他國聞王功德故來相見今欲乞匃王言大善所欲得者莫自疑難今我名爲一切之施欲求何等婆羅門言我不用餘欲得王身與我作奴及王夫人爲我作婢若能爾者便隨我去王甚歡悦報言大善今我身者定自可得願屬道人供給使

令其夫人者大國王女當往問之時王即入語夫人言今有道人年少端正從遠方來欲乞我身持用作奴今復幷欲索卿作婢當如之何其夫人言王報云何王言我已許之作奴未許卿耳時夫人言王爲相棄獨自得便不復念度我是時夫人即隨王出白道人言願得以身給道人使時婆羅門復語王言審實爾不吾今欲去王白道人我生布施未曾有悔從道人耳逝心言汝當隨我皆悉蹝跣不得著屐當如奴法莫得而掩王與夫人皆言唯諾從大家敎不敢違命時婆羅門便將奴婢涉道而去文殊師利即以化人代其王處及夫人身領理國事令其如故王夫人者本國大王女端正無雙手足柔輭生長深宮不更寒苦又復重身懷妊數月步隨大家舉身皆痛足底傷破不能復前疲極在後時婆羅門還顧罵言汝今作婢當如婢法不可以汝本時之態夫人長跪白言不敢但小疲極住止息耳喊言疾來促隨我後前到國市別賣奴婢各與一主相去數里時有長者買得此奴使守斯舍諸有理者令收其稅不得妄動是時婢者所屬大家夫人甚妬晨夜令作初不懈息其後數日時婢娩身所生男兒夫人恚言汝爲婢使那得此兒捉取殺之隨大家敎即殺其兒持行埋之往到奴所得共相見言生一男兒今日已死不持錢來今寧能得唐埋之不時奴報言大家甚急備聞此者罪我不小卿促持去更索餘處不須住此王與夫人雖得相見不説勤苦各無怨心如是言語須臾之頃恍惚如夢王及夫人自然還

在本國宫中正殿上坐如前不異及諸羣臣後宫婇女皆悉如故所生太子亦自然活王及夫人心内自疑何緣致此文殊師利在虚空中坐寶蓮華現身色相讚言善哉今汝布施至誠如是王與夫人踊躍歡喜即前作禮文殊師利爲説經法三千刹土爲大震動覆一國人皆發無上正真道意王與夫人應時即得不起法忍佛告阿難是時王者我身是時夫人者今俱夷是時太子者今羅雲是佛告阿難我宿命時布施如是用一切人故不惜身命至無數劫無有恨悔無所榮冀自致正覺菩薩慈惠度無極行布施如是

須大拏經昔者葉波羅王號曰濕隨其名薩闍治國以正黎庶無怨王有太子名須大拏容儀光世慈孝難齊四等普護言不傷人王有一子寶之無量太子事親同之於天有知之來常願布施拯濟羣生令吾後世受福無窮愚者不覩非常之變謂之可保有智之士照有五家乃尚布施之士十方諸佛緣一覺無所著尊靡不歎施爲世上寶太子遂隆普施惠逮羣生欲得衣食者應聲惠之金銀衆珍車馬田宅無求不與光馨遠被四海咨嗟父王有一白象威猛武勢躃六十象怨國來戰象輒得勝諸王議曰太子賢聖無求不惠遣梵志八人之太子所令乞白象若能得之吾重謝子受命即行著鹿皮衣履屐執瓶拄杖遠涉歷諸郡縣千有餘里到葉波國俱拄杖翹一脚向宫門立謂衛士曰吾聞太子布施貧乏潤逮羣生故自遠涉乞吾所乏衛士即入如事表聞太子聞之欣然馳迎猶子覩

親稽首接足慰勞之曰所由來乎苦體如何欲所求索以一脚住乎對曰太子德光周聞八方上達蒼天下至黃泉巍巍如太山靡不歎仰卿爲天人之子吐言必信審常布施不違衆願者今欲乞匄行蓮華上白象象名羅闍和檀太子曰大善惟上諸君金銀雜寶恣心所求無以自難即勑侍者疾鞁彼象金銀鞍勒牽之來矣左持象勒右持金甕澡梵志手慈歡授象梵志大喜即呪願竟俱昇騎象含笑而去相國百揆靡不悵然僉曰斯象猛力之雄國恃以寧敵仇交戰輙爲震犇而今惠雔國將何恃俱現陳曰夫白象者勢力能辟六十象斯國却敵之寶而太子以惠重怨中藏日虛太子自恣布施不休數年之間臣等懼舉國妻子必爲施惠之物矣王聞其言慘然久而曰太子好喜佛道以周窮濟乏慈育羣生爲行之元首從得禁止假使拘罰斯爲無道矣百揆僉曰切瑳之教儀無失矣拘罰爲虐臣敢聞之逐令出國置于田野十年之間令慙自悔臣等之願也王即遣使者就詰之曰象是國寶惠怨胡爲不忍加罰疾出國去使者奉命詰之如斯太子對曰不敢違天命願乞布施濟乏七日出國無恨使者以聞王曰疾去不聽汝也使者返曰王命不從太子重曰不敢違天命吾有私財不敢侵國使者又聞王即聽之太子欣然勑侍者國中黎庶有窮乏者勸之疾來從其所欲恣之無違國土官爵田宅財寶幻夢之類靡不磨滅兆民巨細奔詣宮門太子以飲食衣被七寶諸珍恣民所欲布施訖竟貧者皆富妻名漫

坻諸王之女顏華煒晃一國無雙自首至足皆以七寶瓔珞謂其妻曰起聽吾言大王徙吾著檀特山十年爲限汝知之乎妻驚而起視太子淚出且云將有何罪乃見屏逐捐國尊榮處深山乎答其妻曰以吾布施虛耗國内名象戰寶以施怨家王逮羣臣恚逐我耳妻即稱願使國豐熟王臣兆民富壽無極惟當建志於彼山澤成道弘誓矣太子曰惟彼山澤恐怖之處虎狼害獸難爲止矣又有毒蟲魍魎弊鬼雷電霹靂風雨雲霧其甚可畏寒暑過度樹木難依蒺䔧礫石非卿所堪爾王者之子生于榮樂長於中宮衣即細輭飲食甘美卧則帷帳衆樂聒耳願即恣心今處山澤卧即草蓐食即果蓏非人所忍何以堪之乎妻曰細靡衆寶帷帳甘美何益於已而

與太子生離居乎大王出時以旛爲幟火以烟爲幟婦人以夫爲幟吾恃太子猶孩恃親太子在國布施四遠吾輙同願今當歷險而留守榮豈仁道哉儻有來乞不覩所天心之感結必死無疑太子曰遠國之人來乞妻子吾無逆心爾爲情戀儻違惠道都絶洪潤壞吾重任也妻曰太子布施覩世希有當本弘誓愼無倦矣百千萬世無人如卿建佛重任吾不敢違也太子曰善即將妻子詣母辭別稽首于地愍然辭曰願捐重恩保寧王體國事鞅掌數以慈諫無以自由枉彼天民當忍不可忍含忍爲寶母聞訣辭顧謂侍曰吾身如石心猶剛鐵今有一子而見屏逐吾何心哉未有子時結願求嗣懷妊之日如樹含華曰須其成天不奪願今吾有子今育成就而

當生離乎夫人嬪妾嫉者快喜不復相敬太子妻兒稽首拜退宮內巨細靡不哽噎出與百揆吏民哀訣俱出城去靡不竊云太子國之聖靈衆寶之尊二親何心而逐之乎太子坐城外謝諸送者遣之還居兆民拜伏僉然舉哀或有躃踊呼天音響震國與妻進道自知去本國遠坐一樹下有梵志自遠來乞解身寶服妻子珠璣盡以惠之令妻子昇車執轡而去始欲就道又逢梵志來從匃馬以馬惠之自於轅中挽車進道又逢梵志來匃其車即下妻子以車惠之太子車馬衣裘身寶雜物都盡無餘令妻嬰女已自抱男處國之時施彼名象衆寶車馬至見毀逐未曾恚悔和心相隨歡喜入山三七二十一日乃到檀特山中太子覩山樹木茂盛流泉美水甘果備焉凫鴈鴛鴦遊戲其間百鳥嚶嚶相和悲鳴太子覩之謂其妻曰爾觀斯山樹木參天𡻕有折傷羣鳥悲鳴每處有泉衆果甚多以爲飲食惟道是務無巳違誓山中道士皆守節好學有一道士名阿珠陀久處山閒有玄妙之德即與妻子詣之稽首却叉手立向道士曰吾將妻子來斯學道願垂洪慈誨成吾志也道士誨之太子則焉柴草爲屋結髮蒸服食果飲泉男名耶利衣小草服從父出入女名罽拏延著鹿皮衣從母出入處山一宿天爲增泉其味重甘生藥樹木名果茂盛後有鳩留縣老貧梵志其妻年豐顏華端正提瓶行汲道逢年少遮要調曰爾房貧乎無以自全貪彼老財庶以歸居彼翁學道內否不道教化之紀希成一人頑愚儱悷爾將所貪

乎顔狀醜黑鼻正匾匶身體繚戾面皺脣頦言語謇吃兩目又青狀類如鬼舉身無好孰不惡憎爾爲室家將無媿耻乎婦聞調聲流淚而云吾覩彼翁鬚鬢正白猶霜著樹朝夕悕心欲其早喪未即從願無如之何歸向其壻如事具云曰子有奴使妾不行汲若其如今吾子去矣壻曰吾貧緣獲給使乎妻曰吾聞布施上士名須大拏洪慈濟衆虛耗其國王逮羣臣徙著山中其有兩兒乞則惠卿妻數有言婦愛難違即用其言到葉波國詣宮門曰太子安之乎衛士上聞王聞斯言心結内塞涕泣交流有頃而曰太子見逐惟爲斯輩而今復來乎請現勞倈問其所以對曰太子潤馨遐邇詠歌故遠歸命庶自穌息王曰太子衆寶布施都盡今處深山衣食不充何以惠子對曰德徽巍巍遠自謁慕貴覩光顔没齒無恨也王使人示其徑路道逢獵士曰子經歷諸山寧覩太子不獵士素知太子屏逐所由勃然罵曰吾斬爾首問太子爲乎梵志恧然而懼曰吾必爲子所殺矣當權而詭之耳曰王逮羣臣令呼太子還國爲王答曰大善喜示其處遙見小屋太子亦覩其來兩兒覩之中心怛懼兄弟俱曰吾父尚施而斯子來財盡無副必以吾兄弟惠之攜手俱跳母故掘除其埳容人二兒入中以柴覆上自相誡曰父呼無應也太子仰問請其前坐果蓏置前食果飯畢慰勞之曰歷遠疲倦矣對曰吾自彼來舉身疼痛又大飢渴太子光馨八方歎懿巍巍遠照有如太山天神地祇孰不甚喜今故歸窮庶延徽命太子惻然曰財

盡無惜矣梵志曰可以二兒給養吾老矣答曰子遠來求兒吾無違心太子呼焉兒弟懼矣又相謂曰吾父呼求必以惠鬼也違命無應太子隱其在埳發柴覩之兒出抱父戰慄涕泣呼號且言彼是鬼也非梵志矣吾數覩梵志顏類未有若茲無以吾等爲鬼作食吾母採果來歸何遲今日定死爲鬼所噉母歸索吾當如牛母索其犢子狂走哀慟父必悔矣太子曰自生布施未嘗微悔吾以許焉爾無違矣梵志曰子以普慈相惠兒母歸者即敗子洪潤違吾本願不如早去也太子曰卿願求兒故自遠來終不敢違之便可速邁太子右手沃澡左手持兒授彼梵志梵志曰吾老氣微兒捨遁邁之其母所吾緣獲之乎太子弘惠縛以相付太子持兒令梵志縛自牽繩端兩兒躃身宛轉父前哀號呼母曰天神地祇山樹諸神一哀告吾母意云兩兒以惠人急捨彼果可一相見哀感二儀山神愴然爲作大響有若雷震母時採果心爲忪忪仰看蒼天不覩雲雨右目瞤左蹠痒兩乳湩流出相屬母惟之曰斯怪甚大吾以果爲急歸視兒將有他乎委果旋歸惶惶如狂天帝釋念曰菩薩志隆欲成其弘誓之重仁妻到壞其高志也化爲師子當道而蹲婦曰卿是獸中之王吾亦人中王子俱處斯山吾有兩兒皆尚微細朝來未食須望我耳師子避之婦得進路迴復於前化作白狼婦辭如前狼又避焉又化爲虎適梵志遠乃遂退矣婦還覩太子獨坐慘然怖曰吾兒如之而今獨坐兒常望覩吾以果歸奔走趣吾躃地復起跳踉

喜笑曰母歸矣飢兒飽矣今不覩之將以惠人乎吾坐兒立各在左右覩身有塵競爲拂拭今兒不來又不覩處卿以惠誰可早相語禱祀乾坤情實難云乃致良嗣今兒戲具泥象泥牛泥馬泥豬雜巧諸物縱橫于地覩之心感吾且發狂將爲虎狼鬼魅盜賊所吞乎疾釋斯結吾必死矣太子久而乃言有一梵志來索兩兒云年盡命微欲以自濟吾以惠之婦聞斯言感踊躃地宛轉哀慟流淚且云審如所夢一夜之中夢覩老窖貧寠梵志割吾兩乳執之疾馳正爲今也哀慟呼天動一山間云吾子如之當如行求乎太子覩妻哀慟尤甚謂之曰吾本單爾隆孝奉遵吾志大道尚濟衆生無求不惠盟誓甚明而今哀慟以亂我心妻曰太子求道厥勞何甚夫士處家尊在于妻子之間靡不自由豈況人尊乎願曰所索必獲如一切智帝釋諸天僉然議曰太子道弘普施無盡試之以妻觀心如何釋化爲梵志來之其前曰吾聞子懷乾坤之仁普濟羣生布施無逆故來歸情子妻賢貞德馨遠聞故來乞匃儻肯相惠乎答曰大善以右手持水澡梵志手左手提妻適欲授之諸天稱壽莫不歎善天地卒然大動人鬼靡不驚焉梵志曰止吾不取也答曰斯妻豈有惡耶婦人之惡斯都無有婦人之禮斯爲備首矣然其父王惟有斯女盡禮事壻不避塗炭衣食趣可不求細甘勤力精健顏華踰輩卿取吾喜除患最善梵志曰婦之賢快誠如子言敬諾受之吾以寄子無以惠人又曰吾是天帝非世庸人也故來試子子尚佛慧影

範難雙矣今欲何願恣求必從太子曰願獲大富常好布施無貪踰今令吾父王及國臣民思得相見天帝曰善應時不現梵志喜獲其志行不覺疲連牽兩兒欲得望使兒王者之孫榮樂自由去其二親爲繩所縛結處皆傷哀號呼母鞭而走之梵志晝寢二兒迸逃自沈池中荷葑覆上水蟲編身宿行尋求又得兒矣捶杖縱橫血流冄地天神愍念解縛瘡傷爲生甘果令地柔輭兄弟摘果更相授啖曰斯果之甘猶苑中果斯地柔輭如王邊綩綖矣兄弟相扶仰天呼母涕泣流身梵志所行其地岑巖礫石刺棘身及足蹠其瘡毒痛若覩樹果或苦且辛梵志皮骨相連兩兒肌膚光澤得通之澤顏色復故歸到其家喜笑且云吾爲爾得奴婢二人自從所使妻覩兒曰奴婢不爾斯兒端正手足悅澤不任作勞急行衒賣更買所使又爲妻使欲之異國天惑其路乃之本土兆民識焉僉曰斯太子兒也大王孫矣哽噎詣門上聞王呼梵志將兒入宮宮人巨細靡不噓唏王呼欲抱兩兒不就王曰何以兒曰昔爲王孫今爲奴婢奴婢之賤緣坐王膝乎問梵志曰緣得斯兒對之如事曰賣兒幾錢梵志未荅男孫讜曰男直銀錢一千特牛牸牛各百頭女直金錢二千特牛牸牛各二百頭王曰男長而賤女幼而貴其有緣乎對曰太子既聖且仁潤齊二儀天下喜附猶孩依親斯獲天下之明圖而見遠逐捐處山澤虎狼毒蟲與之爲鄰食果衣草雷雨震人夫財幣草芥之類耳坐見屏棄故知男賤也黎庶之女苟以華色處在深

宮卧即氈褥蓋以寶帳衣天下之名服食天下之貢獻故知女貴也王曰年八孫童有高士之論豈況其父乎宮人巨細聞其諷諌莫不擧哀梵志曰直銀錢一千特牛牸牛各百頭惠爾者善不者自已王曰諾即顧如數梵志退矣王抱兩孫坐之于膝曰屬不就抱今來何疾乎對曰屬是奴婢今爲王孫曰汝父處山何食自供兩兒俱曰薇菜樹果以自給耳日與禽獸百鳥相娱亦無愁心王遣使者迎焉使者就道山中樹木俯仰屈伸似有跪起之禮百鳥悲鳴哀音感情太子曰斯者何瑞妻卧地曰王意解釋使者來迎神祇助喜故興斯瑞妻自亡兒卧地使者到乃起拜王命矣使者曰王逮皇后損食嘶泣身命日衰思覩太子太子左右顧望戀慕山中樹木流泉抆淚昇車自使者發擧國歡喜治道掃除預施帳幔燒香散花妓樂幢蓋擧國趍蹌稱壽無量太子入城頓首謝過退僻起居王復以國藏珍寶都付太子勸令布施鄰國困民歸化首尾猶衆川之歸海宿怨覩然拜表稱臣貢獻相銜賊寇尚仁偷盜競施干戈戢藏囹圄毁矣羣生永康十方稱善積德不休遂獲如來無所著正真道最正覺道法御天人師獨步三界爲衆聖王矣佛告諸比丘吾受諸佛重任誓濟羣生始離嬰苦今爲無蓋尊矣太子後終生兜術天自天來下猶白淨王生今吾身是也父王者阿難是妻裘夷是子男羅雲是女者羅漢珠遲母是天帝釋者彌勒是射獵者優陀耶是阿珠陀者大迦葉是賣兒梵志者調達是妻今調達妻旃遮是吾

宿命來勤苦無數終不恐懼而違弘誓矣以布施法爲弟子說之菩薩慈惠度無極行布施如是

六度集經卷第二

音釋

囹圄囹音陵圄音語囹圄獄名　杌五忽切危也　嘆咿嘆音郁咿音伊嘆咿悲痛聲也　刖音月斷足刑也　緻直利切密也　踱跣踱徒落切赤足履地也跣蘇典切足親地也　喊呼戒切大怒聲也　㝃音免產子也　拕託何切曳也　鞁平義切　犇與奔同　坻音池　槮所今切　葌古顏切葌蘭香草也　匾匯匾補典切匯土雞切匾匯闊薄也　頦丁可切醜貌　蹇音蹇謇吃言難也　勞倈勞郎到切倈洛代切荅其勤曰勞撫其至曰倈　恧女六切慚也　埳苦感切與坎同　忪職容切心動貌　瞤舒閏切目動貌　蹠音隻足底也　噓唏噓休居切唏香衣切噓唏哀而不泣也　譟楚交切代人說也

六度集經卷第三

吳天竺三藏法師康僧會譯

布施度無極下 凡十一章

聞如是一時佛在舍衛國祇樹給孤獨園佛告諸比丘昔有國王號曰和默王行仁平愛民若子正法治國民無怨心其國廣大郡縣甚多境界熾盛五穀豐熟國無災毒壽八萬歲和默聖王明令宮中皇后貴人百官侍者執綱維臣敎以正法各理所部王常慈心愍念衆生悲其愚惑狂悖自墜尋存道原喜無不知哀護衆生如天帝釋殺盜婬泆兩舌惡口妄言綺語嫉妬恚癡如此之凶無餘在心孝順父母敬愛九親尋追賢者尊戴聖人信佛信法信沙門言信善有福爲惡有殃以斯忠政十善明法自身執行重勑后妃下逮賤妾皆令遵奉相率爲善布告四鎮臣民巨細皆令帶誦心執修行國有貧者不任窮困失計行盜財主得之將以啓聞王曰爾盜乎盜者曰實盜王曰爾何緣盜乎盜者曰實貧困無以自活違聖明法蹈火行盜王悵愍之喜其至誠悉然內媿長歎而云民之飢者即吾餓之民之寒者即吾倮之重曰吾勢能令國無貧者民之苦樂在我而已即大赦其國出藏珍寶布施困乏飢渴之人即飲食之寒者衣之病者給藥田園舍宅金銀珠璣車馬牛錢恣意所索飛鳥走獸都及衆蟲五穀芻草亦從所好自王布施之後國豐民富相率以道民無殺者盜人財物婬人婦女兩舌惡口妄言綺語嫉妬恚癡凶愚之心寂而銷滅皆信佛信法信沙門言信爲善有福作惡有殃

舉國和樂鞭杖不行仇敵稱臣戰器朽于藏牢獄無繫囚人民稱善我生遇哉天龍鬼神無不助喜祐護其國毒害消竭五穀豐熟家有餘財王内獨喜即得五福一者長壽二者顏華日更好色三者德動八方上下四者無病氣力日增五者四境安隱心常歡喜王後壽終如强健人飽食快卧忽然上生忉利天上其國人民奉王十戒無入地獄餓鬼畜生道中者壽終魂靈皆得上天佛告諸沙門時和默王者是吾身也諸沙門聞經皆大歡喜爲佛作禮而去

佛說四姓經

聞如是一時佛在舍衛國祇樹給孤獨園是時孤獨家遭宿命殃貧窶尤困草衣茅席菜糜自供雖爲極困足不蹈無道之宅手不執無道之惠志行清淨衆邪不能染其心朝稟暮講經戒不釋於口世尊所歎衆智所敬雖衣食不供於身口奉養聖衆隨家所有菜糜草席不忘一日諸沙門曰四姓貧困常有飢色吾等不可受彼常食經說沙門一心守真戒具行高志如天金不珍財色惟經是寶絶滅六飢故誓除饉何恥分衛而不行乎共詣佛所本末陳之世尊默然後日四姓身詣精舍稽首畢一面坐佛念諸沙門前所啓事問四姓曰寧日慈施供養比丘不對曰唯然舉門日供但恨居貧菜糜草席枉屈聖賢以爲默默衆祐曰布施之行惟在四意慈心向彼悲心追愍喜彼成度護濟衆生雖施微薄其後所生天上人中二道爲常所願自然眼色耳聽鼻香口味身服上衣心皆欣懌不懼之

無也若施菱薄心又不悅後得其福福中之薄官位七寶得不足榮處在薄中心又慳儉不敢衣食惴惴恰恰未甞歡喜腹飢身寒有似乞人徒生徒死無善以自祐也若施以好心不懇誠憍傲自恃身不恭恪綺求華名欲遠揚已後有少財世人空稱以爲巨億内懼劫奪衣常菱薄食未甞甘亦爲空生空死比丘未甞履其門遠離三尊恒近惡道惠以好物四等敬奉自手斟酌存憶三尊誓令衆生逢佛昇天苦毒消滅後世所生願無不得值佛生天必如志願也昔有梵志名曰維藍榮尊位高爲飛行皇帝財難籌筭體好布施名女上色服飾光世以施與人金鉢盛銀粟銀鉢盛金粟澡雚盥槃四寶交錯金銀食鼎中有百味搸水名牛皆以黄金韜衣其角一牛者日出四升湩皆從犢子織成寶服明珠綻綴牀榻帷帳寶珞光目名象良馬金銀鞍勒絡以衆寶諸車華蓋虎皮爲座彫文刻鏤無好不有自名女以下至于寶車事事各有千八十四枚以施與人維藍慈惠八方上下天龍善神無不助喜如維藍惠以濟凡庶畢其壽命無日廢懈不如一日飯一清信具戒之女其福倍彼不可籌筭又爲前施幷清信女百不如清信具戒男一飯具戒男百不如具戒女除饉一飯女除饉百不如高行沙彌一人飯沙彌百不如具戒沙門一人具戒行者心無穢濁内外清潔凡人猶瓦石具戒高行者若明月珠也瓦石滿四天下猶不如真珠一矣又如維藍布施之多逮于具戒衆多之施不如飯溝港一溝港百不如頻來一頻來

百不如不還一不還百不如飯應真一人又如維藍前施及飯諸賢聖不如孝事其親孝者盡真心無外私百世孝親不如飯一辟支佛辟支佛百不如飯一佛佛百不如立一剎守三自歸歸佛歸法歸比丘僧盡仁不殺守清不盜執貞不犯他妻奉信不欺孝順不醉持五戒月六齋其福巍巍勝維藍布施萬種名物及飯賢聖甚爲難筭矣持戒不如等心慈育衆生其福無盡也雖爲菜糜草蓆執三自歸懷四等心具持五戒山海可稱量斯福難籌筭也佛告四姓欲知維藍者是我身四姓聞經心大歡喜作禮而去

昔者菩薩身爲鹿王厥體高大身毛五色蹄角雅奇衆鹿伏從數千爲羣國王出獵羣鹿分散投巖墮坑濫樹貫棘摧破死傷所殺不少麕王覩之哽噎曰吾爲衆長宜當明慮擇地而遊苟爲美草而翔於斯凋殘羣小罪在我也徑自入國國人覩之僉曰吾王有至仁之德神鹿來朝以爲國瑞莫敢干之乃到殿前跪而云曰小畜貪生寄命國界卒逢獵者蟲類奔逆或生相失或死狼藉天仁愛物實爲可哀願自相選日供太官乞知其數不敢上欺王甚奇之曰太官所用日不過一不知汝等傷死甚多若實如云吾誓不獵鹿王退還悉命羣鹿具以斯意示其禍福羣鹿伏聽自相差次應先行者每當就死過辭其王王爲泣涕誨喻之曰覩世皆死孰有免之尋路念佛仁孝慈心向彼人王愼無怨矣日日若茲中有應行者而身重胎曰死不敢避乞須娩身更取其次欲以代之其次頓首泣涕而

曰必當就死尚有一日一夜之生斯須之命時至不恨鹿王不忍枉其生命明日遁衆身詣太官厨人識之即以上聞王問其故辭答如上王愴然爲之流淚曰豈有畜獸懷天地之仁殺身濟衆履古人弘慈之行哉吾爲人君日殺衆生之命肥澤己體吾好凶虐尚豺狼之行乎獸爲斯仁有春天之德矣王遣鹿去還其本居勑一國界若有犯鹿者與人同罰自斯之後王及羣僚率化黎民尊仁不殺潤逮草木國遂太平菩薩世世危命濟物功成德降遂爲尊雄佛告諸比丘時鹿王者是吾身也國王者舍利弗是菩薩慈惠度無極行布施如是

昔者菩薩身爲鴿鳥生子有三時國大旱無以食之裂腋下肉以濟其命三子疑曰斯肉氣味與母身氣相似無異得無吾母以身肉食吾等乎三子愴然有猛悲之情又曰寧殞吾命不損母體也於是閉口不食母覩不食而更索焉天神歎曰母慈惠難踰子孝希有也諸天祐之願即從心佛告諸比丘鴿母者吾身是也三子者舍利弗目連阿難是也菩薩慈惠度無極行布施如是

昔者菩薩爲孔雀王從妻五百委其舊匹欲青雀妻青雀惟食甘露好果孔雀爲妻日行取之其國王夫人有疾夢覩孔雀云其肉可爲藥寤以啓聞王命獵士疾行索之夫人曰有能得之者娉以季女賜金百斤國諸獵士分布行索覩孔雀王從一青雀在常食處即以蜜麨每處塗樹孔雀輒取以供其妻射師以麨塗身屍踞孔雀取麨人應獲焉孔雀曰

子之勤身必爲利也吾示子金山可爲無盡之價子原吾命矣又曰大王賜吾百斤金妻以季女豈信汝言乎以送獻矣孔雀曰大王懷仁潤無不周願納微言乞得少水吾以慈祝服之疾即瘳矣若其無効受罪不晚王順其意夫人服之衆疾皆瘳華色曄曄宮人皆然舉國歎王弘慈全孔雀之命獲延一國之壽雀曰願得投身于彼大湖幷祝其水率土黎民衆疾可瘳若有疑望願以杖捶吾足王曰可雀即如之國人飲水聾聽盲視瘂語躄伸衆疾皆然夫人疾除國人並得無病無有害孔雀之心雀具知之向王陳曰受王生潤之恩吾報濟一國之命報畢乞退王曰可雀即翔飛昇樹重曰天下有三癡王曰何謂三一者吾癡二者獵士癡三者大王癡王願釋之也雀曰諸佛重戒以色爲火燒身危命貪色之由也吾捨五百供養之妻而貪青雀索食供之有如僕使爲狂網所得殆危身命斯吾癡也獵者之癡吾至誠之言捨一山之金棄無窮之寶信夫人邪僞之欺望季女之妻覩世狂愚皆斯類矣捐佛真誠之戒信鬼魅之欺酒樂婬亂或致破門之禍或死入太山其苦無數思還爲人猶無羽之鳥欲飛昇天豈不難哉婬婦之妖蠱諂彼魑魅靡不由之亡國危身而愚夫尊之萬言無一誠也而射師信之斯謂獵者愚矣王得天醫除一國疾諸毒都滅顏如盛華巨細欣賴而王放之斯謂王愚矣佛告舍利弗孔雀王自是之後周旋八方輒以神藥慈心布施愈衆生病孔雀王者吾身是也國王者舍利弗是也獵者調

達是也夫人者調達婦是菩薩慈惠度無極行布施如是

昔有梵志年百二十執貞不娶淫蓋寂盡靜處山澤不樂世榮以茆草爲廬蓬蒿爲席泉水山果趣以支命志弘行高天人歎德王娉爲相志道不仕處于山澤數十餘載仁逮衆生禽獸附恃時有四獸狐獺猴兔斯四獸日供養道士靜心聽經積年之久山果都盡道士欲徙尋果所感四獸憂曰雖有一國榮華之士猶濁水滿海不如甘露之一升也道士去者不聞聖典吾爲衰乎各隨所宜行索飲食以供道士請留此山庶聞大法僉曰可獮猴索果狐化爲人得一囊麨獺得大魚各曰可一月之糧兔深自惟吾當以何供養道士乎曰夫生有死身爲朽器猶當棄捐食凡夫萬不如道士一即行取樵然之爲炭向道士曰吾身雖小可供一日之糧言畢即自投火火爲不然道士覩之感其若斯諸佛歎德天神慈育道士遂留日說妙經四獸稟誨佛告諸沙門梵志者定光佛是也兔者吾身是也獮猴者鶖鷺子是也狐者阿難是也獺者目連是也菩薩慈惠度無極行布施如是

昔者菩薩爲大理家積寶齊國常好濟貧惠逮衆生受一切歸猶海含流時有友子以泆蕩之行家賄消盡理家愍焉敎之曰治生以道福利無盡以金千兩給子爲本對曰敬諾敢違明誨即以行賈性邪行嬖好事鬼妖淫蕩酒樂財盡復窮如斯五行五盡其財窮還守之時理家門外糞上有死鼠理家曰夫聰明之善士者可以彼死鼠治生成居也有金

千兩而窮困乎今復以金千兩給汝時有乞兒遙聞斯誨愴然而感進猶乞食還取鼠去修彼妙教具乞諸味調和炙之賣得兩錢轉以販菜致有百餘以徼致著遂成富姓閑居憶曰吾本乞兒緣致斯賄乎寤曰由賢理家訓彼兇頑吾致斯寶受恩不報謂之背明作一銀案又爲金鼠以衆名珍滿其腹内羅著案上又以衆寶瓔珞其邊具以衆甘禮彼理家陳其所以令荅天潤理家曰賢哉丈夫可爲教訓矣即以女妻之居處衆諸都以付焉曰汝爲吾後當奉佛三寶以四等心救濟衆生對曰必修佛教矣後爲理家之嗣一國稱孝佛告諸沙門理家者吾身是也彼蕩子者調達是以鼠致富者槃特比丘是調達壞吾六億品經言順行逆死入太山地獄槃特比丘懷吾一句乃致度世夫有言無行猶膏以明自殘斯小人之智也言行相符明猶日月含懷衆生成濟萬物斯大人之明也行者是地萬物所由生矣菩薩慈惠度無極行布施如是

昔有獨母爲理家賃守視田園主人有偟餉過食時至欲食沙門從乞心存斯人絕欲棄邪厥行清真濟四海餓人弗如少惠淨戒真賢以所食分盡著鉢中蓮華一枝著上貢焉道人現神足放光明母喜歎曰真所謂神聖者乎願我後生百子若茲母終神還應爲梵志嗣矣其靈集梵志小便之處鹿舐小便即感之生時滿生女梵志育焉年有十餘光儀庠步守居護火女與鹿戲不覺火滅父還恚之令行索火女至人聚一跬步跡一蓮華生

火主曰汝遠吾居三帀以火與汝女即順命華生陸地圍屋三重行者住足靡不訝奇斯須宣聲聞其國王王命工相相其貴賤師曰必有聖嗣傳祚無窮王命賢臣娉迎禮備容華奕奕宮人莫如懷妊時滿生卵百枚后妃逮妾靡不嫉焉豫刻芭蕉爲鬼形像臨産以髮被覆其面惡露塗蕉以之現王衆妖弊明王或信矣羣邪以壺盛卵寘覆其口投江流矣天帝釋下以印封口諸天翼衛順流停止猶柱植地下流之國其王於臺遥覩水中有壺流下煒煒光耀似有乾靈取之觀焉覩帝印文發得百卵令百婦人懷育温煖時滿體成産爲百男生有上聖之智不啓而自明顔景踦世相好希有力幹勢援兼人百倍言音之響有若師子之吼王即具白象百頭七寶鞍勒以供聖嗣令征鄰國四鄰降伏咸稱臣妾又伐所生父王之國國人巨細靡不悚慄王曰孰有能却斯敵者乎母曰大王無懼視敵所由攻城何方臨之興觀爲王降之王即視敵所由立觀矣母登觀揚聲曰夫逆之大其有三矣不遠羣邪招二世咎斯一也生不識親而逆孝行斯二也恃勢殺親毒向三尊斯三也懷斯三逆其惡無蓋爾等張口信現乎今母捉其乳天令湩射遍百子口精誠之感飲乳情哀僉然俱曰斯即吾親矣泣涕交頸叉手步進叩頭悔過親嗣始會靡不哀慟二國和睦情過伯叔八方欣欣靡不稱善諸子覩世無常若幻僻親學道遠世穢垢九十九子皆得緣覺一子理國父崩爲王大赦衆罪壞牢獄裂池塞勉奴使慰孝悌養孤獨開

帑藏大布施隨民乏從願給以十善爲國法人人帶誦家有孝子興立塔寺供奉沙門誦經論道口無四惡諸毒歇盡壽命益長天帝養護猶親育子佛告諸沙門留爲王者吾身是也父者今白淨王是母者今舍妙是菩薩慈惠度無極行布施如是

昔者菩薩時爲梵志經學明達國人師焉弟子五百皆有儒德體好布施猶自護身時世有佛號曰如來無所著正真尊最正覺將導三界還神本無菩薩覩佛欣然自歸請佛及僧七日留家盡禮供養梵志弟子各諍所主一人年稚師使之行還請事作師曰有事無作者爾攝之焉童子對曰惟燈無炷者也師曰善哉弟子以巯盛麻油膏淨自澡浴白氎纏頭自手然之天人龍鬼覩其猛力靡不拊手驚愕而歎世未嘗有斯必爲佛矣佛嘉之焉令明徹夜而頭不損心定在經霍然無想七夜若茲都無懈倦念矣佛則授決却無數劫汝當爲佛號曰定光頂中肩上各有光明教授拯濟衆生獲度其爲無量天人鬼龍聞當爲佛靡不喜悅稽首拜賀梵志念曰彼其得佛吾必得也須當受決而佛去焉前稽首曰今設微供誠吾盡心願授吾決佛告梵志童子作佛之時當授爾決梵志聞當得佛喜忘有身自斯之後遂大布施飢食寒衣病給醫藥蜎飛蚑行蠕動之類隨其所食以時濟之八方諸國稱爲仁父也佛告舍利弗童子者定光佛是梵志者吾身是也菩薩慈惠度無極行布施如是

昔者菩薩爲大理家積財巨億常奉三尊慈

向衆生觀市覩鱉心悼之馬問價貴賤鱉主知菩薩有普慈之德尚濟衆生財富難數貴賤無違答曰百萬能取者善不者吾當烹之菩薩答曰大善即顧如直持鱉歸家澡護其傷臨水放之覩其游去悲喜誓曰太山餓鬼衆生之類世主牢獄早獲免難身安命全如爾今也稽首十方叉手願曰衆生擾擾其苦無量吾當爲天地爲旱作潤爲漂作栰飢食渴飲寒衣熱涼爲病作醫爲冥作光若有濁世顛倒之時吾當於中作佛度彼衆生矣十方諸佛皆善其誓讃曰善哉必獲爾志鱉後夜來齚其門怪門有聲使出覩鱉還如事云菩薩視之鱉又語曰吾受重潤身得獲全無以答澤蟲鱉水居之物知水盈虛洪水將至必爲巨害矣願速嚴舟臨時相迎答曰大善

明晨詣門如事啓王王以菩薩宿有善名信用其言遷下處高時至鱉來曰洪水至矣可速下載尋吾所之可獲無患船尋其後有蛇趣船菩薩曰取之鱉云大善又覩漂狐曰取之鱉亦云善又覩漂人搏頰呼天哀濟吾命曰取之鱉曰慎無取也凡人心僞尠有終信背恩追勢好爲兇逆菩薩曰蟲類爾濟人類吾賤豈是仁哉吾不忍爲也於是取之鱉云悔哉遂之豐土鱉辭曰恩畢請退答曰吾獲如來無所著至真正覺者必當相度鱉曰大善鱉退蛇狐各去狐以穴爲居獲古人伏藏紫磨名金百斤喜曰當以報彼恩矣狐還曰小蟲受潤獲濟微命蟲穴居之物求穴以自安獲金百斤斯穴非塚非家非劫非盜吾精誠之所致願以貢賢菩薩深惟不取徒損無

益於貧民可以布施衆生獲濟不亦善乎尋而取之漂人覩焉曰分吾半矣菩薩即以十斤惠之漂人曰爾掘塚劫金罪應奈何不半分之吾必告有司答曰貧民困者吾欲等施爾欲奪之不亦偏乎漂人遂告有司菩薩見拘無所告訴惟歸命三尊悔過自責慈願衆生早離八難莫有怨結如吾今也蛇狐會曰奈斯𠅘何蛇曰吾將濟之遂銜良藥開關入獄見菩薩狀顏色有損愴而心悲謂菩薩言以藥自隨吾將齰太子其毒尤甚莫能濟者賢者以藥自聞傅即瘳矣菩薩默然蛇如所云太子命將殞王令曰有能濟茲封之相國吾與參治菩薩上聞傅之即瘳王喜問所由囚人本末自陳王悵然自咎曰吾闇甚哉即誅漂人大赦其國封爲相國執手入宫並坐

而曰賢者說何書懷何道而爲二儀之仁惠逮衆生乎對曰說佛經懷佛道也王曰佛有要決曰有之佛說四非常存之者衆禍殄景祐昌王曰善哉願獲其實曰乾坤終訖之時七日並烈巨海都索天地焗然須彌崩壞天人鬼龍衆生身命霍然燋盡前盛今衰所謂非常矣明士守無常之念曰天地尚然官爵國土焉得久存得斯念者乃有普慈之志矣王曰天地尚隕豈況國土佛說非常我心信哉理家又曰苦之尤苦者王宜知之王曰願聞明戒曰衆生識靈微妙難知視之無形聽之無聲弘也天下高也無蓋汪洋無表輪轉無際然飢渴於六欲猶海不足乎衆流以斯數更太山燒煑諸毒衆苦或爲餓鬼烊銅沃口役作太山或爲畜生屠割剝裂死輙更刃

苦痛無量若獲爲人處胎十月臨生急窄猶索絞身墮地之痛猶高隕下爲風所吹若火燒已温湯洗之甚沸銅自沃手捫摩身猶刃自剥如斯諸痛其苦難陳年長之後諸根並熟首白齒隕内外虛耗存之心悲轉成重病四大欲離節節皆痛坐卧須人醫來加惱命將欲終諸風並興截筋碎骨孔竅都塞息絶神逝尋行所之若其昇天天亦有貧富貴賤延筭之壽福盡罪來下入太山餓鬼畜生斯謂之苦王曰善哉佛説苦要我心信哉理家又曰夫有必空猶若兩木相鑽生火火還燒木火木俱盡二事皆空往古先王宫殿臣民今者磨滅不覩所之斯亦空也王曰善哉佛説空要我心信哉理家又曰夫身地水火風矣强爲地輭爲水熱爲火息爲風命盡神去四大各離無能保全故云非身矣王曰善哉佛説非身吾心信哉身且不保豈況國土乎痛夫我先王不聞無上正真最正覺非常苦空非身之教矣理家曰天地無常誰能保國者乎不空藏布施飢寒之人乎王曰善哉明師之教快哉即空諸藏布施貧乏鰥寡孤兒令之爲親爲子民被服炫燿貧富齊同舉國欣欣含笑而行仰天歎曰菩薩神化乃至於玆乎四方歎德遂致太平佛告諸沙門理家者是吾身國王者彌勒是鱉者阿難是狐者鶖鷺子是蛇者目連是漂人者調達是菩薩慈惠度無極行布施如是

昔者菩薩爲沙門行恒處山林慈心悲愍衆生長苦輪轉三界何以濟之靜心思惟索道弘源當以拯衆而衣有蝨身痒心擾道志不

立掬手尋之即獲蝨矣中心愴然求以安之正有獸骨徐置中矣蝨得七日之食盡乃捨邁展轉生死菩薩得佛經緯教化時天大雪絶路行人國有理家請佛幷數千比丘供養七日厥心肅穆宗室僉然而雪未晞佛告阿難勑諸沙門皆還精舍阿難言主人恭肅厥心未墮雪盛未息分衛無處世尊曰主人意訖不復供惠也佛即引導沙門翼從還于精舍明日世尊告阿難爾從主人分衛阿難奉教而行造主人門門人覩之無問其所以也有頃迴還稽首長跪如事啓焉又質其源彼意無恒何其疾乎佛即爲具說如上又曰阿難吾以慈心濟蝨微命惠之朽髓七日之食今獲供養盡世上獻宿命施恩恩齊七日故其意止不復如前也豈況慈心向佛逮沙門衆持戒清淨無欲高行内端已心表以慈化恭惠高行比丘一人踰施凡庶累劫盡情也所以然者比丘擁懷佛經有戒有定有慧解脫有度知見種以斯五德慈導衆生令遠三界萬苦之禍矣阿難曰遇哉斯理家面獲慈養如來無所著正真道最正覺道法御天人師幷諸沙門或有溝港頻來不還應真或有開士建大弘慈將導衆生者乎斯福難量其若海矣難稱其猶地也佛言善哉阿難眞如所云佛時難遇經法難聞比丘僧難得供養如漚曇華時一有耳佛說如是比丘歡喜稽首承行菩薩慈惠度無極行布施如是

六度集經卷第三

音釋

倮郎果切赤體也惴之睡切憂懼也⿰牛秦音秦異牛也躄必益切嬖卑義切偟音皇急也舐神紙切餂也⿰阝聚從遇切聚落也大曰鄉小曰⿰阝聚跬犬蘂切舉足也啑音帝瓨戶江切栰音伐桴栰也齚士華切齧也烔徒紅切熱貌炫爌炫胡絢切爌戶光切炫爌光輝也

六度集經卷第四

吴天竺三藏法師康僧會譯

戒度無極第二凡十五章

戒度無極者厥則云何狂愚兇虐好殘生命貪饕盜竊婬泆穢濁兩舌惡罵妄言綺語嫉恚癡心危親戮聖謗佛亂賢取宗廟物懷兇逆毀三尊如斯尤惡寧就脯割葅醢市朝終而不爲信佛三寶四恩普濟矣

昔者菩薩爲清信士所處之國其王行真勸導臣民令知三尊執戒奉齋者損賦除役黎庶巨細見王尚賢多僞善而潛行邪王以佛戒察觀民操有外善内穢違佛清化即權令而勑曰敢有奉佛道者罪至棄市訛善之徒靡不釋真恣心從其本邪菩薩年耆懷正真弘景之明聞令驚曰釋真從邪獲爲帝王壽齊二儀富貴無外六樂由心吾終不爲也雖一飡之命得覩三尊至真之化吾欣奉之懷俗記籍萬億之卷身處天宮極天之壽而闇於三尊不聞佛經吾不願也稟佛之言即有戮死之患吾甘心焉經云衆生自投三塗獲人道難處中國難六情完具難生有道國難與菩薩親難覩經信之難貫奥解微難值高行沙門清心供養難值佛受決難吾宿功著令覩佛經獲奉三寶若値無道葅醢之酷湯火之厄終不釋正從彼妖蠱也王命有司廉察違命者戮之市朝廉人見菩薩志固不轉奉事三尊至意不虧即執之以聞王曰戮之於市陰使人尋聽察其云菩薩就死誡其子曰乾坤始與有人之來衆生處世以六情亂行甚於狂醉尠覩三尊導清明化也爾幸知

法愼無釋之夫捨佛法之行而爲鬼妖之僞者國喪必矣吾寧捨身不去真也王今悖誤爾無從焉廉者以聞王知行真即欣而請之執手昇殿曰卿真可謂佛弟子者矣拜爲國相委任治政捨佛清化之儔者復其賦役於是國境莫不尚善佛告諸沙門時國王者彌勒是也清信士者吾身是也菩薩執志度無極行持戒如是

昔者菩薩身爲象王其心弘遠照知有佛有法有比丘僧常三自歸每以普慈拯濟衆生誓願得佛當度一切從五百象時有兩妻象王於水中得一蓮華厥色甚妙以惠適妻適妻得華欣懌曰水寒尤甚何緣有斯華乎小妻貪嫉恚而誓曰會以重毒鴆殺汝矣結氣而殞魂靈感化爲四姓女顏華絕人智意流通博識古今仰觀天文明時盛衰王聞若兹娉爲夫人至即陳治國之政義合忠臣王悅而敬之每言輒從夫人曰吾夢覩六牙之象心欲其牙以爲珮几王不致之吾即死矣王曰無妖言也人聞笑爾夫人言相屬心生憂結王請議臣四人自云已夢曰古今有斯象乎一臣對曰無有之也一臣曰王不夢也一臣曰嘗聞有之所在彌遠一臣曰若能致之帝釋今翔於兹矣四臣即召四方射師問之南方師曰吾亡父常云有之然遠難致臣上聞云斯人知之王即現之夫人曰汝直南行三千里得山入山行二日許即至象所在也道邊作坑除爾鬚髮著沙門服於坑中射之截取其牙將二寸來師如命行之象遊處先射象著法服持鉢於坑中止住象王見沙門

即低頭言和南道士將以何事賊吾軀命曰欲得汝牙象曰吾痛難忍疾取牙去無亂吾心令惡念生也志念惡者死入太山餓鬼畜生道中夫懷忍行慈惡來善往菩薩之上行也正使葅骨脯肉終不違斯行也修斯行者死輒上天疾得滅度矣人即截牙象曰道士當却行無令羣象尋足跡也象適人去遠其痛難忍躃地大呼奄忽而死即生天上羣象四來咸曰何人殺吾王者行索不得還守王哀號師以牙還王覩象牙心即慟怖夫人以牙著手中適欲視之雷電霹靂摧之吐血死入地獄佛告諸沙門爾時象王者我身是也大婦者裘夷是獵者調達是夫人者好首是菩薩執志度無極行持戒如是

昔者菩薩為鸚䳇王常奉佛教歸命三尊時當死死不犯十惡慈心教化六度為首爾時國王好食鸚䳇獵士競索覩鸚䳇羣以網收之盡獲其衆貢于太官宰夫牧焉肥即烹之為肴鸚䳇王深惟衆生擾擾赴獄喪身迴流三界靡不由食告從者曰除貪損食體瘦小苦命可冀矣愚者饕飻心無遠慮猶若慳子貪刀刃之蜜不知有截舌之患吾今裁食爾等則焉鸚䳇王日瘦由其籠目勢踊得出立籠上曰夫貪惡之大無欲善之景矣重曰諸佛以貪為獄為網為毒為刃爾等損食可如余焉菩薩自斯若為凡人麤食供命弊衣蓋形以貪戒心無日不存福為帝王輒以佛智觀國之累福高弘多其為難算矣非常無牢惟苦無樂夫有輙滅身為僞幻難保猶竊難養若狼有眼覩焉靡不寒慄菩薩世世以

戒爲行遂成如來無所著正真道最正覺爲天人師佛告諸比丘時鸚鵡王者吾身是也人王者調達是也菩薩執志度無極行持戒如是

昔者菩薩爲王太子名曰法慧内清外淨常以履邪之禍自戒其心尊聖孝親慈濟衆生太子朝覲轉頃相國進退如禮未嘗失儀王之幸妾内懷邪婬出援太子太子力爭而獲免焉拍相首曰去矣其冠隕地相首無髮内妾笑之恥而懷忿妾向王泣曰妾雖微賤猶是王妻太子不遜有欲于妾王曰太子履操非佛志不念非佛教不言非佛道不行八方歎德諸國莫如豈有非乎讒言緻數以惑王心王曰骨肉相殘謂之亂賊吾不爲也拜爲邊王去國八千里曰爾鎮境外則天行仁無殘民命無苟貪困黎庶尊老若親愛民若子慎修佛戒守道以死世多姧僞齒印之教爾乃信矣太子稽首泣涕曰不敢替尊誨即就禄王五戒十德慈化國民處位一年遠民慕潤歸化雲集增戶萬餘以狀上聞歎王德潤遠照使然王逮后妃喜而歎之妾殊懷怨與相爲姧謀除太子伺王卧出以蠟作印詐爲書爾有慢上之罪不忍面誅書到疾脱眼瞳子付使還國使往至羣臣僉曰斯妖亂之使非自大王也太子曰大王前齒今者信現愛身違親謂之大逆矣即與羣臣相樂三日遍行國界周窮濟乏以佛景模慈心訓民募能脱眼者賣匃兒即爲出眼以付使者函之馳還本土相國以付嬖妾嬖妾懸著牀前罵曰不從吾欲鑿眼快乎大王夢虵蜂螫太子目

寤即哽噎曰吾子將有異乎變妾曰王存之至聊有斯夢必無異也太子以琴樂索食濟命展轉諸國至妃父王之國王有妙琴呼而聽之其音咨嗟已先王之德末爲孤兒無親之哀音其妃解音哽噎曰吾君子窮哉王曰何謂妃具陳之辭親曰斯自妾命女二其姓非貞也請翼從至孝之君子二親舉哀妃將太子還其本國王聞有妙琴者呼而作之形容顦顇惟識其聲王曰汝是吾子法慧者乎太子伏地哽噎王后宮人舉國巨細莫不哀慟妃本末陳之王曰嗚呼女人不仁猶粳飯之糅毒佛教遠之不亦宜乎即收相國及變妾以棘箸之烊膠滴其瘡中焗即裂之爲坑生埋矣佛告諸比丘太子宿命嘗賣白珠彼妾時爲富姓女乘車行路相國時爲御者呼賣珠童曰視汝珠來持珠而不買婬視言調童子恚曰不還吾珠而爲婬視吾鑿汝目女及御者俱曰棘箸膠滴裂肉生埋汝可乎夫善惡已施禍福自隨猶影之繫形惡熟罪成如響之應聲爲惡欲其無殃猶下種令不生矣菩薩受佛淨戒寧脫眼而死不犯婬生也爾時太子法慧者我身是也相國者調達是變妾者調達妻是也菩薩執志度無極行持戒如是

昔者菩薩兄弟三人遭世枯旱黎民相噉俱行索食以濟微命經歷山險乏食有日兩兄各云以婦濟命可乎大兄先殺其妻分爲五分小弟仁惻哀而不食中兄復然弟殊哽噎兩兄欲殺弟妻弟曰殺彼全已非佛仁道吾不爲也將妻入山採果自供處山歷年山中

有一跛人婦與私通謀殺其壻詭曰妾義當勞養而君爲之明日翼從願俱歷苦曰山甚險阻爾無行也三辭不從遂便俱行婦覩山高谷深排壻落之水邊有神神接令安婦喜得所還跛共居壻尋水行覩賫人馬本末自陳賫人愍之載至豐國其國王崩又無太子羣臣相讓適無立者令梵志占行路之人有應相者立之爲主梵志覩菩薩即曰善哉斯有道之君可爲兆民天仁之覆矣羣僚黎庶揮涙歎善莫不稱壽奉載入宮授以帝位即以四等養民衆邪之術都廢之矣授以五戒宣布十善率土持戒於是天帝祐護其國鬼妖奔迸毒氣消歇穀果豐熟鄰國化正仇憾更親襁負雲集婦嬰其跛壻入國乞匄陳昔將壻避世之難今來歸仁國人巨細莫不雅奇僉曰賢婦可書矣夫人曰可重賜也王即視婦問曰識天子不婦怖叩頭王爲宮人本末陳之執正臣曰斯可戮矣王曰諸佛以仁爲三界上寶吾寧殞軀命不去仁道也夫人使人驅之出國掃其足迹佛告鶖鷺子王者吾身是跛人者調達是婦者好首是也菩薩執志度無極行持戒如是

昔者菩薩時爲凡夫博學佛經深解罪福衆道醫術禽獸鳴啼靡不具照覩世憒濁隱而不仕尊尚佛戒惟正是從處貧窮困爲賫賃擔過水邊飲羣鳥衆哢賫人心懼歔然毛竪菩薩笑之飲已即去還其本土顧其賃者曰烏鳴爾笑將有異乎答曰烏云彼有白珠其價甚重汝殺取其珠吾欲食其肉故笑之耳曰爾不殺爲乎答曰夫不覩佛經者爲滔天

之惡而謂之無殃斯爲自欺矣吾覩無上正真之典籍覩菩薩之清仁蜎飛蚑行蠕動之類愛而不殺草芥非已有即不取夫好殺者不仁好取者不清吾前世爲好取之穢今獲其殃處困陋之貧爲子賃客今又犯之種無量之罪非佛弟子矣吾寧守道貧賤而死不爲無道富貴而生也貨主曰善哉惟佛教真

菩薩執志度無極行持戒如是

昔者菩薩處世貧困爲賈人賃入海採利船住不行賈人巨細靡不恐懼請禱神祇上下周旋貧人惟三自歸守戒不犯悔過自責日夜各三慈心誓願十方衆生莫有恐怖如吾今日也吾後得佛當度斯類矣乃至七日船不移邁海神訛與貨主夢曰汝棄貧人吾與汝去貨主得夢愴然悼之私容言議貧人微察具照所以曰無以吾一人之體喪衆命也貨主作簿給其糇粮下著簿上推簿遠之大魚覆船盡吞賈人貧人隨風得岸還其本土九族欣懌貧人以三自歸五戒十善奉齋懺悔慈向衆生故得是福貧人者我身是也菩

薩執志度無極行持戒如是

昔者菩薩守戒隱居不慕時榮依蔭四姓爲其守墓若有喪葬輒展力助喪主慼焉以寶惠之所獲多少輒還四姓四姓曰子展力致此寶故爲相還道士曰吾守君野彼葬君地大義論之寶即君有也四姓歎曰善哉古之賢者豈能踰子乎即擇青衣中有賢行兼華色者給之爲妻分家財以成其居道士曰進其行高其德爾時貧道士者吾身是也妻者裘夷是菩薩執志度無極行持戒如是

昔者菩薩身爲凡人歸命三尊守戒不虧與舅俱行衒賣自濟之彼異國舅先渡水上獨母家家有幼女女啓母曰後有澡槃可從賓人易白珠也母順女意以示賓人以刀刮視照其真寶佯投地曰汙吾手矣即出進路母子恥焉童子後至女重請珠母曰前事之恥可爲令戒也女曰觀此童儒有仁人之相非前貪殘矣又以示之童儒曰斯紫磨金也盡吾貨易之可乎母曰諾童子曰囟吾金錢二枚以顧渡耶舅尋還曰令以少珠惠汝取屬槃來母曰有良童子盡以名珠顧吾金槃猶謝其賤矣爾不急去且加爾杖舅至水邊蹋地呼曰還吾寶來性急椎胷吐血而死甥還其金已覩殞矣哽噎曰貪乃至於喪身乎菩薩守信以獲寶調達貪欺以喪身童子者吾身也舅者調達是菩薩執志度無極行持戒如是

昔者菩薩無數劫時兄弟資貨求利養親之于異國令弟以珠現其國王王覩弟顏華欣然可之以女許焉求珠千萬弟還告兄兄追之王所王又覩兄容貌堂堂言輒聖典雅相難齊王重嘉焉轉女許之女情逸豫兄心存曰壻伯即父叔妻即子斯有父子之親豈有嫁娶之道乎斯王處人君之尊而爲禽獸之行即引弟退女登臺望曰吾爲魅蠱食兄肝可乎展轉生死兄爲獼猴女與弟俱爲鱉鱉妻有疾思食獼猴肝雄行求焉覩獼猴下飲鱉曰爾甞覩樂乎答曰未也曰吾舍有妙樂爾欲觀乎曰然鱉曰爾昇吾背將爾觀矣昇背隨焉半溪鱉曰吾妻思食爾肝水中何樂

之有乎獼猴心悪然曰夫戒守善之常也權濟難之大矣曰爾不早云吾以肝懸彼樹上鱉信而還獼猴上岸曰死鱉蟲豈有腹中肝而當懸樹者乎佛告諸比丘兄者即吾身是也常執貞淨終不犯婬亂畢宿餘殃墮獼猴中弟及王女俱受鱉身雄者調達是雌者調達妻是菩薩執志度無極行持戒如是

昔者菩薩乘船度海採寶濟乏海邊有城苑園備有華女臨渚要其輩曰斯國豐沃珍寶恣求可屈入城觀民有無賓人信從鬼魅厭惑遂留與居積年有五菩薩感思二親本土出城登山四顧遠望覩一鐵城中有丈夫首戴天冠儼然恭坐謂菩薩曰爾等惑乎以魑魅爲妻捐爾二親九族之厚爲鬼所吞豈不惑哉爾等無寤察其眞謗矣方有神馬翔茲濟衆可附旋居全爾身命若戀蠱毒死入斯城衆毒普加悔將無救菩薩承命訛寤察之覩眞如云厥心懼焉明日密相告等人僉然各伺覩妻變爲狐體競爭食人靡不憮然曰吾等死矣相驚備豫懈即喪矣馬王臻曰孰有離居心懷所親疾來赴茲吾將濟爾賓人喜曰斯必天也羣馳歸命妻即抱子尋跡哀慟其辭曰怨呼皇天爲妻累載今以爲鬼哀聲傷情辭詣王所厥云如上今者惶惶無由自恃惟願大王哀理妾情王召菩薩問其所由即以所覩本末陳之王覩色美疾遺壻去内之後宮爲其婬荒國政紛亂鬼化爲狐日行食人爲害滋甚王不覺矣後各命終生死輪轉菩薩積德遂得爲佛狐鬼魂靈化生梵志家有絕妙之色佛時於作法縣求食食畢

出城坐樹下梵志覩佛相好容色紫金項有日光若星中月覩佛若此其喜無量歸白兒母吾女獲壻其爲世雄疾以名服具世諸好梵志家室携女貢之道覩足跡妻曰斯無欲之神雄豈以婬邪亂其志乎父曰吾女國之上華胡高德而不迴耶妻即頌其義曰婬者曳足行多恚斂指步愚者足築地斯跡天人尊無自辱也

父曰爾薄智也戾而行矣以女獻馬世尊告曰第六魔天獻吾三女變爲老鬼令爾屎囊又來何爲梵志恧然妻重恥之時有除饉進稽首曰願以惠余世尊戒曰爾昔爲王女時爲鬼以色誑爾吞盡爾民爾不厭乎除饉恥焉退禪獲定得溝港道佛告鶖鷺子菩薩自受城中人戒已旋家歸命三尊自誓辭云時當死死不復犯如來應儀正真覺清淨重戒積戒弘多佛道遂成爾時賣者吾身是也王者今比丘是鬼者梵志女是城中天人者鶖鷺子是菩薩執志度無極行持戒如是

太子慕魄經

聞如是一時佛在聞物國祇樹給孤獨園是時佛告諸沙門往昔有國名波羅柰王有太子名曰慕魄生有無窮之明過去現在未來衆事其智無疑端正暉光猶星中月王惟有一子國無不愛而年十三閉口不言有若瘖人王后憂焉呼諸梵志問其所由對曰斯爲不祥也端正不言何益大王後宫無嗣豈非彼害哉法宜生埋之必有貴嗣王即恧然入與后議后逮宫人靡不哀慟嗟曰奈何太子禄薄生獲斯殃哀者塞路猶有大喪具著寶

服以付喪夫喪夫奪其名服都共爲冢慕魄惟曰王逮國人信吾真瘖即黙斂衣入水淨浴以香塗身具著寶服臨壙呼曰爾等胡爲答曰太子瘖聾爲國之害王命生埋冀生賢嗣曰吾即慕魄矣喪夫視車霍然空虛觀其形容曜曜有光草野遐邇猶日之明聖靈巨勢神動靈祇喪夫巨細靡不懾驚兩兩相視顏貌黃青言成文章靡不畏馬仰天而曰太子靈德乃之于斯乎即叩頭陳曰願旋寧王令衆不嗟太子曰爾疾啓王云吾能言人即馳聞王后兆民甚怪所以心歡稱善靡不悅豫車馳人奔殷塡塞路慕魄曰吾獲爲沙門虛靜之行不亦善乎意始如之帝釋即化爲苑池樹木非世所覩即去衆寶衣化爲袈裟王到已太子五體投地稽首如禮王即就坐聞其言聲光影威靈二儀爲動王喜踊曰吾有爾來舉國敬愛當嗣天位爲民父母對曰惟願大王哀採徵言吾昔嘗爲斯國王名曰須念處國臨民二十五年身奉十善育民以慈鞭杖衆兵都息不行囹圄無繫囚路無怨嗟聲惠施流布潤無不周但以出遊翼從甚衆導臣馳除黎庶惶懼終入太山燒煑割裂積六萬年求死不得呼嗟無救當爾之時内有九親表有臣民貲財億載衆樂無極寧知吾入太山地獄燒煑衆痛無極之苦乎生存之榮妻子臣民孰能分取諸苦去乎惟彼諸毒其爲無量每一憶之心怛骨楚身爲虛汗毛爲寒竪言往禍來殃追影尋身雖欲發言懼復獲咎太山之苦難可再更是以縮舌都欲無言始十三年而妖導師令王生埋吾懼

大王獲太山之咎勢復一言耳今欲爲沙門守無欲之行覩衆禍之門不復爲王矣願無恠馬王曰爾爲令君行高德尊率民以道過猶絲髮非人所憶以之獲罪酷裂乃如之耶如吾今爲人主從心所欲不奉正法終當何之乎即聽學道王還治國以正不邪遂致豐樂慕魄即自練情絕欲志進道真遂至得佛廣說景模拯濟衆生以至滅度佛告諸比丘時慕魄者吾身是也父王者今白淨王是也母者吾母今舍妙是也夫榮色邪樂者燒身之鑪矣清淨憺怕無患之家矣若欲免難離罪者無失佛敎也爲道雖苦猶勝處于三塗爲人即遠貧窶不處八難矣學道之志當如佛行也欲獲緣一覺應真滅度者取之可得佛說經竟諸沙門莫不歡喜稽首作禮

彌蘭經

聞如是一時佛在舍衛國祇樹給孤獨園時諸沙門閑居深惟世人習邪樂欲自始至終無猒五樂者也何謂五樂眼色耳聲鼻香口味身細滑夫斯五欲至其命終豈有猒者乎日中之後俱詣佛所稽首佛足退立白言吾等世尊惟世愚者惑于五欲至厥命終豈有猒者不佛告之曰覩世無足於彼五樂矣昔有五百商人入海採利中有智者名曰彌蘭爲衆師御海有神魚其名摩竭觸敗其船衆皆喪身彌蘭騎板僅而獲免風漂附岸地名鼻摩登岸周遊庶自穌息覩一小徑尋之而進遥見銀城樹木茂盛閒有浴池周旋四表甘水繞之有四美人容齊天女奉迎之曰經涉巨海厥勞多矣善賀吉臻今斯銀城其中

衆寶黃金白銀水精瑠璃珊瑚琥珀硨磲爲殿妾等四女給仁使役晚息夙興惟命所之願無他遊彌蘭入城昇七寶殿歡娛從欲願無不有處中千餘年彌蘭惟曰斯諸玉女不令吾邁其有緣乎伺四女寢竊疾亡去遙覩金城有八玉女迎辭如上玉女華容又踰四人城中寶殿名曰脣末明月真珠諸寶踰前壽數千萬歲又疑八女不令吾邁其有由乎伺其臥出竊疾亡去又覩水精城有十六玉女出迎之矣其辭如上要將入城昇七寶殿城殿衆寶玉女光華踰前居中歲數又數千萬意不猒足又伺諸女臥出亡去復覩瑠璃寶城光曜奕奕有三十二女出迎跪拜處辭如上要請入城昇七寶殿殿名鬱單其中衆寶妓樂甘食女色踰前處中久長年數如上又伺諸女臥出亡去遙覩鐵城莫無迎者彌蘭惟曰銀城四女金城有八水精十六瑠璃三十二玉女光世修處相迎今不迎者將以貴故乎周城一帀有鬼開門彌蘭入城即見其鬼鬼名俱引鐵輪烔然走其頭上守罪人鬼取彼頭輪著彌蘭頭上腦流身燋彌蘭流淚曰自四之八自八之十六自十六之三十二處榮脣末殿鬱單殿吾以無足之行故獲斯矣何當離斯患乎守鬼荅曰其年之數如子來火子免斯殃矣火輪處彌蘭頭上六億歲乃免之矣佛語諸沙門彌蘭者吾身是也所以然者未奉三尊時愚惑信邪母沐浴著新衣臥吾蹈母首故太山以火輪轢其首耳又常以四月八日持八關齋中心歡喜故獲寶城壽命巨億所願從心無求不獲覩世無

足惟得道乃止耳佛告諸沙門彌蘭出太山獄閉心三惡絕口四刃撿身三尤孝順父母親奉三尊戴戒爲冠服戒爲衣懷戒爲糧味戒爲肴食息坐行不忘佛戒跬步之間以戒德成自致爲佛凡人之行不孝於親不尊奉師吾覩其後自招重罪彌蘭其類乎夫爲惡禍追猶影尋身絕邪崇真衆禍自滅矣佛說經竟諸沙門歡喜作禮

頂生聖王經

聞如是一時佛在舍衛國祇樹給孤獨園是時阿難閑居深惟衆生自始至終猒五欲者尠過日中後至佛所稽首畢退白言惟世尊吾閑坐深惟衆生知足者尠不猒五欲者衆世尊歎曰善哉善哉如爾之云所以然者往古有王名曰頂生東西南北靡不臣屬王有七寶飛金轉輪力白象紺色馬明月珠玉女妻聖輔臣典兵臣王斯七寶覩世希有又有千子端正姸雅聰明博智天下稱聖猛力伏衆有如師子也王既聖且仁普天樂屬壽有億數王意存曰吾有拘耶尼一天下地縱廣三十二萬里黎庶熾盛五穀豐沃比門巨富世所希有吾國兼馬雖其然者願彼皇乾雨金銀錢七日七夜惠吾若茲不亦善乎天從其願下二寶錢滿其境界天寶之明奕奕曜國王喜無量天下拜賀日與羣臣歡喜相樂民皆稱善獲無極樂數千萬歲王又念曰吾有西土三十二萬里七寶之榮千子光國天雨寶錢世未嘗有雖其然者吾聞南方有閻浮提地廣長二十八萬里黎庶衆多靡求不獲吾得彼土不亦快乎王意始存金輪南向

七寶四兵輕舉飛行俱到其土彼王臣民靡不喜從其土君民終日欣欣王止教化年數如上王又念曰吾有西土今獲南土天人衆寶何求不有今聞東方弗于逮土三十六萬里其土君民寶穀諸珍無願不有吾獲其土不亦快乎口始云爾金輪東向七寶四兵飛行俱至君臣黎庶靡不樂屬又以正法仁化君民年數如上比門懷德王又念曰吾有西土南土東土天人衆寶無珍不有今聞北方鬱單越土吾獲王之不亦善乎開口言願金輪北向七寶四兵俱飛如前始入其界遙覩地青如翠羽色王曰爾等覩青地乎對曰見之曰斯鬱單越地又覩白地曰覩之曰斯成擣稻米爾等食之又覩諸寶樹衆輭妙衣臂釧指環瓔珞衆奇皆懸著樹曰覩之乎對曰唯然曰爾等服之王治以仁化民以恕居彼年久其數如上又生意曰吾有三天下今獲北方四十萬里意欲昇忉利天之帝釋所王意始然金輪上向七寶四兵飛行昇天入帝釋宮釋覩王來欣迎之曰數服高名久欲相見翔茲快乎執手共坐以半座坐之王左右顧視覩天宮殿黃金白銀水精瑠璃珊瑚琥珀硨磲真珠以爲宮殿覩之心欣即又念曰吾有四國寶錢無數斯榮難云令天帝殞吾處其位不亦上願乎惡念興而神足滅釋還之故宮即獲重病輔臣問曰天王疾篤若在不諱將有遺命乎王曰如有問王何以喪身答如所覩以貪獲病遂致喪身夫貪殘命之刃亡國之基也去三尊處三塗靡不由之戒後來嗣以貪癡火燒身之本也慎無貪矣夫

榮尊者其禍高矣寶多者其怨衆矣王終後嗣誦其貪戒傳世爲寶四天下民尊其仁化奉三尊行十善以爲治法遂致求福世尊曰覩世尠能去榮貴捐五欲者惟獲溝港頻來不還應儀緣一覺無上正真道最正覺道法御天人師能絶之耳飛行皇帝所以存即獲願不違心者宿命布施持戒忍辱精進禪定智慧之所致不空獲也頂生王者吾身是也佛說經竟阿難歡喜爲佛作禮

普明王經

聞如是一時佛在舍衛國祇樹給孤獨園佛告諸比丘昔者菩薩爲大國王名曰普明慈惠光被十方歌懿民願其休猶慈子之寧親也鄰國有王治法以政力如師子走攫飛鳥宰人亡肉晨犇市索路覩新屍取之爲肴味兼畜肉後日爲饌甘不如焉王責太官宰人歸誠叩頭首之王心悆然曰人肉甘乎默勑宰人以斯爲常世尊曰夫厚於味者即仁道薄仁道薄者豺狼心興夫爲狼狗貪肉味而賊物命故天下雠焉宰人承命默行殺人以供王欲臣民嗷嗷表聞尋賊王曰宜然密告宰人曰慎之哉有司獲之賊曰王命爾矣羣臣諫曰臣聞王者爲德仁法帝釋明則日月濟等后土潤齊乾坤含懷衆生則若虚空爾乃可爲天下王耳若違仁從殘即犲狼之類矣去明就闇瞽者之儔矣替濟自沒即坏舟之等矣釋潤崇枯即火旱之喪矣背空向窒即石人之心也矣夫狼殘瞽閉坏沒火燒石人之操不可爲宰人之監豈可爲天下王耶若崇上德即昌好殘賊則亡二義臧否惟王

何之王曰孩童絕湩其可乎曰不可王曰余如之矣羣臣僉曰犲狼不可育無道不可君臣民齊心同聲逐焉王奔入山覩見神樹稽首辭曰令余反國貢神百王誓畢即行伺諸王出突衆取之猶鷹鷂之撮鷰雀執九十九王樹神人現顏華非凡謂阿羣曰爾爲無道以喪王榮今復爲元酷將欲何望乎阿羣前趣之忽然不現時普明王出察民苦樂道逢梵志梵志曰大王還宮吾欲有言王曰昨命當出信言難違道士進坐吾旋在今遂出爲阿羣所獲投之樹下王曰不懼喪身恨毀吾信耳阿羣曰何謂耶王具說道士見已之誓願一覩之受其重戒尠寶貢焉旋死不恨阿羣放之還覩道士躬敷高座道士昇座即說偈言

劫數終訖　乾坤洞然　須彌巨海　都爲灰揚　天龍福盡　于中凋喪　二儀尚殞　國有何常　生老病死　輪轉無際　事與願違　憂悲爲害　欲深禍高　瘡疣無外　三界都苦　國有何賴　有本自無　因緣成諸　盛者必衰　實者必虛　衆生蠢蠢　都緣幻居　聲響俱空　國土亦如　識神無形　駕乘四虵　無明寶養　以爲樂車　形無常主　神無常家　三界皆幻　豈有國耶

受偈畢即貢金錢萬二千梵志重戒之曰爾存四非常其禍必滅矣王曰敬諾不敢替明戒即至樹所含笑且行阿羣曰命危在今何欣且笑答曰世尊之言三界希聞吾今懷之何國命之可惜乎阿羣媚曰願聞尊敎王即以四偈授之驚喜歎曰巍巍世尊陳四非常夫不聞覩所謂悖狂即解百王各令還國阿

羣悔過自新依樹爲居日存四偈命終神遷爲王太子納妻不男王重憂之因募國女化之令男後遂泆蕩不從真道王恚之馬磔著四衢命行人曰以指摧首苟辱之矣適九十九人而太子薨魂靈變化輪轉無已值佛在世生舍衛國早喪其父孤與母居事梵志道性篤言信勇力躃象師愛友敬遐邇稱賢師每周旋輙委以居師妻懷嬖援其手婬辭誘之阿羣辭曰凡世者友男吾父之女吾母焉豈況師之所敬乎燒身可從斯亂不敢順矣師妻恧然退思爲變壻歸婦曰子歎彼賢足照子否矣具爲其過女妖似真梵志信矣師告阿羣爾欲仙乎對曰唯然曰爾殺百人斬取其指令獲神仙奉命携劍逢人輙殺獲九十九人指衆奔國震覩母欣曰母至數足吾令仙矣佛念邪道惑衆普天斯儔也化爲沙門在其前步曰人數足矣追後不屬曰沙門可止答曰吾止久矣惟爾不焉曰止義云何答曰吾惡都止爾惡熾矣阿羣心開霍如雲除五體投地頓首悔過叉手尋蹤將還精舍即爲沙門佛爲說宿行現四非常得溝港道退于樹下閉目叉手練去餘垢進取無著王召軍師戰士數萬尋捕妖賊未知所之道過佛所曰王自何來身蒙塵土對曰國有妖賊殺無量民今尋捕之世尊告曰夫民先修德而退崇邪治國之政其法何之對曰先貴後賤正法治之若夫先載畜心退懷聖德正法何之對曰先賤後貴正法賞之曰賊已釋邪崇真今爲沙門矣王歎曰善哉如來無所著正真道最正覺道法御天人師神妙上化乃

至于茲乎始爲犲狼今爲天仁稽首足下又重歎曰斯化奇矣願一覩之世尊曰可王逮官屬造之而曰上德賢者可一開眼相面乎如斯三矣答曰吾之眼睛耀射難當王稽首曰明日設微饌願一顧眄答曰於廁吾往於殿則不至王曰惟命還則裂廁掘其地則新之樟梓楠材爲之柱梁香湯沃地栴檀蘇合鬱金諸香和之爲泥氍毹雜繒以爲座席雕文刻鏤衆寶爲好煒煒煌煌有踰殿堂明日王身捧香鑪迎之阿羣就座王褰衣膝行供養訖畢即說經曰廁前日之汙豈可於飯乎對曰不可曰今可乎曰可矣阿羣曰吾未覩佛時事彼妖蠱心存口言身行諸邪邪道穢化其爲臭汙甚彼溷矣屎汙可洗穢染難除賴蒙宿祚生值佛世沐浴清化去臭懷香內外清淨猶天真珠夫不覩佛不知四非常者觀其志趣猶狂者醉之以酒矣不親賢衆而依十惡者其與犲狼共檻乎王曰善哉奇乎佛之至化乃令廁臭化爲栴檀矣說經竟即邁歷市聞有婦人逆產者命在呼吸還如事啓佛言爾往爲其產阿羣恧然世尊曰爾望產云吾自生來慈向衆生潤濟乾坤者爾母子俱全矣受教而往至宣佛恩母子俱生退還尋塗疑已有殺人之酷而云普慈稽首質焉佛告阿羣凡人心開受道之日可謂始生者也不覩三尊未受重戒猶兒處胎雖有其目將亦何覩有耳何聞故曰未生也阿羣心開即得應真道佛告諸比丘昔時普明者吾身是也吾前世授之四偈一活百王令令得道不受重罪矣阿羣宿命嘗爲比丘負米一

斛送著寺中上作刀一枚歡喜歎尊稽首而去負米獲多力上刀獲多寶歡喜獲端正歎尊獲爲王作禮故爲國人所拜九十九人摧其首遂至喪身故報前怨而斬其指後人欲摧見其已喪又覩沙門更有慈心後人即其母始有惡意故阿羣始意亦惡覩沙門更慈故見佛即孝種淳得淳種雜得雜善惡已施禍福尋之影追響應皆有所由非從自然也比丘願言令汝逢佛得道如願獲馬供養三尊有若絲髮沙門以慈呪願施者言如其言得萬無一失菩薩執志度無極行持戒如是

六度集經卷第四

音釋

饕餮 饕他刀切餮他結切貪財曰饕貪食曰餮　葅醢 葅臻魚切肉薄切也醢呼改切肉醬也　鴆 直禁切毒鳥也　窌 普孝切　螫 施隻切蟲行毒也　糅 女救切雜也　熇 黑各切火熱也　歔 音色小怖也　簿 音排栰也　懾 之涉切懼也　轢 音歷車踐也　攫 居縛切爪持也　磔 陟革切謂裂其支體也

六度集經卷第五

吳天竺三藏法師康僧會譯

忍辱度無極第三凡十三章

忍度無極者厥則云何菩薩深惟衆生識神以癡自壅貢高自大常欲勝彼官爵國土六情之好已欲專焉若覩彼有愚即貪嫉貪嫉處內瞋毒外施施不覺止其爲狂醉長處盲冥矣展轉五道太山燒煑餓鬼畜生積苦無量菩薩覩之即覺悵然而歎衆生所以有亡國破家危身滅族生有斯患死有三道之辜皆由不能懷忍行慈使其然矣菩薩覺之即自誓曰吾寧就湯火之酷葅醢之患終不恚毒加於衆生也夫忍不可忍者萬福之源矣自覺之後世世行慈衆生加已罵詈捶杖奪其財寶妻子國土危身害命菩薩輙以諸佛忍力之福除滅恚毒慈悲愍之追而濟護若其免咎爲之歡喜

昔者菩薩覩世穢濁君臣無道背真向邪難以道化故隱明滅影處于塚間習其忍行塚間有牛犢子常取其屎尿以爲飲食延其軀命暴露精思顏類醜黑人皆惡焉國人覩之更相告曰斯土有鬼見者靡不唾罵土石擲之菩薩無縣髮之恚慈心愍曰痛夫斯人不覩佛經而爲斯惡誓曰吾獲爲如來無所著正真覺道者必度茲焉菩薩法忍度無極行忍辱如是

昔者菩薩厥名曰睒常懷普慈潤逮衆生悲愍羣愚不覩三尊將其二親處于山澤父母年耆兩目失明睒爲悲楚言之泣涕夜常三興消息寒温至孝之行德芳熏乾坤地祇海

龍國人普知奉佛十善不殺衆生道不拾遺守貞不娶身禍都息兩舌惡駡妄言綺語譖謗邪僞口過都絶中心衆穢嫉恚貪餮心垢都寂信善有福爲惡有殃以草茅爲廬蓬蒿爲席清潔無欲志若天金山有流泉中生蓮華衆果甘美周旋其邊夙興採果未甞先甘其仁遠照禽獸附恃二親時渴睒行汲水迦夷國王入山田獵彎弓發矢射山麋鹿誤中睒胷矢毒流行其痛難言左右顧眄泣涕大言誰以一矢殺三道士者乎吾親年耆又俱失明一朝無我普當殞命抗聲哀曰象以其牙犀以其角翠以其毛吾無牙角光目之毛将以何死乎王聞哀聲下馬問曰爾爲深山乎答曰吾將二親處斯山中除世衆穢學進道志王聞睒言哽噎流淚甚痛悼之曰吾爲

不仁殘夭物命又殺至孝舉哀云柰此何羣臣巨細莫不哽噎王重曰吾以一國救子之命願示親所在吾欲首過曰便向小徑去斯不遠有小蓬廬吾親在中爲吾啓親自斯長别幸卒餘年慎無追戀也勢復舉哀奄忽而絶王逮士衆重復哀慟尋所示路到厥親所王從衆多草木肅肅有聲二親聞之疑其異人曰行者何人王曰吾是迦夷國王親曰王翔兹甚善斯有草席可以息凉甘果可食吾子汲水今者且還王覩其親以慈待子重爲哽噎王謂親曰吾覩兩道士以慈待子吾心切悼其痛無量道士子睒者吾射殺之親驚怛曰吾子何罪而殺之乎子操仁惻蹈地常恐地痛其有何罪而王殺之王曰至孝之子實爲上賢吾射麋鹿誤中之耳曰子巳死將

何恃哉吾今死矣惟願大王牽吾二老著子屍處必見窮沒庶同灰土王聞親辭又重哀慟自牽其親將至屍所父以手著膝上母抱其足嗚口吮足各以一手捫其箭瘡椎胷搏頰仰首呼曰天神地神樹神水神吾子睒者奉佛信法尊賢孝親懷無外之弘仁潤逮草木又曰若子審奉佛至孝之誠上聞天者箭當拔出重毒消滅子獲生存卒其至孝之行子行不然吾言不誠遂當終沒俱爲灰土天帝釋四天大王地祇海龍聞親哀聲信如其言靡不擾動帝釋身下謂其親曰斯至孝之子吾能活之以天神藥灌睒口中忽然得穌父母及睒王逮臣從悲喜交集普復舉哀王曰奉佛至孝之德乃至於斯遂命羣臣自今之後率土人民皆令奉佛十德之善修睒至孝之行一國則焉然後國豐民康遂致太平

佛告諸比丘吾世世奉諸佛至孝之行德高福盛遂成天中之天三界獨步時睒者吾身是也國王者阿難是睒父者今吾父是母者吾母舍妙是天帝釋者彌勒是也菩薩法忍度無極行忍辱如是

昔者菩薩時爲梵志名羼提和處在山澤樹下精思以果泉水而爲飲食內垢消盡處在空寂弘明六通得盡知之智名香熏聞八方上下十方諸佛緣一覺道應儀聖衆靡不咨嗟梵釋四王龍神地祇朝夕肅虔叉手稽首稟化承風擁護其國風雨順時五穀豐熟毒消灾滅君民熾盛其王名迦棃入山田獵馳逐一鹿尋其足跡歷菩薩前王問道士獸跡歷兹其爲如行乎菩薩黙惟衆生擾擾惟爲

身命畏死貪生吾心何異哉吾儻語王虐殺不仁罪與王同儻云不見吾爲欺矣中心惡然低首不云王即怒曰當死乞人吾現帝王一國之尊問不時對而佯低頭乎其國名揥手爪曰不菩薩惆悵揥手爪曰不乎示王以爲不見曰獸跡歷茲而云不見王勢自在爲不能戮爾乎菩薩曰吾聽王耳王曰爾爲誰耶曰吾忍辱人王怒拔劒截其右臂菩薩念曰吾志上道與時無諍斯王尚加吾刃豈況黎庶乎願吾得佛必先度之無令衆生効其爲惡也王曰若爲誰曰吾忍辱人又截其左手一問一截截其脚截其耳截其鼻血若流泉其痛無量天地爲之震動日即無明四天大王僉然俱臻同聲恚曰斯王酷裂其爲難齊謂道士曰無以汙心吾等誅王及其妻子并滅一國以彰其惡道士答曰斯何言乎此殃由吾前世不奉佛教加毒于彼爲惡禍追猶影之繫形矣昔種之少而今獲多吾若順命禍如天地累劫受咎豈有畢哉黎民覩變馳詣首過齊聲而曰道士處茲景祐潤國穰灾滅疫而斯極愚之君不知臧否不明去就惡加于聖惟願聖人無以吾等報上帝也菩薩答曰王以無辜之惡痛加吾身吾心愍之猶慈母之哀其赤子也黎庶何過而怨之耶假有疑望爾捉吾斷臂以來民即捉之乳湩交流曰吾有慈母之哀今其信現於茲民覩弘信靡不稟化欣懌而退菩薩有弟亦覩道跡處在異山以天眼徹視覩天神鬼龍會議王惡靡不懷忿懼兄有損德之心以神足之兄所曰有所中傷乎答曰不也爾欲照吾信

取斷手足耳鼻著其故處復者即吾信矣弟續之即復兒曰吾普慈之信于今著矣天神地祇靡不悲喜稽首稱善更相勸導進志高行受戒而退自斯之後日月無光五星失度妖怪相屬枯旱穀貴民困怨其王也佛告諸比丘時羼提和者即吾身是弟者彌勒是王者羅漢拘隣是菩薩法忍度無極行忍辱如是

昔者菩薩生於貧家貧家不育以氎裹之夜無人時默置四衢并錢一千送著其首國俗以斯日爲吉祥之日率土野會君子小人各以其類盛饌快樂梵志觀戲讚會者曰嗟乎今日會者之別有如粇米純白無糅厥香苾芬若夫今日產無男女貴而且賢座中有理家獨而無嗣聞之默喜令人四布索棄子者使問路人曰覩有棄兒者乎路人曰有獨母取焉使人尋之得其所在曰吾四姓富而無嗣爾以兒貢可獲衆寶母曰可留錢送兒從欲索貨母獲如志育兒數月而婦妊娠曰吾以無嗣故育異族天授余祚今用子爲以氎裹之夜著坑中家羊日就而乳牧人尋察覩兒即歎曰上帝何緣落其子于茲乎取歸育之以羊湩乳四姓覺知詰曰緣竊湩乎對曰吾獲天之遺子以湩育之四姓悵悔還育數月婦遂產男惡念更生又如前以氎裹之著車轍中兒心存佛三寶慈向其親晨有賈人數百乘車徑路由茲牛躓不進賈人察其所以覩兒驚曰天帝之子何緣在茲乎抱著車中牛進若流前二十里息牛停側有獨母白賈人乞曰以兒相惠濟吾老窮即惠之矣母

育未幾四姓又聞愴然而曰吾之不仁殘天德乎又以衆寶請兒歸家哽噎自責等育二兒數年之間覩兒之智奇變縱橫惡念又生曰斯明溢度吾兒否哉必虜之矣氎裹入山姑著竹中絶食必殞兒與慈念曰吾後得佛必濟衆苦矣山近溪水兒自力搖從竹墮地展轉至其水側去水二十里有誓死人隊隊人取樵遙見小兒就視歎曰上帝落其子乎抱歸育焉四姓又聞厥恨如前以衆名寶請歸悲泣幷教書數仰觀俯占衆道之術過目即能稟性仁孝言輙導化國人稱聖儒士雲集父兒念生厥惡重前家以冶師去城七里欲函殺兒書勑冶師曰昔育此子子入吾門疾疫相仍財耗畜死太卜占云兒致此灾書到極爓投之火中詭命兒曰吾年西夕加有重疾爾到冶師所諦計錢寶是爾終年之財兒受命行於城門内覩弟與輩彈胡掉戲弟曰兄來吾之幸矣爲吾復折兄曰父命當行弟曰吾請行矣奪書之冶師所冶師承書投弟于火父心忪忪而怖遣使索兒使覩兄曰弟如之乎兄如狀對兒歸陳之父驛馬追兒已爲灰矣父投躬呼天結氣内塞遂成癡疾又生毒念曰吾無嗣已不用斯子爲必欲殺之父有邸閣去國千里仍遣斯兒曰彼散吾財爾往計校令與邸閣書囊藏蠟封爾急以行書陰勑曰此兒到疾以石縛腰沉之深淵兒受命稽首輕騎進路進路半道有梵志與父遙相被服常相問遺書疏往來梵志有女女旣賢明深知吉凶天文占候兒行到梵志所居曰吾父所親梵志正在斯止謂從者曰

今欲過修禮之可乎從者曰善即過觀禮梵志喜曰吾兒子來便命四鄰學士儒生耆德雲集娛醼歡樂弁咨衆疑靡不欣懌終日極夜各疲眠寐女竊觀男見其腰帶佩囊封之書黙解取還省讀其辭悵然而歎曰斯何妖厲賊害仁子乃至斯乎裂書更之其辭曰吾年西垂重疾日困彼梵志吾之親友也厥女旣賢且明可令任爲兒匹極其寶帛娉禮豫好小禮大娉納妻之日案斯勑矣爲書畢問關復之明晨進路梵志衆儒靡不尋歎邸閣得書承命具禮詣梵志家梵志夫妻議曰夫婚姻之儀始之於擇行問名占兆彼善禮備即吾許焉今現男不媟禮娉便臻豈彼將慢乎又退宴思曰男女爲偶自古然矣男賢女貞誠亦難值遂納禮會宗九族歎曰斯榮傳世納妻禮成邸閣馳啓四姓聞之結疾殊篤兒聞親疾哽噎而言天命難保猶幻非真梵志欲擇良日遣還菩薩内痛不從其室家馳歸昇堂稽首妻尋再拜垂泣而進三步又拜稱名曰妾是子男某妻親名妾爲某當奉宗嗣箕箒之使盡禮修孝惟願大人疾瘳福臻永保無終之壽令其展精獲孝婦之德四姓結忿内塞而殞菩薩殯送慈惻追慕一國稱孝喪畢修行馨熏十方佛告諸比丘童子者吾身是也妻者裘夷是也四姓者調達是也

菩薩法忍度無極行忍辱如是

昔有菩薩爲大國王常以四等育護衆生聲動遐邇靡不歎懿舅亦爲王處在異國性貪無恥以凶爲健開士林歎菩薩懷二儀之仁惠虛誣謗訕爲造訛端興兵欲奪菩薩國菩

薩羣僚僉曰吾寧爲天仁賤不爲豺狼貴也民曰寧爲有道之畜不爲無道民矣料選武士陳軍振旅國王登臺觀軍情猥流淚涕泗交頸曰以吾一躬毀兆民之命國亡難復人身難獲吾之遁邁國境咸康將誰有患乎王與元妃俱委國去舅入處國以貪殘爲政戮忠貞進佞蠱政苛民困怨泣相屬思詠舊君猶孝子之存慈親也王與元妃處于山林海有邪龍好妃光顏化爲梵志訛叉手箕坐垂首靜思有似道士惟禪定時王覩心欣日採果供養龍伺王出行盜挾妃去將還海居路由兩山陿道之徑山有巨鳥張翼塞徑與龍戰焉龍爲震雷擊鳥墮其右翼遂獲還海王採果還不見其妃悵然而曰吾宿行遺殃咎鄰臻乎乃執弓持矢經歷諸山尋求元妃覩

有榮流尋極其源見巨獼猴而致哀慟王愴然曰爾復何哀乎獼猴曰吾與舅氏並肩爲王舅以勢强奪吾衆矣嗟乎無訴子今何緣翔茲山岨乎菩薩荅曰吾與爾其憂齊矣吾又亡妃未知所之猴曰子助吾戰復吾士衆爲子尋之終必獲矣王然之曰可明日猴與舅戰王乃彎弓搏矢股肱勢張舅遙悚懼播佪迸馳猴王衆反遂命衆曰人王于妃迷在斯山爾等布索猴衆各行見鳥病翼鳥曰爾等奚求乎曰人王亡其正妃吾等尋之鳥曰龍盜之矣吾勢無如今在海中大洲之上言畢鳥絕猴王率衆由徑臨海憂無以度天帝釋即化爲猴身病疥癬來進曰今士衆之多其踰海沙何憂不達於彼洲乎今各使衆負石杜海可以爲高山何但通洲而已猴王即

封之爲監衆從其謀負石功成衆得濟度圍洲累沓龍化毒霧猴衆都病無不仆地二王悵愁小猴重曰今令衆瘳無勞聖念即以天藥傅衆鼻中衆即奮鼻而興力勢踰前龍即興風雲以壅天日電燿光海勃怒霹靂震乾動地小猴曰人王妙射夫電燿者即龍矣發矢除凶爲民招福衆聖無怨矣霆燿電光王乃放箭正破龍智龍被射死猴衆稱善小猴拔龍門鑰開門出妃天鬼咸喜二王俱還本山更相辭謝謙光崇讓會舅王死無有嗣子臣民奔馳尋本舊君於彼山岨君臣相見哀泣俱還并獲舅國兆民歡喜稱壽萬歲大赦寬政民心欣欣含笑且行王曰婦離所夫隻行一宿衆有疑望豈況旬朔乎還爾女宗事合古儀妃曰吾雖在穢蟲之窟猶蓮居于淤泥吾言有信地其拆矣言畢地裂曰吾信現矣王曰善哉夫貞潔者沙門之行自斯國內賢人讓利仕者辭位豪能忍賤强不陵弱王之化也婬婦改操危命守貞欺者尚信巧僞守貞于妃之化也佛告諸比丘時國王者吾身是也妃者裘夷是舅者調達是天帝釋者彌勒是也菩薩法忍度無極行忍辱如是

昔者菩薩身爲獼猴力幹踰輩明哲踰人常懷普慈拯濟衆生處在深山登樹採果覩山谷中有窮陷人不能自出數日哀號呼天乞活獼猴聞哀愴爲流淚曰吾誓求佛惟爲斯類耳今不出此人其必窮死吾當尋岸下谷負出之也遂入幽谷使人負已攀草上山置之平地示其徑路曰在爾所之別去之後愼無爲惡也出人疲極就閑卧息人曰處谷飢

饍今出亦然將何異哉心念當殺獼猴噉之以濟吾命不亦可乎以石碓首血流丹地獼猴卧驚起眩倒緣樹心無恚意慈哀愍傷悲其懷惡自念曰吾勢所不能度者願其來世常逢諸佛信受道教行之得度世世莫有念惡如斯人也佛告諸比丘獼猴者吾身是也谷中人者調達是也菩薩法忍度無極行忍辱如是

昔者菩薩與阿難俱畢罪爲龍其一龍曰惟吾與卿共在海中靡所不覩寧可俱上陸地遊戲乎答曰陸地人惡起逢非常不可出也一龍重曰化爲小蛇耳若路無人尋大道戲逢人則隱何所憂乎於是相可俱昇遊觀出水未久道逢含毒蚖蚖覩兩蛇厥凶念生志往犯害則吐毒呴沫兩蛇一蛇起意將欲以威神殺斯毒蚖一蛇慈心忍而諫止曰夫爲高士當赦衆愚忍不可忍者是乃爲佛聖真之大戒也即説偈曰

貪欲爲狂夫　靡有仁義心　嫉妬欲害戒
惟默忍爲安　非法不軌者　内無惻隱心
慳惡害布施　惟默忍爲安　放逸無戒人
酷虐懷賊心　不承順道德　惟默忍爲安
背恩無反復　虚飾行諂僞　是爲愚癡極
惟默忍爲安

一蛇遂稱頌忍德説偈陳義一蛇敬受遂不害蚖一蛇曰吾等還海中可乎相然俱去則奮其威神震天動地興雲降雨變化龍耀人鬼咸驚蚖乃惶怖戻視無知七日絶食佛告諸比丘爾時欲害蚖龍者阿難是也説忍法龍者吾身是也含毒蚖者調達是也菩薩所

在世世行忍雖在禽獸不忘其行也菩薩法忍度無極行忍辱如是

摩天羅王經

昔者有國名摩天羅王名難學通神明靡幽不覩覺世非常曰吾身當朽爲世糞壤何之可保捐禁棄樂服大士之法服一鉢食爲足稟沙門戒山林爲居積三十年樹邊有坑坑深三十丈時有獵者馳騁尋鹿墮于坑中時有烏蛇各一亦驚俱隕焉體皆毀傷俱亦困矣仰天悲嗥有孤窮之音道士愴然火照見之涕泗交頸臨坑告曰汝等無憂吾將拔汝重難即作長繩懸以登之三物或銜或持遂獲全命俱叩頭謝曰吾等命在轉矚道士仁惠弘普無量令吾等得覩天日願終斯身給衆所乏以徵報重萬不塞一道士曰吾爲國王國大民多宮寶婇女諸國爲上願即響應何求不得吾以國爲怨窟以色聲香味華服邪念爲六劒截吾身六箭射吾體由斯六邪輪轉受苦三塗酷烈難忍難堪吾甚猒之故捐國爲沙門願獲如來無所著正真道最正覺道法御天人師開化羣生令逮本無豈但汝等三人而已乎各還舊居見汝所親令三自歸無違佛教矣獵者曰處世有年雖覩儒士積德爲善豈有若佛弟子恕己濟衆隱處而不揚名者乎若道士有之願至吾家乞微供養烏曰吾名鉢道士有難願呼吾名吾當馳詣蛇曰吾名長若道士有患願呼吾名必來報恩辭畢各退他日道士之獵者舍獵者遥覩其來告妻曰彼不祥之人來吾勑汝爲饌徐設之彼過日中即不食矣妻覩道士勅

然作色詭留設食虛談過中道士退矣還山覩烏呼名曰鉢烏問曰自何來耶曰獵者所來烏曰已食乎曰彼設未辦而日過中時不應食故吾退耳烏曰凶咎之魅難以慈濟違仁背恩兇逆之大吾無飮食無以供養留心坐斯吾須臾還飛之般遮國入王後宮覩王夫人卧首飾之中有明月珠烏銜馳還以奉道士夫人寐寤求之不獲即以上聞王勑臣民有得之者賞金銀各千斤牛馬各千首得不貢者罪重滅宗道士惠獵者獵者縛而白之王曰汝從誰得斯寶乎道士深惟以狀言之即一國烏皆死矣云道得之斯非佛弟子也嘿然受拷杖楚千數不怨王不讎彼弘慈誓曰令吾得佛度衆諸苦矣王曰取道士埋之惟出其頭明日戮焉道士乃呼蛇曰長蛇

曰天下無知我名者惟有道士耳揚聲相呼必有以也疾邁見道士若茲叩頭問曰何由致此道士具說厥所由然蛇流淚曰道士仁如天地尚與禍會豈況無道誰將祐之乎天仁無怨斯王惟有太子一人無他儲副我將入宮齧殺太子以吾神藥傅之即瘳蛇夜入宮齧之即絕停屍三日令曰有能活太子者分國而治載之山間當大葬之行經歷道士邊道士曰太子何疾而致身喪乎且無葬矣吾能活之從者聞說馳以上聞王心悲喜重更哀慟曰吾赦爾罪分國爲王道士以藥傅身太子忽然興曰吾何緣在斯乎從者具陳所以太子還宮臣細喜舞分國惠之一無所受王悟曰分國不受豈當盜哉問子何國人以何見爲沙門乎何從獲珠行高乃然忽離

斯患將以何由道士本末陳馬王爲愴然涕淚流面王告獵者曰子有功勳於國悉呼九親來吾欲重賜之親無巨細皆詣宫門王曰不仁背恩惡之元首盡殺之矣道士入山學道精進不倦命終生天上佛告諸比丘時道士者吾身是也烏者鶖鷺子是蛇者阿難是獵者調達是其妻者懷杅女子是也菩薩弘仁度無極行忍辱如是

槃達龍王經

昔者拘深國王名抑迦達其國廣大人民熾盛治國以正不枉兆民王有子二人一男一女男名須達女名安闍難執行清淨王甚重之爲作金池二兒入池浴池中有黿黿名曰金瞀一眼亦於水戲觸二兒身兒驚大呼王則問其所以云池中有物觸怖我等王怒曰池爲兒設何物處之而恐吾兒令施罠取之鬼龍奇怪趣使得之罠師得黿王曰當作何殺之羣臣或言斬首或言生燒或言斲之作羹一臣曰斯殺不酷惟以投大江中斯所謂酷者也黿笑曰惟斯酷矣惟斯酷矣王使投之江中黿得免喜馳詣龍王所自陳曰人王抑迦達有女端正光華天女爲雙人王乃心區區大王欲以女結爲援親龍曰汝誠乎黿曰唯然爲黿具設盛饌皆以寶器黿曰早遣賢臣相尋吾王欲得其決龍遣賢臣十六從黿至人王城下塹中黿曰汝等止此吾往上聞黿遂遁邁不復來還十六臣悁悒俱入城見王王曰爾等來爲龍對曰天王仁惠接等吾王欲以貴女爲吾王妃故遣臣等來迎王怒曰豈有人王之女與蛇龍爲偶乎龍對曰

大王故遣神龜宣命臣等不虛來王不許之諸龍變化令宮中衆物皆爲龍耀遶王前後王懼呌嘷羣臣驚愕皆詣殿下質問所以王具說其狀衆臣僉曰豈可以一女之故而亡國乎王及羣臣臨水送女遂爲龍妃生男女二人男名槃達龍王死男襲位爲王欲捨世榮之穢學高行之志其妻有萬數皆尋從之逃避幽隱猶不免焉登陸地於私梨樹下隱形變爲蛇身蟠屈而卧夜則有燈火之明在彼樹下數十枚矣日日雨若干種華色耀香美非世所覩國人有能厭龍者名阤圖入山求龍欲以行乞覩牧牛兒問其有無兒曰吾見一蛇蟠屈而卧於斯樹下夜樹上有數十燈火明煒曄華下若雪色耀香美其爲難喻吾以身附之亦無賊害之心術士曰善哉獲吾願矣則以毒藥塗龍齒牙齒牙皆落以杖捶之皮傷骨折術士自首至尾以手捋之其痛無量亦無怨心自咎宿行不工乃致斯禍誓願曰令吾得佛拯濟羣生都使安隱莫如我今也術士取龍著小篋中荷負以行乞匃每所至國輙令龍舞諸國羣臣兆民靡不懼之術士曰乞金銀各千斤奴婢各千人象馬牛車衆畜事各千數每至諸國所獲皆然轉入龍王父之國其母及龍兄弟皆於陸地求之化爲飛鳥依傍王宮術士至龍王化爲五頭適欲出舞而見其母兄妹羞鄙逆縮不復出舞術士呼之五六龍遂頓伏毋復爲人形與王相見陳其本末王及臣民莫不舉哀王欲殺術士龍語之曰吾宿行所種令當受報無宜殺之以盍後怨從其所求以施與之弘

慈如斯佛道可得也王即以異國爲例具其所好悉以賜之術士得斯重寶喜以出國於他國界逢賊身見葅醢財物索盡龍母子與王決别若大王念我呼名吾則來無顛頞矣王逮臣民臨渚送之一國哀慟靡不躃踊者也佛告諸比丘槃達龍王者吾身是也抑迦達國王者阿難是也母者今吾母是也男弟者鶖鷺子是也女妹者青蓮華除饉女是也時酤龍人者調達是也菩薩弘慈度無極行忍辱如是

雀王經

昔者菩薩身爲雀王慈心濟衆有尚慈母悲彼難苦情等親離覩衆稟道喜若已寧愛育衆生猶護身瘡有虎食獸骨挂其齒病困將終雀覩其然心爲悲楚曰諸佛以食爲禍其果然矣入口啄骨日日若茲雀口生瘡身爲瘦疵骨出虎穌雀飛登樹説佛經曰殺爲兇虐其惡莫大若彼殺已豈恱之乎當恕已度彼即有春天之仁仁者普慈祐報響應兇虐殘衆禍尋影追爾思吾言矣虎聞雀戒勃然恚曰爾始離吾口而敢多言乎雀覩其不可化愴然愍之即速飛去佛告諸比丘時雀者吾身是也虎者調達是也開士世世慈心濟衆以爲逞務猶自憂身菩薩法忍度無極行忍辱如是

之裸國經

昔者菩薩伯叔二人各賫國貨俱之裸鄉叔曰夫福厚者衣食自然薄祐者展于筋力今彼裸鄉無佛無法無沙門衆可謂無人之土矣而吾等徃俯仰取其意豈不難哉入國隨

俗進退尋儀輭心言遜匿明佯愚大士之處也伯曰禮不可虧德不可退豈可裸形毀吾舊儀乎叔曰先聖景則殞身不殞行式之常也內金表銅釋儀從時初譏後歎權道之大矣遂俱之彼伯曰爾先入觀其得失遣使告誠叔曰敬諾旬日之閒使反告伯曰必從俗儀伯勃然曰釋人從畜豈君子行乎叔爲吾不也其國俗以月晦十五夜市爲樂以麻油膏膏首白土畫身雜骨瓔頸兩石相叩男女攜手逍遙歌舞菩薩隨之國人欣歎王愛民敬賓士相屬王悉取貨十倍顧之伯車乘入國言以嚴法輙違民心王忿民慢奪財撾捶叔請乃釋俱還本國送叔者被路罵伯者聒耳伯恥怒曰彼與爾何親與吾何讎爾惠吾奪豈非讒言耶結叔帶曰自爾之後世世相酷終不赦爾菩薩愴然流淚誓曰令吾世世逢佛見法親奉沙門四恩普覆潤濟衆生奉伯若巳不違斯誓也自此之後伯輙尅叔叔常濟之佛告諸比丘時叔者是吾身也伯者調達是也菩薩慈忍度無極行忍辱如是

六年守飢畢宿罪經

昔者菩薩爲大國王歸命三尊具奉十善德被遐邇靡不承風兵刃不施牢獄無有風雨時節穀豐民富四表康休路無怨嗟華僞小書舉國絕口六度真化靡人不誦時有梵志執操清淨閑居山林不預流俗惟德是務夜渴行飲誤得國人所種蓮華池水飲畢意寤曰彼買此池以華奉佛廟水果自供吾飲其水不告其主斯即盜矣夫盜之爲禍先入太山次爲畜生屠賣于市以償宿債若獲爲人

當爲奴婢吾不如早畢於今無愧後患矣詣闕自告曰其犯盜惟願大王以法相罪畢之於今乞後無尤王曰斯自然之水不寶之物何罪之有乎對曰夫買其宅即有其井占其田者即惜其草汲井刈蒭非告不取吾不告而飲豈非盜耶願王處之王曰國事多故且坐苑中太子令之深處苑内王事總猥忘之六日忽然寤曰梵志故在乎疾呼之來梵志守戒飢渴六日之王前立厥體瘦疵起而搶地王覩流淚曰吾過重矣王后笑之王遣人澡浴梵志具設肴膳自身供養叩頭悔過曰吾爲人君民飢者吾自飢寒者即衣單豈況懷道施德之士乎一國善士之福不如高行賢者一人之德國寧民安四時順穀豐穰非戒之德其誰致之乎謂道士曰飲水不告罪乃若此豈況真盜不有重咎乎以斯赦子必無後患也梵志曰大善受王洪潤矣自斯之後生死輪轉無際至臨得佛不食六年罪畢道成俱夷自解羅云乃生太子棄國勤于山林邪見之徒咸謂狂惑謗聲非一太子聞焉忍斯辱謗追以慈濟福隆道成諸天雲集稽首承風帝王臣民靡不歸命佛告諸比丘時王者是吾身也夫人者俱夷是太子者羅云是夫崇惡禍追施德福歸可不慎哉王忘道士令餓六日受罪六年饑饉裁息六日之後王身供養故今六年殃畢道成俱夷笑之今懷羅云六年重病太子以梵志深著苑内故六年處于幽冥愚夫重闇不明去就以惡心向佛沙門梵志截手拔舌者斯一世之苦妄以手捶虛以口謗死入太山太山之鬼拔出

其舌著於熱沙以牛耕上又以熱釘釘其五體求死不得惡殃若此愼行無邪菩薩法忍度無極行忍辱如是

釋家畢罪經

昔者菩薩守戒行淨積功累德遂獲爲如來無所著正真道最正覺遊處舍衛國天龍鬼神帝王臣民靡不師宗蠱道邪術值佛景隆猶日明盛螢火隱退貪嫉之興不覩亡身之火邪黨構謀勸女弟子名曰好首以毀天尊國人未獲真諦者有沉吟之心疑諸沙門王亦怪焉蠱道貪濁諍財相訴濁現禍歸即時見廢貞真照現天人歎善王詣精舍頓首悔過由斯王有懃心因媒啓問求佛女妹結婚姻之固以絕釋家之怨衆祐曰吾去家爲沙門不預世業嫁娶之事一由父王於是遣使者致敬宣結親之辭諸釋不許王曰佛處其國爾由往來明者無怨愚夫有讎女吾賤妾之子何足以致恨乎王許曰可遂成婚姻有男嗣一請見諸舅即之釋國時佛當還開化諸釋諸釋欣欣興佛精舍掘土三尺以栴檀香塡之斂國衆寶爲佛精舍焜焜奕奕有若天宮聲于鄰國靡不躍逸佛未坐之而庶子入覩曰斯精舍之功衆珍之妙惟天帝天宮可爲匹矣曰佛未翔兹吾一坐座沒命不恨也庶子嬖友名曰頭佉摩對曰夫亦何失即昇座矣釋氏雄士壯聲呵曰衆祐尊座天帝不臨何婢子之敢昇坐乎裂座更興庶子出謂其友曰斯辱無外矣吾若爲王爾無忘兹友曰俱然旋守其母欲爲太子母以妖蠱請如子願王曰古來未聞無設狂言自招恥也

妖蠱處内佞臣巧辭遂立二適分民正治大王崩位立兩國民隨所悦仁凶分流仁即奉兄凶馳詣叔友爲相國修治干戈軍用衆備以舊事聞王曰可即寵雄將武士就路覩佛邊道坐于半枯之樹王進稽首曰佛不坐純生而處半枯將有由乎衆祐曰斯樹名釋吾愛其名以仁道濟其難潤其枯惠其生也王悵然内恥曰佛仁弘普惠逮草木豈況人乎於是旋軍相國仰察天文覩釋氏宿福索禍興後以聞之軍又出未至釋氏城有里數城中弓弩矢聲猶風雨幢旛傘蓋斷竿截斗裂鎧斬鞚士馬震奔靡不失魄王又奔歸釋人啓佛當如賊何曰牢闔門廢壍橋王又出軍目連啓言吾欲以羅漢威神化爲鐵網覆城面四十里王奈釋人何衆祐曰無奈罪何又言掉著他方刹土曰無奈罪何目連言吾能攘有形無奈無形罪何衆祐曰種惡禍生孰能攘之取釋氏一子置吾鉢下以効其實目連如命釋諸耆舊承教守門魔化爲舊德呵諸釋曰王假塗有所之爾其絶彼將益後訧佛弟子行可得爾乎魔奮勢拔鑰排門兵入猶塘決水覩釋摩男爲大將軍與王先王同師而學有死友之誓謂王曰住爾凶士一飡之頃令城中人獲出全命王曰可大將軍臨水向佛叩頭流淚而曰以吾微命請彼少人願令十方羣生皆奉佛教恕已濟衆潤合二儀無爲狼蚖之毒殘賊衆生若斯無道之王矣入水以髮纏樹根有頃命終王遣使者視之還如事云兵入掘地半埋釋人橫材象牽縣殺之矣或馬蹟或兵刃佛時首疾其痛難

言梵皇帝釋四天大王皆叉手侍爲之痛心
釋人有自歸命三尊者誦經者起慈心者釋
有三城征事未畢王憶釋摩男殺身請衆命
爲之愴然旋師罷軍遣使者致敬曰士衆疲
勞還國息師異日束帶稽首足下佛敎謝王
自愛使者退佛視之矣阿難整法服稽首曰
佛不虛視其必有緣衆祐曰釋罪畢也王罪
興矣却後七日太山鬼以火燒王及其臣民
王罪難救猶釋禍難禳矣佛使阿難舉鉢鉢
下人亦終佛將諸沙門至梵志講堂道經諸
釋死地或有已死或折臂髀脛者覩佛來或
搏頰呻吟云歸命佛歸命法歸命聖衆願十
方羣生皆獲永康莫如我等也時自然牀從
地出其地無間諸沙門皆坐佛言斯王勃逆
興罪弘廣矣又問沙門若見屠獵魚網者獲
爲飛行皇帝乎對曰不見佛言善哉吾亦不
見以其無四等心惠彼羣生故也王行湖邊
衆入水浴神化爲毒蛇螫其士衆毒行身黑
或於水中死者或百步二里死者且半入國
凶鬼雲集宮中夜時人聲物鳴聚居相持須
且爲命日月薄蝕星宿失度怪異首尾靡不
怨王也王聞佛戒火變之異內如湯灼遣使
者參其事佛說如上使反具聞國震瓦崩王
會臣議或言於山或於水者遂乘船入海强
富得從貧羸留國王內宮人登船上服望火
解衣脫陽燧珠著服上其日雲輿壅壅曀曀
風雷陵陵窄絕舟漂臣民僉曰蔑王行凶乃
致斯禍向中之時日出炙陽燧陽燧化爲火
始自王舟太山鬼神四集霹靂率土生入太
山地獄留在岸者徹怖而全佛於是日興慈

心定諸沙門問阿難佛不出乎答曰一國大喪佛興慈定故爲不出也佛明晨出諸沙門稽首于地梵釋四王諸龍神鬼帝王臣民稽首就座阿難整衣服問二國禍變之源願釋衆疑令羣生照禍福所由佛告阿難昔有三國比鄰而王時佛去世久遠經典不修菩薩所處之國致有湖池獲魚無數近國聞喜賫財來買魚盡慘還遠國不知亦無買心魚獵國者今釋三億人死者是也其一國喜欲買魚者今一城人恐徙亡財者是也遠國不聞得魚者今一城中人不知王來者是也我時見破魚首失言可之今已得佛爲三界尊尚不免首疾之殃豈況凡庶乎諸弟子端爾心興慈愍安羣生恕已濟彼慎無殺生盜人財物婬彼非妻兩舌惡駡妄言綺語嫉妬恚癡誹謗三尊禍之大莫尚十惡福榮之尊夫惟十善矣殺物者爲自殺活物者爲自活勞心念惡口言惡身行惡莫若勞心念道口言道身行道施善福追爲惡禍尋猶響之應聲影之追形也覩斯變者慎勿違春天之仁而尚豺狼之凶也佛說經竟四輩弟子天龍鬼神皆大歡喜稽首而去

六度集經卷第五

音釋

睒失冉切 吮徂兗切軟也 搋丑例切 蹪陟利切跲也 訕所晏切謗也 訧羽求切罪也 苛音何虐也 岨壯所切與阻同 呴匈于切吹也 罛音姑魚罟也 悁悒悁於緣切憂也悒於急切不安也 捋郎括切 瘦所祐切與瘦同 鞚苦貢切馬勒也

六度集經卷第六

吳天竺三藏法師康僧會譯

精進度無極第四（凡十九章）

精進度無極者厥則云何精存道奧進之無怠卧坐住步喘息不替其目髣髴恒覩諸佛靈像變化立己前矣厥耳聽聲恒聞正真垂誨德音鼻爲道香口爲道言手供道事足蹈道堂不替斯志呼吸之間矣憂愍衆生長夜沸海迴流輪轉毒加無救菩薩憂之猶至孝之喪親矣若夫濟衆生之路前有湯火之難忍毒之害投躬危命喜濟衆艱志踰六冥之徒獲榮華矣昔者菩薩時爲凡人聞佛名號相好道力功德巍巍諸天共宗則高行者衆苦都滅矣菩薩存想吟泣無寧曰吾從得天師經典諷誦執行以致爲佛愈衆生病令逮本淨乎時佛去世無除饉衆莫由受聞鄰有凡夫其性貪殘覩菩薩情精進志銳曰吾知佛三戒一章爾欲稟乎菩薩聞之其喜無量稽首足下伏地請戒知偈者曰斯爲無上正真最正覺道法御天人師之要教也子欲徒聞之豈其然乎答曰請問法儀厥義何之曰爾審懇誠者身毛一孔一針刺之血流身痛心不悔者尊教可聞矣答曰聞佛則殞吾欣爲之豈況刺身而生存者乎即行市針以自刺身血若流泉菩薩喜於聞法得無痛之定天帝釋覩菩薩志銳爲其愴然化令舉身一毛孔者有一針矣其人覩之照厥志高即授之曰守口攝意身無犯惡除是三行得賢徑度是諸如來無所著正真等最正覺戒真說也菩薩聞戒歡喜稽首顧視身針霍然不現

顏影奕奕氣力踰前天人鬼龍靡不歎懿志進行高蹱指相尋遂致得佛拯濟衆生佛告諸比丘授菩薩偈者今調達是調達雖先知佛偈猶盲執燭照彼不自明何益於巳菩薩銳志度無極行精進如是

昔者菩薩爲獼猴王常從五百獼猴遊戲時世枯旱衆果不豐其國王城去山不遠隔以小水猴王將其衆入苑食果苑司以聞王曰密守毋令得去獼猴王知之愴然而曰吾爲衆長禍福所由貪果濟命而更誤衆勑其衆曰布行求藤衆還藤至競各連續以其一端縛大樹枝猴王自縛腰登樹投身攀彼樹枝藤短身垂勑其衆曰疾緣藤度度衆過畢兩腋俱絕墮水邊岸絕而復穌國王晨往案行獲大獼猴能爲人語叩頭陳云野獸貪生恃澤附國時旱果乏干犯天苑咎過在我原赦其餘蟲身朽肉可供太官一朝之肴也王仰首歎曰蟲獸之長殺身濟衆有古賢之弘仁吾爲人君豈能如乎爲之揮涕命解其縛扶著安土勑一國中恣猴所食有犯之者罪與賊同還向皇后陳其人澤古賢之行未等於茲吾仁絲髮彼踰崑崙矣后曰善哉奇矣斯蟲也王當恣其所食無令衆害王曰吾巳命矣佛告諸比丘獼猴王者吾身是也國王者阿難是也五百獼猴者今五百比丘是菩薩銳志度無極精進如是

昔者菩薩身爲鹿王力勢踰衆仁愛普覆羣鹿慕從所遊近苑牧人以聞王率士衆合圍逼之鹿王乃知垂泣而曰爾等斯厄厥訧由我也吾將沒命濟爾羣小鹿王就索下前兩

足曰登吾踊出爾等可全矣羣鹿如之咸獲免矣身肉決裂血若流泉躃地纔息其痛難言羣鹿啼呼徘徊不去人王覩其體殘血流丹地不見鹿衆曰斯者何以鹿王對曰執操不淑稟命爲獸尋求美草以全微命干犯國境罪應就重身肉雖盡兩髀五藏完具尚存惟願太官給一朝膳王曰爾何緣若茲乎鹿王本末陳其所以人王惻然爲之流淚曰爾爲畜生含乾坤之弘仁毀命以濟衆吾爲人君苟貪好殺殘夭所生即布重命勑國黎庶自今絕獵無貪鹿肉裂綵舉鹿安厝平地羣鹿覩其王仰天悲號各前舐瘡分布採藥咀咋傳之人王覩焉重爲抆淚曰君以子愛育其衆衆以親恩慕其君爲君之道可不仁乎自斯絕殺尚仁衆天即祐之國豐民熙遐邇稱仁民歸若流佛告鶖鷺子鹿王者吾身是也五百鹿者今五百比丘是也人王者阿難是也菩薩銳志度無極精進如是

昔者菩薩身爲鹿王名曰修凡其軀毛九色覩世希有江邊遊戲覩有溺人呼天求哀鹿愍之曰人命難得而當殞乎吾寧投危以濟彼矣即泅趣之曰爾勿恐也援吾角騎吾背今自相濟人即如之鹿出人畢息微殆絕人活甚喜繞鹿三帀叩頭陳曰人道難遇厥命惟重丈夫投危濟吾重命恩踰二儀終始弗忘願爲奴使供給所之鹿曰爾去以吾軀命累爾終身夫有索我者無云覩之溺人敬諾没命不違時國王名摩因先禀操淳和慈育黎庶王之元后厥名和致夢見鹿王身毛九色其角踰犀寤寐以聞欲以鹿之皮角爲衣

爲玩若不獲之妾必死矣王重曰可晨向羣臣說鹿體狀布命募求獲者封之一縣金鉢滿之銀粟銀鉢滿之金粟募之若斯溺人悅焉曰吾獲一縣金銀兩鉢終身之樂鹿自殞命余何豫哉即馳詣宮如事陳聞啓之斯須面即生癩口爲朽臭重曰斯鹿有靈王當率衆乃獲之耳王即與兵渡江尋之鹿時與烏結爲厚友然其卧睡不知王來烏曰友乎王來捕子鹿疲不聞啄耳重云王來殺爾鹿驚覩王彎弓向已疾馳造前跪膝叩頭曰天王假吾漏刻之命欲陳愚情王覩鹿然即命息矢鹿曰王重元后勞躬副之吾終不免矣天王處深宮之内焉知徼蟲之處斯乎王手指云癩人啓之鹿曰吾尋美草食之遙覩溺人呼天求哀吾愍子窮投危濟之其人上岸喜叩頭曰吾命且喪而君濟之願給水草爲終身奴吾答之曰爾去自在所之愼無向人云吾在斯鹿王又曰寧出水中浮草木上著陸地不出無反復人也劫財殺主其惡可原受恩圖逆斯酷難陳王驚曰斯何畜生而懷弘慈没命濟物不以爲艱斯必天矣王善鹿之言喜而進德命國内曰自今日始恣鹿所食敢有犯者罪皆直死王還元后聞王放之恚感心碎死入太山天帝釋聞王建志崇仁嘉其若兹化爲鹿類盈國食穀諸穀果稼掃土皆盡以觀其志黎庶訟之王曰凶訛保國不若守信之喪矣釋曰王真信矣遣鹿各去穀豐千倍毒害消竭諸患自滅佛告諸比丘時鹿王者吾身是也烏者阿難是也國王者鶖鷺子是也溺人者調達是也王妻者今調達

妻是也菩薩銳志度無極精進如是

昔者菩薩身爲馬王名曰馸耶常處海邊度漂流人時海彼岸有婬女鬼其數甚多若覩賈人即化爲城郭居處田園妓樂飲食變爲美人顏華輝曄要請賈人酒樂娛之鬼魅惑人皆留匹偶一年之間婬鬼厭故以鐵鎛刺其咽飲其血食其肉吮其髓馬王遙覩婬鬼噉人爲之流淚因飛度海之海彼岸獲成擣粇米馬王食飲畢登山呼曰誰欲度者如此三矣賈人聞之喜曰常聞神馬哀度危難今其臻乎喜而趣之曰哀度吾等馬曰爾等去者婬鬼必當提子示爾哀號而追有顧戀之心者吾去鬼必復以鐵鎛刺爾咽飲爾血吞爾肉正心存善可得全命矣夫欲歸者騎吾背援吾鬣尾挻頸自由所執更相攀援必活覩親也賈人信用其言者皆獲全命歸覩六親婬惑之徒信鬼妖蠱靡不見噉夫信正去邪現世永康矣佛告諸比丘時馬王者吾身是也菩薩銳志度無極精進如是

昔者菩薩身爲魚王有左右臣皆懷高行常存佛教食息不替食水生菜苟以全命慈育羣小猶自護身尋潮遊戲誨以佛戒不覺漁人以網挾之羣魚巨細靡不惶灼魚王愍曰愼無恐矣一心念佛願衆生安普慈弘誓天祐猶響疾來相尋吾濟爾等魚王以首倒植泥中拄尾舉網衆皆馳出羣魚得活靡不附親佛告諸比丘時魚王者吾身是也左右臣者鶖鷺子大目揵連是也菩薩銳志度無極精進如是

昔者菩薩身爲鼈王晝夜精進思善方便令

衆生神得逮本無又有黿王共處深山俱覩蝘蜓登樹自投如斯無寧菩薩占曰斯危身之像矣吾等宜早避之爲善其一黿王專愚自由不從真言菩薩盡心濟其從者令得免難十日之後象王從衆就樹燕息蝘蜓自投墮象耳中則驚啼呼羣象奔赴其來縱橫踐殺諸黿黿王恚曰知事若茲而不指云吾死爾生於心善乎累劫尋爾逢必殘戮佛告諸比丘善占黿者吾身是也自專不去者調達是也菩薩銳志度無極精進如是

昔者菩薩爲鸚鵡王從衆三千有兩鸚鵡力勢踰衆口銜竹銜以爲車乘王集其上飛止遊戲常乘銜上下前後左右鸚鵡各五百衆六面輔翼合有三千貢獻所珍娛樂隨時王深自惟衆歡亂德無由獲定吾將權焉託病不食佯死棄衆其諸衆者以草覆之各捐而去王興求食諸鸚鵡衆詣他山鸚鵡王所曰吾王喪矣願爲臣僕曰爾王死者以屍相示若其真喪吾將納爾衆還取屍霍然不見四布行索獲其王矣僉然爲禮復故供養王曰吾尚未喪爾等委捐諸佛明訓覩世無親惟道可宗沙門以鬚髮爲亂志之穢故捐之崇無欲行爾等譊嘵邪聲亂志獨而無偶上聖齋德言畢翻飛閑處窈寂棄欲無爲思惟定行諸穢都滅心如天金佛告諸比丘時鸚鵡王者吾身是也菩薩銳志度無極精進如是

昔者菩薩身爲鴿王從衆五百於國王苑翺翔索食國王覩之勑令牧夫網率張捕其衆巨細無有孑遺籠而閉之食以粇米肥肉太官以供肴膳鴿王見拘一心念佛悔過興慈

願令衆生拘者得解疾離八難無如我也謂諸鴿曰佛經衆戒貪爲元首貪以致榮者猶餓夫獲毒飲矣得志之樂其久若電衆苦困巳其有億載爾等捐食身命可全矣衆對之曰見拘處籠將欲何異乎王曰違替佛教縱情貪欲靡不喪身者也巳自捐食肌體日耗間關得出顧謂餘曰除貪捐食可如我也言畢飛去佛告諸比丘鴿王者吾身是也菩薩銳志度無極精進如是

蜜蜂王經

聞如是一時佛在舍衛國祇樹給孤獨園佛告弟子當勤精進聽聞諷誦莫得懈怠陰蓋所覆吾念過去無數劫時有佛名一切度王如來無所著最正覺時爲一切諸天人民不可計數而說經法是時衆中有兩比丘其一比丘名精進辯一比丘名德樂止共聽經法精進辯者聞經歡喜應時即得阿惟越致神通具足德樂止者睡眠不覺獨無所得時精進辯謂德樂止言佛者難值億百千世時乃一出耳當曼精進爲衆作本如何睡眠夫睡眠者陰蓋之罪當自勗勉有覺寤心時德樂止聞其教詔便即經行於祇樹間甫始經行復住睡眠如是煩亂不能自定詣泉水側坐欲思惟復坐睡眠時精進辯便以善權往而度之化作蜜蜂王飛趣其眼如欲螫之時德樂止驚覺而坐畏此蜂王須臾復睡時蜜蜂王飛入腋下螫其胷腹德樂止驚心中懅悸不敢復睡時泉水中有雜色華波曇拘文種種鮮潔時蜜蜂王飛住華上食甘露味時德樂止端坐視之畏復飛來不敢復睡思惟蜂

王觀其根本蜜蜂王食味不出華中須臾之
頃蜂王睡眠墮汙泥中身體沐浴已復還飛
住其華上時德樂止向蜜蜂王說此偈言
是食甘露者　其身得安隱　不當復持歸
遍及其妻子　如何墮泥中　自汙其身體
如是爲無黠　毀其甘露味　又如此華者
不宜久住中　日沒華還合　求出則不能
當須日光明　爾乃復得出　長夜之疲冥
如是甚勤苦
時蜜蜂王向德樂止說偈報言
佛者譬甘露　聽聞無猒足　不當有懈怠
無益於一切　五道生死海　譬如墮汙泥
愛欲所纏裹　無智爲甚迷　日出衆華開
譬佛之色身　日入華還合　世尊般泥洹
值見如來世　當曼精進受　除去睡陰蓋
莫呼佛常在　深法之要慧　不以色因緣
其現有智者　當知爲善權　善權之所度
有益不唐舉　而現此變化　亦以一切故
時德樂止聽聞其說即得不起法忍解諸法
本逮陀鄰尼乃知精進辯善權方便常獨經
行不復懈怠應時亦得不退轉地佛告阿難
爾時精進辯者今我身是也德樂止者彌勒
是也佛語阿難我爾時俱與彌勒共聽經法
彌勒時睡眠獨無所得設我爾時不行善權
而救度者彌勒于今在生死中未得度脫聞
是法者常當精進廣勸一切皆令除去睡眠
之蓋當造光明智慧之本說是事時無央數
人皆發無上平等度意菩薩銳志度無極精
進如是

佛以三事笑經

昔者菩薩爲清信士歸命三尊慈弘仁普恕濟羣生守清不盜布施等至貞淨不泆觀捐內婬信同四時重如須彌絕酒不飲尊孝齡親以正月奉六齋精進無倦所生遇佛德行日隆遂成如來無所著正真覺道法御天人師教化周旋時行歷市覩一老公斗量賣魚哀慟號曰怨呼皇天吾子何咎而早喪身存賣魚吾豈勞乎佛覩其然笑之口光五色度市斯須又覩大豬浴屎行路佛復笑焉阿難整服稽首而曰屬笑人多莫由敬質而今重笑必有教詔願釋衆疑爲後景模世尊告曰阿難吾笑有三因緣一曰觀彼老公之愚其爲弘普矣日以罾網殘羣生命蓋無絲髮之惻隱頑子自喪而怨諸天呼號驚市斯下愚之行非二儀之仁賢聖之恕也是以笑耳昔者飛行皇帝食福巍巍志憍行逸今爲斗量魚斯二矣不想天人壽八十億四千萬劫意專著空不能空空逮于本無福盡受罪今在斗中斯三矣阿難質曰飛行皇帝逮彼尊天其德巍巍何故不免於罪乎世尊曰禍福非真當有何常夫處尊榮施四等恩覺四非常可免彼禍難矣若因貴自遂快心從邪福盡受罪自古來然殃禍追已猶影尋形響之應聲豈有貴賤哉惟吾前世爲清信士時有鄰人好奉鬼蠱姦孽爲羣不信作惡重禍響應每至齋日吾要入佛正真之廟聽沙門衆散說淨法以爲德本防絕凶禍而子婬荒訛云有務吾詣佛廟子往亂道自斯之後吾之所生逢佛聞法與沙門齊志德行日隆遂成如來無所著正真道最正覺道法御天人師

爲三界尊號曰法王鄰人好事鬼術殘賊羣生泆蕩女色酒亂不孝自謂得志輪轉三道苦毒無量吾已爲佛子續爲臭蟲是以笑之佛告阿難吾累劫稟經採義親樂沙門獲斯巍巍矣菩薩銳志度無極精進如是

小兒聞法即解經

昔有比丘精進守法少持禁戒初不毀犯常修梵行在精舍止所可諷誦是般若波羅蜜說經聲妙無能及者其有聞此比丘音聲莫不歡喜有一小兒厥年七歲城外牧牛遙聞比丘誦說經聲即尋音往詣精舍中禮比丘已却坐一面聽其經言時說色本聞之即解兒大歡喜經句絕已便問比丘比丘應答不可兒意是時小兒反爲解說其義甚妙昔所希聞比丘聞之歡喜甚悅怪此小兒乃有智慧非是凡人時兒即去還至牛所所牧牛犢散走入山兒尋其跡追逐求索時值遇虎害此小兒小兒命終魂神即轉生長者家第一夫人作子夫人懷妊口便能說般若波羅蜜從朝至暮初不懈息其長者家素不知法怪此夫人口爲妄語謂呼鬼病卜問譴祟無所不至無能知者長者甚愁不知夫人那得此病家中內外皆悉憂惶是時比丘入城分衛詣長者門遙聞經聲心甚喜悅住門有頃長者適出見此比丘亦不作禮比丘怪之此賢者家內中說經音聲乃爾今此長者不與我語即問長者內中誰有說深經者音聲微妙乃如是耶長者報言我內中婦閙得鬼病晝夜妄語口初不息比丘爾乃知長者家爲不解法比丘報言此非鬼病但說尊經佛之大

道願得入内與共相見長者言善即將比丘入至婦所婦見比丘即爲作禮比丘呪願言得佛疾便與比丘歎説經法及覆披解比丘甚喜長者問言此何等病比丘報言無有病也但説深經甚有義理疑此夫人所懷妊兒是佛弟子長者意解即留比丘與作飲食飲食畢訖比丘便退自還精舍展轉相謂有一長者夫人懷妊甚可奇怪口誦尊經所説如流其音妙好解釋經理甚深後日長者復請比丘普及衆僧悉令詣舍辦飯食具時至皆到坐定行水飯食已呪願達嚫時夫人出禮衆比丘却坐一面復爲比丘快説經法諸有疑難不能及者盡爲比丘具足解説衆僧踊躍歡喜而退日月滿足夫人在産娩身得男又無惡露其兒適生叉手長跪説般若波羅蜜夫人産已還如本時無所復知如夢寤已了無所識長者即復呼衆僧比丘都集往覩小兒説經故事初無躓礙是時衆僧各各一心觀此小兒本皆不能知長者問言此爲何等比丘答曰真佛弟子慎莫驚疑好養護之此兒後大當爲一切衆人作師吾等悉當從其啓受時兒長大至年七歲悉知微妙道俗皆備與衆超絶智度無極諸比丘等皆從受學經中誤脱有所短少皆爲删定足其所乏兒每入出有所至止輙開化人使發大乘長者家室内外大小五百人衆皆從兒學發摩訶衍意悉行佛事兒所教授城郭市里所開發者八萬四千人皆發無上正真道意弟子乘者五百人諸比丘聞兒所説本漏意解志求大乘者皆得法眼淨佛告阿難是時小兒

者吾身是也時比丘者迦葉佛是也如是阿難我往昔時一從比丘聞摩訶衍品讚善開解心意歡喜不轉精進不忘深識宿命自致無上平等正覺一聞之德乃尚如是何況終日遵修道者菩薩銳志度無極精進如是

殺身濟賈人經

昔者菩薩與五百賈人俱入巨海欲採衆寶入海數月其獲珍寶重載盈舟將旋本土道逢飄風雷電震地水神雲集四周若城眼中出火波涌灌山衆人嘷啼曰吾等死矣恐怖易色仰天求哀菩薩愴然心生計曰吾之求佛但爲衆生耳海神所惡死屍爲其危命濟衆斯乃開士之尚業矣吾不以身血汙海海神惡之意者船人終不之于彼岸謂衆人曰爾等屬手相持并援吾身衆人承命菩薩即引刀自刎海神惡焉漂舟上岸衆人普濟船人抱屍呼哭而曰斯必菩薩非凡庸之徒也躃踊呼天寧令吾等命殞于茲無喪上德之士矣其言真誠上感諸天天帝釋覩菩薩之弘慈覩世希有帝釋身下曰斯至德菩薩將爲聖雄令自活之以天神藥灌其口中并通塗屍菩薩即穌忽然起坐與衆相勞帝釋以名寶滿其舟中千倍于前即還本土九親相見靡不歡悅周窮濟乏惠及衆生敷宣佛經開化愚冥其國王服菩薩德詣稟清化君仁臣忠率土持戒家有孝子國豐毒歇黎庶欣欣壽終生天長離衆苦菩薩累劫精進不休遂至得佛佛告諸比丘殺身濟衆者吾身是也天帝釋者彌勒是也五百賈人者今坐中五百應真是也菩薩銳志度無極精進如是

以金貢太山贖罪經

昔者菩薩爲獨母子朝詣佛廟捐邪崇真稽首沙門稟佛神化朝益暮習景明日升採識衆經古賢孝行精進仰慕猶餓蒙食所處之國其王無道貪財重色薄賢賤民王念無常目曰吾爲不善死將入太山乎何不聚金以貢太山王耶於是斂民金設重令曰若有匿銖兩之金其罪至死如斯三年民金都盡王訛募曰有獲少金以貢王者妻以季女榮之上爵童子啓母曰昔母以金錢一枚著亡父口中欲以賂太山令必存矣可取以獻王也母曰可見取獻焉王命録問所由獲金對曰父喪亡時以金著口中欲賂太山實聞大王設爵求金始者掘塚發木取金王曰父喪來有年乎對曰十有一年曰爾父不賂太山王耶對曰衆聖之書惟佛教真耳佛經曰爲善福追作惡禍隨禍之與福猶影響焉走身以避影撫山以關響其可獲乎王曰不可曰夫身即四大也命終四大離靈逝變化隨行所之何賂之有大王前世布施爲德今獲爲王又崇仁愛澤被遐邇雖未得道後世必復爲王王心歡喜大赦獄囚還所奪金佛告諸比丘時王欲以民間餘金殘戮害無罪者菩薩覩民哀號爲之揮淚投身命于屬政濟民艱於塗炭民感其潤奉佛至戒國遂豐沃時童子者吾身是也菩薩銳志度無極精進如是

調達教人爲惡經

昔者菩薩位爲天王精存徹行志進若流每到齋日乘于馬車巡四天下宣佛奥典開化衆生消其瑕穢令崇如來應儀正真覺天中

之天衆聖中王道教之尊可離三塗衆苦之源調達亦爲魔天王行四天下教人爲惡從心所欲無有太山殃禍之報行逢菩薩問曰子何行乎答曰教民奉佛修上聖德調達曰吾教民恣心二世無禍爲善勞志無益於已語菩薩曰爾避吾道答曰子爲善猶金銀吾尚惡猶剛鐵剛鐵能截金銀金銀不能截剛鐵子不下道吾斬子矣調達惡盛禍成生入太山夫人爲惡皆死入三塗三塗報善靡不昇天雖處尊榮而懷無惡不如三塗懷佛一言也佛告諸比丘教人爲善天王者吾身是也導人爲惡魔天者調達是也菩薩鋭志度無極精進如是

殺龍濟一國經

昔者菩薩伯叔齊志俱行學道仰慕諸佛難逮之行誦經釋義開導六冥練棄内垢止觀寂定每聞諸國闇於三尊輙往導化令奉六度正真妙行時有大國其王樂衆妖衆妖誘之授其邪僞率土承風皆事蠱道風雨不時妖怪首尾菩薩伯叔自相謂曰吾之本土三尊化行人懷十善君仁臣忠父義子孝夫信婦貞比門有賢吾等將復誰化乎彼國信妖妖龍處之呑其黎庶哀號無救夫建志求佛惟爲斯類矣可以道化喻之以仁龍含凶毒吾等勸焉叔曰佛戒以殺爲凶虐之大活生仁道之首也將如彼何伯曰夫殘一人者其罪百劫龍呑一國吾懼恒沙劫畢厥殃未除矣苟貪尠味斯須之利不覩太山燒煮之咎吾心愍然人道難獲佛法難聞除龍濟國導以三尊六度高行禍若絲髮福踰二儀爾化

爲象吾爲師子二命不殞斯國不濟也稽首十方誓曰衆生不寧余之咎矣吾後得佛當度一切象造龍所師子登之龍即奮勢霆耀雷震師子踊吼龍之威靈師子赫勢普地爲震王命絶矣諸天稱善靡不歎仁兩菩薩終生第四天上一國全命抱屍哀嘷曰斯必天矣孰仁若玆門徒尋之覩師普慈殺身濟衆哀慟稱德各又進行宣師道化王逮臣民始知有佛率土僉曰佛之仁化乃至於玆乎殯葬二屍舉國哀慟王即命曰有不奉佛六度十善而事妖鬼者罪與𢦤同自斯之後刹有千數沙門比肩而行國内士女皆爲清信高行四境寧靜遂致太平佛告諸比丘時兄者吾身是弟者彌勒是也毒龍者調達是也菩薩銳志度無極精進如是

彌勒爲女身經

昔者菩薩爲天帝釋仁尊榮高其志恒存非常苦空非身之想坐則思惟遊即教化愍愚愛智精進無休覩其宿友受婦人身爲富姓妻惑於財色不覺無常居市坐肆釋化爲賫人佯有所市至婦人前住婦人喜悅令兒馳歸取獨坐牀欲以坐之賫人乃熟視婦人而笑婦孰高操意怪賫人住笑非宜兒取牀遲還即搏之賫人又住笑側有一兒播鼗踊戲賫人復笑之有父病者子以牛祠鬼賫人亦笑之有一婦人抱兒彷徉行過市中兒刮面刺血流交頸賫人復笑之於是富姓妻問曰君住吾前含笑不止吾屬搏兒意與由子子何以笑賫人曰卿吾良友今相忘乎婦人悵然意益不悅怪賫人言賫人又曰吾所以笑

搏兒者兒是卿父䰟神遊感爲卿作子一世之間有父不識何況長久乎播鼗兒者本是牛牛死靈䰟還爲主作子家以牛皮用貫此鼗兒今播弄踊躍戲舞不識此皮是其故體故笑之耳殺牛祭者父病請活求生以殺不祥之甚猶服酖毒以救疾也斯父方終終則爲牛累世屠戮受禍無已今此祭牛命終靈還當受人體免脫憂苦故復笑之剖母面兒兒本小妻母是嫡妻女情恚嫇心懷妬嫉常加酷暴妾含怨恨壽終則生爲嫡妻子今來報讎攫面傷體故不敢怨耳是以笑之夫衆生之心其爲無恒古憎今愛何常之有斯皆一世見而不知豈況累劫經曰以色自壅者盲於大道專聽邪聲者不聞佛音之響也吾是以笑耳世榮若電恍惚即滅當覺非常莫與愚並崇修德操六度妙行吾今反居後日必造子門言竟忽然不現婦悵而歸齋肅望慕一國咸聞王逮羣寮靡不欽延賓人後果在門狀醜衣弊曰吾友在内爾呼之來門人入告具以狀言婦出曰爾非吾友矣釋笑而云變形易服子尚不識豈況異世捨斯受彼乎重曰爾勤奉佛佛時難值高行比丘難得供事命在呼吸無隨世惑言畢不現舉國歡笑各執六度高妙之行佛告鶖鷺子爾時婦人者彌勒是也天帝釋者吾身是也菩薩銳志度無極精進如是

女人求願經

昔者菩薩身爲女人厥壻禀氣兇愚妬忌每出齎行以妻屬鄰獨母母奉佛戒爲清信行時佛入國王逮臣民靡不受戒獨母聞經還

爲婦説之婦喜歎曰斯即無上正真道最正覺者也從母聞佛即遥稽首齋日毋曰可往聽法乎婦喜曰可尋之城外忽存壻妬悵然不悦旋居自鄙吾殃重乎母還爲陳天龍鬼神帝王臣民聽經或得沙門四道者或受菩薩決者佛時難値經法難聞爾還爲乎婦聞佛德流淚具陳壻妬之意母曰可試一行婦曰敬諾明日即隨母行覲佛五體投地却立靜心視佛相好念佛清淨真是天尊佛問女爾來何願即稽首而對我聞佛爲無上正真最正覺道法御天人師德如恒沙智若虚空六通四達得一切智勢來請尊願佛哀我世尊告曰佛爲一切護恣汝所願女人稽首曰夫人處世未獲本無者皆以欲故爲匹偶居令我世世與至德偶居同志無妬嫉行二曰身口意行端正絶世三曰世世虔奉三尊心垢日消進道無倦諸佛祐助衆邪不能遏心獲一切智濟衆生難衆祐歎曰善哉善哉令汝得之婦大歡喜稽首退歸本居厥壻賈還乘舟水行當以斯日至天帝覩婦高行發願無雙助喜歎善爲興風雲住其舟行明日乃臻婦後壽終神生有道之家容華光世年長出適爲國儒士之妻國稱高賢時壻入海採寶欲濟窮民婦居家以禮自衛猶城衛冦國王后妃大臣妻妾靡不仰則詣門雲集禀婦德儀婦夜寐覺憶世無常榮富猶幻孰獲長存躬爲坏舟我神載之猶獲月影望天寳者也勞心苦身何益於已夢幻皆空天神世榮其歸若兹矣明晨當索無上正真天中之天爲吾師焉晨興即覩石塔在庭佛像金耀琢

壁書經歎佛爲衆聖之師三界子歩婦喜歎曰是則如來應儀正真最正覺者乎即五體投地遶廟三帀散華燒香然燈懸繒晨夜肅虔稽首恭禮王后國婦詣承清風遏邪崇真鄰有兇夫賈逢婦壻曰子妻造妖虛立鬼廟朝暮香熏祝詛妖蠱願令爾喪不祥之甚壻歸婦啓曰妾前一夜覺世無常晨覩宗靈無上正真絕妙之像來在中庭妾今供事燒香然燈懸繒奉華朝夕禮拜稽首自歸子當事之必合聖則壻大歡喜一心肅虔國人巨細僉然承風如是八萬四千餘歲佛告鶖鷺子爾時婦人者吾身是也時壻者彌勒是也獨母者鶖鷺子是也鄰凶夫者調達是也菩薩銳志度無極精進如是

以然燈受決經

昔者菩薩身爲女人少寡守節歸命三尊處貧樂道精進不倦躅除兇利賣膏爲業時有沙門年在西夕志存高行不逞文學內否之類謂之無明矣禮敬有偏終始無訧分衛麻油以供佛前獨母照然貢不缺日有一老除饉稽首佛足叉手質曰斯者除饉其雖尠明戒具行高然燈供養後獲何福世尊歎曰善哉問也是除饉却無數劫當爲如來無所著正真道最正覺項有重光將導三界衆生得度其爲無數獨母聞之馳詣佛所稽首陳曰除饉然燈膏即吾所貢云其當獲爲無上正真道將導衆生逮神本無天人鬼龍靡不逸豫惟願加哀復授吾決佛告女人女身不得爲佛緣一覺道梵釋魔天飛行皇帝斯尊巍巍非女人身所得作也夫欲獲彼當捐穢體

受清淨身女稽首曰今當捐之還居淨浴遙拜而曰夫身者四大之有非吾長保也登樓願曰以今穢身惠衆生之飢渴者乞獲男躬受決爲佛若有濁世衆生盲冥背正向邪無知佛者吾當於彼拯濟之也自高投下觀者寒慄佛知至意化令地輭猶天綩綖覩身無害即化爲男厥喜無量馳詣佛所踊躍而云受世尊恩已獲淨身惟願加哀授吾尊決佛歎之曰爾之勇猛世所希有必得爲佛無懷疑望然燈除饉其得佛時當授汝號天人鬼龍聞當爲佛皆向拜賀還居咨嗟各加精進爾時勸發羣生不可計數佛告鶖鷺子時老比丘者定光佛是也獨母者吾身是也菩薩銳志度無極精進如是

六度集經卷第六

音釋

繰桑各切與索同 厝倉故切置也 咀咋咀慈呂切爵也咋鋤陌切齧也 泅似由切浮行水上也馬折旨熟切 錞徒對切 鬞良步切 蝘蜓蝘於珍切蜓徒典切 嘵許么切聲也 蜇陟列切毒也 懅悷懅其據切慚也悷其季切愧也 孽魚列切妖怪也 嘷乎刀切號呼也 貣徒得切食苗蟲也 鼗音桃有柄鼓也 酖直禁切 祝詛祝音呪願也詛莊助切沮也祝詛謂呪願之使沮敗也

六度集經卷第七

吳天竺三藏法師康僧會譯

禪度無極第五 凡九章

禪度無極者云何端其心一其意合會衆善内著心中意諸穢惡以善消之凡有四禪一禪之行去所貪愛五妖邪事眼覩華色心爲淫狂去耳聲鼻香口味身好道行之志必當遠彼又有五蓋貪財蓋恚怒蓋睡眠蓋淫樂蓋悔疑蓋有道無道有佛無佛有經無經心意識念清淨無垢心明覩真得無不知天龍鬼妖所不能惑猶人有十怨脫身離之獨處山間衆所不知無所復畏人遠情慾内淨心寂斯謂一禪心獲一禪進向二禪第二之禪如人避怨雖處深山懼怨尋之踰自深藏行寂雖遠十情慾怨猶恐慾賊來壞道志得第二禪情慾稍遠不能汙己第一之禪善惡諍以善消惡惡退善進第二之禪喜心寂止不復以善往消彼惡也喜善二意悉自消滅十惡煙絕外無因緣來入心者譬如高山其頂有泉無流入者亦非龍雨水自内出水淨泉滿善由心出惡不復由耳目鼻口入御心如是便向三禪第三之禪守意牢固善惡不入心安如須彌諸善不出外事善惡寂滅不入心猶蓮華根莖在水華合未發爲水所覆三禪之行其淨猶華去離衆惡身意俱安御心如是便向四禪善惡皆棄心不念善亦不存惡心中明淨猶瑠璃珠又如玉女淨自沐浴名香塗身内外衣新鮮明上服表裏香淨菩薩心端獲彼四禪羣邪衆垢無能蔽其心猶若淨繒在作何色又如陶家埏埴爲器泥無

沙礫在作何器又猶鍛師熟鍊名金百奇千巧從心所欲菩薩心淨得彼四禪在意所向輕舉騰飛履水而行分身散體變化萬端出入無間存亡自由獲日月動天地洞視徹聽靡不聞見心淨觀明得一切智未有天地衆生所更十方現在衆心所念未萌之事衆生魂靈爲天爲人入太山餓鬼畜生道中福盡受罪殃訖受福無遠不知夫得四禪欲得溝港頻來不還應儀緣一覺如來至真平等正覺無上之明求之即得猶若萬物皆因地生自五通智至于世尊皆四禪成猶衆生所作非地不立衆祐又曰羣生處世政使天帝仙聖巧黠之智不覩斯經不獲四棄之定者猶爲愚矇之也既有智慧而復一心即近度世世爲菩薩禪度無極一心如是

昔者比丘飯畢澡漱入深山丘墓間樹下坐叉手低頭一心滅念内意心中消去五蓋五蓋滅後其心炅然冥退明存顧愍天人蜎飛蚑行蠕動之類傷其愚惑懷斯五蓋遏絕明善之心消去五蓋諸善即强猶若貧人舉債治生獲利還彼餘財修居日有利入其人心喜又如奴使勉爲良民困病獲瘳九族日興牢獄重罪逢赦得出又如重寶度海歷嶮還家見親其喜無量心懷五蓋猶斯五苦比丘見諦去離五蓋猶彼凡人免上五患蓋退明進衆惡悉滅道志强盛即獲一禪自一禪之二禪凡有三行一曰勤仂二曰數念三曰思惟自斯三事得成四禪以一禪至二禪以二禪之三禪以三禪之四禪四禪勝三禪三禪勝二二勝一第一之禪十惡退五善進何謂

十惡眼樂色耳音鼻香口味身好弁上五蓋謂之十惡何謂五善一計二念三愛四樂五曰一心斷五善處内第二之禪不計不念制心内觀善行在内不復由耳目鼻口出入善惡二行不復相干心處在内惟有歡喜也三禪之行除去歡喜心向清淨怕然寂寞衆祐名佛應儀曰諸能滅欲淨其心者身終始安第四之禪喜心去得寂定一禪耳爲聲亂二禪心爲念亂三禪心歡喜亂四禪心爲喘息亂一禪耳聲止進至二禪二禪念滅進至三禪三禪歡喜滅進至四禪四禪喘息滅得空定菩薩禪度無極一心如是

菩薩志道凡以幾事能令内淨心一得禪或見老者頭白齒落形體變異覩之意悟曰吾後必然一心得禪或覩病者身心困痛猶被杖楚悵然悟曰吾後必然一心得禪或覩衆生壽命終訖息絶熅逝神還身冷九族捐之遠著外野旬日之間膖脹爛臭或爲狐犬衆鳥所噉肌肉生蟲蟲還食身膿血惡露滂沱流地骸骨解散節節異處足跖脛髀尻脊脇臂頭齒髑髏各自分離道人念曰夫生有死人物猶幻會即有離神逝體散吾豈得止獨不如彼乎覩之愴然一心得禪或見久死體骨消滅泥土同塵深自惟曰吾體方爾一心行禪或以聞太山湯火之毒酷裂之痛餓鬼飢饉積年之勞畜生屠剥割截之苦存之愕然一心得禪或見窮凍餓死或見履非之人爲王法所戮道人念曰斯人遭患由無道志吾不精進必復如彼也一其心得禪深惟内觀下即爲屎尿所迫上即爲寒熱所熷覺身

可惡一心得禪或見惡歲五穀不豐民窮爲亂更相掐戰死屍縱横覩之愴然吾不爲道必復如之一其心得禪覩盛有衰榮財難保少壯有老病壽猶電憶之愕然一其心得禪念佛巍巍相好難雙矣皆由清淨致爲衆祐存之欣然一其心得禪念經深義沙門高行一其心得禪惟身行善前後積德一其心得禪惟愚所求違佛明法勞而益罪諸天處世守戒奉齋自致昇天榮壽無量一其心得禪受佛深經反覆思之爲衆訓導中心歡喜一其心得禪存憶衆生有成輙壞壞皆苦痛惟之愴然一其心得禪衆生之性莫能自保來始之變道人自懼命盡卒至或墮惡道視世榮樂真僞如夢志重醒悟一其心得禪諸食入口與涕唾澆潰外好内臭化成屎尿憶之

可惡一其心得禪兒在母腹初如凝粥以漸長大三十八七日身體皆成臨生之難多危少安既生之後諸病並進或一或十或五十至百年皆當老死無免斯患惟已亦然一其心得禪有存即滅尋之無處三界皆空志無貪慕悲念衆生不覩佛經邪欲所蔽無知非常誓願拯濟一其心得禪志成行高懷四等心愍有衆生猶若慈母哀護幼兒兒隨蜚熈戲母以慈心行索覩兒爲泥塵所汙飢渴啼呼覩兒若兹悲淚抱歸洗浴衣食身康心悦慈母歡喜愛攝徘徊不捨如前道人慈悲愛護衆生踰彼慈母教天下人蜎飛蚑行蠕動之類奉佛覩經親沙門衆採執佛戒懷而行之遠離三惡心念善口言善身行善抑上三惡永與三善長不令更太山地獄餓鬼畜生

窮苦險處安以無極之福堂尋復追悔懼其處福爲之憍蕩恣從惡心還處三塗示榮祿之禍非常苦空之變以戒之也勸取無爲如彼慈母攝護之意也思十六事一其心得禪何謂十六喘息長短即自知喘息動身即自知喘息微著即自知喘息快不快即自知喘息止走即自知喘息歡慼即自知自惟萬物無常喘息自知萬物過去不可追得喘息自知內無所思棄捐所惟喘息自知放棄軀命不棄軀命喘息自知道人深思有是即得是無是不得是夫生必有老死之患魂靈不滅即更受身不生即無老不老即無死念是一其心得禪道人以眼觀世生死但以十二因緣念此一其心得禪道人以五事自觀形體一曰自觀面類數變二曰苦樂數移三曰志意數轉四曰形體數異五曰善惡數改是謂五事數有變異猶如流水前後相及念此一其心得禪道人念禪當云何目見死人自頭至足諦觀熟視存想著心行坐臥起飯飲萬役常念著心以固其志得禪自在所念譬如人炊數斛米飯欲知熟未直取一米捻爕視之一米熟者明餘者皆熟道志若茲心之迴走猶水之流道人直念一事心停意淨應儀真道滅度可得第一之禪欲得應儀可得不曰中有得者有不得者何行能得何行不得於一禪中有念有愛道則不成天地無常虛空難保盡內穢垢無貪愛念志淨如斯應真可得二三至四執心當如一禪志存一禪未得應儀命終何趣即上七天受壽一劫在二禪終上十一天受壽二劫處三禪終上十五

天受壽八劫處四禪終上十九天壽十六劫道人自觀內體惡露都爲不淨髮膚髑髏皮肌眼淚涕唾筋脉肉髓肝胇腸胃心膽脾腎屎尿膿血衆穢共合乃成爲人猶若以囊盛五穀也有目瀉囊分別視之種種各異明人如此內觀其身四大種數各自有名都爲無人以無欲觀乃覩本空一其心得禪道人深觀別身四大地水火風髮毛骨齒皮肉五藏斯即地也目淚涕唾膿血汗肪髓腦小便斯即水也肉身溫熱主消食者斯即火也喘息呼吸斯即風也譬如屠兒殺畜剝解別作四分具知委曲道人內觀分別四大此地彼水火風俱然都爲無人念之志寂一其心得禪道人自覺喘息長短遲疾巨細皆別知之猶人削物自知深淺念息如此一其心得禪菩薩禪度無極一心如是

太子出遊王勑國內無令衆穢當彼王道太子出城第二天帝化爲老人當其車前頭白背僂倚杖羸步太子曰斯人何乎御史對曰老人矣何謂爲老曰四大根熟餘命無幾太子曰吾後亦當老乎對曰自古有老無聖免玆太子曰吾謂尊榮與凡有異而俱不免榮何益已還宮存之一心得禪王問僕曰太子出遊覩國喜乎對曰道觀老耄存世非常心不爲欣王懼去國重益樂人惑之以榮華亂之以衆音欲壞其道意令守尊位也後復出遊王重勑曰無令羸老在道側也前釋復化爲病人體瘦氣微肉盡骨立惡露塗身倚在門側曰斯復何人對曰病人也曰何謂爲病飲食不節臥起無常故獲斯病或愈或死曰

吾亦飲食不節卧起無常故更病乎對曰有身即病無免斯患太子曰吾不免患後必如之還宮存之一心入禪後出帝釋復化爲死人舁擔建旐哀慟塞路曰斯復何人對曰死人何謂爲死命終神遷形骸散矣長與親離痛夫難處太子曰吾亦然乎對曰上聖之純德無免斯患迴車還宮一心入禪後復出遊之王田廬坐樹下覩耕犂者反土蟲出或傷或死鳥追食之心中愴然長歎曰咄衆生擾擾痛焉難處念之悵如一心入禪時日盛出照太子身樹爲低枝不令日炙王尋所之遥覩無上聖德之靈悲喜交集不識投身稽首爲禮太子亦俱稽首于地父子辭畢王還于宮太子一心入禪菩薩禪度無極一心如是太子初生王令師相師曰處國必爲飛行皇帝捐國作沙門者當爲天人師也王興三時殿春夏冬各自異殿殿有五百妓人不肥不瘦長短無呵顔華鮮明皆齊桃李各兼數妓姿態傾賢以樂太子殿前列種甘果華香苾芬清淨浴池中有雜華異類之鳥鳴聲相和宮門開閉聞四十里忠臣衛士儆循不懈警備之鳥鵁鶄鴛鴦鶩鳴相屬太子年十七無經不通師更拜受王爲納妃妃名裘夷容色之華天女爲雙力勢頓却六十巨象至年十九太子都合諸妓凡千五百人共處一殿極其妓樂欲令疲卧可得捨去天令樂人皆卧無知太子靜思視諸妓人猶木梗人百節皆空中如竹節手足垂地涕涙流出口唾汙頰伏鼓亂頭樂人皆著名璫垂懸步搖華光珠璣瓔珞琨環雜巧羅縠文繡上服御衣琴瑟

箏笛笳簫樂器縱橫著地警備之鳥及守衛者頓瞑無識太子以無蔽之眼遍觀衆身還觀其妃頭髮髑髏骨齒爪指皮膚肌肉膿血髓腦筋脉心膽脾腎肝肺腸胃眼淚屎尿涕唾内視猶枯骨外視猶肉囊無一可貴不淨臭處覩之存憶令人吐逆猶藍假面文綵衣之熏香其表以屎尿膿血滿著其内愚者信其表明者覩其内遠之萬里猶復閉目也太子覩之若幻難可久保處世假借必當還主卧者縱横猶如死屍殊不樂焉一心得禪從禪覺仰視沸星夜已向半諸天睘塞叉手作禮華香衆樂舉願無量太子覩諸天稽首即説經曰婬泆最惡令人狂醉謗正歎邪以瞋爲明是故諸佛辟支佛阿羅漢不譽爲善當疾遠之反覆思惟呼車匿曰疾鞁揵陟重自惟曰城門闕閉闓四十里云如之何諸天僉然曰敬諾世尊吾等御門令其無聲宫人無知馬蹄寂然不聞微聲太子上馬百億帝釋四百億四大天王天龍鬼神翼從導引平治塗路天樂詠歌無上巍巍吾生遇哉得覩靈輝消心塵勞永世不衰痛夫八難遠尊可哀重曰遇哉吾等偶諧馬始出門門即有聲馬哽咽悲鳴淚流交頸諸天厭王一國無知所以然者欲令太子早得佛道太子棄金輪王七寶之位忍衆苦度衆生菩薩禪度無極一心如是

太子未得道時取地藁草於樹下叉手正坐棄衆垢念清其心一其志自念曰今日爲始肌筋枯腐于此不得佛者吾終不起菩薩即得一禪二三至四禪即於一夜得一術闇知

無數劫父母兄弟妻子九族二夜之中得二術闇自知無數劫貧富貴賤長短白黒衆生心中有念無念得無不知三夜之中得三術闇三毒都滅夜向明時佛道成矣深自思曰吾今得佛甚深甚深難知難了微中之微妙中之妙也今佛道成得無不知起至龍水所龍名文隣文隣所處水邊有樹佛坐樹下曰昔者定光佛授吾尊決當爲釋迦文佛真如所闓吾今得佛矣自無數劫來布施持戒忍辱精進禪定明度積功之願始今得極尊作善福歸不亡我功佛適念之便入禪度無極佛在水邊光明徹照龍所居處覩光影鱗甲皆起龍嘗見三佛拘婁秦佛拘那含牟尼佛迦葉佛三佛得道皆在此坐明悉照龍所居龍覩光明念曰斯光與前三佛光影齊同世閒得無復有佛乎龍大歡喜出水左右顧視覩佛坐樹下身有三十二相紫磨金色光明奕奕過月踰日相好端正如樹有華龍前趣佛頭面著地遶佛七帀身去佛四十里以七頭覆佛上龍喜作風雨七日七夕佛端坐不動不搖不喘不息七日不食得佛心喜都無身想龍大歡喜亦七日不食無飢渴念七日畢風雨止佛禪覺悟龍化爲梵志年少鮮服長跪叉手稽首問曰得無寒無熱無飢無渴功福會聚衆毒不加處世爲佛三界特尊豈不快哉佛告龍曰過去諸佛經說衆生離三惡道得爲人快處世閑居守道志快昔者所聞今皆獲快處世懷慈不害衆生快天魔重毒皆歇快憺怕無欲不慕榮快於世得道爲天人師志空不願無相之定衆欲之有身還

神於本無長存之寂永與苦絕斯無上之快矣龍稽首言自今已後自歸佛歸法佛告龍方有衆聖其誓應儀欲除饉苦亦當預自歸之龍曰諾自歸除饉衆畜生之中歸佛先化斯龍爲首菩薩禪度無極一心如是

佛行道得小徑其邊有樹佛坐其下與千二百五十比丘俱一心入定有五百乘車過佛時盛渴告阿難曰爾取水吾欲飲之曰屬有五百乘車過其水盛濁不可飲又重勑曰吾渴尤甚爾駛取水來至再三阿難曰有溪名鳩對清澄且美可浴可飲佛與阿難說斯未竟時有一人名胞罽師事逝心逝心名羅迦藍胞罽覩佛靈輝身色紫金相好甚奇古聖希有心喜踊蹈拱手直進稽首而曰屬有五百乘車由斯行矣世尊寧聞見乎曰不聞不見也胞罽曰世尊卧乎曰吾坐禪得一心定胞罽歎曰如來無所著正真覺玄深之定乃至斯乎車向者震國躬汙塵埃志道無猗不聞不見乾坤可動斯志難傾吾師在時亦於道邊樹下得禪時亦有五百乘車歷其前有人問曰寧聞見乎曰不聞不覩其人曰子時卧出乎曰吾一其心得清淨定故不聞其人曰羅漢道志深乃如之乎車歷前身汙塵而不覺其人覩彼志幽玄師事終年胞罽曰佛寂定無猗之志猶吾往師自今日始終命奉佛五戒爲清信士敢履衆惡佛告胞罽五百車聲孰如雷震之響對曰千車之聲猶不比雨之小雷豈況激怒之霹靂乎世尊曰吾昔處阿譚縣蓬盧之下坐惟生死之本暴風雨雹雷電霹靂殺四特牛耕者兄弟二人其縣

黎民觀者甚衆吾時出經行有一人至吾所吾問之曰衆將何觀乎其人如事説之人曰佛時何之答曰獨在屋下人曰佛時臥乎曰不人曰焉有寤而不聞乎志道甚深自今之後願師事世尊奉五淨戒爲清信士終身守真胞罽聞之心開結解其喜無量顧勑從者曰内藏金織成衣有千領擇取妙者來吾欲上佛從者承命歸家取來胞罽自手以衣被佛身上退稽首曰自今願世尊屈景靈之吾鄉諸清信士所并顧下吾家宗門巨細各自親身供養於佛畢天地之壽以至恭之心奉養天龍鬼神蜎飛蚑行蠕動之類者不如一日飯一沙門豈況無上正真佛乎願垂弘慈授吾無極之福世尊曰大善菩薩禪度無極道志如是

衆祐自説爲菩薩時名曰常悲常悲菩薩常流淚且行時世無佛經典悉盡不覩沙門賢聖之衆常思覩佛聞經妙旨時世穢濁背正向邪華僞趣利猶蛾之樂火四等六度永康之宅而世廢佛斯法就彼危禍以自破碎也故爲愁荒哀慟且行往昔有佛名景法無穢如來王滅度來久經法都盡常悲菩薩夢見其佛爲其説法云慎無貢高學士之行去心恩愛之垢無著六情之塵勞無遺衆愛毛髮之大藏爾心内諸念寂滅是爲無爲菩薩從佛聞斯法猶餓夫得甘食其喜無量心垢除入淨定即棄家捐妻子入深山處閑寂以山水果蓏自供處山舉手椎心哀號而云吾生怨乎不值佛世不聞佛經十方現在至真世尊洞視徹聽皆一切知恍惚髣髴耀輝靡不

了之願現尊靈令吾覩佛得聞弘廣大道極趣哀聲適訖天神下曰明士乃爾莫復哀號佛有大法名明度無極之明過去諸佛今現在甫當來皆由斯成爾必索之誦習其文懷識其義奉而行之爾必得四無所畏十種力十八不共身色紫金項光無際十方經道爾爲明主衆聖之尊天人之師應儀名佛所無有也常悲菩薩仰視報曰當由誰聞斯尊法乎以何方便之何國土厥師族名天人報曰爾自斯正東行無念色痛想行識無念苦樂善惡耳目鼻口身心吾我及人往世所更來世之事無念地水火風空青黃白黑都及衆色貪淫瞋恚愚癡嫉妬男女九族左右前後高下遲疾無念有佛無佛有經道無經道有賢聖無賢聖空爾意絕衆願爾之執心無違

吾教今覩明度無極聖典常悲菩薩仰曰敬諾終始戢之天人重曰精進存之言竟忽然不現菩薩受敎端心內淨東行索之數日即止深自思曰吾宿薄祐生不值佛世無沙門君臣憒憒無知佛者明度無極除冥尊師去斯幾里未覩之頃心中悲猛舉哀而行精誠之至感於諸佛上方佛來飛在其前身色紫金相好絕聖面若滿月項有日光諸天翼從寶帳華蓋作樂散華叉手垂首佛歎菩薩曰善哉善哉爾之快健覩世希有菩薩見佛且喜且悲稽首而曰願佛哀我斷我繫解吾結開吾盲愈吾病爲吾説經佛告之曰三界皆空夫有悉無萬物若幻一生一滅猶若水泡覩世皆然爾其思之吾爲爾説經端心諦聽愼無忘也自是東行二萬里有國名揵陀越

諸菩薩城也一國之内皆是上士無凡庸人欲爲説諸菩薩之德劫數巳盡其德有餘至尊上德菩薩名法來於彼諸聖猶星有月懷諸經典其明無限敷演明度無極之經反覆教人諸菩薩有受經者誦者書者定經源者爾往見焉必爲爾師勸爾索佛疾馳就之自當爲爾説内外明度無極景德常悲菩薩聞佛歎彼菩薩名德心入法喜得現在定衆想都寂悉覩諸佛爲巳説明度無極之德歎巳精進索佛之勲僉曰善哉求佛之志爾爲得之吾於往昔始發意時亦皆然也巳逝甫來現在諸佛皆如爾索矣爾必得佛濟一切生也常悲菩薩從定寤左右顧視不復覩諸佛即復心悲流淚且云諸佛靈耀自何所來今逝焉如菩薩禪度無極一心如是

昔有兩菩薩志清行淨内寂無欲表如天金去穢濁之羣處山澤鑿石爲室閑居靜志菅衣草席食果飲泉清淨無爲志若虛空四禪備悉得五通智一能徹視無遐不覩二能洞聽無微不聞三能騰飛出入無間四能通知十方衆生心中所念五能自知無數劫來宿命所更梵凡釋仙聖諸天龍鬼靡不稽首處山澤六十餘年悲念衆生展轉愚冥不覩爲惡後有重殃約情棄欲敬奉三尊福至響應必獲其榮二梵志者一名題耆羅二名那賴題耆夜興誦經疲極卧出那賴時亦誦經誤蹈題耆羅首題耆即興而曰誰蹈吾首者明旦日出一竿破爾之首爲七分善乎那賴曰誤蹈爾首祝誓何重凡器不行之類尚有相觸豈況於人共處終年而不誤失乎爾言常誠

明旦日出吾首必爲七分矣吾當制日不令其出遂爾不出五日之間舉國幽冥炬燭相尋衆官不修君民惶惑會羣寮請道士王曰日之不出其咎安在道士之中有五通者曰山中道士兩有微諍故制日令不出耳王曰其諍有緣乎道士具以本末爲王說之王曰奈之何答曰王率羣寮民無巨細馳詣于彼稽首和解彼必慈和王即有詔如道士令詣于山澤叩頭曰國豐民寧二尊之潤而令不和率土失所其咎在我黎民無過願赦之那賴曰王勤曉彼意彼意解者吾放日矣王之題者羅所宣那賴旨王即曰令彼以泥塗其首放日泥首即破爲七分那賴無爲王臣黎民靡不欣懌兩道士爲王廣陳治國當以四等無蓋之慈勸奉五戒載十善而行王及臣民僉然受戒王還國有詔曰人無尊卑帶五戒十善經以爲國政自斯之後王潤逮草木忠臣誠且清讓父法母儀室家各尚守道貞信家有孝子衆祐曰兩菩薩覩其國主不知三尊臣民憒憒邪見自蔽猶冥中閉目行愍其徒生徒死不覩佛經故爲斯變欲其覩明也佛告諸比丘那賴者吾身是題者羅者彌勒是菩薩禪度無極一心如是

六度集經卷第七

音釋

埏埴 埏尸連切埴承職切埏埴和黏土也　炅 古迴切光也　蛸 蠦縁切小飛也　仂 林直切不懈也　脺 匹絳切脺脹也　跖 音隻足底也　尻 苦刀切脊粱盡處爲尻　熁 虛業切火氣上也　挌 古伯切鬬也　捻燓 捻奴牒切燓蘇協切　肪 音方脂也　刳 音枯剖破也　僂 力主切傴也　耄 莫報切八

十日昪音余兩手對舉也叜塞叜正作堋察色切遮遏也塞悉則切

耄充滿也

六度集經卷第八

吴天竺三藏法師康僧會譯

明度無極第六凡九章

聞如是一時佛在舍衛國祇樹給孤獨園與千二百五十比丘俱菩薩萬人共坐第一弟子鶖鷺子前稽首長跪白言車匿宿命有何功德菩薩處家當爲飛行皇帝而勸棄國入山學道自致爲佛拯濟衆生功勲巍巍乃至滅度惟願世尊爲現其源佛歎曰善哉善哉鶖鷺子所問甚善車匿累世功勲無量爾等諦聽吾將說之對曰唯然佛言吾昔爲菩薩在尼呵遍國其王聞人或爲道昇天或爲神祠昇天者王自童孺來常願昇天未知所由國有梵志四萬餘人王視之曰吾欲昇天將以何方者艾對曰善哉問也王將欲以斯身昇天耶以魂靈乎王曰如斯坐欲昇天也曰當與太妃可獲之矣王喜無量以金銀二千斤賜之梵志獲寳歸快相娛樂寳盡議曰令王取童男童女光華踰衆者各百人象馬雜畜事各百頭先飯吾等却殺人畜以其骨肉爲陛昇天以事上聞王曰甚善即命臣外疾具如之悉閉著獄哭者塞路國人僉曰夫爲王者背佛真化而與妖蠱喪國人基者也梵志又曰儻殺斯生王不獲昇天吾等戮屍于市朝其必也重謀曰香山之中有大王妓女名似人形神聖難獲令王求之若其不致衆事都息吾等可無訧矣又之王所曰香山之中有天樂女當得其血合于人畜以爲階陛爾乃昇天王重喜曰不早陳之令已四月始有云乎對曰吾術本末王令國內黎庶並會

快大賞賜酒樂備悉令曰孰能獲神女乎民有知者曰第七山中有兩道士一名闍犁一曰優彝知斯神女之所處也王曰呼來使者奉命數日即將道士還王喜設酒爲樂七日曰爾等爲吾獲神女來吾其昇天以國惠爾對曰必自免迫退座尋求二月有餘經七重山乃之香山覩大池水縱廣三十里池邊平地有寶城縱廣起高各八十里寶樹周城耀耀光國池中蓮華華有千葉其有五色光光相照異類之鳥唱和而鳴城門七重樓閣宮殿更相因仍幢旛曄曄鍾鈴五音天帝處中倡人相娛七日之後釋出遊戲於池沐浴快樂已畢當還昇天池邊樹下有聖梵志內外無垢獲五通之明兩道士進稽首曰斯音絕世將爲誰樂答曰頭摩王女等千餘人于斯遊戲方來修處爾等早退受命退隱議曰斯梵志道德之靈吾等當以何方致天女乎惟當以蠱道結草呪厭投之于水令梵志體重天女靈歇耳即結草投水以蠱道呪帝釋旋邁諸天都然惟斯天女不獲飜飛兩道士入水解其上衣以縛之女曰爾等將以吾爲答如上說以竹爲簰行道七日乃之王國詣宮自懼王喜見女爲之設食慰勞道士曰吾獲昇天斯國惠爾王之元子名難羅尸爲異國王厥太子名須羅先內慈行和明照太初見世衆生未然之事無窈不覩無微不達六度高行不釋于心自誓求如來無所著正真覺道法御天人師善逝世間解逮于本無王曰吾當昇天呼皇孫辭孫至稽首虔辭畢退就座王曰爾親逮民安乎對曰蒙潤並寧孫曰

吾不求天女爲妃者王必殺其黨國人以聞王曰吾當以其血爲陛昇天孫即絶食退寢不悦王懼其喪即以妃馬内外欣懌衆患都歇四月之後梵志復聞曰當爲埳殺諸畜生以塡埳中取神女血塗其上擇吉日祠天王曰善哉命諸國老羣僚黎庶當與斯祀皇孫聞之憮然不悦難梵志曰斯祀之術出何聖典乎梵志答曰夫爲斯祀祚應昇天皇孫難曰夫殺者害衆生之命害衆生之命者逆惡之元首其禍無際魂靈轉化更相嫌怨刃毒相殘世世無休死入太山燒煮脯割諸毒備畢出或畜生死輒更刃若後爲人有戮尸之咎者殘死之所由也豈有行虐而昇天者乎梵志答曰爾年未始智將何逮而難吾等皇孫曰吾宿命時生梵志家連五百世翫爾道書清眞爲首爾等巧僞豈合經旨乎梵志曰子知吾道奚不陳之皇孫具説梵志景則聖趣至清而爾等穢濁殘酷貪餮虚以邪祀殺人衆畜嗜酒婬亂欺上窮民令民背佛違法遠賢不宗盡財供鬼而親飢寒豈合聖趣沙門之高行乎梵志等恧慙稽首而退孫即爲祖王陳無上正眞最正覺至誠之信言夫欲昇天者當歸命三尊覺四非常都絶慳貪植志清淨損己濟衆潤逮衆生斯一也慈愍生命恕己濟彼志恒止足非有不取守貞不泆信而不欺酒爲亂毒孝道枯朽遵奉十德導親以正斯二矣忍衆生辱悲傷狂醉毒來哀往濟而不害喻以三尊解即助喜子育等護恩齊二儀斯三矣銳志精進仰登高行斯四矣棄邪除垢志寂若空斯五矣博學無蓋求

一切智斯六矣懷斯弘德終始無尤索爲三界法王可得昇天何難若違佛慈敎崇彼凶酷殘衆生命婬樂邪祀生即天棄死入三塗更相凋戮受禍無窮以斯尤惡庶望昇天譬違王命者冀獲高位也王曰善哉信矣開獄大赦却絕諸妖即舉國寶令孫興德皇孫獲寶覩斯窮民布施七日無乏不足布施之後勸民持戒率土感潤靡不遵承天龍鬼神僉然歎善爲雨名寶衆綵諸穀鄰國慕德歸化猶衆流之海也皇孫將妃辭親而退還國闕閤廢事相樂衆臣以聞曰不除其妃國事將朽矣父王曰祖王妻之焉得除乎召而閉之妃聞恧然飛還本居之第七山覩優犇等告之曰吾壻來者爲吾送之留金指鐶爲信父聞妃去遣子返國不覩其妃悵然流淚護宮神曰爾無悼焉吾示爾路妃在第七山疾尋可及皇孫聞之即服珠衣帶劒執弓矢光耀四十里明日至七山覩妃折樹枝投地爲識前見兩道士問曰吾妃歷玆乎曰然以環付之翼從俱行以木爲橋度彼小水之八山上覩四禪梵志五體投地稽首爲禮曰覩妃經斯乎答曰經玆矣且坐須臾吾示爾處時天王釋化爲獼猴威靈震山皇孫大懼梵志曰爾無懼也彼來供養獼猴覩三道士疑住不前梵志曰進獼猴即進以果供養梵志受之四人共享謂獼猴曰將斯三人至似人形神所曰斯何人令之昇天乎梵志曰國王太子開士之元首者也方爲如來無所著正真道最正覺道法御天人師衆生當蒙其澤得逮本無獼猴歎曰善哉開士得佛吾乞爲馬優

犇二人一願爲奴一願爲應真開士曰大善即俱昇天道有縁一覺五百人俱過稽首遣獮猴還取華散諸佛上願曰令吾疾獲爲正覺將導衆生滅生死神逮于本無三人又如前願俱爲諸佛稽首而去到似人形神城門之外獮猴稽首而退三人俱坐時有青衣出汲水開士問曰爾以水爲答曰給王女浴開士脫指鐶投其水中天女覩環即止不浴啓其親曰吾夫相尋今來在兹親名頭𩑈喜而疾出與之相見開士稽首爲壻之禮兩道士稽首而退王請入内手以女授侍女千餘天樂相娛留彼七年存親生養言之哽噎辭退歸國天王曰斯國衆諸今以付子而去何爲開士又辭如前王曰且留七日盡樂相娛七日之後有大神王詣天王所賀曰王女既歸又致聖壻天王曰吾女微賤獲聖雄之壻思歸養親煩爲送之鬼王敬諾即以天寶爲殿七層之觀衆寶天樂世所希覩鬼王掌奉送著本土稽首而退開士覲親虔辭備悉祖王喜而禪位焉天女鬼龍靡不稱善大赦衆罪空國布施四表黎庶下逮衆生濟其窮乏從心所欲衆生踊躍靡不咨嗟歎佛仁化潤過天地八方慕澤入國若幼孩之依慈母祖王壽終即生天上佛告鶖鷺子皇孫者吾身是四禪梵志者鶖鷺子是優犇者今目連是闍犂者今車匿是帝釋者今揵德是父王者迦葉是祖王者今白淨王是母者吾母舍妙是妃者裘夷是菩薩累載以四等弘慈六度無極拯濟衆生難爲籌筭佛說經竟諸菩薩四輩弟子天龍鬼神及質諒神靡不歡喜作禮

而去

遮羅國王經

昔者遮羅國王嫡后無嗣王甚悼焉命曰爾歸女宗以求有嗣之術還吾不詭也后泣辭退誓命自捐投隕山岨遂之林藪天帝釋感曰斯王元后故世吾姊也今以無嗣捐軀山險愴然愍之忽爾降焉以器盛果授之曰姊爾吞斯果必有聖嗣將爲世雄若王有疑以器示之斯天皇神器明證之上者后仰吞果忽然不覩天帝所之應則身重還宮覩王具以誠上聞時滿生男厥狀尤陋覩世希有年在齠齓聰明博暢智策無儔力能躃象走攫飛鷹舒聲響震若師子吼名流遐邇八方咨嗟王爲納鄰國之女厥名月光端正姸雅世好備足次有七弟又亦姝嚴后懼月光惡太子狀詭曰吾國舊儀家室無白日相見禮之重者也妃無失儀矣對曰敬諾不敢替尊教自斯之後太子出入未甞別色深惟本國與七國爲敵力諍無寧兆民呼嗟吾將權而安之心自惟曰吾體至陋妃覩必邁邁則天下康兆民休矣欣而啓后欲一覩妃覯厥容儀后曰爾狀醜矣妃容華豔厥齊天女覺即捨邁爾終爲鰥乎太子重辭后愍之即順其願將妃觀馬太子佯爲牧人妃覩之曰牧人醜乎后曰斯先王牧夫矣後將觀象妃又覩焉疑之曰吾之所遊輙覩斯人將是太子乎妃曰願見太子之光容后即權之令其兄弟出遊行國太子官僚翼從侍衛后妃觀之厥心徹喜後又入苑太子登樹以果擲背妃曰斯是太子定矣夜伺其眠熟以火照覩其姿狀

懼而奔歸后忿曰馬使妃還乎對曰妃邁天下泰平之基民終寧其親矣拜辭尋之至妃國佯爲陶家賃作瓦器器妙絶國陶主覩妙賣以獻王王獲器喜以賜小女傳現諸姊月光知壻之所爲投地壞焉又入城賃染衆綵結其一疋爲衆奇巧雜技充滿覩世希現染家欣異又以獻王王重悅之以示八女月光識焉捐而不視又爲大臣賃養馬馬肥又調曰爾悉有何技乎對曰太官衆味余其備矣臣令爲饌以獻大王王曰孰爲斯食臣如實對王命爲太官監典諸肴膳以羹入內供王八女欲致權道佯覆沃身諸女驚懼月光不眄天帝釋喜歎曰菩薩憂濟衆生乃至于茲乎吾將權而助之焉挑七敵國使會女都爾乃兆民無禍息矣化爲月光父王手書以月

光妻之七國興禮造國親迎俱會相勞翔茲何爲各云娉娶女名月光訟之紛紛各出手書厥怨齊聲當滅爾祀其爲不貸遣使還書僉然詰曰以爾一女弄吾七國怨齊兵盛爾喪國在于今矣父王懼曰斯禍弘矣將宿行所招乎謂月光曰爾爲人妃若壻明愚吉凶好醜厥由宿命孰能攘之而不貞一盡孝奉尊薄壻還國禍至于茲吾今當七分爾屍以謝七王耳月光泣曰願假吾命漏刻之期募求智士必有能却七國之患者也王即募曰孰能攘斯禍者妻以月光育以元福太子曰疾作高觀吾其攘之觀成太子權病跬步頓地須月光荷負爾乃却敵矣月光惶灼懼見屠戮扶格登觀僅能馬太子高聲謂七國王厥音遠震若師子之吼諭以佛教爲天牧民

當以仁道而令興怒怒盛即楇著楇著即身喪天喪身失國其由名色乎七國師雄靡不尸蹌者斯須而穌欲旋本土太子啓王曰婚姻之道莫若諸王矣何不以七女適彼七王子壻蕃屏王元康矣臣民休矣親獲養矣王曰善哉斯樂大矣遂命七王以女妻之八壻禮豐君民欣欣于斯王逮臣民始知太子月光之舊壻即選良輔武士翼從各令還國九國和寧兆民抃舞僉然歎曰天降吾父夫聖人權術非凡所照德聚功成乃爾炅然無復譏謗還國有年大王崩殂太子代位大赦衆罪以五戒六度八齋十善教化兆民灾孽都息國豐衆安大化流行皆奉三尊德盛福歸衆病消滅顏影煒煒喻彼桃華所以然者菩薩宿命室家俱耕令妻取食望覩妻還與一辟支佛俱行隱山岸久而不至疑心生焉與忿執鋤欲往捶之至見其妻以所食分供養沙門退叉手立沙門食竟拋鉢虛空光明煒煒飛行而退壻心悔愧念妻有德乃致斯尊吾有重愚將受其殃即謂妻曰爾供養福吾當共之餘飯俱食爾無訧也至其命終各生王家妻有淳慈之惠生而端正壻先恚而後慈故初醜而後好也佛告諸比丘夫人作行先惠而後奪後世初生豪富長即貧困初奪後惠後世受之先貧賤而長富貴太子者吾身也妻者裘夷是父王者白淨王是母者吾母舍妙是天帝釋者彌勒是也開士世世憂念衆生拯濟塗炭菩薩普智度無極行明施如是

菩薩以明離鬼妻經

昔者菩薩時爲凡人年十有六志性開達學博覩弘無經不貫練精深思衆經道術何經最真何道最安思惟喟然而歎曰唯佛經最真無爲最安重曰吾當懷其真處其安矣親欲爲納妻悵然而曰妖禍之盛莫大于色若妖蠱臻道德喪矣吾不遁邁將爲狼吞乎於是遂之異國力賃自供時有田翁老而無嗣草行獲一女馬顔華絕國忻育爲嗣求男爲偶遍國無可翁賃菩薩積有五年覩其操行自徹至著中心嘉焉曰童子吾居有足以女妻爾爲吾嗣矣女有神德惑菩薩心納之無幾即自覺曰吾覩諸佛明化以色爲火人爲飛蛾蛾貪火色身見燒煑斯翁以色火燒吾躬財餌鈎吾口家穢喪吾德矣夜默遁邁行百餘里依空亭宿亭人曰子何人乎曰吾寄宿亭人將入覩妙牀蓐衆珍光明中有婦人顔似已妻惑菩薩心令與之居積有五年明心覺焉曰婬爲蠣蟲殘身危命者也吾故馳隱妻又逢焉默而疾邁又覩宫寶婦人如前復惑厥心與居十年明心覺焉曰吾殃重矣奔而不免深自誓曰終不寄宿又復遁逃遙覩大屋避之草行守門者曰何人夜行答曰趣及前隙曰有禁無行内人呼前所覩如上婦曰自無數劫誓爲室家爾走安之菩薩念曰欲根難拔乃如之乎即與四非常之念曰吾欲以非常苦空非身之定滅三界諸穢何但爾垢而不能殄乎與斯四念鬼妻即滅中心炅如便覩諸佛處已前立釋空不願無想之定授沙門戒爲無勝師菩薩普智度無極行明施如是

儒童經

昔者菩薩生鉢摩國時爲梵志名曰儒童自師學問仰觀天文圖讖衆書聞見即貫守真崇孝國儒嘉焉師曰爾道備藝足何不遊志教化始萌乎對曰宿貧乏貨無以報潤故不敢退也母病尤困無以醫療乞行傭賃以供藥直師曰大善稽首而退周遊近國覩梵志五百人會講堂施高座華女一人銀錢五百昇坐高座衆儒共難覩博道淵者女錢貢之菩薩臨觀覩其智薄難即辭窮謂衆儒曰吾亦梵志之子可預議乎僉然曰可即昇高座衆儒難淺而答道弘問陋而釋義廣諸儒曰道高明遐者可師焉僉降稽首菩薩辭退諸儒俱曰斯雖高智然異國之士不應納吾國之女也盍以銀錢贈焉菩薩答曰道高者厥德淵吾欲無欲之道厥欲珍矣以道傳神以德授聖神聖相傳影化不朽可謂良嗣者乎女欲覩道之源伐德之根可謂無後者乎說畢即退衆儒赧然而有恥焉女曰彼高士者即吾始之君子矣褰衣塗步尋厥跡涉諸國力疲足瘡頓息道側到鉢摩國王號制勝行國嚴界覩女疲息問爾何人爲道側乎女具陳其所由王嘉其志甚悼之焉王命女曰尋吾還宮以爾爲女女曰異姓之食可徒食乎願有守職即從大王王曰爾採名華供吾飾也女即敬諾從王歸宮日採名華以供王用儒童還國覩路人擾擾平填墟掃地穢問行人曰黎庶欣欣將有慶乎答曰定光如來無所著正真道最正覺道法御天人師將來教化故衆爲欣欣也儒童心喜寂而入定心淨

無垢覩佛將來道逢前女採華挾瓶從請華馬獲華五枝王后庶人皆身治道菩薩請地少分躬自治之民曰有餘小溪而水湍疾土石不立菩薩惟曰吾以禪力下彼小星塡之可乎又念曰供養之儀以四大力苦躬爲善即置星揵石以身力塡之禪力住馬餘徹淹塹而佛至矣解身鹿皮衣著其濕地以五華散佛上華羅空中若手布種根著地生矣佛告之曰後九十一劫爾當爲佛號曰能仁如來無所著正眞道最正覺道法御天人師其世顚倒父子爲讎王政傷民猶雨衆刃民雖避之難免其患矣爾當於彼拯濟衆生時獲度者難爲籌筭儒童心喜踊在虛空去地七仞自空來下以髮布地令佛蹈之世尊跨畢告諸比丘無蹈斯土所以然者受決之處厥尊無上有智之士峙刹于兹與受決同諸天僉然齊聲而云吾當住刹時有長者子名曰賢乾以徽柴插其地曰吾刹已立矣諸天顧相謂曰凡庶豎子而有上聖之智乎即揵衆寶於上立刹稽首白言願我得佛教化若今今所立刹其福云何世尊曰儒童作佛之時爾當受決矣佛告鶖鷺子儒童者是我身賣華女者今裘夷是長者子者今座中非羅耶是非羅耶即稽首佛足佛授其決後當爲佛號曰快見佛說經竟諸四輩弟子天龍鬼神靡不歡喜稽首而去菩薩普智度無極行明施如是

摩調王經

聞如是一時衆祐在無夷國坐于樹下顏華煒煒有踰紫金欣然而笑口光五色當時見

者靡不躍豫咸共歎曰真所謂天中天者也阿難正服稽首而曰衆祐之笑必欲濟度衆生之冥矣衆祐曰善哉實如爾云吾不虛笑即興法也爾欲知笑意不乎阿難對曰飢渴聖典誠無飽足也衆祐曰昔有聖王名摩調時爲飛行皇帝典四天下心正行平民無竊怨慈悲喜護意如帝釋時民之壽八萬歲也帝有七寶紫金轉輪飛行白象紺色神馬明月神珠玉女聖婦主寶聖臣典兵聖臣帝有千子端正仁靜明於往古預知未然有識之類靡不敬慕帝欲遊觀東西南北意適存念金輪處前隨意所之七寶皆然飛導聖王天龍善神靡不防衛散衆寶華稱壽無量帝勑近臣主巾櫛者爾其見吾頭髮生白即當以聞夫髮白色毀死之明證吾欲捐穢世流俗之役就清淨憺怕之行近臣如命後見髮白即以上聞帝心欣然召太子曰吾頭生白白者無常之證信矣不宜散念於無益之世今立爾爲帝典四天下臣民繫命于爾爾其愍之法若吾行可免惡道髮白棄國必作沙門立子之教四等五戒十善爲先明教適畢即捐國土於此廬地樹下除鬚髮著法服作沙門羣臣黎庶哀慕躃踊悲哭感結摩調法王子孫相繼千八十四世聖皇正法末後欲虧摩調聖王復捨天上以魂神下從末世王生亦爲飛行皇帝號名曰喃正法更興明勑宫中皇后貴人令奉八戒月六齋一當慈惻愛活衆生二慎無盜富者濟貧三當執貞清淨守真四當守信言以佛教五當盡孝酒無歷口六者無卧高牀繡帳七者晡冥食無歷口

八者香華脂澤慎無近身淫歌邪樂毋以㽔行心無念之口無言矣身無行焉勑諸聖臣道行英士下逮黎民人無尊卑令奉六齋翫讀八戒帶之著身日三諷誦孝順父母敬奉耆年尊戴息心令詣受經鰥寡幼弱乞兒給救疾病藥醫衣食相濟共乏無者令詣宮門求所不足有不順化者重傜役之以其一家處于賢者五家之間令五化一先順者賞輔臣以賢不以貴族自王明法施行之後四天下民慈和相向殺心滅矣應得常護夜不閉門貞潔清淨非妻不欲一不言二出教仁惻靚不常誠辭不華綺見彼吉利心喜言助大道化行凶毒消滅信佛信法信沙門言無復疑結喃王慈潤澤無不至八方上下靡不歎德第二天帝及四天王日月星辰海龍地祇日共講議世間人王四等慈惠恩之所至過於諸天天帝釋告諸天曰寧欲見喃王不乎諸天曰積年之願實如明教帝釋即如伸臂之頃至喃王慈惠殿上見喃王曰聖王盛德諸天飢渴思欲相見無日不願聖王豈欲見忉利天其上自然無願不有喃王曰善思欲遊戲帝釋還彼呼御者名曰摩婁以吾所乘千馬寶車迎喃王來御者承命以天車迎喃王車至止于闕下羣臣黎庶靡不愕然斯聖王瑞歎未嘗有更相宣稱率土咸歡我王普慈潤逮衆生月六齋八戒自修又以教民斯德重矣故令天帝敬愛來迎也喃王昇車車馬俱飛徐徐徘徊欲民具見王告御者且將吾觀惡人二道地獄餓鬼燒煑拷掠受其宿罪之處御者如命畢乃上天帝釋歡喜下牀

出迎曰勞心經緯憂濟衆生四等六度菩薩弘業諸天王思欲相見帝釋自前把臂共坐喃王容體更變香潔顏光端正與釋無異即作名樂其音無量散寶華香非世所覩帝釋重曰愼無戀慕世間故居天上衆歡聖王之有也喃王志在敎化愚冥滅衆邪心令知三尊答帝釋曰如借人物會當還主令斯天坐非吾常居暫還世間敎吾子孫以佛明法正心治國令孝順相承戒具行高放捨人身上生天上與釋相樂佛告阿難喃王者是吾身子孫相傳千八十四世立子爲王父行作沙門阿難歡喜稽首而曰衆祐慈愍衆生恩潤乃爾功福不朽今果得佛爲三界中尊諸天仙聖靡不宗敬諸比丘歡喜作禮而去

阿離念彌經

聞如是一時佛在舍衞國優犂聚中時諸比丘中飯之後坐於講堂私共講議人命至短身安無幾當就後世天人蟲物無生不死愚闇之人慳貪不施不奉經道謂善無福惡無重殃恣心快志惡無不至違於佛教後悔何益佛以天耳遙聞諸比丘講議非常無上之談世尊即起至比丘所就座而坐曰屬者何議長跪對曰屬飯之後共議人命恍惚不久當就後世對如上說世尊歎曰善哉善哉甚快當爾棄家學道志當清潔惟善可念耳比丘坐起當念二事一當說經二當禪息欲聞經不對曰唯然願樂聞之世尊即曰昔有國王名曰俱獵其國有樹樹名差波洹樹圍五百六十里下根四被八百四十里高四千里其枝四布二千里樹有五面一面王及宮人

共食之二面百官食之三面衆民食之四面沙門道人食之五面鳥獸食之其樹果大如二斗瓶味甘如蜜無守護者亦不相侵時人皆壽八萬四千歲都有九種病寒熱飢渴大小便利愛欲食多年老體羸有斯九病女人年五百歲乃行出嫁時有長者名阿離念彌財賄無數念彌自惟壽命甚促無生不死寶非己有數致災患不如布施以濟貧乏世榮雖樂無久存者不如棄家捐穢濁執清潔被袈裟作沙門即詣賢衆受沙門戒凡人見念彌作沙門數千餘人聞其聖化皆覺無常有盛即衰無存不亡惟道可貴皆作沙門隨其教化念彌爲諸弟子說經曰人命至短恍惚無常當棄此身就於後世無生不死焉得久長是故當絕慳貪之心布施貧乏撿情攝欲無犯諸惡人之處世命流甚迅人命譬若朝草上露須臾即落人命如此焉得久長人命譬若天雨墮水泡起即滅命之流疾有甚於泡人命譬若雷電恍惚須臾摩滅命之流疾有甚雷電人命譬若以杖捶水杖去水合命之流疾有甚於此人命譬若熾火上杪少膏著中須臾燋盡命之流去疾於少膏人命譬若織機經縷稍就減盡夫命日夜耗損若茲憂多苦重焉得久存人命譬若牽牛市屠牛一還步一近死地人得一日猶牛一步命之流去又促於此人命譬若水從山下晝夜進疾無須臾止人命過去有疾於此晝夜趣死進疾無住人處世甚勤苦多憂念人命難得以斯之故當奉正道守行經戒無得毀傷布施窮乏人生於世無不死者念彌教諸弟子

如斯又曰吾棄貪婬瞋恚愚癡歌舞妓樂睡眠邪僻之心就清淨心遠離愛欲捐諸惡行内洗心垢滅諸外念覩善不喜逢惡不憂苦樂無二清淨其行一心不動得第四禪吾以慈心教化人物令知善道昇生天上悲心髣髴恐其墮惡吾見四禪及諸空定靡不照達其心歡喜以其所見教化萬物令見深法禪定佛事若有得者亦助之喜養護萬物如自護身行此四事其心正等眼所受見麤好諸色其耳所聞歎音罵聲香熏臭穢美味苦辛細滑麤惡可意之願違心之惱好不忻豫惡不怨恚守斯六行以致無上正真之道若曹亦當行斯六事以獲應真之道念彌者三界衆聖之尊師也智慧妙達無窈不明矣其諸弟子雖未即得應真道者要其壽終皆生天上心寂志寞上禪定者皆生梵天次生化應聲天次生不憍樂天次生兜術天次生鹽天次生忉利天次生第一天上次生世間王侯之家行高得其高行下得其下貧富貴賤延壽夭逝皆由宿命奉念彌戒無唐苦者念彌者是我身諸沙門仂行精進可脱於生老病死憂惱之苦得應真滅度大道不能悉行可得不還頻來溝港之道也明者深惟人命無常恍惚不久纔壽百歲或得或不得百歲之中凡更三百時春夏冬月各更其百也更千二百月春夏冬節各更四百月更三萬六千日春更萬二千日夏暑冬寒各萬二千日百歲之中一日再飯凡更七萬二千飯春夏冬日各更二萬四千飯也并除其爲嬰兒乳哺未能飯時儻懅不飯或疾病或瞋恚或禪或

齋或貧困乏食之時皆在七萬二千飯中百歲之中夜卧除五十歲爲嬰兒時除十歲老時除十歲營憂家事及餘事除二十歲人壽百歲纔得十歲樂耳佛告諸比丘吾已說人壽說年說月說日飯食壽命吾所當爲諸比丘說者皆已說之吾志所求皆已成也汝諸比丘志願所求亦當卒之當於山澤若於宗廟講經念道無得懈惰決心之士後無不悔矣佛說經已諸比丘無不歡喜而爲佛作禮而去

鏡面王經

聞如是一時佛在舍衛國祇樹給孤獨園衆比丘以食時持應器入城求食而日未中心俱念言入城甚早我曹寧可俱到異學梵志講堂坐須臾乎僉然曰可即俱之彼與諸梵志更相勞來便就座坐是時梵志自共爭經生結不解轉相謗怨我知是法汝知何法我所知合於道汝所知合何道我道法可施行汝道法難可親當前說說著後當後說反前說多法說非與重擔不能舉爲汝說義不能解汝空知汝極無所有汝迫復何對以舌戟轉相中害被一毒報以三諸比丘聞子曹惡言如是亦不善子曹言不證子曹正各起坐到舍衛國求食食竟舉藏應器還到祇樹爲佛作禮悉坐一面如事說之念是曹梵志其學自苦何時當解佛告比丘言是曹異學非一世癡冥比丘過去久遠是閻浮提地有王名曰鏡面諷佛要經智如恒沙臣民多否誦帶瑣小書信螢火之明疑日月之遠見目瞽人以爲喻欲使彼捨行巡遊巨海矣勑使者

令行國界取生盲者皆將詣宮門臣受命行悉將國界無眼人到宮所白言已得諸無眼者今在殿下王曰將去以象示之臣奉王命引彼瞽人將之象所牽手示之中有持象足者持尾者持尾本者持腹者持脇者持背者持耳者持頭者持牙者持鼻者瞽人於象所爭之紛紛各謂己真彼非使者牽還將詣王所王問之曰汝曹見象乎對言我曹俱見王曰象何類乎持足者對言明王象如漆筩持尾者言如掃箒持尾本者言如杖持腹者言如鼓持脇者言如壁持背者言如高几持耳者言如簸箕持頭者言如魁持牙者言如角持象鼻者對言明王象如大索復於王前共訟言大王象真如我言鏡面王大笑之曰瞽乎瞽乎爾猶不見佛經者矣便作偈言

今爲無眼曹　空諍自謂諦　覩一云餘非坐一象相怨

又曰夫專小書不覩佛經滉瀁無外巍巍無蓋之真正者其猶無眼乎於是尊卑並誦佛經佛告比丘鏡面王者即吾身是也無眼人者即講堂梵志是是時子曹無智坐盲致諍令諍亦冥坐諍無益佛是時坐具撿此卷令弟子解爲後作明令我經道久住說是義足經

目冥言是彼不及　著癡日滿何時明
自無道謂學悉爾　倒亂無行何時解
常自覺得尊行　自聞見行無比
以墮繫世五宅　自可綺行勝彼
抱癡住望致善　以邪學蒙得度
所見聞諦受思　雖持戒莫謂可

見世行莫悉隨　雖黠念亦彼行
與行等亦敬持　莫生想不及過
是以斷後亦盡　亦棄想獨行得
莫自知以致黠　雖見聞但行觀
悉無願於兩面　胎亦胎捨遠離
亦兩處無所住　悉觀法得正上
意受行所見聞　所邪念小不想
慧觀法意見意　從是得捨世空
自無有何法待　本行法求義諦
但守戒末爲慧　度無極終不還

察微王經

昔者菩薩爲大國王名曰察微志清行淨惟歸三尊稟玩佛經靜心存義深覩人原始自本無生元氣強者爲地輭者爲水煖者爲火動者爲風四事和焉識神生焉上明能覺止欲空心逮神本無因誓曰覺不悟之儔神依四立大仁爲天小仁爲人衆穢雜行爲蜎飛蚑行蠕動之類由行受身厥形萬端識與元氣微妙難覩形無絲髮孰能獲把然其釋故稟新終始無窮矣王以靈元化無常體輪轉五塗緜緜不絶釋羣臣意衆闇難寤猶有疑焉曰身死神生更受異體臣等衆矣尠識往世也王曰論未志端焉能識歷世之事乎視不覩耗孰能見魂靈之變化乎王以閑日由私門出麤衣日行就補履翁戲曰率土之人孰者樂乎翁曰惟王者樂耳曰厥樂云何翁曰百官虔奉兆民貢獻願即從心斯非樂乎曰如爾云矣即飲之以蒲萄酒厥醉無知抗著宮中謂元妃曰斯蹠翁云王者樂矣吾今戲之衣以王服令聽國政衆無惔焉妃曰敬

諾其醒之日侍妾佯曰大王酒醉衆事猥積宜在平省將出臨御百揆催其平事朦朦瞢瞢東西不照國史記過公臣瑳切虔坐終日身都痟痛食爲不甘日有瘦疵宫女訛曰大王光華有損何爲答曰吾夢爲補蹠翁勞躬求食甚艱難云故爲痟耳衆靡不竊笑之也夜寢不寐展轉反側曰吾是補蹠翁耶真天子乎若是天子肌膚何麤本補履翁緣處王宫余心荒矣目精亂乎二處之身不照孰真元妃佯曰大王不悅具奉妓樂飲以蒲萄酒重醉無知復其舊服送著麤牀酒醒即寤覩其陋室賤衣如舊百節皆痛猶被杖楚數日之後王又就之翁曰前飲爾酒湎眩無知今始寤耳夢處王位平省衆官國史記過羣寮切瑳内懷惶灼百節之痛被笞不踰也夢尚若斯況真爲王乎往日之論定爲不然王還宫内與羣臣講論斯事笑者聒耳王謂羣臣曰斯一身所更視聽始今尚不自知豈況異世捨故受新更于衆艱魍魅之拂靡忤之困而云欲知靈化所往受身之士豈不難哉經曰愚懷衆邪欲覩魂靈猶朦朦晦行仰視星月勞躬没齒何時能覩於是羣臣率土黎庶始照魂靈與元氣相合終而復始輪轉無際信有生死殃禍所趣佛告諸比丘時王者是我身菩薩普智度無極行明施如是

梵皇經

聞如是一時佛在舍衛國祇樹給孤獨園佛告諸比丘汝等修德奉行衆善必獲大福譬如農夫宿有沃田耕犂調熟雨潤水適下種以時應節而生芸除草穢又無灾害何懼不

獲昔我前世未爲佛時心弘普愛愍濟衆生猶若慈母育其赤子如斯七年仁功勳著壽終魂靈上爲梵皇號曰梵摩處彼天位更歷天地七成七敗當欲敗時吾輙上昇第十五約淨天其後更始復還梵天清淨無欲在所自然後下爲忉利天帝三十六反七寶宮闕飯食被服音樂自然後復還世間作飛行皇帝七寶導從一者紫金轉輪二者明月神珠三者飛行白象四者紺馬朱鬣五者玉女妻六者典寶臣七者聖輔臣事事八萬四千王有千子皆端正皎潔慈仁勇武一人當千王爾時以五教治正不枉人民一者慈仁不殺恩及羣生二者清讓不盜損己濟衆三者貞潔不婬不犯諸欲四者誠信不欺言無華飾五者奉孝不醉行無沾汙當此之時牢獄不設鞭杖不加風雨調適五穀豐熟灾害不起其世太平四天下民相率以道信善得福惡有重殃死皆昇天無入三惡道者佛告諸比丘昔我前世行四等心七年之功上爲梵皇下爲帝釋復還世間作飛行皇帝典四天下數百千世積功德滿諸惡寂滅衆善普會處世爲佛獨言隻步三界特尊諸比丘聞經歡喜爲佛作禮菩薩普智度無極行明施如是

六度集經卷第八

音釋

嫫音謨　齠齓齠徒聊切齓初覲切齠齓毁齒也　蹌七羊切動也　扸音卞拚手也　蠣正作癘力霽切疾疫也　赧奴版切面慚赤貌　揵力展切擔運物也　塹七豔切坑也　峙直里切立也　杪音眇木末也　簸補過切簸箕揚器也　㤥胡愛切患也　瞢武亘切不明也　痟烏玄切骨

酸也忤五故切逆也

大乘頂王經

梁優禪尼國王子月婆首那譯

清刻龍藏佛說法變相圖

大乘頂王經

梁優禪尼國王子月婆首那譯

歸命大智海圓滿淨覺尊

如是我聞一時佛在毘舍離菴羅樹園與大比丘僧八百人俱菩薩摩訶薩十千人俱及諸天龍八部鬼神爾時世尊食時著衣持鉢入毘舍離大城乞食於其城中次第遊於淨稱里巷爾時淨稱里巷有一童子名善思惟乳母抱持在於高樓重閣之上手執蓮華娛樂受樂以宿善根即向乳母而說偈言

如是音樂聲　世所未曾有　母今速放我
我欲至閣下　必是大精進　世尊大光明
我欲投右足　因陀枳羅邊　微妙甚可樂
衆鳥悉圍遶　此聲昔未聞　二生未曾覩
必是大精進　憐愍衆生故　以右足而蹈

因陀枳羅邊　如母著瓔珞　貫之嚴其身
未觸出妙聲　令人意所樂　必是天中尊
功德光莊嚴　放右足而下　因陀枳羅邊
如人擊銅鼓　出於大音聲　於其一切處
皆得聞此音　必是人中日　大牟尼光明
入此大城中　利益諸衆生　如樹生華時
種種華莊嚴　隨意出妙音　令衆生貪著
必是大龍王　善住天中尊　我欲右足蹋
因陀枳羅邊　如空淨無垢　周徧無塵翳
光燄如金色　令日光不現　必是樂見者
具足光明尊　放右足而下　因陀枳羅邊
如此諸天衆　住在於空中　歡喜而讚歎
旋轉在空中　必是利世者　最勝天中尊
放右足而下　因陀枳羅邊　如此城衆生
悉生於慈心　各各意相謂　如母子相親
必是功德聚　功德華莊嚴　放右足而下
因陀枳羅邊　如男子女人　持種種妙華
滿掬而侍立　歡喜相瞻視　必是人中龍
功德華莊嚴　右足下而蹈　因陀枳羅邊
天華及人華　滿於虛空中　散以繽紛香
令人心愛樂　必是大精進　欲淨毘舍離
無上尊入城　利益諸衆生

爾時乳母聞子語已驚怖毛竪即將童子至於樓下而作是念向所言者爲是誰作爲是天也若龍夜叉羅剎鬼神緊那羅乎摩睺羅伽爲是人也還住本處而不移動

爾時世尊至其門已時彼童子見佛世尊在其閣下瞻仰如來以佛神力在虛空中即向世尊而說偈言

世尊住大智　安住無上人　憐愍諸衆生

願受此蓮華
爾時世尊以偈答童子言
我住於實際　非世間境界　其際無有際
此是實際相
爾時善思惟童子以偈問言
云何住於際　實際中導師　其際無有際
若無云何住
爾時世尊以偈答言
若際是實際　即際是如來　如住於實際
導師如是住　若際是實際　即際是如來
如住於實際　童子我住然
爾時善思惟童子以偈問言
非際際爲際　其際有何相　以何方便故
名之爲實際
爾時世尊以偈答曰
無取際非際　故名爲實際　虛空是際相
其空無空相
爾時善思惟童子而說偈言
妙處是實處　處處無有上　願一切衆生
住此如導師
爾時善思惟童子白佛言世尊惟願世尊憐愍我故受此蓮華爾時世尊即便受彼所施蓮華如來受已時彼童子而作是言世尊以此善根願我得成阿耨多羅三藐三菩提爲諸衆生分別解說無凡夫法無聲聞法爾時慧命舍利弗在大衆中語善思惟童子言汝學何法爲衆生說爾時善思惟童子以偈答言
諸佛及聲聞　一切無得者　我學如是法
爲諸衆生說　其法世界無　亦無有言說

智者應當知　其法性如是　過去正徧知
天人無上尊　無得此法者　導師入涅槃
彼處無法界　亦無衆生界　此是無上際
非世間境界　法界但是名　名字而分別
無分別分別　分別畢竟無
爾時富樓那彌多羅尼子以偈問善思惟童
子言
云何於此法　童子而修學　甚深難知處
智者於此惑　汝生來未久　智慧甚通達
與聲聞談論　智慧無障礙　處處巧明淨
如成鍊真金　如王在大衆　如月在於空
爾時善思惟童子以偈答慧命富樓那曰
汝今知已問　彼處無有生　諸法未曾生
誰受於生者　無一法生者　自性不可得
此是諸法性　求法不可得　法及於法性
二俱不可得　二俱未曾有　而佛說妙法
此是第一輪　鹿苑中所說　如拳把於空
以覺諸聲聞　法音徧一切　救度諸衆生
以得方便智　如實而演說　生老及與死
是凡夫境界　富樓那汝有　顛倒未除盡
生者及死者　此世間言說　無言說法中
言說是客語
爾時富樓那彌多羅尼子白佛言希有世尊
善思惟童子於此甚深法中智慧通達佛告
富樓那如是如是如汝所說佛問善思惟童
子汝以何義求阿耨多羅三藐三菩提爾時
善思惟童子而說偈言
天人無上尊　知已而故問　如牟尼所說
誰當有所求　我今無所求　而求無滯法
甚深無上句　清淨離諸漏　衆生不可得

非衆生亦然　於此不迷没　能住於世間
若能如是知　甚深無上句　一者及異者
如上實際説　覺悟諸衆生　衆生不可得
以無衆生故　亦無覺知者　智慧及衆生
自性不可得　若能如是知　是名爲智者
世尊我如是　自然能覺知　爲一切衆生
而説無上法

爾時阿難白佛言希有世尊善思惟童子以此甚深辯才於無證無得法中而能解説一切世間天人阿脩羅於此法中皆生驚怖世尊誰於此法而不修學於此深法應先修學

爾時慧命阿難而説偈言

善思惟童子　在於大衆中　如須彌寶山
觀者皆愛樂　譬如須彌山　安處於大海
如是善説法　世間所愛樂　非有名無名
童子之所説　所説實際法　非世間境界
如是言説時　不生驚怖心　汝今爲我説
云何如是知

爾時童子而説偈言

我不顧身命　求法無所著　如是求菩提
多聞應當知　因欲墮憒閙　世間受諸苦
我已不貪著　見世導師故　此諸佛境界
救護世間者　今在於佛前　身無有諸過
虚空及我身　二俱不可得　若無法可得
於法有何怖　虚空及與佛　二俱不可得
若能如是忍　於法無所畏　虚空及與地
自性不可得　善思此自性　於法無所畏
善思虚空地　本無當亦無　無自性無生
畏者無自性　虚空無高下　畢竟不可得
如是知法者　於法無所畏

爾時世尊問善思惟童子言汝不畏也不也世尊汝不驚也不也世尊佛告童子善哉善哉汝能於此甚深法中不驚不怖爾時世尊而說偈言

若於體生畏　其體不可得　若如是常忍
其人求菩提　說於衆生想　衆生不可得
若能如是知　安住於此乘　若不得菩提
不得非菩提　更無有所得　彼則無所畏
若能如是知　不住有無中　如是汝應知
此道是菩提

是故善思惟菩薩欲速得阿耨多羅三藐三菩提欲覺知者常想樂想淨想衆生想人想應當修學此道能向阿耨多羅三藐三菩提我本行菩薩道時亦常修學如是之行我得如此無上道已不得一法名得菩提爾時世尊而說偈言

我說於常想　常體不可得　常無常無故
求之不可得　樂想衆生者　不知於樂想
此是顛倒想　分別生於人　是故彼有想
命者及以人　若有知法者　彼此不可得
非道得菩提　非道亦不得　此是諸法性
求法不可得　性及於實事　知者不分別
汝應如是知　此道是菩提　不行此妙乘
佛乘無上乘　於此生分別　是人不知法
不行此妙乘　佛乘無上乘　若不修此行
甚深定難證　諸法無實事　實事不可得
若無實事者　云何得有樂　若樂若苦等
猶如空中跡　智者如說知　其心得解脱
我說有我者　其法無實事　以無有我故
無有能知者　無有知者故　是智慧境界

是以說命想　畢竟不可得　若我若命等
自性無實事　大智能解知　少智則迷惑
性及於實事　此凡夫境界　不知此乘中
佛乘不思議　甚深修多羅　不聞不受持
於此法門中　無法可演說　我不得一法
亦無法可說　我坐道場時　不證一智慧
無智亦如是　菩提無得故　菩提及道場
說時不可得　凡夫起分別　稱言佛說法
此是微密言　甚深佛所說　若不聞此法
最勝之所說　甚深及與佛　此是魔境界
其人不知味　守護一切法　諸菩薩衆等
無不了此法　諸佛及菩提　二俱不可得
如是妄言說　稱云佛說法　如此云何有
依止於可求　若有智慧者　分別甚深法
如是信讚歎　諸佛不思議　是故善思惟
當修學深法　具法義甚深　甚深智能覺
如是言說此　言說亦無得　衆生見顛倒
此非其境界　非惟三昧故　能知於此義
三昧非三昧　於空中亦無　此非智境界
亦非非智境　應覺知此際　非是智慧境
我昔聞此法　行於甚深處　衆生所樂異
信受者希有　若不信此經　最勝之所說
多佛種善根　是人乃能信

爾時世尊復告善思惟言童子是故菩薩應如是自莊嚴於世間驚怖處不生驚怖應如是莊嚴童子言世尊我於今者信樂受行愚癡之人所不能信佛告童子菩薩摩訶薩甚深之行當爲汝說諸法無諍聞已不驚一切法斷聞已不驚諸法不斷聞已不驚一切法有一切法無聞已不驚一切法分別一切法

無分別聞已不驚諸法有爲諸法無爲聞已不驚一切法境界一切法無境界聞已不驚一切法歡喜一切法無歡喜聞已不驚一切法差別一切法無差別聞已不驚一切法有求一切法無求聞已不驚一切法清涼一切法無清涼聞已不驚一切法明一切法無明聞已不驚一切法有名一切法無名聞已不驚一切法生一切法無生聞已不驚一切法有畏一切法無畏聞已不驚一切法生一切法滅一切法無滅聞已不驚一切法是道一切法非道聞已不驚一切法般涅槃一切法不般涅槃聞已不驚說此法時不生驚怖爾時世尊而說偈言

於一切法中　自性不可得　以無自性故
應觀其相滅　一切法無滅　其中亦無心
一切法無故　自性不可得　一切法無諍
其心不可得　若法不可得　亦無有諍者
一切法無故　其性無有實　若性無實者
其法亦無滅　一切諸法斷　智者解不二
此稱爲斷者　非顯示於斷　一切法不斷
微塵不可得　微塵及多塵　法中不可得
一切法無故　言說中而現　如彼不可得
實有而不現　一切法無故　方便而有現
若言無實者　此則皆戲論　一切法和合
無諍故宣說　求諍之自性　畢竟無有實
一切法無合　無作亦無滅　如是不可得
遠離於諸法　一切法無得　求始不可得
以其無始故　名之爲實際　一切法歡喜
喜悅不可得　若法不可得　亦無有言說
一切法無喜　以法無二故　自性中無實

此是甚深相　一切法不動　自性中無我
以自性無故　求動不可得　無動是涅槃
求法不可得　以無有法故　故名爲涅槃
一切法無常　而說第一義　此衆生言說
名之爲分別　諸法無分別　無常無住故
衆生不可得　此是法中法　一切法如幻
其幻不可得　以性不可得　依行故言說
一切法無爲　此是其自體　以法不可得
是故名無邊　所說之境界　自體無境界
凡夫虛妄取　稱言有境界　自在說境界
亦說無境界　以其說境界　應知無境界
一切法是實　其數不可得　若身不可得
是故無異異　以其無得故　則知有所得
以有所得故　則知無所得　其中無清涼
亦無不清涼　無法無清涼　此是諸法實
諸法不可得　不可得此說　以諸法無故
則知諸法有　一切法惟名　名亦不可得
若法不可得　則知有涅槃　受及與非受
於受中而說　此中無有說　名之以爲說
非有名爲有　於有中而說　以起分別故
恒墮有無中　凡夫見幻人　取之謂爲實
有無法平等　智者聞不惑　法生及無生
二俱不可得　以下劣凡夫　故說有生法
法若有生者　是則應有滅　生法及滅法
此二不可得　一切法悉空　無法而可得
汝應如是知　我所說深法　菩提無言說
亦無有作者　若得菩提時　於三有明了
若分別菩提　不名求菩提　行及於菩提
無有分別相　一切物無生　求自性亦無
以自性無故　此是涅槃相　畢竟無有生

求之不可得　以自性無故　非滅非非滅
若知此義者　一切法自性　彼無有生故
則無有違諍　聞説甚深法　不生驚怖者
應知彼衆生　佛説爲菩薩
爾時善思惟童子以偈白佛
世尊無上師　爲我故出世　於此法中説
異想求惟名　牟尼出於世　佛生不思議
永斷諸魔網　而現正法網　我斷生死盡
不久至道場　若無異想者　以相故演説
世尊説可求　見巳入涅槃　度脱諸世間
斷絶諸疑惑
爾時世尊告善思惟童子言無疑惑行是菩
薩行護念之行是菩薩行無分別行離一切
過以甚深行憐愍一切諸衆生等是菩薩行
善思惟相行虚妄行是欲相捨於欲行離諸
瞋恨於一切衆生其心平等以心不可得故
行大慈行以求法故行大施行以不捨故行
無疑行以不見他故行無熱惱行以清涼故
行精進行無疲倦故行三昧行心無邊故行
於智行知一切法相故行無畏行無怯弱故
行無障行成就如來影像勝行故觀察十方
一切世界以無滯行故爾時世尊而説偈言
説諸菩薩行　遠離諸疑惑　行及於愚癡
二俱不可得　非行以爲行　是諸菩薩行
若知此行者　斯人行無礙　説諸菩薩等
護念於諸法　以求無所得　此是無上行
若説我修行　則住於顛倒　以住顛倒故
不能得無畏　此是言説行　言説不可得
若能如是知　行於無上乘　大乘無上乘
此乘無驚怖　驚怖及不驚　一切皆戲論

我說一切行　一切行皆無　若一切行無
是爲無上行　此行是甚深　護念一切法
護念及甚深　此一切分別　甚深及以行
此中二俱無　若知於此際　不分別諸法
無法可取著　無法不可著　此是諸法性
無性而演說　無堅無欲等　以求故顯說
文字不可得　此是無上句　我以方便說
聞者勿生怖　以求不可得　亦無破壞相
此諸衆生行　理實不可得　若能如是知
是名善修學　一切衆生無　故我說衆生
而衆生法爾　此道是無上　若心若衆生
畢竟不可得　此是第一義　而大慈故說
菩薩摩訶薩　世間大施主　以修常施故
故名爲施主　若法不可得　一切法皆無
是時修施者　菩薩無智故　若法不可得
於高下法中　以不驚怖故　名爲真施主
若佛不可得　法則不思議　此名真持戒
諸法無所依　佛境不思議　爲諸菩薩說
愚者不覺知　禁戒不清淨　於衆生起忍
衆生不可得　此是無上忍　於此法中說
若心不可得　亦無有分別　此是無上忍
以法不可得　若起疲倦時　菩薩應遠離
如是上精進　以名字故說　身心真精進
不著於諸法　此是上精進　爲諸菩薩說
菩薩於法中　若不起疲倦　無功而精進
勤精進無上　於内外法中　心性不可得
其心善調柔　以心無得故　攀緣及以心
自性無所有　無心三摩提　是故名三昧
善逝爲我說　此三摩跋提　若不離此法
我說善調伏　不以智慧知　法有少自性

自性及以法　此二畢竟無　不得一切法
心識之境界　不以智知法　自性畢竟無
若能如是知　是菩薩念力　行於第一義
非世間境界　一切衆無實　而爲說正法
於彼大衆中　不起衆生想　彼衆生如幻
其幻畢竟無　聞如是說時　不生於礙想
若自他等法　此二畢竟無　聞說如是法
不生於礙想　内外等無法　智者之所行
心無高下故　一切世間等　一切法無礙
猶如空中跡　法自性亦爾　如彼空中跡
菩薩如是知　名爲善通達　明了一切法
知衆生所行　衆生不可得　求法亦復然
智明了諸界　其界畢竟無　我說入此門
行於無上道　得如是道已　知諸衆生行
界及於衆生　此二俱無實　如是第一智
知於一切法　於内外法中　智慧無所著
遠離無著法　是名爲實際　此法不思議
名爲諸佛法　彼法無所有　無亦畢竟無
如是修行時　不著於此世　此智名無滯
名爲諸佛智　諸法不思議　於法理無實
以其法無故　佛法名覺者　諸佛及佛法
一切皆不著　不著於菩提　是名諸佛智
此乘是大乘　攝一切法門　度脫諸世間
世間不可得　一切諸世界　所有諸衆生
菩薩爲求法　皆親近恭敬　深觀此諸法
佛法不思議　以不得諸法　是人得菩提
菩提及以法　一切皆無相　如是觀察者
能盡於佛法　如是觀察時　於世間不著
以心不著故　能盡於菩提

復次善思惟諸菩薩摩訶薩未具莊嚴者我

今當說若有得聞如是法門不生驚怖當知是人已近道場近佛境界住無障礙解脫之道觀察十方心無所著則爲諸佛以大慈大悲不共佛法不觀頂相之所覆護聞說如是甚深法門生信樂者則爲如來悉見悉知於此經中不信樂者如來悉知若於此經生信樂者是佛弟子我是其師爾時世尊而說偈言

我已坐道場　道場畢竟空　以不得菩提
安住於智中　其法無障礙　法體畢竟無
若法畢竟無　解脫時乃知　於一切法中
智慧能到佛　一切法及智　此是佛所說
凡夫妄分別　說言有無著　諸佛不分別
菩薩及智者　觀察諸世間　世間畢竟無
世間空寂故　觀智亦如是　衆生及以佛
無有分別相　以無分別故　名爲無上慈
盡諸衆生界　雖爲悲所纒　其悲無實事
悲及於實事　此凡夫境界　如虛空尺寸
本無當亦無　世間亦如是　是名無上悲
此是無上法　名爲諸佛法　求之不可得
善逝之所說　導師無上尊　求色不可得
如是法無色　隨世間故說　虛空無有邊
處處不可得　諸佛法如是　隨世間故說
此無上智慧　智慧不可得　以智不可得
彼智亦無實　此岸若彼岸　以相形故說
以彼取相故　不行甚深法　當知此法中
一切皆平等　若以相說者　則非善知識
自衆若他衆　若說有求者　以取相說故
彼非善知識　若謂法爲有　除遣得無法
童子我此法　不作如是說　我以知苦故

性中無苦惱　若如是説者　不入於此法
諸法本無集　名之以爲集　若説斷於集
則遠離此法　若於此定法　本無而分別
於本無法中　本來無有滅　若以分別説
本無今何滅　童子汝當知　此見非正見
修習於道者　以求故演説　付囑於求者
於道中修學　我説諸菩薩　大智大名稱
於當來世中　能解此深義　若有持此經
最勝之所説　多種諸善根　爲諸衆生故
善説修多羅　智者能受持　是人當來世
能護我正法　説於此法者　住如無分別
如此是菩提　菩提不可得
説此法時善思惟童子得無生法忍踊躍歡
喜得未曾有諸佛常法爲諸菩薩授記莂時
現希有事爾時世尊從其面門放諸光明青
黄赤白紫玻瓈色此光出已徧照無量一切
世界上至梵世照世界已還至佛所繞佛三
帀從佛頂入是時大地六種震動爾時空中
有諸天衆雨衆天華沉水末香於虚空中作
天妓樂出妙音聲爾時三千大千世界清淨
莊嚴如鬱單越爾時阿難從座而起整理衣
服恭敬合掌白佛言世尊何因緣故如來現
此希有之事若無因緣如來則不現此瑞相
爾時阿難而説偈言
無上導師人中尊　無緣則不現奇變
惟願世尊爲衆説　今此瑞相何因緣
諸天在於虚空中　供養最勝無上尊
歡喜踊躍而讃歎　善説微妙勝法門
譬如北方鬱單越　種種妙華而莊嚴
此諸光明亦如是　照此世界皆嚴淨

一切諸佛法如是　爲諸菩薩授記莂
放此妙色大光明　徧照十方從頂入
無上精進牟尼尊　現此光明希有事
如來何緣放斯光　惟願大悲爲我說

爾時世尊即爲阿難而說偈言

善思惟童子　於諸如來所　廣種諸善根
當作人中尊

佛告阿難此善思惟童子於當來世當得供養無數億佛於諸佛所信樂恭敬以諸供具飲食衣服卧具湯藥供養彼佛彼諸如來般涅槃已取佛舍利起大寶塔高百千由旬一切衆寶以爲嚴飾以一切華香寶幢旛蓋栴檀沉水種種末香妓樂歌頌供養讚歎彼諸如來當得作佛號淨月如來應正徧知明行足善逝世間解無上士調御丈夫天人師佛世尊爾時世尊而說偈言

十方諸世界　珍寶滿其中　以此珍寶聚
奉施諸如來　世間無上師　世尊之所說
若聞能受持　功德多於彼

爾時慧命舍利弗以偈白佛

甚深勝法門　最勝之所說　云何名此經
我等頂受持　於此法門中　不說一法無
有亦不可得　勝法門所說　一切有漏法
及以無漏法　於此不可得　微妙經所說
一切有爲法　及以無爲界　二俱不可得
於此經中說　世尊無上師　說於一切行
一切不可得　於此經中說　佛之所說法
於此亦不說　所說甚微妙　求我不可得
十方諸世界　世尊之所說　世界無自體
於此經中說　導師無上尊　惟願爲我說

云何名此經　我等當受持　聞如是語已
佛告舍利弗　此經名頂王　其頂畢竟無
大智汝當知　應如是受持　若能受持此
最勝之言說　彼人能覺知　諸天及世人
佛說此法時　衆中百萬人　諸善根增長
悉發菩提心　以得聞此經　甚深無上法
此衆必當得　世間無上尊　於深妙法中
皆悉明了知　此衆必當得　受持此章句
若能受持此　所說頂王經　於一切法中
不生希望心　此中無一忍　亦無第二忍
若法不可得　亦無法可說　若有能受持
頂王修多羅　以觀此法故　能生於辯才
若有智女人　能受持此經　能速轉女身
成就丈夫法　以一知一切　以此一切知
諸法陀羅尼　於此經中說　言說一切法
容受於一切　如是說此分　法光靡不徧
彼彼諸世間　種種名應知　於處處說者
其法不可得　法不可攀緣　求之不可得
一切法如是　總持者安樂　若法不可得
法中無有無　此是諸法性　名之爲總持
若有能持此　所說頂王經　持法之光明
徧照一切處　一切法甚深　其法不可得
若法不可得　亦無於有無　若人具智慧
辯才無所礙　乃能知此義　畢竟無有實
如阿耨達龍　處空注大雨　水非從外來
不思議力爾　若欲知諸法　分別無所礙
學此修多羅　不依一切法　於此法門中
法無所從來　一切法無生　於此經中說
譬如日光明　光無所不至　此經亦如是
徧照一切法　若辯才比丘　應受持此經

學此修多羅　微妙頂王經　速疾能得成
不思議辯才　修學此經已　能利益世間
若有於此經　能信生隨喜　總持者難得
以不知味故　比丘比丘尼　若不修行此
行餘虛妄行　去我法甚遠　於我弟子中
若能修行此　能為世間眼　一切無與等
如忉利天王　能覆護世間　此經亦如是
能為世間舍　如住須彌頂　見一切世間
如是住此經　觀察一切法　如夜火星流
一切皆悉見　持經者光明　一切法中勝
譬如日光明　徧照一切處　此經亦如是
能滅一切闇　如月在空中　照已而不住
此經亦如是　能照十方界　此印是法印
一切印所印　此印住世間　為諸菩薩故
如虛空中印　本無當亦無　虛空及與印
二俱是分別　如是諸佛法　於此經中說
諸佛不可說　法亦復如是　如王命將終
國嗣付長子　勑告羣臣衆　悉以付我子
如是聖法財　賢聖所守護　付阿難比丘
為諸菩薩說　守護持此經　為諸菩薩故
成就善根者　此經入其手　若有能受持
演說此經者　是人必得佛　決定無有疑
若人求辯才　於法無依止　應受持演說
頂王勝法門　說於世間法　即名為菩提
如是無差別　通達於此經　於一切世間
此人無疑惑　能受持此經　亦為他人說
聞如是經已　覺知諸佛法　以此甚深法
利益諸衆生　佛說此經時　諸佛皆稱讚
善哉無上尊　所說甚微妙　建此大法幢
法幢不思議　能以四句偈　為衆生解說

此不思議經　若爲他解説　能觀無量法
法觀不思議　諸佛無上尊　永斷一切法
皆同説此經　不思議法門
爾時世尊説此偈已告阿難言若有比丘比丘尼優婆塞優婆夷聞是法已受持讀誦爲他解説所得功德甚多無量不可窮盡譬如虛空不可窮盡如是阿難若人於此甚深法門受持讀誦一四句偈爲他解説其人功德亦復如是説不可盡爾時世尊而説偈言
無邊甚深法　此經説大義　受持稱説者
應善護此經　若以分別説　虛空尚可窮
於此經功德　説之不可盡　若受持此經
則爲已供養　十方世界中　一切諸世尊
十方世界中　所在大牟尼　受持此經者
則禮拜供養　十方世界中　十號具足尊
若有聞此經　則爲已供養　過去諸世尊
及以當來佛　十方世界中　現在人中尊
若有受持此　如來所説經　皆悉已供養
師子牟尼尊　以資生供養　此是世間智
受持此經者　無上智慧供　若人以珍寶
充滿十方界　持以施諸佛　其福德甚多
若復於此經　善學爲人説　此人所供養
佛説爲第一　我所説法中　求佛不可得
於此不驚怖　即是供養佛　此第一供養
世間所不及　若不毀呰者　亦名爲供養
諸佛及以法　求之不可得　此第一供養
最勝之所説　然燈正徧知　以此法供養
此第一供養　爲諸菩薩説　我於彼世尊
以此供養已　然後得授記　當來世作佛
若欲求佛道　爲衆生上首　淨修行此道

而供養導師　如是供養已　得菩提不久
應修此供養　通達一切法　此第一供養
一切諸佛法　諸導師世尊　一切悉皆得
得入佛境界　佛智不思議　能作師子吼
我應受世供　作師子吼已　一切法無畏
度無量衆生　入無漏涅槃
佛說此經已善思惟童子及諸比丘僧一切
世間天人阿脩羅揵闥婆等聞佛所說皆大
歡喜信受奉行

大乘頂王經

大方等頂王經

西晉三藏法師竺法護譯

清刻龍藏佛說法變相圖

大方等頂王經一名維摩詰子問經

西晉三藏法師竺法護譯

聞如是一時佛遊於維耶離柰氏樹園與大比丘衆俱比丘八百菩薩一萬一切大聖神通已達悉得總持辯才無礙攝三世慧至三達智空無相願不中取證行于大慈奉無蓋哀不計吾我已度彼岸通于三世無去來今曉一切法如幻化夢影響野馬芭蕉水泡聚沫解于三處本無所有從緣對生有利無利若譽若謗得名失譽若苦若樂已過世間之所有法因權方便周旋三塗已越欲界色界無色界解暢道義救度一切諸天來侍諮受深法開發愚心悉入道門爾時世尊明旦著衣持鉢入維耶離城分衛至維摩詰舍時維摩詰有子名曰善思明旦沐浴以香塗身體

著新衣手執蓮華與妻室俱上樓閣觀作妓相娛宿命德本之所感應遥見佛來與聖衆俱入城分衞現大瑞變以偈語妻而説雅頌歌佛功德

聞斯和雅音　同時令俱作　衆妓在其處
速徹樓閣上　大雄來不疑　護世演光曜
必以足右指　蹈於城門閫　百鳥諸禽獸
發哀悲和聲　從古未曾聞　如是諸妙響
大雄來不疑　欲導利衆生　今舉右足指
以安著門閫　我今日覩佛　猶寶瓔珞身
衆妓不鼓鳴　微妙可悦心　三千聖無疑
威德淨莊嚴　必以右足指　蹈于城門閫
譬如有大鉢　著地河水至　則聞調和音
周徧其土地　人中天無疑　大聖演尊光
佛開導世間　定來入城門　神通化衆生
猶樹華茂盛　若干色芬葩　流布極美香
大龍無所疑　誓願建立本　今以右足指
按於城門閫　普照于虚空　周徧於天地
日明爲以蔽　永不復現光　一切尊無疑
現威大晃曜　今以右足指　按於城門閫
猶如諸天人　住於虚空中　衆庶佛後從
如天侍梵王　愍傷世無疑　尊人聖導師
今以右足指　按於城門閫　今日覩城人
各慈向不恨　展轉相示談　如父母子孫
德光無沉吟　福威自莊嚴　今以右足指
按於城門閫　察男女大小　各執若干華
叉手而自歸　歡悦遥散華　大尊無猶豫
德華嚴飾身　今以右足指　按於城門閫
諸天人間華　徧布于虚空　散華而燒香
其香可意悦　大勇無疑結　欲入維耶離

因化悦大衆　最勝故到此

爾時善思妻室聞說是言心中抱恐衣毛爲
竪身内和涼住於欄邊心自念言是何等神
爲天龍鬼魅反足乎真陁羅摩休勒人非人
耶口宣人語在其處所不動不揺不敢移轉
時佛往詣善思童子所居里中在於舍邊立
在門前善思童子見佛世尊即欲下樓閣往
自奉迎心中喜悦不能勝已自投樓下承佛
聖旨住於虛空以偈歎佛

聖慧尊但住　人中雄愍待　用哀衆生故
惟受斯水漿

於時世尊爲善思說偈言

以住真本際　世俗所不達　彼際無所有
是爲本際相

善思童子以偈啓問佛

云何住本際　真本際化導　無明之倚際
何謂立虛無

時佛復以偈告善思曰

其際真本際　是際則如來　如審住本際
了了住如是　如際真本際　斯則如來際
猶了真本際　童子住亦然

善思童子復以偈白佛言

無際際何際　何所是際相　以何權方便
名曰爲本際

於是世尊覩見善思心欲暢了解道無處告
於善思童子以偈報曰

無際不可待　乃曰真本際　其際相虛空
虛空亦無相

善思爲佛說偈問曰

甚哉真正處　其處玄無上　使一切衆生

住如今導師

時善思童子前白佛言世尊垂愍受斯蓮華佛便受之善思童子口自發言以是功德致無上正真之道成最正覺爲諸衆生頒宣經典令不得至凡夫之法不至道法爾時賢者舍利弗亦在會中謂善思童子於善思心所趣云何所成正覺法何所像欲爲衆生而頒宣之善思以頌答說偈言

佛志無所得　諸聲聞亦然　當成斯正覺
爲衆生頒宣　彼無所向說　亦復無所致
大智當解斯　本淨明如是　過去諸正覺
護世無上尊　亦不得諸法　導世因滅度
計永無法界　亦無衆生界　是則爲本際
世俗所不暢　假號曰法界　人倚相名號
亦無諸所想　便無有異業

爾時邠耨文陀尼子爲善思童子說是偈言

童子卿云何　而欲學斯法　是處深難逮
明者所迷惑　仁生來久如　智慧獨勇猛
與聲聞談語　卒對慧無畏　處處能分別
所住像紫金　立王路巍巍　猶虛空月盛

時善思童子以偈答曰

惟仁問所生　所生無所生　諸法無所起
誰當復生者　其法無所生　自然無所有
是曰本清淨　無法無所得　諸法本清淨
未嘗能得是　以斯無明慢　佛故說是法
在於仙人野　第一轉此輪　多存聲聞業
係志在虛空　宣暢法音響　爲衆多縛才
以權來聖慧　宣說如審諦　有生乃終没
斯愚之行元　處在顛倒業　如邠耨所說
以生有老死　是爲方俗言　其法無言辭

託假造言教

爾時賢者邠耨文陀尼子前白佛言至未曾有世尊今是善思童子深入智慧巍巍乃爾所宣獨步衆所不逮佛言如是如是如邠耨言而無有異也時佛告菩薩善思童子卿以何故欲逮無上正真之道爲最正覺乎善思答曰聖尊所明故復相問用最大聖故被弘誓大聖至仁因宣是語我身寂然不有所爲以被弘誓悉無罣礙無所開化爾乃名曰斯深上句衆生無人亦然其不惑斯是等能度至賢庠序深妙上句曉了斯本真際本末其以無數無有若干解達深妙無上章句以用法故化此衆生其行各異誨無衆生設無衆生彼一切空無智智慧衆生本淨以達本淨無有各異以解斯義是世間智唯然聖尊我

蒙解斯自我成正覺爲衆說法賢者阿難前白佛言至未曾有是善思童子辯才乃深入如是乎乃能宣斯應順妙章無所著句天上世間凡庶衆人阿須倫聞必當恐怖不肯受學誰當信樂此深妙法往昔宿世曾聞學是深遠之行爾乃信受於時阿難以偈歎曰

猶如須彌頂　遠現微妙好　今此善思德
在衆妙如是　若如衆山王　堅住於大海
今處斯衆中　快宣是深句　善思所咨嗟
說名不有無　亦無於本際　世俗所不覩
其辭無所畏　莫不敬歎者　惟善思說之
云何知本末
善思以偈報曰
吾以棄身命　被無罣礙鎧　志不貪正覺
爾乃曰博聞　倚欲故墮落　合集極凶禍

誰不墮灾者　惟見世導師　是諸佛境界
護世所將濟　其身無所危　住於佛尊道
虚空及人身　二俱不可得　如法不可得
法懷無所畏　曉虚空佛身　真實無處所
若成是忍辱　永悉無所畏　其虚空至地
自然無所有　是自然善思　達悉無處所
其虚空至地　善思不可得　無生無自然
虚寂無所有　虚空無有高　亦復無有下
以解了是法　彼悉無所畏
爾時佛告善思童子仁者體性無所畏乎白
佛不也世尊佛復重問卿審不畏乎白曰不
也佛言善哉善哉仁乃無畏不懷恐懼時佛
頌曰
從有而生畏　假現無所有　若能解是忍
爾乃近佛道　因人想有畏　衆生本永無
若能解如是　於斯無所住　其不得正覺
無覺亦如斯　若餘無所獲　此當無所畏
若能曉了斯　不住有無際　善思解如是
是爲由佛道
佛告善思若有菩薩疾欲永安逮無上正真
之道爲最正覺者便當消除有常想安想苦
想衆生之想人壽命想分别解了無所著行
悉無所倚作是慕業逮成無上正真之道也
佛往宿世行菩薩業時作是行道已便懷來
慧無能得法乃曰佛道時佛頌曰
解常想猶幻　計常致生死　常無常虚無
求業無所有　衆生有安想　了不安自然
是想爲顛倒　用想有人故　若解了法者
無有各各異　則不懷妄想　無命無有人
道明不得由　無道亦復然　是乃曰本淨

法無所有故　若有明達者　曉有悉本淨
善思當解斯　是爲道正道　不行于道乘
佛乘所救濟　若有人諍斯　便不暢道法
不行於慧業　不爲道所護　用不順此行
佛法深難解　諸法無所法　本悉無形皃
所有亦虛無　三界永不安　計諸樂衆苦
猶如行虛空　若能思是行　斯乃心解脫
有身云吾我　彼法亦虛無　其不有吾我
所知無所有　斯等不想命　不得究本末
虛無想真實　少明爲迷惑　吾我及壽命
本淨無所有　愚冥之所行　計本淨而有
佛道無思議　不念是所有　若聞深妙法
不能受奉持　未曾有頒宣　如是經法者
法不可逮得　所說亦無獲　坐於佛樹下
因是成道慧　若不致道慧　則亦無所知

佛道及慧場　亦無有言說　凡夫懷妄想
慕佛所演法　斯則真實教　佛所宣深法
其意覺甚深　是爲魔所行　若有得聞是
佛所說經典　不解經義味　諸法所救護
菩薩甚勤苦　不求道安隱　於斯無道覺
是二事無像　意當倚慕斯　有是佛所說
是何此云何　著於顛倒業　若有遇苦惱
甚著於深妙　各稱舉大音　快佛無思議
佛復告善思學是法者當習深典勿得志存
雜句多辭無益之義不成正真無極大慧深
遠之法乃曰優奧是乃應法斯曰無得衆生
墮邪不能行斯不用三昧可解利義慧無境
界無慧亦然當了斯際非智所行佛往宿世
聞是深法以解寂靜心無所著若聞斯典得
悅豫喜曾於無數佛所造行立功勳德受著

心懷諷誦奉行以化他人宣布十方佛復告善思童子菩薩當修如是弘誓世人所在常抱恐畏勤學至真不當懷懼也畏難退却當作是解宣布奉行乃入道慧善思前白佛言唯然信樂也世俗所不信獨篤無窮志曠如空永無所慕佛復語善思若菩薩大士志深妙法斯諸正士以是方便順如佛教則於道法無所諍訟以不諍訟一切諸法則無恐怖皆不可斷一切諸法了之本無志無所慕便入道慧若有聞說一切法有不以爲怖若說言無不以爲懅於有無法不以增損聞諸法應諸法不應諸法精進諸法懈怠解是一切十方諸法慧所歸趣若無所趣若復不解諸法有念諸法無念不以恐怖諸法有爲諸法無爲諸法有界諸法無界諸法欣喜諸法無喜不以恐怖一切諸法亦不有爲亦不無爲一切諸法本有所有本無所無諸法寂然諸法憒亂不以恐怖諸法顛倒無有顛倒諸法虛無真實無爲不以恐怖諸法一切有戒無戒有明無明有名無名有興無興有畏無畏有生無生有死無死不以恐怖諸法有道諸法無道諸法有度若不滅度諸法是非不以恐怖所以者何諸法皆空虛無不真猶如幻化泡沫芭蕉影響野馬夢中所見本無從來去無所至猶如虛空忽現雲霧塵煙灰等託現虛空不能爲垢忽然便滅虛空自然亦無所淨有道無道世俗慧明普解自然乃無所著了無所了乃應道慧無上正真無所恐畏心不懷懅佛於是頌曰

諸法無所有　自然虛不真　其自然虛無

是相便滅度　諸法無所諍　斯亦無所有
以了諸法無　達不有自然　所諍訟諸法
是亦無所有　以曉法空無　則解不諍訟
諸法無所有　本淨永無形　本淨不可得
亦無所忘失　斷一切諸法　故曰爲明智
斯謂永毀壞　亦現無所壞　諸法無所滅
計亦無起立　亦多無所壞　法亦不可得
諸法本虛無　亦不可得見　設使無所得
方便現所有　諸法無所有　因緣從對生
所有無所有　須宣於經典　諸法能相應
示現無所諍　不諍爲自然　究竟無有形
諸法無所應　無作不滅度　如是不可得
常離于諸數　諸法不可得　亦無有過去
甚哉永無實　乃曰本真際　諸法皆悅豫
亦不可悅喜　若法不可得　彼亦無言說
諸法無放逸　二俱無所有　自然無可取
是爲深妙相　諸法不可知　無我而自然
以解無志求　至於自然號　無爲無所樂
彼亦無所有　用有無明業　因號曰無爲
若念於諸法　究暢不可見　此則真實言
故名曰意念　不念於諸法　無住無所歸
了斯無衆生　是號法中法　一切法猶幻
其幻無所有　以法無明故　因宜說生死
諸法無形皃　是其自然義　若無有諸法
解脫無解脫　假號曰境界　自然無境界
愚冥所倚著　故名曰部界

佛復告善思色痛想行識空本無所有眼耳鼻口身心空本無所有地水火風空本亦無形因緣合成猶如五事成其屋宅何謂爲五一曰材木二曰瓦草三曰土墼四曰人功五

曰泥水以是五事乃成爲屋本各别時都無屋名因緣合成身亦如是五陰緣對便有四大因名曰身地水火風各緣來合猶屋四柱四壁皆因緣會合成散壞皆無處所猶如夢中見屋宅城郭樹木華實流水田地犁牛諸種下其五穀各隨時生人主用意獲之自給心神無明不達一切三界皆空因倚望求便生意識十二牽連往來周旋輪轉無際勞於神識沉迷五趣無懈息時不解本空如夢所見覺不知處何所歸趣至成正覺乃了五趣本無處所獨步無畏佛於是頌曰

色痛想識空　眼耳鼻口意　本寂無所有
地水火風異　了界得自在　頌宣無部章
所言上佛土　其境滅度想　諸法各有形
本亦無合會　不曉知空寂　其本無有身
無得不可逮　從緣對合成　無獲不可致
又現望得生　在彼不修戒　亦復不犯禁
無行無有戒　是爲諸法相　諸法無所有
因無明而生　以有無明法　便造明達智
諸法假有名　是名無所有　假號無有法
乃名曰滅度　所起無所生　因現有五陰
其陰無所見　因號有所現　所有無處所
因變示有法　法離生死業　長無生死難
如幻師化形　愚冥謂有人　所有無所有
明者不爲迷　法生無所生　慧者無是計
諸法皆悉空　愚者不解此　法適有所生
便當有終歿　其生及病死　捨是無所畏
諸法一切空　法亦無所歸　善思當了斯
是佛所演法　正覺無所作　則爲不可逮
若不得道處　乃見三界事　若望想佛道

則不求正覺　若行志存道　永不造無想
諸生死自然　不觀自然法　自然無所有
是爲無爲相　究竟無所生　所說不可得
以行無明業　因示無爲法　以懷來衆義
諸法則自然　彼悉無所生　便無諍訟事
彼無不奉行　所宣深妙法　用一切起生
菩薩行愍哀

爾時善思以偈答世尊曰

佛與出現世　皆用愍我等　身以爲疑網
宣布是法義　佛出無思議　爲具足與變
以壞魔羅網　說除六十二　以絕生死源
因坐佛樹下　永無有沉吟　宣消衆想著
解暢虛僞業　能仁滅諸見　勇猛爲世俗
斷我衆狐疑

爾時世尊告善思童子菩薩所行未曾虛妄多所救護以恩加濟無有諍訟除去衆瑕一切無穢愍傷衆生行深遠義不懷妄想世尊堅固消去貪欲無貪欲蠲棄衆結常行等心加於衆生志不虛妄大慈之行法不可得修大義吼不捨精進心行至真不失勤業無有嬈害奉行忍辱而不諍訟無所覩見夙夜遵行善思一心棄于懈怠成就道行定意正受其心寂靜修於聖慧一切諸法永無所得行無所畏心不怯羸顯發道心行無罣礙成就如來十種之力當以何行至殊特業遵其至慧奉無等倫遊於十方諸佛世界行無罣礙度脫一切佛時頌曰

行無虛妄業　是諸菩薩辭　以奉於脫門
不畏諸礙行　無行謂正行　是菩薩之業
若能解是行　則無所貪求　以法救攝之

諸菩薩所宣　其無所得義　是行爲無上
言吾行道法　則住於顛倒　以住顛倒業
便得有所畏　假使有諍訟　不見諍所在
明者作是達　行於無上乘　是乘無所畏
大乘最無極　長與無所畏　是亦無放逸
一切無所有　衆行中最勝　設了悉虚空
彼行乃無上　斯行甚深妙　救護一切法
所濟亦深遠　消除衆妄想　所行邈玄妙
二俱無處所　若能知本際　不倚念於法
法永無衆垢　亦不離垢去　是法本清淨
反宣捨於欲　而示現邪逆　愛欲不堅固
不轉文字業　斯句爲無上　不著猶如幻
此則無言教　以棄反倒行　便無諍訟意
一切衆生行　是實不可得　若能曉了斯
此行乃善教　衆生以無明　故曰名黎庶
衆生法亦如　是道則無上　其念及衆生
是永不可得　此爲第一慈　歎慈乃無極
是曰世大施　斯乃爲大士　常慕樂放捨
乃曰慧道心　正使不得法　諸法虚無實
云菩薩明達　是曰好布施　解法不可得
便無所恐畏　無尊是諸法　乃曰爲布施
法皃不可獲　佛法不可思　是戒無所犯
諸法無所著　佛土不可議　此不見諸界
於戒不妄想　諸菩薩所歎　能忍諸衆生
一切不可得　佛所教訓誨　是法第一忍
佛復告善思色空不可得痛想行識空亦不
可得所謂空者色則爲空無復異空痛想行
識空無復異空四大五陰十八諸種三界本
空十二因緣無則爲空無復異空現世度世
有爲無爲四大皆空無復異空色如聚沫痛

癢如泡思想如芭蕉生死如夢識如幻三界猶化五趣如影所以如影從緣對生三界本末欲界色界及無色界心意所爲猶如畫師治素壁板因緣合成循如飛鳥飛行空中菩薩如是行無妄想遊到十方猶日宮殿行於虛空不汙衆冥菩薩如是獨步三界心無所著去婬怒癡三毒窈冥猶如蓮華生於泥水不與其合菩薩如是在於生死成最正覺心淨如空永無所著度脫一切佛時頌曰

其心不可得　則無有諍訟　若不得衆生
是爲第一忍　菩薩離懈怠　其志無所行
永無所勤修　乃曰最精進　其心及心意
所遣真無邪　菩薩無所説　是第一精進
若有懈怠者　菩薩化立之　無心無所行
住第一精進　其心不可得　内外無所著
若心無可逮　是則爲定意　心常自勤修
自然無所有　無思無正受　乃曰逮三昧
所以言定意　以能作是行　安住名自然
是第一定意　不知慧所在　何所自然法
自然及與慧　二俱無所有　是法不可得
斯識行正法　不以識知法　自然無所有
若有了此行　菩薩意堅強　行第一之義
世所無所趣　衆會無等倫　爲衆而宣法
斯等雖遊居　無衆生妄想

佛復告善思一切諸法猶如幻化幻化本空悉無所有迷惑愚俗自計己身及與他人悉有所有故沉五趣敢能曉了是悉無所畏諸法本末無有内外以了如是心不怯弱不難三界三界悉空若有菩薩曉是本無獨步三世而無所難達於生死猶如虛空無形本亦

無名一切諸法亦復如是無形無名用無明故馳逸三界輪轉無際猶如五事住於虛空不能爲垢自然之故心本清淨權未即解便有三毒五陰六衰客塵所蔽雖有是非不汙本淨心亘開達暢三世空便入大道佛時頌曰

衆生猶如幻　其幻無所有　所宣如是者
永無所復畏　已身與他人　二俱虛無寂
以能曉了是　則永無所畏　其內及外法
不計有所在　無以怯弱心　不難於世俗
諸法無所礙　猶如遊虛空　所至如虛空
是法爲自然　若能曉了斯　菩薩無所畏
分別一切法　解了衆生行　彼不得衆生
其法皆如是　以剖判諸界　其界無所有
是曰入道行　斯曰無上道　以致此至業
知衆生心行　諸界及衆生　二俱無所有
以念彼如是　皆了一切法　其內及外事
無合會妄想　以爲不除法　乃曰真本際
斯法無思議　乃曰爲佛法　此悉無所有
悉亦無所成　所行能如是　計數無有人
以無爲定慧　乃曰爲佛慧　是乘爲大乘
普安於一切　永不畏此世　世亦無所有
其在於世界　普世一切界　菩薩無所行
求於無上慧　是法爲深遠　佛法不可思
若法無可獲　是則近佛道　其佛及經法
此一切悉無　若行如是者　則得近佛道
以行如是者　俗人無與侶　其心無所著
彼乃近佛道

佛復告善思若有菩薩大士聞是深經若讀持諷誦心不恐怖善被弘誓心如金剛疾近

佛樹坐於道場入佛境界得逮至真無礙脫門觀于無爲無合會處到於十方諸佛世界逮習大慈無蓋道哀成十八不共諸佛之法三世最尊慧踰日月德無等侶慧過虛空道明巍巍不可爲喻逮無邊聖無見頂相若有聞是無限雅典以斯深卷爲人頒宣而信樂者往過去世曾見諸佛亦不可計又不輕慢戲笑之者佛以豫見觀其人本早信此經如來久覩若不信樂習斯經典聞之調戲則外異學諸魔官屬放逸之人也信是法者是佛弟子佛則是師爲親成就下其鬚髮而作沙門其不信者則外邪業九十六種反逆道法佛時頌言

見佛坐樹下　行於真道場　其不信佛道
是慧不可得　其無罣礙法　究竟不可得
了法無處所　是曰爲解脫　意入於聖慧
一切法之主　諸法及道慧　非佛之所宣
有爲及無爲　愚所發妄想　諸菩薩無想
諸佛大聖明　普觀於斯世　世悉不可得
所用曉了世　是亦無處所　佛聖及衆生
於是無妄想　其無思想者　善哉慈無上
假使衆生界　法界亦復然　是乃名之曰
菩薩無所著　以覩於悲哀　其哀無形皃
其哀以無皃　非愚所了行　五事在虛空
不有無處所　一切俗如是　是乃無上哀
其無上正法　乃曰爲佛法　此無所貪世
是爲自然法　護世之所照　其色無所有
以是無色法　乃曰無見頂　虛空無有邊
普平不可獲　是爲佛正法　名曰無能觀
其慧不可逮　是無上大道　慧以不可得

斯無有堅固　此際及彼岸　所見若不見
深解不行斯　是非妄想求　念是智慧法
斯法則平等　違此佛教法　則非善親友
無勤若勤度　乃曰到虛妄　其不行平等
則非善親友　以發興斯法　若復滅斯法
此等諸比丘　不善思佛教　以能斷衆苦
本淨無所有　如是說法者　則須宣佛教

佛復告善思若說諸行皆從習致用三界習故修道習有計吾我故行大慈修無蓋哀倚於三界行三脫門慕四大故行無常苦空非身以生老病死求四無畏用十二因緣了十二部經以十八種行十八不共諸佛之法用十方衆犯十惡故行十善求十種力用三蔽故致三達智著六情故行六度無極六通獨步應病與藥使濟危厄佛猶良醫經法如藥用疾病故而有醫藥無病則無藥一切本空無形無名亦無假號心等如空無比無侶忽然無際爾乃應道佛時頌曰

其無所住法　於中習所行　須宣修消除
去佛法大遠　若於斯寂法　造虛妄思想
以虛妄之法　不親近滅度　其宣於諍說
斯爲之滅度　善思當了是　斯無正見行
若有修行道　宣布反逆事　用反亂顛倒
是爲學者業　佛所演講說　菩薩大名稱
當來諸就學　故勸化行道　若有奉持是
佛所化深妙　用一切衆生　以爲供養佛
若有明智者　受持是真法　斯等將來世
用正法存立　其不行是法　心立存思想
自謂則應慧　不用餘致道

佛說是經時善思童子尋時逮得無所從生

法忍欣然大悅踊在虛空去地四丈九尺時佛欣笑五色光明巍巍甚妙青黃赤白紅紫之色從佛口出照於十方無量佛土還繞佛三帀從頂上入六返震動是三千大千世界上虛空中天雨細擣栴檀雜香木蜜衆香雨天好華晃曜人目箜篌樂器不鼓自鳴莊嚴虛空周帀十方靡不校飾此三千大千世界羅列諸寶交露琚琦妙帳高閣樹木流水浴池五音俱發和雅悲哀聞見此變莫不悅豫得未曾有賢者阿難即從座起偏露右臂更正衣服長跪叉手前白佛言以何緣笑既笑當有意以偈歎佛

聖尊未曾妄　大明不虛欣　慈愍世雄說
何緣而欣笑　天處虛空中　供養人中上
各口而歌詠　快哉宣經典　如高燈電光
若干色微妙　斯曜亦若斯　光光照遠近
如諸佛之法　授與正道決　還繞身三帀
忽沒於頂上　聖尊笑暉曜　若干種光色
出佛口入頂　惟說此瑞意

爾時世尊爲賢者阿難說頌曰

善思族姓子　造立德無量　當成如來覺
逮致天人尊

佛語阿難是善思童子當值不可計會億姟兆佛世世隨侍未曾遠之常用至心供養諸佛衣被飯食牀榻臥具病瘦醫藥佛滅度後供養舍利與衆寶塔高四萬里以持舍利著衆寶塔奉事供養以好名香衆華衣服衆妙若干種寶妓樂幢旛栴檀雜香以解脫華及衆繒綵以用供事諸如來至真等正覺最後末世當得佛道號無垢光如來至真等正覺

明行成爲善逝世間解無上士道法御天人師號佛世尊爾時大聖即說頌曰
若以衆雜寶　充滿十方界　以用施諸佛
護世衆如來　若聞是經典　德多過彼施
住力講說法　護世照三界
爾時舍利弗聞佛所說歡喜心悅得未曾有念佛至聖德踰須彌慧超三世道不可比如空無侶探古知今所覩無限智明曠然無以爲喻救厄通明猶空無際一切蒙慈時舍利弗念佛恩德恭恪說偈而歎頌曰
是經甚深妙　護世之所宣　不說其名號
云何知其稱　古來未曾聞　頒宣於斯法
彼不得住處　甚哉說法快　假使有漏法
及與無漏法　計亦無所得　甚哉快說法
若令有爲界　及與無爲界　斯二無所積
是經歸如斯　護世宣妙法　道行正真教
覩不得處所　此經義如是　所說諸佛法
於斯無所歎　吾我不可得　甚哉快說經
設使十方界　自然無所有　護世之所宣
未及此經趣　惟愍世宣之　人中最願演
頒宣是經名　今所未稱號
佛告舍利弗是經名頂王當共傳號大智當了所以名頂王如須彌頂皆見四天下解是經慧得四無畏無上大道無生老病死度三世厄若世人好喜是法十方靡不蒙濟故名頂王當奉持斯若有持此佛所宣經當爲世護諸天人民百萬億衆與無數德無上正真不爲緣覺及聲聞宣是法必得成就無極世護以得聞法深難究暢處處義解了是法深奥無上當得成佛以能奉持於一切法無復

狐疑若受斯經所宣至化所喻頂王不但當得第一法忍第二第三具三忍法其法不可得道無處所無所光顯乃布大道於一切法此人無欲現在無求若持是經佛所頒宣頂王言辭諷誦化人福不可量若有女人受持斯經以行智慧疾得殊勝捨女惡態知一切一以知衆一便持是法頒宣斯經入諸行業明了一切諸所歸趣以入此法說多所照知若干品所行精進無數衆人悉受道教本空無法所可頒宣皆無處所悉不可得所以者何本末空故從古以來義不可逮一切法然奉持是門法無可得則不有無是本淨法乃名執持其慕斯光無量普明當以隨時講是頂王廣求法界志斯光目不得境界乃曰執持諸法甚深法不可得若不可得則不有無辯才具足志存佛道覺亦若斯以暢經義無卷無形如龍化生先興其雲然後乃雨心無從來因緣合成斯慧無形是無思議若欲宣布無央數法當學斯經解一切空無所著法思惟經典不知從來所說甚善斯法無生如經所傳其光玄照猶如日明光無從來去無所至經典如是照諸所有令無所有若有比丘執持辯才清淨無斷當以至心學是頂王因法光明所曜無量諦廣布法疾得遠入無礙辯才以學頂王饒益世俗其不學此不知法味無玄妙其頂王無上若無上若不奉是遠佛法教諸比丘衆若比丘尼若不從是法典訓誨不歸義趣其不求是不至正真若有比丘比丘尼求歸是法爲一切世而作法目一切諸法悉不可喻猶如有人住切利天處

天宫殿悉見天下學斯經者普超衆生濟度一切若住須彌頂在於其上觀察天下斯經如是解暢諸法覩一切無開導衆生猶如有人執大炬火入于冥室消除窈冥斯經如是以法光明普照諸法習持是典未曾遭冥猶如日光出照天下靡不周徧斯經如是以道法明咸曜三界一切衆生示以道慧猶如月殿遊行虚空而不休廢斯經如是照十方界一切蒙荷是則法印印一切法建立斯印爲諸菩薩又計其印猶如虚空悉無所有不可令有虚空及印是二無妄佛與正法亦復如是須宣是經亦無所説猶如國王所愛敬子欲立太子任以國事王告大臣以是洪業付其太子又斯聖才天下國土一切萬民委任繼後諸臣奉命今斯經法亦復如是善思童子從佛啓受當以授與無數菩薩使入上法佛以建立是經法要諸菩薩故也熾盛德本若以手執福不可量其持是經所宣頂王不當疑是不成正覺欲逮辯才於一切法而無所著當學斯經所宣頂王所云世法是則正道所以者何俗人信道若入此經或復不信用聞經恩會久成道若受是經廣爲人説皆謂至賢普世諸人莫能虚欺解諸佛法饒益衆生世護無上若説是經諸天億千住於虚空而嗟歎言善哉正覺所宣甚哉難及難及乃説妙典是舉道英慧英所益不可思議若四句頌爲人講説若復精學無央數經以是深法不可思議廣爲人説其人蒙慈爲與佛談愛樂聖典以爲宣傳斯頂王法訓誨經典無上道要是乃名曰不可思議佛告阿難若

有奉受如是像法淳熟經卷持諷誦讀若有比丘比丘尼清信士清信女能從啓受持諷誦讀其德無量功不可限莫能稱載得涯底者猶如虛空不可得際如是阿難若受是經雖不能多受四句頌諷誦宣布爲他人說福不可計德無涯底無邊無際不可爲喻佛爾時頌曰

虛空尚可度　衆相可窮說　斯功德福祐
不可竟盡極　奉十方世界　諸無上護世
若有受持是　爲供斯諸佛　若覩諸神通
舉十方世界　不如聞此經　普奉是諸佛
其於十方世　棄捐第十業　以斯奉事佛
聞不如供養　若供諸滅度　及當來正覺
於今十方土　現在天人尊　一切有爲業
歸大仁師子　若持是經卷　正覺所宣說
若以衣食養　斯非精智慧　其有持是業
此慧供無上　一切十方世　滿中衆珍寶
以施諸正覺　是福不殊特　其有學是經
頂王所須宣　斯供養諸佛　是所宣第一
我所宣經典　不著諸佛道　其心倚於是
欲供養如來　其不倚世俗　是第一奉事
都無舉無下　是乃曰供養　其佛正覺法
一切不可得　如來所須宣　是第一禮敬
其錠光諸佛　所供養奉事　見諸菩薩法
是第一供養　是供養第一　如奉佛世尊
從其授決已　當得致正覺　欲住於佛道
正覺衆生尊　習是清淨法　則供養導師
以如是供養　得道無所至　愍衆生奉法
皆趣一切慧　十方諸佛法　護世所敷演
是皆歸趣正　是第一供養　以得入佛界

佛慧不可議　便能師子吼　亦如我今日
因其師子吼　在諸法勇猛　濟脱億載衆
滅度無有漏

佛復告善思受斯經典宣布十方一切受持奉行正法無極大慧開示同學令得習行六度無極救於三界若族姓子及族姓女受是經典爲他人説德不可量猶如虛空不可限度佛説如是善思童子一切聖衆諸天龍神諸阿須倫世間人民聞佛所説莫不歡喜作禮而去

大方等頂王經

音釋

邠悲巾切　墼古歷切。未燒磚也　邈莫角切。遠也　琚九魚切。玉也
琦渠羈切。琦瑋也

維摩詰所說經

清刻龍藏佛說法變相圖

維摩詰所説大乘經卷上

佛國品第一

如是我聞一時佛在毗耶離菴羅樹園與大比丘衆八千人俱皆阿羅漢諸漏已盡無復煩惱得真自在心善解脱慧善解脱如調慧馬亦如大龍已作所作已辦所辦棄諸重擔逮得已利盡諸有結正知解脱至心自在菩薩三萬二千衆所知識大智本行皆悉成就諸佛威神之所建立爲護法城受持正法能師子吼名聞十方衆人不請友而安之紹隆三寶能使不絶降伏魔怨制諸外道悉已清淨永離蓋纏心常安住無礙解脱念定總持辯才不斷布施持戒忍辱精進禪定智慧方便願力明智無不具足逮無所得不起法忍已能隨順轉不退輪善解法相知衆生根蓋

諸大衆得無所畏功德智慧以修其心相好嚴身色像第一捨諸世間所有飾好名稱高遠踰於須彌深信堅固猶若金剛於佛法僧信心不退法寶普照而雨甘露於衆言音微妙第一深入緣起斷諸邪見有無二邊無復餘習演法無畏猶師子吼其所講說乃如雷震無有量已過量集衆法寶如海導師了達諸法解脫深妙之義善知衆生往來所趣及心所行近無等等佛自在慧十力無畏十八不共關閉一切諸惡趣門而生五道以現其身爲大醫王善療一切衆生煩惱衆病應病與藥令得服行無量功德皆成就無量佛土皆嚴淨其見聞者無不蒙益諸有所作亦不唐捐如是無量百千那由他劫不能盡述浩瀚功德皆悉具足其名曰等觀菩薩不等觀菩薩等不等觀菩薩定自在王菩薩法自在王菩薩法相菩薩光相菩薩光嚴菩薩大嚴菩薩寶積菩薩辯積菩薩寶手菩薩寶印手菩薩常舉手菩薩常下手菩薩常慘菩薩喜根菩薩喜王菩薩辯音菩薩虛空藏菩薩執寶炬菩薩寶勇菩薩寶見菩薩帝網菩薩明網菩薩無緣觀菩薩慧積菩薩寶勝菩薩天王菩薩壞魔菩薩電德菩薩自在王菩薩功德相嚴菩薩師子吼菩薩雷音菩薩山相擊音菩薩香象菩薩白香象菩薩常精進菩薩不休息菩薩妙生菩薩華嚴菩薩觀世音菩薩得大勢菩薩梵網菩薩寶杖菩薩無勝菩薩嚴土菩薩金髻菩薩珠髻菩薩妙勝慧菩薩寶德藏菩薩寶嚴菩薩廣願菩薩寶雄菩薩華德藏菩薩彌勒菩薩文殊師利法王子

菩薩如是等三萬二千人復有萬梵天王尸棄等從餘四天下來詣佛所頂禮恭敬而爲聽法復有萬二千天帝亦從餘四天下來在會坐并餘大威力諸天龍神夜叉乾闥婆阿修羅迦樓羅緊那羅摩睺羅伽等悉來會坐諸比丘比丘尼優婆塞優婆夷俱來會坐彼時佛與無量百千之衆恭敬圍遶而爲説法譬如須彌山王顯於大海安處衆寶師子之座蔽於一切諸來大衆爾時毗耶離城有長者子名曰寶積與五百長者子俱持七寶蓋造菴羅園來詣佛所頭面禮足右遶七帀各以其蓋共供養佛佛之威神令諸寶蓋合成一蓋遍覆三千大千世界而此世界廣長之相悉於中現又此三千大千世界諸須彌山雪山目真隣陀山摩訶目真隣陀山香山寶山金山黑山鐵圍山大鐵圍山大海江河川流泉源及日月星辰天宫龍宫夜叉乾闥婆阿修羅迦樓羅緊那羅摩睺羅伽諸宫四天王宫帝王宫殿以及城邑聚落悉現於寶蓋中又十方諸佛諸佛説法亦現於寶蓋中爾時一切大衆覩佛神力歎未曾有合掌禮佛瞻仰尊顔目不暫捨長者子寶積即於佛前合掌頂禮右膝著地以偈頌曰

目淨修廣如青蓮　心淨已度諸禪定
久積淨業稱無量　導衆以寂故稽首
既見大聖以神變　普現十方無量土
其中諸佛演説法　於是一切悉見聞
法王法力超羣生　常以法財施一切
能善分別諸法相　於第一義而不動
已於諸法得自在　是故稽首此法王

說法不有亦不無　以因緣故諸法生
無我無造無受者　善惡之業亦不亡
始在佛樹力降魔　得甘露滅覺道成
已無心意無受行　而悉摧伏諸外道
三轉法輪於大千　其輪本來常清淨
天人得道此爲證　三寶於是現世間
以斯妙法濟羣生　一受不退常寂然
度老病死大醫王　當禮法海德無邊
毀譽不動如須彌　於善不善等以慈
心行平等如虛空　孰聞人寶不敬承
今奉世尊此微蓋　於中現我三千界
諸天龍神所居宮　乾闥婆等及夜叉
悉見世間諸所有　十力哀現是變化
衆覩希有皆歎佛　今我稽首三界尊
大聖法王衆所歸　淨心觀佛靡不欣
各見世尊在其前　斯則神力不共法
佛以一音演說法　衆生隨類各得解
皆謂世尊同其語　斯則神力不共法
佛以一音演說法　衆生各各隨所解
普得受行獲其利　斯則神力不共法
佛以一音演說法　或有恐畏或歡喜
或生厭離或斷疑　斯則神力不共法
稽首十力大精進　稽首已得無所畏
稽首住於不共法　稽首一切大導師
稽首能斷衆結縛　稽首已到於彼岸
稽首能度諸世間　稽首永離生死道
悉知衆生來去相　善於諸法得解脫
不著世間如蓮華　常善入於空寂行
達諸法相無罣礙　稽首如空無所依
淨除一切染著因　不可思議勝功德

爾時長者子寶積説此偈已白佛言世尊是五百長者子皆已發阿耨多羅三藐三菩提心願聞得佛國土清淨唯願世尊説諸菩薩淨土之行佛言善哉寶積乃能為諸菩薩問於如來淨土之行諦聽諦聽善思念之當為汝説淨土之行於是寶積及五百長者子受教而聽佛言寶積衆生之類是菩薩佛土所以者何菩薩隨所化衆生而取佛土隨所調伏衆生而取佛土隨諸衆生應以何國入佛智慧而取佛土隨諸衆生應以何國起菩薩根而取佛土所以者何菩薩取於淨國皆為饒益諸衆生故譬如有人欲於虛空莊嚴量度終不能成若欲莊嚴量度佛國者亦復如是不能成就惟有菩薩達諸法性本無猶如虛空如是饒益衆生即能成就嚴淨國土寶積當知直心是菩薩淨土菩薩成佛時不諂衆生來生其國深心是菩薩淨土菩薩成佛時具足功德衆生來生其國善行是菩薩淨土菩薩成佛時修善行衆生來生其國大乘心是菩薩淨土菩薩成佛時大乘衆生來生其國布施是菩薩淨土菩薩成佛時一切能捨衆生來生其國持戒是菩薩淨土菩薩成佛時行十善道滿願衆生來生其國忍辱是菩薩淨土菩薩成佛時具三十二相莊嚴之因正直安忍衆生來生其國精進是菩薩淨土菩薩成佛時勤修一切功德衆生來生其國禪定是菩薩淨土菩薩成佛時攝心不亂衆生來生其國智慧是菩薩淨土菩薩成佛時正定衆生來生其國四無量心是菩薩淨土菩薩成佛時成就慈悲喜捨衆生來生其

國四攝法是菩薩淨土菩薩成佛時解脱所攝衆生來生其國方便是菩薩淨土菩薩成佛時於一切法方便無礙衆生來生其國三十七道品是菩薩淨土菩薩成佛時念處正勤神足根力覺道衆生來生其國迴向心是菩薩淨土菩薩成佛時得一切具足功德國土說除八難是菩薩淨土菩薩成佛時國土無有三惡八難自守戒行不譏彼闕是菩薩淨土菩薩成佛時國土無有犯禁之名十善是菩薩淨土菩薩成佛時命不中天大富梵行所言誠諦常以輭語眷屬不離善和諍訟言必饒益不嫉不恚正見衆生來生其國如是寶積菩薩隨大乘心則能直心隨其直心則能發行隨其發行則得深心隨其深心則意調伏隨其調伏則如說行隨如說行則能

迴向隨其迴向則有方便隨其方便則成就衆生隨成就衆生則佛土淨隨佛土淨則說法淨隨說法淨則智慧淨隨智慧淨則其心淨隨其心淨則一切功德淨是故寶積若菩薩欲得淨土當淨其心隨其心淨則佛土淨爾時舍利弗承佛威神作是念若菩薩心淨則佛土淨者我世尊本爲菩薩時意豈不淨而是佛土不淨若此佛知其念即告之言於意云何日月豈不淨耶而盲者不見對曰不也世尊是盲者過非日月咎舍利弗衆生罪故不見如來國土嚴淨非如來咎舍利弗我此土淨而汝不見爾時螺髻梵王語舍利弗勿作是念謂此佛土以爲不淨所以者何我見釋迦牟尼佛土清淨譬如自在天宮舍利弗言我見此土丘陵坑坎荆棘沙礫土石諸

山穢惡充滿螺髻梵王言仁者心有高下不依佛慧故見此土為不淨耳舍利弗菩薩於一切衆生悉皆平等深心清淨依佛智慧則能見此佛土清淨於是佛以足指按地即時三千大千世界若干百千珍寶嚴飾譬如寶莊嚴佛無量功德寶莊嚴土一切大衆歎未曾有而皆自見坐寶蓮華佛告舍利弗汝且觀是佛土嚴淨舍利弗言唯然世尊本所不見本所不聞今佛國土嚴淨悉現佛告舍利弗我佛國土常淨若此爲欲度斯下劣人故示是衆惡不淨土耳譬如諸天共寶器食隨其福德飯色有異如是舍利弗隨衆生所修清淨心量見佛國功德莊嚴各異當佛現此國土嚴淨之時寶積所將五百長者子皆得無生法忍八萬四千人皆發阿耨多羅三藐三菩提心佛攝神足於是世界還復如故求聲聞乘者三萬二千諸天及人知有爲法皆悉無常遠塵離垢得法眼淨八千比丘不受諸法漏盡意解

方便品第二

爾時毗耶離大城中有長者名維摩詰已曾供養無量諸佛深殖善本得無生忍辯才無礙遊戲神通逮諸總持獲無所畏降魔勞怨入深法門善於智度通達方便大願成就明了衆生心之所趣又能分别諸根利鈍久於佛道心已純淑決定大乘諸有所作能善思量住佛威儀心大如海諸佛咨嗟弟子釋梵世主所敬欲度人故以善方便居毗耶離資財無量攝諸貧民奉戒清淨攝諸毀禁以忍調行攝諸恚怒以大精進攝諸懈怠一心禪

寂攝諸亂意以決定慧攝諸無智雖為白衣奉持沙門清淨律行雖處居家不著三界示有妻子常修梵行現有眷屬常樂遠離雖服寶飾而以相好嚴身雖復飲食而以禪悅為味若至博奕戲處輙以度人受諸異道不毀正信雖明世典常樂佛法一切見敬為供養中最執持正法攝諸長幼一切治生諧偶雖獲俗利不以喜悅遊諸四衢饒益衆生入治正法救護一切入講論處導以大乘入諸學堂誘開童蒙入諸婬舍示欲之過入諸酒肆能立其志若在長者長者中尊為說勝法若在居士居士中尊斷其貪著若在刹利刹利中尊教以忍辱若在婆羅門婆羅門中尊除其我慢若在大臣大臣中尊教以正法若在王子王子中尊示以忠孝若在內官內官中尊化正宮女若在庶民庶民中尊令興福力若在梵天梵天中尊誨以勝慧若在帝釋帝釋中尊示現無常若在護世護世中尊護諸衆生長者維摩詰以如是等無量方便饒益衆生其以方便現身有疾以其疾故國王大臣長者居士婆羅門等及諸王子幷餘官屬無數千人皆往問疾其往者維摩詰因以四大違和身體廣為說法諸仁者是身無常無强無力無堅速朽之法不可信也為苦為惱衆病所集諸仁者如此身明智者所不怙是身如聚沫不可撮摩是身如泡不得久立是身如焰從渴愛生是身如芭蕉中無有堅是身如汲水輪筋骨虛妄聯絡是身如幻從顛倒起是身如夢為虛妄見是身如影從業緣現是身如響屬諸因緣是身如浮雲須臾變

滅是身如電念念不住是身無主為如地是身無我為如火是身無壽為如風是身無人為如水是身不實四大為家是身為空離我我所是身無知如草木瓦礫是身無作風力所轉是身不淨穢惡充滿是身為虛偽雖假以澡浴衣食必歸磨滅是身如災具四百四病所集是身如丘井爲老所逼是身無定爲要當死是身如毒蛇如怨賊如空聚陰界諸入所共合成諸仁者此可患猒當樂佛身所以者何佛身者即法身也從無量功德智慧生從布施戒定慧解脱解脱知見生從慈悲喜捨生從布施持戒善業忍辱柔和勤行精進禪定解脱等修三昧多聞智慧諸波羅蜜生從方便生從六通生從三明生從三十七道品生從止觀生從十力四無所畏十八不共法生從斷一切不善法集一切善法生從真實生從不放逸生從如是無量清淨法生如來身諸仁者欲得佛身斷一切衆生病者當發阿耨多羅三藐三菩提心如是長者維摩詰爲諸問疾者如應説法令無數千人皆發阿耨多羅三藐三菩提心

弟子品第三

爾時長者維摩詰自念寢疾於牀世尊大慈寧不垂愍遣人慰問耶佛知其意即告舍利弗汝行詣維摩詰問疾舍利弗白佛言世尊我不堪任詣彼問疾所以者何憶念我昔曾於林中宴坐樹下時維摩詰來謂我言唯舍利弗不必是坐為宴坐也夫宴坐者不於三界現身意是為宴坐不起滅定而現諸威儀是為宴坐不捨道法而現凡夫事是為宴坐

心不住内亦不在外是為宴坐於諸見不動而修行三十七品是為宴坐不斷煩惱而入涅槃是為宴坐若能如是坐者佛所印可時我世尊聞説是語默然而止不能加報故我不任詣彼問疾佛告大目揵連汝行詣維摩詰問疾目連白佛言世尊我不堪任詣彼問疾所以者何憶念我昔入毗耶離大城於里巷中為諸居士説法時維摩詰來謂我言唯大目連為白衣居士説法不當如仁者所説夫説法者當如法説法無衆生離衆生垢故法無有我離我垢故法無壽命離生死故法無有人前後際斷故法常寂然滅諸相故法離於相無所緣故法無名字言語斷故法無有説離覺觀故法無形相如虚空故法無戲論畢竟空故法無我所離我所故法無分别離諸識故法無有比無相待故法不屬因不在緣故法同法性入諸法故法隨於如無所隨故法住實際諸邊不動故法無動摇不依六塵故法無去來常不住故法順空隨無相應無作法離好醜法無增損法無生滅法無所歸法過眼耳鼻舌身心法無高下法常住不動法離一切觀行唯大目連法相如是豈可説乎夫説法者無説無示其聽法者無聞無得譬如幻士為幻人説法當建是意而為説法當了衆生根有利鈍善於知見無所罣礙以大悲心讚於大乘念報佛恩不斷三寶然後説法維摩詰説是法時八百居士發阿耨多羅三藐三菩提心我無此辯是故不任詣彼問疾佛告大迦葉汝行詣維摩詰問疾迦葉白佛言世尊我不堪任詣彼問疾所以

者何憶念我昔於貧里而行乞時維摩詰來謂我言唯大迦葉有慈悲心而不能普捨豪富從貧乞迦葉住平等法應次行乞食為不食故應行乞食為壞和合相故應取摶食為不受故應受彼食以空聚想入於聚落所見色與盲等所聞聲與響等所齅香與風等所食味不分別受諸觸如智證知諸法如幻相無自性無他性本自不然今則無滅迦葉若能不捨八邪入八解脱以邪相入正法以一食施一切供養諸佛及衆賢聖然後可食如是食者非有煩惱非離煩惱非入定意非起定意非住世間非住湼槃其有施者無大福無小福不為益不為損是為正入佛道不依聲聞迦葉若如是食為不空食人之施也時我世尊聞説是語得未曾有即於一切菩薩深起敬心復作是念斯有家名辯才智慧乃能如是其誰不發阿耨多羅三藐三菩提心我從是來不復勸人以聲聞辟支佛行是故不任詣彼問疾佛告須菩提汝行詣維摩詰問疾須菩提白佛言世尊我不堪任詣彼問疾所以者何憶念我昔入其舍從乞食時維摩詰取我鉢盛滿飯謂我言唯須菩提若能於食等者諸佛性亦等諸佛性等者於食亦等如是行乞乃可取食若須菩提不斷婬怒癡亦不與俱不壞於身而隨一相不滅癡愛起於解脱以五逆相而得解脱亦不解不縛不見四諦非不見諦非得果非不得果非凡夫非離凡夫法非聖人非不聖人雖成就一切法而離諸法相乃可取食若須菩提不見佛不聞法不敬僧彼外道六師富蘭那迦葉

末伽梨拘賒梨子刪闍夜毗羅胝子阿耆多翅舍欽婆羅迦羅鳩馱迦旃延尼揵陀若提子等是汝之師因其出家彼師所墮汝亦隨墮乃可取食若須菩提入諸邪見不到彼岸住於八難不得無難同於煩惱離清淨法汝得無諍三昧一切衆生亦得是定其施汝者不名福田供養均者墮三惡道為與衆魔共一手作諸勞侶汝與衆魔及諸塵勞等無有異於一切衆生而有怨心謗諸佛毀於法不入衆數終不得滅度汝若如是乃可取食時我世尊聞此茫然不識是何言不知以何荅便置鉢欲出其舍維摩詰言唯須菩提取鉢勿懼於意云何如來所作化人若以是事詰寧有懼不我言不也維摩詰言一切諸法如幻化相汝今不應有所懼也所以者何一切言説不離是相至於智者不著文字故無所懼何以故文字性離無有文字是則解脱解脱相者則諸法也維摩詰説是法時二百天子得法眼淨五百天子皆獲法忍故我不任詣彼問疾佛告富樓那彌多羅尼子汝行詣維摩詰問疾富樓那白佛言世尊我不堪任詣彼問疾所以者何憶念我昔於大林中在一樹下為諸新學比丘説法時維摩詰來謂我言唯富樓那先當入定觀此人心然後説法無以穢食置於寶器當知是比丘心之所念無以瑠璃同彼水精汝不能知衆生根源無得發起以小乘法彼自無瘡勿傷之也欲行大道莫示小徑無以大海內於牛跡無以日光等彼螢火無以須彌內於芥子無以師吼誨之狐鳴富樓那此比丘久發大乘心中

忘此意如何以小乘法而教導之我觀小乘智慧微淺猶如盲人不能分別一切衆生根之利鈍時維摩詰即入三昧令此比丘自識宿命曾於五百佛所殖衆德本迴向阿耨多羅三藐三菩提即時豁然還得本心於是諸比丘稽首禮維摩詰足時維摩詰因為說法於阿耨多羅三藐三菩提不復退轉我念聲聞不觀人根不應說法所以者何聲聞不能如如來安住法性常處清淨亦復不能分別衆生根器利鈍故是故不任詣彼問疾佛告摩訶迦旃延汝行詣維摩詰問疾迦旃延白佛言世尊我不堪任詣彼問疾所以者何憶念昔者佛為諸比丘略說法要我即於後敷演其義謂無常義苦義空義無我義寂滅義時維摩詰來謂我言唯迦旃延無以生滅心行說實相法迦旃延諸法畢竟三世不生不滅是無常義五受陰洞達空無所起是苦義諸法究竟無所有是空義於我無我而不二是無我義法本不然自他俱空今則無滅是寂滅義說是法時彼諸比丘心得解脱故我不任詣彼問疾佛告阿那律汝行詣維摩詰問疾阿那律白佛言世尊我不堪任詣彼問疾所以者何憶念我昔於一處經行時有梵王名曰嚴淨與萬梵俱放淨光明來詣我所稽首作禮問我言幾何阿那律天眼所見我即答言仁者吾見此釋迦牟尼佛土三千大千世界如觀掌中菴摩勒果時維摩詰來謂我言唯阿那律天眼所見為作相耶無作相耶假使作相則與外道五通等若無作相即是無為不應有見世尊我時默然彼諸梵聞

其言得未曾有即為作禮而問曰世孰有真天眼者維摩詰言有佛世尊得真天眼常在三昧悉見諸佛國不以二相於是嚴淨梵王及其眷屬五百梵天皆發阿耨多羅三藐三菩提心禮維摩詰足已忽然不現故我不任詣彼問疾佛告優波離汝行詣維摩詰問疾優波離白佛言世尊我不堪任詣彼問疾所以者何憶念昔者有二比丘犯律行以為恥不敢問佛來問我言唯優波離我等犯律誠以為恥不敢問佛願解疑悔得免斯咎我即為其如法解說時維摩詰來謂我言唯優波離無重增此二比丘罪當直除滅勿擾其心所以者何彼罪性不在內不在外不在中間如佛所說心垢故衆生垢心淨故衆生淨心亦不在內不在外不在中間如其心然罪垢亦然諸法亦然不出於如如優波離以心相得解脱時寧有垢不我言不也維摩詰言一切衆生心相無垢亦復如是唯優波離妄想是垢無妄想是淨顛倒是垢無顛倒是淨取我是垢不取我是淨優波離一切法生滅不住如幻如電諸法不相待乃至一念不住諸法皆妄見如夢如燄如水中月如鏡中像以妄想生其知此者是名奉律其知此者是名善解於是二比丘言上智哉是優波離所不能及持律之上而不能說我答言自捨如來未有聲聞及菩薩能制其樂說之辯其智慧明達為若此也時二比丘疑悔即除發阿耨多羅三藐三菩提心作是願言令一切衆生皆得是辯故我不任詣彼問疾佛告羅睺羅汝行詣維摩詰問

疾羅睺羅白佛言世尊我不堪任詣彼問疾所以者何憶念昔時毗耶離諸長者子來詣我所稽首作禮問我言唯羅睺羅汝佛之子捨轉輪王位出家爲道其出家者有何等利我即如法爲説出家功德之利時維摩詰來謂我言唯羅睺羅不應説出家功德之利所以者何無利無功德是爲出家有爲法者可説有利有功德夫出家者爲無爲法無爲法中無利無功德羅睺羅夫出家者無彼無此亦無中閒離六十二見處於涅槃智者所受聖所行處降伏衆魔度五道淨五眼得五力立五根不惱於彼離衆雜惡摧諸外道超越假名出淤泥無繫著無我所無所受無擾亂内懷喜護彼意隨禪定離衆過若能如是是眞出家於是維摩詰語諸長者子汝等於正法中宜共出家所以者何佛世難值諸長者子言居士我聞佛言父母不聽不得出家維摩詰言然汝等便發阿耨多羅三藐三菩提心是即出家是即具足爾時三十二長者子皆發阿耨多羅三藐三菩提心故我不任詣彼問疾佛告阿難汝行詣維摩詰問疾阿難白佛言世尊我不堪任詣彼問疾所以者何憶念昔時世尊身小有疾當用牛乳我即持鉢詣大婆羅門家門下立時維摩詰來謂我言唯阿難何爲晨朝持鉢住此我言居士世尊身小有疾當用牛乳故來至此維摩詰言止止阿難莫作是語如來身者金剛之體諸惡已斷衆善普會當有何疾當有何惱默往阿難勿謗如來莫使異人聞此麤言無令大威德諸天及他方

淨土諸來菩薩得聞斯語阿難轉輪聖王以少福故尚得無病豈况如來無量福會普勝者哉行矣阿難勿使我等受斯恥也四種外道梵志若聞此語當作是念何名爲師自疾不能救而能救諸疾人可密速去勿使人聞當知阿難諸如來身即是法身非依食身非思欲身佛爲世尊過於三界佛身無漏諸漏已盡佛身無爲不墮諸數如此之身當有何疾時我世尊實懷慚愧得無近佛而謬聽耶即聞空中聲曰阿難如居士言但爲佛出五濁惡世現行斯法度脱衆生行矣阿難取乳勿慚世尊維摩詰智慧辯才爲若此也是故不任詣彼問疾如是五百大弟子各各向佛説其本緣稱述維摩詰所言皆曰不任詣彼問疾

菩薩品第四

於是佛告彌勒菩薩汝行詣維摩詰問疾彌勒白佛言世尊我不堪任詣彼問疾所以者何憶念我昔爲兜率天王及其眷屬説不退轉地之行時維摩詰來謂我言彌勒世尊授仁者記一生當得阿耨多羅三藐三菩提爲用何生得受記乎過去耶未來耶現在耶若過去生過去生已滅若未來生未來生未至若現在生現在生無住如佛所説比丘汝今即時亦生亦老亦滅若以無生得受記者無生即是正位於正位中亦無受記亦無得阿耨多羅三藐三菩提云何彌勒受一生記乎爲從如生得受記耶爲從如滅得受記耶若以如生得受記者如無有生若以如滅得受記者如無有滅一切衆生皆如也

一切法亦如也衆聖賢亦如也至於彌勒亦如也若彌勒得受記者一切衆生亦應受記所以者何夫如者不二不異若彌勒得阿耨多羅三藐三菩提者一切衆生皆亦應得所以者何一切衆生即菩提相若彌勒得滅度者一切衆生亦當滅度所以者何諸佛本來寂滅不復更滅爲度一切衆生故現涅槃相是故彌勒無以此法誘諸天子實無發阿耨多羅三藐三菩提心者亦無退者彌勒當令此諸天子捨於執著分别菩提之見所以者何菩提者不可以身得不可以心得寂滅是菩提滅諸相故不觀是菩提離諸緣故不行是菩提無憶念故斷是菩提捨諸見故離是菩提離諸妄想故障是菩提障諸願故不入是菩提無貪著故順是菩提順於如故住是菩提住法性故至是菩提至實際故不二是菩提離意法故等是菩提等虚空故無爲是菩提無生住滅故知是菩提了衆生心行故不會是菩提諸入不會故不合是菩提離煩惱習故無處是菩提無形色故無住是菩提不離真如亦不住故假名是菩提名字空故如化是菩提無取捨故無亂是菩提常自静故善寂是菩提性清淨故無取是菩提離攀緣故無異是菩提諸法性等故無比是菩提無可喻故微妙是菩提諸法難知故空性是菩提普徧諸法故是以菩提不可以身得不可以心得所以者何身如草如木如壁如路如影故心無相無記無倚無見故世尊維摩詰説是法時二百天子得無生法忍故我不任詣彼問疾佛告光嚴童子汝行詣維摩

詰問疾光嚴白佛言世尊我不堪任詣彼問疾所以者何憶念我昔出毗耶離大城時維摩詰方入城爲我作禮我即問言居士從何所來答我言吾從道場來我問道場者何所是答曰直心是道場無虚假故發行是道場能辦事故深心是道場增益功德故菩提心是道場無錯謬故布施是道場不望報故持戒是道場得願具故忍辱是道場於諸衆生心無礙故精進是道場不懈怠故禪定是道場心調柔故智慧是道場現見諸法故慈是道場等衆生故悲是道場忍疲苦故喜是道場悦樂法故捨是道場憎愛斷故神通是道場成就六通故解脱是道場能背捨執著故方便是道場教化衆生故四攝是道場攝衆生故多聞是道場如聞行故伏心是道場正觀諸法故三十七品是道場捨諸有爲無爲法故四諦是道場不誑世間故緣起是道場無明乃至老死皆盡故離諸煩惱是道場知如實故衆生是道場知無我故一切法是道場知諸法空故降魔是道場不傾動故三界是道場無所趣故師子吼是道場無所畏故力無畏不共法是道場無諸過故三明是道場無餘礙故一念知一切法是道場成就一切智故如是善男子菩薩若應諸波羅蜜教化衆生諸有所作舉足下足當知皆從道場來住於佛法矣説是法時五百天人皆發阿耨多羅三藐三菩提心故我不任詣彼問疾

佛告持世菩薩汝行詣維摩詰問疾持世白佛言世尊我不堪任詣彼問疾所以者何憶念我昔住於静室時魔波旬從萬二千天女

狀如帝釋鼓樂絃歌來詣我所與其眷屬稽首我足合掌恭敬於一面立我意謂是帝釋而語之言善來憍尸迦雖福應有不當自恣當觀五欲無常以求善本於身命財而脩堅法即語我言正士受是萬二千天女可備掃灑我言憍尸迦無以此非法之物要我沙門釋子此非我宜所言未訖時維摩詰來謂我言非帝釋也是爲魔來嬈固汝耳即語魔言是諸女等可以與我如我應受魔即驚懼念維摩詰將無惱我欲隱形去而不能隱盡其神力亦不得去即聞空中聲曰波旬以女與之乃可得去魔以畏故俛仰而與爾時維摩詰語諸女言魔以汝等與我今汝皆當發阿耨多羅三藐三菩提心即隨所應而為說法令發道意復言汝等已發道意有法樂可以自娛不應復樂五欲樂也天女即問何謂法樂答言樂常信佛樂欲聽法樂供養衆樂謙下禮賢樂超脫三界樂離五欲樂觀五陰如怨賊樂觀四大如毒蛇樂觀内入如空聚樂隨護道意樂饒益衆生樂敬養師樂廣行施樂堅持戒樂忍辱柔和樂勤集善根樂禪定不亂樂離垢明慧樂廣菩提心樂降伏衆魔樂斷諸煩惱樂淨佛國土樂成就相好故修諸功德樂莊嚴道場樂聞深法不畏樂三脫門不樂非時涅槃樂近同學樂於非同學中心無恚礙樂將護惡知識樂親近善知識樂心喜清淨樂以方便引導衆生樂修無量道品之法是爲菩薩法樂於是波旬告諸女言我欲與汝俱還天宮諸女言以我等與此居士有法樂我等甚樂不復樂五欲樂也魔言

居士可捨此女一切所有施於彼者是爲菩薩維摩詰言我已捨矣汝便將去令一切衆生得法願具足於是諸女問維摩詰我等云何止於魔宮維摩詰言諸姊有法門名無盡燈汝等當學無盡燈者譬如一燈然百千燈冥者皆明明終不盡如是諸姊夫一菩薩開導百千衆生令發阿耨多羅三藐三菩提心於其道意亦不滅盡隨所説法而自增益一切善法是名無盡燈也汝等雖住魔宮以是無盡燈令無數天子天女發阿耨多羅三藐三菩提心者爲報佛恩亦大饒益一切衆生爾時天女頭面禮維摩詰足隨魔還宮忽然不現世尊維摩詰有如是自在神力智慧辯才故我不任詣彼問疾佛告長者子善德汝行詣維摩詰問疾善德白佛言世尊我不堪任詣彼問疾所以者何憶念我昔自於父舍設大施會供養一切沙門婆羅門及諸外道貧窮下賤孤獨乞人期滿七日時維摩詰來入會中謂我言長者子夫大施會不當如汝所設當爲法施之會何用是財施會爲我言居士何謂法施之會法施會者無前無後一時供養一切衆生是名法施之會曰何謂也謂以菩提起於慈心以救衆生起大悲心以持正法起於喜心以攝智慧行於捨心以攝慳貪起檀波羅蜜以化犯戒起尸羅波羅蜜以無我法起羼提波羅蜜以菩提相起毗梨耶波羅蜜以離身心相起禪波羅蜜以一切智起般若波羅蜜教化衆生而起於空不捨有爲法而起無相示現受生而起無願護持正法起方便力以度衆生起四攝法以敬事

一切起除慢法於身命財起三堅法於六念中起思念法於六和敬起質直心正行善法起於淨命心淨歡喜起近賢聖不憎惡人起調伏心以出家法起於深心以如說行起於多聞以無諍法起空閑處趣向佛慧起於宴坐解衆生縛起修行地以具相好及淨佛土起福德業知一切衆生心念如應說法起於智業知一切法不取不捨入一相門起於慧業斷一切煩惱一切障礙一切不善法起一切善念以得一切智慧一切善法起於一切助佛道法如是善男子是爲法施之會若菩薩住是法施會者爲大施主亦爲一切世間福田世尊維摩詰說是法時婆羅門衆中二百人皆發阿耨多羅三藐三菩提心我時心得清淨歎未曾有稽首禮維摩詰足即解瓔珞價直百千以上之不肯取我言居士願必納受隨意所與維摩詰乃受瓔珞分作二分持一分施此會中一最下乞人持一分奉彼難勝如來一切衆會皆見光明國土難勝如來又見珠瓔在彼佛上變成四柱寶臺四面嚴飾不相障蔽時維摩詰現神變已又作是言若施主等心施一最下乞人猶如如來福田之相無所分别等於大悲不求果報是則名曰具足法施城中一最下乞人見是神力聞其所說皆發阿耨多羅三藐三菩提心故我不任詣彼問疾如是諸菩薩各各向佛說其本緣稱述維摩詰所言皆曰不任詣彼問疾

維摩詰所說大乘經卷上

音釋

維摩詰梵語也此云無垢稱詰音乞
慘七感切常慘菩薩名也
夭於兆切少殀也
荆棘荆音京楚木也棘訖力切小棗叢生曰棘
礫音歷小石也
博奕博伯各切局戲也奕音亦圍棊也
撮摩撮麤括切以指蹙聚而捎取也摩眉皮切以手取也
寢七稔切卧也
摶度官切以手圜之也
末
伽梨拘賒梨梵語也末伽梨此云不見道拘賒梨乃末伽梨之母也賒詩車切
刪閣夜毗羅胝梵語也刪閣夜此云正勝毗羅胝此云不作刪師姦切閣音蛇胝張尼切
內諾合切與納同入也
要我要伊堯切求也謂要求於我也
嬈音遶擾同亂也
俛仰俛音免又音府低頭也仰舉首也
復樂樂魚教切好也
姊音子女兄也

維摩詰所説大乘經卷中

文殊師利問疾品第五

爾時佛告文殊師利汝行詣維摩詰問疾文殊師利白佛言世尊彼上人者心意深妙深達實相善説法要通達真俗辯才無滯智慧無礙悲愍慈視一切衆生一切菩薩萬行悉知諸佛秘藏無不得入降伏衆魔遊戲神通其慧方便皆已得度已獲甚深不二法性種種演説一真實相了達一切衆生根器隨示方便度脱衆生以如是故難爲酬對雖然當承佛聖旨詣彼問疾於是衆中諸菩薩大弟子釋梵四天王咸作是念今二大士文殊師利維摩詰共談必説妙法即時八千菩薩五百聲聞百千天子天女皆欲隨從於是文殊師利與諸菩薩大弟子衆及諸天人恭敬圍遶入毘耶離大城爾時長者維摩詰心念今文殊師利與大衆俱來即以神力空其室内除去所有及諸侍者唯置一床以疾而卧文殊師利既入其舍見其室空無諸所有獨寢一床時維摩詰言善來文殊師利不來相而來不相見而見文殊師利言如是居士若來已更不來若去已更不去所以者何來者無所從來去者無所至所可見者更不可見且置是事居士是疾寧可忍不療治有損不至增乎世尊殷勤致問無量居士是疾何所因起其生久如當云何滅維摩詰言從癡有愛則我病生以一切衆生病是故我病若一切衆生得不病者則我病滅所以者何菩薩爲衆生故入生死有生死則有病若衆生得離病者則菩薩無復病譬如長者唯有一子其

子得病父母亦病若子病愈父母亦愈菩薩如是於諸衆生愛之若子衆生病則菩薩病衆生病愈菩薩亦愈又言是疾何所因起菩薩疾者以大悲起文殊師利言居士此室何以空無侍者維摩詰言諸佛國土亦復皆空又問以何爲空答曰以空空又問空何用空答曰以無分別空故空又問空可分別耶答曰分別亦空空不解空又問空當於何求答曰當於六十二見中求又問六十二見當於何求答曰當於諸佛解脱中求又問諸佛解脱當於何求答曰當於一切衆生心行中求又仁所問何無侍者一切衆魔及諸外道皆吾侍也所以者何衆魔者樂生死菩薩於生死而不捨外道者樂諸見菩薩於諸見而不動文殊師利言居士所疾爲何等相維摩詰

言我病無形不可見又問此病身合耶心合耶答曰非身合身相離故亦非心合心如幻故又問地大水大火大風大於此四大何大之病答曰是病非地大亦不離地大水火風大亦復如是而衆生病從四大起以其有病是故我病爾時文殊師利問維摩詰言菩薩應云何慰喻有疾菩薩維摩詰言説身無常不説厭離於身説身有苦不説樂於涅槃説身無我不説不導衆生説身空寂不説畢竟寂滅説悔先罪而不説入於過去以己之疾愍於彼疾當識宿世無數劫苦當念饒益一切衆生憶所修福念於淨命勿生憂惱常起精進當作醫王療治衆病菩薩應如是慰喻有疾菩薩令其歡喜文殊師利言居士有疾菩薩云何調伏其心維摩詰言有疾菩薩應

作是念今我此病皆從前世妄想顛倒諸煩惱生無有實法誰受病者所以者何四大合故假名爲身四大無主身亦無我又此病起皆由著我是故於我不應生著既知病本即除我想及衆生想當起法想應作是念但以衆法合成此身起唯法起滅唯法滅又此法者各不相知起時不言我起滅時不言我滅彼有疾菩薩爲滅法想當作是念此法想者亦是顛倒顛倒者即是大患我應離之云何爲離離我我所云何離我我所謂離二法云何離二法謂不念內外諸法云何不念內外諸法謂遠離動濟散亂行於平等云何平等謂我等涅槃等所以者何我及涅槃此二皆空以何爲空但以名字故空如此二法無決定性得是平等無有餘病唯有空病空病亦空是有疾菩薩以無所受而受諸受未具佛法亦不滅受而取證也設身有苦念惡趣衆生起大悲心我既調伏亦當調伏一切衆生但除其病而不除法爲斷病本而教導之何謂病本謂有攀緣從有攀緣則爲病本何所攀緣謂之三界云何斷攀緣以無所得若無所得則無攀緣何謂無所得謂離二見何謂二見謂內見外見是無所得文殊師利是爲有疾菩薩調伏其心爲斷老病死苦是菩薩菩提若不如是已所修治爲無惠利譬如勝怨乃可爲勇如是兼除老病死者菩薩之謂也彼有疾菩薩應復作是念如我此病非真非有衆生病亦非真非有作是觀時於諸衆生若起愛見大悲即應捨離所以者何菩薩斷除客塵煩惱而起大悲愛見悲者則於生

死有疲猒心若能離此無有疲猒在在所生不爲愛見之所覆也所生無縛雖現生死而實解脫能爲衆生說法解縛如佛所說若自有縛能解彼縛無有是處若自無縛能解彼縛斯有是處是故菩薩不應起縛何謂縛何謂解貪著禪味是菩薩縛以方便生是菩薩解無方便貪著禪味是菩薩縛有方便深入禪定是菩薩解無方便生是菩薩縛有方便生是菩薩解又無方便慧縛有方便慧解無慧方便縛有慧方便解何謂無方便慧縛謂菩薩以愛見心勤修相好莊嚴佛土成就衆生於空無相無作法中而自調伏是名無方便慧縛何謂有方便慧解謂不以愛見心莊嚴佛土成就衆生於空無相無作法中以自調伏而不疲猒是名有方便慧解何謂無慧方便縛謂菩薩住貪欲瞋恚邪見等諸煩惱而殖衆德本是名無慧方便縛何謂有慧方便解謂離諸貪欲瞋恚邪見等諸煩惱而殖衆德本迴向阿耨多羅三藐三菩提是名有慧方便解文殊師利彼有疾菩薩應如是觀諸法復觀身心無常苦空非我是名爲慧雖身有疾常在生死饒益一切而不猒倦是名方便又復觀身身不離病病不離身是病是身非新非故是名爲慧設身有疾而不永滅是名方便文殊師利有疾菩薩應如是調伏其心不住其中亦復不住不調伏心所以者何若住不調伏心是愚人法若住調伏心是聲聞法是故菩薩不當住於調伏不調伏心離此二法是菩薩行在於生死不爲汙行住於涅槃不永滅度是菩薩行非凡夫行非聖

賢行是菩薩行非垢行非淨行是菩薩行雖過魔行而現降伏衆魔是菩薩行求一切智無非時求是菩薩行雖觀四諦非時不入真如是菩薩行雖觀本空爲度衆生受生是菩薩行雖觀諸法不生而不入正位是菩薩行雖觀十二縁起而入諸邪見是菩薩行雖攝一切衆生而不愛著是菩薩行雖樂遠離而不依身心盡是菩薩行雖行三界而不壞法性是菩薩行雖行於空而殖衆德本是菩薩行雖行無相而度衆生是菩薩行雖行無作而現受身是菩薩行雖行無起而起一切善行是菩薩行雖行六波羅蜜而遍知衆生心心數法是菩薩行雖行六通而不盡漏是菩薩行雖常住妙法而不捨諸邪見是菩薩行雖行四無量心而不貪著生於梵世是菩薩行雖正觀六念而不除諸漏是菩薩行雖行禪定解脱三昧而不隨禪生是菩薩行雖行四念處不畢竟永離身受心法是菩薩行雖行四正勤而不捨身心精進是菩薩行雖行四如意足而得自在神通是菩薩行雖行五根而分別衆生諸根利鈍是菩薩行雖行五力而樂求佛十力是菩薩行雖行七覺分而分別佛之智慧是菩薩行雖行八正道而樂行無量佛道是菩薩行雖行止觀助道之法而不畢竟墮於寂滅是菩薩行雖行諸法不生不滅而以相好莊嚴其身是菩薩行雖現聲聞辟支佛威儀而不捨佛法是菩薩行雖隨諸法究竟淨相而隨所應爲現其身是菩薩行雖觀諸佛國土永寂如空而現種種清淨佛土是菩薩行雖得佛道轉於法輪入於

涅槃而不捨於菩薩之道是菩薩行說是語時文殊師利所將大衆其中八千天子皆發阿耨多羅三藐三菩提心

不思議品第六

爾時舍利弗見此室中無有牀座作是念斯諸菩薩大弟子衆當於何坐長者維摩詰知其意語舍利弗言云何仁者爲法來耶爲牀座耶舍利弗言我爲法來非爲牀座維摩詰言唯舍利弗夫求法者不貪軀命何況牀座夫求法者非有色受想行識之求非有界入之求非有欲色無色之求唯舍利弗夫求法者不著佛求不著法求不著衆求夫求法者無見苦求無斷集求無證滅求無修道求所以者何法無戲論若言我當見苦斷集證滅修道是則戲論非求法也唯舍利弗法名清淨寂滅若行生滅是不樂遠離而求生滅非求法也法名無染無塵若染法塵乃至涅槃是則染著塵勞非求法也法無前境若行於法是則前境非求法也法無取捨若取捨法是則取捨非求法也法無處所若著處所是則著處非求法也法名無相若隨相識是則求相非求法也法不可住若住於法是則住法非求法也法不可見聞覺知若行見聞覺知是則見聞覺知非求法也法名無爲無無爲若行有爲無爲是求有爲無爲非求法也是故舍利弗若求法者於一切法應無所求說是語時五百天子於諸法中得法眼淨爾時長者維摩詰問文殊師利仁者遊於無量千萬億阿僧祇國何等佛土有好上妙功德成就師子之座文殊師利言居士東方度三

十六恒河沙國有世界名須彌幢相其佛號須彌燈王今現在彼佛身長八萬四千由旬其師子座高六十八億由旬菩薩身長四萬二千由旬其師子座高三十二億由旬嚴飾第一於是長者維摩詰現神通力即時彼佛遣三萬二千師子之座高廣嚴淨來入維摩詰室諸菩薩大弟子釋梵四天王等昔所未見其室廣博悉皆包容三萬二千師子座無所妨礙於毗耶離城及閻浮提等四大部洲亦不迫迮悉見如故爾時維摩詰語文殊師利就師子座與諸菩薩上人俱坐當自立身如彼座像其得神通菩薩即自變形爲四萬二千由旬坐師子座諸新發意菩薩皆不能昇爾時維摩詰爲新發意菩薩宣説五通妙法即時伊等俱獲五神通力變形爲四萬二千由旬坐師子座諸大弟子亦不能昇爾時維摩詰語舍利弗就師子座舍利弗言居士此座高廣吾不能昇維摩詰言唯舍利弗爲須彌燈王如來作禮乃可得坐於是諸大弟子即爲須彌燈王如來作禮便得坐師子座舍利弗言居士未曾有也如是小室乃容受此高廣之座於毗耶離城無所妨礙又於閻浮提聚落城邑及四大部洲諸天龍王鬼神宮殿亦不迫迮維摩詰言唯舍利弗諸佛菩薩有解脱名不可思議若菩薩住是解脱者以須彌之高廣内芥子中無所增減須彌山王本相如故而四天王忉利諸天不覺不知已之所入唯應度者乃見須彌入芥子中是名不可思議解脱法門又以四大海水入一毛孔不嬈魚鼈黿鼉水性之屬而彼大海本

性如故諸龍鬼神阿修羅等不覺不知已之所入於此衆生亦無所嬈又舍利弗住不可思議解脱菩薩斷取三千大千世界如陶家輪著右掌中擲過恒沙世界之外其中衆生不覺不知已之所往又復還置本處都不使人有往來想而此世界本相如故又舍利弗或有衆生應久住世而可度者菩薩即演七日以爲一劫令彼衆生謂之一劫或有衆生不應久住而可度者菩薩即促一劫以爲七日令彼衆生謂之七日又舍利弗住不可思議解脱菩薩以一切功德莊嚴諸佛國土集在一國示於衆生又菩薩以一切佛土衆生置之右掌飛到十方遍示一切而不動本處又舍利弗十方衆生供養諸佛之具菩薩於一毛孔皆令得見又十方國土所有日月星宿於一毛孔普使見之又舍利弗十方世界所有諸風菩薩悉能吸著口中而身無損外諸樹木亦不摧折又十方世界劫盡燒時以一切火内於腹中火事如故而不爲害又於下方過恒河沙等諸佛世界取一佛土舉著上方過恒河沙無數世界如持針鋒舉一栢葉而無所嬈又舍利弗住不可思議解脱菩薩能以神通現作佛身或現辟支佛身或現聲聞身或現帝釋身或現梵王身或現世主身或現轉輪聖王身又十方世界所有衆聲上中下音皆能變之令作佛聲演出無常苦空無我之音及十方諸佛所説種種之法皆於其中普令得聞舍利弗我今畧説菩薩不可思議解脱之力若廣説者窮劫不盡是時大迦葉聞説菩薩不可思議解脱法門歎未

曾有謂舍利弗譬如有人於盲者前現衆色像非彼所見一切聲聞辟支聞是不可思議解脱法門不能解了爲若此也智者聞是其誰不發阿耨多羅三藐三菩提心一切聲聞辟支聞是不可思議解脱法門皆言我等何爲永斷其根於此大乘已如敗種於是衆皆號泣聲震三千大千世界一切菩薩應大欣慶頂受此法若有菩薩信解不可思議解脱法門者一切魔衆無如之何大迦葉説此語時三萬二千天子皆發阿耨多羅三藐三菩提心爾時維摩詰語大迦葉仁者十方無量阿僧祇世界中作魔王者多是住不可思議解脱菩薩以方便力故教化衆生現作魔王又迦葉十方無量菩薩或有人從乞手足耳鼻頭目髓腦血肉皮骨聚落城邑妻子奴婢象馬車乘金銀瑠璃硨磲碼碯珊瑚琥珀真珠珂貝衣服飲食如此乞者多是住不可思議解脱菩薩以方便力而往試之令其堅固所以者何住不可思議解脱菩薩有威德力故行逼迫示諸衆生如是難事凡夫下劣無有力勢不能如是逼迫菩薩譬如螢火之光難並日月非如是菩薩不能往試菩薩又如龍象蹴踏非驢所堪是名住不可思議解脱菩薩智慧方便力門

觀衆生品第七

爾時文殊師利問維摩詰言菩薩云何觀於衆生維摩詰言譬如幻師見所幻人菩薩觀衆生爲若此如智者見水中月如鏡中見其面像如熱時燄如呼聲響如空中雲如水聚沫如水上泡如芭蕉堅如電久住如第五大

如第六陰如第七識如十三入如十九界菩薩觀衆生爲若此如無色界色如燋穀芽如黿毛衣如枯骨行走如須陀洹身見如斯陀含三來如阿那含入胎如阿羅漢三毒如得忍菩薩貪恚毀禁殘虐如佛煩惱習如盲者見色如入滅盡定出入息如空中鳥跡如奄宦具淫根如石女生兒如化人煩惱如夢所見已寤如無著而有煩惱如無根而能生物如滅度者受身如無烟之火菩薩觀衆生爲若此本無文殊師利言若菩薩作是觀者云何行慈維摩詰言菩薩作是觀已自念我當爲衆生説如斯法是即真實無著慈也行寂滅慈無所生故行不熱慈無煩惱故行等之慈等三世故行無諍慈無所起故行不二慈内外不合故行不壞慈畢竟盡故行堅固慈心無毀故行清淨慈諸法性淨故行無邊慈如虚空故行阿羅漢慈破劫賊故行菩薩慈安衆生故行如來慈得如相故行佛之慈覺衆生故行自然慈無因得故行菩提慈等一味故行無等慈斷諸愛嗔故行大悲慈導以大乘故行無猒慈觀空無我故行法施慈無遺惜故行持戒慈化毀禁故行忍辱慈護彼我故行精進慈荷負衆生故行禪定慈不受味故行智慧慈無不知時故行方便慈一切示現故行無隱慈直心清淨故行深心慈無雜行故行無誑慈不虚假故行安樂慈令得佛樂故菩薩之慈爲若此也文殊師利又問何謂爲悲答曰菩薩所作功德皆與一切衆生共之何謂爲喜答曰有所饒益歡喜無悔何謂爲捨答曰所作福祐無所悕望文殊師

利又問生死有畏菩薩當何所依維摩詰言菩薩於生死畏中當依如來功德之力文殊師利又問菩薩欲依如來功德之力當於何住答曰菩薩欲依如來功德力者應當等觀一切衆生又問欲等觀一切衆生當於何住答曰菩薩欲等觀一切衆生者當住度脱一切衆生又問欲度衆生當何所除答曰欲度衆生除其煩惱又問欲除煩惱當何所行答曰當行正念又問云何行於正念答曰當行不生不滅又問何法不生何法不滅答曰不善不生善法不滅又問善不善孰爲本答曰身爲本又問身孰爲本答曰欲貪爲本又問欲貪孰爲本答曰虛妄分别爲本又問虛妄分别孰爲本答曰顛倒想爲本又問顛倒想孰爲本答曰無住爲本又問無住孰爲本答曰無住則無本文殊師利從無住本立一切法時維摩詰室有一天女見諸天人聞所説法便現其身即以天華散諸菩薩大弟子上華至諸菩薩即皆墮落至大弟子便著不墮一切弟子神力去華不能令去爾時天問舍利弗何故去華答曰此華不如法是以去之天曰勿謂此華爲不如法所以者何是華無所分别仁者自生分别想耳若於佛法出家有所分别爲不如法若無所分别是則如法觀諸菩薩華不著者已斷一切分别想故譬如人畏時非人得其便如是弟子畏生死故色聲香味觸得其便也已離畏者一切五欲無能爲也結習未盡華著身耳結習盡者華不著也舍利弗言天止此室其已久如答曰我止此室如耆年解脱舍利弗言止此久耶

天曰耆年解脱亦何如久舍利弗默然不答天曰如何耆舊大智而默答曰解脱者無所言說故吾於是不知所云天曰言說文字皆解脱相所以者何解脱者不內不外不在兩間文字亦不內不外不在兩間是故舍利弗無離文字說解脱也所以者何一切諸法是解脱相舍利弗言不復以離婬怒癡爲解脱乎天曰佛爲增上慢人說離婬怒癡爲解脱耳若無增上慢者佛說婬怒癡性即是解脱舍利弗言善哉善哉天女汝何所得以何爲證辯乃如是天曰我無得無證故辯如是所以者何若有得有證者則於佛法爲增上慢舍利弗問天汝於三乘爲何志求天曰以聲聞法化衆生故我爲聲聞以因緣法化衆生故我爲辟支佛以大悲法化衆生故我爲大乘舍利弗如人入瞻蔔林唯齅瞻蔔不齅餘香如是若入此室但聞佛功德之香不樂聞聲聞辟支佛功德香也舍利弗其有釋梵四天王諸天龍鬼神等入此室者聞斯上人講說正法皆樂佛功德之香發心而出舍利弗吾止此室十有二年初不聞說聲聞辟支佛法但聞菩薩大慈大悲不可思議諸佛之法舍利弗此室常現八未曾有難得之法何等爲八此室常以金色光照晝夜無異不以日月所照爲明是爲一未曾有難得之法此室入者不爲諸垢之所惱也是爲二未曾有難得之法此室常有釋梵四天王他方菩薩來會不絕是爲三未曾有難得之法此室常說六波羅蜜不退轉法是爲四未曾有難得之法此室常作天人第一之樂絃出無量法化

之聲是爲五未曾有難得之法此室有四大藏衆寶積滿周窮濟乏求得無盡是爲六未曾有難得之法此室釋迦牟尼佛阿彌陀佛阿閦佛寶德寶炎寶月寶嚴難勝多寶師子響一切利成如是等十方無量諸佛是上人念時即皆爲來廣說諸佛秘要法藏說已還去是爲七未曾有難得之法此室一切諸天嚴飾宮殿諸佛淨土皆於中現是爲八未曾有難得之法舍利弗此室常現八未曾有難得之法唯有見斯不思議事而復樂於聲聞法乎舍利弗言汝何以不轉女身天曰我從十二年來求女人相了不可得當何所轉譬如幻師化作幻女若有人問何以不轉女身是人爲正問不舍利弗言不也幻無定相當何所轉天曰一切諸法亦復如是無有定相云何乃問不轉女身即時天女以神通力變舍利弗令如天女天自化身如舍利弗而問言何以不轉女身舍利弗以天女像而答言我今不知何轉而變爲女身天曰舍利弗若能轉此女身則一切女人亦當能轉如舍利弗非女而現女身一切女人亦復如是雖現女身而非女也是故佛說一切諸法非男非女即時天女還攝神力舍利弗身還復如故天問舍利弗女身色相今何所在舍利弗言女身色相無在無不在天曰一切諸法亦復如是無在無不在夫無在無不在者佛所說也舍利弗問天汝於此沒當生何所天曰佛化所生吾如彼生曰佛化所生非沒生也天曰衆生猶然無沒生也舍利弗問天汝久如當得阿耨多羅三藐三菩提天曰如舍利弗

還爲凡夫我乃當成阿耨多羅三藐三菩提舍利弗言我作凡夫無有是處天曰我得阿耨多羅三藐三菩提亦無是處所以者何菩提無住處是故無有得者舍利弗言今諸佛得阿耨多羅三藐三菩提已得當得未得如恒河沙皆謂何乎天曰皆以世俗文字數故說有三世非謂菩提有去來今天曰舍利弗汝得阿羅漢道耶曰無所得故而得天曰諸佛菩薩亦復如是無所得故而得爾時維摩詰語舍利弗是天女已曾供養九十二億諸佛已能遊戲菩薩神通所願具足得無生忍住不退轉以本願故隨意能現教化衆生

佛道品第八

爾時文殊師利問維摩詰言菩薩云何通達佛道維摩詰言若菩薩行於非道是爲通達佛道又問云何菩薩行於非道答曰若菩薩行五無間而無惱恚至於地獄無諸罪垢至于畜生無有愚癡至於修羅無有憍慢等過至于餓鬼而具足功德智慧行色無色界道不以爲勝示行貪欲離諸染著示行瞋恚於諸衆生無有恚礙示行愚癡而以智慧調伏其心示行慳貪而捨內外所有不惜身命示行毀禁而安住淨戒乃至小罪猶懷大懼示行瞋恚而常慈忍示行懈怠而勤修功德示行亂意而常念定示行愚癡而修般若波羅蜜多通達世間出世間慧示行諂僞而善方便隨諸經義示行憍慢而於衆生猶如橋梁示行諸煩惱而心常清淨示入於魔而順佛智慧不隨他教示入聲聞而爲衆生說未聞法示入辟支佛而成就大悲教化衆生示入

貧窮而有寶手功德無盡示入形殘而具諸相好以自莊嚴示入下賤而生佛種性中具諸功德示入羸劣醜陋而得那羅延身一切衆生之所樂見示入老病而永斷病根超越死畏示有資生而恒觀無常實無所貪示入優伶子女而常遠離五欲淤泥現於訥鈍而成就辯才總持無失示入邪濟而以正濟度諸衆生現遍入諸道而斷其因緣現於涅槃而不斷生死文殊師利菩薩能如是行於非道是爲通達佛道於是維摩詰問文殊師利何等爲如來種文殊師利言有身爲種無明有愛爲種貪恚癡爲種四顛倒爲種五蓋爲種六入爲種七識處爲種八邪法爲種九惱處爲種十不善道爲種以要言之六十二見及一切煩惱皆是佛種曰何謂也答曰若見無爲入正位者不能復發阿耨多羅三藐三菩提心住有爲法凡夫可以發阿耨多羅三藐三菩提心譬如高原陸地不生淨妙馨香蓮華卑濕淤泥乃生此華如是見無爲法入正位者終不復能生於佛法煩惱泥中乃有衆生起佛法耳又如植種於空終不得生糞壤之地乃能滋茂如是入無爲正位者不生佛法起於我見如須彌山猶能發于阿耨多羅三藐三菩提心生佛法矣是故當知一切煩惱爲如來種譬如不下巨海不能得無價寶珠如是不入煩惱大海則不能得一切智寶爾時大迦葉歎言善哉善哉文殊師利快說此語誠如所言塵勞之儔爲如來種我等今者不復堪任發阿耨多羅三藐三菩提心乃至五無間罪猶能發意生於佛法而今我

等永不能發譬如根敗之士其於五欲不能復利如是聲聞諸結斷者於佛法中無所復益永不志願是故文殊師利凡夫知報佛恩而聲聞無也所以者何凡夫聞佛法能起無上道心不斷三寶正使聲聞終身聞佛法力無畏等永不能發無上道意爾時會中有菩薩名普現色身問維摩詰言居士父母妻子親戚眷屬吏民知識悉爲是誰奴婢僮僕象馬車乘皆何所在於是維摩詰以偈答曰

智度菩薩母　方便以爲父　一切衆導師
無不由是生　法喜以爲妻　慈悲心爲女
善心誠實男　畢竟空寂舍　弟子衆塵勞
隨意之所轉　道品善知識　由是成正覺
諸度法等侶　四攝爲妓女　歌詠誦法言
以此爲音樂　總持之園苑　無漏法林樹
覺意淨妙華　解脫智慧果　八解之浴池
定水湛然滿　布以七淨華　浴此無垢人
象馬五通馳　大乘以爲車　調御以一心
遊於八正路　相具以嚴容　衆好飾其姿
慚愧之上服　深心爲華鬘　富有七財寶
教授以滋息　如所說修行　迴向爲大利
四禪爲牀座　從於淨命生　多聞增智慧
以爲自覺音　甘露法之食　解脫味爲漿
淨心以澡浴　戒品爲塗香　摧滅煩惱賊
勇健無能踰　降伏四種魔　勝旛建道場
雖知無起滅　示彼故有生　悉現諸國土
如日無不見　供養於十方　無量億如來
諸佛及己身　無有分別想　雖知諸佛國
及與衆生空　而常修淨土　教化於羣生
諸有衆生類　形聲及威儀　無畏力菩薩

一時能盡現 覺知衆魔事 而示隨其行
以善方便智 隨意皆能現 或示老病死
成就諸羣生 了知如幻化 通達無有礙
或現劫盡燒 天地皆洞然 衆人有常想
照令知無常 無數億衆生 俱來請菩薩
一時到其舍 化令向佛道 經書禁呪術
工巧諸技藝 盡現行此事 饒益諸羣生
世間衆道法 悉於中出家 因以解人惑
而不墮邪見 或作日月天 梵王世界主
或時作地水 或復作風火 劫中有疾疫
現作諸藥草 若有服之者 除病消衆毒
劫中有饑饉 現身作飲食 先救彼饑渴
却以法語人 劫中有刀兵 爲之起慈悲
化彼諸衆生 令住無諍地 若有大戰陣
立之以等力 菩薩現威勢 降伏使和安

一切國土中 諸有地獄處 輙往到于彼
勉濟其苦惱 一切國土中 畜生相食噉
皆現生於彼 爲之作利益 示受於五欲
亦復現行禪 令魔心憒亂 不能得其便
火中生蓮華 是可謂希有 在欲而行禪
希有亦如是 或現作婬女 引諸好色者
先以欲鉤牽 後令入佛智 或爲邑中主
或作商人導 師保及大臣 以祐利衆生
諸有貧窮者 現作無盡藏 因以勸導之
令發菩提心 我心憍慢者 爲現大力士
消伏諸貢高 令住無上道 其有恐懼衆
居前而慰安 先施以無畏 後令發道心
或現離婬欲 爲五通仙人 開導諸羣生
令住戒忍慈 見須供事者 現爲作僮僕
既悅可其意 乃發以道心 隨彼之所須

得入於佛道　以善方便力　皆能給足之
如是道無量　所行無有涯　智慧無邊際
度脫無數衆　假令一切佛　於無數億劫
讚歎其功德　猶尚不能盡　誰聞如是法
不發菩提心　除彼不肖人　癡冥無智者

入不二法門品第九

爾時維摩詰謂衆菩薩言諸仁者云何菩薩入不二法門各隨所樂說之會中有菩薩名法自在說言諸仁者生滅爲二法本不生今則無滅得此無生法忍是爲入不二法門德守菩薩曰我我所爲二因有我故便有我所若無有我則無我所是爲入不二法門德頂菩薩曰垢淨爲二見垢實性則無淨相順於滅相是爲入不二法門善宿菩薩曰是動是念爲二不動則無念無念即無分別通達此者是爲入不二法門妙臂菩薩曰菩薩心聲聞心爲二觀心相空如幻化者無菩薩心無聲聞心是爲入不二法門不眴菩薩曰受不受爲二若法不受則不可得以不可得故無取無捨無作無行是爲入不二法門善眼菩薩曰一相無相爲二若知一相即是無相亦不取無相入於平等是爲入不二法門弗沙菩薩曰善不善爲二若不起善不善入無相際而通達者是爲入不二法門師子菩薩曰罪福爲二若達罪性則與福無異以金剛慧決了此相無縛無解者是爲入不二法門師子意菩薩曰有漏無漏爲二若得諸法等則不起漏不漏想不著於相亦不住無相是爲入不二法門淨解菩薩曰有爲無爲爲二若離一切數則心如虛空以清淨慧無所礙者

是爲入不二法門那羅延菩薩曰世間出世間爲二世間性空即是出世間於其中不入不出不渡不住是爲入不二法門善意菩薩曰生死涅槃爲二若見生死性則無生死無縛無解不然不滅如是解者是爲入不二法門現見菩薩曰盡不盡爲二法若究竟盡若不盡皆是無盡相無盡相即是空空則無有盡不盡相如是入者是爲入不二法門普守菩薩曰我無我爲二我尚不可得非我何可得見我實性者不復起二是爲入不二法門電天菩薩曰明無明爲二無明實性即是明明亦不可著離一切數於其中平等無二者是爲入不二法門喜見菩薩曰色色空爲二色即是空非色滅空色性自空如是受想行識識空爲二識即是空非識滅空識性自空於其中而通達者是爲入不二法門明相菩薩曰四種異空種異爲二四種性即是空種性如前際後際空故中際亦空若能如是知諸種性者是爲入不二法門妙意菩薩曰眼色爲二若知眼性於色不貪不恚不癡是名寂滅如是耳聲鼻香舌味身觸意法爲二若知意性於法不貪不恚不癡是名寂滅安住其中是爲入不二法門無盡意菩薩曰布施迴向一切智爲二布施性即是迴向一切智性如是持戒忍辱精進禪定智慧迴向一切智爲二智慧性即是迴向一切智性於其中入一相者是爲入不二法門深慧菩薩曰是空是無相是無作爲二空即無相無相即無作若空無相無作則無心意識於一解脫門即是三解脫門者是爲入不二法門寂根菩薩

薩曰佛法衆爲二佛即是法法即是衆是三寶皆無爲相與虚空等一切法亦爾能隨此行者是爲入不二法門心無礙菩薩曰身身滅爲二身即是身滅所以者何見身實相者不起見身及見滅身身與滅身無二無分别於其中身見滅之又滅盡滅無餘不驚不懼者是爲入不二法門上善菩薩曰身口意善爲二是三業皆無作相身無作相即口無作相口無作相即意無作相是三業無作相即一切法無作相能如是隨無作慧者是爲入不二法門福田菩薩曰福行罪行不動行爲二三行實性即是空空則無福行無罪行無不動行於此三行而不起者是爲入不二法門華嚴菩薩曰從我起二爲二見我實相者不起二法若不住二法則無分别識無分别識者是爲入不二法門德藏菩薩曰有所得相爲二若無所得則無取捨無取捨者是爲入不二法門月上菩薩曰闇與明爲二無闇無明則無有二所以者何如入滅受想定無闇無明一切法相亦復如是於其中平等入者是爲入不二法門寶印手菩薩曰樂涅槃不樂世間爲二若不樂涅槃不猒世間則無有二所以者何若有縛則有解若本無縛其誰求解無縛無解則無樂猒是爲入不二法門珠頂王菩薩曰正道邪道爲二住正道者則不分别是邪是正離此二者是爲入不二法門樂實菩薩曰實不實爲二實見者尚不見實何況非實所以者何非肉眼所見慧眼乃能見而此慧眼無見無不見是爲入不二法門如是諸菩薩各各説已問文殊師利何

等是菩薩入不二法門文殊師利曰諸尊菩薩所對甚善然終有言說如我意者於一切法無言無說無示無識離諸問答是爲入不二法門於是文殊師利問維摩詰我等各自說已仁者當說何等是菩薩入不二法門時維摩詰默然無言文殊師利歎曰善哉善哉乃至無有文字語言是真入不二法門說是入不二法門品時於此衆中五千菩薩皆入不二法門得無生法忍

維摩詰所說大乘經卷中

音釋

詶 時流切以言荅之曰詶　迫迮 迫音百狹也迮音責亦迫也　黿鼉 黿愚袁切似鼈而大鼉徒河切水蟲也有足似蜥蜴長大類魚曰鼉　擲 音直投也　吸著 吸迄及切口吸也著音灼安著也　髓腦 髓息委切骨中脂也腦乃老切頭髓也　蹴踏 蹴子六切躡也踏達合切踐也　瞻蔔 梵語也此云黃花生西域海岸瞻音上蔔步墨切　齅 許救切以鼻擸氣也　諂僞 諂丑琰切佞言曰諂僞危睡切詐僞也　訥鈍 訥奴骨切言語蹇訥也鈍杜困切遲鈍也　憒 古對切心不靜也　眴 音舜目動也

維摩詰所説大乘經卷下

香積佛品第十

於是舍利弗心念日時欲至此諸菩薩當於何食時維摩詰知其意而語言佛説八解脱仁者受行豈雜欲食而聞法乎若欲食者且待須臾當令汝得未曾有食時維摩詰即入三昧以神通力示諸大衆上方界分過四十二恒河沙佛土有國名衆香佛號香積今現在其國香氣比於十方諸佛世界人天之香最爲第一彼土無有聲聞辟支佛名唯有清淨大菩薩衆佛爲説法其界一切皆以香作樓閣經行香地苑園皆香其食香氣周流十方無量世界時香積佛與諸菩薩方共坐食有天子號香嚴發阿耨多羅三藐三菩提心供養香積佛及諸菩薩此諸大衆莫不目見時維摩詰問衆菩薩諸仁者誰能致彼佛飯以文殊師利威神力故咸皆默然維摩詰言仁此大衆無乃可恥文殊師利曰如佛所言勿輕未學於是維摩詰不起于座居衆會前化作菩薩相好光明威德殊勝蔽於衆會而告之曰汝往上方界分度如四十二恒河沙佛土有國名衆香佛號香積與諸菩薩方共坐食汝往到彼如我詞曰維摩詰稽首世尊足下致敬無量問訊起居少病少惱氣力安不願得世尊所食之餘當於娑婆世界施作佛事令此樂小法者得弘大道亦使如來名聲普聞時化菩薩唯諾承命即於會前昇于上方到衆香界禮彼佛足白言維摩詰稽首世尊足下致敬無量問訊起居少病少惱氣力安不願得世尊所食之餘欲於娑婆世界

施作佛事使此樂小法者得弘大道亦使如來名聲普聞彼諸大士見化菩薩歎未曾有今此上人從何所來娑婆世界爲在何許云何名爲樂小法者即以問佛佛告之曰下方度如四十二恒河沙佛土有世界名娑婆佛號釋迦牟尼如來正覺今現在於五濁惡世爲樂小法衆生敷演道教彼有菩薩名維摩詰住不可思議解脱爲諸菩薩説法故遣化來稱揚我名并讚此土令彼菩薩增益功德彼菩薩言其人何如乃作是化德力無畏神足若斯佛言甚大一切十方佛土皆遣化往施作佛事饒益衆生於是香積如來以衆香鉢盛滿香飯與化菩薩時彼九百萬菩薩俱發聲言我欲詣娑婆世界供養釋迦牟尼佛并欲見維摩詰等諸菩薩衆佛言可往攝汝身香無令彼諸衆生起惑著心又當捨汝本形勿使彼國求菩薩者而自鄙恥又汝於彼莫懷輕賤而作礙想所以者何十方國土皆如虛空又諸佛爲欲化諸樂小法者不盡現其清淨土耳時化菩薩既受鉢飯與彼九百萬菩薩俱承佛威神及維摩詰力於彼世界忽然不現須臾之間至維摩詰舍時維摩詰即化作九百萬師子之座嚴好如前諸菩薩皆坐其上時化菩薩以滿鉢香飯與維摩詰飯香普薫毗耶離城及三千大千世界時毗耶離婆羅門居士等聞是香氣身意快然歎未曾有於是長者主月蓋從八萬四千人來入維摩詰舍見其室中菩薩甚多諸師子座高廣嚴好皆大歡喜禮衆菩薩及大弟子却住一面諸地神虛空神及欲色界諸天聞此

香氣亦皆來入維摩詰舍時維摩詰語舍利弗等諸大聲聞仁者可食如來甘露味飯大悲所動無以限意食之使不消也有異聲聞念是飯少而此大衆人人當食化菩薩曰勿以聲聞小德小智稱量如來無量福慧四海有竭此飯無盡使一切人食摶若須彌乃至一劫猶不能盡所以者何無盡戒定智慧解脱解脱知見功德具足者所食之餘終不可盡於是鉢飯悉飽衆會猶故不儩其諸菩薩聲聞天人食此飯者身安快樂譬如一切樂莊嚴國諸菩薩也又諸毛孔皆出妙香亦如衆香國土諸樹之香爾時維摩詰故爲不知問衆香菩薩香積如來以何説法彼菩薩曰我土如來不以文字説法但以衆香令諸天人得入律行菩薩各各坐香樹下聞斯妙香

即獲一切德藏三昧得是三昧者菩薩所有功德皆悉具足彼諸菩薩問維摩詰今世尊釋迦牟尼以何説法維摩詰言此土衆生剛强難化故佛爲説剛强之語以調伏之言是地獄是畜生是餓鬼是諸難處是愚人生處是身邪行是身邪行報是口邪行是口邪行報是意邪行是意邪行報是殺生是殺生報是不與取是不與取報是邪婬是邪婬報是妄語是妄語報是兩舌是兩舌報是惡口是惡口報是無義語是無義語報是貪嫉是貪嫉報是瞋惱是瞋惱報是邪見是邪見報是慳悋是慳悋報是毀戒是毀戒報是瞋恚是瞋恚報是懈怠是懈怠報是亂意是亂意報是愚癡是愚癡報是結戒是持戒是犯戒是應作是不應作是應知是應斷是障礙是不

障礙是得罪是離罪是淨是垢是有漏是無漏是邪道是正道是有爲是無爲是世間是涅槃以難化之人心如猨猴故以若干種法制御其心乃可調伏譬如象馬𢤱悷不調加諸楚毒乃至徹骨然後調伏如是剛强難化衆生故以一切苦切之言乃可入律彼諸菩薩聞說是已皆曰未曾有也如世尊釋迦牟尼佛隱其無量自在之力乃以貧所樂法度脫衆生斯諸菩薩亦能勞謙以無量大悲生是佛土維摩詰言此土菩薩於諸衆生大悲堅固誠如所言然其一世饒益衆生多於香積百千劫行所以者何此娑婆世界有十事善法諸餘淨土之所無有何等爲十以布施攝貧窮以淨戒攝毀禁以忍辱攝瞋恚以精進攝懈怠以禪定攝亂意以智慧攝愚癡說除難法度八難者以大乘法度樂小乘者以諸善根濟無德者常以四攝成就衆生是爲十彼菩薩曰菩薩成就幾法於此世界行無瘡疣生于淨土維摩詰言菩薩成就八法於此世界行無瘡疣生于淨土何等爲八饒益衆生而不望報代一切衆生受諸苦惱所作功德盡以施之等心衆生謙下無礙於諸菩薩視之如佛所未聞經聞之不疑不與聲聞而相違背不嫉彼供不高已利而於其中調伏其心常省已過不訟彼短恒以一心求諸功德是爲八法維摩詰文殊師利於大衆中說是法時百千天人皆發阿耨多羅三藐三菩提心十千菩薩得無生法忍

菩薩行品第十一

是時佛說法於菴羅樹園其地忽然廣博嚴

事一切衆會皆作金色阿難白佛言世尊以何因緣有此瑞應是處忽然廣博嚴事一切衆會皆作金色佛告阿難是維摩詰文殊師利與諸大衆恭敬圍遶發意欲來故先爲此瑞應於是維摩詰語文殊師利此諸菩薩皆欲見佛至心禮事供養可共前往文殊師利言善哉行矣今正是時維摩詰即以神力持諸大衆幷師子座置於右掌往詣佛所到已著地稽首佛足右遶七帀一心合掌在一面立衆香世界諸菩薩即皆避座稽首佛足亦遶七帀於一面立此土諸菩薩亦皆避座稽首佛足右遶七帀於一面立諸大弟子釋梵四天王等亦皆避座稽首佛足在一面立於是世尊如法慰問諸菩薩已各令復坐即皆受教衆坐已定佛語舍利弗汝見菩薩大士自在神力之所爲乎唯然已見汝意云何世尊我覩其爲不可思議非意所圖非度所測爾時阿難白佛言世尊今所聞香自昔未有是爲何香佛告阿難是彼菩薩毛孔之香於是舍利弗語阿難言我等毛孔亦出是香阿難言此所從來曰是長者維摩詰從衆香國取佛餘飯於舍食者一切毛孔皆香若此阿難問維摩詰是香氣住當久如維摩詰言至此飯消曰此飯久如當消曰此飯勢力至於七七日然後乃消又阿難若聲聞人未入正位食此飯者得入正位然後乃消已入正位食此飯者得心解脱然後乃消若未發大乘意食此飯者至發意乃消已發意食此飯者得無生忍然後乃消已得無生忍食此飯者至一生補處然後乃消譬如有藥名曰上味

其有服者身諸毒滅然後乃消此飯如是滅除一切諸煩惱毒然後乃消阿難白佛言未曾有也世尊如此香飯能作佛事佛言如是如是阿難或有佛土以佛光明而作佛事有以諸菩薩而作佛事有以佛所化人而作佛事有以菩提樹而作佛事有以佛衣服卧具而作佛事有以飯食而作佛事有以園林臺觀而作佛事有以三十二相八十隨形好而作佛事有以佛身而作佛事有以虚空而作佛事衆生應以此縁得入律行有以夢幻影響鏡中像水中月熱時焰如是等喻而作佛事有以音聲語言文字而作佛事或有清淨佛土寂寞無言無説無示無識無作無爲而作佛事如是阿難諸佛威儀進止諸所施爲無非佛事阿難有此四魔八萬四千諸煩惱門而諸衆生爲之疲勞諸佛即以此法而作佛事是名入一切諸佛法門菩薩入此門者若見一切淨好佛土不以爲喜不貪不高若見一切不淨佛土不以爲憂不礙不没即於諸佛生清淨心歡喜恭敬亦無有也諸佛如來功德平等爲教化衆生故而現佛土不同阿難汝見諸佛國土地有若干而虚空無若干也如是見諸佛色身有若干耳其無礙慧無若干也阿難諸佛色身威相種性戒定智慧解脱解脱知見力無所畏不共之法大慈大悲威儀所行及其壽命説法教化成就衆生淨佛國土具諸佛法悉皆同等是故名爲三藐三佛陀名爲多陀阿伽度名爲佛陀阿難若我廣説此三句義汝以劫壽不能盡受正使三千大千世界滿中衆生皆如阿難多

聞第一得念總持此諸人等以劫之壽亦不能受如是阿難諸佛阿耨多羅三藐三菩提無有限量智慧辯才不可思議阿難白佛言我從今已往不敢自謂以爲多聞佛告阿難勿起退意所以者何我說汝於聲聞中爲最多聞非謂菩薩且止阿難不特汝也其有智者不應限度諸菩薩也一切海淵尚可測量菩薩禪定智慧總持辯才一切功德不可量也阿難汝等捨置菩薩所行是維摩詰一時所現神通之力一切聲聞辟支佛於百千劫盡力變化所不能作爾時衆香世界菩薩來者合掌白佛言世尊我等初見此土生下劣想今自悔責捨離是心所以者何諸佛方便不可思議爲度衆生故隨其所應現佛國異唯然世尊願賜少法還於彼土當念如來佛告諸菩薩有盡無盡解脫法門汝等當學何謂爲盡謂有爲法何謂無盡謂無爲法如菩薩者不盡有爲不住無爲何謂不盡有爲謂不離大慈不捨大悲深發一切智心而不忽忘教化衆生終不厭惓於四攝法常念順行護持正法不惜身命種諸善根無有疲厭志常安住方便迴向求法不懈說法無悋勤供諸佛故入生死而無所畏於諸榮辱心無憂喜不輕未學敬學如佛墮煩惱者令發正念於遠離樂不以爲貴不著已樂慶於彼樂在諸禪定如地獄想於生死中如園觀想見來求者爲善師想捨諸所有具一切智想見毁戒人起救護想諸波羅蜜爲父母想道品之法爲眷屬想發行善根無有齊限以諸淨國嚴飾之事成已佛土行無限施具足相好除

一切惡淨身口意生死無數劫意而有勇聞佛無量德志而不倦以智慧劒破煩惱賊出陰界入荷負衆生永使解脫以大精進摧伏魔軍常求無慢實相智慧行少欲知足而不捨世法能令衆生如意而不擾累不壞威儀而能隨俗起神通慧引導衆生得念總持所聞不忘善別諸根斷衆生疑以樂說辯演法無礙淨十善道受天人福修四無量開梵天道勸請說法隨喜讚善得佛音聲身口意善得佛無礙威儀深修善法所行轉勝以大乘教成菩薩僧心無放逸不失衆善行如此法是名菩薩不盡有爲何謂菩薩不住無爲謂修學空不以空爲證修學無相無作不以無相無作爲證修學無起不以無起爲證觀於無常而不猒善本觀世間苦而不惡生死觀於無我而誨人不倦觀於寂滅而不永寂滅觀於遠離而身心修善觀無所歸而歸趣善法觀於無生而以生法荷負一切觀於無漏而不斷諸漏觀無所行而以行法教化衆生觀於空性而不捨大悲觀無生法而不隨小乘觀諸法虛妄無心無主無依本願未滿而福德不虛智慧不妄行願普濟眞覺自在佛性常住修如此法是名菩薩不住無爲又具福德故不住無爲具智慧故不盡有爲具大慈故不住無爲起大悲故不盡有爲度衆生故不住無爲敬佛法故不盡有爲得相好故不住無爲一切智故不盡有爲行方便故不住無爲達觀智故不盡有爲淨佛土故不住無爲佛攝授故不盡有爲濟衆生故不住無爲示諸法故不盡有爲積善根故不住無爲

修福種故不盡有爲滿本願故不住無爲本無願故不盡有爲心清淨故不住無爲心僥益故不盡有爲遊戲通故不住無爲成佛慧故不盡有爲到彼岸故不住無爲未寂滅故不盡有爲積善財故不住無爲依了義故不盡有爲集法藥故不住無爲隨授藥故不盡有爲心不退故不住無爲願未滿故不盡有爲修法本故不住無爲度小乘故不盡有爲除煩惱苦故不住無爲滅衆生病故不盡有爲諸正士菩薩修如此法不盡有爲不住無爲是名盡無盡解脱法門汝等當學爾時彼諸菩薩聞説是法皆大歡喜以衆妙華若干種色若干種香散遍三千大千世界供養於佛及此經法并諸菩薩已稽首佛足歎未曾有言釋迦牟尼佛乃能於此善行方便言已忽然不現還到彼國

見阿閦佛品第十二

爾時世尊問維摩詰汝欲見如來爲以何等觀如來乎維摩詰言如自觀身實相觀佛亦然我觀如來前際不來後際不去今則不住不觀色不觀色如不觀色性不觀受不觀受如不觀受性不觀想不觀想如不觀想性不觀行不觀行如不觀行性不觀識不觀識如不觀識性非四大住同於虛空六入無積眼觸耳觸鼻觸舌觸身觸意觸已過不在三界三垢已離順三脱門具足三明無得而得於一切法第一無著無真如界深入真如無相續見因本無生緣無交涉不一相不異相不自相不他相非無相非取相不此岸不彼岸不中流觀於寂滅亦不永滅不此不彼不以

此不以彼不可以智知不可以識識無晦無明無名無相無强無弱非淨非穢不在方不離方非有爲非無爲無示無說不施不慳不戒不犯不忍不恚不進不怠不定不亂不智不愚不誠不欺不來不去不出不入一切言語道斷非福田非不福田非應供養非不應供養非取非捨非有相非無相同真際等法性不可稱不可量過諸稱量非大非小非見非聞非覺非知離衆結縛等諸智同衆生於諸法無分別一切無得無失無濁無惱無作無起無生無滅無畏無憂無喜無猒無已有無當有無今有不可以一切言說分別顯示世尊如來身爲若此作如是觀以斯觀者名爲正觀若他觀者名爲邪觀爾時舍利弗白佛言此長者維摩詰於何沒而來生此佛告舍利弗汝可問維摩詰舍利弗即問維摩詰汝於何沒而來生此維摩詰言尊者汝所得法有沒生乎舍利弗言無沒生也若諸法無沒生相云何問言汝於何沒而來生此於意云何譬如幻師幻作男女寧沒生耶舍利弗言無沒生也汝豈不聞佛說諸法如幻相乎答曰如是若一切法如幻相者云何問言汝於何沒而來生此舍利弗沒者爲虛誑法壞敗之相生者爲虛誑法相續之相菩薩雖沒不盡善本雖生不長諸惡是時佛告舍利弗有國名妙喜佛號無動是維摩詰於彼國沒而來生此舍利弗言未曾有也世尊是人乃能捨清淨土而來樂此多怒害處維摩詰語舍利弗於意云何日光出時與冥合乎答曰不也日光出時則無衆冥維摩詰言夫日何

故行閻浮提答曰欲以明照爲之除冥維摩詰言菩薩如是雖生不淨佛土爲化衆生不與愚闇而共合也但滅衆生煩惱闇耳是時大衆渴仰欲見妙喜世界無動如來及其菩薩聲聞之衆佛知一切衆會所念告維摩詰言善男子爲此衆會現妙喜國無動如來及諸菩薩聲聞之衆衆皆欲見於是維摩詰心念吾當不起于座接妙喜國鐵圍山川溪谷江河大海泉源須彌諸山及日月星宿天龍鬼神梵天等宫并諸菩薩聲聞之衆城邑聚落男女大小乃至無動如來及菩提樹諸妙蓮華能於十方作佛事者三道寶階從閻浮提至忉利天以此寶階諸天來下悉爲禮敬無動如來聽受經法閻浮提人亦登其階上昇忉利見彼諸天妙喜世界成就如是無量功德上至阿迦尼吒天下至水際以右手斷取如陶家輪入此世界猶持華鬘示一切衆作是念已入如是三昧現神通力以其右手斷取妙喜世界置於此土彼得神通菩薩及聲聞衆并餘天人俱發聲言唯然世尊誰取我去願見救護無動佛言非我所爲是維摩詰神力所作其餘未得神通者不覺不知已之所往妙喜世界雖入此土而不增減於是世界亦不迫隘如本無異爾時釋迦牟尼佛告諸大衆汝等且觀妙喜世界無動如來其國嚴飾菩薩行淨弟子清白皆曰唯然已見佛言若菩薩欲得如是清淨佛土當學無動如來所行之道現此妙喜國時娑婆世界十四那由他人發阿耨多羅三藐三菩提心皆願生於妙喜佛土釋迦牟尼佛即記之曰當

生彼國時妙喜世界於此國土所應饒益其事訖已維摩詰仍以右手送歸本處舉衆皆見佛告舍利弗汝見此妙喜世界及無動佛不唯然已見世尊願使一切衆生得清淨土如無動佛獲神通力如維摩詰世尊我等快得善利得見是仁親近供養其諸衆生若今現在若佛滅後聞此經者亦得善利況復聞已信解受持讀誦解説如法修行若有手得是經典者便爲已得法寶之藏若有讀誦解釋其義如説修行則爲諸佛之所哀愍護念其有供養如是人者當知則爲供養於佛其有書持此經卷者當知其室即有如來若聞是經能隨喜者斯人則爲趣一切智若能信解此經乃至一四句偈爲他説者當知此人即爲大法施主若能恭敬瞻仰信解諦觀此經是人即爲受阿耨多羅三藐三菩提記者

法供養品第十三

爾時釋提桓因於大衆中白佛言世尊我雖從佛及文殊師利聞百千經未曾聞此不可思議自在神通決定實相經典如我解佛所説義趣若有衆生聞此經法信解受持讀誦之者必得是法不疑何況如説修行斯人則爲閉衆惡趣開諸善門常爲諸佛之所護念降伏外學摧滅魔怨修治菩提安處道場履踐如來所行之跡世尊若有受持讀誦如説修行者我當與諸眷屬供養給事所在聚落城邑山林曠野有是經處我亦與諸眷屬聽受法故共到其所其未信者當令生信其已信者當爲作護佛言善哉善哉天帝如汝所説吾助爾喜此經廣説過去未來現在諸佛

不可思議阿耨多羅三藐三菩提是故天帝若善男子善女人受持讀誦供養是經者則爲供養去來今佛天帝正使三千大千世界如來滿中譬如甘蔗竹葦芝麻叢林若有善男子善女人或以一劫或以數劫恭敬尊重讚歎供養奉諸所安至諸佛滅後以一一全身舍利起七寶塔縱廣一四天下高至梵天表剎莊嚴以一切華香瓔珞幢旛伎樂微妙第一若一劫若數劫而供養之天帝於意云何其人植福寧爲多不釋提桓因言甚多世尊彼之福德若以百千億劫説不能盡佛告天帝當知是善男子善女人聞是不可思議解脱經典信解受持讀誦修行福多於彼所以者何諸佛菩提皆從法生以法供養乃能合菩提相若以世間財寶供養欲於菩提相合無有是處佛告天帝過去無量阿僧祇劫時世有佛號曰藥王如來應供正遍知明行足善逝世間解無上士調御丈夫天人師佛世尊世界名大莊嚴劫曰嚴淨佛壽二十小劫其聲聞僧三十六億那由他菩薩僧有十二億天帝是時有轉輪聖王名曰寶蓋七寶具足主四天下王有千子端正勇健能伏怨敵爾時寶蓋與其眷屬供養藥王如來施諸所安至滿五劫過五劫已告其千子汝等亦當如我以深心供養於佛於是千子受父王命供養藥王如來復滿五劫一切施安其王一子名曰月蓋獨坐思維寧有供養殊過此者以佛神力空中有天曰善男子法之供養勝諸供養即問何謂法之供養天曰汝可往問藥王如來當廣爲汝説法之供養即

時月蓋王子行詣藥王如來稽首佛足却住一面白佛言世尊諸供養中法供養勝云何名爲法之供養佛言善男子法供養者諸佛所説深經一切世間難信難受微妙難見清淨無染非但分別思惟之所能得菩薩法藏所攝陀羅尼印印之至不退轉法輪成就六度善分別義順菩提法衆經之上入大慈悲離衆魔事及諸邪見順因緣法無我無人無衆生無壽命空無相無作無起能令衆生坐於道場而轉法輪諸天龍神藥叉阿修羅迦樓羅緊那羅摩睺羅伽乾闥婆等所共歎譽能令衆生入佛法藏攝諸賢聖一切智慧説衆菩薩所行之道依於諸法實相之義明宣無常苦空無我寂滅之法能救一切慳吝毁禁瞋恚懈怠散亂惡見衆生諸魔外道及貪著者能使怖畏諸佛賢聖所共稱歎背生死苦示涅槃樂十方三世諸佛所説若聞如是等經信解受持讀誦以方便力爲諸衆生分別解説顯示分明守護法故是名法之供養又於諸法如説修行隨順十二因緣離諸邪見得無生忍決定無我無有衆生而於因緣果報無違無諍離諸我所依於義不依語依於智不依識依了義經不依不了義經依於法不依人隨順法相無所入無所歸無明畢竟滅故諸行亦畢竟滅乃至生畢竟滅故老死亦畢竟滅作如是觀十二因緣無有盡相不復起見是名最上法之供養佛告天帝王子月蓋從藥王佛聞如是法得柔順忍即解寶衣嚴身之具以供養佛白佛言世尊如來滅後我當行法供養守護正法願以威神加

哀建立令我得降伏魔怨修菩薩行佛知其深心所念而記之曰汝於末後守護法城天帝時王子月蓋見法清淨聞佛授記以信出家修習善法精進不久得五神通具菩薩道得陀羅尼無斷辯才於佛滅後以其所得神通總持辯才之力滿十小劫藥王如來所轉法輪隨而分布月蓋比丘以守護法勤行精進即於此身化百萬億人於阿耨多羅三藐三菩提立不退轉十四那由他人深發聲聞辟支佛心無量衆生得生天上天帝時王寶蓋豈異人乎今現得佛號寶焰如來其王千子即賢劫中千佛是也過去迦羅鳩孫馱等四佛餘者相繼而出最後如來號曰樓至月蓋比丘則我身是如是天帝當至此要以法供養於諸供養爲上爲最第一無比是故天帝當以法之供養供養於佛以法恭敬供養於諸恭敬供養爲上爲最第一無比

囑累品第十四

於是佛告彌勒菩薩言彌勒我今以是無量億阿僧祇劫所集阿耨多羅三藐三菩提法付囑於汝如是輩經於我滅後末世之中汝等當以神力廣宣流布於閻浮提無令斷絶所以者何未來世中當有善男子善女人及天龍鬼神乾闥婆羅刹等發阿耨多羅三藐三菩提心樂于大法若使不聞如是等經則失善利如此輩人聞是等經必多信樂發希有心當以頂受隨諸衆生所應得利而爲廣説彌勒當知菩薩有二相何謂爲二一者好於雜句文飾之事二者不畏深義如實能入若好雜句文飾事者當知是爲新學菩薩若

於如是無染無著甚深經典無有恐畏能入其中聞已心淨受持讀誦如説修行當知是爲久修道行彌勒復有二法名新學者不能決定於甚深法何等爲二一者所未聞深經聞之驚怖生疑不能隨順毁謗不信而作是言我初不聞從何所來二者若有護持解説如是深經者不肯親近供養恭敬或時於中説其過惡有此二法當知是新學菩薩爲自毁傷不能於深法中調伏其心彌勒復有二法菩薩雖信解深法猶自毁傷而不能得無生法忍何等爲二一者輕慢新學菩薩而不教誨二者雖信解深法而取相分别是爲二法彌勒菩薩聞説是已白佛言世尊未曾有也如佛所説我當遠離如斯之惡奉持如來無數阿僧祇劫所集阿耨多羅三藐三菩提法若未來世善男子善女人求大乘者當令手得如是等經與其念力使受持讀誦爲他廣説世尊若後末世有能受持讀誦爲他説者當知是彌勒神力之所建立佛言善哉善哉彌勒如汝所説佛助爾喜於是一切菩薩合掌白佛我等亦於如來滅後十方國土廣宣流布阿耨多羅三藐三菩提法復當開導諸説法者令得是經爾時四天王白佛言世尊在在處處城邑聚落山林曠野有是經卷讀誦解説者我當率諸官屬爲聽法故往詣其所擁護其人面百由旬令無伺求得其便者是時佛告阿難受持是經廣宣流布阿難言唯我已受持要者世尊當何名斯經佛言阿難是經名爲維摩詰所説亦名不可思議解脱法門如是受持佛説是經已長者維摩

詰文殊師利舍利弗阿難等及諸天人阿修羅一切大衆聞佛所說皆大歡喜信受奉行

維摩詰所說大乘經卷下

音釋

儩 音賜盡也

猨猴 猨于元切猴猱也猴胡溝切獼猴也

㦟悷 㦟力董切悷郎計切㦟悷謂多惡不調也

瘡疣 瘡初莊切疣音尤行無瘡疣猶言行無瑕玷也

阿閦 梵語也此云無動閦昌六切

隘 烏懈切狹也

維摩詰經
吳月氏國優婆塞支謙第二譯

清刻龍藏佛說法變相圖

維摩詰經卷上 亦名不可思議法門之稱

吳月氏國優婆塞支謙第二譯

佛國品第一

聞如是一時佛遊於維耶離柰氏樹園與大比丘衆俱比丘八千菩薩三萬二千皆神通菩薩一切大聖能隨俗化佛所作者皆已得作爲法城塹護持正法爲師子吼十方聞聲衆人不請友而安之興隆寶樂能使不絶皆已降棄魔行讎怨一切所化莫不信解皆度死地脫無罣礙不失辯才其念及定總持諸寶悉成其所布施調意自損戒忍精進一心智慧善權已下得無所著不起法忍阿惟越致法輪已轉隨衆人相爲現慧德在諸衆爲正導以無畏而不動以成福祐慧之分部以得相好能自嚴飾色像第一捨世間財志行

高妙名稱普至有金剛志得佛聖性以法感人爲雨甘露曉衆言音所說如流其聲清淨入微妙法見生死本衆軛已斷度諸恐畏爲師子吼不以多言其講說法乃如雷震無有量已過量以道寶之智導爲大師以知足之行現遠佛聲及法功德博入諸道順化衆生說無正比佛之智慧以十力無畏佛十八法往度惡道諸墮壍者其生五道爲大醫王以慧以善救衆人病應病與藥令得服行無量善事皆悉得無量佛國皆嚴淨無量佛慧皆修學明智之講皆聽聞明者之迹皆履行慧之德本隨次與深法之要皆已入三昧無量能悉感佛力無畏一切具足其名曰正觀菩薩見正邪菩薩定化王菩薩法自在菩薩法造菩薩光造菩薩光淨菩薩大淨菩薩辯積菩薩寶積菩薩寶掌菩薩寶印手菩薩常舉手菩薩常下手菩薩常慘菩薩常笑菩薩喜根菩薩喜王菩薩願至菩薩虛空藏菩薩寶甚持菩薩寶首菩薩寶池菩薩寶水菩薩水光菩薩捨無業菩薩智積菩薩燈王菩薩制魔菩薩造化菩薩明施菩薩上審菩薩相積嚴菩薩師子雷音菩薩石磨王菩薩衆香首菩薩衆首菩薩常應菩薩不置遠菩薩善意諫菩薩蓮華淨菩薩大勢至菩薩闚音菩薩梵水菩薩常水菩薩寶幢菩薩勝邪菩薩嚴土菩薩金髻菩薩珠髻菩薩慈氏菩薩濡首菩薩其三萬二千菩薩皆如此上首者也復有萬婆羅門皆如編髪等從四方境界來詣佛所而聽法一切諸天各與其衆俱來會聚此彼天帝萬二千釋從四方來與他大尊神

妙之天及諸龍神揵沓惒阿須輪迦留羅甄陀羅摩休勒等并其衆皆來會諸比丘比丘尼優婆塞優婆夷并其衆皆來會坐彼時佛與若干百千之衆眷屬圍遶而爲說經其從須彌方外來者四面雲集一切衆會皆坐自然師子之座於是維耶離國有長者子名羅隣那竭與五百長者子俱皆有決於無上正眞之道持七寶蓋來詣佛所稽首佛足以其寶蓋共覆佛上佛之威神令一寶蓋覆此三千大千佛國於是世界諸來大衆皆見寶蓋覆此三千世界諸須彌山目隣山大目隣山雪山寶山黒山鐵圍山大鐵圍山悉現於寶蓋中此三千世界大海江河川流泉源及上日月星辰天宮龍宮諸尊神宮悉現於寶蓋中十方諸佛佛國嚴淨及十方佛在所說法皆現於寶蓋中悉遥見聞一切魔衆得未曾有禮佛而立國界若干莫不自見童子寶事即於佛前以偈讃曰

清淨金華眼明好　淨教滅意度無極
淨除欲疑稱無量　願禮沙門寂然迹
既見大聖三界將　現我佛國特清明
說最法言決衆疑　虚空神天得聞聽
經道講授諸法王　以法布施解說人
法鼓道善現上義　稽首法王此極尊
說名不有亦不無　以因縁故諸法生
非我不造彼不知　如佛清淨無惡形
始在佛樹力降魔　得甘露滅覺道成
以無心意而現行　一切異學服其名
三轉法輪於大千　受者修正質行清
天人得見從解法　爲現三寶於世間

佛所說法開化人　終以無求常寂然
上智愍度老死畏　當禮法海德無邊
供養事者如須彌　無戒與戒等以慈
所演如空念普行　孰聞佛名不敬承
令奉能仁此慈蓋　於中現我三千世
諸天龍神所居宮　揵沓和等及閱叉
以知世間諸所有　十力哀現此化變
衆覩希有皆歎佛　稽首極尊大智現
童子寶事說此偈讚佛已以恭肅敬意長跪
叉手白佛言此五百童子皆有決於無上正
眞之道願聞得佛國土清淨惟佛解說如來
佛國清淨之行於是佛告寶事曰童子諦聽
善思念之吾當爲汝解說如來菩薩佛國清
淨於是寶事與諸大衆受教而聽佛言童子
蚑行喘息人物之土則是菩薩佛國所以者
何菩薩欲教化衆生是故攝取佛國欲使佛
國人民盡奉法律故取佛國欲使佛國人民
入佛上智故取佛國欲使佛國人民見聖典
之事而以發意故取佛國所以者何欲導利
一切人民令生佛國譬如有人欲處空中造
立宮室終不能成如是童子菩薩欲度人民
故願取佛國願取佛國者非於空也童子當
知菩薩以無求於國故於佛國得道以不言
我教詔人民生于佛土菩薩以善性於國故
於佛國得道能成衆善爲人重任生于佛土
菩薩弘其道意故於佛國得道恒以大乘正
立人民得有佛土菩薩布施爲國故於佛國
得道一切布施施諸人民生于佛土菩薩持
戒爲國故於佛國得道周滿所願以十善行
合聚人民生于佛土菩薩忍辱爲國故於佛

國得道有三十二相而自嚴飾以其忍行調正人民生于佛土菩薩精進為國故於佛國得道以諸德本善修勤力合聚人民生于佛土菩薩禪思為國故於佛國得道以知所念正安人民生于佛土菩薩智慧為國故於佛國得道能以正導成就人民生于佛土菩薩行四等心為國故於佛國得道慈悲喜護護諸人民生于佛土菩薩行四恩為國故於佛國得道惠施仁愛利人等利一切救濟合聚人民生于佛土菩薩行善權方便故於佛國得道一切行權攝人為善生于佛土菩薩行三十七道品之法故於佛國得道以根力覺意勉進人民生于佛土菩薩分流法化故於佛國得道一切示現賢善之行得見佛土菩薩說除八難故於佛國得道一切為斷惡道衆難而有佛土菩薩自學不譏彼受故於佛國得道斷諸邪受而有佛土菩薩淨修十善之行故於佛國得道而不離偶大財梵行誠諦之語免于惡道言以柔軟不別眷屬恒與善俱無有疾慢除忿怒意以正見誨人生于佛土如是童子菩薩已應此行便有名譽已有名譽便生善處已生善處便受其福已受其福便能分德已能分德便行善權已行善權則佛國淨已佛國淨則人物淨已人物淨則有淨智已有淨智則有淨教已有淨教則受清淨如是童子菩薩欲使佛國清淨當以淨意作如應行所以者何菩薩以意淨故得佛國淨賢者舍利弗承佛威神心念是語以意淨故得佛國淨我世尊本為菩薩道時意豈不淨而是佛國不淨若此佛知其意即報

言云何舍利弗我日月淨不見色者豈日月過也對曰不也非日月過佛言此舍利弗咎在衆人無有智慧不見如來佛國嚴淨非如來咎此舍利弗我佛國淨汝又未見編髮梵志謂舍利弗言惟賢者莫呼是佛國以爲不淨我見釋迦文佛國嚴淨譬如彼清淨天宫舍利弗言我見此中亦有雜糅其大陸地則有黒山石沙穢惡充滿編髮答曰賢者以聞雜惡之意不倚淨慧視佛國耳當如菩薩等意清淨倚佛智慧是以見佛國皆清淨於是佛即以足指案地此三千大千世界皆爲震動若干百千珍寶積嚴處處校飾譬如衆寶羅列淨好如來境界無量嚴淨於是悉現一切魔衆歎未曾有而皆自見坐寶蓮華佛告舍利弗汝且觀是佛國嚴淨對曰唯然本所不見本所不聞今佛國土好淨悉現然舍利弗我佛國如是爲當度不肖人故如來隨此多怒害者現佛國異譬如諸天同金鉢食其福多者舉手自淨如是舍利弗若人意清淨者便自見諸佛佛國清淨當佛現此佛土嚴淨之時八萬四千人發無上正眞道意長者子寶事并五百童子皆得柔順法忍佛現神足於是國土莫不欣然各得其所弟子行者天與人三萬二千人遠塵離垢諸法法眼生其八千人漏盡意解

善權品第二

是時維耶離大城中有長者名曰維摩詰在先佛已造行修善本得法忍已得辯才神通遊戲得無所畏降魔勞怨深入微妙出於智度無極善權方便慱入諸道令得所願人根

名得生而具足造成大道所作事勝佛聖善行皆以得立覺意如海而皆已入諸佛咨嗟弟子釋梵世主所敬欲度人故居維耶離矜行權道資財無量救攝貧民以善方便攝諸惡戒以忍調行攝諸恚怒白衣精進攝懈怠者禪定正受攝迷惑意得智慧律攝諸邪智雖爲白衣奉持沙門至賢之行居家爲行不止無色有妻子婦自隨所樂常修梵行雖有家屬常如閑居現相嚴身被服飲食内常如禪若在博奕戲樂輙以度人受諸異道導以佛教不離聖典因諸世間俗教善語以法樂而樂之一切見敬爲供養中最所及耆舊能世間一切治生諧耦雖獲俗利不以喜悅遊諸四衢普持法律入于王藏諸講法衆輙身往視不樂小道諸好學者輙身往勸誘閙童蒙入諸婬種除其欲怒入諸酒會能立其志入長者種正長者意能使樂法入居士種正居士意能除其貪入君子種正君子意能使忍和入梵志種正梵志意使行高遠入人臣中正羣臣意爲作端首使入正道入帝王子能正其意以孝寛仁率化薄俗入貴人中能爲雅樂化正宫女入庶人中輭意愍傷爲興福力入帝釋中正帝釋意爲自在者示現無常入梵天中正梵天意能現梵天殊勝之慧入四天王正天王意能使擁護一切天下如是長者維摩詰不可稱數善權方便無所不入其以權道現身有疾以其疾故國王大臣長者居士羣臣太子并餘衆輩從而問疾者無數千人其往者維摩詰輙爲說是四大身爲死亡法言諸仁者是身無常爲無强爲無

力爲無堅爲苦爲老爲病爲多痛畏諸仁者如此身明智者所不怙是身如聚沫澡浴强忍是身如泡不得久立是身如野馬渴愛疲勞是身如芭蕉中無有堅是身如幻轉受報應是身如夢其現恍忽是身如影行照而現是身如響因緣變失是身如霧意無靜想是身如電爲分散法是身無主爲如地是身非身爲如火是身非命爲如風是身非身爲如水是身非有四大爲家是身爲空無我無性無命無人是身無我我者轉離是身如束薪筋纏而立是身非眞但巧風合是身爲荒不淨腐積是身爲虛僞而復速朽爲磨滅法是身爲災一增百病是身老爲怨以老苦擾是身爲窮道爲要當死諸仁者此可患猒當發清淨不婬之行如佛法身吾等當學佛法身者從福祐生佛身者從智生從戒品定品慧品解品度知見品生從慈悲喜護生從布施調意自損生從忍辱仁愛柔和生從强行精進功德生從禪解定意正受生從智度無極聞德生從善權方便智謀生從一切諸度無極生從三十七道品生從神通生從止觀生從十力生從四無所畏生從佛十八法生從斷一切惡法生從一切善法合會生從諦生從誠生從不可計清淨行爲成如來身如是仁者當自勗勉欲除一切病者當發行大道如是維摩詰爲諸問疾者如應説法令無數千人發無上正眞道意

弟子品第三

於是長者維摩詰自念寢疾于牀念佛在心佛亦悅可是長者便告賢者舍利弗汝行詣

維摩詰問疾舍利弗白佛言我不堪任詣彼問疾所以者何憶念我昔常宴坐他樹下時維摩詰來謂我言唯舍利弗不必是坐爲宴坐也賢者坐當如法坐不於三界現身意是爲宴坐不於內意有所作亦不於外作二觀是爲宴坐立於禪不滅意現諸身是爲宴坐於六十二見而不動於三十七品如觀行於生死勞垢而不造在禪行如泥洹若賢者如是坐如是立是爲明曉如來坐法時我世尊聞是法默然止不能加報故我不任詣彼問疾佛告賢者大目揵連汝行詣維摩詰問疾目揵連白佛言我不堪任詣彼問疾所以者何憶念我昔爲諸少年居士說法時維摩詰來謂我言賢者莫爲居家白衣說法如賢者所說欲說法者當爲如法如法者離人垢以不我離染塵不有命爲離生死不處人爲本末斷如滅相不以婬爲無罣礙至不老爲諸作斷以隨食爲離諸損而一切救如空等爲無適莫以無吾爲除吾我以無識心爲離識心以無倫爲無有比以因緣相爲入無等以法情正學正諸情以如事入應無所入億誠信而皆爲立終始不動不動則六無倚不望於衆人當來無作空爲正止無相爲惟行無願爲離淵不自舉不自容爲離起分而無家眼耳鼻口身心以過無所作亦不無心作心得無智爲離衆行法賢者爲若此何說爲說法法說者爲等句聞者當等聞說不如等句彼爲非說爲非聞爲未出譬如幻士爲幻人說法當建是意以爲說法隨人本德所應當善見爲現智以大悲不癡忘爲成大乘於佛

有返復內性清淨不斷三寶樂以是說法說是法時世尊八千居士發無上正眞道意我無此辯是故我不任詣彼問疾佛告賢者大迦葉汝行詣維摩詰問疾迦葉白佛言我不堪任詣彼問疾所以者何憶念我昔於貧聚而行乞時維摩詰來謂我言如賢者有大哀捨大姓從貧乞當知以等法施普施於所行以能不食哀故從乞如不以言若作空聚所入聚中欲度男女所入城邑知其種姓輙詣劣家所行乞於諸法無所受若見色如盲等所聞聲如響等所齅香如風等所食味不以識得細滑無更樂於識法如幻如今者年已過八邪八解正受以正定越邪定以是所乞敬一切人亦以奉敬諸佛賢聖然後自食如是食者爲非衆勞亦非無勞不有定意亦無所立不在生死不住滅度如賢者食所乞與者爲非無福亦非大福爲非耗減亦非長益是爲正依佛道不依弟子之道賢者如是爲不以癡妄食國中施時我世尊聞其說是至未曾有一切菩薩當爲作禮斯有家名乃以此辯勸發道意吾從是來希復立人爲弟子緣一覺行姧事勸人學無上正眞道故我不任詣彼問疾佛告長老須菩提汝行詣維摩詰問疾須菩提白佛言我不堪任詣彼問疾所以者何憶念我昔入其舍欲乞食維摩詰取我鉢盛滿飯謂我言設使賢者於食等者諸法得等諸法等者得衆施等如是行乞爲可取彼若賢者不絕婬怒癡亦不與俱一切常若不知已身已得一行爲非不明非趣有愛非得明度亦非極罪正解已解不解不縛

不四諦見非不見諦不得道不凡人不凡法語不爲眞非不眞一切無法行離法之想不見佛不聞法是亦有師不蘭迦葉摩訶離瞿耶婁阿夷基耶今離波休迦旃先比盧持尼揵子等又賢者彼師說倚爲道從是師者爲作諸見爲墮邊際不及佛處爲歸八難爲在衆勞不信之垢不得離生死之道然其於衆人亦爲他人想若賢者爲他人想如彼者則非祐除也其施賢者爲逮衆魔共一手作衆勞侶也於一切人如影想者其作如謗諸佛毀諸經不依衆終不得滅度矣當以如是行取乞耶時我世尊得此惘然不識是何言當何說便置鉢出其舍維摩詰言唯須菩提取鉢勿懼云何賢者如來以想而言說乎何爲以懼我言不也維摩詰言想爲幻而自然賢者不曰一切法一切人皆自然乎至於智者不以眼著故無所懼悉捨文字於字爲解脱解脱相者則諸法也當其世尊說是語時二百天人得法眼淨故我不任詣彼問疾佛告邠耨文陀尼子汝行詣維摩詰問疾邠耨白佛言我不堪任詣彼問疾所以者何憶念我昔在他方大樹下爲阿夷恬行比丘說死畏之法時維摩詰來謂我言欲何置此人何以教此比丘無乃反戾此摩尼之心是以爲下正行又不當以不視人根而說其意也當取使無瘡莫便內坏於竃在大生死可使入迹莫専道以自守之正又此賢者諸比丘在大道以有決如何忘其道意而發起以弟子行乎是時維摩詰即如其像三昧正受念是比丘宿命已於五百佛立德本在無上正眞道

已分布因其道意而爲解說即時諸比丘稽首禮維摩詰足以爲說如是法皆得不退轉自從是來我念弟子未觀察人者不可爲說法所以者何不能常定意根原知本本德如佛世尊故我不任詣彼問疾佛告長老迦旃延汝行詣維摩詰問疾迦旃延白佛言我不堪任詣彼問疾所以者何憶念昔者佛爲兩比丘粗現軌迹以便入室吾於後爲其說經中要言無常之義苦義空義非身之義時維摩詰來謂我言唯迦旃延無以待行有起之義爲說法也若賢者都不生不憎生不起不滅是爲無常義五陰空無所起以知是是苦義於我不我而不二是非身義不然不滅爲都滅始終滅是爲空義彼說是時其比丘本漏意解故我不任詣彼問疾佛告長老阿那律汝行詣維摩詰問疾阿那律白佛言我不堪任詣彼問疾所以者何憶念我昔於他處經行見有梵天名淨復淨與千梵俱來詣我稽首作禮問我言幾何阿那律天眼所見我答言仁者吾視三千大千佛國如於掌中觀寶冠耳時維摩詰來謂我言云何賢者眼爲受身相耶無受相也假使有受身相則與外五通等若無受相無受相者無計數則不有見我時默然彼諸梵聞其言至未嘗有即爲作禮而問言世孰復有天眼維摩詰言有佛世尊常在三昧禪志不戲悉見諸佛國不自稱說於是衆中五百梵具足發無上正眞道意已皆忽然不現故我不任詣彼問疾佛告長老優波離汝行詣維摩詰問疾優波離白佛言我不堪任詣彼問疾所以者何憶念昔

者有兩比丘未踐迹以爲恥將詣如來過問
我言吾賢者未踐迹誠以爲恥欲往見佛願
賢者解其意吾則爲之現說法語時維摩詰
來謂我言唯優波離莫釋以所誨而詭其行
也又賢者未踐迹者不內往不外計亦不從
兩間得所以者何此本爲如來意欲爲勞人
執榮惡意以解意得依者亦不內不外不從
兩間得如其意然未迹亦然諸法亦然轉者
亦然如優波離意之淨以意淨意爲解寧可
復汙復使淨耶我言不也維摩詰言如性淨
與未迹一切諸法一切人意從思有垢以淨
觀垢無倒與淨亦我垢等穢濁與淨性淨性
與起分一無所作又一切法可知見者如水
月形一切諸法從意生形其知此者是爲奉
律其知此者是爲善解於是兩比丘言上智

哉是優波離所不及也持佛上律而不能說
我答言自捨如來未有弟子及菩薩辯才析
疑如是聰明者也兩比丘疑解便發無上正
真道意復言曰令一切人得辯才之利皆如
是故我不任詣彼問疾佛告賢者羅云汝行
詣維摩詰問疾羅云白佛言我不堪任詣彼
問疾所以者何憶念昔時諸長者子來禮我
足問我言羅云汝佛之子捨轉輪王出家爲
道其出家者有何榮冀我即爲如事說沙門
之榮冀時維摩詰來謂我言羅云說沙門之
榮冀不當如賢者所說所以者何匪榮匪冀
故爲沙門爲道者羅云離此彼中迹於泥洹
受諸明智招諸聖賢降伏衆魔入五道淨五
眼受五力立五根度彼岸化異學爲正導拯
淤泥爲無我無彼受無起隨順絕諸忿亂降

已志護彼意滅種姓開大學爲是故作沙門當教是諸童子此自然法佛興難值諸童子言居士我聞佛不教人違親爲道維摩詰言然當觀清淨發菩薩意已應行者可得去家堅固之志即時三十二長者子皆發無上正眞道意故我不任詣彼問疾佛告賢者阿難汝行詣維摩詰問疾阿難白佛言我不堪任詣彼問疾所以者何憶念昔時世尊身少中風當用牛湩我時晨朝入維耶離至大姓梵志門下住時維摩詰來謂我言賢者阿難何爲晨朝持鉢住此我言居士佛身少中風當用牛湩故我來到此維摩詰言止止唯阿難莫作是語如來身者金剛之數衆惡已斷諸善普會當有何病默往阿難勿謗如來愼莫復語無使人尊神妙之天得聞此也他方佛國諸會菩薩具得聞焉且夫阿難轉輪聖王用本德故尚得自在豈況一切施德於人而爲如來至眞等正覺無量福會普勝者哉行矣阿難勿爲羞恥莫使外道異學聞此麤言何名我師自疾不能救安能救諸疾人所欲疾行莫復宣言當知阿難如來法身非思欲身佛爲世尊過諸世間佛身無漏諸漏已盡佛身無數衆行已除其病有以時我世尊大自慙懼得無近佛而過聽即聞空中聲曰是阿難如居士言但爲佛興於五濁之世故以是像開解一切貪貧之行便行阿難取湩莫慙故我不任詣彼問疾如是上首五百弟子皆說本所作一切向佛稱述維摩詰之美言

菩薩品第四

於是佛告彌勒菩薩汝行詣維摩詰問疾彌

勒白佛言我不堪任詣彼問疾所以者何憶念我昔於兜術天爲諸天人講法語說菩薩大人不退轉地之行時維摩詰來問我言卿彌勒在一生補處世尊所別無上正眞道者爲用何生得彌勒決用過去耶當來耶現在耶過去者生盡未來無對現在無住如佛說冥生比丘曰是生是老是病是死是終是始及未生與當生此兩者非無生也由是論之不從無生得最正覺然則何用記彌勒決從如起耶從如滅耶夫如者不起不滅一切人皆如也一切法亦如也衆聖賢亦如也至於彌勒亦如也所記莂無上正眞道者則一切人爲得決矣所以者何如者不稱爲已亦無他稱說如彌勒成最正覺者一切人民亦當從覺所以者何一切人民當從覺道故如彌勒滅度者一切人民亦當滅度所以者何如來者不捨衆人獨滅度也必當滅度諸凡人故卿彌勒與天人談莫爲非時佛者無往亦無還返若彌勒此諸天人念欲見道則爲穿行道不從身不從正覺亦不從意耶都滅哉佛一切如化無比哉佛一切造業無爲哉佛一切不惑已斷哉佛一切遠離無欲哉佛於諸受盛不雜哉佛都以一智兼樂哉佛衆所恩樂無言哉佛諸著不著住哉佛以法情作普入哉佛自然如也不二哉佛二法以離立哉佛積誠信等哉佛如空等無數哉佛離起分處知彼哉佛衆意行智上哉佛諸入不會不會哉佛近獄勞斷聖師哉佛以無比化將導一切非現名哉佛以諦見無色哉佛淨穢已離順哉佛本性已清明哉佛自然已淨無

受哉佛衆綱已裂不多哉佛諸法等覺無踰哉佛色好已捨妙哉佛所覺甚遠當其世尊說是法時彼諸天衆二百天人皆得不起法忍故我不任詣彼問疾佛告光淨童子汝行詣維摩詰問疾光淨白佛言我不堪任詣彼問疾所以者何憶念我昔出維耶離大城時維摩詰方入城我即爲作禮而問居士所從來答我言吾從道場來我問道場者何所是言道場者無生之心是檢一惡意故淳淑之心是習增上故聖賢之心是往殊勝故道意之心是不忘捨故布施之心是不望報故持戒之心是得願具故忍辱之心是不亂衆人故精進之心是無退意故禪思之心是意行出故智慧之心是慧眼見故慈心則是爲等意故悲心則是爲忍苦故喜心則是以法樂人故護心則是爲隨道捨著故神通之心是得六通故惟務之心是無恚怒故滅心則是度人民故四恩之心是合聚人故多聞之心是從受成故不生之心是如自然觀故道品法心是不著數不墮欲故諦心則是諸世間報以不積故緣起之心是以不明不可盡至於老死皆無盡故衆勞之靜是佛從是最正覺故衆生之心是以人物自然故諸法之心是從空最正覺故伏諸魔心是以不傾動故三界之場是雖處不墮欲故師子座場是善勝無畏故力無畏場是一切無難故三達之智是無餘罣礙故一意覺場是一切智普具故如是仁者菩薩若應諸度無極如應化人如應受法已得本祠護不墮欲者是爲一切從佛心來立於一切佛法矣當其世尊說是

語時有五百天與人發無上正眞道意故我不任詣彼問疾佛告持人菩薩汝行詣維摩詰問疾持人白佛言我不堪任詣彼問疾所以者何憶念我昔自於室住時天魔波旬從玉女萬二千狀如帝釋鼓樂弦歌來詣我室稽首我足與其眷屬共供養我已於一面住我意是天帝釋讚言來善來鳩夷雖福應有不當自恣一切欲樂當觀非常無強多失當修德本魔言正士受是取是萬二千女可備灑掃我言鳩夷無以此妖蠱之物要我釋迦弟子也此非我儀時維摩詰來謂我言族姓子莫於是起汙意是爲魔來嬈固汝耳非帝釋也維摩詰言波旬以此與我如我應受莫與釋迦弟子魔即恐懼念維摩詰必不助我欲隱形去而不能隱盡現其神了不得去而聞空中聲曰波旬以玉女與之乃可得去魔以畏故強與玉女維摩詰言魔以女與我今汝當發無上正眞道意諸玉女言其以如是從道之教發大道意者當何以自娛樂答言汝等便發無上正眞道意有樂法之樂可以自娛汝等得之不復樂欲樂也即問何謂法樂維摩詰言樂於喜不離佛樂於諦聞法樂常供養衆樂不倚三界樂於三界不嫉樂知欲無常樂觀種爲毒蛇樂隨護道意樂安諸人物樂以禮敬人樂施諸所有樂奉眞人戒樂忍調不忍樂精進力知行德本樂禪善行樂智慧淵樂廣宣佛樂抑制魔樂化塵勞樂佛國淨樂以相好合會教化樂嚴道場樂三脫門樂泥洹道樂入深法不樂非時樂習自然人不樂怒不諦樂習善友樂遠惡友樂於

好喜樂無量道品之法是爲菩薩樂法之樂而以自娱於是波旬謂諸玉女我欲與汝俱還天上曰以我等與此居士樂法之樂我等甚樂非復樂欲樂波旬言可捨居士此諸玉女以其所有施於彼者是爲菩薩維摩詰言我以捨矣汝便將去使一切人遵承法行所願皆得諸玉女即作禮而問言我當云何止於魔天維摩詰言諸姊有天名曰無盡常闓法門當從彼受何謂無盡常開法門者譬如一燈然百千燈冥者皆明明終不盡如是諸妙夫一菩薩以道開導百千菩薩其道意者終不盡耗而復增益於是功德不以導彼彼故而有盡耗是故名曰無盡常開法門也汝等當從受魔界無數天子玉女未有可此道意如汝等者於如來爲有返復法爲一切人說已魔與眷屬皆去維摩詰所感動如是世尊故我不任詣彼問疾佛告長者子善見汝行詣維摩詰問疾善見白佛言我不堪任詣彼問疾所以者何憶念我昔在諸父舍盛祀大祠至于七日時維摩詰來入祀壇謂我言長者子不當祀祠如衆人祠當祀法祠何用是思欲祠爲我問何如爲法之祠祀維摩詰言其爲祠者無本行故敬侍衆人是即法祠爲之柰何謂爲佛事不斷慈爲人事不斷悲爲法事不斷喜爲慧力不斷護爲布施不斷檀戒化人不斷戒知非我不斷忍身意行不斷精進惟道事不斷禪思爲博聞不斷智慧若無施不斷惟空行俗數中不斷無相在所墮生不斷無願護持正法不斷力行以恩會人不斷壽命知人如如不斷謙敬堅其德本

不斷命則爲六思念不斷其念行六堅法不斷學意修正受不斷淨命行好喜不斷習眞斷意不生不斷愚人爲沙門不斷正性善諷受不斷聞德山澤受法不斷閑居念生佛慧不斷宴坐爲一切勞不斷賢者行地嚴飾相及佛國不斷分部福行隨衆人行而爲說法不斷分部智慧斷衆勞厄諸不善法不斷分部一切德本一切知覺一切善法具足不斷以道品正法懷來一切是爲法之祠祀菩薩立法祠者爲得祠祀最偶之福爲世間上當其世尊說是法時梵志衆中二百婆羅門發無上正眞道意我時甚自雅奇得與正士高行者會便解頸百千珠瓔以上之不肯取我言取是如有所悅自可與之維摩詰乃取珠瓔分作兩分仍如祠舍持一分與諸下劣國中貧者復持一分奉彼頭波變如來至眞等正覺并見其衆及國土其國名炎氣皆見珠瓔懸彼佛上變成彼佛珠交露棚既見是化又聞其言如此仁人施者得近如來而上達嚫不以想施貧亦等無若干念有大悲意不望其報惠此法祠爲具足巳國中貧人見是變化聞彼佛語皆發無上正眞道意故我不任詣彼問疾如是一切菩薩等各稱其所說不任詣彼

維摩詰經卷上

音釋

塹 七豔切坑也遶城水也
軛 音厄謂煩惱苦軛也
闚 去規切闚音菩薩名也
濡首 濡音軟濡首文殊別名也
揵沓惒 梵語也亦名乾闥婆此云香陰揵巨言切沓逵合切惒音和
羅隣那竭 梵語也此云寶事
閱叉 梵語也亦云藥叉此云勇健閱音悅
蚑 渠覊切蟲行貌
喘 昌兗切口呼吸之

氣疾也

不肖　肖私妙切似也庸妄之人謂之不肖

諧耦　諧胡皆切和也耦五口切合也

勗　吁玉切勉也

適莫　適音的意所必從曰適莫末各切不可也

惘　文紡切惘然失志貌

邠耨文陀尼子　梵語也此云滿見子邠音賓耨奴冓切

內坏　內奴合切入也坏普杯切未燒瓦器曰坏

析　音昔分析也

湩　覩勇切乳汁也

妖蠱　妖於喬切豔也蠱以者切媚也妖蠱謂以豔冶之態妖媚人也

阨　於革切苦阨也

頭波變　梵語也此云固受

棚　薄庚切棚閣也

達嚫　梵語也此云財施嚫初覲切

維摩詰經卷中

吳月氏國優婆塞支謙第二譯

諸法言品第五

佛復告文殊師利汝詣維摩詰問疾文殊師利白佛言世尊彼維摩詰雖優婆塞入深法要其德至淳以辯才立智不可稱一切菩薩法式悉聞諸佛藏處無不得入進御衆魔降之以德務行權慧非徒戲食然猶復求依佛住者欲於其中開度十方於是衆菩薩大弟子釋梵四天王皆念今得文殊師利與維摩詰二人共談不亦具足大道說哉即時八千菩薩五百弟子百千天人同意欲行於是文殊師利與諸菩薩大弟子及諸天人眷屬圍遶俱入維耶離大城長者維摩詰心念今文殊師利與大衆俱來吾將立空室合坐爲一座以疾而卧文殊師利既入其舍見其室空除去所有更寢一牀維摩詰言勞乎文殊師利不面在昔辱來相見文殊師利言如何居士忍斯種作疾寧有損不至增乎世尊慇懃致問無量與起輕利遊步强耶居士是病何所正立其生久如當何時滅維摩詰言是生久矣從癡有愛則我病生用一切人病是故我病若一切人得不病者則我病滅所以者何欲建立衆人故菩薩入生死爲之病使一切人皆得離病則菩薩無復病譬如長者有一子得病以其病故父母諸父爲之生疾其子病愈父母亦愈菩薩如是於一切人愛之若子彼人病我則病彼不病則不病又言菩薩病何所立菩薩病者以大悲立文殊師利言何以空無供養維摩詰言諸佛土與此舍

皆空如空又問何謂爲空答曰空於空又問空何爲空答曰空無思是爲空空又問空復誰爲答曰思想者也彼亦爲空又問空者當於何求答曰空者當於六十二見中求又問六十二見當於何求答曰當於如來解脫中求又問如來解脫者當於何求答曰當於衆人意行中求又仁所問何無供養一切衆魔皆是吾養彼諸轉者亦吾養也所以者何魔行者受生死生死者則菩薩養彼轉者受諸見菩薩於諸見不傾動文殊師利言居士所疾爲何等類答曰仁者我病不現不可見又問云何是病與身合意合乎答曰我病身合者身爲地意合者意爲幻法又問四種地種水種火種風種何等種病答曰是種者一切人所習也云何文殊師利菩薩觀諸疾意又以何習於有疾菩薩文殊師利言於非常身不以泥洹常現不婬在身有苦不以泥洹安而喜之現於非身爲衆人導身之空寂不以永寂爲現本作恒悲彼疾不自計疾以識宿命導利人物而無所惑念善本修淨命不望彼常精進爲醫王滅衆病是爲菩薩能與疾者相習文殊師利又問何謂菩薩有疾其意不亂維摩詰言菩薩疾者意知是前未近之罪住欲處故是病皆爲不誠之思在衆勞故又問疾者自於其法都不可得所以者何如是病者但倚四大又此諸大爲都無主是所倚亦無我是病無我專著兩無專著得病本者必知精進無我人想爲起法相身爲法數法起則起法滅則滅法轉轉不相念不相知起者不言我起滅者不言我滅知法想者將

養其意而無所作若以法想受報大止已離病者我不爲是何謂斷病謂我作非我作悉斷何謂是我作非我作斷謂已自無欲何謂已自無欲謂内無習行何謂内無習行謂等不動不可動何謂爲等謂我等泥洹等所以者何此二皆空何名爲空所言爲空二者如是凡聖道成皆從平等病亦不異何謂所受亦空謂已曉了不覺諸痛不盡於痛以取證際如是二者爲諸痛長一切惡道以意近一切人與大悲哀吾爲衆人作自省法觀以除其病而不除法亦不除其本病所生知其根本而爲說法何謂爲本謂始未然未熾然者則病之本何謂不然於三界而不然其不然何用知謂止心止心者以不得也非不然也何以不得二見不得謂内見外見是無所得

此文殊師利爲疾菩薩其意不亂雖有老死菩薩覺之若不如是已所修治爲無慧利譬如勝怨乃可爲勇如是兼除老死苦者菩薩之謂也菩薩若病當作是觀如我此病非眞非有亦是衆人非眞非有已觀如是不隨妄見以興大悲彼必來者爲斷其勞以合道意爲彼大悲所以者何菩薩墮妄見其大悲者有數出生不墮妄見大悲菩薩不以數生彼生爲脱爲脱所墮爲脱出生爲脱受身能爲彼人說佛說法是其誓也如佛言曰其自安身不解彼縛不得是處而自安身又解彼縛斯得是處故曰已脱菩薩其行不縛何謂縛何謂解菩薩禪定以縛諸我以道縛我縛者菩薩以善權生五道解彼受菩薩無權執智縛行權執智解智不執權縛智而執權解彼

何謂無權執智縛謂以空無相不願之法生不治相及佛國以化人是無權執智之縛也何謂行權執智解謂修相及佛國開化人而曉空無相不願之法生是行權執智之解也何謂智不執權縛謂以見行勞望受立修行一切德善之本是智不執權之縛也何謂智而執權解謂斷諸見行勞望之受以殖衆德之本而分布此道智而執權之解也彼有疾菩薩以如是解此法設身有病觀其無常爲苦爲空爲非身是爲智慧又身所受不以斷惡生死善利人民心合乎道是爲權行又若身病知異同意彼過非新則觀其故是爲智慧假使身病不以都滅所當起者是爲權行是文殊師利爲疾菩薩其意不亂亦不高住所以者何若高住者是愚人法以卑住者是弟子法故菩薩住不高不卑於其中無所處是菩薩行不凡夫行不賢夫行是菩薩行在生死行不爲汙行是菩薩行觀泥洹行不永泥洹是菩薩行行於四魔過諸魔行是菩薩行博學慧行無不知時之行是菩薩行於四諦行不以諦知行是菩薩行觀無生行不謂難至是菩薩行在緣起行於諸見而無欲是菩薩行在諸人衆無勞望行是菩薩行在閑居行不盡身意是菩薩行於三界行不壞法性是菩薩行爲空無行一切衆事清德皆行是菩薩行行六度無極爲衆人意行而度無極是菩薩行行六神通不盡漏行是菩薩行受道之行不興小道是菩薩行以止觀知魔行不滅迹行是菩薩行弟子緣一覺所不應不現行不爲毁佛法行是菩薩行説是語時

八千天人發無上正眞道意文殊師利童子甚悅賢者舍利弗心念無牀坐是菩薩大弟子當於何坐維摩詰知其意即謂言云何賢者爲法來耶求牀坐也舍利弗言居士我爲法來非利所安維摩詰言唯賢者其利法者不貪軀命何況牀座唯舍利弗夫利法者非有色痛想行識求非有陰種諸入之求非有欲色無色之求唯舍利弗夫求法者不著佛求不著法求不著衆求又舍利弗夫利法者無知苦求無斷集求無造盡證惟道之求所以者何法無放逸有放逸法當知苦集當爲盡證以惟致道斯求法者無放逸之求法也舍利弗無有塵離婬塵其染汙者即爲在邊斯求法者無婬樂之求法也舍利弗無有疆界在疆界者則有分數斯求法者無疆界之求也法無不淨在不淨者於法有取有放斯求法者無取放之求也法無巢窟有法者則爲有窟斯求法者無窟倚之求也法無有想在占想者則爲堅識斯求法者無占想之求也法無有漏在流法者爲一切近斯求法者無一切之求也法無見聞無念無知於法有見聞念知者則爲已別斯求法者爲無見聞之求也是故舍利弗求法者一切法唯無求也說是語時五百天人諸法法眼生

不思議品第六

於是維摩詰問文殊師利仁者遊於無量無數佛國億百那術何等佛土爲一切持一切有好師子之座文殊師利言有族姓子東方去此佛國度如三十六恒沙等刹其世界名須彌旛其佛號須彌燈王如來至眞等正覺

今現在其佛身八萬四千由延佛師子座六萬八千由延其菩薩身四萬二千由延須彌旛國有八百四十萬師子之座彼國如來爲一切持其師子座爲一切嚴於是維摩詰則如其像三昧正受現神足應時彼佛須彌燈王如來遣三萬二千師子座高廣淨好昔所希見一切弟子菩薩諸天釋梵四天王來入維摩詰舍見其室極廣大悉包容三萬二千師子座所立處不迫迮於維耶離城無所罣礙於佛所止及四天處無所罣礙悉見如故若前不減維摩詰言文殊師利就師子座與諸菩薩上人俱坐當自立身如彼座像其得神通菩薩即自變形爲四萬二千由延坐師子座其邊菩薩大弟子皆不能昇維摩詰言唯舍利弗就師子座舍利弗言族姓子此座爲高廣吾不能昇維摩詰言賢者爲須彌燈王如來作禮然後可坐於是邊菩薩大弟子即爲須彌燈王如來作禮便得坐師子座舍利弗言未曾有也族姓子如是小室乃容受此高廣之座於維耶離城無所罣礙於佛所止及四天處無所罣礙於諸國邑天龍神宮亦無所罣礙維摩詰言唯然舍利弗諸如來諸菩薩有入不思議門得知此門者以須彌之高廣入芥子中無所增減因現儀式使四天王與忉利天不知誰內我著此而異人者見須彌入芥子是爲入不思議彊界之門也又舍利弗立不思議門菩薩者以四大海水入一毛孔不嬈魚鼈黿鼉水性之屬不使龍鬼神阿須倫迦留羅知我何入因斯儀式其於衆生無所嬈害又舍利弗於是三千世界

如佛所斷以右掌排置恒沙佛國而人不知誰安我往又引還復故處都不使人有往來想因而現儀又舍利弗有無量人生死奉律立不思議門菩薩者為奉律人現七夜為劫壽人信知謂劫過不知是七夜也又舍利弗立不思議門菩薩者現諸剎好以為一剎立一切人置其右掌順化其意與遊諸剎令如日現不震一國從是禮事十方諸佛又令一切人從一毛孔見十方諸日月星像十方陰冥皆隨入門既無所害又使佛國所有不減一切曠然各得修行又能蹶取下方恒沙等剎舉置殊異無數佛土若接頹坑安措陸地又立不思議門菩薩者為一切人故如佛像色貌立以立之如緣一覺像色貌立以立之如弟子像色貌立以立之或如釋如梵如轉輪王像色貌立以立之隨十方語言音聲上中下之所願一切以佛柔輭音響而誘立之為出佛語無常苦空非身之聲以如事說諸佛法言出是輩聲於是耆年大迦葉聞說菩薩不思議門謂舍利弗言譬如賢者於凡人前現衆名香非彼所見則不能知為若此也今諸弟子聞是語者可一時見不思議作其誰聞此不思議門不發無上正真道者於此賢者吾等何為永絕其根於此大乘已如敗種一切弟子聞是說者當以悲泣曉喻一切三千世界其諸菩薩可悅豫喜如是說當頂受若曉了不思議門者一切魔衆無如之何大迦葉說是語時三萬二千天人皆發無上正真道意維摩詰報大迦葉言唯然賢者十方無量無央數魔魔恠賢者悉行恐怖立不

思議門菩薩者常解度人魔之所爲十方無量或從菩薩求索手足耳鼻頭眼髓腦血肉肌體妻子男女眷屬及求國城墟聚財穀金銀明月珠玉珊瑚珍寶衣裘飲食一切所有皆從求索立不思議門菩薩者能以善權爲諸菩薩方便示現堅固其性所以者何菩薩者當上及不可使凡民逼迫之也譬如迦葉龍象蹴蹋非驢所堪爲若此也其餘菩薩莫能爲菩薩忍逼由如此立不思議門菩薩入權慧力者也

觀人物品第七

於是文殊師利問維摩詰言菩薩何以觀察人物答曰譬如幻者見幻事相菩薩觀人物爲若此譬如達士見水中月菩薩觀人物爲若此譬如明鏡見其面像菩薩觀人物爲若此取要言之如熱時之焰如呼聲之響如空中之霧如地水火風空如諸情同等如無像之像如眞人斷三垢如溝港見自身如如來諸所有如所見諸色像如得盡定無身不身如空中之鳥無跡如蟲蚤之根自然如夢所見已寤如未生塵如眞人現菩薩觀人物爲若此也文殊師利曰如是觀者何以行慈答曰如是觀人人物爲幻知法亦然而爲說法以慈修止止而慈者爲無所起行不燒慈以無瑕穢行等之慈等于三塗行無諍慈無所止處行不二慈内外無習行不怒慈爲都成就行牢强慈强若金剛莫能沮壞行清白慈内性已淨行平等慈平若虛空行如來慈如本隨覺行佛之慈覺諸凡人行自然慈以自覺正行道之慈同其所味行無比慈能却衆

惡行大悲慈導以大乘行不視慈其視如空行布施慈無所遺忘行戒以慈與惡戒眼行忍以慈彼我皆護行精進慈荷負衆人行一心慈思所當念行智慧慈而以知時行善權慈一切現聞行不諂慈意淨無求行不飾慈心無所著行不我慈無復惡意行安慰慈至于得佛爲立大安菩薩之慈爲若此也文殊師利又問何謂爲悲曰所造德本修辯爲人何謂爲喜曰所以施衆而無悔何謂爲護曰兼利之又問生死爲畏菩薩何以御之曰生死畏者菩薩以聖大之意爲之作御又問欲建聖大當何所立曰建聖大者必等一切而度衆生又問欲度衆生當何除解曰度衆生者解其勞塵又問既解勞塵當復何應曰已解勞塵當應自然又問何所施行而應自然曰不起不滅是應自然又問何等不起何等不滅曰不善不起善者不滅又問善不善孰爲本曰善不善身爲本又問身孰爲本曰欲貪爲本又問欲貪孰爲本曰不誠之雜爲本又問不誠之雜孰爲本曰不住爲本如是仁者不住之本無所爲本從不住本立一切法

於是有天在其室止聞上人言現其天身即以天華散諸菩薩大弟子上華至諸菩薩即如應若持至大弟子即著不墮一切弟子神足舉華使不墮落天問舍利弗何故舉華曰不如應是以舉之天曰不然此華如應何爲賢者謂之不應又如此華無應不應賢者自爲應不應耳觀諸大人華不著身者以一切棄應不應也譬如丈夫畏時非人得其便弟子畏生死故色聲香味細滑得其便已離畏

者一切五樂無能爲也止處未斷華著身耳止處斷者華不著也舍利弗言天止此室其已久如曰至於此久如耆年解脱又問止此久耶曰耆年解脱亦何如久舍利弗默而不答天曰如何耆舊大智而默曰眞解者無所言取故吾於是不知所云天曰若耆年案文言之則一切如文解脱相何則解脱者不内不外不從兩間得而文字亦無内外兩間之得是故賢者無以文字説解脱也所以者何一切諸法皆從等解曰不復以不欲婬怒癡而解乎天曰甚慢者不用是説解如不樂慢婬怒癡者乃以是解舍利弗言善哉善哉天汝奚得以何爲證辯乃如是曰不我得不爲證故辯如是若有得有證則於自然法律爲甚慢矣舍利弗問天汝於三乘爲何志求天

曰弟子行者乘弟子法緣一覺行眼見道意求大乘者自行大悲如入栴檀林者唯嗅栴檀不嗅他香如是賢者在佛德香之室者不樂弟子緣一覺香若天龍神釋梵四天王得入此室聞斯正士講説法者皆樂佛美德香終不起欲樂香也昔者菩薩發意出家十有二年吾止此室不聞弟子緣一覺之雜言但聞殊異菩薩雜語大慈大悲不可思議佛法積要又舍利弗此室有八未曾有自然之法以現正化何謂八此室晝夜照以智慧覩佛金光不以日月所照爲樂是爲一未曾有此室入者在中而止一切無復婬怒癡垢是爲二未曾有此室恒有釋梵四天王異刹菩薩來會不休是爲三未曾有此室常聞講説道化六度無極不退之輪法語不廢是爲四未

曾有此室天人恒歌正樂絃出無量法化之聲是爲五未曾有此室其中有四大藏衆寶積滿周窮濟乏求得無盡是爲六未曾有此室釋迦文阿閦佛寶首樂忻寶月寶淨無量固受師子響慧作斯彼諸如來等是正士念時說時彼佛即爲來來說佛行無不悅懌是爲七未曾有此室清淨常見諸天名好宮室及一切佛嚴淨之土是爲八未曾有自然之法如是賢者此常見正誰已見此當復捨學弟子法乎舍利弗問天汝何以不轉女人身天曰滿十二歲始以女人形求而得之夫女人相猶幻事也故女人爲幻觀世如類而云何以轉女人身舍利弗言觀諸有身皆無所成如是賢者一切諸法亦無所成奚爲復問何轉女身於是其天即以神足立舍利弗令如天像天自化身如舍利弗既現化而問曰云何賢者轉爲此女像舍利弗以天女像而答曰不識吾何以轉成此女像也天曰賢者若能轉此女像則衆女人身可轉若其不女于女身亦不見者則衆女人雖女身爲非女非見也又如佛言一切諸法非女非男即時舍利弗身復如故天曰賢者何緣作此女相曰吾不作非不作天曰如是賢者諸法亦非作非不作夫不作非不作者佛所說也舍利弗問天汝沒此當於何生天曰佛化所生吾如彼生曰如佛化生非沒生也天曰衆生猶然亦不見其沒生者也曰天久如能成無上正真道最正覺乎曰久猶凡民之普得法乃吾成最正覺曰云凡民之普得法者無乃非處乎天曰其爲無上最正覺者非有處也所

以者何佛無所立故曰無所於最正覺者舍利弗言今諸佛最正覺及其已正覺與當正覺者如江河沙皆謂何乎曰此以文數爲讀者耳非謂道有去來今也夫三塗等且如賢者得道云何曰所得者爲不惑耳天曰如是賢者吾成佛者亦以爲彼未正覺故爾時維摩詰謂賢者舍利弗言是天已奉事九十二億佛神通之智昔已解了所願普具法忍已得已不退轉願行如言所欲能現

如來種品第八

文殊師利問曰何謂族姓子菩薩所至到處興有佛法維摩詰言其來往周旋有智慧與有佛法菩薩來往爲之奈何其至五無間處能使無諍怒至地獄處能使除冥塵至於畜生處則爲除闇昧能使無慢求入餓鬼道一切以福隨次合會至無智處不與同歸能使知道在怒害處爲現仁意不害衆生在憍慢處爲現橋梁合聚度人在塵勞處爲現都淨無有勞穢如在魔道則能使其覺知所緣在弟子道所未聞法令人得聞在緣一覺道能行大悲坐而化人入貧窶中則爲施以無盡之財入鄙陋中爲以威相嚴其種姓入異學中則使世間一切依附遍入諸道一切能爲解說正要至泥洹道度脫生死如無絕已是爲菩薩來往周旋所入諸道能有佛法於是維摩詰又問文殊師利何等爲如來種答曰有身爲種不明與恩愛爲種婬怒癡爲種四顛倒爲種五蓋爲種六入爲種七識住爲種八邪道爲種九惱爲種十惡爲種是爲佛種曰何謂也文殊師利言夫虛無無數不能出

現住發無上正眞道意在塵勞事未見諦者乃能發斯大道意耳譬如族姓子高原陸土不生青蓮芙蓉蕖華卑濕洿田乃生此華如是不從空無數出生佛法塵勞之中乃得衆生而起道意以有道意則生佛法從自見身積若須彌乃能兼見而起道意故生佛法依如是要可知一切塵勞之儔爲如來種又譬如人不下巨海能舉夜光寶耶如不入塵勞事者豈其能發一切智意賢者大迦葉言善哉善哉文殊師利快說此言誠如之意塵勞之儔爲如來種矣但身見能發無上正眞道乎雖以五無間具猶能發斯大道意而具佛法矣已得羅漢爲應眞者終不能復起道意而具佛法也如根敗之士其於五樂不能復利如是弟子雜行已斷其於佛法不樂不利無復志願是以凡夫於佛法爲有反復如弟子無有所以者何凡夫聞佛法能起大道不斷三寶使夫弟子終身聞佛法力無所畏非復有意起大道也於是衆中有坐菩薩字衆像見問維摩詰言居士父母妻子奴客執事安在朋友親戚徒隸爲誰群從所有象馬車乘皆何所在爾時長者維摩詰答衆像見而說頌曰

母智度無極　父爲權方便　菩薩由是生
得佛一切現　樂法以爲妻　悲慈爲男女
奉諦以降調　居則思空義　學知一切塵
其生隨所欲　上道爲親友　覺意而不著
我徒勇而果　羣從度無極　四恩當女事
樂以歌道德　總持爲苑囿　覺華甚奇快
厥實度知見　彼樹法林大　八解之浴池

正水滿其淵　淨葉衆如植　浴此無垢塵
驂駕五通馳　大乘難過踰　調御以道意
八道垣忘憂　相具以嚴容　衆好飾其姿
慚愧免行成　華鬘謂不疑　七財貨之大
求者兼與法　得報利弘多　隨布分斯道
守如禪解教　無恚清淨道　以是依諸佛
常勇志不揺　是食甘露者　以解味爲漿
不慢不疑淨　戒品爲塗香　在彼衆塵埃
勇健莫能勝　降伏一切魔　咸使至道場
其於所隨生　都已無惑根　爲現諸刹土
将護度衆塵　供養億如來　奉諸三界将
不我則爲佛　生輙務成養　修治佛土淨
訓化諸羣生　由是得最利　無人人所行
一切民萌類　聲響及衆變　一時能盡現
菩薩樂精進　邪行爲順現　隨欲牽致來

方便度無極　一切示軌儀　爲現勝言教
示身終如死　祐化諸人物　於幻法不殆
現劫盡乾燒　更始生地形　衆人有常想
照令知無常　正使或億千　出之一邑里
能悉爲室舍　安諸施以道　如有禁呪語
嶮谷若干輩　皆爲到彼度　菩薩無所畏
世間衆道術　一切從而學　非以隨疑見
因之解人惑　或作日月天　或爲梵中尊
爲地主以德　爲風神亦然　劫中有疾疫
爲之設醫藥　勤恤護養安　除病消諸毒
劫中設饑饉　則施食與漿　前救彼飢渴
却以法語人　劫中若兵起　已爲作慈利
化之以不諍　兆民得休濟　若於大戰中
則我得巨衆　恒協用和安　菩薩力勢强
至於有獄刑　佛土不可勝　輙至到于彼

趣使衆庶寧　所往方教化　五道遍分明
一切生索現　此爲菩薩生　在欲示饒有
現捨而行禪　能禁制魔首　莫知孰執爲
火中生蓮華　是可謂希有　無比爲大炬
其在欲能爾　有民衆所聚　則爲興農利
導以無貪欲　立之以佛智　求爲世間將
宗長若帝師　輔上而懐下　以此安羣黎
周惠諸貧民　資財無有極　因厥所布施
勸勵起道德　在於憍慢中　示現作力士
消伏諸貢高　使立佛正道　見人有危懼
居前而慰安　既施使無畏　乃化以道真
爲五通仙人　修治梵行事　立衆以淨戒
及忍和順意　以敬養烝民　見者樂精進
所有僮僕奴　教學立其信　隨如方便隨
令人得樂法　欲現一切最　善權必深學
無際行謂此　是以遊無疆　合會無邊慧
說法無有量

不二入品第九

於是維摩詰問衆菩薩曰諸正士所樂菩薩不二入法門者爲何謂也座中有名法作菩薩答曰族姓子起分爲二不起不生則無有二得不起法忍者是不二入首閉菩薩曰吾我爲二如不有二不同像則無吾我以無吾我無所同像者是不二入不眴菩薩曰有受爲二如受則無得無得者不作淵以無作無馳騁者是不二入首立菩薩曰勞生爲二爲勞乘者其於生也弗知弗樂以過衆知而受色欲者是不二入善宿菩薩曰慮知爲二當以不慮不知於諸法念作而行不念作者是不二入善多菩薩曰菩薩意弟子意爲二如

我以等意於所更樂無菩薩意無弟子意與無意同相者是不二入善眼菩薩曰一相不相爲二若都不視不熟視不暫視不作一相亦不暫相於視不視以等視者是不二入奉養菩薩曰善不善爲二於善不善如無所興是謂無想以無想立者而不爲二都於其中而無度者是不二入師子意菩薩曰一切不受爲二當如金剛而無覺知不爲愚行亦不解者是不二入勇意菩薩曰漏不漏爲二如得正法則其意等已得等者終不爲漏不漏想亦不以無想而得不以想受而住者是不二入淨解菩薩曰此有數此無數爲二若離一切數則道與空等意都以解無所著者是不二入人乘菩薩曰是世間是世尊爲二若世間意空於其中不捨不念不依尊上者是

不二入目見菩薩曰盡不盡爲二盡者都盡都盡者不可盡是謂無盡無所盡故曰盡曰盡者無有盡如斯入者是不二入普閉菩薩曰我非我爲二如我之不得非我何可得於我自然而不作者是不二入明天菩薩曰明不明爲二不明滋多是故有明若是不用不計以作等計於其中而平等不以二得要者是不一入愛覲菩薩曰世間空而作之爲二色空不色敗空色之性空如是痛想行識空而作之爲二識空不識敗空識之性空彼於五陰知其性者是不二入光造菩薩曰四種異空種異爲二空種自然四大亦爾本空自然未空自然知此種者是不二入善意菩薩曰眼色爲二其知眼者見色不染不怒不癡是謂清淨如是耳聲鼻香舌味身更心法爲

二其知心者於法不染不怒不癡是謂清淨如此住者是不二入無盡意菩薩曰布施一切智而分布爲二布施而自然一切智亦爾一切智自然布施亦爾如是持戒忍辱精進一心智慧一切智而分布爲二智慧而自然一切智亦爾一切智自然智慧亦爾於其中而一入者是不二入深妙菩薩曰空異無相異無願異爲二如空則無相無相則無願無願者不意不心不識不行其以一向行衆解門者是不二入寂根菩薩曰佛法衆爲二佛性則法法性則衆一切是三寶無有數無數則朴朴則正諸法樂隨此者是不二入不毀根菩薩曰有身與有身盡爲二有身則有盡何則從身生見從見有身是故有身有毀滅雜彼以無雜自然如滅而不迷不惑者是不二入善斷菩薩曰身口心爲二所以者何是身則無爲之相也如身之無爲口相亦無爲如口之無爲心相亦無爲如其心之無爲一切法亦無爲其以無二無三事者是不二入福土菩薩曰福與不福爲與不知爲爲二於福不福如不知爲如不有爲是則無二其於罪福不以知爲如自然相以空知者不是福不非福亦不無知覺如此者是不二入首懷菩薩曰攀緣稱說爲二若其不攀緣則無所不善無非善也如無不善無非善者是不二入月盛菩薩曰闇與明爲二不闇不明乃無有二何則如滅定者無闇無明如諸法相而等入者是不二入寶印手菩薩曰其樂泥洹不樂生死爲二如不樂泥洹不惡生死乃無有二何則在生死縛彼乃求解若都無縛其

誰求解如無縛無解無樂無不樂者是不二入心珠立菩薩曰大道小道爲二依大道者不樂小道亦不習塵無大道相無小道相如知相之士無以行道者是不二入誠樂仰菩薩曰誠不誠爲二誠見者不見誠奚欺僞之能見何則非肉眼所見也以慧眼見乃而見其以如見無見無不見是不二入如是諸菩薩各各説已又問文殊師利何謂菩薩不二入法門者文殊師利曰如彼所言皆各逮行於一切法如無所取無度無得無思無知無見無聞是謂不二入於是文殊師利説已復問維摩詰曰我等各各説已何等是仁者説不二入時維摩詰默然無言時文殊讚曰善哉善哉乃至無文字語言是眞不二入也説此不二入品時衆中五千菩薩皆得入不二法門俱會無生法忍

維摩詰經卷中

音釋

疆界（疆居良切疆界謂土境分畫之處也）蹶（其月切拔也）措（倉故切置也安著也）溝港（梵語須陀洹此云預流預入聖道之法流溝港即預流義也）蚤（子皓切齧人跳蟲也）嗅（許救切以鼻攙氣也）貧窶（窶其矩切貧而無禮曰）洿田（洿汪胡切窊下也）嶮（虚儉切危阻也）

維摩詰經卷下

吳月氏國優婆塞支謙第二譯

香積佛品第十

於是賢者舍利弗心念日時欲過是諸大人當於何食維摩詰知其意而應曰唯然賢者若如來說八解之行豈雜欲食而聞法乎要聞法者當爲先食是時維摩詰即如其像正受三昧上方界分去此刹度如四十二江河沙佛土有佛名香積如來至眞等正覺世界曰衆香一切弟子及諸菩薩皆見其國香氣普熏十方佛國諸天人民比諸佛土其香最勝而彼世界無有弟子緣一覺名彼如來不爲菩薩說法其界一切皆以香作樓閣經行香地苑園皆香菩薩飲食則皆衆香其香周流無量世界時彼佛諸菩薩方坐食有天子學大乘字香淨住而侍焉一切魔衆皆見香積如來與諸菩薩坐食維摩詰問衆菩薩言諸族姓子誰能致彼佛飯皆曰不能即復問文殊師利卿此衆中未悉了乎答曰如佛所言未知當學於是維摩詰不起于座居衆會前化作菩薩光像分明而告之曰汝行從此佛土度如四十二江河沙世界到衆香刹香積佛所往必見食則禮佛足如我辭曰維摩詰言願得世尊所食之餘欲於忍界施作佛事令此懈廢之人得弘大意亦使如來名聲普聞即化菩薩居衆會前上昇上方忽然不現擧衆皆見其去而化菩薩到衆香界禮彼佛足言維摩詰菩薩稽首世尊足下敬問無量與居輕利遊步康强少承福慶願得世尊所食之餘欲於忍界施作佛事令此懈廢之

人得弘大意亦使如來名聲普聞彼諸菩薩皆愕然曰此人奚來何等世界有懈廢之人即以問佛香積報曰下方去此度如四十二江河沙剎得忍世界有佛名釋迦文如來至真等正覺於五濁剎以法解說懈廢之人彼有菩薩名維摩詰說上法語今遣化來稱揚我名彼菩薩曰其人何如乃作是化得力無畏神足若斯佛言甚大一切世界皆遣化往化作佛事以立衆人於是香積如來以滿鉢香飯一切香具與化菩薩時彼九萬菩薩俱發聲言我等欲詣忍土見釋迦文彼佛報言往族姓子賫爾忍香入彼世界無以人故有放逸意自持汝所樂行勿念彼國菩薩不如無得於彼生廢退意而有勞想所以者何佛土虛空諸佛世尊欲度人故爲現其剎耳化菩薩既受飯與諸大人俱承佛聖旨及維摩詰化須臾從彼已來在舍維摩詰即化爲九萬師子牀嚴好如前諸菩薩皆坐訖化菩薩奉佛具足之飯與維摩詰飯香一切熏維耶離及三千大千世界皆有美香時維耶離梵志居士尊者善蓋等聞是香氣皆得未曾有自然之法身意快然具足八萬四千人入維摩詰舍觀其舍中菩薩甚多覩師子座高大嚴好見皆大喜悉禮菩薩諸大弟子却住一面諸香地天人色行天人皆來詣舍維摩詰謂耆年舍利弗諸大弟子言賢者可食如來之飯惟大悲味無有限行以縛意有異弟子念是飯少而此大衆人人當食化菩薩曰四海有竭此飯無盡使衆人食摶若須彌猶不能盡是不可盡所以者何無有盡戒至于定

慧解度知見如來之飯終不可盡於是鉢飯悉飽衆會飯故不盡諸菩薩大弟子天與人食此飯已氣走安身譬如一切安養國中諸菩薩也其香所熏毛孔皆安亦如衆香之國香徹八難於是維摩詰問衆香菩薩言諸族姓子香積如來云何說法彼菩薩曰我土如來無文字說但以其香而諸菩薩自入律行菩薩各各坐香樹下其香皆熏一切同等悉得一切香德之定堪任得定菩薩一切行無所著彼諸菩薩問維摩詰今世尊釋迦文云何現法維摩詰曰此土人民剛强難化故佛爲說剛强之語是趣地獄是趣畜生鬼神之道是爲由身由言由意惡行之報至于不善惡行滋多故爲之說若干法要以化其麤獷之意譬如象馬龍惵不調著之羇靽加諸杖痛然後調良如是難化譸張之人爲以一切苦諫之言乃得入律彼菩薩曰未曾有如世尊釋迦文乃忍以聖大之意解貧貪之人及其菩薩亦能勞謙止斯佛土甚可奇也維摩詰曰如卿等言此土菩薩於五罰世以大悲利人民多於彼國百千劫行諸族姓子此忍世界有十德之法爲清淨彼土無有何等十以布施攝貧窮以敬戒攝無禮以忍辱攝强暴以精進攝懈怠以一心攝亂意以智慧攝惡智以悔過度八難以大乘樂徧行以種德本濟無德者以合聚度人民是爲十德而以發意取彼彼菩薩曰爲以幾法行無瘡疣從此忍界到他佛土維摩詰曰有八法行菩薩爲無瘡疣從此忍界到他佛土何等八爲衆設恥避亂羞望爲一切人任苦忍諍爲諸善

本以救衆生爲不距衆人而愛敬菩薩所未聞經悉聽不亂不嫉彼供不謀自利常省己過不訟彼短自檢第一以學衆經是爲八當此維摩詰與衆會及文殊師利說法時滿百千人發無上正眞道意十千菩薩逮得法忍

菩薩行品第十一

是時佛說法於柰氏之園其場忽然廣博嚴事一切衆會皆見金色賢者阿難問言世尊是爲誰先瑞應而此場地廣博嚴事一切衆會皆見金色佛告阿難是維摩詰文殊師利大衆欲來故先爲此瑞應於是維摩詰報文殊師利吾欲詣如來此諸大人可共見佛禮事供養文殊師利言善哉行矣宜知是時維摩詰即如其像而爲神足使一切衆立其右掌并諸師子座共行詣佛既到諸菩薩皆避座而下稽首佛足遷住一面諸大弟子釋梵四天王稽首佛足皆住一面於是世尊問訊諸菩薩使各復坐即悉受教衆坐已定佛語賢者舍利弗言汝已見菩薩大士之所爲乎對曰唯然已見佛言以何等相而知其轉對曰其轉不可念知非意所圖非度所測我覩其爲不可思議也阿難問佛今所聞香自昔未有是爲何等香佛言是彼菩薩身毛孔之香也舍利弗告賢者阿難我等一切諸毛孔亦得是香阿難言此所從出曰是維摩詰從香積佛取飯於舍食者一切毛孔皆香若此阿難復問是香氣轉能久如維摩詰答言至此飯消曰此飯者幾時而消答曰此飯住止至七日七夜後乃消化而隨所語若弟子行者服食此飯不得道終不消其食此飯而中

止者則不消也新行大道而服食此不得法忍則亦不消若得法忍而食此飯至一生補處其飯乃消譬如阿難阿昬陀藥其香徧一室皆作蜜香氣悉消衆毒藥氣乃歇此飯如是未乎即消至諸垢毒一切除盡飯氣乃消阿難曰彼以佛事作此飯耶佛言如是如是阿難或有佛土以光明作佛事或有佛土以菩薩作佛事有以如來色相名號現作佛事有以衣食苑園棚閣而作佛事有以示現神通變化而作佛事有以虛淨空無寂寞爲作佛事而使達士得入律行有以影響夢幻水月野馬曉喻文說而作佛事有以清淨無身無得無言無取而爲衆人作佛事若此阿難不有是義及諸所有亦不爲人作佛事也以此四魔八十四垢百千種人爲之疲勞是故諸佛爲作佛事故此阿難名爲佛法隨所入之法門菩薩入此門者若得一切好大佛土不以喜悅得不好土如亦不避其近如來即益起敬妙哉一切佛法以等度人而佛土不同譬如有佛土其地若干道所覆蓋不若干也如是阿難有諸如來爲若干像其無礙慧不若干也正等阿難如來身色威相性大戒定慧解度知見事力無畏及佛法慈悲護安受行壽量說法度人是故名爲等正覺名爲如來名爲佛此三句者其義甚廣使吾以劫之壽未能周竟三千大千申暢其義以知衆生之意上智多聞得念總持爲一切人說是三句之義窮劫未能竟此爲等正覺爲如來爲佛者也是故阿難佛道無量如來智辯不可思議阿難白佛願今而後無稱我爲上智

多聞佛言阿難汝起疲猒之意於弟子中為
最多聞比諸菩薩未有見焉菩薩志願所作
弘多一切海淵尚可測量菩薩智慧諸持定
念種種所得不可稱度阿難汝且觀菩薩行
是維摩詰一時所現德善之本彼諸弟子緣
一覺者一切變化於百千劫所不能現也於
是衆香世界菩薩來者皆叉手言如來名等
吾甚思念無有遺忘於此佛土終不起想又
如世尊諸佛權道不可思議以度人故為隨
所欲而現佛土之好願佛贈我以佛之法遺
還於彼土當念如來佛告諸菩薩言有盡不
盡門汝等當學何謂為盡謂其有數何謂不
盡謂為無數如菩薩者不盡於數不住無數
以何於數而不動者謂之大慈不動大悲不
捨性以和樂意而不荒見人而悅奉事聖衆
恵施軀命以受正法種善無猒分德不住學
法不懈說教不忘供事佛勸所生不恐具受
不慢不輕未學不為塵埃守眞化生欣樂受
彼安身以力安彼以悅禪定為學行想生死
為善權想來求為賢友想悉知為具足想所
有為布施想惡戒為依受想不忍為忍默想
懈怠為精進想亂意為知念想惡智為行智
想度無極為父母想道品法為羣從想欲行
衆善而無猒足以諸剎好成已佛土生死無
數劫意而有勇聞佛無量德志而不倦勞者
為作歸食者為作福導為衆重任曉陰入種
降魔兵不以謀為法淵慧有餘以少求而知
足諸世間已畢竟於衆俗不漸漬得三世際
感聖賢現諸儀式起神通行博聞能諷慧力
持念斷衆人疑知本本根無礙無住為致辯

才順化天人十善爲淨梵迹爲立行四無量致佛音聲爲法都講導至善行得佛仙路損身口意行欲殊勝喜在衆經取菩薩衆以大乘化德行不貶善法不惑如是諸族姓子以應此法者不盡數也何謂菩薩不住無數謂求爲空不以空爲證求爲無相無數無願不以無相無數無願隨至爲證觀於無常不猒善本觀世間苦以誠信生觀於非身誨人不倦觀寂然法寂然而無轉觀退轉者身意不隨觀無處所爲住生死以度斯漏觀無所行爲行導人觀於無我以大悲乘而成濟之觀無所生不隨弟子縁一覺律觀於惶慌不荒福德觀夫虛無不虛正智觀於言語不猒智慧觀無有生應自然智觀無適莫義合則行是爲諸族姓子菩薩不住無數又復不盡數者爲合會福不住無數者爲合會慧不盡數者無行大慈不住無數者爲有大悲不盡數者爲道人民不住無數者爲求佛法不盡數者爲具佛身相不住無數者爲具一切智不盡數者爲行善權不住無數者爲出智慧不盡數者爲淨佛土不住無數者爲佛立故不盡數者利誘進人不住無數者現人利故不盡數者計會善本不住無數者施善力故不盡數者爲具所願不住無數者爲本願故不盡數者爲具滿性不住無數者爲性淨故不盡數者爲五通不邪不住無數者知佛六通故不盡數者行度無極不住無數者無滿時故不盡數者求諸佛寶不住無數者不求無寶處故不盡數者習行衆藥不住無數者知彼衆病故不盡數者生死自然不住無數者

泥洹自然故於是彼諸菩薩聞此喜悅皆生善心諸是三千大千世界一切好華積至于膝以供養佛稽首佛足右遶三帀以次合聚於是佛土忽然不現須臾之間已還彼國近香積佛

見阿閦佛品第十二

於是世尊問維摩詰汝族姓子欲見如來爲以何等觀如來乎維摩詰曰始不以生終不以數今則不住空種是同入無所積眼耳鼻口身心已離三界不疲解三脫門得三達智爲無所至至一切法得無礙立積於誠信如無所住如慧無雜不生因緣不爲相不熟相不暫相不一相不非相不無視不爲視不熟視不暫視不此岸不度汜不中流不以此不以彼不以異不解慧不住識無晦無明無顯無名無弱無强無教無不教無淨無不淨無數無不數無言無不言不施不受不戒不犯不忍不諍不進不怠不禪不亂不智不愚不誠不欺不出不入不往不反斷諸雜聲非有土非無土非有餘非盡賜非模非想非著捨著平等正法非量非稱非過非逝非作非見非聞非意非識度諸所生正至諸慧等諸人物說一切法無所生無所有無罣礙一切受無不樂作無刺無擊無滅無貶無固無畏無憂無喜無聲一切滅說無語如是世尊如來身爲若此爲如是觀如是觀者名爲正觀以他觀者猶爲邪觀賢者舍利弗承佛聖旨而問佛言是人何沒來生此土佛言汝自以是問維摩詰舍利弗言族姓子汝於何沒而來生此維摩詰言如卿賢者以法爲證沒當何

生曰安有斯法没而生者維摩詰曰若無没生何有諸法曷云如是汝於何没而來生此幻士造化爲男爲女寧有没來舍利弗言化者無没生也維摩詰曰如來不云一切法化自然答曰如是曰化自然相非諸法耶曷云如是汝於何没而來生此没者舍利弗爲行盡賜生者爲行長益菩薩没者不盡善本生不長惡佛告舍利弗是族姓子本從阿閦佛阿維羅提世界來舍利弗言希有世尊是族姓子乃從清淨佛土而來樂此多怒之處維摩詰言云何賢者夫日一切周行冥中爲樂冥耶答曰不然日不休者其明堪任行衆冥故也曰夫日奚故行閻浮利上答曰欲以明照爲之除冥曰如是賢者菩薩若生不淨佛土則淨其人不俱爲汙一切所近輙爲除冥

是時大衆渴仰欲見妙樂世界阿閦如來及其大人佛知一切衆會所念即請維摩詰言族姓子現此衆中妙樂世界阿閦如來及其菩薩諸弟子衆皆欲見於是維摩詰言菩薩自念吾當止是師子座而不起爲現妙樂世界鐵圍山川溪谷江湖河海州域須彌衆山明冥日月星宿龍神天宮梵宮及衆菩薩弟子具足國邑墟聚人民君主阿閦如來及其道樹所坐蓮華其於十方施作佛事及其三重寶階從閻浮利至忉利宮其階忉利諸天所以下閻浮利禮佛拜謁供事聞法閻浮利人亦緣其階上忉利宮天人相見如是無數得好之樂從妙樂世界上至第二十四阿迦膩吒天又欲斷取來供養入此忍界使一切衆兩得相見維摩詰念欲喜衆會即如其像

正受三昧而爲神足居諸衆前於師子座以右掌接妙樂世界來入忍土彼得神通菩薩天人弟子見接舉來皆稱曰唯然世尊哀取我唯然世尊安立我阿閦佛以方便受衆人而解曰非我所爲是維摩詰所接也其餘天人不知誰取我而往而妙樂世界入此忍土不增不減又此土不迫隘而彼土亦不損也於是世尊釋迦文告諸衆曰汝等觀是妙樂世界阿閦如來其土嚴好菩薩行淨弟子清白皆曰唯然已見願受如是淨妙佛土諸菩薩皆欲追學阿閦如來菩薩所行其於是見彼阿閦如來佛土者十四姟人起無上正眞道意皆願生妙樂世界佛即記說是輩皆當生妙樂土又當來化我此忍界一切化已當復還彼佛問舍利弗汝已見妙樂世界阿閦如來如是世尊見彼土人一切淨好皆得神足如維摩詰我等世尊快得善利得與是輩正士相見與之從事在在人聞是法者快得善利誰聞是語而不好信如有手執翫習諷讀是爲得佛行念如有諷起是經法者爲受正法爲揜衆道爲如來到其舍若究暢書隨是法說而敬事者是爲得佛福施得大法智其以此經四句頌教爲同學說是爲已得記莂爲得法樂已甚解矣

法供養品第十三

於是天帝釋白佛言多福哉世尊得近如來文殊師利者雖百千聞未有若此純法化者也已宿曾聞是法不疑故使其人得此法乘能受持誦況我面值應心與合諸受此者吾無所違若一切見執迹不離諸佛者於諸中

轉其以得勝爲降衆魔而來體道意佛念其人必得持是法者吾與官屬當助安之在所墟聚國邑有以是法教勸說者吾與官屬共詣其所其未樂之天人吾當起其樂必以喜樂而營護法佛言善哉善哉天帝吾代汝喜是諸去來現在佛得道者皆說是法若是天帝欲得供養去來現在諸佛世尊當受是法持誦自淨宣示同學正使天帝三千大千世界如來滿中譬如甘蔗竹蘆稻麻叢林甚多無數皆爲如來有賢者子賢者女於一劫若百劫敬之事之奉之養之一切施安進諸所樂至諸佛般泥曰一一等意穿地藏骨立七寶塔周於四方彌滿佛界高至梵天施設蓋旛爲諸佛别造塔皆於一劫若百劫供養衆華衆香衆蓋幢旛妓樂云何天帝此人植福能增多不曰多矣世尊彼之福祐不可稱說億百千劫佛告天帝當以知此賢者子賢者女受此不思議門所說法要奉持說者福多於彼所以者何法生佛道法出諸佛其能供養此正法者非思欲施輩當以知此佛告天帝有昔過去無數劫不可稱計時世有佛名俾沙闍羅耶如來至真等正覺明行成爲善逝世間解無上士道法御天人師號佛世尊其世界名大清劫曰淨除彼時天帝藥王如來壽三十劫其弟子衆凡三十六億姟菩薩十二億是時有轉輪聖王名曰寶蓋王有七寶主四天下五劫奉事藥王如來率其官屬施諸所安至五劫中聖王寶蓋召其千子而告之曰汝等已見如來當共奉事施以所安於是千子聞父王命皆以安和復至五劫供

養藥王如來并其官屬一切施安第一太子名曰善宿獨坐自念寧有供養殊過此者空中有天承佛聖旨應曰正士法之供養勝諸供養即問何謂法之供養天曰何不行問藥王如來佛當爲汝解說法之供養於是太子善宿即起行詣藥王如來稽首佛足而問法之供養爲法見者是何謂也藥王佛言法供養者如佛所說衆經與藏深邃之言諸世所歸非爲難受難見之輩以無憍慢微妙無像其義夷易菩薩篋藏修至諸持經印所封非無道理其輪清淨入六度無極善取學道品法淨入正之事爲下大悲逮于大慈離諸大見覩本緣起非人非命非女非男如空無相無願無爲道地之行法輪之際天人百千所共歎譽法藏多度含受衆人明宣諸佛菩薩道行爲入有義法之正要下於無常苦空非身戒無所犯一切彼轉見爲怖畏師仰諸佛覩夫生死而不與同現滅度安習如是像衆經微言分別惟觀而以受法是爲法之供養又族姓子法供養者爲聞法生法法轉成緣起隨順離諸際見爲如不生不起法忍非身非人爲上因緣無違無受如無所諍以捨我作而依於義不以嚴好以隨聖典而依於慧不爲文飾處處入義而依於經不習非義以所懷戢而依於法不用人所見得諸法無受入無處所滅於不明滅於行滅於識名色六入更樂痛愛受有生老死苦一切已滅如是滅如是觀十二因緣起以不可盡而受微妙人所視見而以不視是族姓子名爲無上法之供養如是天帝太子善宿從藥王如來聞

法供養便得順忍即解寶衣以覆佛上而言曰余以堪任於如來滅後奉受正法作法供養擁護是道惟願如來加哀竪立令我得降魔怨取佛正法彼佛知其内性即説曰末後汝當守護法城於時善宿從見世尊以家之信捨家受道勤修德本精進不久即立善法起五神通得入諸道之持不斷辯才遂於世尊般泥洹後以智慧力至滿十劫藥王如來所轉法施隨而分布於時善宿比丘化千億人使立大道十四姟人解弟子乘餘無量人得生天上如是天帝在昔異時王寶蓋者於今得佛名寶成如來其太子善宿者則吾身是也其餘諸子於是賢劫皆得如來至眞等正覺此賢劫中千佛興者是也從鳩留先爲始作佛至樓油如來爲最後得如是天帝當知此要昔君我身於諸如來行法供養得爲上化爲長化爲願化爲無上無比之化是故天帝當以知此法之供養供養於法

囑累彌勒品第十四

彼時佛告彌勒菩薩言彌勒是名爲無數億劫習佛道品汝隨分布受是像經佛所建立如來滅後廣傳此道所以者何後世得者族姓子女天龍鬼神揵沓惒當下德本其於前生已作無上正眞道行而未得聞受此法者聞是輩經必甚愛樂當頂受此佛之要道又汝彌勒當利是輩諸族姓子於時當爲布現是經又菩薩有二印何謂二有喜雜句嚴飾之印有入深法妙化之印彼若好喜雜句飾者當知是爲阿夷恬菩薩輩也若得是深經書受廣行不以數數有畏聞之能傳當知是

菩薩爲久修梵行復有四事阿夷恬用空耗何謂四所未聞經聞之驚疑不作勸助專增爲亂吾未曾聞此從何來若族姓子甚解深法樂說微妙不從受習雖近不敬專於中作毁行是爲四阿夷恬爲空耗不得至深法忍又彌勒有二行菩薩雖解深法猶以空耗何謂二習在邊方不恒其行擅智慠人不受不誦亦不追求自有甚解學深法者則以輕慢貪濁懷嫉不能納人亦不法施是爲二雖解深法猶以空耗不能疾近不起法忍於是彌勒菩薩白佛言未曾有唯然世尊至於如來之善言吾當遠離如此之惡以護如來無數億劫道品之習若賢者子心入是輩經者當令手得恣所念取若念受持如是輩經傳示同學廣說分明其時世尊得如是經樂喜相傳者當知此輩菩薩爲彌勒所立佛言善哉善哉彌勒如來代喜善說是言於是一切菩薩等俱共同出聲言如來滅後我等在所佛土當來於此分布佛道示諸同學以其所樂爾時四天王白佛言在所世尊墟聚國邑有行是深經法者吾當率諸官屬詣講法所爲護講法百由旬內當令一切聞見講法令無伺求得其便者彼時佛告賢者阿難取是經法奉持誦說以布現人阿難言唯當受是經布現衆人要者世尊當何名斯經法亦當云何奉持之佛言阿難是經名爲維摩詰所說亦名爲不可思議法門之稱當奉持之佛說經已莫不歡受尊者維摩詰文殊師利爲上首衆菩薩大弟子一切魔衆聞佛所說皆悉歡喜

維摩詰經卷下

音釋

愕五各切驚遽也賫祖稽切持也羇靽羇居宜切絡首曰羇靽博慢切繫足曰靽譸張譸直由切譸張謂誑幻也漸漬漸將廉切浸染也漬疾賜切浸潤也貶悲檢切損也抑也慌虎廣切昏也氾孚梵切濫也阿維羅提梵語也此云妙樂阿迦膩吒梵語也此云色究竟膩女利切吒陟駕切俾沙闍羅耶梵語也此云藥王篋詰叶切箱也戢側立楚立二切藏也斂也